오버스토리

THE
오버스토리

리처드 파워스 장편소설 | 김지원 옮김

OVER
STORY

은행나무

에이다를 위하여

**차
례**

들판과 숲이 주는 가장 큰 기쁨은 인간과 식물 사이의 초자연적인 관계에 대한 암시다. 나는 혼자가 아니고 인정받지 못하는 것도 아니다. 그들은 나를 향해 고개를 끄덕이고, 나 역시 그들에게 고개를 끄덕인다. 폭풍우 속에 흔들리는 나뭇가지들은 나에게 새로우면서도 오래된 모습이다. 그 모습에 깜짝 놀라지만 낯설지는 않다. 그것은 내가 공정하게 생각하거나 올바른 일을 한다고 여길 때 머릿속에 떠오르는 고차원적인 생각이나 더 강렬한 감정 같은 효과를 미친다.

- 랠프 왈도 에머슨

지구는 살아 있을 수 있다. 고대인들이 목적과 예지력을 가진 지각이 있는 여신으로 여기던 것과는 다르지만, 나무처럼 살아 있을 수도 있다. 조용히 존재하고, 바람에 흔들리는 것 외에는 움직이지 않으면서도 끊임없이 햇살과 토양과 이야기를 나누는 나무처럼. 햇살과 물과 양분을 이용해서 자라고 변화하는 나무처럼. 하지만 이 모든 일들은 거의 눈에 띄지 않게 이루어지기 때문에 나에게 초원 위의 오래된 참나무는 내가 어릴 때와 똑같이 보인다.

- 제임스 러브록

나무는 …… 당신을 본다. 당신은 나무를 보고, 나무는 당신의 말을 듣는다. 나무는 손가락이 없고, 말도 할 수 없다. 하지만 그 이파리는 …… 나무는 밤 동안 퍼올리고, 자라고, 자라난다. 당신은 자면서 꿈을 꾼다. 나무와 풀은 같은 것이다.

- 빌 네이지에

일러두기
* 본문의 주는 모두 옮긴이의 것으로, 괄호 안에 글씨 크기를 줄여 표기했습니다.

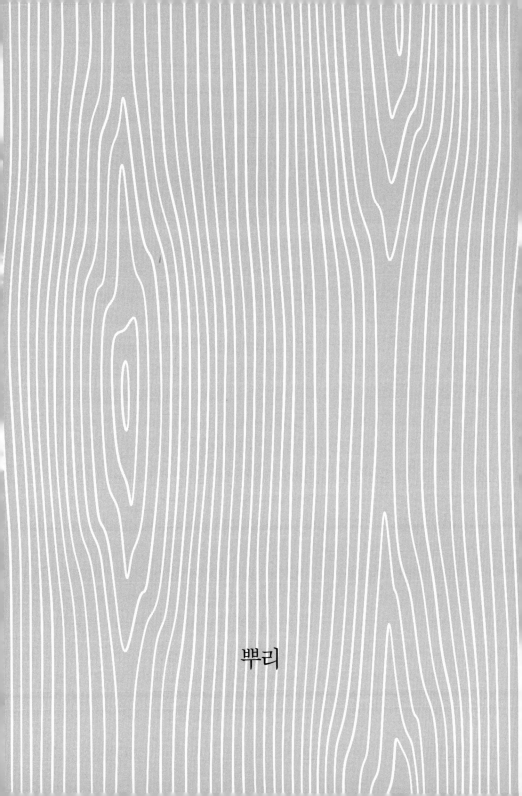

뿌리

처음에는 아무것도 없었다. 그러다가 모든 것이 있었다.

그러다가 황혼이 지난 후, 서부 도시 위쪽에 있는 공원 허공에서 메시지들이 가득 내려온다.

어떤 여자가 바닥에 앉아 소나무에 몸을 기대고 있다. 나무껍질이 여자의 등을 인생처럼 딱딱하게 누른다. 솔잎은 허공에 향기를 뿌리고 나무 한가운데에서 전해지는 힘이 나직한 노래를 부른다. 여자의 귀가 가장 낮은 주파수에 집중한다. 나무는 말이 존재하기 전의 말로 이야기를 한다.

나무가 말한다: 태양과 물은 끝없이 대답할 가치가 있는 질문이야.

나무가 말한다: 훌륭한 답은 무에서부터 여러 차례 재창조되어야만 해.

나무가 말한다: 땅의 구석구석에는 그것을 움켜쥘 새로운 방법이 필요해. 갈라질 수 있는 방법은 어떤 삼나무 연필이 찾을 수 있는 것보다도 많아. 그냥 가만히 있기만 해도 어디든지 갈 수 있어.

여자는 정확히 그렇게 한다. 신호는 여자의 주위로 씨앗처럼 떨어진다.

오늘 밤, 이야기는 들판 멀리까지 퍼진다. 오리나무의 굴곡부는 오래전의 재앙을 이야기한다. 창백한 밤나무 꽃의 꽃술이 꽃가루를 흔들어 퍼뜨린다. 곧 이들은 가시투성이 열매로 변할 것이다. 포플러나무는 바람의 소문을 곱씹는다. 감나무와 호두나무는 뇌물을 준비하고 마가목은 새빨간 열매

송이들을 만든다. 오래된 참나무들이 앞으로의 날씨를 예언한다. 수백 종의 산사나무들이 그들이 공유해야만 하는 하나의 이름을 비웃는다. 월계수나무는 잠도 못 잘 정도의 걱정거리에 비하면 죽음조차 아무것도 아니라고 말한다.

공기 중의 어떤 향기가 여자에게 지시한다: 눈을 감고 버드나무를 떠올려봐. 네가 보는 늘어진 가지들은 전부 잘못되었을 거야. 아카시아나무의 가시를 상상해봐. 네 상상 속의 어떤 것도 제대로 날카롭지 않을 거야. 네 바로 위에서는 뭐가 맴돌고 있지? 네 머리 위에서 지금 뭐가 떠 있지, 지금?

더 멀리 떨어져 있는 나무들도 동참한다: 뿌리가 위로 드러난 마법에 걸린 듯한 맹그로브와 육두구의 거꾸로 된 스페이드 모양, 옹이 진 바하코끼리나무의 몸통, 사라수의 쭉 뻗은 미사일 같은 가지들, 네가 우리에 관해 상상하는 모든 것들은 항상 잘려 나간 상태야. 너희 종은 우리를 제대로 보지 못해. 절반이나 그 이상을 늘 놓치지. 언제나 땅 위만큼 땅 밑에도 많은 것들이 있어.

그게 인간들의 골칫거리, 그들에게 뿌리박힌 문제야. 생명은 그들의 옆에서 보이지 않는 상태로 함께 가지. 바로 여기, 바로 옆에서. 토양을 만들고. 물을 순환시키고. 영양분을 교환하고. 날씨를 만들고. 대기를 쌓고. 인간이 셀 수 있는 것 이상의 생명체들에게 먹이를 주고 보살피고 은신처를 제공하면서.

살아 있는 숲이 합창으로 여자에게 노래한다: 네 마음이 조금만 더 푸르렀어도 우리가 너를 의미로 가득 채울 수 있었을 텐데.

그녀가 기댄 소나무가 말한다: 들으렴. 네가 들어야 하는 이야기가 있어.

니컬러스 호엘

지금은 밤나무의 시절이다.

사람들이 커다란 나무 몸통에 돌을 던진다. 성스러운 환호 속에서 밤이
그들 주위로 떨어진다. 이번 일요일에 조지아부터 메인까지 수많은 장소에
서 벌어지는 일이다. 위쪽 콩코드에서는 소로가 참여한다. 그는 지각을 가
진 존재에게 돌을 던지는 듯한 기분이다. 자신보다는 좀 둔하지만, 어쨌든
친척 같다. 오래된 나무들은 우리의 부모이고, 어쩌면 우리의 부모의 부모
일 것이다. 자연의 비밀을 배우려 한다면 더 많은 인류애를 키워야 할 것
이다······.

브루클린의 프로스펙트힐에서는 갓 도착한 요르겐 호엘이 자신의 돌에
맞아 우수수 떨어지는 열매들을 보며 웃는다. 매번 돌이 명중할 때마다 식
량이 한가득씩 떨어진다. 남자들은 가시껍질을 제거한 밤을 모자, 양말, 바
짓단에 가득 채워서 도둑처럼 이리저리 뛴다. 바로 이것이다. 그 유명한 미
국의 공짜 연회, 신의 식탁에서 곧장 가져온 뜻밖의 횡재다.

브루클린 해군기지에서 온 노르웨이인과 그 친구들은 숲의 공터에 커다

란 모닥불을 피워놓고 자신들의 전리품을 구워 먹는다. 군밤은 말로 형용할 수 없을 만큼 마음을 편안하게 해준다. 달콤하고 향긋하고 꿀을 뿌린 감자처럼 녹진하면서 동시에 구수하고 신비롭다. 가시껍질은 따끔따끔하지만 '안 돼'라면서 날을 세우는 방벽이라기보다는 애태우는 것에 가깝다. 밤은 그 뾰족뾰족한 방벽에서 빠져나오고 싶어 한다. 자원자 하나가 먹히면 다른 것들은 들판에 멀리 퍼질 수 있으니까.

그날 밤, 호엘은 군밤에 취해서 청혼한다. 상대는 핀타운 가장자리에 있는 자신의 공동주택에서 두 블록 떨어져 있고 소나무 판자로 지어진 연립주택에 사는 아일랜드 처녀 비 포위스다. 5000킬로미터 이내에 사는 사람 중 누구도 이의를 제기할 권리가 없다. 그들은 크리스마스 전에 결혼한다. 2월에 그들은 미국 시민이 된다. 봄에, 다시 밤나무에 꽃이 피고, 길고 덥수룩한 꽃차례가 연한 녹색의 허드슨강의 포말처럼 바람에 흔들린다.

시민권은 가공되지 않은 세계에 대한 굶주림을 가져온다. 부부는 가져갈 수 있는 물건들을 챙겨서 육로로 여행을 한다. 넓은 스트로브잣나무 지대를 지나 오하이오의 너도밤나무 숲으로 들어가서 중서부의 참나무밭을 가로질러 새로운 주 아이오와의 디모인 요새 근처 정착지에 도착한다. 가장 가까운 이웃은 3킬로미터 떨어져 있다. 아이오와에서는 어제 구획을 나눈 땅을 농사지을 사람 누구에게나 나눠준다. 그들은 첫해에 밭을 갈고 20만 제곱미터에 작물을 심는다. 옥수수, 감자, 콩. 일은 끔찍하게 힘들지만, 그들의 것이다. 어느 나라 해군에서 배를 건조하는 것보다 훨씬 낫다.

그러다가 대초원의 겨울이 온다. 추위는 그들의 살고자 하는 의지를 시험한다. 구멍이 숭숭 뚫린 오두막집에서 밤을 지내면 피까지 얼어붙는 듯하다. 얼굴을 씻기라도 하려면 매일 아침 물웅덩이에서 얼음을 깨야 한다. 하지만 그들은 젊고, 자유롭고, 의욕이 넘친다. 그들이라는 존재의 유일한 후원자는 바로 자신들이다. 겨울은 그들을 죽이지 않는다. 아직은. 그들의 심장에 깃든 가장 어두운 절망감은 다이아몬드처럼 단단하게 다져진다.

다시 씨를 심을 때가 되자 비가 임신한다. 호엘은 그녀의 배에 귀를 댄다. 경이로워하는 그의 얼굴을 보고 그녀가 웃는다.

"애가 뭐라고 해?"

그는 무디고 딱딱 끊기는 영어로 대답한다.

"배고파!"

그해 5월에 호엘은 아내에게 청혼하던 날에 입었던 셔츠 주머니 안쪽에서 여섯 개의 밤을 발견한다. 그는 그것을 나무 하나 없는 서부 아이오와 대초원에 자리한 오두막 주위의 땅에 눌러 심는다. 농장은 밤나무의 자생지에서 수백 킬로미터 떨어져 있고 프로스펙트힐의 밤나무 축제 장소로부터는 1600킬로미터쯤 떨어져 있다. 호엘은 동쪽의 푸른 숲을 떠올리는 것이 매달 점점 더 어려워진다.

하지만 여기는 사람들과 나무들이 가장 놀라운 여정을 떠나는 미국이다. 호엘은 씨를 심고, 물을 주고, 생각한다. *언젠가 내 아이들이 나무를 흔들어 공짜 음식을 먹게 될 거야.*

*

그들의 첫아이는 아직 알려지지 않은 병으로 유아기에 사망한다. 미생물이라는 것을 아직 모르는 시절이다. 신은 알 수 없는 시간표에 따라 하나의 세계에서 다른 세계로 아이들의 임시 영혼을 낚아채 가는 유일한 자다.

여섯 개의 밤 중 하나는 싹을 틔우지 못한다. 하지만 요르겐 호엘은 살아남은 모종을 키운다. 삶은 창조주와 창조물 사이의 전쟁이다. 호엘은 이 싸움의 전문가가 된다. 나무를 키우는 것은 그가 매일같이 벌여야 하는 다른 전쟁에 비하면 사소한 일이다. 첫 번째 계절이 끝날 무렵에 그의 들판은 가득 차고, 가장 좋은 종자들은 60센티미터 높이까지 자라난다.

4년 동안 호엘 부부는 세 아이를 낳고 밤나무밭이 차츰 모습을 드러낸다. 가지는 굵어지고 갈색 줄기에는 피목이 줄줄이 생긴다. 가리비 모양에 끝이 깔쭉깔쭉하고 가시가 있는 풍성한 잎들이 가지를 완전히 뒤덮는다. 이 나무들과 저지대 여기저기 흩어진 참나무 몇 그루까지 포함해서 농지는 푸르른 바다 한가운데의 섬이 된다.

비쩍 마른 어린 나무들도 이미 쓸모가 있다.

아기 나무로 끓인 차는 심장병에,

어린 싹의 이파리는 염증 치료에,

나무껍질을 끓여 식힌 것은 산후 출혈을 막을 때,

식물의 혹을 데운 것은 신생아 배꼽을 벗겨내는 데,

이파리를 갈색 설탕과 함께 끓인 것은 기침에,

삶은 것은 화상에, 이파리는 매트리스 속을 채우는 데,

즙은 괴로움이 너무 커서 생기는 우울증에……

매년마다 풍요로우면서도 부족하다. 평균적으로는 약간 모자라는 쪽에 가깝지만, 요르겐은 상황이 점차 나아지는 것을 알아챈다. 매년 그는 밭을 갈고, 더 많은 땅을 경작한다. 그리고 호엘가(家)의 미래 노동력도 점점 늘어나고 있다. 비가 그렇게 만들고 있다.

나무들은 마법에 걸린 것처럼 점점 더 두꺼워진다. 밤나무는 빠르게 자란다. 물푸레나무가 야구방망이 정도로 자랄 동안 밤나무는 화장대를 만들 정도로 자란다. 몸을 구부려 어린 나무를 보려고 하면, 나무가 당신의 눈을 찌를 것이다. 나무껍질의 갈라진 틈은 몸통이 위쪽으로 비틀려 자라나며 이발소 간판처럼 빙빙 돌아간다. 바람 속에서 가지들은 짙은 녹색과 밝은

녹색으로 번갈아 반짝거린다. 이파리의 넓은 면은 더 많은 햇빛을 찾아 밖으로 뻗어 나온다. 습한 8월의 공기 속에서 호엘의 아내가 한때 호박색이었던 머리카락을 흔들어 푸는 것처럼 이파리는 가끔씩 흔들린다. 신생 국가에 전쟁이 다시 터질 무렵에 다섯 그루의 나무 몸통이 그것을 심은 사람의 덩치를 넘어섰다.

1862년의 무자비한 겨울은 또 다른 아기를 앗아간다. 나무 한 그루 역시 앗아간다. 장남인 존이 다음 해 여름에 또 한 그루를 망가뜨린다. 아이는 장난감 돈으로 쓰기 위해 나뭇잎 절반을 따서 나무가 죽었다고는 생각도 하지 못한다.

호엘은 아들의 머리카락을 잡아당긴다.

"넌 이게 어떠니? 응?"

그가 손바닥으로 아이를 철썩 때린다. 비가 둘 사이를 몸으로 가로막고 구타를 막는다.

1863년에 징병 통지서가 온다. 젊고 독신인 남자들이 먼저 끌려간다. 서른세 살에 아내와 어린아이들이 있고 농지 수 제곱킬로미터를 가진 요르겐 호엘은 연기를 받는다. 그는 미국을 지키기 위해서 나서지 않는다. 그에게는 자신이 구해야 하는 더 작은 나라가 있다.

브루클린에서는 북부연방의 시인 겸 간호사(월트 휘트먼)가 이런 글을 쓰고 죽는다. 풀잎도 별만큼이나 먼 여정을 걷는다. 요르겐은 이 글을 읽지 않는다. 글이란 그에게 속임수와 똑같은 것으로 느껴진다. 그의 옥수수와 콩과 호박, 자라는 모든 것들만이 말없는 신의 뜻을 일러준다.

또 한 번의 봄, 남아 있는 세 그루의 나무가 크림색 꽃망울을 터뜨린다. 꽃은 오래된 신발이나 악취 나는 속옷처럼 매캐하고 시큼하고 상한 냄새를 풍긴다. 그리고 소량의 달콤한 밤이 맺힌다. 조금의 수확이지만 남자와 그의 지친 아내에게 브루클린 동쪽 숲의 어느 밤, 그들을 함께 있게 만들어준 떨어지는 만나(이스라엘 민족이 40일 동안 광야를 방랑하고 있을 때 여호와가 내려주었다고 하는 양식)를 떠올리게 만든다.

"앞으로 더 많이 열릴 거야."

요르겐이 말한다. 그는 머릿속으로 이미 빵과 커피, 수프, 케이크, 그레이비, 원주민들에게 이 나무가 줄 수 있다고 알려진 온갖 별미를 만들고 있다.

"남는 건 마을에 팔 수도 있을 거야."

"이웃에 크리스마스 선물로 줄 수도 있고."

비가 말한다. 하지만 그해의 끔찍한 가뭄에서 이웃이 호엘 가족을 살려준다. 또 한 그루의 밤나무가 미래를 위해 물 한 방울도 아껴둘 수 없었던 해에 가뭄으로 죽는다.

몇 년이 흐른다. 갈색 나무 몸통이 회색으로 변하기 시작한다. 바싹 마른 가을에 남아 있는 것도 별로 없는 대초원에 벼락이 내리쳐서 남아 있던 밤나무 한 쌍 중 하나에 맞는다. 요람부터 관까지 뭐든 만들 수 있을 만한 나무가 불길에 휩싸인다. 세 발 의자를 만들 만큼의 나무조차도 남지 않는다.

유일하게 남은 밤나무가 꽃을 피운다. 하지만 꽃은 거기에 응답해줄 또 다른 꽃들이 없다. 수백 킬로미터 이내에 짝이라고는 없고, 암나무든 수나무든 밤나무 혼자서는 씨를 맺을 수 없다. 그래도 이 나무는 나무껍질 아래 살아 있는 가느다란 원통 속에 비밀을 간직하고 있다. 세포들이 오래된 공식에 따른다. *가만히 있어. 기다려.* 외로운 생존자의 마음 깊은 곳은 지금이라는 엄격한 법칙보다도 오래 버틸 수 있음을 안다. 해야 할 일이 있다. 별의 일이지만 지상에서 해야 한다. 아니면 북부연방의 죽은 간호사가 쓴 것처럼, *수백만 우주 앞에서 냉정하고 차분하게 서 있으라.* 나무처럼 냉정하고 차분하게 말이다.

농장은 신의 뜻이라는 혼돈에서 살아남는다. 남북전쟁 종전 2년 후, 밭을 갈고, 뒤집고, 씨를 뿌리고, 솎아내고, 잡초를 뽑고, 추수를 하는 사이에 요르겐은 새 집을 완성한다. 작물들을 수확해서 실어 나른다. 호엘의 아들들은 황소 같은 아버지의 옆에서 함께 일을 시작한다. 딸들은 결혼해서 근처 농장으로 흩어진다. 마을이 점차 커진다. 농장을 지나가던 흙길이 진짜 도로로 바뀐다.

막내 아들은 포크 카운티 세무서에서 일한다. 가운데 아들은 에임스에서 은행원이 된다. 장남 존은 가족들과 함께 농장에 남아 늙은 부모님과 함께 일을 계속한다. 존 호엘은 속도와 발전, 기계를 받아들인다. 그는 밭을 갈고 곡식을 수확하고 탈곡하고 묶어주는 증기 트랙터를 산다. 기계는 지옥에서 풀려나온 존재처럼 요란한 소리를 내며 일을 한다.

이 모든 일들은 마지막 남은 밤나무의 새로운 나무껍질 틈새 두 개, 새 나이테 2.5센티미터가 생기는 동안 벌어진 것들이다. 나무는 더 두꺼워진다. 나무껍질은 트라야누스 원주처럼 위쪽으로 나선형을 이룬다. 가리비 모양 나뭇잎은 햇살을 조직까지 나른다. 햇살은 머무르는 것 이상으로 나무를 번창하게 만들고, 초록의 건강과 활력을 가득 채워준다.

새로운 세기의 두 번째 6월에 요르겐 호엘은 자신이 지은 주택의 참나무 판자를 댄 2층 방, 이제 더 이상 나가지 못하는 침실의 침대에서 지붕창으로 보이는 하늘과 흔들리고 반짝이는 나뭇잎들을 바라본다. 아들의 증기 트랙터가 농지 북쪽 끝을 요란하게 달려가지만, 그는 날씨가 일으킨 소리라고 착각한다. 나뭇가지가 그에게 그림자를 드리운다. 그 커다란 녹색 이파리들의 무언가가, 그가 한때 꾼 꿈이, 늘어나고 번창하는 미래의 모습이 다시금 그의 머리 주위로 온통 떨어지던 연회를 떠올리게 만든다.

그는 생각한다. 그렇게 크고 쭉 뻗은 나무에서 왜 나무껍질은 소용돌이 모양으로 비틀려서 생기는 걸까? 지구가 돌기 때문일까? 사람들의 관심을 끌기 위해서일까? 700년 전에, 시칠리아의 밤나무는 둘레가 60미터에 달해서 스페인의 여왕과 말을 탄 기사 100명을 거친 폭풍우로부터 지켜주었다. 그 나무는 그 일에 대해 들어본 적 없는 사람보다도 100년 넘게 더 오래 살 것이다.

"기억해?"

요르겐이 그의 손을 잡고 있는 여자에게 묻는다.

"프로스펙트힐 말이야. 그날 밤에 우리가 얼마나 먹었는지!"

그는 이파리 달린 가지를 향해, 그 너머의 땅을 향해 고갯짓을 한다.

"내가 그걸 당신한테 줬지. 그리고 당신이 나한테 이 모든 걸 줬어! 이 나라. 내 삶. 내 자유를."

하지만 그의 손을 잡고 있는 여자는 그의 아내가 아니다. 비는 5년 전에 폐병으로 죽었다.

"이제 주무세요. 저희는 전부 다 아래층에 있을 거예요."

손녀딸이 그에게 말하고 그의 힘 빠진 가슴 위에 손을 내려놓는다.

존 호엘은 아버지가 심은 밤나무 아래에 아버지를 묻는다. 90센티미터 높이의 주철 울타리가 이제 여기저기 있는 무덤들을 둘러싸고 있다. 나무는 위에서 산 자와 죽은 자에게 똑같이 관대한 그늘을 드리운다. 나무 몸통은 존이 껴안을 수 없을 정도로 두툼해졌다. 살아남은 가장 아래쪽의 나뭇가지도 손이 닿지 않을 만큼 높은 곳에 있다.

호엘 밤나무는 명소가 되었고 농부들은 이것을 *파수꾼 나무*(sentinel tree)라고 부른다. 가족들은 일요일 나들이 때 이 나무를 보고 방향을 잡는다. 마을 사람들은 여행자들에게 방향을 알려줄 때 이것을 곡식으로 가득한 바다의 유일한 등대로 사용한다. 농장은 번창한다. 이제 재배하고 번식시키는 데 쓸 종잣돈도 있다. 아버지가 돌아가시고 형제들은 각자의 갈 길로 갔기 때문에 존 호엘은 마음껏 최신 기계를 활용할 수 있다. 그의 장비 창고에는 수확기, 껍질 분리기, 노끈 묶는 기계가 가득하다. 그는 찰스시티에 가서 최초의 이중 실린더 가스 추진식 트랙터를 본다. 전화선이 설치되자 엄청난 돈이 들고 가족 중 누구도 그게 뭐 하는 건지 모르는데도 불구하고 그는 가입을 한다.

이민자의 아들은 효과적인 치료제가 나오기 수년 전에 발전이라는 병에 걸렸다. 그는 코닥 넘버 2 브라우니를 산다. *당신이 버튼을 누르면, 나머지는 우리가 합니다.* 그는 2달러짜리 카메라보다 훨씬 많은 돈이 드는 현상 및 인쇄를 하기 위해서 필름을 디모인에 보내야 한다. 그는 옥양목 옷에 주름이 가득한 미소를 짓고 새 주름 펴는 기계 앞에서 포즈를 취한 아내의 사진을 찍는다. 아이들이 콤바인을 몰고 등이 구부러진 짐수레 말을 타고 들판 가장자리를 달리는 모습을 찍는다. 부활절에 가장 좋은 옷을 입고 보닛을 쓰고 보타이를 맨 가족들의 사진을 찍는다. 작은 우표만 한 아이오와 지역에서 더 이상 사진을 찍을 만한 게 없자 존은 그와 정확히 동년배인 호엘 밤나무로 향한다.

몇 년 전에 그는 막내딸에게 생일 선물로 주프락시스코프(최초의 영사기)를 사 주었으나 딸이 흥미를 잃은 후에는 혼자서 계속 쓰고 있었다. 이제 유리통이 돌아가자 살아 움직이듯 날갯짓하는 기러기들과 달리는 야생마 무리가 그의 머릿속에서 펼쳐진다. 자신이 발명한 것처럼 대단한 계획이 떠오른다. 앞으로 몇 년을 더 살든 간에 그는 나무의 사진을 찍어 마음 내키는 속도로 돌려 나무가 어떻게 보이는지 확인해볼 생각이다.

그는 장비 가게에서 삼각대를 만든다. 그리고 집 근처 언덕에 부서진 숫돌을 놓는다. 1903년 봄 첫날에 존 호엘은 코닥 넘버 2 브라우니를 삼각대에 설치하고 잎을 틔우기 시작하는 파수꾼 밤나무의 전신 사진을 찍는다. 그날부터 한 달 후, 같은 장소에서 같은 시간에 또 한 장을 찍는다. 매달 21일에 그는 언덕에 올라간다. 비가 오나 눈이 오나 찌는 듯한 무더위가 오나 마치 곡식을 퍼뜨리는 신의 교회에 바치는 개인적인 예배처럼, 헌신적인 의식처럼 언덕을 오른다. 그의 아내는 그를 무자비하게 놀리고, 아이들도 마찬가지다.

"아빠 나무가 뭔가 흥미로운 일을 하기를 기다리신다니까."

첫해의 흑백 사진 열두 장을 모아서 엄지손가락으로 쭉 넘기자 그가 기획한 것이 작지만 귀중한 모습으로 드러난다. 나무는 아무것도 없다가 순식간에 이파리를 틔운다. 그다음에는 밝은 햇살 아래 모든 것을 바친다. 그러는 동안 가지는 그저 인내한다. 농부는 잔인한 계절들을 견딘 인내심 많은 사람들이고, 그들이 수 세대의 꿈에 사로잡히지 않았다면 매년 봄마다 계속해서 밭을 갈 수 없었을 것이다. 존 호엘은 1904년 3월 21일에 다시 언덕에 올라간다. 시간이 평범한 모습 속에 영원토록 숨겨놓았던 것을 기록할 또 다른 100년이나 200년이 그에게 남아 있는 것처럼 말이다.

2000킬로미터 동쪽으로, 존 호엘의 어머니가 드레스를 꿰매고 아버지가 배를 만들었던 도시에서, 누구도 몰랐던 재앙이 발발한다. 살인마는 멋진 정원을 꾸밀 용도로 들여온 중국 밤나무 속에 숨어 아시아에서 이 나라로 옮겨진다. 브롱크스 동물원의 나무가 7월에 10월의 색깔로 변한다. 이파리가 말리고 시나몬 색깔로 시든다. 부푼 나무껍질 위로 오렌지색 반점들이 퍼진다. 살짝 누르면 나무는 움푹 들어간다.

1년 안에 오렌지색 반점은 브롱크스 전역의 밤나무에 퍼진다. 기생충의 자실체는 이미 숙주를 죽였다. 모든 감염체들이 비와 바람에 포자를 방출한다. 도시의 정원사들이 반격에 동원된다. 그들은 감염된 가지를 자르고 불태운다. 마차로 석회와 황산구리를 나무에 살포한다. 그들은 희생양을 도끼로 잘라내지만, 포자를 더 퍼뜨릴 뿐이다. 뉴욕 식물원의 연구자는 살인마가 인간에게는 새로운 균류라는 것을 밝힌다. 그는 결과를 발표하고 여름 더위를 피하기 위해 도시를 떠난다. 몇 주 후 그가 돌아오니 도시 안의 밤나무는 한 그루도 구할 수 없는 지경에 이른다.

죽음은 코네티컷과 매사추세츠를 가로질러 1년에 수십 킬로미터씩 건너간다. 나무들이 수만 그루씩 쓰러진다. 정부는 뉴잉글랜드의 값진 밤나무들이 사라지는 것을 멍하니 바라만 본다. 제혁 업계, 철도 침목, 열차, 전신주, 연료, 울타리, 주택, 헛간, 고급 책상, 탁자, 피아노, 상자, 제지에 쓰이는 나무들, 그리고 나라 안에서 과실을 가장 많이 생산하는 나무가 주는 공짜 그늘과 수많은 음식들이 사라진다.

펜실베이니아는 수백 킬로미터 너비로 나무를 잘라내 완충 공간을 만들려고 한다. 미국에서 밤나무 숲이 가장 풍성한 북부 가장자리에 위치한 버지니아에서는 사람들이 전염병을 일으킨 죄를 씻기 위해서 종교적 부흥을 외친다. 메인에서 멕시코만까지 80만 제곱킬로미터에 이르는 숲의 4분의 1에 달하는 미국의 완벽한 나무, 모든 지방 경제의 뼈대, 서른 개가 넘는 업계에서 사용하는 유연하고 내구성 강한 동부의 삼나무도 재앙을 마주하고 있다.

병충해 소식은 아이오와 서부까지는 도달하지 않는다. 존 호엘은 날씨가 어떻든 매달 21일이면 언덕에 올라간다. 호엘 밤나무 이파리에 남은 홍수 자국은 계속해서 위로 올라간다. *저 나무는 뭔가를 할 생각이야.* 농부는 자신의 외로운 모험을 철학으로 바꾸어 생각한다. *저 나무는 계획을 갖고 있어.*

존은 56번째 생일 전날 새벽 2시에 깨서 뭔가를 찾는 것처럼 침대 주변을 더듬거린다. 그의 아내가 무슨 일이냐고 묻는다. 이를 악물고서 그가 대답한다.

"금방 지나갈 거야."

8분 후에 그는 사망한다.

농장은 존 호엘의 장남과 둘째 아들에게 상속된다. 장남인 칼은 사진 의식의 매몰 비용을 손절하고 싶어 한다. 둘째인 프랭크는 10년에 걸친 아버지의 알 수 없는 탐색을 나무가 고집스럽게 자라나는 것처럼 끈질기게 계속 잇고 싶어 한다. 아이오와에서 가장 오래되고, 가장 짧고, 가장 느리고, 가장 야심 찬 무성영화가 100장이 넘는 프레임 속에서 나무의 목표를 드러내기 시작한다. 사진을 넘겨보면 하늘의 무언가를 향해서 몸을 쭉 뻗고 더듬거리는 피사체의 모습이 드러난다. 어쩌면 짝을 찾는 것인지도 모른다. 아니면 더 많은 빛이나 밤나무의 정당성을.

미국이 마침내 세계대전에 참전하면서 프랭크 호엘은 제2기병연대에 속해 프랑스로 파병된다. 그는 아홉 살짜리 아들 프랭크 주니어에게 그가 돌아올 때까지 계속 사진을 찍기로 약속을 받는다. 1년짜리 긴 약속이다. 아이는 상상력은 부족하지만 지시에는 잘 따른다.

순수하고 멍청한 운 때문에 프랭크 시니어는 생미엘의 탱크전에서 빠져나오지만 몽포콩 근처 아르곤에서 박격포에 맞아 산산조각 난다. 소나무 관에 넣어 묻을 만한 조각조차 거의 남지 않았다. 가족은 그의 모자와 담배 파이프, 시계로 타임캡슐을 만들어 그가 잠깐 동안이나마 매달 사진을 찍었던 나무 아래 가족 소유지에 묻는다.

*

신에게 브라우니가 있었다면 또 다른 대상으로 짧은 활동사진을 찍었을지 모른다. 바로 병충해다. 병충해는 잠깐 머뭇거리다가 애팔래치아산맥을 넘어서 밤나무 나라의 심장부로 들어온다. 북부의 밤나무들은 웅장했다. 하지만 남부의 나무들은 신이다. 이들은 거의 단순림을 이루며 수 킬로미터에 걸쳐 뻗어 있다. 캐롤라이나에서는 미국보다 더 오래된 나무가 3미터 너비에 36미터 높이로 자라고 있다. 숲 전체가 하얀 구름 떼처럼 꽃을 피운다. 수십 개의 산지 마을 속 집들은 아름다운 곧은결 재목으로 지어졌다. 나무한 그루에서 약 1만 4000장의 판자를 얻을 수 있다. 발목까지 쌓이는 열매들은 카운티 전체를 먹여 살릴 정도다. 매년이 밤의 해다.

이제 그 신들이 전부 다 죽어가고 있다. 인간의 천재성을 다 동원해도 대륙을 휩쓰는 재앙을 막을 수가 없다. 병충해는 능선을 따라 봉우리마다 나무들을 죽인다. 남쪽 산맥 위에서 아래를 내려다보면 울렁거리는 파도처럼 회백색 해골로 변한 나무둥치들이 눈에 띈다. 벌목꾼들은 열 개 주를 따라가며 균이 닿지 않은 나무를 전부 다 잘라낸다. 초기에 산림청은 그것을 장려한다. 망가지기 전에 최소한 목재라도 사용하라. 그리고 이 구조 임무에서 인간은 저항의 비밀을 갖고 있을지도 모르는 나무들까지 모두 죽인다.

자신의 마법의 숲에 처음 오렌지색 반점이 나타난 걸 본 테네시주의 다섯 살배기에게는 사진 말고는 자신의 아이들에게 보여줄 것이 아무것도 남지 않을 것이다. 그 아이들은 나무에 온통 열매가 달린 것을 보지도 못할 것이고, 어머니의 어린 시절의 풍경과 소리, 냄새도 모를 것이다. 수백만 그루의 죽은 그루터기들이 해마다 싹을 틔우지만 싹은 분투하다가 감염으로 죽고, 이 끈질긴 싹 속에 보존된 균은 결코 사라지지 않을 것이다. 1940년경 균은 일리노이 남부의 가장 먼 곳에 있던 나무들까지 전부 다 휩쓴다. 자생지의 나무 40억 그루가 전설 속으로 사라진다. 은밀한 저항력을 가진 몇 그루를 제외하면 남은 유일한 밤나무는 개척자들이 떠다니는 포자의 범위를 넘어선 먼 주로 가져간 것들뿐이다.

프랭크 호엘 주니어는 아버지가 과다노출되어 흐릿한 흑백의 기억 속으로 사라지고 나서도 오랫동안 아버지에 대한 약속을 지킨다. 매달 소년은 발삼나무 상자에 또 다른 사진을 보관한다. 곧 그는 사춘기가 된다. 그리고 젊은 청년이 된다. 그는 늘어난 호엘 가족이 성 올라프의 날이 뭔지도 모른 채 기념하는 것과 같은 방식으로 사진을 계속해서 찍는다.

프랭크 주니어는 상상력 때문에 괴로워하지 않는다. 그는 심지어 자신이 이렇게 생각하는 것조차 들을 수 없다. 내가 이 나무를 싫어할 가능성도 있어. 내가 이 나무를 아버지보다 더 사랑할 가능성도 있고. 진정한 독립 욕구가 없고 무언가에 얽매인 채 죽을 때까지 그 운명 아래에 있는 사람에게 생각은 아무 의미도 없다. 그는 이렇게 생각한다. 이 나무는 여기서 할 일이 전혀 없어. 우리가 이걸 베어버리지 않는 한 아무한테도 쓸모가 없어. 그러다가 어떤 달에는 카메라 파인더를 통해서 널따란 나무 수관(樹冠, 나무의 가지와 잎이 달려 있는 부분)부가 의미 그 자체의 형관처럼 그의 놀란 눈에 들어온다.

여름에는 물관을 통해 물이 올라와서 이파리 아래쪽에 있는 수백만 개의 조그만 입으로 퍼지고 나무의 흔들리는 수관 부분에서 습한 아이오와의 대기 속으로 매일 400리터 정도가 증발한다. 가을에는 노란 이파리가 프랭크 주니어의 향수를 자극한다. 겨울이면 벌거벗은 가지가 바람 속에서 철썩거리고 웅웅거리고, 잠든 뭉툭한 꽃눈은 기다림 속에 거의 불길해 보인다. 하지만 매년 봄마다 옅은 초록색 꽃차례와 크림색의 꽃들은 프랭크 주니어의 머릿속에 어떻게 떠오른 건지 스스로도 알 수 없는 생각들을 불어넣는다.

세 번째 호엘가의 사진사는 믿음으로 이루어진 세계 전체가 동화에 속은 거라는 결론을 내리고도 계속 교회에 가는 것과 같은 마음으로 계속 사진을 찍는다. 그의 의미 없는 사진 찍기 의식은 프랭크 주니어의 삶에 농사조차 주지 못한 맹목적인 목적성을 부여한다. 삶처럼 변함없고 말없는 존재이자 알아챌 가치가 전혀 없는 것을 알아채는 매달의 훈련이다.

제2차세계대전 동안에 사진은 500장에 도달한다. 프랭크 주니어는 어느 날 오후에 문득 사진을 넘겨본다. 그는 아홉 살 때 아버지에게 경솔한 약속을 했던 그 소년으로 되돌아간 기분을 느낀다. 하지만 기간별로 촬영한 나무는 알아볼 수 없을 정도로 변했다.

밤나무의 자생지에 있던 모든 성숙한 나무들이 다 사라지자 호엘 나무는 호기심의 대상이 된다. 아이오와시티의 산림학자가 대학살을 피한 밤나무라는 소문을 확인하기 위해서 찾아온다. 〈레지스터〉의 기자는 미국에 남은 마지막 완벽한 나무 중 하나에 관한 기사를 쓴다. *미시시피 동쪽으로 1200개 지역 이상에서 "밤나무"라는 단어를 사용한다. 하지만 직접 눈으로 보기 위해서는 아이오와 서부의 시골 지역으로 와야만 한다.* 호엘 농장 옆의 물길을 가르며 새로이 생긴 뉴욕과 샌프란시스코 간 고속도로를 지나가는 평범한 사람들은 옥수수와 콩으로 뒤덮인 외롭고 평평한 넓은 밭에 드리운 그림자만을 볼 뿐이다.

1965년 2월 싸늘한 추위 속에서 코닥 넘버 2 브라우니가 부서진다. 프랭크 주니어는 인스터매틱(Instamatic)으로 바꾼다. 사진첩은 그가 읽으려고 했던 어떤 책보다도 두꺼워진다. 하지만 다발 속의 사진 한 장 한 장은 사진을 찍은 남자가 잘 아는 무거운 공허함을 대수롭지 않게 여기는 외로운 나무 한 그루만을 보여줄 뿐이다. 렌즈를 열 때마다 농장은 프랭크 주니어의 등 뒤에 있다. 사진은 모든 것을 감춘다. 1920년대는 호엘 가족에게 그리 좋지 않았다. 대공황으로 1제곱킬로미터를 팔아야 하고 가족의 절반이 시카고로 떠난다. 라디오쇼 때문에 프랭크 주니어의 아들 둘이 농사를 그만둔다. 남태평양에서 호엘 한 명이 죽고 두 명의 호엘은 죄책감 속에 살아남는다. 디어(Deere)와 캐터필러(Caterpillar)가 트랙터 창고에 줄줄이 늘어난다. 어느 날 밤 무력한 동물들의 비명을 배경으로 헛간이 불에 완전히 탄다. 행복한 결혼식, 세례식, 졸업식이 수십 번 열린다. 대여섯 번쯤 간통 사건이 일어나고, 새들의 울음을 잠재울 정도로 슬픈 이혼이 두 번 벌어진다. 한 아들은 주 의회에 출마했지만 떨어진다. 사촌들 사이에 소송이 생긴다. 세 번의 깜짝 임신이 있고, 교구 목사와 루터파 교구민들 절반을 상대로 한참 동안 호엘가의 게릴라전이 일어난다. 베트남에서 돌아온 조카들과 함께 헤로인과 에이전트오렌지(고엽제)가 들어온다. 쉬쉬하는 근친상간, 오래 이어지는 알코올중독, 고등학교 영어 선생과 야반도주한 딸. 암(유방암, 결장암, 폐암), 심장병, 곡물배출기에 일꾼의 손이 낀 사건, 고등학교 파티 날 자동차 사고로 죽은 사촌의 아이. 레이지, 라운드업, 파이어스톰 같은 이름의 수많은 화학약품들과 자손을 못 보는 식물을 생산하도록 개량된 특허받은 종자들. 하와이에서의 50번째 결혼기념일과 재앙 같은 그 이후의 사건들. 애리조나와 텍사스로 흩어진 은퇴자들. 수 세대에 걸친 원한, 용기, 관용, 그리고 놀라운 관대함. 인간이 이야기라고 부를 만한 모든 것들이 그의 사진틀 바깥에서 벌어진다. 수백 번의 반복되는 계절을 거치며 자라는 속도에 맞추어 나무껍질이 나선형을 그리며 올라간 나무 한 그루만이 사진 안에 남아 있다.

호엘 농장에 종말이 다가온다. 아이오와 서부의 모든 가족 농장이 마찬가지다. 트랙터는 너무 거대해지고, 열차에는 너무 비싼 질소 비료가 가득하고, 경쟁은 너무 크고 효율적이 되고, 이윤은 너무 아슬아슬하고, 이익을 내기 위한 반복적인 줄뿌림 재배로 토양은 너무 황폐해졌다. 매년 또 다른 이웃이 거대하고, 잘 관리되고, 끊임없이 생산적인 단일작물 재배 공장에 흡수된다. 재앙을 앞에 둔 누구나 그렇듯이 프랭크 호엘 주니어는 자신의 운명에 점점 잠식된다. 그는 빚을 진다. 땅과 권리를 판다. 종자 회사와 해서는 안 되는 계약을 맺는다. 내년에, 그는 확신한다. *내년에 뭔가 일이 생겨서 언제나 그랬듯이 다 잘 해결될 거야.*

프랭크 주니어는 그의 아버지와 할아버지가 찍은 160장의 사진에 외로운 거인의 사진을 755장 추가했다. 그의 인생에서 마지막 4월 21일에 프랭크 주니어는 침대에서 꼼짝하지 못하고, 아들 에릭이 집에서 40분 거리에 있는 농장 언덕에 올라가 이제 무성한 가지로 프레임을 꽉 채우는 흑백사진을 한 장 더 찍는다. 에릭은 사진을 아버지에게 보여준다. 그게 아버지에게 사랑한다고 말하려고 애쓰는 것보다 더 쉽다.

프랭크 주니어는 씁쓸한 아몬드 같은 맛에 인상을 찡그린다.

"잘 들으렴. 난 약속을 했고, 지켰어. 넌 누구한테도 그런 약속을 안 했어. 그러니 그 망할 것은 그냥 내버려둬."

거대한 밤나무에게 가지를 그만 뻗으라고 명령하는 게 더 나았을 것이다.

사진들을 5초 동안 넘기는 사이에 그 세기의 전반 4분의 3이 지나간다. 니컬러스 호엘은 천 장의 사진 더미를 넘기며 그 세월 동안의 은밀한 의미를 찾아본다. 스물다섯 살인 그는 매년 크리스마스를 보냈던 농장으로 잠시 돌아왔다. 눈보라가 서쪽에서 몰려와서 전국의 비행기가 지상에 묶였다. 결항된 걸 생각하면 여기 있어서 다행이다.

그와 그의 친척들은 할머니와 함께 지내기 위해서 왔다. 내일, 더 많은 가족들이 주 전체에서 몰려올 것이다. 사진들을 쭉 넘기자 농장의 추억이 머릿속에 되살아난다. 어린 시절의 명절들, 칠면조나 캐럴, 한여름의 깃발과 불꽃놀이를 위해 몰려든 온갖 친척. 매해의 모임, 사촌들과 함께 며칠 동안 탐험을 하거나 옥수수를 묶는 지루한 일에 시달리던 시절, 그 모든 것들이 움직이는 나무 속에 암호화되어 있다. 사진을 거꾸로 넘기자 닉은 증기를 쐰 벽지처럼 세월이 벗겨져 나가는 것을 느낀다.

항상 동물이 있었다. 처음에는 개들, 특히 니컬러스의 가족이 긴 자갈길로 들어설 때마다 좋아서 반쯤 미쳐 날뛰던 다리가 세 개뿐인 개가 있었다. 그리고 말의 뜨거운 숨결과 소의 놀랄 만큼 뻣뻣한 털. 수확한 줄기들 사이를 헤집고 가는 뱀. 우편함 옆에서 우연히 발견한 토끼굴. 어느 7월, 미스터리와 응유 냄새를 풍기며 현관 아래서 기어 나온 반야생 고양이. 농장 뒷문 앞에 놓인 죽은 쥐 같은 조그만 선물들.

5초 필름은 오래된 장면들을 불러낸다. 엔진과 불가사의한 도구들이 가득한 기계 창고를 돌아다닌 것. 호엘가 사람들로 가득한 곰팡이 피고 갈라진 리놀륨이 깔린 부엌에 앉아 다람쥐들이 벽 기둥 사이의 숨겨진 소굴에서 발 구르는 소리를 듣던 것. 나이 어린 사촌 둘과 그들의 오래된 배 모양 손잡이가 달린 삽으로 닉이 곧 마그마가 나올 거라고 장담한 참호를 몇 시간 동안 파내던 것.

그는 돌아가신 할아버지의 서재가 있는 위층에 올라가 접이식 뚜껑이 달린 책상 앞에 앉아 창작자 4세대보다 더 오래 살아남은 프로젝트를 본다. 호엘가 농장에 쌓인 온갖 짐들—수백 개의 쿠키병과 유리 스노글로브, 아버지의 오래된 성적표가 든 다락방 상자, 증조할아버지가 세례를 받으신 교회에서 구해 온 발로 밟으며 연주하는 오르간, 아버지와 삼촌들의 케케묵은 장난감들, 광을 낸 소나무 스키틀 볼링핀, 그리고 길거리 밑의 자석으로 움직이는 멋진 도시—속에서 이 사진 뭉치는 아무리 봐도 언제나 질리지 않는 유일한 농장 보물이었다. 각 사진들은 그가 눈 감고도 올라갈 수 있을 만큼 자주 올랐던 나무밖에 보여주지 않지만, 넘겨보면 엄지손가락 아래서 코린트식 나무 기둥이 부풀어 올라 깨어나서 자유를 찾는다. 한 세기의 4분의 3이 식전기도를 올릴 시간 사이에 흘러간다. 아홉 살 때, 부활절 저녁 식사 시간에 닉이 사진 더미를 너무 많이 넘겨봐서 할아버지가 사진을 빼앗아 좀약을 넣은 선반 제일 위에 숨겨둔 적이 있었다. 닉은 어른들이 확실하게 아래층으로 내려가자마자 의자에 올라가서 사진을 도로 꺼냈다.

이것은 그의 생득권이자 호엘가의 상징이다. 이 지역의 어떤 가족에게도 호엘 나무 같은 나무는 없다. 그리고 아이오와의 어떤 가족도 수 세대에 걸친 사진 프로젝트라는 이런 기묘한 일에 견줄 만한 것이 없다. 그러나 어른들은 이 프로젝트의 목적이 뭔지 절대로 말하지 않기로 한 것 같았다. 그의 할아버지 할머니도, 아버지도 그에게 두꺼운 플립북의 의미를 설명해주지 못했다. 그의 할아버지는 이렇게 대답하셨다.

"난 내 아버지에게 약속을 했고, 아버지는 아버지의 아버지께 약속을 하셨지."

하지만 다른 때에는 또 이렇게 말씀하셨다.

"사물에 대해서 다르게 생각하게 만들어주지, 안 그러니?"

실제로 그랬다.

농장은 닉이 처음으로 스케치를 시작한 곳이었다. 연필로 그린 소년의 꿈들이었던 로켓, 기묘한 차들, 대규모 군대, 상상의 도시들이 매년 점점 더 상세한 바로크풍으로 발전했다. 그러다가 직접 관찰한 야생의 질감들이 대상이 되었다. 애벌레의 등에 난 수북한 털과 폭풍우 친 날씨의 흔적이 만든 마룻장의 무늬. 플립북에 취해서 처음으로 나뭇가지를 그리기 시작했던 것도 농장에서였다. 그는 7월 4일에 바닥에 드러누워 다른 사람들이 말편자를 던지는 동안에 넓게 가지를 펼친 나무를 올려다보았다. 계속 갈래 지는 가지는 기하학적이고, 화가로서 그의 힘으로 드러낼 수 있는 것 이상의 다양한 두께와 길이로 균형을 잡고 있었다. 가지 하나에 달린 수백 장의 뾰족한 나뭇잎들을 하나하나 구분하고 사촌들의 얼굴처럼 쉽게 알아보려면 뇌가 어떻게 되어 있어야 할까, 스케치를 하며 그는 생각했다.

또 한 번 마술 같은 영화를 넘겨보며 흑백의 브로콜리가 하늘을 찌르는 거인으로 변하는 모습보다 더 빠르게 할아버지에게 혼이 났던 아홉 살배기가 10대가 된다. 소년은 신과 사랑에 빠지고, 매일 밤 신에게 기도하지만 셸리 하퍼를 상상하며 자위하는 걸 참지 못한 채 점차 신에게서 멀어진다. 그러다 기타에 가까워지고, 마리화나를 반토막 피우다가 들켜서 시더래피즈 부근의 소년원에 6개월간 들어가고, 거기서 철창이 박힌 단체실 창밖으로 보이는 모든 모습들을 몇 시간 동안 스케치하다가 그는 자신의 삶을 기묘한 것을 만드는 데 써야 한다는 사실을 깨닫는다.

그는 이런 생각을 납득시키기가 힘들 거라고 확신했다. 호엘가 사람들은 농부나 사료 가게 주인, 그의 아버지처럼 농기계 판매원이고, 땅의 논리에 붙박이고 이유조차 묻지 않은 채 매년 끝없이 하루하루 오랫동안 일하는 데 몰두하는 굉장히 현실적인 사람들이었다. 닉은 그가 고등학교 시절을 견디는 걸 도와주었던 D. H. 로런스의 소설에 나온 것 같은 마지막 결전을 준비했다. 몇 주 동안 이 불합리한 요청이 목에 걸리는 것을 느끼며 연습을 했다. *아버지, 저는 상식이라는 존재의 가장자리에서 아버지의 돈으로 탈선하고 싶습니다. 그리고 확실한 무직자가 되고 싶습니다.*

그는 초봄의 어느 밤을 골랐다. 그의 아버지는 대부분의 밤에 그러시듯 방충망이 달린 현관의 긴 의자에 앉아 더글러스 맥아더 자서전을 읽고 계셨다. 니컬러스는 옆에 있는 리클라이너 의자에 앉았다. 산들바람이 방충망 사이로 들어와 그의 머리카락을 헝클었다.

"아버지? 저 미술학교에 가고 싶어요."

그의 아버지는 집안 혈통의 폐허 위로 내다보는 것처럼 책 위쪽 너머로 내다보았다.

"그런 종류의 이야기일 거라고 생각했다."

그리고 닉은 떠났다. 시카고루프에서 그가 마음 내키는 대로 그의 욕망에 내재된 온갖 단점들을 시험해볼 만큼 자유롭게 목줄이 늘어났다.

시카고의 학교에서 그는 많은 것을 배웠다.

1. 인류의 역사는 엄청나게 혼란스러운 굶주림의 이야기다.
2. 예술은 그가 생각하던 것과 전혀 다르다.
3. 사람들은 네가 만들려고 상상할 수 있는 모든 것들을 만든다.

연필심 끝으로 만드는 복잡한 수공예 초상.

폴리우레탄을 씌운 개똥. 작은 나라로 착각할 만한 토성.

4. 사물에 대해서 다르게 생각하게 만든다, 안 그래?

그의 작은 연필 스케치와 극사실적 트롱프뢰유(실물과 착각할 정도로 세밀한 그림)를 보고 그의 동료들은 비웃었다. 하지만 그는 매 학기마다 계속해서 그것들을 그렸다. 그리고 3학년이 될 무렵 그는 악명이 자자해졌다. 약간은 존경을 얻기도 했다.

4학년 겨울밤에, 로저스파크의 청소도구함 수준의 셋방에서 그는 꿈을 꾸었다. 그가 사랑하던 여학생이 그에게 네가 정말로 만들고 싶은 게 뭐야? 라고 묻는 꿈이었다. 그는 하늘 쪽으로 손을 뻗고 어깨를 으쓱였다. 그의 손바닥 한가운데에 조그맣게 피가 고였다. 그 핏방울 위쪽으로 두 개로 갈라진 가시가 자라났다. 그는 놀라서 손을 흔들어 털다가 정신을 차렸다. 30분쯤 지나 심장이 느려지면서 그는 그 가시가 어디서 나온 건지 깨달았다. 120년 전에, 집시와 노르웨이인 피가 섞인 고고조 할아버지가 아이오와 서부의 평원이라는 원시예술 통신교육학교에 자가등록을 하시면서 심으신 밤나무의 저속촬영 사진에서다.

닉은 접이식 뚜껑이 달린 책상 앞에 앉아서 다시금 플립북을 넘긴다. 작년에 그는 미술대학에서 조각 부문 스턴상을 받았다. 올해는 지난 사반세기 동안 서서히 죽어가고 있는 시카고의 유명한 백화점에서 일을 하고 있다. 다행히 그는 친구들을 창피하게 만들고 다른 사람들을 화나게 만들 만한 기묘한 예술품을 만들어도 된다는 자격증을 땄다. 오크파크의 유스토어잇(U-Stor-It) 창고에는 길거리 가면극용 종이반죽 의상과 앤더슨빌 근처 작은 극장에서 상영하고 사흘 후에 끝난 쇼의 초현실주의적 세트가 가득하다. 하지만 오래된 농부 가문에 속한 스물다섯 살 자손은 자신의 최고작이 아직까지 나오지 않았다고 믿고 싶다.

크리스마스이브 전날이다. 호엘가 사람들이 내일 대규모로 몰려오겠지만 그의 할머니는 이미 행복한 상태다. 할머니는 오래되고 바람이 숭숭 부는 집에 자손들이 가득 차는 날만 기다리며 산다. 더 이상 농장은 없고, 섬 같은 언덕 위의 집뿐이다. 호엘가의 모든 땅은 수백 킬로미터 떨어진 사무소에서 운영하는 집단에 장기 대여 중이다. 아이오와의 땅은 경영합리화 면에서 이미 종말을 맞았다. 하지만 120년 동안 호엘가의 크리스마스가 항상 그랬듯이 이 명절 동안만큼은 이곳이 말구유에서의 기적적인 출산과 구세주 탄생의 배경이 될 것이다.

닉은 아래층으로 내려간다. 오전 중반이고 그의 할머니와 아버지, 어머니는 피칸롤이 가득하고 이미 조그만 사탕처럼 닳아버린 골패들이 놓인 식탁 주위에 모여 앉아 있다. 바깥에서는 추위가 싸늘한 정도를 넘어섰다. 삼나무 벽을 뚫고 들어오는 북극의 바람을 막기 위해서 에릭 호엘은 오래된 프로판가스 난로를 켜놓았다. 벽난로에서는 불길이 타오르고, 음식은 5000명을 먹일 정도로 넘치고, 와이오밍만큼 커다란 새 텔레비전은 아무도 신경 쓰지 않는 미식축구 경기를 보여주고 있다.

니컬러스가 말한다.

"오마하 가실 분?"

겨우 한 시간 거리인 조슬린 박물관에서 미국 풍경 전시회를 하고 있다. 어젯밤에 그가 아이디어를 냈을 때 어른들은 관심이 있어 보였다. 하지만 지금은 다들 시선을 돌린다.

그의 어머니가 그에게 창피한 듯 미소를 짓는다.

"난 약간 감기 기운이 있구나, 애야."

아버지가 덧붙인다.

"우린 지금 아주 편안하단다, 닉."

할머니도 멍하니 동의하듯 고개를 끄덕이신다.

"좋아요. 다들 그렇게 뻗어 계시든지요! 전 저녁때까지 올게요."

니컬러스가 말한다.

눈이 주간 고속도로 위로 흩날리고, 점점 더 많이 온다. 하지만 그는 중서부 출신이고 그의 아버지가 차에 새 스노타이어를 끼워두지 않으셨다면 그건 그야말로 아버지답지 않은 일이다. 미국 풍경 전시회는 근사하다. 실러의 작품만으로도 닉은 질투 섞인 감탄을 느낀다. 그는 박물관에서 쫓겨날 때까지 머무른다. 떠날 무렵에는 날이 어둡고 바람이 그의 부츠 위쪽까지 소용돌이친다.

그는 주간 고속도로로 올라와서 동쪽으로 천천히 달린다. 길은 새하얗다. 밖으로 나올 만큼 멍청한 모든 운전자들은 하얀 눈을 뚫고 앞차의 후미등에 바싹 붙어 천천히 행진한다. 닉이 만드는 바큇자국은 아래 있는 차로와 아주 추상적인 관계만을 갖고 있다. 갓길의 요철에 차가 흔들리는 소리는 눈 때문에 낮아져서 거의 들리지 않는다.

고가도로 아래에서 그는 미끄러운 얼음판을 지나간다. 차가 옆으로 죽 미끄러진다. 그는 자유분방한 미끄러짐에 항복하고 차가 똑바로 갈 때까지 연처럼 차를 구슬린다. 그는 하이빔을 껐다 켰다 하며 눈의 커튼 속에서 어느 쪽이 덜 눈부신지 확인하려 한다. 한 시간 후 그는 간신히 30킬로미터를 왔다.

눈으로 어두운 터널 안에서 경찰 다큐멘터리의 야간 장면 같은 모습이 펼쳐진다. 18륜 트럭이 방향을 홱 틀더니 상처 입은 동물처럼 이쪽저쪽으로 흔들리며 중앙으로 달려와 100미터 정도 앞에서 니컬러스의 옆구리 쪽으로 달려든다. 그는 사고로부터 간신히 피해서 오른쪽 갓길로 미끄러진다. 차 오른쪽 뒷부분이 가드레일에 부딪친다. 왼쪽 앞 범퍼는 트럭의 뒤쪽 타이어와 살짝 닿는다. 그는 끽 소리를 내며 멈춰서 몸을 떨기 시작한다. 너무 떨려서 차를 몰 수가 없다. 차는 고립된 운전자들로 가득한 휴식공간으로 조금씩 움직인다.

화장실 앞에 공중전화가 있다. 그는 집에 전화를 걸지만 연결이 되지 않는다. 크리스마스이브 전날 밤, 주 전체의 전화가 끊긴 상태다. 부모님이 굉장히 걱정하실 게 분명하다. 하지만 지금 할 수 있는 분별 있는 행동은 차에 웅크리고 앉아서 두어 시간 자며 모든 게 멈추고 제설기가 오기만을 기다리는 것뿐이다.

그는 새벽이 되기 직전에 도로로 돌아간다. 눈은 거의 그쳤고 차들이 양쪽 방향으로 천천히 움직인다. 그는 집으로 기어간다. 운전에서 가장 어려운 부분은 고속도로 출구 끝에 있는 작은 언덕을 올라가는 것이다. 그는 경사로에서 이리저리 미끄러지다가 농장으로 돌아가는 길로 접어든다. 길을 따라 바람이 분다. 하얗게 눈이 쌓인 호엘 밤나무가 멀리 앞쪽 지평선 끝에 유일하게 솟아 있는 탑처럼 나타난다. 두 개의 작은 불빛이 집의 위층 창문에서 빛난다. 이렇게 이른 시간에 누가 거기서 뭘 하고 있는지 상상도 가지 않는다. 누군가가 그의 소식을 기다리며 밤을 샜나 보다.

집으로 향하는 길에는 눈이 가득 쌓여 있다. 할아버지의 오래된 제설 트럭은 아직 헛간에 있다. 아버지가 지금쯤이면 두어 번은 왔다 갔다 하셨어야 하는데. 닉은 바람과 싸우지만 바람이 너무 강하다. 그는 앞길 중간쯤에서 차를 놔두고 집까지 남은 길을 걸어간다. 앞문을 밀고 들어가면서 그가 큰 소리로 노래한다.

"오, 바깥의 날씨가 끔찍하다네!"

하지만 아래층에는 웃을 사람이 아무도 없다.

나중에, 그는 자신이 그 현관 앞에서 이미 알았던 게 아닐까 고민할 것이다. 하지만 아니었다. 계단 발치를 빙 돌아가서야 아버지가 머리를 아래로 떨구고 팔을 기묘한 각도로 구부린 채 바닥에 절을 하고 계신 것을 발견한다. 닉은 소리를 지르며 아버지를 도우려고 몸을 구부리지만, 도울 만한 건 아무것도 없다. 그는 일어나서 한 번에 두 개씩 계단을 뛰어오른다. 하지만 이미 모든 것이, 알아야 하는 모든 것이 크리스마스처럼 명백하다. 위층에서는 두 여자가 침실에서 웅크리고 잠든 채 깨어나지 못한다. 크리스마스 이브의 늦잠이다.

희미한 연기가 그의 다리와 상체를 타고 올라온다. 그는 연기 속으로 빠져든다. 닉은 오래된 프로판가스 난로가 여전히 돌아가고 있는 아래층으로 달려 내려간다. 난로가 뿜어내는 가스가 아버지가 최근에 추가로 단열 처리를 한 천장 아래로 고이고 있다. 닉은 더듬더듬 앞문을 열고 현관 앞쪽 계단으로 비틀거리며 내려가 눈 속에 쓰러진다. 그는 얼음장 같은 하얀 눈 속에서 몸을 굴리고서 숨을 헐떡이며 되살아난다. 고개를 들자 파수꾼 나무의 가지가 외롭게, 거대하게, 사방으로, 바람 속에 헐벗은 채 뻗어서 아래쪽 가지들을 들어 올리고 그 두툼한 몸통을 으쓱인다. 사방으로 자라난 수많은 잔가지들은 너무나도 사소하고 너무나 덧없는 이 순간을 그 나이테에 새기고, 새파란 중서부 겨울 하늘을 배경으로 수기신호를 보내는 가지들이 기도해줄 거라는 듯이 바람 속에서 잘그락거린다.

미미 마

1948년, 마 시 수인이 샌프란시스코로 건너가는 3등석 표를 산 날, 아버지는 그에게 영어로 말을 하기 시작한다. 그를 위한 강제 연습이다. 아버지의 권위 있는 영국 식민지식 영어는 전자공학자인 시 수인 자신의 기능적 언어보다 훨씬 더 낫다.

"아들아. 내 말 들으렴. 이건 재앙이야."

그들은 반은 무역회사이고 반은 가족의 거주지인 상하이의 복합건물 위층 사무실에 앉아 있다. 난징루의 회사가 창문으로 보이고, 재앙은 어디에도 보이지 않는다. 하지만 마 시 수인은 정치적이지 않고, 그의 시력은 촛불 아래서 많은 수학 문제를 푸는 데에 익숙할 뿐이다. 예술학자이자 훌륭한 서예가, 본부인과 두 명의 첩을 둔 가장인 그의 아버지는 은유를 쓰지 않고는 말을 하지 못한다. 은유는 시 수인을 부끄럽게 만든다.

"우리 가족은 여기까지 왔어. 말하자면 페르시아에서 중국의 아테네까지 말이다."

시 수인이라면 그런 말을 절대로 하지 않겠지만, 어쨌든 고개를 끄덕인다.

"우리 후이족 무슬림은 이 나라가 우리에게 던진 모든 것을 주워서 포장해서 노로 팔았지. 이 건물, 항저우의 우리 맨션…… 우리가 어떤 걸 견디고 살아남았는지 생각해보렴. 마 가문의 회복력을!"

마 쇼잉이 8월의 하늘을 올려다보며 마 무역회사가 살아남은 모든 재난들을 바라본다. 식민지 착취. 태평천국의 난. 태풍으로 망가진 가족의 실크 농장. 1911년의 신해혁명과 1927년의 상하이 쿠데타. 그의 얼굴이 방의 어두운 구석으로 돌아간다. 자신을 대신해 메카에 갈 순례자를 고용한 부유한 철학자조차 차마 소리 내서 말할 수 없는 폭력의 희생자들, 유령은 사방에 있다. 그는 종이가 쌓인 책상 위에 손바닥을 올린다.

"일본인들도 우릴 부수지는 못했어."

역사는 시 수인에게 성급하고 무작위적인 변화를 가져온다. 그는 1948년 비자를 승인받은 중국 학생들 몇 명 중 하나로 나흘 안에 미국에 갈 것이다. 몇 주 동안 그는 지도를 공부하고, 승인 편지를 읽고, 어려운 온갖 이름들을 연습했다. *USS 제너럴메이그스. 그레이하운드 슈퍼코치. 카네기 공과대학.* 1년 반 동안 그는 게이블 클라크와 아스테어 프레드가 나오는 영화를 보러 가서 새로운 언어를 연습했다.

그는 자부심을 갖고 영어로 말한다.

"아버지가 원하면 저는 여기 남아요."

"네가 남기를 원하냐고? 넌 내가 하는 말을 전혀 이해하지 못하고 있어."

아버지의 시선은 시 같다.

너는 어째서
이 갈림길에서 눈을 비비며
머뭇거리고 있느냐?

내 말을 이해 못하는구나,

그렇지, 얘야?

쇼잉은 의자에서 일어나 창가로 다가간다. 그가 그 난장판, 미래로부터 이윤을 얻고 싶어서 안달이 난 장소인 난징루를 내려다본다.

"너는 우리 가족에게 내린 구원이야. 공산당들이 6개월 안에 여기 올 거다. 그러면 우리 모두……. 아들아, 사실을 마주하렴. 넌 사업에 어울리지 않아. 넌 늘 공대를 가야만 했어. 하지만 네 여동생들과 남동생들은? 네 사촌들과 고모들과 삼촌들은? 돈 많은 후이족 장사꾼들. 우린 종말이 다가오면 3주도 버틸 수 없을 거다."

"하지만 미국인들이요. 그들이 약속해요."

마 쇼잉은 책상 앞으로 돌아와서 손가락으로 아들의 턱을 잡는다.

"아들아. 귀뚜라미와 전서구를 애완동물로 삼고 단파 라디오를 가진 내 순진한 아들. 황금산은 너를 산 채로 삼킬 거다."

그는 아들의 얼굴을 놓아주고 복도를 따라 경리 출납구로 가서 철창을 연다. 그가 파일 캐비닛을 옆으로 밀자 시 수인이 그 존재를 짐작도 못했던 벽 금고가 나타난다. 쇼잉이 새틴 천으로 싼 평평한 나무 판 세 개를 꺼낸다. 시 수인은 그 안에 뭐가 있는지 안다. 실크로드부터 와이탄에 이르기까지 마 가문의 수 세대에 걸친 이윤을 옮길 수 있는 형태로 정리한 것이다.

마 쇼잉은 반짝이는 것들 몇 줌을 손으로 훑으며 하나하나를 잠시 살피다가 쟁반에 도로 올려놓는다. 마침내 그가 찾던 것을 찾아낸다. 조그만 새 알 같은 세 개의 옥반지다. 세 개의 옥을 그가 조명 쪽으로 들어 올린다.

시 수인이 숨을 들이켠다.

"색깔 좀 봐요!"

탐욕, 부러움, 신선함, 성장, 순수함의 색깔. 초록, 초록, 초록, 초록, 또 초록. 목에 건 주머니에서 쇼잉은 보석상의 확대경을 꺼낸다. 그리고는 옥반지를 빛 속에 놓고 마지막으로 살핀다. 그가 첫 번째 반지를 시 수인에게 주고, 시 수인은 화성에서 가져온 돌이라도 되는 듯 반지를 쳐다본다. 그것은 옥으로 된 몸통과 가지가 여러 겹으로 구불구불하게 뭉쳐진 덩어리다.

"너는 세 그루 나무 사이에 살고 있어. 하나는 네 뒤에 있지. 네 페르시아 조상들을 위한 생명의 나무인 로트나무. 일곱 번째 하늘의 경계에 있고, 아무도 지나갈 수 없는 나무야. 아, 하지만 기술자들에게 과거는 아무 쓸모도 없지, 안 그러니?"

그 말이 시 수인을 어리둥절하게 만든다. 그는 아버지의 빈정거림을 알아들을 수가 없다. 그는 첫 번째 반지를 돌려주려고 하지만 아버지는 두 번째를 보느라 바쁘다.

"또 다른 나무는 네 앞에 서 있어. 먼 동쪽에 있고 생명의 영약을 지키는 마법의 뽕나무 푸상(扶桑)이지."

그가 확대경을 손으로 쥐고 시선을 든다.

"넌 이제 푸상으로 가는 거야."

그가 옥을 건넨다. 반지는 믿을 수 없을 정도로 세밀하다. 뒤엉킨 나뭇잎 가장 위쪽으로 새가 날아간다. 기우뚱한 가지에는 누에고치가 매달려 있다. 세공사는 끝이 다이아몬드로 된 미세침을 사용한 게 분명하다.

쇼잉이 확대경을 눈에 바싹 대고 마지막 반지를 본다.

"세 번째 나무는 네 주위 사방에 있어. 지금이라는 나무야. 그리고 지금 그 자체처럼, 이건 네가 어디를 가든 따라갈 거다."

그가 세 번째 반지를 아들에게 주고, 아들이 묻는다.

"무슨 종류의 나무요?"

아버지가 또 다른 상자의 천을 푼다. 짙은 색으로 옻칠한 나무가 두 쌍의 경첩을 따라 열리고 두루마리가 나타난다. 그는 오랫동안 푼 적 없었던 두루마리의 끈을 푼다. 두루마리가 펼쳐지고 옷자락 주름보다도 피부가 더 늘어지고 쪼글쪼글한 남자들의 초상화 여럿이 나타난다. 한 명은 숲 입구에서 지팡이에 몸을 기대고 있다. 한 명은 벽에 있는 좁은 창문 바깥을 바라본다. 또 한 명은 비틀린 소나무 아래에 앉아 있다. 시 수인의 아버지가 그 위쪽 허공을 두드린다.

"이런 종류지."

"이 사람들 누구죠? 이 사람들 뭐죠?"

그의 아버지는 너무 오래돼서 시 수인은 읽을 수 없는 글자를 본다.

"루오한(羅漢). 아라한(阿羅漢)이지. 깨달음의 네 단계를 통과하고 이제는 순수한 앎의 기쁨 속에 사는 성자들이야."

시 수인은 그 빛나는 것을 차마 만질 수가 없다. 그의 가족은 물론 부유하다. 굉장히 부유해서 많은 일가 사람들이 더 이상 아무것도 하지 않는다. 하지만 이걸 가질 만큼 부유하다고? 아버지가 이런 보물을 비밀로 했다는 사실에 화가 나지만 시 수인은 어떻게 화를 내야 하는지 알지 못하는 사람이다.

"왜 전 이것에 관해 모르죠?"

"지금 알잖니."

"저는 뭘 하면 바라세요?"

"맙소사, 네 문법은 끔찍하구나. 전자기 분야의 네 선생들은 네 영어 선생보다는 더 유능했을 테지?"

"얼만큼 오랜가요, 이건? 천 년? 그 이상?"

오므린 손이 아들을 진정시킨다.

"아들아, 들으렴. 가족의 재산은 여러 가지 방식으로 보관할 수 있어. 이게 내 방식이란다. 난 우리가 이것들을 모아서 지킬 수 있을 거라고 생각했어. 세상이 제정신으로 돌아오면 제집을 찾아줄 수 있을 거라고. 어딘가

의 박물관 같은 곳에, 모든 방문자들이 우리의 이름을 연관 지을 수 있는
곳에……."

그는 열반의 입구에서 서성이는 루오한들을 향해 고갯짓을 한다.

"이걸 갖고 네가 하고 싶은 대로 하렴. 이건 네 거야. 어쩌면 이것들이 너
에게 뭘 원하는지 알아낼 수도 있겠지. 중요한 건 공산당의 손에 들어가지
않게 지키는 거다. 공산당은 이것들로 제놈들 엉덩이나 닦을 거야."

"이걸 미국에 가지고 가요?"

그의 아버지가 두루마리를 다시 말아서 너덜너덜한 끈으로 대단히 신중
하게 묶는다.

"공자의 땅에서 온 무슬림이 귀중한 불화 몇 장을 기독교의 성채 피츠버
그로 가져가는 거야. 완벽하지 않으냐?"

그는 두루마리를 다시 상자에 넣고서 아들에게 건넨다. 상자를 받다
가 시 수인은 반지 하나를 떨어뜨린다. 그의 아버지가 한숨을 쉬고 몸을 구부
려 먼지 쌓인 바닥에서 보물을 줍는다. 그는 다른 두 개의 반지를 시 수인의
손에서 받아든다.

"이걸 넣어서 월병을 만들 수 있을 거다. 두루마리는…… 생각을 좀 해
보자."

그들은 보석이 놓인 쟁반을 금고에 넣고 파일 캐비닛을 그 앞으로 다시
밀어놓는다. 그런 다음 경리 출납구를 잠그고, 사무실 문을 닫고, 아래층으
로 내려온다. 세상의 끝이 다가오고 있는데도 일하는 사람들로 가득한 난
징루에 나와서 그들은 잠깐 멈춰 선다.

"다시 가지고 올게요. 학교를 마치고 나서, 여기가 다시 안전해지면요."

시 수인이 말한다.

아버지는 길거리를 바라보고 고개를 흔든다. 그리고 혼잣말처럼 중국어
로 말한다.

"사라진 곳으로 돌아올 수는 없지."

납작한 짐 가방 두 개와 종이 상자 하나를 갖고서 마 시 수인은 상하이에서 홍콩으로 가는 열차를 탄다. 거기서 그는 상하이 미국 영사관에서 받은 건강증명서가 선의(先醫)를 만족시키기에는 부족하다는 걸 알게 되고 50달러를 더 내고 다시 그에게 검진을 받는다.

제너럴메이그스호는 퇴역해서 아메리칸프레지던트라인스에 팔려 태평양 여객선으로 사용되고 있다. 배는 1500명이 탈 수 있는 조그만 세계다. 시 수인은 햇살로부터 3층 아래인 아시아인 전용 갑판 중 하나에 자리를 잡는다. 유럽인들은 위쪽에, 햇살 속에서 덱체어에 앉아 제복을 입은 웨이터들에게 차가운 음료를 대접받고 있다. 시 수인은 수십 명의 다른 남자들과 벌거벗고 양동이 아래서 샤워를 해야 한다. 물을 잔뜩 머금은 소시지, 끈적끈적한 감자, 소금 쳐서 말린 소고기 등의 음식은 끔찍하고 삼키기도 힘들다. 시 수인은 상관하지 않는다. 그는 미국에, 위대한 카네기 공대에 가서 전자공학 학위를 딸 것이다. 불결한 아시아인 숙소조차 사치다. 폭탄도 떨어지지 않고, 강간이나 고문도 없으니까. 그는 몇 시간 동안 침상에 앉아서 창조의 왕이 된 기분으로 망고씨를 빤다.

그들은 마닐라, 그다음에 괌, 그다음에 하와이에 정박한다. 21일 후에 그들은 푸상의 행운의 땅으로 들어가는 입구인 샌프란시스코 항구에 도착한다. 시 수인은 그의 영어 이름을 자수로 놓은 두 개의 짐 가방과 얇은 종이 상자를 갖고 출입국 심사 줄에 선다. 그는 이제 시 수인 마다. 그 자신이 뒤집어 입을 수 있는 가벼운 재킷이 된 것처럼 뒤집혔다. 색깔 있는 딱지들이 짐가방에 가득 붙어 있다. 배의 스티커, 분홍색 난징 대학 깃발, 오렌지색 카네기 공대 깃발. 그는 일본만 빼고 모든 나라 사람들에 대한 애정으로 가득한 미국인이 된 것처럼 자유로운 기분이다.

세관원은 여자다. 그녀가 그의 서류를 본다.

"마가 세례명이에요, 성이에요?"

"세례명은 없습니다. 무슬림 이름만 있어요. 후이예요."

"그거 일종의 사이비 종교예요?"

그는 미소를 지으며 여러 번 고개를 끄덕인다. 여자가 눈을 가늘게 뜬다. 한순간 그는 겁에 질려서 들킨 건가 생각한다. 그는 생일이 1925년 11월 7일이라고 거짓말을 했다. 사실 그는 열한 번째 달 일곱 번째 날에 태어나긴 했다. 음력으로. 양력으로 환산하는 방법은 모른다.

그녀는 그에게 머무는 기간, 목적, 장소, 그의 서류에 있는 모든 내용을 물어본다. 이 모든 대화는 그가 서류에 쓴 것을 기억하고 있는지 간단히 시험하는 거라고 시 수인은 생각한다. 여자가 그의 짐 가방을 가리킨다.

"그것 좀 열어보겠어요? 아뇨, 다른 쪽요."

여자는 음식 상자의 내용물을 검사한다. 천 년 된 달걀들로 감싼 세 개의 월병. 여자는 무덤이 열리자마자 구역질을 한다.

"맙소사. 닫아요."

여자가 옷과 공학 서적을 살피다가 그가 직접 수선한 신발 바닥을 잠시 조사한다. 여자는 시 수인과 아버지가 눈에 띄는 곳에 숨겨두기로 한 두루마리 상자를 찾아낸다.

"여기엔 뭐가 들었죠?"

"선물요. 중국 그림이에요."

"열어봐요."

시 수인은 아무 생각도 하지 않으려고 노력한다. 그는 최소한 앞으로 4년 동안 그가 받을 급료보다 훨씬 많은 가치를 가졌고, 최악의 경우에는 밀수로 체포될 수도 있는 작품 말고 다른 것, 자신의 전서구, 플랑크상수, 아무거라도 떠올리려고 노력한다.

세관원은 아라한의 모습을 보고 인상을 찡그린다.

"누구예요?"

"성자들이에요."

"이 사람들 뭐가 문제인 거죠?"

"행복요. 그들은 진실된 것을 봐요."

"그게 뭔데요?"

시 수인은 중국 불교에 대해서 아무것도 모른다. 그는 영어도 대충만 할 수 있을 뿐이다. 그런데 이제 이 미국 여자 세관원에게 깨달음에 관해서 설명을 해야 한다.

"진실된 것은 인간, 아주 작고, 인생, 아주아주 크다는 뜻이에요."

세관원이 코웃음을 친다.

"그 사람들은 그걸 이제 깨달았대요?"

시 수인은 고개를 끄덕인다.

"그래서 행복하다고요?"

여자는 고개를 흔들고 그에게 가라고 손을 흔든다.

"피츠버그에서 행운이 있길 빌죠."

시 수인은 간단한 공학적 해결책으로 윈스턴 마가 된다. 전설에서 사람들은 새, 동물, 나무, 꽃, 강물 등 온갖 것으로 변한다. 윈스턴이라는 이름의 미국인이 못 될 이유가 뭐 있겠는가? 그리고 동쪽에 있다는 아버지의 전설적인 땅 푸상은 피츠버그 이래 몇 년이 지나고서 일리노이주 휘턴으로 바뀐다. 윈스턴 마와 그의 새 신부는 텅 빈 뒤뜰에 커다란 뽕나무를 심는다. 그것은 음과 양이라는 분리보다 더 오래된, 두 개의 성을 가진 한 그루의 나무이자 부활의 나무이고, 우주의 중심에 있는 나무이자 성스러운 도를 품은 속이 빈 나무다. 이것은 마 가족의 재산을 만들어준 실크를 만드는 나무이고, 결코 이것을 볼 수 없을 아버지를 기리기 위한 나무다.

그는 새로 심은 나무 근처에 서 있다. 그의 발치에는 약속과도 같은 원형의 검은 토양이 있다. 그는 무명 바지에조차 흙 묻은 손을 닦지 않을 것이다. 한때 중국에 선교사로 갔던 몰락한 남부 농장 집안의 후손인 그의 아내 샬럿이 그에게 말한다.

"중국에 그런 말이 있잖아요. '나무를 심기에 가장 좋은 때는 언제일까? 바로 20년 전이지'."

중국인 엔지니어가 미소를 짓는다.

"좋은 말이지."

"'그다음으로 좋은 때는? 지금'."

"아! 좋아!"

미소가 진심으로 바뀐다. 오늘 이전까지 그는 아무것도 심어본 적이 없었다. 하지만 그다음으로 좋은 때인 지금은 길고 모든 것을 다시 쓴다.

수많은 지금이 지나간다. 또 한 번, 세 어린 소녀들이 아침 식사 나무 아래서 콘플레이크를 먹는다. 여름이다. 뽕나무는 수과(瘦果)를 흐드러지게 매달고 있다. 첫째인 아홉 살 난 미미는 동생들과 함께 떨어진 과일들 사이에 앉아 있다. 옷은 빨갛게 물들어 있고, 가족의 운명을 한탄한다.

"전부 다 마오 잘못이야."

1967년 한여름, 일요일 아침에 문이 잠긴 부모님의 침실에서 베르디가 울려 퍼진다. 미미가 어린 시절 매주 일요일마다 그랬다.

"그 돼지 같은 마오. 그 사람만 아니었다면 우린 백만장자가 될 수 있었는데."

막내인 어밀리아가 시리얼이 다 녹도록 휘젓던 것을 멈춘다. "마오가 누구야?"

"세계 최고의 사기꾼. 그 사람이 할아버지가 가진 모든 걸 훔쳐 갔어."

"누가 할아버지 걸 훔쳤어?"

"탈레튼 할아버지 말고. 마 할아버지."

"마 할아버지가 누구야?"

"중국 할아버지." 둘째 카먼이 말한다.

"난 그 할아버지 본 적 없어."

"아무도 그분은 못 봤어. 엄마도."

"아빠도 못 봤어?"

"그분은 수용소에 계셔. 부자들을 가둬놓은 곳에."

카먼이 말한다. "아빠는 왜 절대로 중국어를 안 하지? 좀 이상해."

그들의 아버지가 가진 수많은 미스터리 중 하나다.

"아빠가 내가 이기고 있는데 내 포커칩을 훔쳐갔어."

어밀리아가 그릇의 우유를 나무에 부으며 말한다.

"얘기 그만해. 턱 닦아. 그러지 마. 뿌리가 썩는단 말이야."

미미가 지시한다.

"아빠는 도대체 뭐 해?"

"엔지니어잖아. 바보야."

"그건 나도 알아. '난 열차를 운전한단다. 뿡, 뿡!' 아빤 매번 내가 웃길 바라신다니까."

미미는 멍청한 행동을 참아주지 않는다.

"아빠가 뭐 하시는지 알잖아."

그들의 아버지는 서류 가방만 하면서 자동차 배터리로 작동되고 어디든지 갖고 다닐 수 있는 전화기를 발명하고 있다. 온 가족이 실험하는 걸 돕는다. 그들은 장거리 전화를 할 때마다 차고에 가서 쉐비에 앉아야 한다. 아버지는 그것을 전화 박스라고 부른다.

"실험실이 좀 오싹한 거 같지 않아? 큰 감옥처럼 들어갈 때 서명을 해야 되잖아."

카먼이 말한다. 미미는 가만히 앉아 귀를 기울인다. 위층 부모님 방 창문에서 베르디가 들려온다. 그들은 아침 식사 나무 아래서 식사를 해도 된다는 허락을 받았지만, 일요일만이다. 일요일 아침에 그들이 시카고까지 걸어가도 아무도 모를 것이다.

카먼이 미미의 시선을 따라간다.

"아침 내내 저기서 두 분이 *뭐 하신다고* 생각해?"

미미는 몸을 부르르 떤다.

"내 주파수에서 좀 빠져줄래? 네가 그러는 거 정말 싫어!"

"옷 벗고 서로 만지고 계실까?"

"역겨운 소리 좀 하지 마."

미미는 그릇을 내려놓는다. 머릿속을 비우고 생각할 장소가 필요하고, 그말은 높은 데로 올라가야 한다는 뜻이다. 그녀는 뽕나무의 낮은 V자 가지 사이를 밟고 심장이 쿵쿵 뛰는 상태로 올라간다. *내 실크 농장이지.* 아버지는 항상 그렇게 말한다. *누에만 없을 뿐이야.*

카먼이 소리친다.

"올라가면 안 돼. 아무도 나무에 올라가면 안 되잖아. 내가 다 말할 거야!"

"그럼 널 벌레처럼 납작 눌러버릴 줄 알아."

이 말에 어밀리아가 웃는다. 미미는 나뭇가지에서 멈춘다. 과일이 주위에 온통 매달려 있다. 그녀는 하나를 따 먹는다. 건포도처럼 달콤하지만 짧은 인생 동안 이미 너무 많이 먹어서 물린다. 가지는 지그재그로 나 있다. 이파리의 형태가 이렇게 수없이 많다는 사실이 어쩐지 신경 쓰인다. 하트 모양, 장갑 모양, 괴상한 보이스카우트 선서 모양. 몇 개는 아래쪽에 털이 나 있어서 소름이 끼친다. 왜 나무에 털이 있어야 되지? 모든 이파리는 톱니 모양이고, 그들 세 자매처럼 세 개의 주맥이 있다. 그녀는 손을 내밀어 이후에 일어날 끔찍한 일을 알면서 하나를 딴다. 상처에서 나무의 진득한 우윳빛 피가 흘러나온다. 이걸 벌레들이 실크로 바꾸는 걸 거야. 그녀는 생각한다.

어밀리아가 울기 시작한다.

"그만해! 언니가 나무를 아프게 하잖아. 비명을 지르는 소리가 들려!"

카먼은 미미가 가려고 하는 창문을 올려다본다.

"아빠가 기독교도이긴 해? 우리랑 같이 교회에 갈 때마다 예수님 얘기는 한 번도 안 하시잖아."

미미는 그들의 아버지가 조금 동떨어진 인물이라는 걸 안다. 그는 작고 귀엽고 잘 웃고 상냥하고, 수학과 미국 차와 선거와 캠핑을 사랑하는 무슬림계 중국인이다. 지하실에 싸게 산 물건을 쌓아두는 장기 계획가이고, 매일 밤늦게까지 일하고, 10시 뉴스가 할 때 리클라이너 의자에서 잠이 든다. 모두가, 특히 아이들이 아버지를 사랑한다. 하지만 아버지는 차이나타운에서조차 절대로 중국어를 하지 않는다. 가끔씩, 버터스카치 아이스크림을 먹거나 싸늘한 밤에 국립공원에서 모닥불 주위에 앉아 있을 때면 미국에 오기 전 삶에 대해서 말하기도 한다. 상하이에서 애완용 귀뚜라미와 비둘기를 키웠던 것. 언젠가 가정부를 간지럽히려고 복숭아털을 깎아내서 블라우스에 뿌려놨던 것. *웃지 마라. 난 천 년쯤 지났어도 아직도 미안하니까.*

하지만 미미는 바로 어제까지, 놀이터에서 울면서 집으로 돌아온 끔찍한 토요일까지 아버지에 대해서 별로 아는 게 없었다.

"무슨 일이야? 왜 그러니?"

그녀는 남자 앞에 웅크리고 앉았다.

"중국인은 전부 쥐를 먹고 마오를 사랑하는 공산주의자예요?"

마침내 아버지는 그녀에게 다른 세상의 이야기를 해주었다. 미미는 상당 부분을 이해하지 못했다. 하지만 이야기를 하는 동안 아버지는 늦은 밤 어두운 구석으로 가득하고, 음산한 음악이 흐르고, 수천 명이 나오는 흑백 스릴러 영화의 등장인물로 바뀌었다. 아버지는 그녀에게 난민 구호법으로 미국인이 되었지만 갈 곳 없는 학자들에 관해서 이야기하셨다. 그리고 아버지와 함께 온 다른 중국인들에 대해서도 이야기하셨다. 그중 한 명은 과학분야에서 위대한 상을 탔다. 그 이야기에 미미는 깜짝 놀랐다. 미국과 공산주의자들이 아버지의 뇌를 두고 싸웠다니.

"이 마오라는 사람은 말이지, 나한테 많은 돈을 빚졌단다. 그 사람이 돈을 돌려주면 난 우리 가족을 데리고 근사한 저녁 식사를 하러 갈 거야. 네가 먹어본 중에서 최고의 쥐를 먹여주마!"

그녀는 아버지가 뉴저지주 머리힐에 올 때까지 쥐를 가까이서 본 적이 한 번도 없다고 설득할 때까지 계속 울었다. 아버지는 그녀를 달래고 다독였다.

"중국인들은 이상한 걸 많이 먹는단다. 하지만 쥐는 별로 인기가 없어."

아버지는 그녀를 서재로 데려갔다. 거기서 하루가 지난 지금까지도 잘 이해가 가지 않는 것들을 보여주셨다. 아버지는 파일 캐비닛을 열고 나무 상자를 꺼냈다. 그 안에는 세 개의 초록색 반지가 있었다.

"마오는 이것에 대해서 절대로 모르지. 세 개의 마법 반지에 대해서. 과거, 현재, 미래를 뜻하는 세 그루의 나무란다. 운 좋게 나한테는 마법의 세 딸이 있지."

아버지는 관자놀이를 손가락으로 톡톡 두드렸다.

"네 아빠는 항상 생각을 한단다."

아버지는 *과거*라고 부르는 반지를 꺼내서 미미의 손가락에 끼워주셨다. 비비 꼬인 녹색 이파리에 미미는 완전히 사로잡혔다. 세공은 깊었다. 가지 너머 또 가지가 있었다. 그렇게 조그만 걸 누가 세공한다는 건 불가능하게 느껴졌다.

"이건 전부 옥이란다."

그녀가 손을 홱 움직이는 바람에 반지가 바닥에 떨어졌다. 아버지는 무릎을 꿇고 그것을 도로 상자에 넣었다.

"너무 크구나. 좀 더 기다리자."

상자는 다시 파일 캐비닛 안으로 들어갔고, 아버지는 서랍을 잠갔다. 그런 다음 벽장 안으로 몸을 구부리고 옻칠한 상자를 꺼냈다. 아버지는 상자를 제도용 탁자에 놓고 걸쇠와 끈을 푸는 의식을 수행했다. 말려 있는 두루마리를 두 번 흔들어 펼치자 그녀의 앞에, 동화만큼 비현실적인 그녀의 절반이, 중국이 펼쳐졌다. 중국 글자가 작은 불꽃처럼 소용돌이치며 세로로 길게 나열되어 있었다. 한 획 한 획이 그녀가 방금 직접 쓴 것처럼 반짝였다. 누군가가 이런 식으로 글을 쓸 수 있다는 건 불가능하게 느껴졌다. 하지만 아버지는 원한다면 그럴 수 있었다.

긴 글자들 다음에는 통통한 해골 같은 남자들이 줄줄이 나왔다. 얼굴은 웃고 있지만 피부는 축 늘어졌다. 그들은 수백 년쯤 산 사람들 같아 보였다. 눈은 세계 최고의 농담을 들은 것처럼 웃고 있지만 어깨는 감당하기 힘들 만큼 무거운 무게로 구부러져 있었다.

"이 사람들은 누구예요?"

아버지는 그림을 빤히 보셨다.

"이 사람들?"

아버지의 입가가 미소 띤 사람들처럼 팽팽해졌다.

"루오한. 아라한이지. 작은 부처들이야. 그들은 인생이라는 문제를 풀지. 그리고 마지막 시험을 통과한 사람들이야."

아버지가 그녀의 턱을 들어 눈을 마주 보았다. 아버지가 미소를 짓자 앞니의 가는 금테가 반짝였다.

"중국의 슈퍼 영웅들이야!"

그녀는 아버지의 손에서 빠져나와 성자들을 바라보았다. 한 명은 작은 동굴에 앉아 있다. 빨간 허리띠에 귀걸이를 했다. 또 한 명은 높은 절벽 가장자리에 서 있고, 험준한 바위와 안개가 그의 뒤로 흐릿하게 보였다. 한 명은 다음 날 뽕나무에 기대 동생들에게 이야기를 하는 미미 자신처럼 나무에 기대고 있었다.

아버지는 꿈같은 풍경을 가리켰다.

"이 중국은 아주 오래됐어."

미미는 나무 아래의 남자를 만져보았다. 아버지가 그녀의 손을 들어 올려 손가락 끝에 뽀뽀를 했다.

"오래돼서 만지면 안 돼."

그녀는 모든 것을 아는 눈을 가진 남자를 쳐다보았다.

"슈퍼 영웅요?"

"그 사람들은 모든 답을 알아. 더 이상 어떤 것도 그들에게 해를 입힐 수 없지. 황제들은 나타났다 사라지지. 청나라, 명나라, 원나라. 공산주의도 마찬가지야. 커다란 개의 조그만 벌레 같은 거지. 하지만 이 사람들?"

아버지는 혀를 차고 이 작은 부처들이 경주에서 돈을 걸 만한 사람인 것처럼 엄지를 들어 올렸다.

그 혀 차는 소리에 10대의 미미가 아홉 살짜리 어깨에서 떠올라 몇 년 떨어진 곳에서 아라한을 내려다보았다. 그림을 바라보는 10대에게서 또 다른, 더 나이 든 여자가 솟아 나왔다. 시간은 그녀의 앞에 펼쳐지는 일직선이 아니었다. 그것은 그녀를 가운데 둔 일련의 동심원들로, 현재가 바깥쪽 테두리를 따라서 퍼져갔다. 미래는 그녀의 위와 뒤쪽으로 차곡차곡 쌓이고, 전부 다 이 방으로 돌아와서 인생을 푸는 여러 남자들을 다시 한 번 쳐다보았다.

"색깔 좀 봐."

윈스턴이 말했고 미미의 나중 모습들이 그녀의 주위에서 스러졌다.

"중국은 참 재미있는 곳이야."

아버지는 두루마리를 도로 말아서 상자에 집어넣고 벽장 안에 넣었다.

뽕나무에서, 미미는 지상에서 몇 미터만 더 올라가면 부모님의 방 창문으로 베르디가 두 분에게 뭘 하는지 볼 수 있을 거라고 생각한다. 하지만 아래쪽 지상에서 반란이 일어난다.

"올라가면 안 돼! 내려와!"

어밀리아가 소리친다.

"입 좀 다물어."

미미가 대꾸한다.

"아빠! 미미 언니가 실크 농장에 올라가요!"

미미는 바닥으로 내려와 동생에게서 30센티미터 떨어진 곳에 착지한다. 그녀는 동생의 입을 틀어막는다.

"조용히 해, 그러면 내가 뭐 보여줄게."

어린 시절의 완벽한 청력으로 두 여동생들은 '뭐'가 볼 만한 것이라는 것을 알아챈다. 금세, 요란한 베르디의 합창 아래 숨어 그들은 특공대원들처럼 살금살금 아버지의 서재로 들어간다. 파일 캐비닛은 잠겨 있지만 미미는 옻칠한 상자를 연다. 윈스턴의 제도 탁자 위에 두루마리가 펼쳐지고 울퉁불퉁하고 오랜 세월을 견딘 나무 아래 앉아 있는 사람의 모습이 드러난다.

"만지지 마! 그 사람들은 우리 조상님이야. 그리고 그분들은 신이야."

장작보다 약간 큰 카폰으로 버지니아의 할아버지 할머니와 장거리 통화를 하기 위해서 차고로 가족을 데려가는 중국인 전자공학자는 인생에서 사랑하는 다른 모든 것만큼 국립공원을 사랑한다. 윈스턴 마는 6월의 연례 의식을 계획하고, 지도에 표시하고, 가이드북에 밑줄을 치고, 주머니용 공책에 깔끔하게 메모를 하고, 조그만 중국 신년 용 장식처럼 생긴 기묘한 송어 낚시찌를 묶는 데에 한 해의 절반을 쏟는다. 11월이면 식탁에는 가족들이 추수감사절 식사로 먹어야 하는 음식을 만들 준비물인 조개와 쌀이 아침 식사 자리에까지 가득 찬다. 그다음에 휴가 기간이 오면 그들은 다시금 떠난다. 대륙붕만큼 넓은 뒷자리와 지붕 위 짐칸이 있고, 에어컨은 없지만 얼음 속에 주스를 꽉 채워놓은 아이스박스를 실은 하늘색 쉐비 비스케인에 다섯 명이 구겨 타고 요세미티, 자이온, 올림픽, 그 너머까지 수천 킬로미터의 여행을 한다.

올해 그들은 그가 사랑하는 옐로스톤에 다시 간다. 가는 길에 있는 모든 캠프장이 윈스턴의 공책에 기록되어 있다. 그는 캠프장 번호를 쓰고 십여 가지 기준에 따라서 평가를 한다. 그는 내년의 경로를 완벽하게 짜기 위해서 겨울에 이 데이터를 볼 것이다. 그는 뒷자리에 앉은 딸들에게 악기 연습을 시킨다. 트럼펫을 부는 미미와 클라리넷을 부는 카먼은 연습하기가 쉽지만, 바이올린을 켜는 어린 어밀리아는 좀 어렵다. 그들은 책을 가져오는 걸 잊었다. 3000킬로미터를 가는 동안 읽을 게 아무것도 없다. 네브래스카를 수십 킬로미터 달리는 동안 두 딸은 계속 막내를 쳐다보고, 어밀리아는 결국 울음을 터뜨린다. 시간이 지나간다.

샬럿은 그들을 통제하려던 것을 포기한다. 아직 아무도 의심하지 않지만, 그녀는 이미 앞으로 매년 점점 더 깊어질 길고 은밀한 장소로 미끄러져 들어가고 있다. 그녀는 앞자리에 앉아 남편 대신 지도를 보면서 나직하게 쇼팽의 야상곡을 흥얼거린다. 이 조용한 자동차 성자의 날들에 치매가 시작된다.

그들은 슬루크리크에서 사흘 동안 캠핑을 한다. 두 딸은 몇 시간이나 도둑잡기 놀이를 한다. 미미는 아버지와 함께 개울에 간다. 낚싯줄을 던지는 나른함. 공중에서 낚싯줄이 길어지며 C자를 그리고, 뻣뻣한 손이 12시 방향에서 멈추며 줄이 네 번 율동적으로 곡선을 만들며 흔들리고, 미끼가 물 위에 내려앉으며 잔물결이 생기고, 무언가가 실제로 튀어나올까 봐 살짝 공포를 느끼고, 물고기의 입이 표면에 나타나면 깜짝 놀란다. 이런 것들이 그녀를 매료하고 앞으로도 영원히 그럴 것이다.

그녀의 아버지는 차가운 물에 무릎까지 들어가서 자유를 느낀다. 그는 모래톱의 지형을 파악하고, 강물의 속도를 측정하고, 바닥을 읽고, 출입로를 찾는다. 물고기처럼 생각하기 위해서 수많은 미지수가 있는 이 연립방정식을 풀어야만 한다. 하지만 한편으로는 물에 들어와 있는 이 순수한 행운 말고 다른 것을 생각할 수가 없다.

"왜 이 물고기들은 숨은 걸까? 이것들은 뭘까?"

그가 딸에게 묻는다.

이것이 그녀가 자신만의 천국에 있는 아버지를 기억하게 될 모습이다. 낚시를 하며 아버지는 인생을 풀었다. 낚시를 하며 아버지는 마지막 시험을 통과하고, 다음 아라한이 되어 미미가 수년 동안 은밀하게 계속 보러 간 벽장 아래쪽의 신비로운 두루마리 속에 있는 사람들과 합류한다. 미미는 이제 두루마리 속의 남자들이 그녀의 조상이 아니라는 걸 알 만큼 나이를 먹었다. 하지만 아버지가 강에서 이렇게 완벽한 평화에 잠겨 있는 모습을 보자 이렇게 생각할 수밖에 없다. *아빠는 그 사람들의 후예야.*

샬럿은 강가의 캠핑용 의자에 앉아 있다. 그녀의 유일한 임무는 몇 시간 동안 계속해서 두 낚시꾼의 엉킨 줄과 아주 작게 꼬인 것들을 푸는 것이다. 윈스턴은 해가 강 위로 저물고 갈대가 금빛에서 회갈색으로 변하는 것을 바라본다.

"색깔 좀 봐!"

그리고 다시, 몇 분 후에, 코발트색으로 가라앉는 하늘 아래서 혼잣말을 중얼거린다. *색깔 좀 봐!* 그의 스펙트럼에는 다른 사람들은 볼 수 없는 색깔이 있다.

그들은 타워정크션으로 가는 길에서 약간 떨어져 있는 작은 호숫가에서 피크닉을 한다. 미미와 카먼은 장신구를 만들 돌을 찾는다. 샬럿과 어밀리아는 열일곱 번째로 계속해서 다이아몬드 게임을 한다. 윈스턴은 접이식 캠핑용 의자에 앉아 메모를 갱신한다. 탁자 근처에서 뭔가가 움직인다. 어밀리아가 소리친다.

"곰이다!"

샬럿이 벌떡 일어나며 게임 판이 허공으로 날아간다. 그녀는 막내딸을 들어 안고 호수로 달려간다. 곰은 장신구를 모으는 아이들 쪽으로 어슬렁어슬렁 다가간다. 미미는 높은 가지나 언덕 비탈을 확인한다. 회색 곰의 경우와 흑 곰의 경우에는 해야 하는 일이 반대다. 하나는 나무를 올라오고, 하나는 올라오지 못한다. 그런데 어느 쪽이었는지 기억이 안 난다.

"올라가!"

그녀는 카먼에게 소리치고, 둘은 로지폴소나무를 잡고 올라간다.

두 걸음만 걸으면 둘 중 한 명에게 닿을 수 있지만, 곰은 흥미를 잃는다. 녀석은 호숫가에 서서 오늘이 수영하기 좋은 날일까 생각한다. 녀석은 세례를 하려는 것처럼 조그만 딸을 위로 들어 올리고 가슴까지 물에 들어가 있는 여자를 본다. 그리고 늘 제정신이 아닌 종족이 또 무슨 짓을 하려는 건지 보려고 기다린다. 녀석이 캠프용 탁자에 꼼짝 않고 앉아서 니콘으로 사진을 찍는 윈스턴 쪽으로 슬슬 다가간다. 그가 스스로에게 허락한 유일한 일제 물건인 카메라가 찰칵, 척, 위이잉 소리를 낸다.

동물이 다가오자 윈스턴은 일어선다. 그리고 곰에게 이야기를 하기 시작한다. 중국어로. 캠프장 근처에 원시적인 화장실이 설치되어 있고 문이 열려 있다. 윈스턴은 곰에게 이야기를 하며 문 쪽으로 슬금슬금 녀석을 이끈다. 곰은 당황해서 이 상황에 대한 자신의 접근 방식을 재고한다. 갑자기 가슴속에서 슬픔이 솟구친다. 녀석은 앉아서 허공을 발톱으로 긁는다.

윈스턴은 계속 이야기를 한다. 아버지의 입에서 나오는 이 낯선 언어에 미미는 대단히 놀란다. 윈스턴은 주머니에서 피스타치오를 한 줌 꺼내서 화장실 안으로 던진다. 곰은 신경을 돌릴 거리를 찾아서 기뻐하며 피스타치오를 따라 어슬렁어슬렁 걸어간다.

"차에 타. 얼른!"

윈스턴이 소리치듯이 속삭인다. 그들은 차로 달려가고, 곰은 고개조차 들지 않는다. 하지만 윈스턴은 캠프용 탁자와 의자를 챙기느라 머뭇거린다. 이걸 사느라 상당한 돈을 들였고, 놔두고 가지는 않을 것이다.

그날 밤, 노리스 근처의 캠프장에서 미미는 존경심에 차서 아버지에게 묻는다. 아버지는 그녀의 눈앞에서 달라졌었다.

"무섭지 않으셨어요?"

그가 부끄러운 듯이 웃는다.

"아직은 내가 갈 때가 아니란다. 내 이야기가 아니야."

그 말에 그녀의 온몸이 싸늘해진다. 아버지는 어떻게 미리 자신의 이야기를 알 수 있지? 하지만 그녀는 거기에 대해 묻지 않는다. 대신 이렇게 묻는다.

"곰한테 뭐라고 하셨어요?"

아버지가 미간을 찌푸리고, 어깨를 으쓱였다. 곰에게 달리 뭐라고 말을 할까?

"사과했지! 녀석에게 사람들은 아주 멍청하다고 했어. 사람들은 모든 걸 잊지. 자신이 어디서 왔고, 어디로 가는지도. 난 이렇게 말했단다. 걱정하지 마라, 인간은 곧 이 세계를 떠날 거야, 그러면 곰이 다시 제일 윗자리로 올라갈 수 있을 거란다, 하고."

홀리요크에서 미미는 '졸만레'다. 졸업할 때까지만 레즈비언의 줄임말이다. 주위의 다른 일곱 개 자매 대학의 절반 정도도 마찬가지다. 그들은 짜깁기라고 부른다. 재미있고, 죄악이고, 건전하고, 수치스럽고, 달콤하고 훌륭한 연습이다. 말하자면 인생에 대비해서 말이다. 학교를 떠난 후 생길 일들에 대비해서.

그녀는 세 학기 동안 19세기 미국 시를 읽고 사우스해들리에서 오후의 차를 마신다. 여기가 휘턴보다 낫다. 4월의 어느 날 그녀는 초월이라고 하는 2학년 강좌를 위해 애벗의 《플랫랜드》를 읽다가 화자인 A. 스퀘어가 비행기에서 들려 올라가 스페이스랜드로 가게 되는 부분을 본다. 계시처럼 진실이 그녀의 머리에 떠오른다. 믿을 만한 가치가 있는 유일한 것은 치수뿐이다. 그녀는 아버지가 그랬듯이 엔지니어가 되어야 한다. 그것은 선택이 아니다. 그녀는 이미 엔지니어이고, 언제나 그랬다. 그리고 애벗의 스퀘어가 당했듯이 그녀가 플랫랜드로 돌아오자마자 홀리요크 친구들이 그녀를 가둬놓으려 할 것이다.

그녀는 버클리로 학교를 옮긴다. 그녀가 찾을 수 있는 최고의 세라믹 공학을 배울 수 있는 곳이다. 학교는 엄청나게 시간이 왜곡되어 있다. 미래의 우주 지배자들은 인간 잠재력의 황금기가 10년 전에 지나갔다고 믿는 부끄러운 줄 모르는 혁명가들과 함께 앉아 공부한다.

그녀는 프로그램을 입력할 수 있는 계산기를 들고 조그만 카자흐족처럼, 많은 사람들이 홀-페치 방정식을 이야기하는 사람들 중에서 가장 귀여운 존재라고 생각하는 모습에 어울리는 새로운 미미가 되어 대단히 잘 지낸다. 그녀는 섬뜩한 〈스텝포드와이프〉 분위기를 즐긴다. 건조한 더위 속에서 폭발적으로 자라는 유칼립투스 숲에 앉아서 문제들을 풀고 전부 대문자로 쓴 슬로건으로 가득한 플래카드를 든 시위자들을 본다. 날씨가 좋을수록 요구는 더 격해진다.

졸업하기 한 달 전에 그녀는 끝내주는 면접용 정장을 입는다. 세련되고, 회색에, 프로답고, 북부 캘리포니아의 지진처럼 거침없는 옷이다. 그녀는 캠퍼스 채용 팀 여덟 군데와 면접을 보고 세 군데에서 제안을 받는다. 그녀는 포틀랜드에 있는 주형 회사의 주조 과정 감독관 자리를 선택한다. 그곳이 가장 여행할 기회가 많기 때문이다. 그들은 그녀를 한국으로 보낸다. 그녀는 한국과 사랑에 빠진다. 넉 달 만에 그녀는 중국보다 한국에 대해 더 많이 알게 된다.

그녀의 동생들도 전국을 떠돈다. 카먼은 예일에서 경제학을 공부한다. 어밀리아는 콜로라도의 디스커버리센터에서 상처 입은 야생동물을 돌보는 직업을 갖는다. 휘턴에서 마 집안 뽕나무는 전면 공격을 받는다. 벚나무깍지벌레가 보들보들한 줄기를 뒤덮는다. 아버지의 살충제에도 끄떡없는 깍지진디가 가지에 우글우글 달라붙는다. 박테리아가 이파리를 시커멓게 만든다. 부모님은 나무를 구할 힘이 없다. 두꺼운 안개 속에 갇힌 샬럿은 기도를 하게 신부님을 데려오라고 중얼거린다. 윈스턴은 원예학 서적들을 뒤지고 완벽하게 정리된 추측을 공책에 가득 적는다. 하지만 매 계절마다 나무는 점점 더 항복의 순간에 가까워진다.

미미가 또 한 번의 한국 출장에서 포틀랜드로 돌아왔을 때 윈스턴이 전화를 한다. 그는 가족의 전화 박스, 마 가족 차고에서 전화를 건다. 그의 창조물은 등산화 크기로 줄어들었고 굉장히 믿음직스럽고 전력이 절약돼서 벨 연구소에서 다른 목적으로 특허를 내기 시작한다. 하지만 윈스턴은 딸에게 자신의 인생 역작이 마침내 결실을 맺었다는 말을 할 생각이 없다. 그가 이야기할 수 있는 건 오로지 실패한 뽕나무에 관한 것뿐이다.

"그 나무. 그 나무 뭐지?"

"나무가 왜요, 아빠?"

"색깔이 나빠. 이파리가 전부 떨어져."

"땅은 확인해보셨어요?"

"내 실크 농장. 끝났어. 실크 한 줄 만들 수 없을 거야."

"다른 나무를 하나 새로 심으시는 게 어때요?"

"나무를 심기 가장 좋은 때는? 20년 전이야."

"네. 그리고 그다음으로 좋은 때는 지금이라고 늘 그러셨잖아요."

"틀렸어. 그다음으로 좋은 때는 19년 전이지."

미미는 유쾌하고 지략이 풍부한 사람이 이토록 축 처져서 이야기하는 걸 들어본 적이 없다.

"여행을 하세요, 아빠. 엄마랑 캠핑을 가세요."

하지만 그들은 알래스카의 연어 떼를 만나기 위해 1만 6000킬로미터의 북부 여행을 막 마쳤고, 공책에는 살펴보는 데에만 몇 년은 걸릴 세세한 메모가 가득하다.

"엄마 좀 바꿔주세요."

차문이 열렸다 닫히고, 차고 문이 열렸다 닫히는 소리가 난다. 잠시 후 목소리가 들린다.

"살베 필리아 메아(Salve filia mea)."

"엄마? 무슨 말씀 하시는 거예요?"

"에고 라티남 디스쿤트(Ego Latinam discunt)."

"저한테 이러지 마세요, 엄마."

"비타 에스트 수플리키움(Vita est suplicium)."

"아빠 도로 바꿔주세요. 아빠? 그쪽은 다 괜찮은 거예요?"

"미미. 나의 때가 오고 있어."

"그게 무슨 뜻이에요?"

"내 일은 다 끝났어. 내 실크 농장도 끝났어. 매년 조금씩 낚시 실력도 나빠져. 나는 이제 뭐지?"

"무슨 말씀 하시는 거예요? 늘 하시던 걸 하세요."

내년의 캠프장 도표와 그래프를 만들고, 지하실에 값싸게 산 비누와 수프와 시리얼과 다른 물건들을 쌓아놓고, 매일 밤 10시 뉴스에 맞춰 잠들고. 자유.

"그래."

그가 말한다. 하지만 그녀는 자신을 키운 목소리를 안다. 무슨 뜻으로 그래라고 했든 간에 거짓말이다. 그녀는 동생들에게 전화해서 휘턴의 몰락에 대해 의논하려고 메모를 해놓는다. 망가진 부모님에 관해서. 뭘 해야 되지? 하지만 마법의 신발 크기 전화가 있지 않는 한, 동해안까지의 장거리 전화는 분당 2달러다. 그녀는 주말에 둘에게 편지를 쓰기로 한다. 하지만 그 주말에 로테르담에서 세라믹 소결 학회가 있어서 그녀는 편지에 관해 잊어버린다.

가을에, 아내가 지하실에서 라틴어를 공부하는 동안에, 그를 아는 모든 사람들에게 한때 마 시 수인이라고 알려졌던 윈스턴 마는 무너져가는 뽕나무 아래 앉아서 침실 창밖으로 베르디의 '맥베스'가 울려 퍼지는 가운데, 스미스앤드웨슨 686 권총을 관자놀이에 단단히 대고서 그의 무한한 존재라는 작품을 뒤뜰 판석 위로 퍼뜨린다. 그는 메모를 남기지 않고 그저 서재 책상 위에 펼쳐놓은 화선지에 1200년 된 왕유의 시를 붓글씨로 써놓는다.

노인으로 나는
그저 평화를 원할 뿐.
이 세상의 것들은
아무 의미도 없으니.
살아갈 좋은 방법을

알지 못하고 나의 생각 속에,

나의 오래된 숲 속에서

계속해서 길을 잃네.

소나무를 흔드는 바람이

나의 허리띠를 헐겁게 만드네.

산 위의 달은 비파를

연주하는 나를 비추네.

그대가 묻네: 이 삶에서 사람이 어찌 부상하거나 몰락하는가?

낚시꾼의 노래가 강 아래 깊이 흐르네.

미미는 현장 조사를 위해서 시애틀에 가려고 샌프란시스코 공항에 있다. 중앙 홀에서 물건들을 구경하고 있는데 시끄러운 탑승 안내와 공공 방송 속에서 그녀의 이름이 터져 나온다. 뭔가 차가운 것이 두피를 잡는 것 같다. 고객 서비스 데스크의 사람들이 그녀에게 전화를 건네기도 전에 그녀는 알아챈다. 그리고 일리노이주의 집으로 가는 내내 그녀는 생각한다. *내가 이걸 어떻게 미리 알았을까? 왜 이 모든 것들이 옛 기억을 떠올리는 것처럼 느껴지는 걸까?*

그녀의 어머니는 무력하다.

"네 아빠는 우리에게 상처를 주고 싶어 하지 않아. 그에게는 아이디어가 있단다. 난 그걸 다 이해하지 못해. 그는 그냥 그런 사람이지."

어머니의 말은 지하실에서 들은 탕 소리가 시간이 나누어놓은 여러 가지 가능성 중 하나일 뿐인 세계에서 나온 것이다. 어머니는 굉장히 상냥하고, 혼란 속에 굉장히 평화롭고, 흐르는 강물 밑으로 들어가 있는 것 같아서 미미는 그저 어머니의 비현실적인 차분한 태도만 따라 할 뿐이다. 아버지가 남긴 일은 미미가 끝내야 한다. 시신과 총을 치운 것 말고는 아무도 현장을 건드리지 않았다. 뇌의 일부가 정원 달팽이의 새로운 종처럼 돌과 나무 몸통에 붙어 있다. 그녀는 청소하는 기계가 되어 양동이와 스펀지, 비눗물로 닦아낸다. 동생들에게 경고를 하거나 무슨 일이 일어날지 예측하지는 못했지만, 이 정도는 할 수 있다. 뒷마당의 학살의 흔적을 영원히 정리하는 것. 그녀는 다른 존재가 된다. 바람이 머리카락을 헝큰다. 그녀는 피 묻은 포석을, 아버지의 아이디어가 들어 있는 부드러운 조직 조각들을 본다. 아버지가 옆에 서서 자신의 뇌가 풀밭 위에 널려 있는 것에 감탄하는 모습이 보인다. *색깔 좀 봐!* 이 삶에서 사람이 어떻게 부상하거나 몰락하느냐고? 이렇게다.

그녀는 병에 걸린 뽕나무 아래 앉는다. 바람이 깔쭉깔쭉한 이파리를 흔든다. 나무껍질은 아라한의 얼굴처럼 주름이 가득하다. 그녀의 눈이 동물적인 혼란으로 따끔거린다. 지금도, 땅의 구석구석이 열매로 물들고, 열매가 사랑을 위한 자살의 피로 얼룩지고, 전설은 말한다. 웅얼웅얼 나지막하게 그녀에게서 말이 흘러나온다.

"*아빠. 아빠! 아빠 뭐죠?*"

그리고 침묵이 날카롭게 소리친다.

카먼과 어밀리아가 도착한다. 셋은 마지막으로 함께 앉는다. 그들은 이유를 모른다. 앞으로도 모를 것이다. 세상에서 가장 그럴 것 같지 않은 사람이 홀로 불가능한 여행을 떠났다. 추억만이 이유의 자리를 대신한다. 그들은 서로의 어깨에 손을 올리고 예전에 어땠었는지 서로 이야기를 한다. 일요일의 오페라. 환상적이었던 자동차 여행. 조그만 남자가 복도를 가볍게 지나가며 무선전화의 미래를 만든 행복한 창조자로서 커다란 백인 동료들에게 칭송을 받던 연구실로의 여행. 그들은 가족이 곰에게서 도망쳤던 날을 기억한다. 어머니는 물속에서 어밀리아를 위로 들어 올리고 있고, 아버지는 동물에게 중국어로 이야기를 하며 같은 종이 아닌 두 생명체가 같은 숲을 공유했었다.

그들은 말없는 추억과 충격의 예배를 올린다. 하지만 실내에서 한다. 미미의 동생들은 정원 근처에는 가지 않는다. 그들은 오래된 아침 식사 나무, 아버지의 실크 농장을 쳐다볼 수조차 없다. 미미는 그들에게 자신이 아는 것을 이야기한다. 전화. *나의 때가 오고 있어.*

어밀리아가 그녀의 손을 잡는다.

"언니 잘못이 아니야. 언니가 어떻게 알았겠어?"

카먼이 말한다.

"아빠가 그렇게 말했는데 우리한테 얘기를 안 했단 말이야?"

샬럿은 근처에 앉아서 살짝 미소를 띤다. 가족이 여전히 캠핑 여행 중인 것만 같고, 그녀는 호숫가에서 남편의 꼬인 낚싯줄을 풀고 있는 것 같다.

"아빠는 너희 셋이 싸우는 걸 싫어해."

"엄마. 엄마. 그만하세요. 정신 차리세요. 아빤 떠나셨어요."

미미가 어머니를 향해 소리친다.

"떠나?"

샬럿은 딸의 어리석음에 인상을 찌푸린다.

"무슨 말을 하는 거니? 난 다시 너희 아빠를 볼 거야."

세 딸들은 산같이 쌓인 서류와 보고서를 처리한다. 법이 죽음으로 중단되지 않는다는 걸 미미는 전에는 생각해본 적이 없었다. 법은 무덤을 넘어서 수년 동안, 살아남은 사람들을 관료주의적 장애물에 옭아매서 죽음 전의 문제들은 별것 아니게 만든다. 미미는 자매들에게 이야기한다.

"우리 아빠 물건들을 나눠야 돼."

"나눠? 우리가 갖자는 말이야?"

카먼이 말한다. 어밀리아가 끼어든다.

"엄마가 하시는 게……?"

"엄마가 어떤지 알잖아. 엄만 여기 계시지도 않아."

카먼이 자리에서 벌떡 일어난다.

"잠깐이라도 문제를 해결하려고 좀 안 하면 안 돼? 뭐가 그렇게 급해?"

"난 일을 마무리하고 싶어. 엄마를 위해서."

"아빠 물건을 다 버리는 게 마무리야?"

"나누는 거야. 각각의 물건을 적절한 사람에게."

"엄청난 4차방정식을 푸는 것처럼 말이지."

"카먼. 우리가 이걸 처리해야 돼."

"왜? 엄마한테서 집도 빼앗아서 팔고 싶어?"

"엄마가 그 상태로 혼자서 이걸 다 처리하실 수 있겠어?"

어밀리아가 그들 둘에게 팔을 두른다.

"그런 문제는 지금은 잠깐 미뤄도 되지 않을까? 우리 여기 잠깐밖에 같이 못 있잖아."

"지금 우리 모두 여기 있잖아. 다시 이런 자리가 생기려면 한참 걸릴 수도 있어. 그냥 지금 끝내자."

미미가 말한다. 카먼은 끌어안은 팔에서 빠져나온다.

"그럼 크리스마스 때 집에 안 올 거란 말이야?"

하지만 그녀의 말투는 서명한 자백서처럼 분명하다. 집은 아버지가 가신 곳으로 함께 가버렸다.

샬럿은 몇 가지 사소한 물건에 집착한다.

"이건 네 아빠가 제일 좋아하는 스웨터야. 어머, 그 장화는 가져가지 마라. 그리고 이건 우리가 하이킹 갈 때 네 아빠가 입던 바지야."

"엄만 괜찮아. 잘 버티고 계셔. 그냥 조금 특이하신 것뿐이야."

셋만 남자 카먼이 말한다.

"내가 몇 주 후에 다시 올 수 있어. 확인하러. 엄마가 괜찮으신지 챙기러."

어밀리아가 자원한다. 카먼은 화낼 준비를 하고 미미를 본다.

"엄마를 요양원에 보내려는 꿈도 꾸지 마."

"난 꿈 같은 건 안 꿔. 그냥 상황을 처리하려고 하는 것뿐이야."

"처리해? 언닌 강박증이잖아. 이거나 봐봐. 우리가 묵었던 모든 캠프장의 평가서로 가득한 공책 열한 권이야. 전부 언니 거야."

세 명의 오페라 여주인공이 은쟁반 위를 떠돈다. 쟁반에는 세 개의 옥반지가 있다. 각각의 반지에는 세공된 나무가 있고, 각각의 나뭇가지는 시간의 세 가지 의미를 담은 모습이다. 첫 번째는 아무도 지나갈 수 없는 과거의 경계에 있는 로트나무다. 두 번째는 현재의 가늘고 곧은 소나무다. 세 번째는 생명의 영약이 숨겨져 있는 머나먼 동쪽의 마법 뽕나무, 미래를 의미하는 푸상이다.

어밀리아가 빤히 본다.

"누가 뭘 가져야 되지?"

"이걸 똑바로 하는 방법은 하나야. 틀리게 하는 방법은 수두룩하고."

미미가 말한다. 카먼이 한숨을 쉰다.

"그 방법이 뭔데?"

"입 다물어. 눈 감아. 셋을 세면 하나씩 갖는 거야."

셋에 팔이 서로 살짝 스치고, 각각이 자신의 운명을 찾는다. 눈을 뜨자 쟁반은 비어 있다. 어밀리아는 영원한 현재를, 카먼은 재앙의 과거를 가졌다.

미미는 앞으로 올 일들의 가느다란 몸통을 쥐고 있다. 그녀가 그것을 손가락에 낀다. 조금 크다. 그녀가 결코 볼 일이 없는 고향으로부터의 선물이다. 그녀는 유산이라는 끝없는 고리를 쉽게 얻은 물건처럼 손가락 주위로 빙빙 돌린다.

"이제 부처야."

그들은 그녀의 말을 이해하지 못한다. 그도 그럴 것이 어밀리아와 카먼은 지난 17년 동안 두루마리에 대해 생각해본 적이 없었다.

"루오한."

미미가 끔찍한 발음으로 말한다.

"아라한."

그녀가 아버지가 송어 낚시찌를 묶던 탁자 위에 두루마리를 펼친다. 그것은 그들이 기억하던 것보다 더 오래되고 더 기묘하다. 마치 누군가가 이세계 너머에 존재하는 다른 곳에서 물감과 잉크로 재작업한 것 같다.

"이걸 경매장에 가져갈 수도 있어. 돈은 함께 나누고."

"미미 언니, 아빠가 돈은 충분히 남겨주시지 않았어?"

어밀리아가 말한다.

"아니면 미미 언니가 혼자 가질 수도 있겠지. 그러면 엄청 계몽적이겠다."

"이걸 박물관에 기부할 수도 있어. 시 수인 마를 추모하며."

미미의 입에서 나온 그 이름은 어쩔 수 없이 영어식으로 들린다.

어밀리아가 말한다.

"그러면 멋지겠다."

"그리고 평생 세금 면제도 되겠지."

"돈을 버는 사람은 말이지."

카먼이 이기죽거린다. 어밀리아가 조그만 손으로 두루마리를 만다.

"그럼 이제 어떻게 그러지?"

"나도 모르겠어. 우선은 감정을 받아봐야 할 거야."
"언니가 해. 언니가 일을 처리하는 데 능숙하잖아."
카먼이 말한다.

*

경찰이 그들에게 총을 돌려준다. 명확하게 말해서 그것은 유산, 그들의 소유다. 하지만 그들 누구도 총기 소지 허가가 없다. 누구도 이걸 어떻게 해야 할지 모른다. 총은 부엌 선반에, 나무 상자 안에 커다랗고 존재감 가득하게 놓여 있다. 화산 분화구에 던져야 하는 반지처럼 이걸 파괴해야 하는데, 어떻게 그러지?

미미는 용기를 내서 상자를 가져간다. 그녀는 수년 동안 부모님이 지하실에 보관해두셨던 고등학교 시절 자전거 짐칸에 그것을 묶는다. 그런 다음 이 무기를 샀던 글렌 엘린의 총포상을 향해서 펜실베이니아의 길을 따라 달린다. 그들이 이걸 되살지는 알지 못한다. 상관없다. 자선단체에 기부해버리면 되니까. 뒷자리 짐칸에 실린 상자는 끔찍하게 무겁고, 그녀는 이걸 없애버리고 싶다. 차들이 그녀를 스쳐가고, 운전자들이 짜증을 낸다. 어른이 자전거를 타고 다니기에는 너무 부유한 동네다. 상자는 조그만 관처럼 보인다.

그때 경찰차가 지나간다. 그녀는 평범하게 행동하려고 노력한다. 마 가족은 항상 평범한 척하려고 노력하곤 했다. 경찰차는 정오라 눈에 들어오지 않는 경광등을 켠 채 그녀의 뒤에서 천천히 다가온다. 그리고 최고 권위의 딸꾹질처럼 0.5초쯤 사이렌을 울린다. 미미는 비틀거리며 서다가 넘어질 뻔한다. 등록증 없는 권총을 소지하면 무조건 징역형이다. 최근에 엄청난 양의 사람 조직을 닦아낸 총이다. 심장이 너무 강하게 뛰어서 혀 아래에서 피 맛이 느껴진다. 경찰이 차에서 내려 자전거 위로 웅크리고 있는 그녀 쪽으로 다가온다.

"아까 저쪽에서 신호를 안 하셨죠."

그녀의 머리가 목 위에서 흔들거린다. 그녀는 그저 고개가 위아래로 흔들리게 놔둔다.

"항상 수신호를 하셔야 합니다. 그게 법이에요."

곧 미미는 오헤어 공항에서 포틀랜드로 돌아가는 비행기를 기다린다. 공항 스피커에서 자신의 이름이 반복해서 울리는 소리가 들린다. 매번 벌떡 일어날 때마다 발음이 바뀌어 다른 단어가 된다. 비행기는 지연된다. 그리고 또 지연된다. 그녀는 앉아서 손가락에 낀 옥으로 된 나무를 수만 번째 돌린다. 이 세상의 것들은 아무 의미도 없다. 이 반지와 그녀의 손가방에 든 귀중하고 오래된 두루마리를 제외하면. 그녀는 평화를 원할 뿐이다. 하지만 여기가 지금 그녀가 살아야 하는 곳이다. 구부러진 뽕나무의 그늘 속. 이해할 수 없는 시. 낚시꾼의 노래.

애덤 어피치

1968년에 다섯 살배기가 그림을 그린다. 뭘 그렸을까? 우선 종이와 물감을 주며 *뭔가 예쁜 걸 만들어보렴*, 하고 말한 엄마가 있다. 그리고 문이 허공에 떠 있고, 굴뚝에서 소용돌이 모양 연기가 나오는 집이 있다. 그다음에는 계량컵처럼 가장 큰 아이부터 가장 어린 애덤까지 네 명의 어피치가 아이들이 있다. 집 옆에 어떻게 넣어야 할지 알 수 없어서 옆으로 치우치게 그린 나무도 네 그루 있다. 리의 느릅나무, 진의 물푸레나무, 에밋의 아이언우드, 애덤의 단풍나무, 각각 똑같은 녹색 버섯 모양을 하고 있다.

"아빠는 어디 있니?"

어머니가 묻는다. 애덤은 부루퉁해지지만, 그래도 아버지를 집어넣는다. 그는 아버지가 비쩍 마른 손으로 바로 이 그림을 들고서 웃으며 *이게 대체 뭐냐? 나무야? 바깥을 봐라! 나무가 이렇게 생겼어?* 하고 말하는 모습을 그린다.

태어날 때부터 꼼꼼한 화가는 고양이도 그려 넣는다. 그러고서 파충류에 적합한 환경인 지하실에서 키우는 뿔도마뱀도 그린다. 그다음에 화분 아래의 달팽이와 전혀 다른 생물이 튼 고치에서 나오는 나방을 그린다. 그리고 애덤의 단풍나무의 헬리콥터 같은 씨앗들과 리가 숯덩이라고 부르지만 운석일지도 모를 뒷골목의 기묘한 바위를 그린다. 그리고 그 외에 살아 있거나 살아 있는 것에 가까운 수십 가지 것들을 신문지에 더 이상 자리가 없을 때까지 그린다.

그는 어머니에게 완성된 그림을 준다. 어머니는 길 건너 이웃 그레이엄 부부 앞에서 애덤을 꼭 껴안는다. 그들은 술을 마시고 있다. 그림에는 그리지 않았지만 어머니는 술을 마셨을 때에만 그를 껴안는다. 애덤은 그림이 구겨지지 않게 어머니를 밀어낸다. 아기 때부터도 그는 안기는 걸 싫어했다. 안긴다는 것은 작고 부드러운 감옥이니까.

아이가 도망치자 그레이엄 부부가 웃는다. 계단을 반쯤 올라가 층계참에서 애덤은 어머니가 속삭이는 소리를 듣는다.

"쟤는 사교적으로 좀 지체가 있어요. 학교 상담사가 잘 살펴보라고 하더라고요."

그 말은 뭔가 특별한 것, 어쩌면 초능력 같은 걸 의미하는 거라고 그는 생각한다. 다른 사람들이 조심스럽게 다루어야 하는 그런 것. 집 꼭대기의 남자아이들 방에 들어가서 그는 거의 어른인 여덟 살배기 에밋에게 묻는다.

"지체가 뭐야?"

"네가 지체라는 거야."

"그게 뭔데?"

"보통 사람이 아니라는 거야."

애덤에게 그건 괜찮게 느껴진다. 보통 사람들에게는 잘못된 데가 있으니까. 그들은 세상에서 가장 훌륭한 생명체와는 거리가 멀다.

몇 달이 지나고 아버지가 저녁을 먹고 네 아이를 모으던 날에도 그림은 여전히 냉장고에 붙어 있다. 아이들은 야구 트로피와 수제 재떨이, 수많은 마카로니 조각들이 있는 털이 긴 양탄자 바닥의 서재로 들어간다. 그들은 《나무에 관한 한 손 가이드》를 내려다보는 아버지 주위로 모여 바닥에 앉는다.

"너희의 조그만 형제(sibling)를 위해서 하나를 찾아야 돼."

"형제가 뭐야?"

애덤이 에밋에게 속삭인다.

"작은 나무야. 약간 불그스름한 거."

리가 코웃음을 친다.

"그건 묘목(sapling)이고, 멍청아. 이건 아기를 말하는 거야."

"똥꼬핥개."

에밋이 대꾸한다. 그 이미지가 굉장히 동물적이라서 애덤은 10대가 될 때까지도 그 단어를 잊지 않는다. 그 말다툼의 순간은 그가 누나 리에 관해 기억하는 것들 중에서 큰 몫을 차지하게 된다.

아버지는 다툼을 중단시키고 후보를 제시한다. 빨리 자라고 오래 살며 화려한 꽃이 피는 튤립나무가 있다. 그리고 껍질을 벗겨 카누를 만들 수 있는 작고 가느다란 내자작나무도 있다. 주목나무는 커다란 첨탑 모양으로 자라고 조그만 열매가 가득 달린다. 게다가 눈 속에서도 녹색을 유지한다.

"주목나무요."

리가 외친다. 진이 묻는다.

"왜?"

"꼭 이유가 있어야 돼?"

"카누. 그런데 왜 우리가 투표를 해야 돼요?"

에밋이 말한다.

애덤의 얼굴은 주근깨가 안 보일 정도로 벌게진다. 끔찍한 책임감에 짓눌려서 거의 울기 직전의 상태로, 다른 형제들이 끔찍한 실수를 저지르는 것을 막기 위해서 그가 외친다.

"우리가 틀렸으면 어떡해?"

"무슨 말이니?" 아버지는 계속 책을 넘기면서 말한다.

진이 대답한다. 진은 동생이 말을 시작하기도 전부터 동생의 말뜻을 해석했다.

"쟤 말은 동생한테 올바른 나무가 아니면 어떻게 하느냐는 뜻이에요."

아버지는 말도 안 되는 생각을 물리친다.

"그냥 괜찮은 걸 하나 고르면 돼."

눈물이 고인 애덤은 그 말을 받아들일 수 없다.

"안 돼요, 아빠. 리 누나는 자기 느릅나무처럼 축 처졌어요. 진 누나는 곧고 선량해요. 에밋 형의 아이언우드는…… 형 좀 보세요! 그리고 내 단풍나무는 나처럼 빨개요."

"넌 어느 나무가 누구 건지 이미 아니까 그렇게 말하는 거야."

애덤은 아직 태어나지 않은 찰스를 위해 나무를 고르던 밤의 아버지보다 더 나이 든 후에 심리학과 대학생에게 이 문제를 이야기할 것이다. 그는 그 주제를 자신의 업으로 삼는다. 단서 제공, 기폭제, 구성, 편견의 확인, 인과관계의 상관성에 대한 융합. 가장 문제적인 대형 포유동물의 뇌에 박혀 있는 이 모든 단점들.

"안 돼요, 아빠. 우린 올바른 걸 찾아야 해요. 그냥 고를 수는 없어요."

진이 그의 머리를 토닥거린다.

"걱정하지 마, 대미."

물푸레나무는 고귀한 차광 나무이고, 치료약과 강장제로 가득하다. 그 가지는 촛대처럼 뻗지만 나무는 여전히 초록인 상태에서도 잘 탄다.

"카누라니까."

에밋이 소리친다. 아이언우드는 베여 넘어가기 전에 도끼를 부러뜨릴 것이다.

평소처럼 아버지가 투표 결과를 멋대로 바꾼다.

"검은호두나무가 할인 중이네."

아버지의 말에 민주주의는 끝난다. 우연히도 미국의 수목들 중에서 아기 찰스가 자라날 모습으로 이보다 더 적합한 것은 없다. 커다랗고 똑바로 자라고 열매인 호두는 굉장히 단단해서 망치로 부숴야만 하는 나무. 발치의 땅을 유독하게 만들어 다른 것은 아무것도 자라지 못하게 만드는 나무. 하지만 그 목재는 굉장히 질이 좋아서 도둑들이 몰래 잘라 간다.

나무는 아기보다 먼저 도착한다. 아버지는 욕과 비난을 쏟아내며 삼베로 싸인 둥근 뿌리를 완벽한 녹색 정원에 파놓은 구멍 안에 넣으려고 애를 쓴다. 형제들과 함께 구멍 가장자리에 서 있던 애덤은 끔찍하게 잘못된 문제를 알아챈다. 그는 아무도 끼어들지 않는다는 사실을 믿을 수가 없다.

"아빠, 잠깐만요! 천요. 나무가 숨 막힐 거예요. 뿌리가 숨 쉴 수 없어요."

아버지는 툴툴거리며 계속 나무를 밀어 넣는다. 애덤은 살생을 막으려고 구멍으로 뛰어든다. 뿌리 덩어리의 무게 전체가 그의 비쩍 마른 다리에 실리고 그는 비명을 지른다. 아버지는 끔찍한 욕설을 내뱉으며 애덤의 한 팔을 잡아서 그가 산 채로 파묻히지 않게 끌어내 잔디밭으로 밀어낸다. 그는 현관 앞에 쓰러진다. 콘크리트에 얼굴을 대고 엎어진 채 애덤은 고통 때문이 아니라 미래의 동생이 마주할 나무에게 가해지는 끔찍한 범죄에 대해 울부짖는다.

찰스는 무력하게 담요에 싸여 병원에서 집으로 온다. 애덤은 몇 달 동안 숨 막힌 검은호두나무가 죽고 광대 무늬 이불에 칭칭 감긴 동생도 함께 데려갈 날이 오리라 생각한다. 하지만 둘 다 살아남고, 이것은 애덤에게 생명이 누구도 들을 수 없는 무언가를 말하려 한다는 사실을 입증할 뿐이다.

네 번의 봄이 지나고, 이파리가 처음 돋기 시작하자 어피치가의 아이들은 누구의 나무가 가장 아름다운지를 놓고 싸운다. 그들은 씨가 맺힐 때, 그다음에는 열매가 열릴 때, 그리고 마지막으로 가을에 색이 변할 때 또 싸운다. 건강과 힘, 크기와 아름다움. 그들은 모든 것을 놓고 싸운다. 각 아이들의 나무는 나름의 훌륭함을 지녔다. 물푸레나무의 다이아몬드 모양 껍질, 호두나무의 길고 겹잎을 이루는 이파리, 단풍나무의 날개 달린 씨앗들의 소나기, 느릅나무의 화병 모양 가지, 아이언우드의 세로 줄무늬.

아홉 살이 된 애덤은 투표를 하기로 한다. 그는 계란 상자의 위쪽에 홈을 파서 비밀투표 상자를 만든다. 다섯 장의 투표용지, 다섯 그루의 나무. 아이들이 한 표씩 행사한다. 그들은 2차 투표로 간다. 에밋은 버터핑거 반쪽으로 네 살배기 찰스의 표를 얻고, 진이 오로지 사랑이라고밖에 설명할 수 없는 마음으로 애덤의 단풍나무에 표를 던진다. 이제 아이언우드 대 단풍나무다. 선거전은 치열하다. 진은 애덤이 팸플릿 만드는 것을 돕는다. 리는 에밋의 매니저 역할을 맡는다. 리와 에밋은 아버지의 오래된 고등학교 연감에 적혀 있던 시를 조금 고쳐 슬로건을 만든다.

네 직업이 사소하고 급료가 적다고
걱정하지 마.
웅장한 아이언우드도
한때는 너처럼 작은 씨앗이었단다.

이에 대응해서 애덤은 진에게 포스터에 이렇게 쓰라고 시킨다.

이리 오렴, 아가, 단풍나무에 투표하렴.
저 위 캐나다에서는 대표 상품이야.

"난 잘 모르겠어, 대미. 잘 이해 못할 거 같은데."

세 살 많은 진은 유권자의 취향을 좀 더 잘 안다.

"재미있잖아. 사람들은 재밌는 걸 좋아해."

그들은 3대 2로 진다. 애덤은 이후 두 달 동안 부루퉁하게 다닌다.

애덤은 열 살이 되고 주로 혼자서 다닌다. 아이들은 그를 따돌린다. 그의 형은 그를 하이킹에 데려가서 얼음과 오줌이 든 깡통을 마시라고 준다. 공원에서 만난 친구들은 감자 칩을 너무 많이 먹어서 그의 두피가 녹색이 될 거라고 말한다. 그는 집으로 달려왔다가 어머니에게 왜 그렇게 잘 속느냐고 꾸중을 듣는다. 그는 왜 사람들이 그런 일을 하는 건지 이해할 수가 없다. 그가 이해하지 못하기 때문에 다른 아이들은 더욱 그를 놀리려 한다.

그는 아무에게도 말하지 않지만, 동네의 조그만 자연은 수백만 생명체들의 집이다. 《곤충에 대한 최고의 가이드》와 뚜껑에 구멍을 뚫은 병 하나면 외로운 일요일 오후가 수집가의 꿈으로 바뀐다. 《화석에 대한 최고의 가이드》로 무장한 그는 현관 판석의 울퉁불퉁한 부분이 포유류가 산림 가장자리의 엑스트라로 등장하기도 전에 이미 멸종한 어룡의 이라는 결론을 내린다. 《연못 생물체에 대한 최고의 가이드》, 《별에 대한 최고의 가이드》, 《바위와 광물에 대한 최고의 가이드》, 《파충류와 양서류에 대한 최고의 가이드》. 인간은 거의 중요하지 않다.

몇 달이 지나며 견본이 쌓인다. 부엉이 토사물과 찌르레기 둥지. 꼬리 끝과 눈 껍데기까지 다 있는 구렁이가 탈피한 껍질. 황철광, 연수정, 종이처럼 조각조각 부서지는 은회색 운모, 구석기시대 화살촉이라고 그가 확신하는 부싯돌 조각. 그는 찾은 것에 각각 날짜와 위치를 기록해둔다. 수집품은 남자아이들 방을 꽉 채우고 복도를 지나 서재까지 채운다. 심지어 성스러운 거실마저도 전시장으로 바뀐다.

어느 겨울날 오후에 학교에서 좀 늦게 돌아온 그는 전시품 전부가 소각로에 들어간 것을 발견한다. 그는 울부짖으며 이 방 저 방으로 달려간다.

"아가, 이건 전부 쓰레기야. 벌레가 들끓고 곰팡이 가득한 쓰레기라고."

어머니가 말한다. 그는 어머니의 뺨을 때린다. 어머니는 아픔에 주춤 물러서며 얼굴에 손을 댄 채 아들을 바라본다. 고통이라는 증거를 믿을 수가 없다. 여섯 살 때 그녀의 손에서 젖은 행주를 받아 들고 여기서부터는 자기가 하겠다고 하던 아들에게 대체 무슨 일이 생긴 건지 알 수가 없다.

애덤의 아버지는 그날 저녁에 손찌검 사건을 알게 된다. 그는 아이의 팔목에 금이 가도록 비틀어서 교훈을 가르친다. 그날 밤 늦게 팔목이 기묘하게 붓고 《갑각류에 대한 최고의 가이드》에 나오는 생물처럼 퍼렇게 될 때까지 아무도 팔목이 부러진 줄 모른다.

늦봄 토요일, 깁스를 뗀 애덤은 자신의 단풍나무에 최대한 높이 올라가서 저녁때까지 내려오지 않는다. 해가 나뭇잎 사이를 지나가며 공기를 아직 덜 익은 라임 색깔로 바꿔놓는다. 이웃집 지붕을 바라보며 지상에서 높이 올라오면 삶이 얼마나 더 나은지 깨닫고 그는 쓸쓸한 위안을 느낀다. 손바닥 모양 이파리가 수많은 다섯 손가락의 손들처럼 산들바람에 흔들린다. 수천 개의 아린(芽鱗)들로 인해 가벼운 빗소리 같은 게 들린다. 그의 머리보다 높은 곳에서 다람쥐들이 덩어리 진 꽃을 뜯어 수액을 빨아 먹어버린 불그스름한 노란색 꽃송이를 땅 위로 떨어뜨린다. 애덤은 애벌레부터 거의 보이지 않을 만큼 작은 다리를 물결처럼 움직여 달콤한 샘을 찾는 납작한 반점 같은 벌레에 이르기까지 기어 다니는 것들을 열다섯 종까지 센다. 머리가 갈색과 검은색인 새들은 벌레와 나비들이 작은 가지 여기저기 남겨둔 알들을 먹으며 이쪽저쪽으로 움직인다. 딱따구리는 작년에 먹이를 찾으며 만들어놓았던 구멍으로 들락날락한다. 이것은 그의 가족 중 누구도 모르는 엄청난 비밀이다. 그의 단풍나무 한 그루에 벨빌 사람들 전체보다 더 많은 생명체가 살고 있다.

수년이 지나 삼나무에 올라 60미터 높이에 있을 때, 애덤은 그가 죽기를 바라는 대다수가 섞인 벌레처럼 조그만 한 무리의 사람들을 내려다보며 이날의 경험을 떠올릴 것이다.

그가 열세 살이 되었을 때 누나 리의 느릅나무 이파리가 가을도 되기 전부터 노랗게 변한다. 애덤은 시드는 모습을 가장 먼저 본다. 다른 아이들은 더 이상 나무를 보지 않았다. 그들은 하나씩 차례로 녹색 식물의 곁에서 떨어져서 다른 사람들의 시끄럽고 화려한 파티로 넘어갔다.

리의 나무에 생긴 병은 수십 년에 걸쳐 퍼진 것이었다. 레너드 어피치가 50년대의 낙관주의 속에 첫 아이의 나무를 심던 그때에 느릅나무 시들음병은 이미 보스턴, 뉴욕, 필라델피아, 엘름시티, 뉴헤이븐을 망가뜨리고 있었다. 하지만 그런 곳들은 너무 멀리 떨어져 있었다. 인간은 과학이 곧 치료약을 만들어낼 거라고 생각했다.

아이들이 아직 어릴 때 곰팡이가 디트로이트를 엉망으로 만들었다. 그리고 곧이어 시카고가 당했다. 미국에서 가장 인기 있는 가로수, 도로를 커다란 터널로 만들어놓는 화병 모양 나무가 이 세계를 떠나갔다. 이제 병은 벨빌 외곽까지 도달해서 리의 나무마저 잠식하고 있다. 인간 중에서 열네 살의 애덤만이 유일하게 그것을 슬퍼한다. 그의 아버지는 나무를 파내는 경비에 욕설을 내뱉는다. 리는 거의 신경도 쓰지 않는다. 그녀는 일리노이주의 연극 기술 관련 대학에 갈 예정이다.

"당연히 느릅나무를 고르셨겠죠, 아빠. 내가 태어나기도 전에 이미 그걸 날 위해서 골라두셨잖아요."

애덤은 나무 그루터기를 갈아내러 온 사람들에게서 나무 조각을 조금 얻는다. 그는 그것을 지하실로 가져가서 대패로 깎아내고 나무 태우기 도구

세트로 글자를 새긴다. 문구는 책에서 찾아낸다. *나무는 땅과 하늘 사이의 통로다.* 그는 통로 부분을 망친다. *땅과 하늘은 둘 다 멍청해 보인다.* 어쨌든 그는 그것을 작별 선물로 리에게 준다. 그녀는 선물을 보고 웃으며 그를 껴안는다. 그는 그녀가 떠난 후에 구세군에 보낼 용도로 남겨놓은 상자 안에서 그것을 찾아낸다.

1976년, 그해 가을에 애덤은 개미에 빠진다. 9월의 어느 토요일에 그는 개미들이 녹은 아이스캔디를 들고 이웃집 보도를 가로질러 집으로 향하는 것을 보게 된다. 녹빛 털이 긴 양탄자가 몇 미터나 펼쳐져 있다. 개미들은 장애물을 빙 돌아서 우르르 몰려간다. 그들의 집단적 배치는 인간의 지혜에 필적한다. 애덤은 살아 있는 거품들 옆 풀밭에 자리를 잡고 앉는다. 난장판의 가장자리에 있는 개미들이 그의 양말을 지나 마른 정강이 위로 올라온다. 그들은 그의 팔꿈치로 와서 티셔츠 소매 안으로 들어간다. 반바지를 탐색하고 성기를 간질인다. 그는 상관하지 않는다. 그가 보는 동안 패턴이 드러나고, 그 패턴은 야생적이다. 아무도 집단적 이동을 주도하지 않는다는 것만은 분명하다. 그럼에도 불구하고 그들은 끈끈한 음식을 굉장히 조직적인 방식으로 둥지까지 옮긴다. 계획자가 전혀 없는 계획, 측량사 없는 길 찾기다.

그는 공책과 카메라를 가지러 집으로 간다. 그리고 거기서 아이디어를 떠올린다. 그는 진에게 매니큐어를 몇 개 달라고 부탁한다. 그의 누나는 나이를 먹으면서 멍청해져 패션의 세계에 빠졌다. 하지만 여전히 어린 동생 대미를 위해서 뭐든지 해줄 것이다. 그리고 한때는 누나도 〈최고의 가이드〉 시리즈를 사랑했다. 하지만 인간이 그녀를 사로잡았고 다시는 거기서 해방되지 못할 것이다.

진은 그에게 보라색부터 하늘색까지 무지개 같은 다섯 색깔 매니큐어를 준다. 현장으로 돌아와서 그는 색을 칠하기 시작한다. 탐색자 하나의 배에 스모킹로즈 색깔의 조그만 원이 생긴다. 그는 같은 색으로 수십 마리의 개미에 하나씩 차례로 표시한다. 몇 분 후 그는 니트피치 색깔로 다시 시작한다. 정오 무렵에는 모든 매니큐어 색들이 사용된다. 곧 색색의 점들이 비현실적으로 아름다운 콩가 라인을 형성한다. 개미 군락에는 뭔가가 있다. 애덤은 그걸 뭐라고 불러야 할지 모른다. 목적. 의지. 일종의 의식. 인간의 지능과는 완전히 달라서 지능으로는 아무것도 아니라고 여길 법한 그런 것이다.

낚싯대와 미끼를 들고 지나가던 에밋이 풀밭에 엎드려 사진을 찍고 공책에 그림을 그리고 있는 그를 발견한다.

"너 무슨 짓거리를 하고 있어?"

애덤은 몸을 웅크리고 계속해서 작업한다.

"이게 네가 토요일을 보내는 방식이야? 애들이 널 이해 못하는 것도 당연하지."

애덤은 사람들을 *이해하지* 못한다. 그들은 진짜 뜻을 감추는 말을 한다. 그들은 의미 없는 싸구려 장신구를 떠받든다. 그는 고개를 숙인 채 계속해서 수를 센다.

"야! 벌레쟁이! 벌레쟁이, *내가 너한테 말하고 있잖아!* 왜 흙밭에서 굴러다니는 거야?"

에밋의 목소리에서 감정을 느끼고 애덤은 깜짝 놀란다. 그가 형을 무서워하게 만든 목소리다. 그는 공책에 대고 중얼거린다.

"왜 형은 물고기를 고문해?"

발이 날아와 애덤의 갈비뼈를 걷어찬다.

"무슨 개소리야? 물고기는 아무것도 못 느껴, 이 상등신아."

"형도 잘 모르잖아. 증거가 없잖아."

"증거가 필요해?"

에밋이 풀을 한 줌 뜯어서 동생의 입에 처넣는다. 애덤은 냉담하게 그것을 뱉는다. 에밋은 안됐다는 듯 고개를 흔들며 또 한 번의 일방적 논쟁의 승리자가 되어 가버린다.

애덤은 자신의 살아 있는 지도를 연구한다. 잠시 후 색깔을 입힌 개미들이 느릿느릿 움직이자 명령을 내리는 중앙 신호자 없이 어떤 식으로 신호가 전달되는지 드러나기 시작한다. 그는 음식을 조금 옆으로 옮겨 개미들을 흩어놓는다. 장애물을 세우고 개미들이 되돌아오는 시간을 측정한다. 아이스캔디가 사라지자 그는 자신의 점심을 부숴 여기저기 조금씩 놓고 그 조각들이 사라지는 데 얼마나 시간이 걸리는지를 측정한다. 군락은 빠르고 교활하다. 인간이 원하는 것을 얻을 때만큼이나 교활하다.

교회의 종이 커다랗게 소리를 낸다. 6시, 밖에 나온 어피치가 아이들이 저녁을 먹으러 집에 가야 하는 시간이다. 하루 동안 열두 장의 기록, 서른여섯 장의 시차를 둔 사진, 반쯤 세운 가설을 얻었지만 이걸로는 물물 거래에서 망가진 요요 하나 얻을 수 없을 것이다.

가을 내내 학교에 가거나 잔디를 깎거나 아이스크림 판매대에서 일하지 않을 때면 그는 개미를 연구한다. 그래프를 그리고 도표를 만든다. 개미의 영리함에 대한 그의 존경심은 끝없이 자라난다. 변화하는 환경을 맞으면서 그렇게 유연하게 행동하다니, 이걸 엄청나게 똑똑하다는 말 말고 뭐라고 설명할 수 있을까?

그해 말에 그는 지역 과학 박람회에 출전한다. *개미 군집의 행동과 지능에 관한 관찰기.* 전시장에는 더 나아 보이는 작품들이 있고, 학생의 아버지가 모든 과학적인 부분을 다 한 듯한 것들이 있다. 하지만 다른 참가자들 누구도 그와 같은 방식으로 사물을 보지 않았다.

심사위원이 묻는다.

"누가 이걸 도와줬니?"

"아무도요."

그가 지나치게 자신만만하게 대답했는지도 모른다.

"부모님? 과학 선생님? 형이나 누나?"

"누나가 매니큐어를 줬어요."

"다른 사람한테서 아이디어를 얻었니? 네가 밝히지 않은 다른 실험을 따라 했니?"

그런 실험이 이미 있었을지도 모른다는 생각에 그는 충격을 받는다.

"이 모든 측정을 네가 직접 다 했다고? 넉 달 전부터 시작했고? 방학 동안에?"

그의 눈에 눈물이 고인다. 그는 어깨를 으쓱인다.

심사위원들은 그에게 동메달조차 주지 않는다. 그들은 참고문헌을 쓰지 않았기 때문이라고 말한다. 공식 보고서에는 참고문헌이 필수이니까. 하지만 애덤은 진짜 이유를 안다. 그들은 그가 훔쳤다고 생각하는 거다. 그들은 어린애가 보고 느끼는 즐거움이라는 이유 하나만으로 독창적인 아이디어를 내서 무언가를 발견할 때까지 몇 달이나 작업을 했다는 사실을 믿을 수가 없는 것이다.

봄에 그의 누나 리가 봄방학을 맞아 여자 친구 몇 명과 로더데일에 간다. 방학 둘째 날 밤에 해변가 해산물 식당 앞에서 그녀는 세 시간 전에 만난 남자의 빨간색 컨버터블 포드 머스탱에 올라탄다. 그 후로 아무도 그녀를 보지 못한다.

부모님은 반쯤 정신이 나간다. 그들은 두 번이나 플로리다로 날아간다. 경찰들에게 소리를 지르고 엄청난 돈을 쓴다. 몇 달이 흘러간다. 실마리는 없다. 애덤은 앞으로도 그런 건 없을 것임을 깨닫는다. 누가 누나를 데려갔

든 예리하고, 꼼꼼하고, 인간이다. 지능적이다.

레너드 어피치는 포기하지 않는다.

"다들 리를 알잖아. 그 애가 어떤지 알잖아. 또 가출한 걸 거야. 그 애한테 무슨 일이 생겼는지 확실히 알 때까지 장례 같은 건 지내지 않을 거야."

확실히 알 때까지. 그들은 안다. 애덤의 어머니는 이전 봄에 리가 아버지의 얼굴에 대고 했던 말을 그대로 한다. *내가 태어나기도 전에 이미 그걸 날 위해서 골라두셨잖아요.* 패턴이 드러나고, 그녀는 그걸 알아챈다.

"몇 년 동안이나 사방에서 느릅나무들이 죽어가고 있는 와중에 그 애를 위해서 그걸 심어? 도대체 무슨 *생각*을 한 거야? 당신은 그 애를 좋아한 적이 없어, 안 그래? 그리고 이제 그 애는 강간당하고 어딘가의 쓰레기장에 죽어 있는데 우린 그게 어딘지조차 영영 모르겠지!"

레너드는 실수로 그녀의 팔꿈치를 부러뜨린다. 정당방위였다고 그는 사람들에게 계속해서 말한다. 애덤은 그때 깨닫는다. 인류는 끔찍하게 유해하다. 이 종은 오래가지 못할 것이다. 이것은 비정상적인 실험이다. 곧 세상은 건전한 지성, 집단 지성에게로 되돌아갈 것이다. 군락과 군집으로.

*

진은 동생들을 삼림보호지로 데려간다. 거기서 그들 셋은 아버지가 허락하지 않은 장례를 치른다. 그들은 화톳불을 피우고 이야기를 나눈다. 조그맣게 *개자식*이라고 중얼거렸다고 아버지에게 뺨을 맞고 가출했던 열두 살의 리. 학교에서 배운 스페인어로밖에 말을 하지 않아서 그녀를 싫어하는 모두에게 벌을 주었던 열네 살의 리. 열두 번째 생일을 재연하기 위해서 지상으로 돌아온 에밀리 웨브 역할을 하던 열여덟 살의 리. 고등학교 전체를 눈물바다로 만든 뛰어난 유령이었다.

애덤은 누나를 위해서 새겼던 느릅나무 명패를 가져와서 불에 던진다. 나무는 땅과 하늘 사이의 통로다. 느릅나무는 훌륭한 장작은 아니지만, 어쨌든 그리 어렵지 않게 탄다. 그의 실패한 글자들이 완벽해져서 검은색 속으로 사라진다. 처음에는 *나무*, 그다음엔 *땅, 하늘,* 그리고 *통로.*

과학 박람회 심사위원들은 모든 것에 대한 현장 연구 공책을 만들려는 욕망으로부터 애덤 어피치를 치료해준다. 그는 개미에서 탈피한다. 최고의 가이드들을 바깥에 내다 버린다. 어머니의 청소기로부터 숨겨두었던 비밀의 전시품 보물들을 이제 기꺼이 부숴버린다. 어린애 같은 물건들이다.

고등학교는 벙커에서 보내는 음울한 4년이다. 친구가 없거나 즐길 만한 게 없는 것은 아니다. 사실 둘 다 차고 넘친다. 밤이면 마을 위쪽 저수지에서 술을 마시고 알몸 수영을 한다. 주말에는 온종일 지하실에서 수집용 교환 카드로 가득한 짐 가방을 끌고 오는 뚱뚱하고 빈혈기 있는 남자애-어른들과 난해한 롤플레잉 규칙에 대해 설전을 벌이고 주사위를 굴린다. 게임의 괴물들은 잘못된 자연사처럼 보인다. 거대 벌레. 살인마 나무. 게임의 핵심은 이 모두를 없애는 것이다.

"남성호르몬이야."

그의 아버지는 이렇게 설명한다. 이제 그는 덩치 큰 아들을 두려워하고 애덤도 그것을 안다.

"호르몬의 폭풍우 속에서 항구는 안 보이거든."

애덤은 아버지에게 상처를 주고 싶지만, 아버지가 틀린 것은 아니다. 여자아이들도 있지만, 여자아이들은 그를 당황하게 만든다. 그 애들은 보호색을 띠듯 멍청한 척한다. 소극적이고, 얌전하고, 수수께끼처럼 군다. 그들은 의도를 꿰뚫어 볼 수 있는지 시험하기 위해서 진짜 의미와는 정반대로 말한다. 그들은 꿰뚫어 봐주기를 바란다. 그리고는 꿰뚫어 보면 분노한다.

그는 이웃 고등학교에 가서 수백 미터의 화장실 휴지를 린덴나무 가지에 줄줄이 걸어두는 복잡한 야간 작전을 계획한다. 휴지는 커다란 하얀 꽃처럼 몇 달이나 흔들린다. 그는 산악자전거를 타고 그 아래를 지나가며 천재 게릴라 예술가가 된 기분을 느낀다.

그와 친구 한 명은 학교, 슈퍼마켓, 은행 점포의 지도를 만든다. 그들은 강도질을 하기 위해 어떤 도구들이 필요한지 계획을 세운다. 계획은 정교해진다. 그들은 그저 재미 삼아 무기에 가격을 매긴다. 애덤에게 실행 계획, 작전, 자원 관리 같은 것은 게임이다. 그의 친구의 경우에는 거의 종교에 가깝다. 애덤은 불안정한 소년에게 매료되어 관찰한다. 땅에 거꾸로 떨어진 씨앗은 똑바로 될 때까지 뿌리와 줄기가 커다란 U자 형태를 그리며 돌아간다. 하지만 인간 아이는 자신이 잘못된 방향을 향하고 있다는 걸 알면서도 여전히 그 방향으로 시도해볼 가치가 있다고 생각한다.

그는 수업을 통과하기 위해 필요한 최소의 노력을 파악하는 데 능숙해진다. 어떤 어른들도 그가 내놓으려 하는 것 이상을 얻어내지 못한다. 곤두박질치는 성적표에 어머니는 당황한다.

"어떻게 된 거니, 애덤? 넌 이거보다 잘하잖니!"

하지만 어머니의 목소리는 무덤덤하고 의욕이 없다. 진은 그의 성적이 떨어지는 것을 본다. 그녀는 꾸짖고, 농담하고, 애원한다. 하지만 곧 그녀는 콜로라도의 대학으로 떠난다. 그가 스스로를 잘 돌보도록 만들 수 있는 사람은 아무도 남지 않았다.

리는 돌아오지 않는다. 아버지의 실종자 수배 녹음본은 아무 소득도 없다. 어머니는 다량의 코데인(진통제)을 먹기 시작한다. 곧 어머니는 여러 동네의 약국들을 순회한다. 어머니는 요리도, 집 청소도 그만둔다. 애덤의 생활방식은 영향을 받지 않는다. 그는 적응하고 진화한다. 살아남은 사람의 생존방식이다.

대수학 숙제를 대신 해주면 3달러 줄게. 친구의 농담에서 그는 쉽게 용돈 벌이할 방법을 찾는다. 너무 쉬워서 그는 광고를 하기 시작한다. 외국어만 빼면 어떤 과목이든 원하는 수준에 맞춰서 필요한 만큼 빠르게 숙제를 해 드립니다. 적당한 가격대를 찾기까지 좀 시간이 걸리지만, 가격대를 맞추자 고객이 줄을 선다. 그는 대량주문 할인과 선지급을 시험해본다. 곧 그는 성 공적인 소규모 사업자가 된다. 부모님은 그가 다시 매일 밤 몇 시간씩 숙제 를 하는 것을 보고 안도한다. 부모님은 그가 돈을 달라고 떼쓰는 것을 그만 둔 것에도 기뻐한다. 마치 윈-윈-윈 상황 같다. 미국의 아침, 알아서 돌아가 는 시장경제 속에서 애덤은 매일 밤 기업가적 문화에서 태어났다는 사실에 감사하며 잠자리에 든다.

그는 빠르고 성실하다. 모든 숙제는 마감에 딱 맞춘다. 곧 그는 하딩 고등 학교에서 가장 믿음직스럽고 존경받는 부정행위 프랜차이즈를 설립한다. 사업 덕택에 그는 어느 정도 인기도 얻는다. 그는 대부분의 현금을 저축한 다. 돈을 저축하고 속아 넘어간 교육자 하나당 얼마를 벌었는지 계산하며 통장의 잔고를 보는 것보다 더 그에게 즐거움을 줄 만한 소비 행위는 없다.

하지만 바쁜 일은 희생을 요구한다. 그는 흥미를 느끼지 말았어야 했을 온갖 흥미로운 것들을 어쩔 수 없이 배우게 된다.

고등학교 마지막 학년 가을 초반에 애덤은 이족보행 짐승에 대해서 자신 보다 더 이해하지 못하는 급우를 위한 심리학 보고서를 쓰기 위해서 공공 도서관에 간다. 최소한 두 권의 책을 인용할 것. 알 게 뭐람. 그는 개인 열람 실에서 일어나 적당한 책 선반 쪽으로 다가간다. 몇 시간 동안 숙제를 해서 눈이 사시가 된다. 낮은 도서관 조명 속에서 책들은 작대기 인형들을 위한 타운하우스처럼 보인다.

책등 하나가 그의 눈에 순간적으로 들어온다. 형광 라임색 글자가 검은 표지에서 번쩍거린다. 루빈 M. 라비노프스키의 《우리 안의 유인원(The Ape Inside Us)》이다. 애덤은 두툼한 책을 꺼내서 근처 의자에 앉는다. 책을 펼치자 네 개의 카드 그림이 나타난다.

그 아래에 설명이 달려 있다.

> 각 카드에는 한쪽 면에 글자가, 반대쪽 면에 숫자가 있다. 누군가가 카드의 한쪽 면에 모음자가 있으면 반대편에는 짝수가 있다고 말했다고 치자. 어떤 카드 혹은 카드들을 뒤집어봐야 이 사람의 말이 옳은지 틀린지 확인할 수 있을까?

그의 관심이 솟구친다. 명확하고, 간결하고, 올바른 대답이 있는 문제는 인간이라는 존재에 대한 해독제다. 그는 자신감 넘치는 상태로 퍼즐을 금세 푼다. 하지만 해답을 확인해보니 틀렸다. 처음에 그는 인쇄된 답이 틀렸다고 생각한다. 그러다가 멍백히 알았어야 하는 사실을 깨닫는다. 그는 다른 아이들의 숙제를 몇 시간 동안 해주느라 지쳐서 그런 거라고 스스로에게 말한다. 집중력이 떨어진 거라고. 주의를 기울였다면 금방 알아챘을 거라고.

그는 계속 읽는다. 책은 일반적인 성인의 4퍼센트만이 이 문제를 제대로 푼다고 주장한다.

더 중요한 것은 문제를 틀린 사람들의 약 4분의 3이 간단한 답을 보고
서 자신이 왜 틀렸는지에 관해 변명을 한다는 것이다.

그는 의자에 앉아서 자신이 왜 거의 모든 다른 인간들이 하는 일을 똑같
이 한 건지 스스로에게 설명하려 한다. 첫 번째 카드 열 아래 또 다른 카드
열이 있다.

이번에는 설명에 이렇게 쓰여 있다.

각각의 카드는 바에 있는 사람을 의미한다. 한쪽 면은 그들의 나이이고,
반대편은 그들이 마시는 음료다. 법적인 음주 연령이 21세라면, 어떤 카
드 혹은 카드들을 뒤집어봐야 모두가 합법적인 나이라는 것을 알 수 있
을까?

답이 너무나 명확해서 애덤은 찾아볼 필요도 없다. 이번에는 일반적인
성인의 4분의 3과 함께 올바른 답을 맞힌다. 그다음에 그는 핵심을 찌르는
설명을 읽는다. 두 문제는 똑같다. 그는 큰 소리로 웃음을 터뜨려서 야밤에
공공도서관을 찾은 회색 머리 손님들의 시선을 끈다. 사람들은 머저리다.
그의 종(種)의 자부심이자 기쁨인 기관에는 커다랗게 '고장' 표시가 달려
있다.

애덤은 읽는 것을 멈출 수가 없다. 다시, 또 다시 책은 소위 호모사피엔스

가 가장 단순한 논리 문제에도 실패하는 이유를 보여준다. 하지만 그들은 누가 들어오고 누가 나가고, 누가 올라가고 누가 내려가고, 누구를 칭찬해야 하고 누구를 무자비하게 벌해야 하는지를 구분하는 데에는 빠르고 환상적이다. 이성이라는 단순한 행동을 수행하는 능력? 형편없다. 서로를 쪼아대는 능력? 대단히, 엄청나게 뛰어나다. 애덤의 뇌에서 들어찰 준비가 되어 있는 완전히 새로운 공간들이 열린다. 그는 이내 도서관이 문을 닫고 있고 그를 쫓아내려 한다는 것을 깨닫는다.

집에 와서 그는 밤새 책을 읽는다. 다음 날 아침을 먹는 동안에도 계속 읽는다. 하마터면 버스를 놓칠 뻔하고, 고객들에게 그날 치 숙제를 전달하지 못한다. 이것은 그가 부정행위 프랜차이즈를 설립한 이래 그의 평판에 날아든 첫 번째 타격이다. 그는 처음 3교시 동안《우리 안의 유인원》을 책상 밑에 넣어두고 몰래몰래 읽는다. 점심시간 전에 책을 다 읽고, 다시 처음부터 읽기 시작한다.

책이 대단히 우아해서 애덤은 오래전에 진실을 깨닫지 못한 자신을 차주고 싶다. 인간은 과거의 유산으로 행동과 편견을 물려받고, 진화의 초기 단계부터 자신들의 낡아빠진 규칙을 이어갈 유물을 대충대충 만들었다. 변덕스럽고 비합리적인 선택으로 보이는 것들이 실은 다른 종류의 문제를 해결하기 위해 오래전에 만들어진 전략인 것이다. 우리는 모두 서로를 감시하며 사바나에서 살아남기 위해 형성된 사회적 상승을 노리는 교활한 기회주의자의 몸에 갇혀 있다.

며칠 동안 책은 그를 행복한 혼미 상태에 빠뜨린다. 책이 알려준 패턴으로 무장하고 그는 학교의 모든 여자아이들 구두 굽에 매니큐어를 발라서 그들이 오가는 흔적을 추적하는 실험을 상상한다. 제일 좋은 부분은 12장 '영향력'이다. 그가 이것을 1학년 때 읽었다면 학교의 영구 회장이 될 수도 있었을 것이다. 평생의 적수였던 인간의 행동에 그가 곤충에게서 목격했던 것처럼 아름답고 숨겨져 있지만 알아낼 수 있는 패턴이 있다는 생각만으로도 그의 마음이 노래를 부른다. 누나가 사라진 후로 느꼈던 그 어떤 기분보다도 가볍고 올바르게 느껴진다.

*

대학 입학시험을 볼 때가 되자 그는 우수한 성적을 거둔다. 그의 분석 능력은 92퍼센트의 백분위수를 기록한다. 하지만 학교 성적에서는 졸업반 전체 269명 중에서 212등을 간신히 기록한다. 자존심을 가진 대학이라면 절대로 그를 받으려 하지 않을 것이다.

그의 아버지는 별거 아니라고 치부한다.

"2년 동안 전문대에 가. 과거를 깨끗하게 지우고 다시 시작해."

하지만 애덤은 다시 시작할 필요가 없다. 행간을 읽을 수 있는 사람에게 그걸 보여주기만 하면 될 뿐이다. 그는 겨울방학이 시작되기 전 어느 토요일 아침에 식탁에 앉아서 편지를 쓴다. 이것은 마치 어린 시절 현장 연구 공책에 관찰 내용을 기록하던 것 같은 느낌이다. 창밖으로는 아이들 나무의 현재 모습이 보인다. 한때 나무와 그 나무로 기념한 아이들 사이에 마법 같은 연결 고리가 있다고 믿었던 것이 떠오른다. 자신을 친숙하고, 정직하고, 구분하기 쉽고, 늘 당분을 홀릴 준비가 되어 있고, 화창한 이른 봄에 거꾸로 꽃을 피우는 단풍나무로 만들어갔던 것이 생각난다. 그는 그 나무를, 그 단순함을 사랑했었다. 하지만 사람들이 그를 다른 것으로 바꾸었다. 그는 펜을 들고 종이 위쪽부터 글을 쓴다.

R. M. 라비노프스키 교수님
심리학과

포르투나 대학, 포르투나, 캘리포니아

존경하는 라비노프스키 교수님께,
교수님의 책은 제 인생을 바꾸었습니다.

그는 완전한 전향 이야기를 펼친다. 놀라운 지성과 우연히 조우해서 구원받은 야생의 소년에 대한 이야기다. 그는 《우리 안의 유인원》이 어떻게 그의 안에서 뭔가를 일깨웠는지를 설명한다. 비록 그 깨달음은 너무 늦은 것 같지만 말이다. 그는 이 책을 만나기 전까지 자신이 학교를 진지하게 받아들이지 않았고, 이제는 더 나은 학교에서 심리학을 공부할 기회를 얻을 때까지 전문대에서 성적 기록을 바꾸는 데에 몇 년을 보내야 한다고 이야기한다. 그리고 그래도 상관없다고 덧붙인다. 또, 그는 교수에게 빚을 졌고, 231쪽에서 라비노프스키 본인이 말한 것처럼 "친절한 행동은 뭔가 보답을 받길 바라는 것처럼 보일지 몰라도, 그렇다고 그 행동이 덜 친절해지는 것은 아니다"라고 생각한다. 어쩌면 우연히 만난 예기치 못한 친절이 앞길을 더 짧게 만들어줄지도 모른다.

창밖에서 그의 단풍나무가 산들바람에 흔들린다. 가지가 그를 꾸짖는다. 이렇게 다급하지 않았다면 부끄러움에 얼굴을 붉혔을 것이다. 그는 12장 '영향력'에서 알게 된 십여 가지 기술 중 절반을 사용해서 편지에 기름칠을 한다. 그의 감사의 말은 다른 사람에게 행동 패턴을 끌어내는 여섯 가지 유발인자 중 네 가지가 포함되어 있다. 호혜, 결핍, 비준, 그리고 헌신에 대한 호소다. 그는 12장에서 얻은 또 다른 수법을 사용해서 자신이 애원하고 있다는 증거를 감춘다.

상대방이 당신을 돕기를 바란다면, 그들이 이미 말로 다할 수 없을 만큼 당신을 도왔다고 설득하라. 사람들은 자신의 유산을 지키기 위해 더 열심히 일할 것이다.

《우리 안의 유인원》의 저자가 보낸 답장이 집에 도착하자 부모님은 깜짝 놀라지만 애덤은 그리 놀라지 않는다. 라비노프스키 교수는 포르투나 대학이 교육에 관해 강렬하고 호기심 어린 접근법을 찾는 비인습적인 학생들을 위한 작은 대안학교라고 말한다. 입학 과정에서 고등학교 성적을 그렇게 많이 고려하지 않고 특별한 지원 동기를 갖고 있는지 정도만 살핀다. 그리고 라비노프스키 교수는 보증은 할 수 없지만 애덤의 지원서를 진지하게 고려해보겠다고 약속한다. 애덤은 쓸 수 있는 최소의 입학용 에세이만 쓰면 된다.

이 공식적인 편지에는 서명이 없는 색인 카드가 끼워져 있다. 거칠고 으스스한 파란색 잉크 글씨로 누군가가 이렇게 적어놓았다. "다시는 나한테 허풍 치려고 하지 마라."

레이 브링크먼과 도러시 카잘리

그들을 찾기는 어렵지 않다. 나무가 거의 아무런 의미도 없는 두 사람. 인생의 봄에조차 참나무와 린덴나무를 구분하지 못하는 두 사람. 1974년 세인트폴 도심의 조그만 검은색 극장의 무대를 가로질러 숲이 수 킬로미터를 전진하는 것을 보기 전까지는 숲에 관해 두 번 생각하지 않았던 두 사람.

레이 브링크먼은 지적재산권 분야의 신참 변호사다. 도러시 카잘리는 그의 법률회사가 고용한 회사의 속기사다. 그녀가 속기를 하는 동안 그는 그녀에게서 눈을 뗄 수가 없다. 그녀의 발레 같은 손동작의 고요하고 유연한 아름다움이 그를 놀라게 만든다. 소리 없이 움직이는 그녀의 손가락에서 흘러나오는 열정의 소나타.

그녀는 그가 쳐다보는 것을 알아채고, 할 말 있으면 하라는 뜻으로 고개를 들어 그를 본다. 그는 말을 한다. 그게 멀리서 극심한 동경만 품다가 죽는 것보다 쉬우니까. 그녀는 자신이 장소를 고를 수 있다면 그와 함께 나가는 데에 동의한다. 그는 감추어진 조건을 상상도 못한 채로 계약에 동의한다. 그녀는 아마추어 제작사의 〈맥베스〉 오디션을 고른다.

왜냐고? 그녀는 이유는 없다고 말한다. 장난. 변덕. 자유. 하지만 물론 자유는 없다. 시간의 씨앗으로 점을 쳐서 어느 것이 자라고 어느 것이 자라지 않을지 말해주는 오래된 예언뿐이다.

아마추어 제작사라고 쓰고, 끔찍하다고 읽는다. 오디션은 손전등 없이 나선 괴물 사냥 같다. 두 사람 다 고등학교 시절 이래로 연극을 한 적이 없지만, 그들은 용기를 쥐어짜 자리에 붙어 있고 둘 다 그날 저녁에 마조히즘적이고 손가락 관절이 하얘질 정도의 즐거움을 누릴 수 있었다.

"후아. 도대체 저게 뭐였던 거죠?"

그녀를 데리고 복도로 나오면서 그가 말한다.

"난 언제나 내가 연기를 할 수 있는 척하고 싶었어요. 그저 공범이 필요했죠."

"그럼 앙코르로는 이제 뭘 할까요?"

"당신이 골라요."

"다음에는 신경을 덜 쥐어짜는 종류가 어떨까요?"

"절벽 다이빙 하러 가본 적 있어요?"

결과는 이렇다. 두 사람 다 배역을 얻는다. 물론 배역을 얻는 게 당연하다. 그들은 테스트를 받기도 전에 이미 배역을 얻었다. 맥더프와 레이디 맥베스다.

레이는 완전히 공포에 질려 도러시에게 연락한다. 마치 아버지의 산탄총을 만지작거리다가 실수로 발사한 것 같은 느낌이다.

"우리가 실제로 역할을 맡아야 하는 건 아니겠죠?"

"거긴 시민 극장이에요. 아마 당신에게 의지하고 있을걸요."

그녀는 이미 그들이 함께 보낸 첫 주에 그의 최악의 버튼이 어느 것인지를 파악했다. 이 남자는 죄스러울 만큼 책임감이 강하다. 그와 같은 부류는 희망과 기대에 관해 병적으로 책임감을 느끼는 것이다. 그리고 여자는 그보다 열 배쯤 무모하다. 그녀는 그에게 사실상 이렇게 말하는 것이다. 맥베스를 안 하면 더 이상 데이트는 없어요. 그들은 역할을 맡는다.

도러시는 타고난 배우다. 하지만 레이는, 첫 번째 대본 읽는 날 밤에 배역 담당자조차 자신이 끔찍한 실수를 한 게 아닌가 생각할 정도다. 도러시는 경탄해서 남자를 바라본다. 그는 그녀가 본 중에서 가장 끔찍한 배우다. 그는 무제한 토론 클럽에서 자신의 존재에 관한 주장을 제시하는 것처럼 나른한 어조와 놀랍도록 순수한 투로 자신의 대사를 읽을 뿐이다.

그녀는 메서드 연기와 캐릭터 잡기에 관한 책을 찾아 공공도서관을 뒤진다. 그는 금욕적 태도로 일관한다.

"내가 모든 대사를 다 외운다면 행운일걸요."

2주 후, 그는 꽤 유능해진다. 3주 후, 더 큰 일이 일어나기 시작한다.

"이건 불공평해요. 연습했어요?"

그녀가 묻는다. 사실 그랬다고 그는 이제야 깨닫는다. 전에는 알지 못했지만 누군가를 법정으로 데려가기 한참 전부터 법 그 자체가 극장이다. 레이에게는 한 가지 재능이 있다. 자신을 대단히 강렬해 보이게 만들 수 있다는 것이다. 이 특징은 앞으로 수년 동안 그를 저작권과 특허권 분야에서 굉장히 성공한 소송인으로 만들어줄 것이다. 지금 그 단순한 재능이 그를 기묘하게 최면을 거는 듯한 맥더프로 바꾸어준다. 진지하고 열띤 표정으로 가만히 서 있는 것만으로도 그는 지구의 의지와 접촉하는 것처럼 보인다.

어린 시절부터 갖고 있는 도러시의 주된 초능력은 사람의 입과 눈가의 모든 근육을 읽고 그 사람이 거짓말을 하는지 어떤지 백 퍼센트 정확하게 판단할 수 있다는 것이다. 이것은 그녀의 속기 능력이나 레이디 맥베스에는 아무 영향도 미치지 못한다. 하지만 이 남자의 순수함의 외적 한계를 시험해보고 싶게 만든다. 5주 동안 일주일에 세 번씩 리허설을 하는 동안 그녀는 확신을 갖는다. 레이 브링크먼은 실제로 신도 버린 나라를 구하기 위해서 아무것도 없는 성에 아내와 자식들을 무방비하게 남겨놓을 만한 사람이다.

무대는 굉장히 70년대스럽다. 굉장히 워터게이트적인 분위기다. 입장료는 무료이고, 시민 극장은 돈만큼의 가치를 얻는다. 사흘간의 공연에서 레이디 맥베스는 화려한 불길 속에 사망한다. 사흘간의 공연에서 맥더프와 그의 부하들은 나무로 분장하고 버넘 숲에서 던시네인까지 숲이 이동하는 것을 돕는다. 나무들은 실제로 무대 위를 가로질러 간다. 참나무, 용맹한 참나무 전사들, 참나무 군대와 해군들, 역사적인 집의 기둥과 상인방. 남자들은 커다란 가지를 잡고, 아무것도 모르는 맥베스가 예언이 보장하는 안전에 대해서 외치는 동안 공격자들은 판자 위를 굉장히 느리게 슬금슬금 가로질러 거의 움직이지 않는 것처럼 보인다. 레이는 매일 밤에 거의 영원토록 이렇게 생각한다. *나한테 무슨 일이 일어나고 있어. 아주 멀리서, 내가 이해하지 못하는 뭔가 무겁고 커다란 것이 천천히 다가오고 있어.*

그는 전혀 모른다. 그에게 다가오는 것은 강한 600여 종(種) 이상으로 이루어진 하나의 속(屬)이다. 낯익고, 변화무쌍하고, 회귀선부터 북온대까지 자리를 잡은 존재. 모든 나무들의 전반적인 상징. 두껍고, 뒤엉키고, 우락부락하지만 땅에 단단히 뿌리를 박고, 살아 있는 다른 생명체들로 뒤덮여 있는 것. 300년간 자라고, 300년간 버티고, 300년간 죽어가는 것. 바로 참나무다.

참나무들은 그를 인간이라는 괴물과의 싸움에서 임시 대행자로 임명한다. 선량한 맥더프는 잘라낸 그들의 가지 뒤에 숨어서(이 작품을 만들면서 *많은 생명체들이 해를 입었습니다*), 다음 대사가 기억나기를 바라고 왕위찬탈자를 오늘 밤에도 물리치게 되기를 기도하며, 외우주에서 온 알파벳 글자처럼, 신중하게 온 세상을 찾는 무언가가 모양 하나하나를 만든 것처럼 그의 분장에서 튀어나온 기묘하고 불규칙적인 이파리 모양에 감탄한다.

그는 자신의 현수막에 무슨 글이 쓰여 있는지 읽을 수가 없다. 그것은 50억 개의 뿌리 끝을 가진 존재가 쓴 것이다. 거기에는 '참나무와 문은 똑같은 고대 단어에서 나온 것이다'라고 쓰여 있다.

폐막일 파티가 끝나고 레이와 도러시는 한 침대에 들어간다. 극장과 도러시의 변덕은 그렇게 오랫동안 그들을 노예로 사로잡고 있었던 것이다. 그러다가 마치 절벽 다이빙을 하는 것 같다. 그들의 수많은 내적 사이렌과 알람 중 최악마저 조용히 시킬 만큼 어둡다. 하지만 촛불이 비추는 그의 얼굴에서 15센티미터 떨어진 곳에서도 그녀는 여전히 그의 눈가의 조그만 근육의 움직임을 알아볼 수 있다.

"당신 부모님과의 관계는 어때요? 인종차별적 생각을 해본 적 있어요? 좀도둑질을 한 적이 있나요?"

"나 재판을 받고 있어요? 왜 날 고문하는 거예요?"

"이유는 없어요."

그녀의 얼굴 전체가 멕시코 점핑빈처럼 움찔거린다. 그는 등을 대고 누워서 천장을 올려다본다.

"난 그런 식으로 무대에 서본 적이 한 번도 없었어요. 그건 마치 신과 이야기를 하는 것 같은 기분이에요."

"딱 그렇죠?"

그리고 그는 묻는다.

"우리가 어딘가로 가고 있다고 생각해요?"

그녀는 팔꿈치를 대고 몸을 일으켜 그의 얼굴을 본다.

"우리요? 그러니까, 말하자면, 인류 말이에요?"

"맞아요. 하지만 우선은 당신과 나요. 그다음에 모두들."

"모르겠어요. 내가 도대체 어떻게 알겠어요?"

그는 그녀의 분노를 알아채고, 이해한다고 생각한다. 그의 손이 이불을 더듬어 그녀의 손을 찾는다.

"난 이 일이 일어날 예정이었던 것 같은 기분이에요."

"이거요? 그러니까 운명이라고요?"

무자비한 레이디 맥베스가 조롱한다.

그는 느릿한 시간 속에서, 무대 위에서 버넘 숲으로 분장하고 얼어붙은 채 서 있는 기분이다.

"난 월급이 괜찮아요. 5년만 더 있으면 대출금도 전부 갚을 거예요. 그리고 곧 회사에서 나를 공동대표로 삼을 거고요."

그녀는 눈을 질끈 감는다. 몇 년 안에 폭탄이 떨어져서 지구는 엉망이 되고 남은 사람들은 로켓을 타고 어딘지 모를 곳을 향해 지구에서 도망쳐야 할 것이다.

"당신이 원치 않는다면 일하지 않아도 돼요."

그녀가 일어나 앉는다. 그녀의 손이 그의 가슴 위를 눌러 꼼짝 못하게 만든다.

"잠깐만요. 아, 맙소사. 지금 청혼하는 거예요?"

그는 고개를 옆으로 기울여 그녀를 빤히 본다. 용맹한 참나무 전사.

"우리가 같이 잤다고 해서요? 딱 한 번인데?"

조롱이 그에게 얼마나 아픈 상처가 되는지 알아채는 데에는 그녀의 특별한 재능도 필요치 않다.

"잠깐만. 내가 당신 처음이에요?"

그는 무대의 중간에서 얼어붙은 듯 꼼짝하지 않는다.

"두 시간 전에 나한테 물어봤어야 했어요."

"저기요. 내 말은…… 결혼요?"

입 안에서 그 단어가 바로크적이고 낯설게 느껴진다.

"난 결혼할 수 없어요. 난 앞으로…… 모르겠어요! 2년 동안 남미에 배낭

여행을 가고, 그리니치빌리지(뉴욕 맨해튼 남서부의 지구)에 가서 마약을 할지도 몰라요. CIA를 위해 부업을 하는 경비행기 조종사랑 엮이고요."

"나도 배낭은 있어요. 뉴욕에도 특허 전문 변호사가 있고요. 비행기 조종사 부분은 잘 모르겠지만요."

그녀는 기습에 웃음을 터뜨리며 고개를 흔든다.

"당신 농담이죠? 농담이 아니군요. 알 게 뭐람?"

그녀는 도로 풀썩 드러눕는다.

"알 게 뭐람, 그 말밖에 할 말이 없네요. 앞장서요, 맥더프!"

그들은 다시 서로를 갖는다. 이번에는 결합의 의미다. 그 후의 고요함 속에서 그녀는 그의 관자놀이가 축축해지는 걸 느낀다.

"뭐 잘못됐어요?"

"아무것도요."

"내가 당신을 겁먹게 만든 건 아니죠?"

"아니에요."

"당신 나한테 거짓말하는군요. 처음으로."

"그럴지도요."

"하지만 날 사랑하죠?"

"그럴지도요."

"'그럴지도요'? 그게 도대체 무슨 뜻이에요?"

뭔가 크고 무겁고 느리고 아주 멀리 있고 그로서는 전혀 낯선 것이 그게 무슨 뜻인지 말하기 시작한다. 그리고 그는 그녀에게 그것을 보여준다.

*

레이의 예측은 사실이 된다. 그의 빚을 전부 갚는 데에는 겨우 5년이 걸린다. 그 직후에 그는 공동대표가 된다. 그는 자신이 하는 일에 뛰어나다. 지적재산권 도둑을 밝혀내고 그들을 그만두게 만들거나 배상하게 만드는 일이다. 그의 열정, 공정함과 안정에 대한 그의 헌신은 마치 최면을 거는 것 같다. 당신은 다른 사람 것을 갖고서 이득을 보고 있어요. 세상은 그런 식으로 돌아가지 않아요. 거의 항상 반대편은 법정 밖에서 합의를 본다.

도러시의 예측은 그녀 입장에서는 완전히 틀리지는 않았다. 폭탄은 실제로 떨어진다. 하지만 지구 전체에 중간 크기의 폭탄들이 떨어졌고, 별로 안 커서 아직은 아무도 지구에서 도망칠 필요는 없다. 그녀는 선서를 한 사람들의 말을 그들이 말하는 것만큼 빠르게 받아 적는 주간 직업을 유지한다. 비결은 그 단어가 무슨 뜻인지에 신경 쓰지 않는 것이다. 주의를 기울이면 속도가 떨어진다.

6년이 한 계절인 것처럼 흘러간다. 그들은 헤어진다. '또 다른 자아 시민 극장'이 제작한 〈우리들의 낙원(You can't take it with you)〉에서 로맨틱한 역할을 맡았다가 다시 약혼한다. 그녀는 또 다시 완전히 초조해진다. 그들은 28일 동안 애팔래치아 트레일 800킬로미터를 걷고 나서 다시 합친다. 그리고 스카이다이빙을 하며 수신호를 통해서 또 다시 합친다.

그들의 평균 유지 기간은 5개월이다. 네 번째로 그녀가 결별을 선언했을 때에는 너무 마음의 상처가 커서 그녀는 직장을 관두고 몇 주 동안 사라진다. 그녀의 친구들은 레이에게 아무 말도 해주지 않는다. 그는 그들에게 새로운 소식을, 전화번호를, 뭐라도 알려달라고 애걸한다. 그는 그들에게 기나긴 편지를 맡기지만 그들은 전해줄 수 없다고 말한다. 그러다가 그녀에게서 사과도 아니고 잔인한 것도 아닌 쪽지가 도착한다. 그녀는 자신이 어디 있는지 말하지 않는다. 그저 끔찍한 폐소공포증, 남은 평생의 태도와 행동을 결정하는 법적 결합 서류에 서명을 하는 데에서 느끼는 무시무시한 공포를 설명할 뿐이다.

나도 당신이랑 같이 있고 싶어. 당신도 알지? 그래서 내가 계속 좋다고 말하는 거야. 하지만 법적인 합의? 권리와 소유권? 아, 레이, 당신이 평판 나쁜 의사나 파산한 사업가였다면 좋았으련만. 사기꾼 부동산 업자라든지. 지적재산권 변호사만 아니면 뭐든지 좋은데.

그는 오클레어의 사서함으로 되어 있는 반송 주소로 편지를 쓴다. 그는 그녀에게 전 세계 모든 곳에서 노예제도는 불법이라고 말한다. 그녀는 누군가의 재산이 되지 않을 거라고. 그가 그녀를 위해서 직업을 바꿀 수는 없을 것이다. 그가 잘 아는 게 저작권과 특허 관련법뿐이니까. 그것은 꼭 필요한 일이자 세상의 부(富)의 엔진이고, 그는 그 일에 뛰어나다. 어쩌면 뛰어난 것 이상으로 잘할지도 모른다. 하지만 결혼이라는 생각을 포기하는 것과 그녀와 함께 또 다른 아마추어 연극 제작사에서 연기를 한다는 생각을 포기하는 것 중에서 골라야 한다면, 불항쟁 답변을 하겠다.

우선 돌아와. 그다음에 두 대의 분리된 차, 두 개의 분리된 은행계좌, 두 채의 분리된 집, 두 개의 분리된 유언장을 갖고 죄악 속에 함께 살자.

그가 편지를 보내고 얼마 안 돼서 그녀가 로마행 티켓 두 장을 들고 한밤중에 그의 단층집 현관 앞에 나타난다. 그의 사무실에서는 의문이 좀 일었지만, 그는 이틀 후에 그녀와 신혼여행 아닌 여행을 떠난다. 영원한 도시(로마의 별칭)에서 사흘째 밤에, 프로세코 와인이 넘치고 온갖 예쁜 조명과 무너져가는 유물들, 그리고 망할 길거리 음악과 웅장한 왕관을 쓴 것 같은 라임나무와 그 우아한 가지 사방에 매달린 하얀 조명들 속에서 그녀가 그에게 묻는다. "알 게 뭐람, 저기, 레이?" 그가 그녀에게 영원히 계약으로 구속되고 합법적으로 획득한 동산이 되어줄 마음이 있는지 말이다. 그들은 결국에 트레비 분수대에서 왼쪽 어깨 너머로 동전을 던지게 된다. 독창적인 생각은 아니고, 아마 어느 왕족의 생각을 빌려 온 셈이리라.

그들은 옥토버페스트 기간에 맞춰 세인트폴로 돌아온다. 그들은 아무한 테도 말하지 않겠다고, 모든 걸 부인하겠다고 서로에게 맹세한다. 하지만 그들의 친구들은 커플이 히죽거리며 함께 공개적인 장소로 나오자마자 짐 작한다. 로마에서 너희 둘한테 무슨 일이 있었던 거야? 별일 없었어. 두 사 람이 순전히 거짓말을 한다는 걸 알기 위해서 얼굴 근육을 읽는 초능력도 필요치 않다. 너희 감옥에라도 들어갔다 온 거야? 너희 결혼했어? 너희 둘 결혼했구나, 그렇지? 너희 결혼했어!

그것은 세상에 엄청난 차이를 만들지 않는다. 도러시는 그의 집으로 다 시 들어간다. 그녀는 모든 공동 경비를 정확하게 반으로 나누고 꼼꼼하게 가계부를 쓸 것을 고집한다. 하지만 그의 근사한 서재와 식당, 일광욕실을 돌아다니는 동안 그녀의 머릿속 안쪽에서 뭔가가 떠오른다. 때가 되면, 아 이를 가질 때가 되면, 내가 번식을 하겠다는 이상한 기분에 들뜨면, 그땐 이 모든 게 내 아기들의 것이 될 거야!

그들의 첫 번째 기념일에 그는 그녀에게 편지를 쓴다. 그는 시간을 들여 단어를 고른다. 말로 할 수는 없기 때문에 그는 일하러 가면서 아침 식사 탁 자에 그것을 남겨둔다.

당신은 내가 당신을 알기 전에는 상상조차 하지 못했던 것을 나에게 줬 어. 마치 내가 "책"이라는 단어를 갖고 있었는데 당신이 내 손에 책을 준 것 같아. "게임"이라는 단어가 있었는데 당신이 나한테 게임하는 법을 알려준 것 같아. "삶"이라는 단어가 있었는데 당신이 와서 "아! 당신 이 걸 뜻한 거지"라고 말한 것 같아.

그는 그녀가 자신에게 준 것에 감사하기 위해서 그들의 기념일 선물로 세상 어떤 것도 줄 수가 없다고 말한다. 오로지 자라는 것 말고는. 우리가 이렇게 하면 어떨까 싶어. 그는 어디서 그 생각이 떠오른 건지 알 수가 없다. 그는 나무 역할을 해야 하는 남자 연기를 했던 첫 번째 아마추어 연극 공연 때 그에게 내려온 느리고 무거운 외부적 예언에 대해서는 잊었다.

도로시는 속기를 하기 위해서 오후에 법원으로 가는 차 안에서 편지를 읽는다.

> 매년, 가능한 한 이날에 가까운 날, 묘목장에 가서 정원에 심을 만한 걸 찾아보자. 난 식물에 대해서는 아무것도 몰라. 이름도 모르고 어떻게 돌보는지도 몰라. 심지어는 녹색 식물 하나랑 다른 것들을 구분조차 못해. 하지만 나 자신, 내가 좋아하는 것과 싫어하는 것, 내가 사는 곳의 넓이와 높이와 깊이 같은 모든 것을 당신 옆에서 다시 배웠던 것처럼, 이것도 배울 수 있어.

> 우리가 심는 모든 것들이 자라진 않을 거야. 모든 식물이 다 번창하지도 않겠지. 하지만 우린 함께 우리 정원을 채워가는 것들을 바라볼 수 있을 거야.

읽는 동안 그녀의 눈이 흐릿해지고, 그녀는 도로변을 가로질러 차 앞 그릴을 망가뜨릴 만큼 커다란 공원 도로의 린덴나무를 들이받는다.

자, 린덴나무는 여자와 남자가 다른 것처럼 참나무와 전혀 근본적으로 다른 나무다. 이것은 벌이 사는 나무이고 그 즙과 차로 모든 종류의 긴장과 불안증을 치료할 수 있는 평화의 나무다. 이 나무는 다른 것과 착각할 수가 없다. 수십만 종의 지구상 생물 목록 중에서 유일할 만큼 특이하다. 그 꽃과 포엽에 매달리는 조그맣고 단단한 열매는 비뚤어지고 유일한 목적이 그 특이성을 진술하는 것인 듯하다. 린덴나무는 이 기습 공격으로 시작해서 그녀를 다시 찾아올 것이다. 하지만 완전히 받아들이기까지는 몇 년이 걸리게 된다.

　운전대에 부딪쳐 찢어진 오른쪽 눈 위 상처를 봉합하기 위해 열한 바늘을 꿰매야 한다. 레이는 사무실에서 병원으로 서둘러 달려온다. 겁에 질려 그는 병원 주차장에 있던 의사의 BMW 오른쪽 뒷범퍼를 들이박는다. 그는 수술실에 실려가는 동안 눈물을 흘린다. 그녀는 머리에 붕대를 감고 의자에 앉아서 뭔가를 읽으려 하고 있다. 모든 것이 두 개로 보인다. 거즈 싸개의 브랜드명이 그녀에게는 존슨&존슨&존슨&존슨처럼 보인다.

　그를 보자, 두 명의 그를 보자 그녀의 눈이 빛난다.

　"레이레이! 자기! 어떻게 된 거야?"

　그가 그녀에게 달려오고 그녀는 혼란스러워서 움찔한다. 그러다가 이해한다.

　"쉿. 다 괜찮아. 난 아무 데도 안 갈 거야. 가서 뭔가를 심자."

더글러스 파블리첵

아침 식사 시간 직전에 이스트팔로알토에 있는 더글러스 파블리첵의 작은 원룸 아파트 층계참에 경찰이 도착한다. 진짜 경찰이다. 멋지군. 이걸 리얼리즘이라고 할 수 있을 것이다. 그들은 그를 무장강도 혐의로 체포하고 미란다 원칙을 읽어준다. 형법 211조와 459조 위반. 그들이 그의 몸을 수색하고 수갑을 채우는 동안 그는 피식 웃고 만다.

"이게 재미있다고 생각해?"

"아뇨. 물론 절대로 아니죠!"

음, 조금은 재미있을지도.

경찰이 더기를 뒤에서 붙잡고 아파트 앞에서 기다리고 있는 경찰차로 데려가는 동안 잠옷 차림의 이웃 사람들이 발코니로 나와서 보는 건 그렇게 재미있지 않다. 여러분이 생각하는 그런 거 아니에요. 그는 미소를 짓지만 손이 등 뒤로 수갑에 묶여 있어서 효과가 경감된다.

경찰 한 명이 그를 뒷자리로 밀어 넣는다. 뒷문에는 손잡이가 없다. 경찰들은 무전으로 그를 체포했다고 전달한다. 모든 것이 굉장히 〈네이키드시티〉(Naked City, ABC 네트워크의 1950~1960년대 경찰 드라마) 같지만, 이 완벽한 캘리포니아반도 중앙의 8월과 그가 하루에 15달러를 받는다는 생각이 배경음악의 분위기를 조금 띄운다. 그는 열아홉 살이고, 2년째 고아 상태이고, 최근에 슈퍼마켓 재고를 정리하는 일자리에서 잘렸고, 부모님의 생명보험금으로 살고 있다. 2주 내내 아무 일도 안 하면서 하루에 15달러씩 버는 건, 굉장히 큰돈이다.

경찰서, *진짜* 경찰서에서 그는 지문을 찍고, 이를 없애는 약을 끼었고, 안대를 한다. 그들은 그를 다시 차 안에 밀어 넣고 어디론가 달린다. 안대를 풀자 그는 감옥에 와 있다. 교도소장 사무실, 감독관 사무실, 여러 감방들. 다리의 사슬. 전부 다 주도면밀하고, 설득력 있다. 실제로 자신이 어디 있는 건지 그는 모른다. 어딘가에 있는 사무용 건물일 것이다. 쇼를 진행하는 사람들은 그와 마찬가지로 임시변통을 했을 것이다.

모든 간수들과 대부분의 죄수들이 이미 거기에 있다. 더기는 571번 죄수가 된다. 간수들은 몽둥이와 호각, 제복과 선글라스 차림의 그저 '간수님'들이다. 그들은 시간당 자원자치고 좀 지나칠 만큼 몽둥이를 자유롭게 사용한다. 실험 담당자들을 기쁘게 하기 위해서 역할에 빠져든 거겠지. 그들은 더글러스의 옷을 벗기고 헐렁한 작업복을 준다. 그의 자존심을 무너뜨리려는 거겠지만, 더글러스는 그런 데에 신경 쓰지 않는 태도로 선수를 친다. 그날 저녁에는 여러 번 "카운트"가 있다. 점호이자 수치를 주는 의식이다. 저녁 식사는 슬로피조(빵에 다진 고기를 넣은 것)다. 그가 그간 먹던 것보다 더 낫다.

소등할 무렵에 1037번 죄수가 지나치게 연기에 빠져서 조금 난폭하게 군다. 간수들이 그를 구타한다. 좋은 간수, 거친 간수, 미친 간수가 있다는 게 이미 분명하다. 다른 사람들이 있을 때면 각각은 조금씩 더 타락한다.

더기, 571번이 간신히 잠이 들었을 때 또 다른 쓸데없는 점호 때문에 침대 밖으로 끌려나온다. 새벽 2시 반이다. 그때부터 상황이 뭔가 이상해진다. 그는 실험이 더 이상 그들이 주장한 목표를 따르는 것이 아님을 알아챈다. 그들이 훨씬 더 무시무시한 것을 시험하고 있다는 것을 깨닫는다. 하지만 그저 14일만 살아남으면 된다. 몸은 2주 정도 뭐든 감당할 수 있다.

이틀째 날, 1번 감방에서 존엄성에 관한 말다툼이 통제 불가능하게 심해진다. 처음에는 서로 밀치는 걸로 시작해서 점점 악화된다. 8612번, 5704번, 그 외 두어 명의 죄수들이 문에 침대를 가로로 밀어놓고 감방 안에서 바리케이드를 친다. 간수들은 야간 담당자들을 지원병으로 부른다. 젊은 남자들이 서로 밀치고 침대 틀을 잡는다. 누군가가 소리치기 시작한다.

"이건 시뮬레이션이라고, 젠장. 망할 놈의 시뮬레이션이라고!"

아닐 수도 있다. 간수들은 소화기로 반란을 진압하고, 지도자들을 묶어서 구멍 안에 던진다. 독방이다. 반란자들에게 저녁 식사는 없다. 간수들이 죄수들에게 상기시키듯이 먹는 것은 특권이다. 더기는 먹는다. 그는 굶주림이 어떤 것인지 안다. 571번은 사소한 아마추어 연극 같은 것 때문에 굶지 않을 것이다. 다른 사람들이 미친 짓을 하면서 시간을 보내고 싶다면 얼마든지 그러라지. 아무도 그를 따뜻한 밥에서 떼어놓을 수 없다.

간수들은 특권 감방을 만든다. 어떤 죄수가 반란 사건에 대해서 하고 싶은 말이 있으면 더 편안한 감방으로 옮길 수 있다. 협조자들은 씻고 이를 닦고 심지어 특별식을 즐길 수도 있다. 특권은 571번이 필요로 하는 것이 아니다. 그는 자신을 돌볼 테지만, 그렇다고 밀고자는 아니다. 사실 어떤 죄수도 특권 감방 제안을 받아들이지 않는다. 처음에는.

간수들은 정기적으로 알몸 수색을 시작한다. 흡연은 특권이 된다. 화장실에 가는 것이 특권이 된다. 오물통에 싸지 않으면 앞으로 이틀 동안 참아야 한다. 몇 시간씩 걸리는 힘들고 쓸모없는 잔업들이 생긴다. 야간 카운트가 생긴다. 다른 사람들의 오물통을 씻는 일이 생긴다. 히죽거리다가 걸리면 팔을 벌리고 '어메이징 그레이스'를 불러야 한다. 571번은 날조된 사소한 위반들 때문에 수백 번이나 팔굽혀펴기를 해야만 한다.

모든 죄수들이 존 웨인이라고 부르는 간수가 말한다.

"내가 네놈들한테 바닥에 대고 씹질하라고 하면 어쩔 건데? 571번, 넌 프랑켄슈타인이다. 너, 3401번, 넌 프랑켄슈타인의 신부야. 자, 키스해, 이 망할 새끼들아."

아무도, 간수들도, 죄수들도 캐릭터에서 벗어나지 않는다. 이건 미친 짓이다. 이 사람들은 위험하다. 571번조차 그걸 알 수 있다. 모두가 통제 불가능한 상태다. 그리고 그들은 그를 자신들과 함께 바닥으로 끌어내리고 있다. 자신이 2주를 버틸 수 있을지 의심스럽다. 조명을 낮추고 그의 원룸 아파트에 앉아서 구인광고를 읽는 게 굉장히 사치스러운 일처럼 느껴지기 시작한다.

카운트 때 사소한 사고가 일어나고 8612번 죄수가 결국 폭발한다.

"부모님한테 연락해줘. 날 여기서 내보내줘!"

하지만 그건 불가능하다. 그의 계약기간은 다른 사람들과 똑같이 2주다. 그가 격하게 외치기 시작한다.

"여긴 진짜 감옥이야. 우린 진짜 죄수들이라고."

모두가 8612번이 뭘 하는지 안다. 미친 척하는 것이다. 저 망할 자식이 앞으로 남은 나날 동안 다른 사람들은 개떡처럼 지내게 놔두고 게임에서 탈출하려고 하는 것이다. 그러다가 연기가 진짜가 된다.

"하느님 맙소사, 온몸이 불타! 내 속이 망가졌어. 나가게 해줘! 당장!"

더글러스는 트윈폴스 고등학교 시절에 사람이 진짜로 미치는 걸 본 적이 있었다. 이 남자가 두 번째다. 그걸 보는 것만으로도 그 자신의 뇌까지 뒤죽박죽이 된다.

그들은 8612번을 데려간다. 교도소장은 어디로 데려가는지 말하지 않는다. 실험은 멀쩡하게 유지되어야 한다. 실험은 기간을 채워야 한다. 571번은 오로지 여기서 나가기만을 바란다. 하지만 다른 사람들에게 그런 일을 할 수는 없다. 그가 지금 8612번을 미워하는 것처럼, 동료 죄수들이 그를 영원히 미워할 것이다. 그가 갖고 있다고 생각도 하지 않았던 이 작은 자존심이라는 징후는 역겹지만, 그래도 571번의 평판을 공고하게 지키고 싶다. 그는 어떤 대학교 심리학자가 한쪽에서만 보이는 창을 통해서 보고 비디오로 녹화하면서 아, 저 녀석, 저 녀석도 무너뜨렸군, 하고 말하는 건 바라지 않는다.

카톨릭 교목인 사제가 방문하러 온다. 바깥에서 온 진짜 사제다. 모든 죄수들이 상담 감방에 가서 그를 만나야 한다.

"이름이 뭡니까?"

"571번입니다."

"왜 여기 있지요?"

"제가 무장강도를 했다고 그러더군요."

"석방되기 위해서 뭘 하고 있습니까?"

그 질문이 571번의 등뼈를 타고 내려가서 내장 안쪽에 가라앉는다. 그가 뭔가를 해야 하는 건가? 그러지 않으면, 뭘 해야 되는지 알아내지 못하면 어떻게 되는데? 그들이 동의한 기간 이상으로 이 지옥 구덩이에 그를 붙잡아둘 수도 있나?

다음 날 모든 죄수들은 불안하다. 간수들은 그들의 불안감을 이용한다. 그들은 죄수들에게 집에 편지를 쓰도록 시키지만, 단어를 하나하나 불러준다. 사랑하는 엄마. 전 망했어요. 전 사악해요. 그중 한 명이 불운한 819번을 공격하고, 죄수가 무너진다. 바리케이드 사건 이래로 간수들은 그에게 앙심을 품고 있었고, 이제 그들은 그를 구멍에 던진다. 그의 울음소리가 감옥 전체에 퍼진다. 나머지 죄수들은 카운트를 위해서 복도로 불려 나온다.

간수들은 그들에게 구호를 외치도록 시킨다. *819번 죄수는 나쁜 일을 했다. 그가 한 일 때문에, 오늘 밤 내 오물통은 비워지지 않을 것이다. 819번 죄수는 나쁜 일을 했다. 그가 한 일 때문에……*.

8612번을 대신하는 새 죄수 416번은 단식투쟁을 벌인다. 그는 죄수 두어 명을 끌어들이지만, 다른 사람들은 쓸데없는 일을 벌인다고 그를 거부한다. 문제가 생기면 모두 고통받는다. 571번은 편 고르기를 거부한다. 그는 참여자가 아니지만, 그렇다고 카포(나치 치하에서 나치에 협력하던 죄수)도 아니다. 모든 것이 무너지고 있다. 죄수들은 서로 공격한다. 그는 끼어들 여유가 없다. 그는 모두에게 자신은 중립이라고 말한다. 하지만 중립은 없다.

존 웨인은 416번을 위협한다.

"망할 소시지를 먹어, 꼬마, 안 그러면 후회하게 될 거야."

416번은 소시지를 바닥에 던지고, 소시지가 쓰레기 주위로 굴러간다. 무슨 일인지 모두가 깨닫기도 전에 그는 더러운 소시지를 쥔 채 구멍에 처박힌다.

"그걸 먹을 때까지 거기 박혀 있을 줄 알아."

전체 공고가 울린다. 죄수들 중 누군가가 오늘 밤에 자신의 담요를 포기하면 416번을 풀어주겠다는 것이다. 아무도 담요를 포기하지 않는다면 416번은 밤새 독방에 갇혀 있을 것이다. 571번은 자신의 담요를 덮고 침대에 누워서 생각한다. *이건 삶이 아니야. 이건 망할 시뮬레이션이라고.* 어쩌면 실험 담당자들의 기대 따윈 짓밟고 성스러운 슈퍼맨이 되어 그들과 맞서 싸워야 할지도 모른다. 하지만 제기랄, 다른 사람들은 아무도 하지 않는걸. 모두 *그가* 오늘 밤 추위 속에 자기를 기다리고 있다. 그들 모두를 실망시키는 건 싫지만, 그가 416번에게 그 멍청한 짓거리를 하라고 꼬신 것도 아니다. 2주 동안 서로 죽도록 지겹게 얌전히 행동했다면 모든 것이 괜찮았을 것이다.

그는 밤새 따뜻하게 누워 있지만, 잠을 자지는 못한다. 생각을 끄지도 못한다. 문득 궁금해진다. 이게 만약 전부 다 진짜라면? 그가 2년이나 10년, 혹은 200년 동안 갇혀 있어야 한다면? 부모님이 라인댄스장에서 돌아오시는 길에 두 분의 그렘린을 들이받은 타운센드 중학교의 술 취한 선생처럼 과실치사로 18년 동안 수감된다면? 그가 한 번도 생각해본 적이 없는 이 나라 전역의 수백만 명처럼 창살 뒤에 갇혀야 한다면? 그는 아무것도 아닌 존재가 될 것이다. 571번조차도 아닐 것이다. 진짜 간수들은 그를 아무것도 아닌 존재로 바꿔놓을 것이다.

다음 날 아침에 급한 회의가 열린다. 교도소장과 감독관이 높은 사람들에게 불려 간다. 마침내 권력자 자리에 있는 대단한 과학자가 정신을 차리고 사람들이 더 이상 실험을 할 수 없다는 걸 깨달은 것이다. 실험 전체가 그야말로 범죄다. 모든 죄수들은 겨우 6일 동안 지속되었던 악몽에서 깨어나서 더 일찍 자유를 얻는다. 6일. 그럴 리가 없다. 571번은 일주일 전에 자신이 뭐였는지조차 거의 기억할 수가 없다.

실험 담당자들은 모두를 세상으로 돌려보내기 전에 보고를 받는다. 하지만 희생자들은 지난 일을 회상하기에는 너무 흥분한 상태다. 간수들은 죄수들이 분노로 날뛰는 동안 자신을 변명한다. 더기, 더글러스 파블리첵 역시 허공을 손가락으로 찌른다.

"이걸 운영한 사람들, 소위 심리학자라는 사람들, 그 사람들을 전부 다 윤리 위반으로 감옥에 처넣어야 돼요."

하지만 그는 담요를 포기하지 않았다. 그는 이제 영원히 어느 편도 들지 않고 2주짜리 사소한 연극 실험에서조차 자신의 담요를 포기하지 않았던 사람일 것이다.

그는 지하감옥에서 밝고 아름다운 반도 중앙의 공기 속으로 나온다. 재스민과 이탈리아소나무 향기가 나는 달콤한 산들바람이 그의 셔츠 안으로 들어오고 머리카락을 헝큰다. 그는 이제 자신이 어디에 있는지 안다. 악덕 자본가의 캠퍼스에 있는 심리학과 건물. 스탠퍼드. 끝없는 야자수 터널과 무시무시한 석조 아케이드가 있는 지식과 현금, 권력의 땅. 누군가가 그를 사칭꾼이라고 체포할까 봐 무서워서 심부름을 오는 것조차, 지나가는 것조차 항상 두려웠던 배부른 고양이 수도원.

그들은 그에게 90달러짜리 수표를 주고 이스트팔로알토의 원룸 아파트로 데려다준다. 그는 자신의 방에 틀어박혀 팹스트 맥주에 프리토스를 먹으며 안테나 대용으로 구겨진 뿔 모양 은박지를 올려놓은 조그만 흑백 텔레비전을 본다. 3주 후에, 라오스에서 작전을 망쳐 백여 대의 미국 헬리콥터를 잃었다는 방송이 나온다. 그는 미국이 라오스에 *있었다는* 것도 몰랐다. 그는 맥주 캔을 둥근 탁자에 내려놓으며 자신이 누군가의 소나무 관에 둥근 물 자국을 남기고 있다는 희미한 느낌을 받는다.

그는 416번이 구멍에서 지냈던 그 밤에 느낀 것처럼 머리가 아찔한 상태로 일어선다. 그리고 아침 일찍 그의 두피에서 왕창 사라지게 될 숱 많은 곱슬머리를 손가락으로 훑는다. 현재 상황에서 뭔가가 분명하게 개판이 됐고, 거기에는 그도 포함된다. 그는 스무 살짜리들이 심리학을 공부하고 개떡 같은 실험을 할 수 있도록 만들기 위해 다른 스무 살짜리들이 죽는 세상에서 살고 싶지 않다. 그는 전쟁에 졌다는 걸 확실하게 알고 있다. 하지만 그 사실은 아무것도 바꾸지 못한다. 다음 날 아침, 그는 브로드웨이가의 징병 센터 문이 열릴 때 그 앞에 서 있다. 꾸준하고, 마침내 정직한 일자리다.

기술하사관 더글러스 파블리첵은 입대한 후 몇 년 동안 200번 이상의 쓰레기 운반 임무를 수행한다. C-130의 기상적재사로서 그는 수 톤의 장벽 자재와 A급 폭탄들을 비행기 안에 싣는다. 그가 박격포 아래 군수품을 너무 꽉꽉 채워서 공기 중에 거품이 생길 지경이다. 그는 떠나는 비행기에 2.5톤

트럭, APC, 군용식으로 가득한 화물 운반대를 채우고, 돌아오는 비행기에 시체 운반용 부대를 싣는다. 주의를 조금만 기울이면 대의는 이미 오래전에 무너졌다는 걸 안다. 하지만 더글러스 파블리첵의 정신 경제에서 주의를 기울인다는 것은 바쁘게 지내는 것에 비하면 중요도가 완전히 떨어진다. 그의 시간을 채울 일이 있고 동승 병사들이 라디오를 R&B에 맞춰놓기만 하면 그는 그들이 이 의미 없는 전쟁에서 얼마나 빨리, 혹은 늦게 지는지에 상관하지 않는다.

탈수를 일으켜 쓰러지는 그의 습관 때문에 그는 실신남이라는 별명을 얻는다. 그는 종종 수분 섭취를 잊는다. 어쨌든 낮에는. 해가 지고 나면 코랏의 좀수랑 길이나 메콩 강가의 천사들의 도시, 방콕의 팟퐁과 펫치부리의 환락가를 네 발로 기어 다닌다. 싱하 맥주가 가득한 통들이 사방에 넘친다. 술은 그를 더 우습게, 더 정직하게, 덜 개자식으로 만들고 3륜차 운전사와 인생의 운명에 관한 긴 철학적 대화를 더 잘할 수 있게 만든다.

"이제 집에 갑니까?"

"아직 아니지, 친구. 전쟁은 끝나지 않았어!"

"전쟁은 끝났어요."

"나한테는 아니야. 저 밖에 있는 마지막 사람이 불을 꺼야 돼."

"모두가 전쟁이 끝났다고 해요. 닉슨. 키신저."

"키신저는 좆까라고 해. 평화상이라니, 병신 같은 소리지!"

"네. 레둑토 좆까. 이제 모두가 집에 가요."

더기는 더 이상 집이 어딘지 알 수가 없다.

일하지 않을 때면 그는 아시아산 마리화나에 취해 레어어스와 스리독나이트에서 몇 시간씩 베이스를 연주한다. 또는 아유타야, 피마이 등의 무너진 사원들을 느릿느릿 돌아다닌다. 폭탄을 맞은 불탑에는 그의 마음을 가라앉히는 부분이 있다. 티크나무가 집어삼킨 무너진 탑과 쪼개져서 돌멩이가 되어버린 무너진 회랑들. 오래지 않아 정글이 방콕을 삼킬 것이다. 언젠가는 LA도. 괜찮다. 그건 그의 잘못이 아니다. 단순한 역사일 뿐이다.

융단폭격 함대가 있는 거대기지들은 폐쇄됐고, 중독 경제에 업혀가던 천여 개의 오두막 사업체들은 폭력적으로 변한다. 타이 전체가 무슨 일이 일어날지 안다. 그들은 하얀 악마와 이 조약을 억지로 맺었고, 이제 잘못된 편에 선 것 같다. 하지만 더글러스가 만난 타이인들은 그들의 파괴자에게 오로지 친절만을 베푼다. 그는 자신의 파병기간과 끝없는 전쟁이 끝나면 여기 남을까 생각해본다. 그는 여기에 꽤 오래 있었고, 안 좋은 상황이 닥쳤을 때 여기 남아 보답을 해야 한다. 그는 이미 백여 개의 타이어 단어를 안다. 다이(Dâai). 닛 노이(Nít nói). 디 막(Dee mâak)! 하지만 그는 지금 제대가 내일모레인 군인이고, 가장 믿음직스러운 운반원이다. 어쨌든 몇 달은 더 일자리를 지켜야 한다.

그와 그의 동료들은 캄보디아로 또 한 번의 일일 운반을 위해 허키버드(Herky Bird, C-130의 또 다른 이름)를 준비시킨다. 그들은 몇 주째 포첸통으로 재보급을 하고 있다. 이제 재보급은 철수로 바뀐다. 한 달, 혹은 두 달 정도면 될 것이다. 그 이상은 걸리지 않겠지. 베트콩들이 여름비처럼 사방에 가득하다.

그는 보조좌석에 앉아 안전벨트를 매고서 푸르고 풍요로운 세상, 패치워크 같은 계단식 논과 주위의 정글 위로 늘 그랬듯 솟아오른다. 4년 전에 이 경로는 남중국해에 이르는 강을 지나는 곳까지 전부 다 푸르렀다. 그러다가 무지개 제초제와 조작된 식물 호르몬인 에이전트오렌지 45만 리터 살포라는 개떡 같은 일이 일어났다.

루지랜드에 들어서고 몇 분 만에 그들은 피격된다. 말도 안 된다. 그들의 모든 장비들이 프놈펜까지 완전히 안전한 경로를 확보해두었는데. 대공포가 선실과 적재함을 뚫고 들어온다. 비행 엔지니어인 포먼은 눈에 파편을 맞는다. 포탄 조각이 조종사 닐슨의 옆구리를 찢고 그에게서 따뜻하고 축축하고 뭔가 잘못된 것이 쏟아져 나온다.

모든 승무원들은 섬뜩하도록 차분하다. 그들은 오랫동안 꿈속에서 이런 끔찍한 장면을 보아왔고, 드디어 현실로 닥친 것이다. 믿을 수 없다는 기분이 그들을 효율적으로 움직이게 만든다. 그들은 재빨리 부상자들을 돌보고 피해 상황을 확인한다. 우측에 있는 엔진 두 개에서 가늘고 시커먼 연기가 쌍둥이처럼 솟아오른다. 좋지 않다. 금세 연기가 기둥처럼 두꺼워진다. 스트로브가 비행기를 위태로워 보이는 제방 쪽으로, 타이와 구원의 방향으로 돌린다. 겨우 200킬로미터 거리다. 허키버드는 엔진 하나로도 날 수 있다.

그러다가 그들은 호수로 내려앉는 오리처럼 떨어지기 시작한다. 연기가 화물칸 뒤쪽에서 새어 나온다. 무슨 뜻인지 깨닫기도 전에 파블리책의 입에서 단어가 튀어나온다. 불이야! 연료와 군수품으로 가득한 비행기 안에서. 그는 퍼지는 불길을 향해서 가려고 분투한다. 화물 운반대에 불이 붙기 전에 치워야 한다. 그와 리바인, 브래그는 묶어둔 끈을 푸느라 애를 쓴다. 폭발로 망가진 통풍관이 뜨거운 증기를 그에게 쏘아댄다. 그는 왼쪽 얼굴에 화상을 입는다. 그는 그걸 느끼지도 못한다. 아직은.

그들은 모든 화물을 간신히 버린다. 운반대 하나가 비행기 밖으로 떨어지며 폭발한다. 허공으로 떨어지면서 그 망할 것이 터진다. 그리고 파블리책 역시 날개 달린 씨앗처럼 지상을 향해서 둥둥 떨어진다.

수 킬로미터 아래에서, 3세기 전에 녹색 무화과 끝의 구멍 안으로 꽃가루가 묻은 말벌이 파고들어 그 안에 숨겨져 있는 나선형 꽃들 위로 알을 낳았다. 이 세상의 피쿠스 속(屬) 750종은 모두 수분을 시켜주는 각각의 독특한 말벌을 가졌다. 그리고 말벌은 자신과 운명을 함께할 무화과 종을 정확하게 찾아냈다. 이 말벌은 알을 낳고서 죽었다. 열매는 곧 말벌의 무덤이 되었다.

알을 까고 나온 기생 유충은 꽃의 내부를 먹고 산다. 하지만 그들은 자신들의 먹이를 완전히 다 먹어 없애지는 않았다. 수컷들은 여자 형제들과 짝을 짓고 안락한 열매 감옥 안에서 죽었다. 암컷들은 무화과 밖으로 나가서 꽃가루가 묻은 상태로 날아가 다른 곳에서 끝없는 게임을 계속했다. 그들이 남겨놓은 무화과는 더글러스 파블리첵의 코끝의 주근깨보다도 작은 빨간 콩을 만들었다. 직박구리가 이 무화과를 먹었다. 씨앗은 새의 배 속을 지나가서 양분이 풍부한 똥과 함께 떨어져 다른 나무의 움푹한 곳에 안착했다. 햇살과 비가 이 씨앗을 수백만 가지 죽음에서 구출하고 돌봐주었다. 덕택에 씨앗은 자라고 뿌리가 아래로 내려가 숙주를 감쌌다. 수십 년이 흘렀다. 수 세기가 흘렀다. 코끼리를 타고 벌이는 전쟁이 지나가고 텔레비전에서 달 착륙이 방송되고 수소폭탄이 나타났다.

무화과의 줄기가 가지를 뻗고, 가지는 끝이 뾰족한 이파리를 만들었다. 더 큰 가지에서 구부러진 가지는 지상으로 내려와서 두꺼워져 새로운 몸통이 되었다. 시간이 흐르면서 중심 가지 하나가 숲이 되었다. 무화과는 바깥으로 퍼져서 300개의 굵은 몸통과 2000개의 얇은 몸통으로 이루어진 타원형 숲이 되었다. 하지만 이것은 전부 다 여전히 하나의 무화과나무였다. 하나의 반얀나무였다.

*

기상적재사 파블리첵은 파랗고 흠 하나 없는 허공에서 엎드린 채 떨어진다. 쉭 소리가 그를 당혹스럽게 만든다. 더 이상 해결할 필요가 없는 재앙이 그의 위, 구름 속에 떠 있다. 그는 세상을 용서하고, 잊고, 떨어지고 싶을 뿐이다. 바람이 불어가는 곳으로, 나콘랏차시마주(州) 중간쯤으로 그는 실려

간다. 땅이 더글러스를 만나기 위해서 빠르게 다가오자 그는 정신을 차린다. 그는 물이 가득하고 초록의 풀들이 드문드문 나 있는 계단식 논 쪽으로 낙하산을 조종하려고 노력한다. 하지만 토글 스위치가 꼬여서 더 많이 지나가 마지막 30미터 정도를 미친 듯이 떨어지던 중에 그의 허벅지에 고정되어 있던 총이 발사된다. 총알은 그의 슬개골 아래를 뚫고 들어가 정강이뼈를 부수고 군용 가죽부츠 뒤꿈치를 찢고 나온다. 그의 비명이 허공에 울리고, 그의 몸은 300년 동안 그의 추락을 막아줄 만큼 자란 반얀나무 한 그루로 된 숲의 가지 위로 떨어진다.

가지들이 그의 비행복을 찢는다. 실크 천이 수의처럼 그를 휘감는다. 열상과 화상, 총상과 부서진 다리 사이에서 공군 병사는 기절한다. 그는 우호지역의 지상 6미터 높이에, 몇몇 마을보다 더 큰 성스러운 나무의 품에 엎드려 팔다리를 벌린 채 매달려 있다.

순례자들로 가득한 바트버스가 성스러운 나무에 예배를 드리러 온다. 그들은 양부모를 칭칭 휘감아서 오래전에 죽게 만든 중앙의 몸통을 향해서 지주 뿌리의 주랑을 따라 걸어간다. 그 구불구불한 줄기 안쪽으로 꽃과 구슬장식, 종, 기도문이 가득한 종이, 뿌리에 새겨 만든 조각상, 성스러운 실로 가득 뒤덮인 사당이 있다. 방문객들은 팔리어로 기도문을 외우며 쭉 뻗은 줄기로 된 미로를 지나 사원으로 행진한다. 그들의 품에는 향, 강가이(gang gai, 닭고기 카레)를 채운 점심 도시락 통, 연꽃과 재스민으로 만든 화환이 가득하다. 어린아이 세 명이 앞장서서 빠르게 입술을 움직이며 룩퉁(lûk thûng)을 노래한다.

그들은 사당 근처에서 멈춘다. 가지마다 이미 걸어놓은 무지개색 제물들에 화환을 더한다. 그때 하늘이 갈라지고 미사일이 위쪽 나뭇잎들 사이에서 폭발한다. 향, 화환, 점심 도시락 통이 충격으로 사방에 흩어진다. 진동으로 순례자 두 명이 바닥에 넘어진다.

혼란이 진정된다. 순례자들은 고개를 든다. 그들의 머리 위로 커다란 파랑(farang, 타이에서 서양 출신 외국인을 부르는 말)이 매달린 채 금방이라도 가지 사이로 추락해서 지상까지의 마지막 낙하를 할 것만 같다. 그들은 외국인을 향해 소리친다. 그는 대답하지 않는다. 어떻게 이 남자를 무화과와 낙하산의 손아귀에서 끌어낼지에 관한 논쟁이 시작된다. 기술하사관 파블리첵은 몇 명의 타이인이 의자 위에 올라서서 그를 찌르는 바람에 정신을 차린다. 그는 자신이 드러누워서 대기 속에서 둥둥 떠 있고 거꾸로 선 사람들이 거울면 아래에서 그를 잡아당기려 하는 거라고 생각한다. 다리와 얼굴의 고통이 그를 짓누른다. 그는 기침을 하며 피를 몇 방울 토한다. 그리고 생각한다. 난 죽었어.

아니, 나무가 네 생명을 구했어. 얼굴 근처에서 목소리가 일러준다.

타이에서의 4년 동안 가장 유용했던 세 마디 말이 더기의 입에서 나온다.

"마이 카오 차이(Mâi kâo chai)."

이해할 수 없어요. 그 말을 하고서 그는 다시 기절한 채 길고 순환적인 추락을 재개한다. 이번에는 계속 굴러가다가 지구가 그의 아래에서 팔을 벌리고 그를 감싸 안는다. 그는 깊은 지하로 떨어져 뿌리의 왕국까지 길고 사치스러운 추락을 한다. 그는 지하수면 아래로 잠겨서 시간의 시작을 향해서, 그가 상상조차 하지 못했던 환상 속 생물체의 은신처로 내려간다.

지방 병원에서는 미국인 병사의 다리를 건드리지 않는다. 직원들은 안테나에 법륜(法輪) 깃발이 매달려 펄럭거리는 산호색 마츠다에 그를 싣고 코랏으로 데려간다. 차는 타이 운하에서 부릉거리는 보트 같은 소리를 내고 꽁무니에서 시커먼 연기를 뿜어낸다. 뒷자리에서 완전히 약에 취해 있는 파블리첵은 지나가는 녹색 풍경을 바라본다. 낮고 풍요로운 풍경, 완만한 언덕들. 물에는 물고기가 있지. 들판에는 벼가 있고. 이 지역 전체가 태풍 속의 바나나잎 보트처럼 잠길 것이다. 내년 이맘때 찰리는 시암 인터컨 티넨탈 호텔에서 일광욕을 할 것이다. 나무가 그의 목숨을 구했다. 말이 되지 않는다.

병원에서 놓아준 주사의 효과가 떨어지기 시작하자 파블리첵은 운전사에게 자신을 죽여달라고 애원한다. 운전사가 입가에서 손가락을 흔든다.

"노 앵그리트."

더글러스의 정강이뼈 안쪽을 긁어낸다. 코랏 기지의 의사는 그를 치료하고 방콕의 제5지역으로 보낸다. 그의 모든 동료들이 살아남았다. 전후 보고서에 따르면 그의 역할이 컸다고 한다. 그리고 그는 나무에 목숨을 빚졌다.

*

공군에는 절름발이가 필요가 없다. 그들은 그에게 목발과 두 번째로 높은 훈장인 공군십자장과 샌프란시스코 국제공항까지 돌아가는 무료 티켓을 준다. 그는 프렌들리 전당포에 훈장을 맡기고 35달러를 얻는다. 프렌들리가 상이용사를 돕는 건지 그를 홀딱 벗겨먹는 건지 알 수가 없다. 별로 알고 싶지도 않다. 자유세계를 지키는 것을 도우려던 기상적재사 더글러스 파블리첵의 노력이 그렇게 끝난다.

우주는 반얀나무, 그 위쪽의 뿌리와 아래쪽의 가지다. 가끔씩 더글러스가 아직도 허공에 거꾸로 매달려 있는 것처럼 몸통을 타고 단어가 올라온다. *나무가 네 생명을 구했어.* 그에게 그 이유는 알려주지 않는다.

인생이 흘러간다. 9년, 6개의 직업, 실패한 두 번의 연애, 3개의 주 인가 번호판, 2.5톤에 달하는 맥주, 하나의 반복되는 악몽. 또 한 번의 가을이 끝나고 겨울이 다가오자 더글러스 파블리첵은 둥근 머리 망치를 갖고서 말목장을 지나 블랙풋으로 이어지는 지상 도로에 여러 개의 포트홀을 만든다. 사람들이 속도를 늦추게 만들어 울타리 옆에 서서 그들의 얼굴을 좀 더 자세히 보려는 것이다. 11월이 되면 그런 즐거움을 다시 누릴 때까지 꽤 기다려야 한다.

더글러스는 말들에게 먹이를 다 먹이고 관리가 다 끝난 토요일을 그 일에 투자한다. 계획은 효과가 있다. 차들이 속도를 상당히 늦추면 그와 개가 그 옆으로 달려가고, 운전사는 창문을 열고 인사를 하거나 총을 꺼낸다. 그렇게 하면 이래저래 근사한 대화를 두어 번쯤 나눌 수 있다. 어떤 남자는 심지어 1분이나 차를 세웠다. 더기는 이런 행동이 밖에서 보면 기묘해 보일 수 있다는 걸 잘 안다. 하지만 여기는 아이다호다. 이곳에선 모든 시간을 말과 함께 보낸다. 또 이곳에선 사람들을 보이는 그대로 받아들여서는 안 된다고 배우는 가장 파티에서 사람들이 드러내는 모습처럼 영혼이 아주 조금 확장된다.

사실 더기는 점점 더 인간의 가장 큰 단점이 진실에 관해 잘못된 합의를 하는 과도한 경향이라고 확신하게 된다. 사람이 무언가를 믿거나 믿지 않는 데에 가장 크게 영향을 미치는 한 가지는 근처의 다른 사람들이 뭐라고 떠들어대는가다. 세 사람을 한 방에 모아두면 그들은 중력의 법칙이 사악한 것이고 폐지해야 한다는 결론을 내릴 것이다. 그중 한 명의 삼촌이 멍청하게도 지붕에서 떨어졌다는 이유만으로 말이다.

그는 이 아이디어를 다른 사람들에게도 말해보았지만, 별로 설득하지는 못했다. 하지만 그의 L4 척추뼈 근처에 떠다니는 쇳조각과 쥐꼬리만 한 연금으로 모아놓은 군자금, (전당 잡힌) 공군십자장, 뒤집으면 변기 시트가 생각나는 뒤늦은 퍼플하트 훈장, 손으로 뭐든 만들 수 있는 능력은 그에게 강한 의견을 가질 권리를 부여했다.

그는 망치를 휘두르면서 여전히 다리를 약간 전다. 그의 얼굴은 자신이 돌보는 동물을 무의식적으로 따라 하게 된 것처럼 긴 말상이 되었다. 그는 목장의 나이 많은 소유주들이 다른 취미에 빠져 있고 집들을 돌보러 다니는 동안 1년에 일곱 달을 혼자 산다. 산이 삼면에서 그를 둘러싸고 있다. 전파가 닿는 유일한 텔레비전 방송은 개미 경주다. 그리고 그의 일부는 여전히 자신의 얼마 안 되는 사적인 생각이 실제로 어딘가에서, 누군가에게 승인을 받을 수 있지 않을까 알고 싶어 한다. 다른 사람의 인정. 모든 인간들이 죽고 못 사는 병이다. 10월 두 번째 토요일에 여전히 그는 집 앞길에서 적당한 크기의 포트홀이 지나가는 사람들의 발을 붙잡아주기를 바라며 작업을 한다.

그가 그날 치 검문소 작업을 마치고 벨기에산 짐수레말 플렌티 쿱스 추장에게 니체를 읽어주려고 마구간으로 돌아가는데 빨간색 닷지 다트가 음속으로 산마루 위에 나타난다. 줄줄이 나 있는 구멍들을 보고서 차는 놀랄 만큼 능숙하게 끽 멈춘다. 더기와 개가 다가가기 시작한다. 그들이 옆에 도착할 무렵에 창문이 내려가고 새빨간 머리의 여자가 고개를 내민다. 더글러스는 서로가 할 얘기가 많을 거라고 깨닫는다. 그들은 친구가 될 운명이다.

"왜 여기만 도로가 이렇게 엉망진창이죠?"

"내란 때문이죠."

더글러스가 설명한다.

여자는 창문을 올리고 차축 따윈 알 게 뭐냐는 듯이 쏜살같이 가버린다. 돌아보지도 않는다. 게임 끝이다. 더글러스는 힘이 빠진다. 또 다른 마지막 지푸라기다. 《짜라투스트라》 다음 장을 말에게 읽어줄 만큼의 기운조차 남지 않았다.

그날 밤 기온이 영하로 떨어지고 드넓은 야외가 캘리포니아 박피 전문점이 된 것처럼 까칠까칠한 눈발을 그의 얼굴에 흩뿌린다. 그는 눈보라가 일찍 올 때에 대비해서 한 달 치 과일 칵테일을 저장해둔 블랙풋으로 향한다. 그는 결국 당구 바에 가서 1달러 은화를 알루미늄 압출기에서 뽑아낸 것처럼 흩뿌린다.

"당신은 스스로의 불길에 탈 준비가 된 모양이지."

그는 상당수의 고객들에게 그렇게 말한다. 동료 죄수에게 담요를 줘야 했지만 주지 않았다고 영원히 말해야만 하는 전직 죄수 571번의 말이다. 그는 에이트볼 게임을 열여덟 판 하고서 집을 나설 때보다 더 많은 돈을 갖고 집으로 돌아온다. 그는 땅을 못 팔 정도로 추워지기 전에 북쪽 초지에 현금을 다른 비상금과 함께 묻는다.

이곳의 겨울은 문명의 외상장부보다도 길다. 그는 조각을 한다. 쌓여 있는 사슴뿔을 갖고서 이것저것 만든다. 램프, 코트 걸이, 의자 등. 그는 빨간 머리 여자와 그녀처럼 아름답고 가질 수 없는 타입에 대해서 생각한다. 그는 다락방에서 유연체조를 하는 동물 소리를 듣는다.《한 손에 들어오는 니체》를 다 읽고《노스트라다무스 완전판》을 읽으면서 한 장을 다 읽을 때마다 찢어서 장작 난로에 태운다. 그는 말들을 철저하게 돌보고, 매일 번갈아가며 실내 사육장에서 녀석들을 타고, 노스트라다무스는 너무 기분을 울적하게 만드니까《실락원》을 읽어준다.

봄이 되자 그는 22구경 총을 갖고 야산으로 나간다. 하지만 절름발이 토끼한테조차 방아쇠를 당길 수가 없다. 자신에게 뭔가 잘못된 곳이 있다는 것을 그는 깨닫는다. 초여름에 고용주들이 돌아오자 그는 그들에게 감사 인사를 하고 그만둔다. 어디로 갈지는 그 자신도 모른다. 기상적재사로서 마지막 비행을 마친 뒤로 그런 지식은 누릴 수 없는 사치나 다름없다.

그는 계속해서 서쪽으로 가고 싶다. 문제는 그에게 여전히 서쪽으로 가는 유일한 길은 다시 동쪽으로 가는 것처럼 느껴진다는 점이다. 하지만 그에게는 낡았지만 튼튼한 F100과 새 타이어, 상당량의 돈, 상이용사로서의 장애, 유진에 사는 친구가 있다. 아름다운 시골길은 산을 지나서 보이시와 그 너머로 이어진다. 그가 하늘에서 반얀나무 위로 떨어진 이래로 인생은 늘 그럭저럭이다. 트럭 라디오는 협곡을 지나는 동안 달에서 들리는 노래처럼 나왔다 끊겼다 한다. 인적 없는 길에 테크노 음악이 흐른다. 어차피 그는 듣지 않는다. 그는 수 킬로미터를 뻗어 있는 엥겔만가문비나무들과 라시오카르파전나무들의 벽 때문에 무아지경 상태다. 그는 정신을 차리기 위해서 갓길에 차를 세운다. 이 산등성이에서 그가 고속도로 중앙선에 대고 소변을 봐도 인류는 전혀 모를 것이다. 하지만 그가 말들에게 종종 읽어주었던 것처럼 야만은 미끄러운 비탈길이다. 그는 길에서 물러나 숲으로 들어간다.

그리고 거기서, 성기를 내놓고, 눈을 야생에 고정하고, 방광이 문을 열기를 기다리면서 더글러스 파블리첵은 중심부까지 전부 어두컴컴해야 하는 숲에서 나무 몸통들 사이로 가느다란 빛을 본다. 그는 지퍼를 닫고 조사에 돌입한다. 관목 깊숙한 곳으로 들어가지만 깊이 들어갈수록 더 멀어진다. 짧은 하이킹 끝에 그는 다시금…… 공터라고 부르기도 힘든 곳으로 나온다. 여기를 달이라고 부르자. 나무 그루터기가 드문드문 있는 황량한 풍경이 그의 앞에 나타난다. 땅에서는 톱밥과 나무 잔재가 뒤섞인 불그스름한 슬래그가 흘러나온다. 사방으로 눈길이 닿는 곳까지 털 뽑힌 거대한 새 같은 모습이 보인다. 마치 외계인의 죽음의 광선에 맞아 세상이 끝나기 직전인 것 같다. 그가 이제껏 본 것 중 이것과 비슷한 장면은 딱 하나뿐이었다. 그와 도우, 몬산토가 정리하는 것을 도왔던 정글의 일부 지역. 하지만 이 공터는 훨씬 더 효과적으로 정리되었다.

그는 비틀거리며 은폐하는 나무들의 커튼 사이를 지나 길을 건너 반대편에서 숲 사이를 바라본다. 산비탈을 따라 더 많은 달 풍경이 펼쳐져 있다. 그는 트럭에 시동을 걸고 달린다. 길은 수 킬로미터에 걸친 에메랄드색 숲처럼 보인다. 하지만 더기는 이제 그 환상을 꿰뚫어볼 수 있다. 그는 생명인 척하는 가느다란 동맥을, 독립국가만큼 커다란 폭탄 구멍을 감춘 가림막을 따라 달리고 있다. 숲은 영리한 예술적 소품, 장식일 뿐이다. 나무들은 카메라를 바싹 갖다 댄 장면을 채우고 뉴욕인 척하기 위해서 고용된 수십 명의 영화 엑스트라 같은 존재다.

그는 주유소에 멈춰서 기름을 채운다. 그리고 계산원에게 묻는다.

"저기 골짜기에 개벌(皆伐) 작업을 했나요?"

남자는 더기의 은화를 받아 든다.

"젠장, 맞아요."

"그걸 투표용 가림막 같은 걸로 슬쩍 감춰놓고?"

"그 사람들은 그걸 미(美)의 도로라고 불러요. 풍경 회랑이라던가."

"하지만…… 거긴 전부 국유림 아닌가요?"

계산원은 순수하고 멍청한 그 질문이 일종의 속임수가 아닌가 하는 얼굴로 빤히 쳐다만 본다.

"국유림은 보호지역이라고 생각했는데요."

계산원은 커다랗게 코웃음을 친다.

"국립공원 얘기겠죠. 국유림의 목적은 싸게 잘라내는 거예요. 그걸 산 사람을 위해서."

허, 생각지도 못한 교육이다. 더글러스는 매일 새로운 것을 배우는 것이 습관이다. 이 작은 데이터를 이해하기까지는 며칠이 걸릴 것이다. 벤드까지 가는 도중에 어느 시점부터 분노가 끓어오르기 시작한다. 어느 날 아침부터 오후 사이에 그에게서 사라져버린 수백수천 제곱킬로미터의 숲 때문만이 아니다. 스모키베어(미국 산림청 광고 아이콘)와 레인저릭(어린이 야생 동물 잡지 〈레인저릭〉의 캐릭터)이 와이어하우저(산림개발회사)가 주는 연금을 모으고 있다는 사실도 받아들일 수 있다. 하지만 고속도로를 따라 나무 커튼을 쳐놓는 고의적이고, 단순하고, 역겹도록 효과적인 속임수는 누군가를 한 대 치고 싶게 만든다. 1.6킬로미터마다 그들이 계획한 대로 그의 심장은 속임수에 넘어간다. 전부 다 너무나 진짜 같고, 너무나 순수하고, 너무나 훼손되지 않은 것 같다. 목장 도서관에서 찾아 작년에 말들에게 읽어주었던《길가메시 서사시》에 나오는 삼목산에 있는 기분이다. 창조의 첫날 만들어진 숲. 하지만 알고 보니 길가메시와 그의 불량한 친구 엔키두가 이미 그곳을 휩쓸고 엉망진창으로 만들어놓았다. 세상에서 가장 오래된 이야기. 주를 지나가면서도 이런 건 전혀 모를 수도 있다. 그게 바로 그가 분노하는 진짜 이유다.

유진에서 더글러스는 작은 프로펠러기를 타기 위해서 상당량의 은화를 지불한다.

"이 돈으로 당신이 비행할 수 있는 가장 큰 원을 그리며 돌아줘요. 여기 아래쪽의 모습이 위에서 보면 어떤지 보고 싶으니까요."

사방 모든 곳이 마치 수술 준비를 하느라 아픈 짐승의 옆구리를 밀어놓은 것처럼 보인다. 이 장면이 텔레비전으로 방송되면 벌목은 내일 당장 중단될 것이다. 더글러스는 지구를 덮은 표면으로 돌아와서 사흘 동안 친구의 집 소파에서 말없이 지낸다. 그에게는 자본이 없다. 정치적 지식도 없다. 뛰어난 말재간도 없다. 경제적 교양이나 사회적 수단도 없다. 그에게 남겨진 거라곤 눈을 감든 뜨든 지평선 끝까지 그를 따라오며 괴롭히는 눈앞의 개벌된 산뿐이다.

그는 여기저기 물어본다. 그리고 벌거벗은 땅에 다시 묘목을 심으려 하는 하청업자에게 절룩거리는 다리로 찾아가 노동 계약을 맺는다. 그들은 그에게 삽과 묘목이 가득한 조니 애플시드 부대를 주고 묘목 하나당 몇 페니씩 가격을 지불하기로 한다. 그리고 심은 묘목이 한 달 후에도 살아 있으면 20센트씩 더 주겠다고 약속한다.

더글러스전나무. 미국에서 가장 귀중한 목재용 나무임이 분명하다. 그러니 오로지 이 나무만으로 가득한 나무 농장을 만들면 어떨까? 4천 제곱미터당 새 집 다섯 채가 생긴다. 그는 애초에 원시시대의 신들을 베어낸 그 망할 개자식들의 중개자를 위해서 나무를 심고 있다는 걸 안다. 하지만 그가 벌목업계를 무너뜨리거나 자연의 복수를 해야만 하는 건 아니다. 그는 그저 밥벌이를 하고 나무껍질 안쪽을 파고드는 딱정벌레처럼 그의 가슴에 구멍을 뚫어놓는 그 개벌 현장의 모습을 지울 일을 해야 하는 것뿐이다.

그는 조용하고, 오물이 가득하고, 경사진 죽음의 구역을 가로지르며 낮 시간을 보낸다. 그는 헤쳐나가기 힘든 벌목 흔적에 발이 걸려 넘어져 흩어진 쓰레기 위를 네 발로 기면서 뿌리와 잔가지, 두꺼운 가지, 그루터기, 몸통, 갈라지고 찢기고 뒤엉킨 무덤에서 썩도록 남겨진 것들의 혼돈 속에 묻힌 채 손톱으로 바닥을 움켜잡고 앞으로 나아간다. 그는 넘어지는 백여 가지 방법이라는 예술을 익힌다. 그는 몸을 구부려 땅에 작게 쐐기 모양을 파고, 묘목을 넣고, 부츠 끝으로 애정을 담아 꾹꾹 눌러 구멍을 막는다. 그런 다음 다시 같은 일을 반복한다. 그리고 또 다시. 별 모양으로, 사방으로 퍼져서. 언덕 위와 황폐한 도랑 아래로. 한 시간에 수십 번씩. 하루에 수백 번씩. 서른네 살 먹은 그의 몸뚱이 전체가 뱀독으로 가득 차서 욱신거리며 퉁퉁 부은 것처럼 느껴질 때까지 매주 수천 번씩. 어떤 날에 그는 한 손만 여유가 있어도 자신의 절룩거리는 다리를 줄로 잘라내 버릴 것만 같다.

그는 하루가 끝날 무렵이면 히피와 불법노동자들, 말하기도 귀찮을 정도로 지쳤지만 강하고 사랑스러운 사람들로 가득한 식목 노동자 캠프에서 잠을 잔다. 고통으로 뻣뻣해진 몸을 간신히 누인 밤에 말이 떠오른다. 목장 노동자로 살 때 그의 동물들에게 언젠가 읽어주었던 말이다. *메시아가 왔을 때 당신이 손에 묘목을 들고 있다면, 우선 묘목을 심고 그다음에 나가서 메시아를 맞이하라.* 그도, 말[馬]들도 그걸 이해할 수 없었다. 이전까지는.

잘라낸 부분의 향기가 그를 압도한다. 축축한 향신료 보관함. 젖은 모직. 녹슨 못. 절인 고추. 그를 어린 시절로 돌려보내는 냄새들. 그에게 설명할 수 없는 행복을 주입하는 향기들. 그를 깊고 깊은 우물 바닥까지 빠뜨리고 거기서 몇 시간씩 사로잡고 있는 냄새. 그러다가 그의 귀가 베개에 막혀 있는 것처럼, 소리가 들린다. 어딘가 멀리서 들려오는 톱과 벌목기의 웅웅거리는 소리. 위대한 진실이 그의 머리에 떠오른다. 나무들은 엄청난 굉음과 함께 무너진다. 하지만 나무를 심는 것은 조용하고 성장은 보이지 않는다.

어떤 날에는 아서왕 전설 같은 안개와 함께 새벽이 시작된다. 아침에는 냉기가 그를 죽일 것처럼 위협하고, 정오에는 열기가 반쯤 감각이 없는 엉덩이로 엉덩방아를 찧게 만드는 날들도 있다. 오후는 파란색이 넘쳐서 그는 등을 대고 누워서 눈에 눈물이 고일 때까지 위를 올려다본다. 그들을 비웃는 듯한 무자비한 비도 내린다. 비는 납 같은 무게와 색깔을 가졌다. 수줍게 내리는 비는 무대공포증을 갖고 오디션을 보는 것 같다. 비는 그의 발치에서 이끼와 지의류들이 솟아나게 만든다. 여기에는 한때 서로 뒤엉킨 나무들의 거대하고 뾰족뾰족한 타래들이 있었다. 나무들도 다시 자라날 것이다.

가끔 그는 나무 심는 다른 사람들 옆에서 일하고, 그중 몇 명은 그가 알아듣지 못하는 언어로 말을 한다. 그는 어린 시절의 숲이 어디로 사라졌는지 알고 싶어 하는 등산객들을 만난다. 단기 노동자들은 왔다가 떠나고, 그와 같은 강경파들은 계속 남는다. 대체로 잔혹하고, 공허하고, 핵심뿐인 일의 리듬만이 그와 함께한다. 파고, 구부리고, 집어넣고, 일어서고, 발끝으로 덮고.

그의 조그만 더글러스전나무들은 전부 굉장히 불쌍해 보인다. 작대기처럼. 열차 세트의 버팀대처럼. 인간이 만든 이 초지 전반에 걸쳐 있는 이 나무들을 멀리서 보면 대머리 남자의 짧게 깎은 머리카락 같다. 하지만 그가 땅에 심은 가느다란 가지 하나하나가 영원한 마법의 재주를 만들어가고 있다. 그는 수천 그루를 심고 있고, 동료 인간들을 믿고 사랑하는 것처럼 이 나무들을 사랑하고 믿는다.

물론 공기와 빛과 비가 있어야 한다는 조건은 있지만, 나무 하나하나는 수천 킬로그램의 무게로 자라날 것이다. 그가 시작한 것들 중 어느 것이라도 앞으로 600년 동안 자라서 가장 큰 공장 굴뚝보다도 더 커질 수 있다. 나무는 절대로 땅에 내려가지 않는 들쥐 수 세대의 집이 되어줄 수 있고, 오로지 숙주를 벗겨먹는 것만 바라는 곤충 수십 종을 받아줄 수도 있다. 나무의 가장 낮은 가지에 1년에 수천만 방울의 비가 내리기만 한다면, 허공에 자신만의 정원을 키우는 토양 더미가 생길 것이다.

이 비쩍 마른 묘목 중 어느 것이든 자라나서 수백만 개의 솔방울을 만들고, 그 작고 노란 수컷 꽃가루들이 전국으로 퍼질 것이다. 그리고 자신의 목숨보다도 더 귀중한, 빙빙 감긴 비늘에서 쥐 꼬리처럼 튀어나온 암컷을 발견하게 된다. 그들이 다시 만들어낼 숲의 향기를 그는 거의 실감하는 것 같다. 송진 냄새, 신선하고, 갈망으로 진하고, 열매 아닌 열매의 수액 냄새가 나고, 예수보다도 훨씬 오래된 크리스마스의 향기.

더글러스 파블리첵은 유진의 도심만큼 커다란 개벌 현장에서 작업하면서 나무를 하나씩 심을 때마다 작별 인사를 한다. *버텨. 100년에서 200년 정도만. 너희들한테는 어린애 장난 같은 거지. 너희는 우리보다 더 오래 살아남아야 해. 그러면 너희를 건드릴 사람이 아무도 남지 않을 거야.*

닐리 메타

인간이 다른 생물체로 바뀌는 것을 돕게 될 소년은 지금 새너제이의 멕시코 빵집 위의 가족 아파트에서 녹화해둔 〈일렉트릭컴퍼니(The electric company)〉(PBS의 아동 프로그램)를 보고 있다. 부엌에서는 소년의 라자스탄인 어머니가 아래층 빵집에서 올라오는 팡피노(pan fino)와 콘차스(conchas)의 시나몬과 뒤섞인 블랙카르다몸 가루에 기침을 한다. 바깥의 밸리오브하츠딜라이트(Valley of Heart's Delight, 산타클라라밸리의 옛날 이름)에는 사방 몇 킬로미터에 아몬드, 체리, 배, 호두, 자두, 살구 나무의 유령들이 가득하다. 이 나무들은 아주 최근에 실리콘밸리에 희생되었다. 황금의 주, 아이의 부모님은 여전히 그렇게 부른다.

소년의 구자라트인 아버지가 비쩍 마른 몸으로 거대한 상자를 아슬아슬하게 들고 계단을 올라온다. 8년 전에 그는 200달러와 반도체 물리학 학위, 백인 동료 월급의 3분의 2만 받고도 일하겠다는 열의를 갖고 이 나라에 도착했다. 지금 그는 세상을 다시 쓰는 회사에서 276번 직원으로 일한다. 그는 짐 때문에 비틀거리는 발걸음으로 2층을 올라오며 아들이 좋아하는 노래를 나직하게 부른다. 그들이 잠자리에서 함께 부르는 노래다. 깊고 푸른 바다의 물고기들에게 기쁨을, 너와 나에게 기쁨을.

아이는 아버지의 발소리를 듣고 층계참으로 달려간다.

"피타! 그거 뭐예요? 내 선물이에요?"

그는 대부분의 세상이 자신을 위한 선물이라고 생각하는 일곱 살배기 어린 라지푸트족이다.

"우선 나 좀 들어가자꾸나, 닐리. 아주 고맙구나. 그래, 선물이야. 우리 둘 다를 위해서."

"그럴 줄 알았어!"

소년은 진자 모양 장난감의 강철 구슬이 딱딱 소리가 날 정도로 커피 테이블 주위를 흥겹게 돈다.

"11일 빠른 내 생일 선물이죠."

"하지만 내가 이걸 조립하는 걸 도와줘야 돼."

아버지는 상자를 탁자 위에 놓으며 잡동사니를 바닥으로 밀어낸다.

"난 잘 도와요."

소년은 아버지가 평소처럼 다 잊었을 거라고 생각한다.

"그리고 네가 하게 될 작업에는 인내심이 필요하단다, 기억할 수 있니?"

"기억할게요."

소년은 단호하게 말하며 상자를 뜯는다.

"인내심은 모든 좋은 것들을 만드는 기반이야."

아버지는 아들의 어깨를 잡고 부엌으로 밀고 간다. 어머니가 문앞을 가로막는다.

"여기는 들어오지 마요. 아주 바쁘니까!"

"그래, 반가워, 모티. 컴퓨터 키트를 가져왔어."

"네 아빠가 컴퓨터 키트를 가져왔다고 하는구나."

"컴퓨터 키트다!"

소년이 비명을 지른다.

"당연히 컴퓨터 키트를 가져왔겠죠! 이제 남자들 둘이 가서 놀아요."

"노는 건 아니야, 모티."

"그래요? 그럼 가서 일해요. 나처럼."

소년은 아버지의 손을 당기고 징징거리며 신비로운 선물로 아버지를 도로 끌어당긴다. 그들 뒤로 어머니가 외친다.

"1000단어 메모리예요, 4000단어예요?"

아버지가 활짝 웃는다.

"4000!"

"물론 4000이겠죠. 이제 가서 뭔가 좋은 걸 만들어봐요."

소년은 녹색 유리섬유 회로기판이 상자에서 나오자 부루퉁해진다.

"이게 컴퓨터 키트예요? 이걸 어디다 써요?"

아버지는 굉장히 바보스러운 웃음을 짓는다. 이 물건에 의해서 '쓰다'라는 단어가 새롭게 바뀔 날이 올 것이다. 그는 상자 안으로 손을 넣어 물건의 핵심을 꺼낸다.

"여기 있단다, 우리 닐리. 보렴!"

그가 8센티미터 길이의 칩을 들어 올린다. 그의 머리가 기쁨에 흔들린다. 자부심에 아주 가까운 표정이 그의 금욕적인 얼굴에 번진다.

"네 아빠가 이걸 만드는 걸 도왔단다."

"이게 그거예요, 피타? 이게 마이크로프로세서예요? 다리 달린 네모난 벌레 같아요."

"아, 하지만 우리가 여기에 집어넣은 것들을 생각해보렴."

소년은 본다. 그는 지난 2년 동안 아버지가 잠자리에서 들려준 이야기를 기억한다. 하얀 원숭이 하누만(인도 신화의 원숭이 신)과 그의 모든 원숭이 군대보다도 더 많은 사고들로 고통을 받는 영웅적인 프로젝트 매니저들과 모험심 넘치는 엔지니어들의 이야기. 그의 일곱 살배기 뇌는 타오르고 재편되어 나뭇가지 모양의 축색돌기, 수상돌기, 그 조그맣고 가지를 사방으로 뻗는 나무를 만든다. 그는 비밀스러우면서도 다소 확신이 없는 상태로 웃는다.

"수만 개의 트랜지스터요!"

"아하, 우리 영리한 꼬맹이."

"나도 만져볼래요."

"쯧쯧쯧. 조심하렴. 정전기가 나. 이 녀석이 살아나기도 전에 우리가 죽이게 될 수도 있어."

소년의 얼굴에 공포가 가득 피어오른다.

"이게 살아나요?"

"우리가……!"

아버지가 손가락을 흔든다.

"우리가 우리 병사들을 제대로 배치하기만 하면."

"그렇게 되면 이게 뭘 해요, 아빠?"

"이게 뭘 했으면 좋겠니, 닐리?"

소년의 커다래진 눈앞에서 부품이 램프의 정령으로 변한다.

"우리가 원하는 건 뭐든지 해요?"

"우리 계획을 이 메모리에 어떻게 집어넣을지만 알아내면 되지."

"우리 계획을 *거기다가* 집어넣어요? 계획이 몇 개나 들어갈 수 있어요?"

가끔 단순한 질문이 그러하듯 그 질문이 아버지를 우뚝 멈추게 만든다. 그는 우주의 잡초들 속에서 길을 잃고 그가 방문한 세계의 강력한 중력에 몸을 구부린 채 서 있다.

"언젠가는 우리의 모든 계획을 다 담을 수 있게 될 거야."

아들이 코웃음을 친다.

"이 조그만 게요?"

남자는 책장으로 걸어가서 가족의 스크랩북을 꺼낸다. 몇 장 넘긴 다음에 그가 승리의 환호를 지른다.

"이거지! 닐리. 와서 보렴."

사진은 작고, 녹색이고, 잘 알 수가 없다. 부서진 돌 사이에서 커다란 뱀들이 뒤엉켜 나오는 모습 같다.

"보이니? 이 사원 지붕에 조그만 씨앗이 떨어졌단다. 몇 세기 후에 사원은 씨앗의 무게에 무너졌지. 하지만 이 씨앗은 계속해서 자라고 또 자라나."

수십 개의 꼬인 몸통과 뿌리가 망가진 벽을 따라 뻗어 있다. 촉수가 흘러내려 틈을 채우고 돌을 가른다. 닐리 아버지의 몸통보다 두꺼운 뿌리가 상인방을 가로질러 뻗어나가 종유석처럼 아래쪽 문틈으로 스며든다. 이 식물의 탐색에 소년은 겁에 질리지만, 시선을 돌릴 수가 없다. 몸통이 석조 건물의 틈새를 찾아 따라가는데 굉장히 동물적으로 보인다. 다른 종의 구불거리는 신체 일부처럼, 마치 코끼리 코처럼. 그것들은 자신이 갈 길을 알고, 원하고, 찾는 것 같다. 소년은 생각한다. 느리고 목적의식이 있는 건 모든 인간의 건물을 흙으로 만들고 싶어 해. 하지만 그의 아버지는 아주 행복한 운명을 증명하는 것처럼 닐리의 앞에 사진을 여전히 들이밀고 있다.

"보이니? 비슈누 신이 이렇게 거대한 무화과를 이 정도 크기의 씨앗에서 키우실 수 있다면……."

아버지가 몸을 앞으로 구부려 아들의 새끼손가락 끝을 꼬집는다.

"우리의 기계에 뭘 넣을 수 있을지 한번 생각해보렴."

그들은 다음 며칠 동안 상자를 조립한다. 그들의 병사들은 전부 다 훌륭하다.

"자, 닐리-지. 이 작은 생물체가 뭘 할 수 있을까?"

소년은 그 가능성에 꼼짝할 수가 없다. 그들은 그들이 원하는 어떤 프로세스든, 어떤 종류의 의도든 세상에 풀어놓을 수 있다. 유일하게 불가능한 것은 그걸 고르는 것뿐이다.

어머니가 부엌에서 부른다.

"그거한테 빈디 요리하는 법을 가르쳐요."

그들은 그것이 번쩍거리는 부호등으로 이렇게 말하게 만든다.

"안녕 세상."

그리고 이렇게 말하게 만든다.

"생일 축하해, 사랑하는 닐리."

아버지와 아들이 쓴 단어가 나타나고 동작하기 시작한다. 소년은 막 여덟 살이 되었지만, 지금 이 순간 그는 집으로 돌아온다. 그는 자신의 가장 내밀한 희망과 꿈을 능동 프로세스로 바꾸는 법을 발견했다.

즉시 그들이 만든 생물체가 진화하기 시작한다. 단순한 명령어 다섯 개로 된 순환 구조가 50줄로 된 아름다운 세그먼트 구조로 확장된다. 프로그램의 작은 부분들이 재사용 부분으로 분리된다. 닐리의 아버지는 그들이 수 시간에 걸쳐 작업한 것을 몇 분 만에 쉽게 재적재하기 위해서 카세트테이프 플레이어를 연결한다. 하지만 볼륨 버튼을 제대로 설정하지 않았다가는 모든 것이 읽기 오류로 폭발해버릴 것이다.

이후 몇 달 동안 그들은 4000바이트 메모리에서 1만 6000바이트로 넘어간다. 곧 그들은 또 다시 6만 4000까지 간다.

"피타! 역사상 인간이 가졌던 그 어떤 힘보다도 더 커요!"

소년은 자신의 의지가 깃든 로직에 푹 빠져든다. 그는 기계를 길들이고, 어린 강아지처럼 몇 시간씩 훈련을 시킨다. 기계는 그저 놀고 싶어 할 뿐이다. 산 너머의 적들에게 대포를 던지고 싶어 한다. 옥수수 수확물에서 쥐를 쫓아버리고 싶어 한다. 운명의 바퀴를 돌리고, 사분면 내에 있는 모든 외계인들을 찾아내 파괴하고, 불쌍한 작대기 인간이 목을 매달기 전에 단어를 완성시키고 싶어 한다.

그의 아버지는 앉아서 자신이 풀어놓은 것을 바라본다. 어머니는 블라우스 끝자락을 손으로 구겨 쥐고 눈앞의 모든 남자들에게 화를 낸다.

"저 애 좀 봐요! 그냥 앉아서 타이핑만 하잖아요. 뭔가에 홀린 성자 같아요. 저 애는 완전히 빠졌어요. 판(구장나무 잎. 중독성이 있고 식후에 담배처럼 씹는다)을 씹는 것보다도 더 나빠."

어머니의 경고는 아들의 수입이 들어오기 시작할 때까지 수년 동안 계속될 것이다. 소년은 대답하려고 멈추는 법이 없다. 그는 세상을 만드느라 바쁘다. 처음에는 작은 세상이지만, 그래도 그의 것이다.

프로그래밍에는 브랜칭(branching)이라는 것이 있다. 그게 널리 메타가 하는 것이다. 그는 온갖 인종, 성별, 색깔, 신념의 사람으로 자신을 환생시켜서 다시 살 것이다. 그는 썩어가는 시체를 되살리고 젊은이들의 영혼을 먹을 것이다. 풍요로운 숲의 우거진 이파리 위로 올라갔다가 어마어마하게 높은 절벽 아래쪽에 부서진 채 누워 있다가 수많은 태양이 있는 행성의 바다에서 수영을 할 것이다. 그는 밸리오브하츠딜라이트에서 시작되어 인간의 뇌를 정복하고 글자가 발명된 이래 가장 뇌를 획기적으로 바꿔놓을 엄청난 음모를 수행하는 데 평생을 전념할 것이다.

불꽃 모양처럼 퍼지는 나무가 있고, 원뿔형으로 자라는 나무가 있다. 구부러지지 않고 하늘을 향해 90미터를 곧게 솟아오르는 나무가 있다. 넓은 모양, 피라미드 모양, 둥근 모양, 기둥 모양, 원뿔 모양, 비뚜름한 모양. 이들이 가진 유일한 공통점은 비슈누가 수많은 팔을 흔드는 것 같은 가지뿐이다. 가지를 넓게 벌리는 종 중에서 가장 야생적인 것은 무화과나무다. 스트랭글러무화과나무는 다른 나무 몸통을 감싸고서 집어삼켜 부패되어 죽은 숙주 주위로 속이 빈 형태를 이룬다. *피팔, 피쿠스렐리지오사*, 보리수나무는 끝이 뾰족한 이국적인 이파리가 있다. 반얀나무는 태양을 공유하려고 싸우는 백여 개의 서로 분리된 몸통들 때문에 숲 전체처럼 풍성하다. 아버지의 사진에서 본 사원을 잡아먹은 무화과나무가 소년의 마음속에 자리를 잡는다. 이것은 재활용 코드 새로운 부분이 만들어질 때마다 계속해서 빠르게 자랄 것이다. 이것은 계속해서 퍼져서 틈을 찾고, 가능한 모든 탈출법을 탐색하고, 집어삼킬 새로운 건물들을 찾을 것이다. 이것은 닐리의 손 아래에서 앞으로 20년 동안 자랄 것이다.

그러고 나서 이른 생일 선물에 대한 소년의 뒤늦은 감사의 말로 피어날 것이다. 그 거대한 택배 상자를 아파트 계단으로 들고 올라온 비쩍 마른 피타에 대한 경의의 표시로. 그가 절대로 읽을 수 없었던 힌디어로 적혀 있고 싸구려 신문용지로 만든 만화책으로만 접한 비슈누 신에 대한 찬사로. 동물에서 데이터가 된 종들에 대한 그의 작별 인사로. 죽은 자를 되살리고 그들이 다시 그를 사랑하게 만들기 위한 노력으로. 한 나무에서 수많은 몸통이 아래쪽으로 자라난다. 그의 아버지가 그의 안에 심은 씨앗은 세상을 먹어치울 것이다.

그들은 마운틴뷰에 있는 엘카미노 쪽 골짜기에 있는 집으로 이사한다. 침실이 세 개 있는 집이다. 이런 사치에 바불 메타는 당황한다. 그는 여전히 20년 된 차를 몬다. 하지만 5개월마다 그는 컴퓨터를 업그레이드한다.

리투 메타는 새로운 상자가 도착할 때마다 겁에 질린다.

"이게 언제 끝나는 거예요? 당신 때문에 우리가 가난해지잖아요!"

차고에는 차에 맞지 않는 아주 오래된 부품들이 가득하다. 하지만 아무리 오래되었다 해도 모든 부품들은 영웅적인 엔지니어 팀이 만든 정신이 아득해질 만큼 복잡한 작품이다. 아버지도, 아들도 이 쓸모없는 기적을 내버릴 수가 없다.

무어의 법칙의 느릿느릿한 속도는 닐리를 미치게 만든다. 그는 더 큰 램, 더 높은 밉스, 더 많은 픽셀에 굶주렸다. 장벽을 부수는 다음번 업그레이드를 기다리느라 그의 어린 삶의 10분의 1이 날아간다. 작고 변화 가능한 부품 안의 뭔가가 밖으로 나올 때만을 기다리고 있다. 아니면 이 말없는 존재가 만들어진 목적이, 인간은 아직 상상조차 할 수 없는 어떤 일이 있다. 그리고 닐리가 다음 마법의 새 단어를 찾을 수만 있다면 그것들을 알아내 이름을 붙일 수도 있을 것이다.

그는 어린 시절에 대한 배신자처럼 학교 운동장을 재빨리 달려간다. 그는 또래의 관습들을 배운다. 수없이 많은 시트콤의 유행어, 치명적인 라디오 음악의 굴레, 그가 홀딱 넘어가야만 하는 열다섯 살짜리 매혹적인 신인 여배우의 약력. 하지만 밤이면 그의 꿈은 운동장에서의 싸움이나 그날치 소문이 아니라 더 적은 양으로 더 많은 일을 하는 빼곡하고 사랑스러운 코드의 모습들로 가득 찬다. 메모리에서 전달되어 누산기에 입력되었다가 너무나 아름다워서 친구들에게 말조차 할 수 없는 춤을 추며 돌아오는 데이터 조각들. 친구들은 그가 눈앞에 제시하는 것을 어떻게 봐야 하는지조차 모를 것이다.

모든 프로그램들은 가능성을 파고든다. 개구리는 붐비는 거리를 건너가려고 하고, 유인원은 폭탄을 채운 통으로 스스로를 지킨다(초기 컴퓨터 게임을 뜻한다). 그 우스꽝스럽고 뭉툭한 피부 아래로 다른 차원에서 온 생물체가 닐리의 세계로 쏟아져 들어온다. 그리고 전에는 없던 이 생물체들이 항상 존재하던 것으로 변화하기 전에 그들을 진짜로 볼 수 있는 시간의 창문은 굉장히 좁다. 몇 년 안에 그와 같은 어린애는 아스퍼거 증후군으로 인지 행동장애 치료를 받고 인간관계의 어색한 부분을 다듬기 위해서 SSRI(세로

토닌 재흡수 억제제, 우울증 치료제)를 처방받을 것이다. 하지만 그는 대부분의 사람들보다 먼저 뭔가를 확실하게 알아챈다. 사람들은 여기에 달려들 것이다. 한때는 인류의 운명이 적응을 잘하고 사교적인 사람들, 감정의 대가들의 손아귀에 있었다. 하지만 지금은 그 모든 것들이 업그레이드되고 있다.

그는 여전히 구식 읽을거리들에 탐닉한다. 밤이면 그는 시간과 물질의 진정한 스캔들을 드러내는 환상적인 서사극들을 열심히 읽는다. 세대 우주선 방주에 관한 광범위한 이야기들. 거대한 테라리엄처럼 돔을 씌운 도시들. 수많은 평행 양자 세계로 나뉘고 갈라진 역사들. 그가 만나기도 훨씬 전부터 기다리고 있는 이야기가 있다. 마침내 그것을 찾아내자 그것은 그의 마음속에 영원히 남는다. 어떤 데이터베이스에서도 앞으로 다시는 찾을 수 없을 테지만 말이다. 지구에 착륙한 외계인. 이들은 외계 종족치고는 작고 왜소하다. 하지만 이들은 미친 듯이 빠르게 신진대사를 일으킨다. 이들은 보이지 않을 만큼 빠르게, 각다귀 떼처럼 몰려다닌다. 너무 빨라서 지구의 1초가 이들에게는 1년 같다. 이들에게 인간은 움직이지 않는 고기 조각품에 지나지 않는다. 외계인들은 의사소통을 시도하지만, 대답은 없다. 지성이 있는 생명체의 징조를 발견하지 못한 이들은 집으로 돌아가는 기나긴 여정을 위해 그 움직이지 않는 조각상들을 챙겨 육포처럼 말리기 시작한다.

그의 아버지는 닐리가 자신의 창조물보다 더욱 신경을 쓰는 유일한 사람이다. 그들은 말하지 않아도 서로를 이해한다. 두 사람 다 키보드 앞에 함께 앉아 있을 때가 아니면 행복하지 않다. 목을 툭 치고, 갈비뼈를 슬쩍 찌르고, 장난치고 낄낄 웃고. 그리고 언제나 머리를 살짝 기울이고 상냥하게 노래하는 것 같은 억양으로 말한다.

"조심하렴, 닐리-지. 신중해야 돼! 네 힘을 남용하지 마라!"

드넓은 우주 전체가 살아나기만을 기다리고 있다. 그들은 함께 가장 작은 원자로부터 가능성을 만들어내야 한다. 소년은 음계와 노래를 원하지만, 기계들은 조용하다. 그래서 닐리와 아버지는 조그만 피에조 스피커를 아주 빠르게 켰다 껐다 해서 노래하게 만들어 자신들만의 톱니파를 만든다.

아버지가 묻는다.

"어떻게 넌 그렇게 엄청난 집중력을 가진 존재가 된 거니?"

소년은 대답하지 않는다. 두 사람 다 답을 아니까. 비슈누는 살아 있는 모든 가능성을 그들의 조그만 8비트 마이크로프로세서에 넣었고, 닐리는 그 창조물을 자유롭게 만들어줄 때까지 화면 앞에 앉아 있을 것이다.

중년이 되면 소년은 귀여운 아이콘을 끌어와 수형도에 집어넣고 손목을 한 번 슬쩍 움직이는 것만으로 그와 아버지가 6주 동안 저녁마다 지하실에 앉아 함께 만들었던 것을 만들어낼 수 있을 것이다. 하지만 인지되기만을 기다리는 이 인지할 수 없는 감각을 다시는 느낄 수 없을 것이다. 이 우주 바로 옆에 있는 우주에서 수백만 달러를 지불한 사무 복합 건물의 삼나무로 장식된 로비에, 그는 자신이 가장 좋아하는 작가의 말이 새겨진 명패를 수년 동안 매달아둘 것이다.

> 모든 인간은 어떤 아이디어든 낼 수 있어야 하고,
> 나는 인간이 그렇게 하는 미래를 믿는다.

열한 살의 닐리는 피타에게 연 대축제인 우타라야나에 쓸 연을 만들어 달라고 한다. 진짜 연은 아니다. 더 멋진 것이다. 마운틴뷰의 사람들이 그들을 무식한 소 숭배자라고 생각하지 않을 만하면서도 두 사람이 함께 날릴 만한 것이다. 그는 〈러브앳퍼스트바이트(Love at first byte)〉라는 등사판 취미 잡지에서 읽은 움직이는 스프라이트를 만드는 새로운 기술을 시험해본다. 아이디어는 영리하고 아름답다. 각기 다른 스프라이트들에 연을 그리고 그것을 비디오 메모리에 그대로 집어넣는다. 그런 다음 플립북처럼 화면에 무작위적으로 띄운다. 몇 번의 화면 변화로 그는 신이 된 기분을 느낀다.

그의 아이디어는 프로그램 *자체*가 프로그램을 할 수 있도록 프로그램을 쓰는 것이다. 단순한 글자와 숫자를 이용해서 사용자가 입력하면 그가 선택한 멜로디에 맞춰서 연이 춤을 추게 만드는 게 목표다. 이 웅대한 계획이 닐리의 머리를 핑핑 돌게 만든다. 그의 피타는 진짜 구자라트 음악에 맞춰 자신의 연을 날릴 수 있게 될 것이다.

닐리는 메모, 도표, 최신판 인쇄물로 프로젝트용 바인더를 채운다. 그의 아버지는 호기심에 차서 바인더를 집어든다.

"이게 뭔가요, 닐리 씨?"

"그거 만지지 마세요!"

아버지는 씩 웃으며 고개를 끄덕인다. 비밀과 선물.

"네, 닐리 주인님."

소년은 아버지가 옆에 없을 때 프로젝트를 작업한다. 그는 후에 그의 많은 작품에서 지하감옥의 영감을 준, 조직적 고문으로 구석구석 가득한 미궁 같은 학교에 그것을 가져간다. 검은 공책 바인더는 공적인 것처럼 보인다. 그는 거기에 필기를 하는 척하면서 코드 작업을 한다. 그의 선생들은 잘난 척하느라 의심하지 않는다.

그의 계획은 5교시, 길핀 선생의 미국 문학 수업 전까지는 시계처럼 돌아간다. 학급은 스타인벡의 《진주》를 읽고 있다. 닐리는 그 이야기를 좋아하는 편이다. 특히 아기가 전갈에게 쏘이는 부분이 마음에 든다. 전갈은, 특히 큰 것들은 굉장한 생물체다.

길핀 선생은 진주가 무엇을 상징하는지에 관해 길게 설명한다. 닐리에게 그것은 그저 진주일 뿐이다. 그는 *진짜* 문제에 골몰하고 있다. 춤추는 연을 음악과 어떻게 맞출지에 관해서 말이다. 인쇄물을 쭉 넘기다가 갑자기 해결책이 떠오른다. 내포되어 반복되는 두 개의 루프. 신이 그의 머릿속 칠판에 밝은 색깔 분필로 써준 것만 같다. 그는 혼잣말을 외친다.

"아, 그래!"

교실에 웃음소리가 울린다. 길핀 선생은 방금 이렇게 물었다.

"아기가 죽는 걸 보고 싶은 사람 있니?"

길핀 선생이 날카롭게 쏘아보자 모두 조용해진다.

"닐리. 뭘 하는 거니?"

그는 뭐라고 해야 할지 알 수가 없다.

"공책에 뭐가 있니?"

"컴퓨터 숙제요."

말도 안 되는 얘기에 모두가 다시 웃는다.

"너 컴퓨터 수업을 듣니?"

그가 고개를 흔든다.

"이리 가져와라."

그녀의 책상으로 걸어가던 도중에 그는 비틀거리다 발목을 접지를까 생각한다. 그가 공책을 내민다. 그녀는 그것을 넘겨본다. 그림, 순서도, 코드. 그녀는 인상을 찌푸린다.

"앉으렴."

그는 자리에 앉는다. 길핀 선생은 그가 부당함과 수치심의 웅덩이에 빠져 있는 동안 다시 스타인벡에 관해 이야기한다. 종이 울리고 교실이 텅 비자 그는 다시 길핀 선생의 책상으로 다가간다. 그녀가 왜 자신을 싫어하는지 안다. 그와 같은 존재들은 그녀 같은 존재들을 멸종시킬 테니까.

그녀가 공책에서 통통한 연 그림이 가득한 부분을 펼친다.

"이게 뭐니?"

그녀는 우타라야나가 뭔지, 그의 아버지 같은 사람을 아버지로 갖는다는 게 어떤 건지 전혀 모른다. 그녀는 발레이오 출신의 금발이다. 기계는 그녀의 적이다. 그녀는 로직이 인간의 영혼에 있는 모든 좋은 것들을 죽인다고 믿는다.

"컴퓨터에 관련된 거요."

"넌 똑똑한 아이야, 닐리. 왜 영어를 안 좋아하니? 문장을 분석하는 거 아주 잘하잖니."

그녀는 기다리지만, 그를 이길 수는 없다. 그녀가 공책을 두드린다.

"이거 게임이니?"

"아뇨."

그녀가 의미하는 식으로는 아니다.

"책 읽는 거 안 좋아하니?"

그는 그녀가 불쌍하다. 읽는다는 게 어떻게 변화할 수 있는지 그녀는 모른다. 은하 제국과 그 적들이 은하수의 나선을 가로질러서 수십만 년 동안 이어지는 전쟁을 벌이고 있는데, 그녀는 불쌍한 멕시코인 세 명을 걱정하고 있다.

"넌《분리된 평화》를 좋아할 것 같구나."

그는 그것을 좋아했다. 심지어 그 책은 그의 명치를 약간 찌르는 것 같았다. 하지만 그게 자신의 사적인 물건을 돌려받는 것과 무슨 관계가 있는지 알 수가 없다.

"《진주》가 별로 재미가 없니? 이건 인종차별에 관한 이야기야, 닐리."

그는 외계 지성과 처음 조우한 것처럼 눈을 깜박이며 서 있다.

"그냥 제 공책만 좀 돌려받을 수 없을까요? 수업에 더 이상 가져오지 않을게요."

그녀의 얼굴이 일그러진다. 닐리도 자신이 어떻게 그녀를 배신했는지를 깨달을 수 있다. 그녀는 그가 자신의 편에 있다고 생각했는데, 몇 주 동안 그는 그녀에게서 빠져나가서 적이 된 것이다. 그녀가 그의 공책을 건드리고 다시 인상을 찌푸린다.

"지금은 내가 갖고 있어야겠다. 너랑 내가 다시 정상으로 돌아올 때까지 말이야."

몇 년 후라면 학생들은 이보다 별것 아닌 일로도 선생들을 총으로 쏠 것이다. 그는 그날 수업을 마치고 그녀의 사무실로 간다. 그는 진심으로 마음을 고쳐먹은 상태다.

"선생님이 가르치고 계시는데 공책으로 연구를 해서 정말로 죄송해요."

"연구라고, 닐리? 그게 네가 한 일이니?"

그녀는 고백을 원한다. 나머지 학생들이 소설 속의 진주를 갖고 열심히 연구를 하고 있는 와중에 그가 게임을 하려던 걸 구해줘서 고맙다고 말하는 걸 듣고 싶어 한다. 아버지의 연에 관해 50시간 동안 연구한 것이 1.5미터 앞에, 손댈 수 없는 곳에 놓여 있다. 그녀는 그에게 수치를 주고 싶어 한다. 분노가 끓어오른다.

"그 망할 공책 좀 돌려주시면 안 돼요? 제발요."

그 말이 그녀를 후려친다. 그녀는 엄격한 눈을 하고 전쟁에 돌입한다.

"그건 벌점을 받을 일이야. 넌 선생님한테 욕을 했어. 너희 부모님이 뭐라고 하시겠니?"

그가 얼어붙는다. 그의 어머니가 *자카*(jhatka, 가축을 잡을 때 일격으로 즉사시키는 풍습)처럼 그를 한 방에 후려쳐 쓰러뜨릴 것이다.

길핀 선생은 시간을 확인한다. 그를 교장에게 보내기에는 너무 늦었다. 남자 친구가 10분 안에 그녀를 데리러 올 것이다. 그들은 공책에 상형문자를 가득 써놓은 이 고집쟁이 인도 소년에 대해서 함께 웃을 것이다. 그가 이게 게임이 아니라고 주장한 것에 대해서. 그녀는 다시 권위의 상징으로 변신한다.

"내일 아침에, 첫 수업종이 울리기 전에 여기로 오렴. 그때 네가 대체 무슨 생각을 한 건지에 대해서 얘기하자."

소년의 피가 쿵쿵 흐르고 눈이 따끔거린다.

"가보렴."

그녀는 눈썹을 살짝 치켜세워 명령을 강조한다.

"내일 보자. 정확히 아침 7시에."

그는 생각을 해야만 한다. 그는 버스를 타지 않고 집까지 걸어간다. 천국을 흉내 내는 것 같은 기묘한 반도 중앙의 하루에 속하는 날이다. 섭씨 20도에 맑고, 공기에는 월계수와 유칼립투스 향기가 가득하다. 그는 평소의 절반의 속도로 낯익은 길을 천천히 걸어가며 사람들이 오로지 부수고 새로 짓기 위해서 곧 150만 달러를 내게 될 중산층 단층주택들을 지나친다. 계획을 세워야 한다. 그는 선생에게 욕을 했고, 그 한마디 끔찍한 단어 때문에 그의 황금 같은 예전 인생이 산산조각 나고 있다. 백인에 대한 이 무례함은 아버지에게 충격을 줄 것이다. *인내심을 가지렴, 닐리. 신중해야 돼. 기억하겠니? 기억하지?* 인도인 이민자 사회에 이 이야기가 퍼질 것이다. 그의 어머니는 수치심에 돌아가실 것이다.

그는 나무들이 줄지어 서 있는 지문 같은 소용돌이 모양 길을 따라 걸어간다. 여기는 세 개의 고속도로가 주위를 둘러싸고 있다. 그는 집에서 네 블록 떨어진 곳, 부모님이 나가서 놀라고 내몰 때마다 가던 공원을 가로지른다. 길은 캘리포니아가 스페인의 가장 먼 전초기지였던 시절부터 자란 환영 같은 가지들이 달린 나지막한 엔시나(미국산 참나무)들 사이로 나 있다. 그가 이 종을 한 번이라도 알아챈 적이 있다면, 그건 오로지 영화 속에서뿐일 것이다. 순례자들을 두렵게 만들고 조난자들에게 도전하는 숲을 대신 연기하는 셔우드와 백워시의 나무들. 할리우드는 나무가 필요할 때면 근처에 있는 유일한 활엽수를 찾곤 한다.

그것들은 손짓하고, 기묘하고, 꿈같고, 뒤틀려 있다. 커다란 기둥 같은 가지 하나가 쉬려고 드러누운 것처럼 바닥으로 늘어져 있다. 닐리는 그 낮은 가지부터 꼭대기까지 단번에 기어 올라가서 다시 일곱 살이 된 것처럼 올라앉는다. 거기서 그는 자신의 망가진 인생을 점검한다. 이 기괴한 외팔보 참나무 높은 곳에서 아이 둘이 자갈을 막대기로 때리고 등이 굽은 흰머리 여자가 닥스훈트를 데리고 산책하는 보도를 내려다보자니 그는 길핀 선생의 눈으로 이 난장판을 볼 수가 있다. 그를 꾸짖은 그녀가 잘못한 건 아니다. 하지만 그녀는 그의 소유물을 훔쳤다. 이 꼭대기에서 내려다보니 이 재앙은 길핀 선생이 도덕적 모호성이라고 부를 만한 것이다.

그는 참나무의 구불구불한 가지 위에 《분리된 평화》속 두 소년의 자리를 만든다. 그는 그들이 선량하고 고결하게 행동하고, 강 위의 나무에서 사랑과 전쟁이라는 학교 내 게임을 준비하는 모습을 본다. 아래쪽으로는 산들바람이 가지를 흔들 때마다 갈색-녹색 캘리포니아 토양이 위아래로 흔들린다. 그는 부모님의 세상에 대해서는 거의 모르지만, 한 가지만은 수학처럼 명확하다. 인도인에게 수치란 죽음보다 더 나쁜 것이다. 길핀 선생이 이미 부모님에게 연락해서 그의 죄에 대해서 상세하게 말했을지도 모른다. 그 생각에 머리가 욱신거리고 혀에서 금속 맛이 느껴진다. 어머니가 소리 지르는 게 들리는 것 같다. *그 쥐털 같은 머리를 한 여자가 우리 가족 전체를 수치스럽게 만들도록 한 거야?* 곧 이모, 삼촌, 사촌들로 가득한 머나먼 나라에서도 그가 뭘 했는지 알게 될 것이다.

그리고 이 황금의 주에서 살면서 일할 권리를 얻기 위해 수년 동안 자신을 보이지 않게 만든 불쌍한 아버지. 아버지는 닐리를 공포에 질린 눈으로 바라보며 어쩌다 이 아이가 미국의 권력자에게 말대꾸를 하고도 살아남을 수 있을 거라고 생각할 만큼 거만해진 걸까 생각할 것이다.

닐리는 참나무 위에서 아래에 있는 보도를 내려다본다. 그의 머릿속이 뒤엉킨 코드로 가득하다. 손쉬운 평화를 얻을 수 있는 아이디어가 머릿속을 스친다. 그가 약간만 다친다면, 동정표를 얻을 수 있을 것이다. 다친 아이를 구박하는 사람은 없다. 오래된 〈환상특급(The twilight zone)〉을 볼 때처럼 근사한 공포가 그의 목덜미를 간질인다. 말도 안 되는 생각이다. 그는 상황을 망치고, 집에 가서, 벌을 받게 될 것이다. 그는 전체 풍경을 제대로 보기 위해서 몸을 기울인다. 이게 한동안은 마지막이 될 것이다. 부모님이 몇 달 동안 외출을 금지하실 테니까.

그는 한숨을 쉰다. 내려가기 위해서 아래쪽 가지를 향해 다리를 내린다. 그리고 미끄러진다.

이후 몇 년 동안 그는 가지가 움직인 게 아닐까 의심한다. 나무가 그를 위해서 그렇게 한 게 아닌지 하고. 내려가는 동안 가지들이 그를 후려친다. 가지들이 그를 핀볼처럼 이쪽저쪽으로 내던진다. 땅이 빠르게 다가온다. 그는 콘크리트 보도에 떨어져서 꼬리뼈를 부딪치며 튕겨 올랐다가 등뼈 아래쪽이 부서진다.

시간이 멈춘다. 그는 부서진 등을 바닥에 댄 채 위를 바라보며 누워 있다. 위쪽의 반구형 지붕이 흔들거리고, 금 간 껍데기가 그의 주위로 조각조각 떨어질 것만 같다. 초록색 끝이 갈라진 수천수만 개의 조그만 물고기들이 기도하고 위협하며 그의 주위에서 움직인다. 나무껍질이 분해된다. 나무가 투명해진다. 나무 몸통이 널따란 메트로폴리스로 변한다. 에너지와 액체 태양으로 고동치는 결합된 세포들의 네트워크, 가늘고 긴 갈대를 따라 올라가는 물. 갈대 한 묶음이 합쳐져서 파이프가 되어 용존 무기물을 투명한 잔가지의 좁은 터널 안을 따라 흔들리는 끝부분까지 보내고, 태양이 만든 양분은 그 끝에 있는 튜브를 따라 흘러내린다. 수십억 개의 독립된 부분들로 이루어진 우주 엘리베이터는 손에 닿을 듯한 곳에서 거대하게 위로 뻗어 있다. 공기를 하늘로 나르고 지하 깊은 곳에 하늘을 저장하고 무에서 가능성을 분류한다. 그의 눈이 보기를 바랐던 가장 완벽한 자가 작성 코드다. 그러다가 그의 눈이 충격으로 감기고 닐리는 정신을 잃는다.

그는 며칠 후 병원에서, 결박되고 틀에 고정된 상태로 깨어난다. 튜브가 그의 팔다리를 꼼짝 못하게 만들고 있다. 두 개의 쐐기 같은 것이 양쪽 귀를 꽉 눌러서 머리를 움직이지 못하게 한다. 천장밖에 보이지 않고, 그것은 파란색이 아니다. 어머니가 외치는 소리가 들린다.

"애가 눈을 떴어요."

그는 어머니가 왜 그게 안 좋은 일이라도 되는 것처럼 흐느끼며 그렇게 말하는 건지 이해할 수가 없다.

그는 진통제의 무지 속에 잠겨 있다. 가끔 그는 도시보다 더 큰 마이크로프로세서에 저장된 코드열이 된다. 가끔은 기계가 마침내 그의 상상력을 따라잡을 만큼 빨라졌을 때 그가 만들게 될 놀라움의 나라의 여행자가 된다. 가끔은 갈라진 거대한 덩굴손이 그를 잡으러 온다.

미친 듯이 간지럽다. 허리 위 모든 부분에 손에 닿지 않는 불이 붙은 것 같다. 다시 그가 지상으로 돌아왔을 때 그의 침대 옆 의자에 어머니가 웅크리고 있다. 그의 숨소리가 바뀌자 어머니가 잠에서 깨어난다. 아버지도 어찌 된 일인지 거기에 있다. 닐리는 걱정한다. 아버지가 직장에 있지 않은 걸 알면 고용주들이 뭐라고 할까?

어머니가 말한다.

"너 나무에서 미끄러졌어."

그는 내용을 잘 이해할 수가 없다.

"떨어졌다고요?"

"그래. 그랬단다."

어머니가 대답한다.

"왜 내 다리가 튜브에 들어 있어요? 뼈가 부러지지 말라고 그런 거예요?"

그녀의 손가락이 허공에서 흔들리다가 입술을 건드린다.

"다 괜찮을 거야."

그의 어머니는 그런 말은 하지 않는다.

간호사들이 진통제 양을 조금 줄여준다. 약이 줄면서 고통이 그를 덮친다. 사람들이 와서 그를 본다. 아버지의 상사. 어머니의 카드놀이 친구들. 그들은 유연체조를 하는 것 같은 미소를 짓는다. 그들의 위로는 그를 미친 듯이 무섭게 만든다.

"넌 많은 일을 겪었단다."

의사가 말한다. 하지만 닐리는 아무 일도 겪지 않았다. 그의 몸은 겪었을지 모른다. 그의 아바타는. 하지만 그 자신? 코드 안의 중요한 것은 아무것도 변하지 않았다.

의사는 상냥하지만 손이 옆구리로 떨어질 때 살짝 떨리고, 눈은 벽 위쪽의 텅 빈 공간에 고정되어 있다. 닐리가 묻는다.

"다리를 죄고 있는 이 틀 같은 거 떼어주실 수 없어요?"

의사는 고개를 끄덕이지만 동의하는 것은 아니다.

"아직 좀 더 나아야 돼."

"움직일 수가 없으니까 좀 힘들어요."

"낫는 데에만 집중하렴. 그다음에 어떻게 할지 이야기를 하자."

"최소한 부츠라도 벗겨주시면 안 돼요? 발가락도 움직일 수가 없어요."

그러다가 그는 깨닫는다. 그는 아직 열두 살이 안 됐다. 그는 수년 동안 자신이 고안한 장소에서 살아왔다. 그의 삶을 스쳐간 수많은 좋은 것들에 대한 생각은 그에게 별로 떠오르지 않는다. 그는 여전히 배아 상태의 천국이라는 다른 장소에 있으니까.

하지만 그의 어머니와 아버지, 그들은 무너진다. 끔찍한 시간이 시작되고, 그가 기억할 마음이 없는 불신과 절망적인 협상의 나날이 흐른다. 초자연적인 해결책, 대체의학, 기적의 약에 허비하는 수년의 시간이 올 것이다. 오랫동안 부모님의 사랑은 그가 받은 형벌을 더 끔찍하게 만들 것이다. 그들이 마침내 해탈하고 아들이 불구라는 것을 받아들이게 되는 날까지.

며칠 동안 그는 여전히 견인용 침대에 누워 있다. 그의 어머니는 사소한 일을 보러 나가셨다. 어쩌면 우연이 아닐지도 모른다. 그의 선생이 그가 기억하는 것보다 더 예쁜 모습으로, 온기와 에너지 가득한 상태로 문가에 들어선다.

"길핀 선생님. 후아!"

그녀의 얼굴에서 뭔가가 잘못된 것 같다. 하지만 남들보다 아래쪽에 있는 그의 새로운 시야에서는 사람들의 얼굴이 항상 잘못되어 보인다. 그녀가 다가와서 그의 어깨를 건드린다. 그는 소스라치게 놀란다.

"닐리. 널 봐서 정말 기쁘구나."

"저도 선생님을 봐서 기뻐요."

그녀의 상체 전체가 떨린다. 그는 생각한다. *내 다리에 대해 아시는구나. 학교 전체가 다 아는 거야.* 그는 그녀에게 말하고 싶다. *그게 세상의 끝은 아니에요. 어쨌든 중요한 세상의 끝은* 아니다. 그녀는 수업과 지금 그들이 무엇을 읽고 있는지에 관해 이야기한다. 《앨저넌에게 꽃을》. 그는 읽어보겠다고 약속한다.

"다들 널 보고 싶어 해, 닐리."

"저기요."

그는 어머니가 벽에 붙여놓은 9학년 전체의 서명이 들어간 커다란 접이식 카드를 가리킨다. 그녀는 무너진다. 그는 아무것도 할 수가 없다.

"괜찮아요."

그가 그녀에게 말한다.

그녀는 희망적이면서도 미칠 것 같은 눈으로 고개를 든다.

"닐리. 내가 절대로 그러려던 건 아니었다는 거 알지……. 난 생각도 못했어……."

"알아요."

그는 그렇게 말하며 그녀가 가기를 바란다.

그녀는 양 손바닥으로 얼굴을 밀어 올린다. 그리고 가방에 손을 넣어 그의 공책을 꺼낸다. 아버지를 위한 연 프로그램 공책이다.

"이건 네 거지. 내가 그러지 말았어야 했는데……."

그는 너무 기뻐서 그녀가 계속해서 떠드는 말을 거의 듣지도 않는다. 그는 공책이 영원히 사라졌다고, 나무가 그를 떨어뜨리기 전의 인생에서 다시는 되찾을 수 없는 또 다른 것이라고 생각했었다.

"고맙습니다. 아, 정말로 고맙습니다!"

그녀에게서 신음 소리가 새어 나온다. 그가 고개를 들자 그녀는 돌아서서 달려 나간다. 공책을 여는 순간 고통은 사라진다. 곧 그는 드러누워 되찾은 공책의 페이지를 넘기며 모든 것을 기억해낸다. 수많은 작업, 수많은 멋진 아이디어들이 구조되었다.

6년이 흐른다. 사춘기는 닐리 메타를 바꿔놓는다. 소년은 환상적인 생물체로 자라난다. 열일곱 살에 195센티미터에 70킬로그램, 휠체어와 결합된 존재. 그의 상체는 길게 뻗어 있다. 조금 두꺼운 가지 정도로 쪼그라든 그의 다리조차 우스꽝스럽게도 기다랗게 자란다. 그의 뺨은 대륙판처럼 변하고 얼굴에는 여드름이 떼로 돋는다. 한때 깔끔하던 그의 은밀한 부위에는 검은 털이 돋는다. 목소리는 소프라노에서 하이테너로 떨어진다. 머리카락은 신체의 털을 자르지 않는 시크교인처럼 길게 자라지만 그는 힌두교식으로 틀어 올리지 않는다. 그의 기다란 얼굴과 마른 어깨 주위로 두꺼운 덩굴처럼 그냥 흘러내리게 놔둔다.

그는 굴러다니는 금속 장비를 타고 산다. 생각의 기묘한 지대를 영원히 탐험하는 우주선의 선장 자리다. 더 이상 걸을 수 없는 몇몇 사람들은 뚱뚱해진다. 하지만 그 사람들은 음식을 먹는다. 그는 하루 종일 50센트어치 해바라기씨와 카페인이 든 소다 두 캔으로 버틴다. 물론 쓸모없는 칼로리는 거의 쓰지 않는다. 아침에 자신의 특제 책상 앞에 앉으면 그의 CPU 타워와 CRT가 그보다 더 많은 동력을 필요로 한다. 그의 손가락은 키보드 위를 스치고 그의 눈은 화면을 살피지만, 그의 뇌는 18시간 동안 신중한 명령으로 통솔되는 프로토타입 창조물을 만드는 동안 상당량의 포도당을 연소한다.

스탠퍼드는 2년 일찍 그를 받아준다. 캠퍼스는 바로 엘카미노에 있다. 그곳의 컴퓨터공학과는 그의 아버지 회사 설립자들이 만든 풍부한 선물을 바탕으로 융성하고 있다. 닐리는 열두 살 때부터 캠퍼스를 배회하고 다녔다. 그가 공식적인 1학년으로 학교에 다니기 한참 전부터 그는 사실상 컴퓨터 과학 집단의 마스코트였다. *너도 알지? 끝내주는 의자에 앉은 비쩍 마른 인도 꼬마 말이야.*

캠퍼스 내의 대여섯 개 건물 내부에서는 뭔가가 태어나고 있다. 사방에서 하룻밤 사이에 마법의 콩 줄기가 자라난다. 이것은 닐리가 머물며 코딩을 하는 지하 컴퓨터실에서 친구들과의 대화로부터 시작된다. 그들은 말없는 패거리일 때도 있지만, 일요일 밤이면 코더들은 작업하던 루프에서 고개를 들고 소다병을 돌리고 피자 크러스트를 서로 나눠 먹으면서 사소한 철학적 헛소리를 떠들어댄다.

누군가가 말한다.

"우리는 진화의 제3막이야."

소스가 그의 벌어진 입에서 떨어진다.

모두가 함께 그 아이디어를 갖고 있는 것만 같다. 생물학이 그 1단계로, 세(世)마다 새롭게 펼쳐진다. 그다음에 문화는 변화의 속도를 불과 몇 세기씩으로 더 높인다. 그리고 이제 20주마다 또 다른 디지털 세대가 나오고 각 서브루틴은 그다음 것의 속도를 더욱 높인다.

"칩의 트랜지스터가 두 배가 되는 기간이 18개월마다라……? 내 말은, 무어의 법칙을 진지하게 받아들여보라고, 친구."

"그게 우리에게 남은 평생 동안 지속된다고 해봐. 우리가 앞으로 60년을 더 살 수도 있어."

말도 안 되는 수학 계산에 모두가 낄낄거린다. 두 배씩 40번이 되는 기간. 전설적인 체스 보드 위에 성층권 높이까지 쌓인 쌀더미.

"1조 배 증가하는 거야. 누군가가 쓴 최고의 프로그램보다 백만 배의 *백만 배*만큼 더 깊고 풍부한 프로그램이야."

그들은 정말로 경탄해서 잠시 침묵한다. 닐리는 손대지 않은 피자 위로 고개를 숙이고 해석기하학 문제인 양 삼각형 조각을 응시한다.

"살아 있는 것."

그가 거의 혼잣말을 하듯 중얼거린다.

"자가학습. 자가창조."

방 전체가 웃음을 터뜨리지만, 그는 더 열심히 말한다.

"너무 빨라서 그것들은 우리가 여기 있다는 생각도 하지 않을 거야."

처음에 코딩의 핵심은 모든 것을 주는 것이다. 순수한 자선활동이다. 공공 도메인에서 훌륭한 기본 프로그램들을 찾을 수 있다. 그러면 거기에 살을 붙이고, 새로운 특성을 첨가하고, 자신의 1200보드 모뎀에 연결하고, 로컬 게시판에 저장하고, 이것을 더 크게 키우고 싶은 모든 사람을 위해서 소스를 업로드한다. 곧 그의 창조물들은 전 지구상의 호스트로 퍼진다. 매일 전 세계 사람들이 저장소에 새로운 종을 더한다. 캄브리아기 대폭발의 재래다. 그저 십억 배쯤 더 빠를 뿐이다.

닐리는 일본 영화의 괴수가 전 세계의 메트로폴리스를 하나하나 잡아먹는 턴 기반의 첫 번째 걸작 게임을 공개한다. 수십 개 나라의 수백 명의 사람들이 다운로드에 45분이 걸리는데도 이것을 받는다. 괴수가 도쿄를 파괴하듯이 이 게임이 당신의 자유 시간을 파괴한다고 해서 그게 뭐 중요하겠는가? 미개척 상태의 미국을 유린하는 정복자가 되는 그의 두 번째 게임도 프리웨어 중에서 히트를 기록한다. 게임 전략을 공유하기 위해서 유즈넷 그룹이 생긴다. 매번 게임을 할 때마다 프로그램은 새롭고 지리적으로 현실성 있는 신세계를 생성한다. 이것은 식료품점 아르바이트 소년을 용맹한 코르테스(아스테카 제국의 정복자)로 바꾼다.

그의 게임을 베낀 작품들이 속속 나온다. 더 많은 사람들이 그에게서 훔칠수록 닐리는 의자에 묶인 자신의 삶이 더 근사하다고 느낀다. 그가 더 많이 줄수록 그는 더 많이 얻는다. 지하 연구실에서 휠체어에 묶여 있는 그의 시야에 완전히 새로운 대륙이 들어오는 것이다. 잘 만들어진 명령어의 자유 복제라는 선물경제는 마침내 결핍을 해결하고 심장부에 자리한 굶주림을 치료해줄 가능성을 갖고 있다. 닐리 *메타*라는 이름은 선구자들 사이에서 작은 전설이 된다. 사람들은 전화 접속 게시판과 게임 뉴스 그룹에서 그에게 감사를 표한다. 대학생들은 그가 무슨 톨킨 소설의 캐릭터라도 되는 것처럼 채팅방에서 그에 관해 이야기한다. 인터넷에서는 아무도 그가 비쩍 마르고 기다란 괴짜에 기계 없이는 움직이지 못한다는 것을 모른다.

하지만 그의 열여덟 번째 생일에 낙원에 울타리가 생긴다. 이전까지 무료 코드 자선가였던 사람들이 판권을 갖고 진짜 돈을 벌기 시작한다. 그들은 심지어 대담하게 개인 회사까지 차린다. 물론 그들은 여전히 봉투에 플로피디스크를 넣고 팔러 다니지만, 상황이 어떻게 돌아갈지는 명백하다.

공유물은 가로막히고 있다. 선물문화는 요람 단계에서 목이 졸려 죽을 것이다.

닐리는 '가내 제작 클럽'의 주간 모임에서 배신에 격노한다. 그는 자유 시간 동안 가장 유명한 상업용 물품 하나를 재현하고 개선한 다음 복제물을 공공 도메인에 올린다. 판권 침해라고? 그럴지도. 하지만 소위 지적재산권이라는 것 전부가 수십 년간 앞선 무료 예술들을 바탕으로 한 것이다. 1년 동안 닐리는 땅의 소유증보다 그 땅에 더 오래 자리 잡고 있던 거대한 참나무 아래서 자신의 부하들과 무정부적 숲에 자리를 잡은 로빈 후드 노릇을 한다.

그는 자신의 가장 큰 공짜 선물이 될 예정인 롤플레잉 스페이스오페라를 몇 달 동안 작업한다. 그래픽은 16비트 고해상도 스프라이트로 64가지 근사한 색깔로 살아난다. 그는 자신의 행성에 살게 될 초현실적인 동물들을 찾아 나선다. 어느 봄 늦은 저녁에 그는 스탠퍼드 대도서관에 가서 황금기 펄프 SF 잡지들을 조사하고 닥터 수스 책들을 넘겨본다. 그림들은 그의 어린 시절 싸구려 비슈누와 크리슈나 만화책에 나오는 미친 식물들을 닮았다.

좀 쉬기도 할 겸 그는 연구실에서 무슨 일이 일어나고 있는지 보려고 캠퍼스를 가로질러 세라몰 쪽으로 향한다. 1년 중 아홉 달 동안 이곳을 근사하게 만들어주는 부드럽고 완벽한 어스름이 내리려 한다. 그는 1인칭 시점 어드벤처물처럼 방향을 찾아 네트워크 실험실의 자기 자리를 향해 간다. 오른쪽으로는 오벌(스탠퍼드 교정의 오래된 잔디밭)의 거창한 야자수 아케이드가 구불구불하게 있다. 왼쪽으로는 스페인식 로마네스크 회랑 뒤쪽으로 산타크루즈산맥이 살짝 보인다. 한때, 다른 생에서, 그는 아버지 어머니와 삼나무 아래로 길이 거의 하늘과 맞닿은 곳까지 등산을 했었다. 산타크루즈산맥 뒤로는 휠체어를 실을 수 있는 밴으로 30분 거리에 바다가 있다. 해안과 만은 그에게 금지된 곳이 아니다. 그는 겨우 석 달 전에 거기에 갔었다. 친구들이 그를 해안가까지 들고 가서 모래밭에 내려놓아야 했다. 그는 거기 앉아서 파도를 바라보고 다이빙하는 바닷가의 새들을 보고 그들의 무시무시한 불평을 들었다. 몇 시간 후, 친구들이 수영과 프리스비 던지기와 모래밭에서 서로 뒤쫓기를 마쳤을 때, 아직 부족한 사람은 그 혼자뿐이었다.

그는 메모리얼코트로 향하는 경사로로 들어서서 로댕의 실물 크기 〈칼레의 시민들〉을 지나 안뜰로 들어간다. 밤은 길 테고 밤을 버티려면 간식을 채워둬야 한다. 그는 휠체어를 몰고 안뜰로 곧장 들어가서 뒷문을 통해 매점과 제일 좋은 자판기들이 있는 곳으로 향한다. 자신의 은하간 계획에 푹 빠져서 그는 예배당 사진을 찍는 일본인 관광객 무리를 깔고 지나갈 뻔한다. 물러나서 사과를 하다가 그는 해외여행이 처음인 나이 많은 여자의 발가락을 밟는다. 여자는 당황해서 허리를 숙여 절을 한다. 닐리는 간신히 빠져나와 의자를 왼쪽으로 홱 돌리고서 고개를 든다. 거기, 예배당 입구 바로 옆에, 자동차 크기의 화분에 둥글넓적하고 거대하고 그가 본 중에서 가장 믿을 수 없는 생물체가 있다. 이것이 그의 은하간 오페라를 위해서 그가 찾던 존재다. 우주의 웜홀 반대편에 있는 인근 항성계에서 온 살아 있는 환각. 어둠을 틈타 어젯밤에 관리인들이 숨겨놓은 게 분명하다. 아니면 그가 몇 달 동안 매일 저녁 저것을 지나쳐 가면서도 한 번도 제대로 보지 않았던 것이든지.

그는 나무쪽으로 휠체어를 이동시키고서 웃음을 터뜨린다. 나무 몸통은 거꾸로 구워놓은 거대한 칠면조 같다. 가지는 비뚜름하고 괴상한 각도로 뻗어 있다. 그는 손을 내밀어 껍질을 만져본다. 완벽하다. 터무니없다. 뭔가 꿍꿍이가 있다. 조그만 명패에는 이렇게 쓰여 있다. *브라키키톤 루페스트리스*(BRACHYCHITON RUPESTRIS). 퀸즐랜드병나무. 이름은 아무 이유도 알려주지 않고 설명하는 것은 더더욱 없다. 이것은 닐리 자신처럼 확실하게 외계 침공자다.

어느 것이 더 믿기 어려울지 그는 결정할 수가 없다. 이 나무인지, 아니면 자신이 이걸 한 번도 알아채지 못했다는 점인지. 그의 시야 가장자리에서 무언가 깜박인다. 그의 등 뒤에서 무슨 일이 일어나고 있다. 그는 누군가가 보고 있다는 압도적인 기분에 휩싸인다. 머릿속에서 조용한 합창이 울린다. *돌아서서 봐. 뒤돌아서서 보라고!* 그는 그 자리에서 의자를 홱 돌린다. 아무것도 올바르지 않다. 회랑 안뜰 전체가 변화했다. 하이퍼점프(한 공간에서 다른 공간으로 순간 이동하는 것) 한 번에 그는 은하간 수목원에 도착했다. 사방으로 격렬한 초록색 시선들이 그를 향해 손을 흔든다. 다른 세계의 기후에 맞추어진 생명체들. 온갖 습성과 모습을 가진 미치광이들. 너무 오래된 시대의 것이라 공룡이 신진세력인 것처럼 보이게 만드는 것들. 이 모든 신호들, 지각을 가진 존재들이 그를 의자에 도로 쓰러뜨린다. 그는 마약을 해본 적이 없지만, 이게 아마 비슷한 느낌일 것이다. 크림색과 노란색의 기둥, 바닥에 닿기 전에 증발하는 보라색 폭포. 괴상한 실험 같은 나무들이 여덟 개의 커다란 화분에서 손짓하고, 각각이 다른 항성계로 가는 조그만 우주선 방주 같다.

닐리는 휠체어를 움직여 안뜰을 죽 돈다. 이 자문단이 원형으로 선 채 그가 빙 도는 것을 바라보고 있어서 하반신이 마비된 그의 몸이 굳는다. 그는 첫 번째 것만큼 낯선 닥터 수스적인 괴물을 또 하나 지나간다. 그는 꼬리표를 읽는다. 지금도 하루에 400제곱킬로미터씩 줄어들고 있는 브라질의 숲에서 온 명주솜나무. 끝이 날카로운 무사마귀 같은 원뿔이 몸통을 뒤덮고 있다. 수천만 년 전에 멸종한, 이 나무를 갉아먹는 짐승들을 물리치기 위해서 진화한 가시다.

그는 이 화분 저 화분으로 움직이며 생물체를 건드리고, 냄새를 맡고, 이들의 바스락거리는 소리에 귀를 기울인다. 이들은 열대 섬과 건조한 오지에서, 아주 최근에 침범당하기 시작한 중앙아시아의 외딴 골짜기에서 왔다. 비둘기나무, 자카란다, 사막숟가락나무, 녹나무, 호주벽오동나무, 오동나무, 둥근잎호주벽오동나무, 붉은오디뽕나무. 그가 머나먼 행성에서 이들을 찾고 있는 동안에 이 안뜰에서 그를 불러 세울 때만 기다리고 있었던 기묘한 생명체들. 그는 그들의 껍질을 만져보고 그들의 피부 바로 아래에서 고동치고 웅웅거리는 행성 문명 전체처럼 바글바글한 세포 조직들을 느낀다.

일본인 관광객들은 갤베즈 길의 버스로 사라진다. 닐리는 맹금을 피하는 토끼처럼 텅 빈 공간에서 꼼짝 않고 있다. 혼자 있는 시간은 몇 초 되지 않을 것이다. 하지만 그 잠깐의 시간 동안 외계 침공자들이 그의 대뇌변연계에 직접적으로 생각을 주입한다. 지금껏 만들어진 그 어떤 게임보다 10억 배는 더 풍부하고, 전 세계의 수많은 사람들이 동시에 할 수 있는 게임이 나올 거라고. 그리고 닐리가 그것을 탄생시켜야 한다고. 그는 앞으로 수십 년 동안 점진적이고 진화적인 단계를 거쳐 창조물의 모습을 드러낼 것이다. 게임은 각기 다른 수백만 가지 생물종들이 살아 숨 쉬고 소용돌이치고 영혼을 가진 세계, 플레이어들의 도움이 절실히 필요한 세계의 한가운데에 플레이어들을 떨어뜨릴 것이다. 그리고 게임의 목표는 새롭고 절망적인 세계가 당신에게 뭘 원하는지 알아내는 것이다.

환영이 끝나고 그는 다시 스탠퍼드의 안뜰로 내려앉는다. 종교적이고 짙은 초록빛의 환영은 흐릿해져서 그 플라톤의 그림자인 나무로 변화한다. 닐리는 방금 본 것, 그의 뇌가 어떻게든 이해하고 무어의 법칙의 곡선 끝에 도사리고 있는 것을 놓치지 않으려고 노력하며 꼼짝하지 않는다. 학교를 그만둬야 할 것이다. 더 이상 수업을 받을 시간이 없다. 그는 장기적인 계획에 맞춰가야 한다. 작업하고 있는 시시한 롤플레잉 스페이스오페라를 끝내고, 그걸 판매용으로 내놓자. 진짜 돈, 지구의 돈이 있어야 하니까. 그의 팬들은 울부짖을 것이다. 그들은 전화 접속 게시판에서 그를 최악의 배신자라고 욕을 해대겠지. 하지만 30파섹당 15달러면 거저나 다름없다. 외계 생명체로 들어가려는 그의 첫 번째 시도에서 얻은 이윤은 후속작, 야심에 있어서 원작의 몇 배나 넘어서는 게임을 위한 기반이 될 것이다. 그리고 그 작은 단계들을 통해서 그는 방금 본 장소까지 갈 수 있을 것이다.

산맥 뒤로 막 빛이 사라질 무렵 그는 회랑을 빠져나온다. 언덕이 그림자를 드리우고, 그림자는 멍든 것 같은 파란색에서 망각의 검은색이 된다. 위쪽, 그의 시야 너머로 울퉁불퉁한 노두를 뒤덮은 만자니타(철쭉과의 관목)가 둥글게 말린 자주색 껍질을 떨군다. 월계수나무는 벌목꾼들이 만든 목초지 가장자리를 두르고 서 있다. 협곡은 축축한 연녹색 속살이 드러나는 오렌지색 마드론으로 가득하다. 그를 불구로 만든 것과 같은 종류의 해안가 참나무들은 바위 위에 몰려 있다. 그리고 침적토와 썩어가는 솔잎 냄새를 풍기는 시원한 아래쪽 강가 지대에서는 삼나무들이 알아채는 데 천 년은 걸릴 계획을 진행 중이다. 그는 자신의 것이라고 생각하지만, 실은 그를 이용해서 진행하려는 계획을.

패트리샤 웨스터퍼드

1950년이고, 나중에 알게 되는 키파리소스(그리스 신화에 나오는 소년. 수사슴을 죽이고 슬퍼하다 사이프러스나무가 되었다)처럼 어린 패티 웨스터퍼드는 애완 사슴을 사랑하게 된다. 그녀의 사슴은 나뭇가지로 만들어졌지만 속속들이 살아 있는 것 같다. 그리고 호두 껍질 여러 쌍을 붙여 만든 다람쥐, 나무 수지를 뭉쳐 만든 곰, 켄터키커피나무 깍지로 만든 용, 도토리 껍질로 만든 요정, 그리고 호랑가시나무 이파리 두 장을 붙여서 날개를 만든 솔방울 몸통의 천사도 있다.

그녀는 이 생물들에게 자갈로 깐 길과 버섯 가구가 딸린 정교한 집도 만들어준다. 그리고 목련잎 베개를 놓은 침대에서 재운다. 그녀는 나무 옹이에 있는 닫힌 문 뒤에 존재하는 왕국으로 인도하는 영혼인 이들을 보살핀다. 옹이구멍은 미늘 창문이 되고, 거기를 통해서 들여다보면 인간의 잃어버린 친척인 나무 속 시민들의 매혹적인 응접실이 보인다. 그녀는 실물 크기의 삶이 제공하는 것보다 훨씬 더 풍요로운 상상의 소형 건축물에서 자신의 창조물들과 함께 산다. 그녀의 조그만 나무 인형 머리가 떨어져 나가자 그녀는 다른 몸이 자랄 거라고 확신하며 그것을 정원에 심는다.

그녀의 나뭇가지 창조물들은 전부 다 말을 할 수 있지만, 그녀처럼 대부분은 말을 할 필요를 느끼지 못한다. 그녀 자신은 세 살이 지날 때까지 아무 말도 하지 않았다. 그녀의 두 오빠들은 그녀의 은밀한 언어를 부모님에게 해석해주었고, 충격을 받은 부모님은 그녀가 정신적으로 문제가 있다고 생각해서 칠리코시의 병원으로 데려가 검사를 받게 했다. 그리고 거기서 내이(內耳)의 기형이 드러났다. 병원은 그녀에게 주먹 크기의 청각보조기를 만들어주었고, 그녀는 그게 굉장히 싫었다. 마침내 그녀가 말을 하기 시작했을 때, 경험 없는 사람들은 이해하기 힘든 어눌하고 불분명한 발음이 그녀의 생각을 감춰버렸다. 그녀의 얼굴이 기울어지고 곰 같다는 것도 도움이 되지 않았다. 이웃집 아이들은 사람이라고 생각하기 어려운 그녀에게서 도망쳤다. 도토리 사람들 쪽이 훨씬 더 관대하다.

그녀의 아버지만 유일하게 그녀의 어눌한 모든 말들을 항상 이해하는 것처럼 그녀의 나무 세상을 이해한다. 아버지에게 그녀는 두 아들만큼이나 자랑스러운 자리를 차지하고 있다. 아들들과 함께 아버지는 소프트볼을 하고, 풍선껌 포장지 농담을 하고, 잡기 놀이를 할 수 있을 것이다. 하지만 그는 가장 좋은 선물을 어린 식물 소녀 패티를 위해서 아껴두곤 한다.

그들의 친밀한 관계에 어머니는 신경이 쓰인다.

"정말 궁금한데, 둘만의 작은 세계가 있는 거예요?"

농촌지도요원인 빌 웨스터퍼드는 오하이오 남서부 농장들을 방문할 때면 패트리샤를 데리고 간다. 그녀는 소나무 패널이 달린 오래된 패커드의 부조종사 노릇을 한다. 전쟁은 끝났고, 세계는 회복 중이고, 전국은 더 나은 삶의 열쇠인 과학에 취했고, 빌 웨스터퍼드는 딸을 데리고 나와 세상을 보여준다.

패티의 어머니는 여행에 반대한다. 아이는 학교에 가야 한다. 하지만 아버지의 부드러운 권위가 이긴다.

"그 애는 나랑 있을 때 다른 곳에서보다 더 많은 걸 배울 수 있어."

경작된 땅을 수 킬로미터 지나며 그들의 방랑 교육이 계속된다. 그는 그녀가 자신의 움직이는 입술을 읽을 수 있게 고개를 돌려준다. 그녀는 그의 이야기에 느릿하고 쉰 소리로 웃음을 터뜨리고 그의 질문 하나하나에 열정적으로 대답한다. 은하수의 별들과 옥수수 이파리 하나에 있는 엽록체 중 어느 쪽이 더 숫자가 많을까? 어느 나무가 잎이 돋기 전에 꽃이 피고, 어느 나무의 꽃이 나중에 필까? 왜 나무 꼭대기의 잎은 대체로 아래에 있는 잎보다 작을까? 너도밤나무 나무껍질 1미터 높이에 이름을 새기면 반세기 후에 얼마만큼 높아질까?

그녀는 마지막 질문의 답을 아주 좋아한다. *1미터.* 여전히 1미터다. 너도밤나무가 아무리 높이 크든 항상 1미터일 것이다. 반세기가 지난 후에도 그녀는 그 답을 여전히 좋아할 것이다.

이런 식으로 도토리 애니미즘은 조금씩 그 후손인 식물학으로 변화한다. 그녀는 아버지의 스타이자 유일한 제자가 된다. 가족 중에서 그녀만이 그가 아는 것, 식물이 사람들처럼 의지를 갖고 있고 교묘하고 무언가를 추구한다는 것을 이해한다는 단순한 이유에서다. 그는 차를 몰고 가며 그녀에게 초록의 존재들이 고안할 수 있는 간접적인 모든 기적에 대해서 말해준다. 사람들만 특이한 행동을 독점한 것이 아니다. 더 크고 느리고 오래되고 더 오래 버티는 생물들이 통제하고, 날씨를 만들고, 창조물에 양분을 공급하고, 공기 그 자체를 창조한다.

"나무라는 건 정말 멋진 아이디어야. 너무나 대단해서 진화는 계속해서 다시, 또 다시 나무를 발명하고 있지."

또 아버지는 그녀에게 셸바크히코리(shellbark hickory)와 샤그바크히코리(shagbark hickory)를 구분하는 법을 가르친다. 그녀의 학교에서는 아무도 히코리나무와 새우나무조차 구분하지 못한다. 그 사실이 그녀에게는 너무나 기묘하게 느껴진다.

"우리 반 애들은 검은호두나무가 미국물푸레나무하고 똑같다고 생각해요. 갠넨 장님인 걸까요?"

"식물 장님이지. 아담의 저주야. 우리는 우리처럼 생긴 것들만 볼 수 있단다. 슬픈 이야기야, 그렇지 않니, 아가?"

그녀의 아버지도 호모사피엔스를 상대하는 데에 약간 문제가 있다. 그는 가족 농장으로 지구를 정복하는 데에 실패하고 있는 선량한 사람들과 그들에게 완전한 지배권을 부여할 무기를 팔려 하는 회사들 사이에 끼어 있다. 좌절감이 너무 커질 때면 그는 한숨을 쉬며 패티의 손상된 귀에만 들리게 말한다.

"아, 나한테 마을에서 떨어져 있는 산비탈을 사 주렴."

그들은 한때 짙은 너도밤나무 숲으로 뒤덮여 있었던 땅을 가로지른다.

"네가 보고 싶었을 만한 최고의 나무였단다."

강하고 크고 우아함으로 가득하고, 아랫부분으로 고결하게 퍼져서 나름의 대좌를 가진 나무. 오는 사람들 모두를 먹일 만큼 열매를 관대하게 맺던 나무. 그 매끄러운 회백색 몸통은 나무라기보다는 돌에 더 가깝다. 아버지가 지지 않고 시든다고 말한, 겨울을 잘 넘기는 양피지 색깔의 이파리는 이웃한 벌거벗은 활엽수들 사이에서 반짝인다. 인간의 팔과 아주 비슷하고 튼튼한 가지는 우아하고, 뭔가 권하는 손처럼 끝부분을 위로 올리고 있다. 봄에는 흐릿하고 창백하지만 가을에 그 평평하고 널찍한 잎은 허공에서 금빛으로 휩싸인다.

"그 나무들한테 무슨 일이 생겼어요?"

슬픔으로 아이의 목소리는 무겁다.

"우리라는 일이 생겼지."

그녀는 아버지가 한숨 쉬는 소리를 들은 것 같다고 생각한다. 아버지는 도로에서 눈을 떼지 않았지만 말이다.

"너도밤나무는 농부에게 어디를 경작해야 하는지 말해줬지. 석회암 위에, 밭에 필요한 가장 질 좋고 검은 양토가 가득했어."

작년의 병충해와 내년의 사라지는 표토 사이에서, 그들은 농장에서 농장으로 다닌다. 그는 그녀에게 놀라운 것들을 보여준다. 누군가가 수십 년 전에 기대 세워놓은 오래된 슈윈 자전거 가로대를 집어삼킨 플라타너스의 널따란 형성층. 팔을 서로 걸쳐서 하나의 나무가 된 두 그루의 느릅나무.

"우리는 나무가 어떻게 자라는지에 관해서 거의 아는 게 없단다. 나무가 어떻게 꽃을 피우고 가지를 치고 껍질을 벗고 자가치유를 하는지에 관해서도 거의 모르지. 몇몇 나무에 대해서 약간 배우긴 했지만, 나무만큼 고립되지 않고 사교적인 존재도 없단다."

그녀의 아버지는 그녀의 물이자 공기, 땅이자 태양이다. 그는 그녀에게 나무를, 어떤 사람도 아직까지 파악하지 못한 일을 하는 모든 나무껍질 아래에 있는 살아 있는 세포들의 피복을 보는 방법을 가르쳐준다. 그는 느린 개울 바닥에 있어 해를 입지 않은 활엽수림 쪽으로 차를 몬다.

"여기야! 이걸 보렴. 이걸 좀 봐!"

가느다란 줄기 하나하나마다 커다란 이파리가 늘어져 있다. 나무계의 목양견이다. 그는 그녀에게 숟가락처럼 생긴 커다란 이파리를 으깨고 냄새를 맡아보게 시킨다. 아스팔트처럼 시큼한 냄새가 난다. 그는 땅에서 두꺼운 노란색 피클을 주워서 그녀에게 내민다. 그녀는 아버지가 이렇게 흥분한 모습을 거의 본 적이 없다. 그는 군용 나이프를 꺼내 과일을 반으로 잘라 부드러운 과육과 반짝이는 검은 씨를 드러낸다. 속살을 보자 그녀는 기쁜 나머지 비명을 지르고 싶다. 하지만 입 안에 버터스카치 푸딩이 가득하다.

"파파야! 열대를 벗어난 유일한 열대과일이지. 이 대륙이 키워낸 것 중에서 가장 크고, 가장 훌륭하고, 가장 기묘하고, 가장 야생적인 토종 과일이야. 바로 여기, 오하이오 자생으로 자란단다. 그런데 아무도 모르지!"

그들은 안다. 소녀와 아버지. 그녀는 이곳 위치를 아무한테도 말하지 않을 것이다. 이 '대초원의 바나나'가 익는 가을이 오고 또 오도록 이곳은 그들만의 것이리라.

아버지를 쳐다보며, 듣기 힘들고 말하기 힘든 패티는 인간의 지혜가 산들바람에 흔들리는 너도밤나무의 빛보다도 적다는 사실이 진짜 기쁨을 준다는 것을 배운다. 사람들이 확실하게 아는 지식은 서쪽에서 오는 날씨처럼 분명히 변하게 된다. 확실한 *사실*이라는 것은 없다. 유일하게 의지할 수 있는 것은 겸손함과 관찰뿐이다.

그는 그녀가 뒤뜰에서 단풍나무 시과(翅果)의 한 쌍의 날개로 새를 만들고 있는 것을 발견한다. 그의 얼굴에 기묘한 표정이 떠오른다. 그는 씨앗 하나를 주워서 그 씨앗을 떨어뜨린 거인을 가리킨다.

"바람이 아래로 불 때보다 위로 불 때 더 많은 씨앗을 떨어뜨린다는 거 알아챘니? 왜 그럴까?"

이런 질문들은 그녀가 세상에서 가장 좋아하는 것이다. 그녀는 생각한다.

"더 멀리까지 가니까요?"

그가 코에 손가락 하나를 얹는다.

"빙고!"

그는 나무를 쳐다보고 인상을 찌푸리고 다시금 오래된 의아함에 대해 고민한다.

"이 모든 나무가 어디서 나온 거라고 생각하니? 이 작은 것이 *저게* 되도록 말이야."

그녀는 어림짐작을 해본다.

"흙에서요?"

"우리가 어떻게 알아낼 수 있을까?"

그들은 함께 실험을 설계한다. 창고 남쪽 면에 나무통을 놓고 흙을 90킬로그램 채운다. 그런 다음에 껍질에서 삼각형 밤을 꺼내서 무게를 재고 흙에 심는다.

"온갖 글자들이 새겨져 있는 나무 몸통을 본다면, 그건 너도밤나무야. 사람들은 그 매끄러운 회색 면에 온통 글자를 쓰지 않을 수가 없거든. 신께서 그들을 사랑하시길. 그들은 자신들이 새겨놓은 하트가 매년 점점 더 커지는 걸 보고 싶어 해. 애정 어린 연인들은, 그 불꽃처럼 잔인해서, 그들의 여주인의 이름을 이 나무들에 새기네. 아아, 이 아름다운 것들이 그녀들을 한참 뛰어넘는다는 것을 그들은 알지 못하고 신경 쓰지 않는다네!"

그는 그녀에게 너도밤나무(beech)라는 단어가 이 언어 저 언어를 거쳐 책(book)이라는 단어가 되는 것을 알려준다. 책이 먼 조상의 언어 속 너도밤나무 뿌리에서 갈라져 나왔다는 것을. 너도밤나무 껍질이 초기 산스크리트 글자를 기록하는 종이 노릇을 했다는 것도. 패티는 그들의 조그만 씨가 자라나서 단어로 뒤덮이는 모습을 상상한다. 하지만 그런 거대한 책의 질량은 어디서 나오게 될까?

"통에 계속 물을 주고 앞으로 6년 동안 잡초를 뽑아줘야 해. 네가 멋진 열여섯 살이 되면, 나무와 흙의 무게를 다시 재보자."

그녀는 그의 말을 듣고, 이해한다. 이건 과학이고, 누군가가 당신에게 맹세하는 그 어떤 것보다도 백만 배쯤 더 가치가 있다.

시간이 흘러 그녀는 농부의 작물에서 무엇이 시들거나 벌레에 먹히는지 아버지만큼 잘 알아내게 된다. 그는 그녀에게 질문하는 것을 그만두고 상담을 하기 시작한다. 물론 농부들 앞에서는 아니고 나중에 차로 돌아와 그들이 한 팀으로 침략에 대해 생각할 수 있는 여유가 생긴 다음에만이다.

열네 번째 생일에 아버지는 그녀에게 오비디우스의 《변신 이야기》 삭제판을 준다. 거기에는 이렇게 쓰여 있다. 가족 나무가 실제로 얼마나 크고 넓은지를 잘 아는 나의 소중한 딸에게. 패트리샤는 책을 펼치고 첫 번째 문장을 읽는다.

이제 내가 당신에게 노래하게 해주오.
사람들이 어떻게 다른 것으로 변신하는지에 관하여.

그 말에 그녀는 도토리가 거의 얼굴 비슷한 역할을 하고 솔방울이 천사의 몸을 이루었던 시절로 되돌아간다. 그녀는 책을 읽는다. 이야기는 기묘하고 매끄럽게 흘러가고, 인류만큼 오래됐다. 마치 태어날 때부터 그 이야기를 아는 것처럼 어쩐지 친숙하다. 이야기들은 다른 생물로 변한 사람에 대한 것이라기보다는 엄청난 위기 앞에서 다른 생물들이 인간에게서 완전히 사라지지 않았던 야성을 재흡수하는 이야기에 더 가까운 것 같다. 이제 패트리샤의 몸은 그녀가 전혀 원하지 않는 무언가로 나름의 고통스러운 변신을 하고 있다. 가슴과 엉덩이가 풍만해지고, 다리 사이에 털이 생기기 시작하는 것 역시 그녀를 고대의 짐승으로 반쯤 바꾸어놓는다.

그녀는 사람들이 나무로 바뀌는 이야기를 가장 좋아한다. 아폴로에게 잡혀서 해를 입기 전에 월계수나무로 변한 다프네. 흙에 빠르게 사로잡혀 자신들의 발가락이 뿌리로 변하고 다리가 나무 몸통으로 변하는 것을 보았던 오르페우스의 여자 살인자들. 그녀는 아폴로가 사이프러스나무로 바꾼 소년 키파리소스가 자신이 애완 사슴을 죽인 것을 영원히 슬퍼하는 이야기를 읽는다. 아버지의 침대로 기어들어 갔다가 몰약으로 변하는 뮈라 이야기에서 소녀는 사탕무, 체리, 사과 같은 빨간색이 된다. 그리고 사실은 신인 이방인들을 받아준 보상으로 참나무와 린덴나무가 되어 수 세기를 함께하는 바우키스와 필레몬이라는 변함없는 부부 이야기에서 눈물을 흘린다.

그녀의 열다섯 번째 가을이 온다. 낮이 짧아진다. 밤이 빨리 내려와 나무들에게 당분 제조 프로젝트를 그만두고, 연약한 부위를 떨구고, 몸을 단단하게 만들라는 신호를 보낸다. 수액이 떨어진다. 세포들이 투과성을 띤다. 물이 몸통 밖으로 흘러나와 농축되어 부동액이 된다. 나무껍질 바로 아래 휴면 중인 생명체는 어떤 것도 결정화시킬 수 없을 정도로 순수한 물과 나란히 자리한다.

그녀의 아버지는 어떻게 이런 일이 이루어지는지 설명해준다.

"생각해보렴! 애네들은 한곳에서 꼼짝 못하는 상태로, 다른 방어책도 없이, 영하 30도의 바람을 맞으면서 어떻게 살아야 하는지를 알아낸 거야."

그해 겨울에 빌 웨스터퍼드는 해가 진 후 패커드를 타고 현장에서 집으로 돌아오다가 빙판에서 미끄러진다. 차가 도랑으로 구르며 그는 차 밖으로 튕겨 나온다. 그의 몸은 8미터를 날아가서 농부들이 한 세기 반 전에 생울타리용으로 심어놓은 오세이지오렌지 열에 부딪친다.

장례식에서 패티는 오비디우스의 구절을 읽는다. 나무로 승격한 바우키스와 필레몬. 오빠들은 그녀가 슬픔으로 정신이 좀 나갔다고 생각한다.

그녀는 어머니가 어떤 것도 버리지 못하게 할 것이다. 그녀는 아버지의 지팡이와 중절모를 일종의 사당에 보관한다. 아버지의 소중한 장서들도 보존한다. 알도 레오폴드, 존 뮤어, 식물학 서적들, 아버지가 쓰는 걸 도운 농업진흥 팸플릿. 그녀는 아버지의 성인용 오비디우스를 찾아내 사람들이 너도밤나무에 자국을 남기듯 사방에 흔적을 남긴다. 가장 첫 줄에 밑줄을 세 번 긋는 걸로 시작한다. 이제 내가 당신에게 노래하게 해주오. 사람들이 어떻게 다른 것으로 변신하는지에 관하여.

고등학교는 그녀를 죽이려고 하는 것 같다. 그녀의 턱 아래에서 오케스트라의 비올라, 오래된 산비탈의 기억을 가진 단풍나무가 울부짖는다. 사진과 배구. 그녀는 식물까지는 아니지만 최소한 동물들의 현실을 이해하는 친구 비슷한 존재가 둘 있다. 그녀는 모든 장신구를 거부하고, 플란넬과 데님 옷만 입고, 스위스아미나이프를 갖고 다니고, 긴 머리를 땋아서 머리 주위로 빙 두른다.

그녀를 바꾸려고 하지 않을 만큼 영리한 새아버지가 생긴다. 2년 동안 그녀를 졸업 파티에 데리고 가겠다는 꿈을 꾸는 조용한 소년, 흰 떡갈나무 말뚝을 심장에 박아 그 꿈을 죽여야만 하는 소년 때문에 트라우마가 생긴다.

열여덟 살의 여름에, 식물학을 공부하기 위해 이스턴켄터키로 갈 준비를 하다가 그녀는 창고 바깥에 흙을 담은 통에서 자라고 있는 너도밤나무를 떠올린다. 수치심이 온몸을 타고 흐른다. 어떻게 그 실험을 잊어버릴 수가 있지? 그녀는 2년이나 아버지에게 한 약속을 지키지 못했다. 멋진 열여섯 살도 그냥 넘어갔다.

그녀는 7월 오후 내내 흙에서 나무를 파내고 뿌리에서 흙 한 톨까지도 다 털어내려고 애를 쓴다. 그런 다음 식물과 그것이 자라난 흙 모두의 무게를 측정한다. 30그램도 안 되던 너도밤나무가 이제는 그녀보다도 무게가 더 나간다. 하지만 토양의 무게는 40~50그램 정도 준 것을 제외하면 거의 그대로다. 달리 설명할 방법이 없다. 거의 모든 나무의 질량은 바로 공기에서 나온 것이다. 아버지는 이걸 아셨다. 그리고 이제 그녀도 안다.

그녀는 그들의 실험체를 집 뒤에, 그녀와 아버지가 여름밤에 앉아서 다른 사람들이 침묵이라고 부르는 것에 귀를 기울이곤 하던 곳에 다시 심는다. 그녀는 아버지가 인간에 관해 말씀하신 것을 기억한다. 사람들은 너도밤나무에 온통 글자를 새겨야만 한다. 신께서 그들을 사랑하시길. 하지만 어떤 사람들, 어떤 아버지들은 나무에 의해 온통 새겨진다.

학교로 떠나기 전에 그녀는 스위스아미나이프로 나무 몸통의 매끄러운 회색 책 같은 나무껍질에 땅에서 1미터 높이에 아주 작은 금을 새긴다.

이스턴켄터키 대학교는 그녀를 다른 사람으로 바꾼다. 패트리샤는 남쪽을 마주 보는 존재처럼 피어난다. 1960년대의 공기는 그녀가 캠퍼스를 가로지르는 동안 타닥타닥 소리를 낸다. 날씨의 변화, 길어지는 낮의 냄새, 한물간 생각들의 주물이 깨지는 가능성의 향기, 언덕을 따라 불어오는 맑은 바람.

그녀의 기숙사 방은 화분에 심은 식물들로 넘쳐난다. 그녀가 머무는 층에서 학생 책상과 2단 침대 사이에 식물원을 만들어놓은 사람은 그녀 혼자가 아니다. 하지만 그녀의 식물들만이 유일하게 테라코타 화분에 데이터 메모를 달고 있다. 그녀의 친구들이 아지랑이 꽃과 파란색 제비꽃을 키우는 반면에 그녀는 기생초와 파트리지피(partridge pea), 다른 실험체들을 키운다. 하지만 그러면서도 과학적 목적이라고는 전혀 없는 날카로운 하이쿠(일본 고전 3행시) 같은 천 년쯤 되어 보이는 분재 향나무도 돌보고 있다.

위층의 여자아이들이 어떤 날 밤에 내려와서 그녀를 확인한다. 그들은 그녀를 재미있는 취밋거리로 삼았다. *식물녀 패티를 취하게 만들자. 식물녀 패티를 비트족 경제학과 남자애와 붙여주자.* 그들은 그녀의 학구열을 조롱하고 그녀의 천직을 비웃는다. 그들은 그녀에게 억지로 엘비스를 들려준다. 그녀에게 소매가 없고 딱 붙는 드레스를 입히고 머리를 둥글게 말아준다. 그들은 그녀를 엽록소 여왕이라고 부른다. 그녀는 무리에 속하지 않는다. 그들의 말이 항상 잘 들리지는 않고, 들릴 때에도 그들의 말은 언제나 이해하기 힘들다. 하지만 그녀의 들뜬 동료 포유류들은 그녀를 웃게 만든다. 도처가 기적이고, 그들에게는 여전히 자신들을 행복하게 만들어줄 칭찬이 필요하다.

2학년 때 패티는 캠퍼스 온실에서 일하게 된다. 매일 아침 수업 시작하기 전 두 시간 동안이다. 유전학, 식물생리학, 유기화학은 그녀를 저녁까지 붙잡아놓는다. 그녀는 매일 밤 개인 열람실에서 도서관이 문을 닫을 때까지 공부한다. 그런 다음에 잠들 때까지는 독서를 한다. 그녀는 친구들이 읽는 책도 읽어본다. 《싯다르타》, 《네이키드런치》, 《길 위에서》. 하지만 아버지의 책장에 있던 책들, 피티의 〈미국 나무들의 역사〉 시리즈보다 더 그녀의 마음을 움직이는 책은 없다. 이제 그 책들은 그녀의 끝없는 기분 전환거리다. 책의 문장들이 가지를 치고 햇빛을 향해 뻗는다.

> 왕좌는 무너졌고 새로운 제국이 부상한다. 위대한 사상이 태어나고 훌륭한 그림들이 그려지고 과학과 발명으로 세상에는 혁명이 일어났다. 하지만 여전히 어떤 사람도 이 참나무가 몇 세기를 견딜지, 혹은 어떤 나라와 교리보다도 오래 버틸지 말하지 못한다…….

> 사슴이 뛰는 곳, 송어가 솟구치는 곳, 햇살이 당신의 목 뒤를 따스하게 데우는 동안 당신의 말이 멈춰서 차가운 물을 벌컥벌컥 들이켜는 곳, 당신이 들이쉬는 모든 숨이 기쁨이 되는 곳, 그곳이 사시나무들이 자라는 곳이다…….

그리고 그녀의 아버지가 사랑하는 나무에 관한 것도 있다.

> 다른 나무들이 세상의 모든 일을 하게 두어라. 너도밤나무는 여전히 뿌리박은 그곳에 버티고 서 있게 두어라…….

그녀는 절대로 백조가 되지는 못한다. 하지만 미운 오리 새끼로 1학년을 지내본 상급생으로서 그녀는 자신이 무엇을 사랑하고 인생을 어떻게 보낼 생각인지 알고, 그것은 어떤 해의 신입생들에게든 신선하다. 그녀에게 겁먹고 도망치지 않은 학생들은 계속되는 사회적 규칙에서 벗어난 이 예리하고, 촌스럽고, 솔직한 소녀의 주변을 서성거린다. 그녀 자신조차 놀랍게도 그녀에게는 추종자들도 있다. 그녀의 무언가가 남자들을 끄는 모양이다. 물론 그녀의 외모는 아니고, 정확하게 짚기는 힘들지만 그녀의 걸음걸이에 시선을 끄는 요소가 아주 약간 있는 것 같다. 그리고 독립적인 생각, 그것 자체도 매력을 갖고 있다.

남자들이 데이트를 신청하면 그녀는 1848년 이래로 죽은 사람들에게 안식처를 제공하는 리치몬드 묘지로 점심 소풍을 가자고 한다. 가끔 남자들은 도망치고, 그러면 그걸로 끝이다. 그들이 옆에 남아 나무에 대해 한마디라도 하면, 그녀는 그들을 다시 만날 것이다. 그녀가 자신의 연구 공책에 적어놓길, 욕망은 대단히 다양하고, 진화의 요령 중에서 가장 근사한 것으로 판명된다. 그리고 봄에 꽃가루 폭풍이 불면 그녀조차도 얌전한 꽃 이상의 것이 된다.

몇 달이 지나도록 한 소년이 그녀의 옆에 남는다. 영문학과의 앤디다. 그는 그녀와 함께 오케스트라에서 연주를 하고, 이유는 말하지 못해도 하트 크레인과 오닐과 《모비 딕》을 사랑한다. 그는 어깨 위에 새를 앉힐 수 있다. 그는 무언가가 일어나기만을 기다리며 자신의 목적 없는 삶을 보완하고 있다. 어느 날 밤, 크리비지 게임을 하다가 그는 그게 바로 그녀인 것 같다고 말한다. 그녀는 그의 손을 잡고 자신의 좁은 침대로 데려간다. 서투르고 초짜인 그들은 옷이라는 방패를 벗는다. 10분 후, 그녀는 피해를 막기에는 조금 늦게 나무로 변한다.

대학원에서 진짜 삶이 시작된다. 웨스트라피엣에서 맞는 아침에 패트리샤 웨스터퍼드는 자신의 운에 겁을 먹는다. *산림학교*. 그녀는 자격이 없는 것 같은 기분이다. 퍼듀 대학에서 그녀가 수년 동안 갈망하던 수업을 들을 수 있게 돈을 대준다. 그녀는 자신이 기꺼이 돈을 내고도 할 수 있는, 학부생들에게 식물학을 가르치는 일을 하고 식사와 숙소를 얻는다. 그리고 인디애나 숲에서의 연구는 긴 시간을 요한다. 이곳은 애니미즘 신봉자의 천국이다.

하지만 2학년 때 문제점이 분명해진다. 산림관리 세미나에서 교수가 숲의 건강을 개선하기 위해서 부러진 나무들과 바람에 쓰러진 나무들을 숲에서 치우고 펄프로 만들어야 한다고 주장한다. 그것은 옳은 일이라고 느껴지지 않는다. 건강한 숲에는 죽은 나무들이 필요하다. 그것들은 원래부터 거기에 있었다. 새들이 그것을 이용하게 되고, 작은 포유류와 과학으로 셀 수 있는 것 이상의 다양한 곤충들이 거기에 살며 그것을 먹이로 삼는다. 그녀는 손을 들고 오비디우스처럼 모든 생명체가 어떻게 다른 것으로 변신하는지 말하고 싶다. 하지만 그녀에게는 데이터가 없다. 그녀가 갖고 있는 것은 숲의 품에서 놀며 자란 소녀의 직감뿐이다.

곧 그녀는 보게 된다. 퍼듀뿐만 아니라 산업 전반적으로 뭔가가 잘못되었다. 미국 산림을 책임진 사람들은 최대한 빠르고 말끔하게 명확한 단일 작물들을 심고 싶어 한다. 그들은 절약적인 어린 숲과 쇠락한 오래된 숲, 총 평균성장과 경제적 성숙에 대해서 이야기한다. 그녀는 업계를 좌우하는 이 남자들이 내년에, 또는 그다음 해에 몰락해야만 한다고 확신한다. 그리고 무너진 그들의 신념이라는 그루터기에서 풍부하고 새로운 관목들이 자라날 것이다. 거기서 그녀도 번성할 것이다.

그녀는 이런 은밀한 혁명을 학부생들에게 설파한다.

"20년 후에 돌아보면, 산림학의 모든 영리한 사람들이 어떤 자명한 진실을 밝혀냈는지 보고 놀라게 될 거예요. 이건 모든 훌륭한 과학에서 반복되는 말이죠. '어떻게 우리가 그걸 못 봤던 거지?'"

그녀는 동료 대학원생들과 잘 지낸다. 바비큐 파티와 민속음악 파티에 가고 자신의 조그만 자치국에 남아 있으면서도 학과의 소문을 적당히 나눈다. 어느 날 밤, 식물유전학을 하는 여자와 아찔하고, 따뜻하고, 야성적인 오해로 인한 사건이 생긴다. 패트리샤는 심장 한쪽 구석에 그 당황스러운 더듬기 사건을 꾹 집어넣고 다시 살펴보는 용도로조차 꺼내지 않는다.

은밀한 의심은 그녀를 다른 사람들과 분리한다. 증거는 없지만 그녀는 나무들이 사회적 생물이라고 확신한다. 그녀에게는 분명하다. 대규모로 뒤섞인 사회를 이루고 자라는 움직이지 않는 생물체는 서로 동조하는 방식으로 진화해야만 했다. 자연에 혼자 있는 나무는 거의 없다. 하지만 이 믿음은 그녀를 고립시킨다. 씁쓸한 아이러니다. 마침내 그녀 같은 사람들과 함께하는데, 그들조차도 분명한 것을 보지 못한다.

퍼듀는 최초의 사중극자 기체 크로마토그래피-질량 분석기 한 대를 들인다. 어떤 이교도의 신이 패트리샤의 지조에 대한 보상으로 기계를 그녀에게 내려준다. 이 기계가 있으면 오래되고 거대한 동부 나무들이 공기 중에 내뿜는 휘발성 유기화합물들을 측정하고 이 기체들이 이웃 나무들에 무엇을 하는지 밝힐 수 있다. 그녀는 자신의 지도교수에게 이 아이디어를 제시한다. 사람들은 나무가 만드는 물질에 대해서 전혀 모른다. 이것은 발견할 것들로 가득한 완전히 새로운 초록의 세계다.

"그 사실이 어떤 유용한 걸 이끌어낼까?"

"그런 건 없을지도요."

"왜 이걸 꼭 숲에서 해야 되지? 캠퍼스 실험지에서 하면 안 되나?"

"동물원에 가서 야생동물을 연구할 수는 없는 거잖아요."

"사람이 가꾼 나무는 숲의 나무와 다르게 행동할 거라고 생각하는 건가?"

그녀는 확신한다. 하지만 그의 한숨은 공익광고처럼 명료하다. 과학을 하는 여자애들은 자전거 타는 곰 같은 존재라니까. 안 될 것은 없지만 죄다 괴

176

짜라니까.

"산림원에 나무 몇 그루를 확보해두도록 하지. 그렇게 하면 일도 쉽고 자네 시간도 절약될 거야."

"서두르시지 않아도 돼요."

"자네 논문이야. 낭비하는 것도 자네 시간이고."

그녀는 아주 기쁨에 차서 그 시간을 낭비할 것이다. 작업은 화려하지 않다. 가지 끝마다 번호를 붙인 비닐봉투를 씌웠다가 일정 시간 간격으로 수집하는 일이다. 그녀가 매시간마다 말없이, 멍하니 이 일을 계속해서 반복하는 동안 그녀 주변의 세상은 암살, 인종폭동, 정글에서의 전쟁으로 들끓는다. 그녀는 하루 종일 숲에서 일을 한다. 등에는 옴진드기들이 기어 다니고, 두피에는 진드기가 앉고, 입 안에는 나뭇잎 부스러기가 가득하고, 눈에는 꽃가루가 들어가고, 얼굴 주변에는 거미줄이 스카프처럼 앉고, 덩굴옻나무가 팔을 휘감고, 무릎에는 잿가루가 박히고, 코에는 포자들이 앉고, 허벅지 뒤에는 말벌들이 점자 같은 자국을 남기고, 심장은 관대한 하루만큼 행복하게 뛴다.

그녀는 모은 샘플들을 실험실로 가져와서 농도와 분자 무게를 확인하고 각 나무가 어떤 기체를 내뿜는지 알아내기 위해서 지루한 시간을 보낸다. 화합물은 수천 가지는 될 것이다. 어쩌면 수만 가지쯤. 지루함은 그녀를 열광하게 만든다. 그녀는 이것을 과학적 패러독스라고 부른다. 이것은 사람이 할 수 있는 가장 골치 아픈 작업이면서도, 정신 외의 어떤 것이 실제로 저 바깥에 있는지 볼 수 있을 정도로 정신을 일깨울 수 있다. 그리고 그녀는 얼룩지는 햇살과 빗속에서, 부엽토의 악취와 끊임없이 사향내 나는 생명이 그녀의 코를 꽉 채운 상태로 작업을 한다. 숲에 나오면 그녀의 아버지가 다시금 하루 온종일 그녀와 함께 있다. 그에게 질문을 하고, 소리 내서 물어보는 행동 그 자체가 그녀를 깨닫도록 도와준다. 잔나비걸상 과(科) 버섯류는 왜 나무 몸통의 특정 높이에서부터 자라기 시작할까? 특정 나무를 대신하기 위해서는 몇 제곱미터의 태양광 패널이 필요할까? 채진목과 플라타너스의 이파리는 왜 그렇게 크기가 엄청나게 차이가 날까?

그녀는 광합성이란 기적이라고 학생들에게 이야기한다. 창조의 대성당 전체를 지지하는 화학공학의 위업이라고. 지구상의 생명체들의 모든 활동들은 이 어마어마한 마술 같은 행위에 무임승차하고 있는 것이다. 생명의 비밀, 그것은 식물이 빛과 공기와 물을 먹고 저장한 에너지가 계속해서 모든 것을 만들고 모든 일을 한다는 것이다. 그녀는 자신의 학생들을 신비의 내적 성소로 데려간다. 수백 개의 엽록소 분자들이 안테나 복합체를 구성하고, 이런 수많은 안테나 배열들이 틸라코이드 판을 이룬다. 이 원반들이 차곡차곡 쌓여서 하나의 엽록체를 채우고, 이런 태양광 공장들이 최대 백 개가 모여 하나의 식물 세포에 동력을 공급한다. 수백만 개의 세포들이 하나의 이파리를 구성하고, 수백만 장의 이파리들이 한 그루의 웅장한 은행나무에서 나부낀다.

너무 많은 0에 학생들의 눈이 초점을 잃는다. 그들을 데리고 몽롱함과 경탄 사이의 아주 가느다란 선을 다시 넘어야 한다.

"우연하게도 수십억 년 전에 자기복제를 하는 하나의 세포가 유독 기체 덩어리와 화산성 슬래그를 사람들이 사는 이 정원으로 바꾸는 법을 알아냈어요. 그리고 여러분이 꿈꾸고, 두려워하고, 사랑하는 모든 것들이 가능하게 됐죠."

그들은 그녀를 제정신이 아니라고 생각하고, 그녀는 별로 상관하지 않는다. 그녀는 그들의 먼 미래, 초록 생물들의 불가해한 관대함에 의존하게 될 미래를 위한 기억을 집어넣는 것으로 만족한다.

밤늦게, 가르치고 더 많은 작업을 위한 조사를 하는 데에 지쳐서 그녀는 사랑하는 뮤어를 읽는다. 《만까지 천 마일의 산책(A Thousand-Mile Walk to the Gulf)》과 《시에라에서 내 첫 번째 여름(My First summer in the Sierra)》은 그녀의 영혼을 방 천장까지 띄우고 수피댄스를 추듯 빙빙 돌게 만든다. 그녀는 자신의 연구 공책 표지 안쪽에 자신이 좋아하는 문장을 쓰고 학과의 정치와 겁먹은 인간들의 잔인함이 기분을 우울하게 만들 때 슬쩍 찾아본다. 그 문장들은 하루의 잔인함을 견딜 수 있게 만들어준다.

우리 모두 함께 은하수를 향해 여행한다. 나무와 인간이 함께…… 자연 속을 걸을 때마다 사람은 자신이 찾던 것 이상을 얻는다. 우주로 들어가는 가장 명확한 방법은 야생의 숲을 통하는 것이다.

식물녀 패티는 연구 서신에서 그녀의 성별을 감추기 위한 방편으로 팻 웨스터퍼드 박사가 된다. 튤립나무에 대한 연구로 그녀는 박사학위를 받는다. 끝에 있는 두껍고 기다란 관거(管渠)가 사람들이 예상한 것보다도 훨씬 풍부한 공장임이 드러난다. *리리오덴드론*(Liriodendron, 튤립나무 속)은 향기의 레퍼토리를 갖고 있다. 이들은 온갖 일을 하는 휘발성 유기화합물을 내뿜는다. 아직까지 그녀는 시스템이 어떻게 작동하는지는 알아내지 못했다. 이것이 풍부하고 아름답다는 것만 알 뿐이다.

그녀는 위스콘신에서 박사후 과정을 밟는다. 그녀는 알도 레오폴드의 유적을 찾아 매디슨을 뒤진다. 그녀는 향기로운 꽃차례와 콩깍지 같은 씨앗을 갖고 있는, 뮤어가 자연주의자가 될 만큼 놀라게 만든 거대한 아까시나무를 찾는다. 하지만 세상을 바꾸어놓은 아까시나무는 12년 전에 이미 잘려 나갔다.

박사후 과정은 계약직일 뿐이다. 그녀는 거의 버는 게 없지만, 인생은 별로 요구하는 것이 없다. 오락과 지위라는 두 개의 핵심적 소비 분야에서 그녀의 예산은 축복받을 만큼 자유롭다. 그리고 숲은 공짜 음식으로 가득하다.

그녀는 마을 동쪽 숲에서 사탕단풍나무를 조사하기 시작한다. 그녀의 돌파구는 대부분의 돌파구들이 나타나듯이 길고 준비된 우연을 통해서 나타난다. 패트리샤는 6월의 어느 온화한 날에 자신의 숲에 도착했다가 봉투를 씌워놓은 나무 중 하나가 곤충의 전면 공격을 받은 것을 발견한다. 처음에는 지난 며칠 동안의 데이터가 다 망가진 것처럼 보인다. 즉석에서 그녀는 손상된 나무의 샘플과 근처 다른 단풍나무들의 샘플을 수거한다. 실험실로 돌아와서 그녀는 자신이 살피는 화합물 목록을 더 넓힌다. 이후 몇 주 동안 그녀는 자신도 믿기 어려운 사실을 발견한다.

근처의 또 다른 나무 역시 병충해를 입는다. 그녀는 다시 측정한다. 그리고 다시금, 증거를 의심한다. 가을이 시작되고 그녀의 복합 화합물 공장을 돌리는 이파리들이 문을 닫고 숲 바닥으로 떨어진다. 그녀는 겨울에 대비하고, 수업을 하고, 결과를 이중 확인하며 말도 안 되는 의미를 받아들이려고 노력한다. 그녀는 숲을 돌아다니며 이것을 발표해야 할지 아니면 1년 더 실험을 해야 할지 고민한다. 그녀의 숲속 참나무들은 자줏빛으로 반짝이고, 너도밤나무들은 눈부신 청동빛이다. 기다리는 것이 현명하게 느껴진다.

다음 봄에 사실이 확인된다. 세 번 더 실험을 거치고 그녀는 확신을 얻는다. 공격을 받은 나무들은 목숨을 구하기 위해서 살충제를 뿜어낸다. 그 부분은 논란의 여지가 없다. 하지만 데이터의 다른 부분이 그녀를 고민하게 만든다. 공격하는 곤충들이 건드리지 않은, 조금 떨어진 곳의 나무들도 이웃 나무들이 공격을 당하자 방어체계를 가동한 것이다. 무언가가 그들에게 경고를 한다. 그들은 재앙에 대한 정보를 얻고서 준비를 한다. 그녀는 할 수 있는 모든 것을 통제해보지만 결과는 늘 똑같다. 말이 되는 것은 딱 한 가지 결론뿐이다. 상처 입은 나무들이 다른 나무들이 맡을 수 있는 경고 냄새를 보낸다는 것이다. 그녀의 단풍나무들이 신호를 보낸다. 그들은 허공의 네트워크를 통해서 서로 연결되어 있고 산림 수만 제곱미터를 건너서 면역 체계를 공유한다. 뇌도 없고 꼼짝하지 못하는 나무 몸통들이 서로를 보호하는 것이다.

그녀 자신도 좀처럼 믿을 수가 없다. 하지만 데이터는 계속해서 사실임을 보여준다. 그날 저녁 패트리샤가 마침내 수치가 말하는 바를 받아들였을 때, 그녀의 팔다리가 달아오르고 눈물이 얼굴을 타고 흐른다. 그녀가 아는 한, 생명의 드넓은 모험에 있어서 진화가 꾸미고 있는 이 작지만 확실한 일을 조금이라도 엿본 존재는 그녀가 첫 번째다. 생명이 혼잣말을 하고, 그녀가 그것을 들은 것이다.

그녀는 최대한 냉정하게 결과를 쓴다. 그녀의 보고서는 온통 화학과 농도, 속도에 관한 것들이다. 기체 크로마토그래피 장비가 기록한 것 외에는 없다. 하지만 논문의 결론에서 그녀는 결과가 의미하는 바를 이야기하지 않을 수가 없다.

개개의 나무들의 생화학적 행동은 이들을 한 사회의 구성원으로 볼 때에만 이해가 가능할 것이다.

팻 웨스터퍼드 박사의 논문은 명망 있는 저널에 수록된다. 동료 비평가들은 눈썹을 치켜세우지만, 그녀의 데이터는 확고하고 아무도 상식 외에 다른 문제를 찾을 수가 없다. 논문이 나오던 날 패트리샤는 자신이 세상에 진 빚을 갚은 것 같은 기분을 느낀다. 내일 죽는다 해도 그녀는 생명이 스스로에 대해서 알리는 것 중에서 이 작은 것 하나를 밝혀냈다고 할 수 있을 것이다.

언론이 그녀의 발견에 관해 주목한다. 그녀는 유명한 과학 잡지와 인터뷰를 한다. 그녀는 전화로 질문을 힘겹게 듣고 어물어물 대답을 한다. 하지만 기사가 나오고, 또 다른 신문에서 그 얘기를 접한다. "나무가 서로에게 말을 한다." 그녀는 전국의 연구자들에게 세부사항에 대해서 묻는 편지를 받는다. 그녀는 전문 산림협회의 중서부 지부 모임에서 강연을 해달라는 초청을 받는다.

넉 달 후, 그녀의 논문을 실었던 저널은 세 명의 유명 산림학자들이 서명한 소논문을 싣는다. 남자들은 그녀의 방법에 결함이 있고 그녀의 통계에 문제가 있다고 말한다. 온전한 나무의 방어체계는 다른 기제에 의해서 활성화되었을 수 있고, 아니면 이 나무들이 그녀가 알아채지 못한 방식으로 곤충들에게 해를 입었을 수도 있다는 것이다. 소논문은 나무들이 서로 화학적 경고를 전달한다는 아이디어를 조롱한다.

> 패트리샤 웨스터퍼드는 자연선택의 단위에 대해 부끄러울 만큼 착각하고 있음을 보여준다……. 설령 메시지가 어떤 방식으로 "보내졌다"고 해도 그런 메시지를 "받았을" 가능성은 전혀 없다.

그들은 짧은 논문에 패트리샤라는 단어를 네 번 사용하고 박사라는 단어는 자신들의 서명에만 쓴다. 두 명의 예일대 교수와 노스웨스턴의 유명인사 대 매디슨의 이름 없는 계약직 여자. 학계의 누구도 패트리샤 웨스터퍼드가 발견한 것을 재연해보려 하지 않는다. 그녀에게 더 많은 정보를 요청했던 연구자들은 그녀의 편지에 답을 하지 않는다. 놀라운 기사를 실었던 신문들은 그녀에 대한 잔인한 폭로를 후속으로 싣는다.

패트리샤는 콜롬버스에서 열린 중서부 산림협회 모임에서 예정된 강연을 한다. 강의실은 작고 덥다. 그녀의 보청기는 삐이익 소리를 낸다. 그녀의 슬라이드는 회전판에 끼어버린다. 질문은 공격적이다. 강단에서 그들의 공격을 방어하며 패트리샤는 오래된 어린 시절의 언어 장애가 그녀의 자만심을 벌하러 돌아왔다는 기분을 느낀다. 사흘간의 끔찍한 학회 기간 동안 사람들은 그녀가 호텔 복도에서 지나갈 때마다 서로를 쿡쿡 찌른다. *나무가 지성을 가졌다고 생각하는 그 여자야.*

매디슨은 그녀와 강사직 재계약을 하지 않는다. 그녀는 다른 곳에서 일자리를 찾으려고 줄을 서지만, 시기가 너무 늦었다. 그녀는 다른 연구자를 위해 유리기구를 씻는 일조차 구할 수가 없다. 호모사피엔스만큼 빠르게 단합하는 동물은 없다. 그녀는 사용할 실험실이 없어서 자신의 정당성을 입증할 수도 없다. 서른두 살에 그녀는 고등학교에서 임시교사직을 시작한다. 학계의 친구들은 동정의 말을 중얼거리지만, 아무도 공개적으로 그녀를 옹호하지 않는다. 가을날 단풍나무의 초록색처럼 그녀에게서 의미가 빠져나간다. 무슨 일이 있었던 건지 기나긴 몇 주 동안 홀로 반추하다가 그녀는 이파리를 떨굴 시간이라는 결론을 내린다.

잠을 자려고 애를 쓰는 대부분의 밤마다 머릿속에 떠오르는 시나리오에 항복하기에는 너무 비겁하다. 고통이 그녀를 가로막는다. 그녀가 아니라 어머니와 오빠들과 남은 친구들이 받을 고통이다. 사라지지 않는 수치로부터 그녀를 지켜주는 것은 나무들뿐이다. 그녀는 겨울 등산로를 걸으며 얼어붙은 손가락으로 두껍고 끈끈한 마로니에나무의 싹을 건드린다. 길에는 눈 위에 손으로 쓴 비난 같은 하층 식생들이 가득하다. 그녀는 숲의 소리에, 언제나 그녀를 지탱해주었던 재잘거림에 귀를 기울인다. 하지만 그녀의 귀에 들리는 건 귀를 먹먹하게 만드는 군중의 지혜뿐이다.

우물의 바닥에서 반년이 흐른다. 밝고 새파랗고 상쾌한 한여름의 어느 일요일 아침에 패트리샤는 토큰크리크의 저지대에서 참나무 아래쪽에 아직 갓이 다 펴지지 않은 *아마니타비스포리게라*(Amanita bisporigera, 독우산광대버섯의 일종) 여러 개를 발견한다. 버섯은 아름답지만 오래된 약징주의(藥徵主義, 특정 신체기관을 닮은 식물은 그 신체기관의 치료에 사용할 수 있다는 교리)를 떠올리게 하며 얼굴을 붉히게 만들 만한 형태를 하고 있다. 그녀는 그것을 자신의 버섯 주머니에 모아서 집으로 가져온다. 그리고 거기서 한 명을 위한 일요일 만찬을 조리한다. 버터, 올리브 오일, 마늘, 샬롯, 화이트 와인을 넣고 그녀의 신장과 간 양쪽을 망가뜨릴 만큼의 광대버섯을 넣은 닭 안심.

그녀는 식탁을 차리고 건강 그 자체 같은 향기를 내는 식사 앞에 앉는다. 이 계획의 아름다운 점은 아무도 모를 거라는 것이다. 매년, 아마추어 진균학자들이 어린 *아마니타비스포리게라*를 *아가리쿠스실비콜라*(Agaricus silvicola, 담황색주름버섯)나 심지어 *볼바리엘라볼바케아*(Volvariella volvacea, 풀버섯)로 착각한다. 그녀의 친구들이나 가족들, 전 동료들 모두 이 일에 대해서 별다른 생각을 하지 않을 것이다. 그녀가 논란을 일으킨 연구에서도 틀렸고, 저녁 식사용 버섯을 고르는 데에서도 틀렸다고 생각하겠지. 그녀는 김이 오르는 음식 한 입을 입술로 가져간다.

무언가가 그녀를 막는다. 어떤 단어보다도 섬세한 신호가 그녀의 근육을 타고 흘러넘친다. *이건 아니야. 따라와. 아무것도 두려워하지 마.*

포크가 접시로 도로 떨어진다. 그녀는 몽유병에서 깨어나는 것처럼 정신을 차린다. 포크, 접시, 버섯 만찬. 그녀의 눈앞에서 모든 것들이 광기의 발작으로 변하며 사라진다. 심장이 한 번 뛰는 동안 그녀는 자신의 동물적 두려움이 무슨 일을 기꺼이 하게 만든 건지 믿을 수가 없다. 다른 사람들의 의견이 그녀가 가장 고통스러운 죽음을 맞이하도록 만들었다. 그녀는 식사를 전부 쓰레기통에 버리고 굶는다. 어떤 식사보다도 근사한 굶주림이다.

그녀의 진짜 삶이 그날 밤에 시작된다. 죽음 이후의 긴 보너스 판이다. 앞으로 몇 년간 일어날 어떤 일도 그녀가 기꺼이 스스로에게 저지르려던 일보다 나쁘지는 않을 것이다. 인간의 평가는 더 이상 그녀를 건드릴 수 없다. 그녀는 이제 자유롭게 실험할 수 있다. 뭐든 발견할 수 있다.

그렇게 몇 년이 사라진다. 그래, 바깥에서 보면 패트리샤 웨스터퍼드는 불완전고용의 세계로 사라져버린 셈이다. 창고의 상자 분류하기. 바닥 청소하기. 어퍼미드웨스트에서 대초원지대를 거쳐 고산지대까지 오게 만드는 기묘한 일자리들. 그녀는 어디에도 소속되어 있지 않고, 기구를 사용할 방법도 없다. 전 동료들이 그녀에게 지원해보라고 다독거릴 때조차도 실험실 자리나 강의 활동에 눈길을 주지 않는다. 그녀의 거의 모든 옛 친구들은 그녀를 과학이라는 차도에서 치여 죽은 인물로 여긴다. 사실 그녀는 외국어를 배우느라 바쁘다.

그녀의 시간을 잡아먹는 것도 거의 없고 영혼을 소유한 것은 아예 없기 때문에 그녀는 바깥으로, 모든 커리어의 녹색 부정(否定)인 숲으로 돌아간다. 그녀는 더 이상 이론을 세우거나 추측하지 않는다. 그저 보고, 기록하고, 수십 권의 공책에 스케치를 한다. 옷을 제외하면 공책들은 그녀가 유일하게 계속 갖고 있는 소유물이다. 그녀의 눈은 근시에 가늘어진다. 그녀는 많은 밤을 가문비나무와 전나무 아래에서 뮤어와 함께 캠핑을 하며 지낸다. 그녀는 뮤어에게 완전히 빠진 채, 내륙의 바다 향기에 강렬하게 둘러싸인 채, 두꺼운 지의류의 침대 위에서, 40센티미터의 갈색 솔잎 베개를 베고 잔다. 침낭 아래로는 살아 있는 땅이 있고, 그 유연한 영향력이 그녀의 조직 안으로 스며들고, 주위를 둘러싼 모든 커다란 나무들이 그녀를 보살핀다. 그녀의 은밀한 자신이라는 입자가 떨어져 나왔던 모든 본체에 재결합한다. 가출했던 녹색의 계획이다. *난 그저 산책을 갔을 뿐이고 마침내 해가 질 때까지 바깥에 머물겠다고 결정을 했어. 나간다는 건 실제로는 들어오는 것임을 알았거든.*

그녀는 밤에 모닥불 앞에서 소로를 읽는다. *내가 땅과 같은 지성을 갖고 있지 않은가? 이파리와 야채들이 내 일부가 된 것이 아닌가? 나를 소유하고 있는 이 타이탄은 무엇인가? 미스터리에 관해 말해보자! 자연 속에서 우리 삶에 대해 생각해보자. 매일 물질들에 노출되고, 바위, 나무, 바람이 우리*

의 뺨에 와 닿고! 단단한 땅! 진짜 세상! 상식! 접촉! 접촉! 우린 누구지? 우린 어디 있지?

이제 그녀는 더욱 서쪽으로 흘러간다. 채집하는 법만 알면 약간의 활동 자금으로 놀랄 만큼 멀리까지 갈 수 있다. 이 나라는 먹을 수 있는 공짜 음식들로 넘쳐난다. 어디를 봐야 하는지만 알면 된다. 그녀는 이제 막 탐색하기 시작한 주의 국유림 근처 휴게소 화장실에서 얼굴에 물을 적시다가 자신의 얼굴을 힐끗 본다. 대단히 풍화되고, 나이보다 더 늙어 보인다. 한창때는 지났다. 곧 그녀는 사람들을 무섭게 만들 것이다. 음, 그녀는 항상 사람들을 무섭게 만들었다. 야생을 싫어하는 성난 사람들이 그녀의 일자리를 빼앗았다. 겁먹은 사람들이 나무가 서로에게 메시지를 보낸다는 그녀의 말을 조롱했다. 그녀는 모두를 용서한다. 그것은 아무것도 아니다. 사람들을 가장 두렵게 만들던 것이 언젠가 경이로 변할 것이다. 그리고 그때가 되면 사람들은 40억 년의 세월이 그들에게 하도록 만들어온 일을 하게 될 것이다. 멈춰서 그들이 보고 있는 게 뭔지 정말로 보는 것.

어느 늦가을 오후에 그녀는 오래된 자동차를 중남부 유타의 콜로라도고원 서쪽 가장자리에 있는 피시레이크 경관도로 갓길에 세운다. 그녀는 물정 모르는 죄인들의 수도인 라스베이거스에서 시골길을 따라 교활한 성인들의 수도 솔트레이크를 향해 달렸다. 그녀는 차에서 나와서 길 서쪽 마루에 있는 나무들을 향해 걸어간다. 사시나무들이 오후의 햇살 속에 눈에 보이지 않는 산등성이까지 쭉 서 있다. 포풀루스트레물로이데스(Populus tremuloides, 북미사시나무). 구름 같은 금색 잎사귀들이 창백한 녹색으로 물든 가는 몸통에서 반짝인다. 공기는 움직이지 않지만 바람이 부는 것처럼 사시나무들은 몸을 떤다. 다른 모든 나무들은 무시무시하게 차분한데 사시나무들만 떤다. 아주 약한 바람에도 길고 평평한 잎꼭지가 비틀리고, 그녀의 주위로 온통 새파란 배경 속에 두 가지 색조의 카드뮴 거울 백만 개가 깜박거린다.

정보를 전달하는 이파리들이 바람의 소리가 들리도록 만든다. 그들은 건조한 햇살을 여과해서 기대감으로 채운다. 나무 몸통은 곧고 헐벗었고, 아래쪽은 세월로 인해 거칠지만 첫 번째 가지들이 있는 쪽은 매끄럽고 하얗다. 옅은 초록색 동그란 이끼들이 몸통 여기저기에 돋아 있다. 그녀는 사후 세계로 들어가는 기둥이 있는 현관 같은 이 회백색 방 안에 선다. 공기가 금빛으로 떨리고 땅에는 바람에 떨어진 잎들과 죽은 영양분체들이 널려 있다. 산등성이는 활짝 열려 있고 시든 냄새를 풍긴다. 대기 전체가 산을 흐르는 개울처럼 근사하다.

패트리샤 웨스터퍼드는 자신을 껴안고, 이유 없이 울기 시작한다. 나바호족 태양의 집 찬가에 등장하는 나무. 헤라클레스가 지옥에서 돌아왔을 때 희생시키고 화관으로 만든 나무. 그 잎을 끓여 악으로부터 원주민 사냥꾼들을 지켜주었던 나무. 북아메리카에 가장 널리 분포되었고 세 개의 대륙에 가까운 친척이 있는 나무가 갑자기 참을 수 없을 만큼 희귀하게 느껴진다. 그녀는 더 북쪽으로, 캐나다까지 사시나무들을 가르고 하이킹을 해보았다. 침엽수로 가득한 단조로운 위도에 유일하게 남아 있는 활엽수였다. 뉴잉글랜드 전역과 어퍼미드웨스트에서 그들의 창백한 여름 그림자를 스케치했었고, 로키산맥에서 눈 녹은 물이 흐르는 뜨겁고 건조한 노두 위에서 이 나무들과 함께 캠핑도 해보았다. 지식이 암호로 담겨 있는 원주민 글자들이 새겨진 사시나무들도 발견했다. 훨씬 남서쪽 산맥에서 등을 대고 누워 눈을 감고 그 쉴 새 없는 떨림의 음조를 기억하려고 해본 적도 있다. 바닥에 떨어진 가지들 사이를 걸어가면서 그녀는 그것을 다시 듣는다. 다른 어떤 나무들도 이 소리를 내지 못한다.

사시나무들이 감지할 수 없는 바람 속에서 몸을 흔들고, 그녀는 감추어진 것들을 보기 시작한다. 어느 나무 몸통 위쪽에서 그녀는 머리 위로 곰의 발톱 자국이 쓴 수수께끼를 읽는다. 하지만 이 자국은 오래되고 주위가 검게 변한 상태다. 어떤 곰도 오랫동안 이 숲으로 들어오지 않았다. 개울 가장자리에 엉킨 뿌리들이 가득 드러나 있다. 그녀는 다른 것들과 분리된 것 같고 물을 찾기 힘든 돌투성이 노두에 서 있는 다른 가지 위까지 수십만 제곱미터를 지나 물과 무기물을 나르는 지하 도관 네트워크의 드러난 가장자리를 연구한다.

언덕 꼭대기에는 전동톱으로 베어버린 작은 공터가 있다. 누군가가 이곳을 개선하려고 한 것이다. 그녀는 열쇠고리에서 루페를 꺼내 나무 밑동에 갖다 대고 나이테의 숫자를 추측한다. 쓰러진 나무 중 가장 오래된 것은 약 80년이 되었다. 그녀는 그 우스꽝스러운 숫자에 미소를 짓는다. 그녀 주변의 5만 그루의 아기 나무들이 최근 10만 년까지만 측정할 수 있을 만큼 오래된 뿌리줄기 덩어리에서 자라났기 때문이다. 80년 된 나무의 지하 몸통들이 사실은 10만 년은 족히 되었을 것이다. 서로 연결되어 거대하고 마치 숲처럼 보이는 하나의 복제 생물체가 백만 년쯤 존재했다고 해도 그녀는 놀라지 않을 것이다.

그래서 그녀가 멈춘 것이다. 지구상에서 가장 오래되고 가장 거대한 생명체 중 하나를 보기 위해서. 그녀의 주위로는 40만 제곱미터 이상을 뒤덮고 유전적으로 동일한 나무 몸통들로 이루어진 하나의 단일 수컷이 퍼져 있다. 그녀가 논리적으로 다 생각하기 어려울 정도로 굉장히 기묘(outlandish)하다. 하지만 웨스터퍼드 박사가 아는 한 세계의 변방(outland)은 사방에 있고, 나무들은 어린 남자아이들이 딱정벌레를 갖고 놀듯이 인간의 생각을 갖고 노는 것을 좋아한다.

그녀가 차를 세운 길 건너편에는 사시나무들이 피시레이크 쪽으로 분지를 이루며 내려간다. 그곳은 5년 전에 중국인 망명자 엔지니어가 세 딸을 데리고 옐로스톤을 방문하던 길에 캠핑을 한 곳이다. 푸치니의 오페라 여주인공 이름을 딴 가장 나이 많은 딸은 곧 5000만 달러의 방화죄로 연방수사관들에게 지명수배될 것이다.

3000킬로미터 동쪽으로는 아이오와의 농장 집안에서 태어난 학생 조각가가 메트로폴리탄 미술관으로 순례 여행을 가던 중에 센트럴파크에서 몸을 떠는 한 그루 사시나무를 지나치지만 알아채지 못한다. 30년 후에 그는 살아남아 그 나무를 또 지나치지만, 푸치니의 여주인공에게 아무리 상황이 나빠져도 절대로 자살하지 않겠다고 맹세를 했기 때문일 뿐이다.

북쪽으로, 로키산맥의 휘어진 등줄기 위로, 아이다호폴스 근처 농장에서 퇴역한 참전공군이 바로 그날 오후에 옛 중대의 친구를 위해 마구간을 짓는다. 그를 동정해서 고용해준 거고, 숙식까지 딸린 일자리지만 전직 군인은 최대한 빨리 이 일자리를 떠날 계획이다. 하지만 오늘은 사시나무로 울타리를 만든다. 재목으로는 형편없는 나무지만, 말이 걷어차도 부서지지는 않을 것이다.

엘모 호수에서 얼마 떨어지지 않은 세인트폴 교외에서는 지적재산권 변호사의 집 남쪽 벽 근처에서 사시나무 두 그루가 자란다. 그는 그것을 희미하게만 알 뿐이고, 자유로운 사고방식의 여자 친구가 묻자 그는 그게 자작나무라고 대답한다. 시간이 흘러 변호사는 두 번의 큰 타격으로 쓰러질 거고, 모든 사시나무와 자작나무, 너도밤나무, 소나무, 참나무, 단풍나무는 그가 발음하는 데에 30초쯤 걸리는 하나의 단어로 뭉뚱그려질 것이다.

서해안, 떠오르는 실리콘밸리에서는 구자라트-미국인 소년과 그의 아버지가 커다란 흑백 픽셀로 원시적인 사시나무를 만든다. 그들은 소년에게 원시림을 걷는 것 같은 느낌을 주는 게임을 만들고 있다.

이 사람들은 식물녀 패티에게 아무 의미도 없다. 하지만 그들의 삶은 지하 깊은 곳을 통해 오랫동안 연결되어 있었다. 그들의 연대감은 책을 펼치는 것처럼 작동하게 될 것이다. 과거는 미래에 항상 더 명확해진다.

지금부터 몇 년 후에 그녀는 자신의 책,《비밀의 숲(The secret forest)》을 쓰게 된다. 그 서두는 이런 내용일 것이다.

당신과 당신의 뒤뜰에 있는 나무는 공통 조상에서 나왔다. 15억 년 전에 당신들 둘은 서로 나뉘었다. 하지만 지금도, 각기 다른 방향으로 엄청난 여행을 했지만, 나무와 당신은 여전히 유전자의 4분의 1을 공유하고 있다…….

그녀는 언덕 꼭대기 공터에 서서 얕은 도랑을 내려다본다. 사시나무가 사방에 있고, 그중 단 하나도 씨에서 자라지 않았다는 사실이 그녀의 머리를 혼란스럽게 만든다. 서부의 이 지역 전체에서, 1만 년 이내에 씨에서 자라난 사시나무는 거의 없다. 오래전에, 기후가 바뀌었고 사시나무의 씨는 더 이상 여기서 번성할 수가 없다. 하지만 그들은 뿌리를 통해서 퍼진다. 그들은 확산된다. 빙상이 있는 북쪽 위에, 빙상 그 자체보다도 오래된 사시나무 군집이 있다. 움직이지 않는 나무들이 이주를 한다. 최근에 만들어진 3킬로미터 두께의 빙하가 생기기 전에 불멸의 사시나무들은 물러났다가 빙하를 따라 다시 북쪽으로 돌아간다. 생명은 논리를 따르지 않는다. 그리고 의미는 그것을 좌우할 힘을 갖기에는 너무 젊다. 세상의 모든 드라마는 지하에 모여든다. 패트리샤가 죽기 전에 듣게 될 집단적 교향곡 합창이다.

그녀는 주위를 둘러보며 이 거대한 사시나무 복제물이 어디로 향하는지 추측하려 한다. 나무는 1만 년간 번식할 거대한 암컷을 찾아서 언덕과 도랑을 넘어 방랑한다. 다음 언덕에서 만난 것이 그녀의 가슴을 후려치는 것 같다. 퍼져가는 복제의 심장부를 잘라내고서 길게 난 새 길들 가운데에 주택단지가 있다. 이제 겨우 태어난 지 며칠쯤 된 듯한 아파트들이 지구상에서 가장 풍성한 생물 중 하나의 뿌리 체계를 수천수만 제곱미터나 잘라냈다. 웨스터퍼드 박사는 눈을 감는다. 서부 지역 전역에서 그녀는 잎마름병을 보았다. 사시나무들은 말라 죽어가고 있다. 발굽이 있는 모든 생물에게 먹히고, 되살아난 불길에 타버리고, 숲 전체가 사라진다. 지금 그녀는 인간이 아프리카를 떠나 두 번째 고향으로 향하기 전에 이 산맥에 퍼진 숲을 보고 있다. 그녀는 번쩍이는 금빛으로 빛나는 모습을 본다. 땅과 물과 대기를 놓고 전쟁을 벌이는 나무와 인간들을. 그리고 어느 편이 승리함으로써 패배하고 있는지 떨리는 잎사귀보다도 커다랗게 들을 수 있다.

1980년대 초에 패트리샤는 북서쪽으로 향한다. 거인들은 미국 본토, 북부 캘리포니아부터 위쪽으로 워싱턴에 이르기까지 여기저기 흩어져 있는 오래된 성장 지역에서 여전히 자라고 있다. 그녀는 잘리지 않은 숲은 어떤 모습인지, 볼 만한 게 남아 있긴 한지 찾아볼 생각이다. 축축한 9월의 서부 캐스케이드산맥. 그녀의 어떤 경험도 마음의 준비를 하게 만들지 못한다. 중거리에서, 크기에 대한 실마리가 전혀 없는 상태에서, 나무들은 동부의 가장 큰 플라타너스와 튤립나무보다 딱히 커 보이지 않는다. 하지만 가까이서 보니 그 착각은 사라지고 그녀는 논리의 정반대되는 모습에 멍해진다. 그녀가 할 수 있는 일은 그저 바라보고 웃고 좀 더 바라보는 것뿐이다.

솔송나무, 미송, 알래스카측백나무, 더글러스전나무. 버팀벽처럼 서 있는 괴물 같은 침엽수가 그녀의 위를 덮은 안개 속으로 사라진다. 가문비나무에는 미니밴처럼 커다란 옹이가 튀어나와 있다. 나무는 똑같은 양의 강철보다 튼튼하다. 나무 몸통 하나가 커다란 목재 운반 트럭을 꽉 채울 수 있다. 여기서는 제일 작은 나무도 동부 숲을 지배할 정도로 크고, 1에이커당 최소한 다섯 배쯤 많은 나무들이 자란다. 그녀는 이 거인들 아래쪽의 하층 식생들 사이에 있으니 그녀가 어린 시절에 만들었던 도토리 사람 중 하나가 된 것처럼, 그녀 자신의 몸이 기묘하리만큼 조그맣게 느껴진다. 응결된 공기로 만들어진 이 기둥 중 하나에 있는 옹이구멍이 그녀의 집이 될 수도 있을 것 같다.

달칵거리는 소리와 재잘거림이 성당 같은 고요함을 흩뜨린다. 공기는 은은한 녹색으로 가득해서 그녀는 물속에 있는 듯한 기분이다. 입자들이 수북이 떨어진다. 포자 구름, 부서진 거미줄과 포유류의 비듬, 골격만 남은 진드기, 곤충의 부스러기와 새의 깃털……. 모든 것들이 조금이라도 빛을 얻기 위해 다른 것들의 위로 올라가려고 싸운다. 그녀가 너무 오랫동안 가만히 서 있으면 덩굴들이 그녀를 휘감을 것이다. 그녀는 침묵 속에 걷는다. 걸을 때마다 1만 개의 무척추동물들이 부서진다. 그녀는 원주민 언어 중 발자국과 이해를 같은 단어로 사용하는 곳에서 길을 찾으려 한다. 땅은 그녀의 발 아래서 두 가지 색 매트리스가 되어준다.

노출된 산등성이는 그녀를 분지로 이끈다. 그녀는 소리 나는 막대를 휘젓고, 열을 지켜주는 커튼을 지나치자 기온이 급강하한다. 머리 위에 지붕처럼 덮인 이파리들은 얼룩지는 햇살 속에 딱정벌레가 가득한 표면을 점묘법으로 그려놓은 체 같다. 모든 커다란 나무 몸통마다 수백 개의 어린 나무들이 옹기종기 붙어 있다. 줄고사리, 우산이끼, 지의류, 모래알처럼 작은 잎들이 쓰러진 축축한 통나무 구석구석을 뒤덮었다. 이끼는 손톱만 한 숲처럼 저들끼리 빼곡하다.

그녀가 나무껍질의 균열을 누르자 손가락 관절까지 쑥 들어간다. 숲을 헤치고 조금 가자 엄청난 양의 부패가 드러난다. 수 세기 동안 부패하고 부스러지고 생물체들이 구멍을 숭숭 뚫어놓은 줄기들. 거꾸로 자라는 고드름처럼 단단하고 비틀리고 은빛을 띤 죽은 나무들. 그녀는 이렇게 진한 부패의 향기를 맡아본 적이 없다. 1세제곱미터 안을 채우고 있는 죽어가는 생명체와 그것을 휘감은 버섯 균사들, 이슬 맺힌 거미줄들의 어마어마한 양이 그녀를 멍하게 만든다. 버섯들은 나무 몸통에 계단식으로 층층이 달라붙어 자란다. 죽은 연어가 나무를 먹여 살린다. 겨우내 안개에 젖어 있던, 그녀가 이름을 모르는 길고 폭신폭신한 녹색 생물이 그녀의 머리보다 높은 곳까지 모든 나무 기둥을 두툼한 녹색 이불처럼 뒤덮었다.

죽음은 위압적이고 아름다운 모습으로 사방에 널려 있다. 그녀는 학창 시절 그렇게나 거부했던 산림 교리의 근원을 본다. 이 모든 찬란한 부패를 보고 있으니 *오래된 것이 퇴폐적이고,* 부패라는 이 두꺼운 매트가 도끼의 힘으로 부활시켜야 하는 섬유소들의 묘지라고 생각하는 사람을 용서할 수 있을 것 같다. 그녀는 왜 그녀의 종족이 이 빽빽하고 숨 막히는 잡목림을 언제나 두려워하게 되는지 알게 된다. 여기는 한 그루 나무의 아름다움이 우르르 몰려 있는 무시무시하고 광기 어린 것에 밀려나는 곳이다. 동화가 어두워지는 순간, 슬래셔 영화가 원초적 공포를 끄집어내는 순간 불운한 아이들과 엇나간 사춘기 청소년들이 헤매는 곳이 바로 여기다. 여기에는 늑대와 마녀보다 더 끔찍한 것이, 아무리 문명화되어도 길들이지 못하는 원초적인 두려움이 있다.

거대한 숲이 그녀를 계속해서 끌어들인다. 그녀는 커다란 서양측백나무 몸통을 지나친다. 그녀의 손이 둘레가 서양산딸나무의 키와 맞먹는 둥근 몸통에서 벗겨진 나무껍질을 쓰다듬는다. 거기서는 향이 풍긴다. 윗부분은 꺾여 나가고 갈라진 촛대 같은 가지가 몸통 역할을 하게 되었다. 지상에, 썩은 심재 안쪽으로 굴이 생겼다. 포유류 일가족 전체가 그 안에서 살 수도 있을 것 같다. 하지만 그녀의 위쪽 십여 층 높이에 비늘로 뒤덮여 늘어져 있는 천 년을 버틴 가지들에는 여전히 구과(毬果)가 가득 매달려 있다.

그녀는 숲의 첫 번째 인간들의 단어를 사용해서 측백나무를 부른다.

"수명을 연장해주는 자. 내가 여기 있어. 이 아래에."

처음에는 바보가 된 기분이다. 하지만 그다음에는 단어 하나하나가 점점 더 쉬워진다.

"바구니랑 통 고마워. 망토와 모자와 치마도 고마워. 요람도 고마워. 침대
도. 기저귀도. 카누도. 노와 작살, 그물도. 낚싯대와 통나무, 기둥도. 녹 방지
지붕널들도. 항상 불이 잘 붙을 불쏘시개도."

새로운 물품 하나하나가 흘러나온다. 지금 와서 관둘 이유가 없기에 그
녀는 감사의 마음을 쏟아낸다.

"도구를 줘서 고마워. 상자도. 마룻장도. 옷장도. 벽판도. 잊어버렸어⋯⋯.
고마워."

그녀는 고대의 공식에 따라서 말을 한다.

"네가 준 이 모든 선물들 전부 고마워."

그리고 여전히 어떻게 끝내야 할지 몰라서 그녀가 덧붙인다.

"우리가 미안해. 우린 네가 다시 자라는 게 얼마나 힘든지 몰랐어."

그녀는 토지관리국(BLM)에서 일자리를 찾는다. 산림 관리인이다. 요구
조건이 특대 크기의 나무들처럼 기적적으로 보인다. 인간이 머무르지 않
고 그저 방문객일 뿐인 장소를 현재와 미래 세대를 위해서 지키고 보존하
는 것을 도울 사람. 야생 관리인은 제복을 입어야 한다. 하지만 그들은 그녀
혼자 있으면서, 낯익은 묵직한 짐 가방을 메고, 지형 지도를 읽고, 침식 방
지 홈을 파고, 연기와 불을 찾고, 사람들에게 자취를 남기지 않는 법을 가르
치고, 땅의 리듬을 따르고, 한 해의 대부분을 온전히 사는 일에 돈을 지불한
다. 물론 인류의 뒤처리도 해야 한다. 끊임없이 야생화 초원 전역과 외딴 경
관지대를 돌아보며 노블전나무 가지에 꿰어놓았거나 차가운 개울 아래, 폭
포 뒤쪽에 흩어져 있는 과자 껍질, 봉투, 맥주 포장 플라스틱 끈, 호일, 캔,
병뚜껑을 모아야 한다. 그녀는 그것을 하기 위해 기꺼이 정부에 돈을 지불
할 마음도 있다.

그녀의 감독관은 오래된 삼나무 숲 가장자리에 있는 그녀 몫의 오두막

상태에 관해 사과한다. 물도 나오지 않고 야생동물들이 새로 온 인간들보다 생물량에서 몇 배는 더 많다. 그녀는 그저 웃는다.

"당신은 이해를 못하는군요. 이해를 못해요. 여긴 알함브라예요."

내일 그녀는 40킬로미터 하이킹을 하며 길가의 나무들에 부착된 간판의 볼트를 느슨하게 풀어서 그들의 형성층이 계속 자랄 수 있게 할 것이다. 산등성이 맞은편에는 커다란 가문비나무 껍질이 1940년대 이래로 설치되어 있던 산림청 명패를 집어삼켜서 이제는 '조심하세요'밖에 보이지 않는 곳이 있다.

밤비가 내린다. 그녀는 공터로 나가서 헐렁한 면 셔츠만 입은 채 빗속에 앉아 숲이 신선한 세포를 만들어내는 소리에 귀를 기울인다. 그녀는 안으로 돌아온다. 부엌에서 두툼한 딱성냥으로 석유램프에 불을 켜고 조명을 침실로 가져간다. 꼬리가 복슬복슬한 숲쥐의 발소리가 그녀의 쓸모없는 짐을 또 다시 뒤지고 있음을 알려준다. 지난주에는 한 쌍의 머리핀이었다. 너무 어두워서 오늘 밤에 사라진 전리품은 뭔지 찾아보기가 어렵다. 그녀는 구석에 있는 아연 대야에 담긴 차가운 물로 간단하게 씻고 잠자리에 든다. 먼지투성이 베개에 귀를 대자 금세 그녀는 여전히 미래를 가장 아름다운 수많은 형태로 방출하는 조상의 별장으로 이동한다.

*

그녀는 축복받은 열한 달 동안 일을 한다. 야생동물들은 단 한 번도 그녀를 위협하지 않고, 정신 나간 캠핑자들이 딱 두 번 그랬을 뿐이다. 계속되는 비에 모든 곳에서 곰팡이가 자란다. 거대한 나무들은 빗물을 빨아 먹고 증기 상태로 공기 중에 도로 뱉어낸다. 포자들이 축축한 모든 표면에 퍼진다.

그녀의 다리 양쪽 모두 무릎까지 무좀이 생긴다. 그녀는 가끔 누워서 눈을 감고 있으면 다시 눈을 뜰 때쯤 눈꺼풀 위를 이끼가 뒤덮고 있을 거라는 기분이 든다. 그녀는 며칠 동안 몇 제곱미터 너비의 땅을 파 뒤집으며 저장 공간을 만든다. 그해 말쯤 덤불 사이의 작은 공간은 다시 관목과 묘목들로 뒤덮인다. 그녀는 인간이 끈질긴 초록의 공격을 뚫고 만든 진보가 모두 무너질 거라는 기분을 사랑한다.

그녀가 오지의 모닥불 자리를 재생하고 맥주 캔과 화장실 휴지로 얼룩진 불법 캠프장들을 정리하는 동안에 논문이 나왔다는 사실을 그녀는 모른다. 이것은 인류가 만들어낸 최고로 저명한 저널 중 하나에 실린다. 논문은 나무들이 공중으로 분사 형태의 신호를 교환한다고 말한다. 나무는 약을 만든다. 나무의 향기는 이웃 나무들에게 경고를 하고 일깨운다. 나무는 공격하는 종을 감지하고 그들을 도와줄 공군을 소환할 수 있다. 연구자들은 엄청나게 조롱받았던 그녀의 예전 논문을 인용한다. 그들은 그녀의 발견을 재현하고 놀라운 장소까지 확장한다. 그녀가 완전히 잊어버리고 있는 그녀의 말이 페로몬처럼 바깥으로 흘러나와 다른 사람들에게 불을 지핀다.

패트리샤는 낯선 배수지로 하루 동안 나와서 외딴 등산로에서 바람에 쓰러진 나무를 잘라낸다. 덤불 안쪽에서 뭔가 움직이는 게 보인다. 가장 위험한 동물이다. 가까이 다가가자 그녀의 오두막으로부터 몇 킬로미터 떨어진 공터에 실험도구로 가득한 조잡한 트레일러들을 대놓고 매년 여름에 모이는 별로 대단치 않은 연합체 소속 방랑 과학자 두 명이라는 것을 알게 된다. 그녀는 자신의 옛날 부족과 이런 식으로 맞닥뜨리는 것을 두려워하고, 항상 그럴 가능성이 아주 낮다고 말해왔다. 하지만 오늘은 물러나서 숲 사이로 바라본다. 벌목꾼 의상을 입고 있는 두 남자는 서툴게 두 발로 선 서커스

곰처럼 보인다.

두 남자는 산림 속을 좀 더 가로질러 그들이 흥미를 갖는 장소로 다가간다. 남자 중 한 명이 낮고 완벽하게 울리는 부엉부엉 소리를 낸다. 그녀도 밤에 그 울음소리를 들었지만, 사람을 본 적은 없었다. 이 흉내는 그녀도 속일 만하다. 남자가 다시 울음소리를 낸다. 놀랍게도 무언가가 답을 한다. 듀엣이 이어진다. 밝고 앙증맞은 인간의 유혹에 이어 나무 사이에 숨은 느리지만 친절한 새의 응답. 공중에 무언가가 지나가고, 올빼미가 나타난다. 지혜와 마술사들의 새. 그것은 패트리샤가 처음으로 본 스트릭스옥시덴탈리스(Strix occidentalis)다. 점박이올빼미. 과학자들이 이 올빼미가 살 수 있는 유일한 장소인 수십억 달러 가치의 노숙림을 보존해서 구해야 한다고 주장하는 위기종. 올빼미는 유혹자들로부터 3미터 떨어진 가지에 신화처럼 내려앉는다. 새와 인간은 서로를 응시한다. 한 종이 사진을 찍는다. 다른 종은 그저 고개를 돌려서 그 커다란 눈을 끔쩍인다. 올빼미가 사라지고, 인간들은 좀 더 기록을 한 다음 자신이 깨 있는 건지 잠 든 상태인지 의아해하는 패트리샤 웨스터퍼드만 남겨두고 사라진다.

3주 후에 그녀는 침입식물을 뽑으며 같은 장소 근처에 온다. 가죽나무의 두껍고 털 달린 망할 잔가지들은 그녀의 손가락에 커피와 피넛버터 냄새를 남긴다. 그녀는 지그재그식 길을 빠르게 이동하다가 두 연구자들과 다시 만난다. 그들은 언덕 몇 미터 위에서 쓰러진 통나무 옆에 무릎을 꿇고 있다. 그녀가 도망치기 전에 그들이 그녀를 보고 손을 흔든다. 들킨 그녀는 마주 손을 흔들고 그들을 향해 걸어간다. 나이 많은 남자는 땅에 옆으로 누워서 조그만 생물체를 표본병에 넣고 있다.

"나무좀인가요?"

두 개의 머리가 깜짝 놀라 그녀 쪽으로 돈다. 죽은 나무, 한때 그녀가 열정을 갖고 있던 주제이고 그녀는 잠시 자신의 상황을 잊는다.

"학생 시절에 저희 선생님은 쓰러진 나무는 장애물이자 화재 원인밖에는 되지 않는다고 그러셨죠."

바닥의 남자가 그녀를 올려다본다.

"우리 선생님도 똑같은 말씀을 하셨죠."

"'숲의 건강을 개선하기 위해서 그것들을 치워버려라'."

"'안전과 청결을 위해서 그걸 태워라. 무엇보다도 개울 근처에서 끌어내라'."

"'법을 제정하고 침체된 지역이 다시 융성하게 만들어라'!"

세 사람 모두 낄낄 웃는다. 하지만 웃음은 상처를 꾹 누르는 것 같다. 숲의 건강 개선이라니. 숲이 우리 신참들이 와서 자신들을 치료해주기만을 4억 년 동안 기다렸다는 듯이. 의도적 무지에 사로잡힌 과학. 어떻게 그 많은 똑똑한 사람들이 분명한 것을 놓칠 수 있었을까? 그냥 한번 보기만 해도 죽은 통나무가 살아 있는 나무보다 훨씬 더 생생하게 살아 있다는 걸 알 수 있는데. 하지만 감각은 교리의 힘 앞에서 이길 가능성이 거의 없다.

"지금이라면 난 그 소리를 그 망할 노인네한테 도로 처박아줄 겁니다."

바닥의 남자가 말한다.

패트리샤는 미소를 짓는다. 빗속의 산들바람처럼 희망이 고통을 뚫고 올라온다.

"뭘 연구하고 있나요?"

"균류, 절지동물, 파충류, 양서류, 소형 포유류, 똥, 거미줄, 동물의 굴, 토양…… 죽은 통나무에서 구할 수 있는 거라면 뭐든지요."

"얼마나 오랫동안 연구했죠?"

두 남자가 시선을 교환한다. 젊은 남자가 또 다른 표본병을 건넨다.

"6년째 하고 있어요."

대부분의 연구가 몇 달이면 되는 분야에서 6년이라.

"그렇게 오랫동안 자금을 대체 어디서 구했어요?"

"우린 바로 이 통나무가 사라질 때까지 연구할 계획이에요."

그녀는 이번에는 좀 더 격렬하게 웃는다. 축축한 숲 바닥에 있는 삼나무 몸통. 이들이 가르치는 대학원생들의 고고고손자가 이 프로젝트를 끝내야 할 것이다. 그녀가 없는 사이에 그녀가 항상 과학은 그래야 한다고 생각한 것처럼 미쳐버렸나 보다.

"이게 없어지기 한참 전에 당신들이 사라질걸요."

바닥의 남자가 일어나 앉는다.

"숲 연구에서 최고의 부분이죠. 분명한 걸 놓쳤다고 미래가 비난할 때쯤 되면 이미 난 죽고 없거든요!"

그가 그녀 역시 연구할 가치가 있는 존재인 것처럼 쳐다본다.

"웨스터퍼드 박사님?"

그녀는 올빼미만큼이나 당황해서 눈을 깜박인다. 그러다가 누구든 볼 수 있게 그녀의 가슴에 달린 제복 배지를 떠올린다. 하지만 박사라니. 그는 그녀의 묻어버린 과거에서 그것을 알아냈을 것이다.

"미안합니다. 당신을 만난 기억이 안 나는데요."

그녀가 말한다.

"그럴 수밖에요! 박사님이 몇 년 전에 강연하시는 걸 들었어요. 콜럼버스의 산림 연구 학회였죠. 공중의 신호. 정말로 감탄해서 박사님 논문의 발췌 인쇄본을 주문했었습니다."

그건 내가 아니었어요. 그건 다른 사람이었어요. 죽어서 어딘가에서 썩어 가고 있는 사람. 그녀는 그렇게 말하고 싶다.

"그들이 박사님을 심하게 공격했었죠."

그녀는 어깨를 으쓱인다. 젊은 과학자는 스미스소니언 박물관을 방문한 어린애 같은 얼굴이다.

"박사님이 오명을 벗었다는 거 압니다."

그녀의 당황한 표정이 그에게 모든 것을 말해준다. 그녀가 왜 산림 관리인 제복을 입고 있는지도.

"패트리샤. 난 헨리입니다. 이쪽은 제이슨이고요. 우리 연구소를 방문해주세요."

그의 목소리는 부드럽지만 뭔가 중요한 것이 달려 있는 듯 다급하다.

"우리 그룹이 하고 있는 일을 보고 싶으실 겁니다. 당신의 연구가 당신이 없던 사이에 어디까지 갔는지 알고 싶으실 겁니다."

그 10년이 끝날 무렵, 웨스터퍼드 박사는 가장 놀라운 발견을 한다. 그녀는 동료 남자들을 사랑하는지도 모른다. 모두는 아니지만, 그녀를 받아들이고 캐스케이드산맥의 프랭클린 실험림 드라이어 연구소에 그녀를 위한 집을 만들어준 정규 연구자 서른 명쯤에게는 오래도록 지속될 만큼 푸른 감사의 마음을 품는다. 그녀는 거기서 그녀가 상상 가능했던 것보다 더 행복하고 생산적인 수십 개월을 보낸다. 그룹의 선임 과학자인 헨리 팰로스는 그녀에게 보조금을 받게 해준다. 코밸리스에서 온 다른 두 연구 팀은 그녀를 급여 대상자로 끼워준다. 돈은 빠듯하지만 그들은 그녀에게 초지의 게토에 곰팡이 핀 트레일러를 주고 그녀에게 필요한 모든 시약과 피펫이 구비된 이동식 실험실을 쓸 수 있게 해준다. 화장실과 공용 샤워실은 그녀의 토지관리국 오두막과 한밤중에 현관에서 하는 얼음장 같은 스펀지 목욕에 비하면 죄악 같은 사치다. 그리고 공용 식당에서 나오는 조리된 음식도 있다. 가끔 그녀는 일에 너무 빠져서 누군가가 다시 식사 시간이 됐다고 상기시켜줘야 하지만 말이다.

데메테르의 딸처럼 그녀의 대중적 평판은 지하 세계에서 차츰 올라온다. 드문드문 나오는 과학 논문들이 그녀가 주장한 공중 수기신호에 관한 연구의 정당성을 입증한다. 젊은 연구자들은 다양한 종에서 차례로 뒷받침이 되는 증거를 찾는다. 아카시아는 다른 아카시아에게 기린에 대해 경고한다. 버드나무와 포플러, 오리나무 모두가 공중을 통해서 곤충의 습격에 대해 서로에게 경고한다. 그녀의 명예 회복은 별로 중요하지 않다. 그녀는 이 숲 바깥에서 무슨 일이 일어나는지에 별로 신경 쓰지 않는다. 그녀가 필요로 하는 모든 세상은 여기, 이 나뭇잎 지붕 아래에 있다. 지구상 그 어느 곳보다도 생물량이 밀집된 곳. 연어가 뛰어오르는 바위 더미 사이로 강철빛 가파른 개울이 흐르고, 물은 모든 고통을 없앨 만큼 차갑다. 산등성이 너머에서 떨어지는 폭포는 이끼 때문에 녹색으로 보이고, 떨어진 나뭇가지들과 함께 흘러간다. 산재한 틈새에, 하층 식생 사이 여기저기에 새먼베리, 딱총나무, 허클베리, 인동딸기, 땃두릅나무, 오션스프레이, 월귤나무 같은 은밀한 신도들이 모여 앉아 있다. 15층 높이에 지름이 자동차 길이 정도로 두꺼운 곧게 솟은 커다란 침엽수 기둥들이 모두의 위에서 지붕을 만든다. 그녀 주위의 공기는 그 안에 사는 생명들의 소음으로 요란하게 울린다. 보이지 않는 겨울 굴뚝새의 울음소리. 기계적으로 나무를 두드리는 딱따구리의 구멍. 휘파람새의 날갯짓. 개똥지빠귀의 비상. 숲 바닥 여기저기서 우는 뇌조들. 밤이면 올빼미의 냉정한 울음소리가 그녀의 피를 싸늘하게 만든다. 그리고 나무개구리들의 영원의 노래.

이 에덴동산에서 동료들의 놀라운 발견은 그녀의 의심을 입증한다. 느리고 긴 관찰은 사람들이 나무에 관해 생각하던 것들을 웃음거리로 만든다. 간단하게 말해서 대체로 알려지지 않은 미생물과 무척추동물, 아마도 백만 종의 생물들이 살고 있을 비옥한 갈색 토양은 그녀가 이제야 깨닫기 시작한 방식으로 부패를 전달하고 죽음에 의해 지속된다. 식사 시간에 앉아서 웃음과 공통의 데이터, 발견을 서로 나누는 아찔한 네트워크의 일부가 된다는 사실에 그녀는 짜릿한 기분을 느낀다. 그들 그룹 전체는 보고 있다. 새 관찰자, 지질학자, 미생물학자, 생태학자, 진화 동물학자, 토양 전문가, 물의 대사제들. 그들 각각은 무수한 시간, 국지적 진실을 안다. 프로젝트의 일부 연구는 200년 이상 진행되도록 설계되었다. 어떤 것은 오비디우스에서 튀어나온 것처럼, 인간이 초록의 존재로 변화하고 있는 것에 관한 연구다. 그들은 그들이 연구하는 대상처럼 함께 하나의 커다란 공생체를 이룬다.

온화한 정글에서 보이지 않게 뒤엉킨 수백만 가지의 순환고리는 순환을 지속하기 위해서 온갖 종류의 죽음을 거래하는 중개자들을 필요로 한다는 사실이 밝혀진다. 이런 체계를 청소하면 수많은 자가보충의 우물이 말라버린다. 이 새로운 산림 관리의 복음은 가장 근사한 발견으로 입증된다. 가장 오래된 나무에서만 자라고 생물체에 필수적인 질소를 다시 주입하는 높은 곳에 있는 지의류 무리. 송로버섯에 양분을 공급하고 천사버섯의 포자를 숲 바닥 전역으로 퍼뜨리는 지하의 들쥐. 나무뿌리에 아주 단단하게 결합되어 있어서 어디서 한 생물체가 끝나고 다른 생물체가 시작되는지조차 알 수 없는 균류. 막뿌리가 지붕 같은 높은 가지들에서 자라나서 아래로 내려와 자신의 가지 사이에 쌓인 흙에서 양분을 흡수하는 거대한 침엽수들.

패트리샤는 더글러스전나무에 헌신한다. 화살처럼 곧고, 끝이 가늘어지지 않고, 첫 번째 가지가 나기 전까지 30미터를 자라는 나무. 이 나무들은 그 자체로 천 종 이상의 무척추동물들을 품고 있는 생태계다. 도시 계획가. 산업용 나무의 제왕. 이 나무가 없었다면 미국은 지금과 전혀 다른 상태가 되었을 것이다. 그녀가 좋아하는 나무들이 연구소 근처에 여기저기 서 있다. 그녀는 헤드램프로 이들을 찾을 수 있다. 가장 큰 것은 6세기쯤 되었을 것이다. 이 나무는 굉장히 크고 중력이 가하는 높이 제한에 아주 근접해서 뿌리에서 가장 높은 곳에 있는 6500만 개의 뾰족한 이파리까지 물을 끌어올리는 데 하루 반이 걸린다. 그리고 모든 가지에서 구제의 냄새가 난다.

이 수년의 연구에서 그녀가 알아챈 더글러스전나무의 행동은 그녀에게 기쁨을 준다. 더글러스전나무 두 그루의 측면 뿌리들이 지하에서 만나자 서로 달라붙는다. 스스로 접 붙은 이 뿌리를 통해서 두 나무는 관다발계가 합쳐지며 하나의 나무가 된다. 수천 킬로미터의 살아 있는 균사로 지하에서 서로 연결된 그녀의 나무들은 서로에게 양분을 공급하고, 서로 치료해주고, 어린 나무들과 아픈 나무들의 목숨을 유지해주고, 자원과 대사산물들을 공용 보관함에 저장한다……. 이것을 전체적으로 보려면 몇 년이 걸릴 것이다. 캐나다, 유럽, 아시아, 더 빠르고 나은 채널을 통해서 기꺼이 데이터를 교환하려는 전 세계의 연구자들 네트워크에서 입증될 믿을 수 없는 사실을 발견하게 될 것이다. 그녀의 나무들은 패트리샤가 의심했던 것보다도 훨씬 더 사회적이다. 개별 존재란 없다. 심지어 분리된 종조차 없다. 숲의 모든 것들은 숲이다. 경쟁은 협조의 끝없는 변종에 속한다. 나무들은 서로 한 나무에서 이파리들이 싸우는 만큼만 싸운다. 대부분의 자연은 전혀 인정사정 봐주지 않는 존재가 *아니다.* 생명체 피라미드의 바닥에 있는 종들은 싸울 수 있는 이나 발톱이 없다. 하지만 나무들이 자신들의 창고를 공유한다면, 모든 무자비함은 초록의 바다 위로 떠가게 될 것이다.

남자들은 그녀가 코밸리스로 돌아가서 가르치기를 바란다.
"난 별로 훌륭하지 않아요. 사실 아직 별로 아는 것도 없어요."
"그게 우리를 막을 수는 없어요!"
하지만 헨리 팰로스는 그녀에게 생각해보라고 말한다.
"당신이 준비가 되면 얘기하죠."

*

연구소 관리자인 데니스 워드는 현장에 올 때면 작은 선물들과 함께 들렀다 간다. 말벌 둥지. 벌레혹. 개울에서 닳은 예쁜 돌. 그것들이 놓인 모습은 패트리사에게 그녀가 토지관리국 오두막에서 함께 살았던 산림쥐들을 연상시킨다. 정기적으로 방문하고, 번개처럼 빠르고, 수줍음 많고, 쓸모없는 선물들을 놓고 가던 쥐들. 그리고 며칠씩 숨어 있고. 집 안의 쥐들에게 차츰 마음을 연 것처럼 패트리샤는 이 상냥하고 천천히 움직이는 남자에게 호감을 갖게 된다.

데니스는 어느 날 밤 그녀에게 저녁 식사를 가져온다. 이것은 순수하게 수렵채집 행위다. 버섯-개암 캐서롤, 그가 종 모양 오븐 그릇에 직접 구운 빵. 오늘 밤의 대화는 그리 영감을 불러일으키지 않는다. 그런 일은 드물고, 그녀는 그것이 고맙다.

"나무들은 어때요?"

그는 언제나처럼 묻는다. 그녀는 그에게 생화학 부분은 빼고 자신이 뭘 할 수 있는지 이야기한다.

"산책할래요?"

회색 물통에서 그릇을 다 씻은 다음에 그가 묻는다. 그녀가 좋아하는 질문이고, 그녀는 항상 이렇게 대답한다.

"산책해요!"

그는 열 살 더 많을 것이다. 그녀는 그에 관해 아무것도 모르고 묻지도 않는다. 그들은 일 이야기만 한다. 더글러스전나무 뿌리에 대한 그녀의 느린 연구, 과학자들을 단속하고 그들이 최소한의 규칙만을 지켜도 되도록 만드는 그의 불가능한 임무. 그녀 자신은 가을에 한참 접어들었다. 아버지가 돌아가셨을 때 나이보다 많은 마흔여섯 살이다. 그녀의 모든 꽃들은 오래전에 빛이 바랬다. 하지만 여기에 벌이 있다.

그들은 멀리 가지 않는다. 그럴 수도 없다. 공터는 작고, 등산로를 따라가기에는 너무 어둡다. 하지만 멀리 가지 않아도 그녀가 사랑하는 것들이 가득한 곳에 갈 수 있다. 그들 주위로 썩어가고, 부패하고, 선 채 죽고, 풍부하고 왕성한 죽음이 가득한 곳으로 나온다. 지독한 초록이 사방에서 소용돌이치며 몰려오는 곳으로.

"당신은 행복한 사람이군요."

그 거대한 분지 어디쯤에서 데니스가 질문과 단정 사이쯤 되는 어조로 말한다.

"지금은 그래요."

"당신은 여기서 일하는 모든 사람을 좋아해요. 그건 놀라운 일이에요."

"식물을 진지하게 받아들이는 사람들을 좋아하기는 쉬워요."

하지만 그녀는 데니스도 좋아한다. 미세한 움직임과 풍부한 침묵 속에서 그는 거의 동일한 분자들, 엽록소와 헤모글로빈 사이의 경계를 흐릿하게 만든다.

"당신은 자립적이에요. 당신 나무들처럼요."

"하지만 그게 문제예요, 데니스. 그 나무들은 자립적이지 않아요. 여기의 모든 것들이 다른 것들과 합의를 하고 있죠."

"나도 딱 그렇게 생각해요."

그의 직감의 순수성에 그녀는 웃음을 터뜨린다.

"하지만 당신한테는 당신만의 일정한 방식이 있어요. 당신 일도 있고요. 그게 항상 계속해서 당신을 나아가게 만들죠."

그녀는 약간 겁을 먹고서 아무 말도 하지 않는다. 만족스러운 중년의 문턱에서 이런 기습이라니.

그는 그녀가 입을 굳게 다무는 것을 느낀다. 올빼미가 여러 번 우는 동안에 그는 아무 말도 덧붙이지 않는다. 그러다가 말한다.

"말하자면 이런 거예요. 당신을 위해서 요리하는 건 즐거워요."

그녀는 길게 한숨을 쉬고 상황이 흘러가야 하는 방향으로 따라간다.

"요리로 대접을 받는 것도 굉장히 좋아요."

하지만 그녀가 예상했던 것보다 모든 것이 훨씬 덜 두렵다. 훨씬 더 가볍다. 그가 말한다.

"우리가 각자의 집을 유지하면 어떨까요? 그냥…… 가끔씩 서로에게 오는 건?"

"그건…… 괜찮을 것 같아요."

"우리 일을 하고. 저녁 식사 때 서로 만나고. 지금처럼요!"

그는 자신의 무모한 제안과 현재 이미 일어나고 있는 일 사이를 연결하며 놀란 것 같은 말투다.

"그래요."

그녀는 운이 이렇게까지 늘어날 수 있다는 걸 아직 믿을 수가 없다.

"하지만 서류에 서명은 하고 싶어요."

그는 서부 전나무들 사이의 틈새를, 해가 확실하게 지기 시작하는 쪽을 바라보며 말을 잇는다.

"그렇게 해야 내가 죽었을 때 당신한테 연금이 갈 수 있으니까요."

그녀는 어둠 속에서 그의 떨리는 손을 잡는다. 수 세기가 지나서 뿌리가 지하에서 서로 엮일 다른 뿌리를 찾았을 때 느끼게 될 감정처럼, 기분이 좋다. 사랑에는 제각기 발명된 수십만 가지 방식이 있고, 각각 이전 것보다 더 독창적이다. 하나하나가 전부 계속해서 어떤 상황들을 만들어낸다.

올리비아 밴더그리프

눈은 허벅지까지 쌓여 있고 나아가는 속도는 느리다. 그녀, 올리비아 밴더그리프는 짐 나르는 말처럼 눈 더미 속에 푹 빠진 채 캠퍼스 가장자리의 기숙사로 돌아가는 중이다. 선형회귀와 시계열 모형에 관한 그녀의 마지막 수업이 마침내 끝났다. 학교 안의 편종이 5시를 알리지만 동지를 앞둔 기간에는 자정처럼 어둠이 주위를 감싼다. 호흡이 윗입술에 얼음처럼 맺힌다. 그녀는 그것을 도로 빨아들이고 얼음 조각이 인두에 달라붙는다. 냉기가 코 안으로 금속성 실을 밀어 넣는다. 그녀는 기숙사에서 다섯 블록 떨어진 여기서 진짜로 죽을 수도 있을 것 같다. 그 신선함에 기분이 짜릿해진다.

마지막 학년의 12월. 학기는 거의 끝이 났다. 그녀가 이제 비틀거리다가 얼굴부터 박으며 쓰러져도 결승점까지 굴러갈 수 있을 것이다. 뭐가 남았지? 생존분석에 관한 단답형 시험. 중급 거시경제학의 최종 과제. 그녀의 엉뚱한 선택과목인 세계미술 걸작 수업의 110개쯤 되는 슬라이드 분류. 학기를 열흘하고도 하루만 더 버티면 영원히 끝이 난다.

3년 전에 그녀는 보험통계학이 회계와 똑같은 거라고 생각했었다. 상담 선생이 그녀에게 이 과목이 예상치 못한 사건의 가격과 확률을 다룬다고 말했을 때 잔인함이 결합된 엄격함으로 그녀는 네, 할게요, 하고 선언했다. 인생이 어떤 하나의 길에 노예처럼 헌신하기를 요구한다면, 죽음의 현금 가치를 계산하는 것보다 더 끔찍한 방향도 많을 것이다. 프로그램에 참여하는 세 여자 중 한 명이 된 것은 그녀에게 약간의 전율도 안겨주었다. 불가능에 저항하는 발차기.

하지만 그 발차기는 오래전에 힘이 빠졌다. 그녀는 국립 보험계리인회 예비 시험을 세 번 봤고 세 번 다 떨어졌다. 문제의 일부는 적성이다. 다른 일부는 섹스, 마약, 밤샘 파티이고. 그녀는 학위를 딸 것이다. 거기까지는 할 수 있다. 안 그러면 그녀는 재앙이 도사리고 있는 어떤 기회든 건드려볼 것이다. 재앙이란, 보험통계학이 입증하고 올리비아가 걱정 많은 친구들에게 보장한 것처럼, 그냥 숫자일 뿐이니까.

그녀는 희미한 어둠 속에서 측백나무 쪽으로 모퉁이를 돈다. 첫 번째로 눈을 밟은 사람의 아주 형편없는 추측을 따라 자신들의 가방 무게에 짓눌려 비틀거리는 다른 학생들이 길을 만들어놓았다. 새로운 눈 더미 아래로 깨진 보도가 세상에서 가장 느린 지진파를 일으키는 두툼한 나무뿌리 위에 걸쳐 있다. 그녀는 위를 본다. 이 촌스러운 시골구석을 떠나고서 그리워할 만한 건 별로 없지만, 가로등만큼은 좋아한다. 도금시대 크림색 전구는 흔들리지 않는 촛불 같다. 불빛은 학생 임대 숙소를 지나 그녀의 널따란 미국 고딕 스타일 건물까지 길을 은은하게 비춘다. 그녀의 건물은 한때 어떤 외과의사의 저택이었다가 지금은 다섯 개의 비상구와 여덟 개의 우편함과 함께 개인실로 나누어졌다.

집 앞쪽에 있는 가로등 불빛에 비친 나무 한 그루는 한때 지구를 뒤덮고 있었던 것이다. 숲의 비밀을 아는 가장 오래되고 기묘한 생물들 중 하나인 살아 있는 화석. 밑씨를 수정시키기 위해서 액체 속을 헤엄쳐야 하는 정자를 가진 나무. 그 잎은 인간의 얼굴만큼 다양하고, 심지어 겨울에도 이 나무를 착각하지 못하게 만드는 가지의 기묘하고 짧은 측면 돌출부가 가로등 불빛 속에서 그 독특한 옆모습을 드러낸다. 그녀는 한 학기 내내 이 나무 아래 살면서도 이 나무가 있는 걸 알지 못한다. 그녀는 오늘 밤에도 이 나무를 보지 못한 채 또 다시 지나간다.

그녀는 눈 덮인 계단을 비틀거리며 올라 자전거로 가득한 어두운 홀에 들어선다. 등 뒤로 현관문을 닫지만 틈새로 얼음장 같은 공기가 계속 들어온다. 현관 맞은편에서 조명 스위치가 그녀를 조롱한다. 검은 형체들 속으로 여섯 걸음을 걸어가다가 올리비아는 자전거 변속기에 발목을 베인다. 그녀의 욕설이 계단에 울려 퍼진다. 그녀는 이번 학기 내내 기숙사 회의에서 자전거에 대해서 화를 냈었다. 하지만 기숙사 투표에도 불구하고 자전거는 여전히 여기에 있고, 그녀의 얼어붙은 발목은 긁히고 자전거 기름이 묻었고, 그녀는 정당한 분노 속에 소리친다.

"젠장, 젠장, *젠장!*"

상관없다. 다섯 달이라는 짧은 시간 후에, 삶은 또 시작될 것이다. 그녀가 설령 찬물밖에 안 나오고 자신이 웨이트리스 일을 하는 아침 식사 식당 위에 있는 지저분한 월세 아파트에 산다고 해도, 거기서 일어날 모든 범죄와 비행은 기쁘게도 그녀만의 것이리라.

누군가가 계단 꼭대기에서 킬킬 웃는다.

"괜찮은 거야?"

숨죽인 웃음소리가 부엌에서도 들린다. 그녀의 기숙사 동료들은 그녀의 정기적인 분노를 재미있어 한다.

"괜찮아."

그녀가 대답한다. 집. 1989년 12월 12일. 베를린 장벽이 무너진다. 발트해부터 발칸반도까지 탄압당하던 수백만 명의 사람들이 겨울철 길거리로 쏟아져 나온다. 그녀의 긁혀서 까진 발목이 현관에 피를 흘린다. 그래서 뭐? 그녀는 몸을 구부려 상처에 마른 크리넥스를 대고 눌러 출혈을 막는다. 미친 듯이 따갑다.

위층에서 다들 그녀를 포옹한다. 정기적 포옹 두 번, 조롱하는 포옹 한 번, 냉담한 포옹 한 번, 그리고 반년의 처량한 갈망이 담긴 포옹 한 번. 그녀는 기숙사 동료들의 끝없는 싸구려 포옹이 싫지만, 그래도 어쨌든 그들을 마주 안는다. 저번 봄에 그들은 서로 간의 열광적인 난리법석을 통해 모였다. 9월 말쯤 집단 사랑의 둥지는 매일의 비난으로 변질되었다. *내 면도기에 긴 이 털 누구 거야? 누가 냉장고에 넣어뒀던 내 감자를 훔쳐갔어. 남은 칠면조 덩어리를 쓰레기통에 처박아놓은 거 대체 누구야?* 하지만 결승점이 눈앞에 보이면 여자는 뭐든 할 수 있다.

부엌에서는 천국 같은 냄새가 나지만, 아무도 그녀에게 식사를 함께하자고 부르지 않는다. 그녀는 냉장고를 확인한다. 먹을 만한 게 아무것도 없다. 그녀는 열 시간이나 굶었지만 조금 더 버티기로 한다. 그녀만의 개인 파티가 끝날 때까지 기다렸다가 먹으면 식사가 반신(半神)과 춤추는 것처럼 느껴질 것이다.

"오늘 이혼했어."

그녀가 선언한다. 드문드문 박수와 환호가 울린다.

"오래도 걸렸네."

그녀와 한때 소울메이트였던 사람 중 가장 싫어하는 인물이 말한다.

"맞아. 결혼하는 것보다 이혼하는 게 더 오래 걸렸다니까."

"아직은 이름을 도로 바꾸지 마. 지금 이름이 훨씬 나아."

"애초에 무슨 생각을 한 거야? 결혼이라니."

"발목 되게 안 좋아 보인다. 최소한 기름이라도 닦아내."

또 다른 숨죽인 웃음소리가 울린다.

"나도 너흴 사랑해."

올리비아는 누군가의 갈색 에일병을 슬쩍해서 개조한 다락방으로 재빨리 올라간다. 냉장고에서 부패하지 않은 유일한 것이다. 침대에서 그녀는 고개도 들지 않고 병 속의 내용물을 단숨에 비운다. 노력으로 얻은 재주다. 발목의 기름과 피가 이불에 묻는다.

그녀와 데이비는 그날 오후, 경제학과 선형분석 수업 사이에 법정에서 마지막으로 만났다. 이제 그들의 일은 다 끝났고, 최종 판결은 더 이상 그녀를 슬프게 만들지 못한다. 물론 그녀에게도 나름의 후회는 있다. 2학년 봄에 충동적으로 다른 사람과 인생을 합치는 게 굉장히 완전하고, 포괄적이고, 순수한 일처럼 느껴졌다. 2년 동안 그들의 부모님들은 그 멍청함에 화를 내셨다. 친구들은 전혀 이해하지 못했다. 하지만 그녀와 데이비는 모두가 틀렸다는 걸 증명하겠다고 결심했었다.

그들은 나름의 방식으로 서로 사랑했었다. 그들의 방식이 약에 취하고, 루미(페르시아의 시인)를 커다랗게 읽고, 서로 인사불성이 될 때까지 섹스를 하는 걸로 이루어지긴 했어도 말이다. 하지만 결혼은 둘 모두를 폭력적으로 만들었다. 서로 물고 뜯고 할퀴는 짓을 세 번째 하고, 그녀의 손바닥 뼈가 다섯 번 골절되는 결과를 맞이하자 누군가가 정신을 차리고 끝을 내야만 했다. 그들에게는 재산이라고 할 만한 것도 없고, 그들 둘을 제외하면 아이도 없었다. 이혼은 하루 반나절이면 처리되어야 했다. 열 달이 넘게 걸린 것은 대부분 두 당사자의 아쉬움 어린 욕망 때문이었다.

올리비아는 빈 맥주병을 다른 빈 병들과 함께 난로 위에 놓고 침대 옆 쓰레기 더미에서 디스크플레이어를 찾는다. 이혼에는 추도식이 필요하다. 결혼은 그녀의 모험이었고, 기념할 필요가 있다. 데이비는 루미를 가졌으나 그녀에게는 후회를 웃음으로 바꿔줄 만큼 그들이 좋아했던 트랜스 음악과 마약이 있다. 물론 선형분석 기말 시험을 걱정해야 하지만, 그때까지는 사흘이나 남았고 그녀는 항상 좀 느긋한 상태에서 공부를 더 잘한다.

2년 전쯤에 이미 깨달았어야 했다. 초반의 짜릿함 속에서도, 처음 두 시간 동안 그녀가 세 번 거짓말을 한 연애는 장기적으로 좋지 않다는 걸 말이다. 그들은 캠퍼스 수목원의 벚꽃 아래를 걸었다. 그녀는 꽃을 피우는 모든 것들에 대한 깊은 사랑을 고백했다. 최소한 당시에는 그게 어느 정도 사실이었다. 그녀는 그에게 아버지가 인권 변호사라고 말했다. 역시나 완전한 거짓말은 아니었다. 어머니는 작가라고 말했는데 이건 사실과 비슷한 시나리오를 바탕으로 하긴 했어도 완전히 거짓말이었다. 그녀는 부모님을 부끄러워하지 않는다. 사실 초등학교 때 그녀의 아버지를 "늘어졌다"고 한 여자애를 주먹으로 때려서 정학을 받은 적도 있었다. 하지만 그녀가 선호하는 만족스러운 이야기 속 세상으로 치자면, 올리비아의 부모님은 둘 다 그다지 대단한 존재는 아니다. 그래서 그녀는 남은 평생을 같이 보내겠다고 이미 결정한 남자에게 살짝 부풀려서 말했다.

데이비 역시 거짓말을 했다. 그는 졸업할 필요가 없다고, 자신이 공무원 시험을 너무 잘 봐서 국무부에서 그에게 일자리를 제안했다고 주장했다. 그 거짓말은 너무 말도 안 돼서 멋있을 정도였다. 그녀는 몽상가를 좋아하는 경향이 있었다. 나중에, 벚꽃잎이 눈처럼 떨어지는 속에서 그는 그녀에게 수염 왁스 광고가 위에 붙어 있고 안에는 길고 얇은 마리화나 여섯 개비가 들어 있는 조그만 빅토리아식 통을 보여준다. 그녀는 고등학교 마약 방지 영상에서 본 것 말고는 그런 걸 본 적이 없었다. 그리고 곧 그녀는 바쁜 지상 위를 날아오르는 데 익숙해지게 된다. 그 후 여전히 진행 중인 끊을 수 없는 선물과의 로맨스가 시작된다. 이것은 데이비와 유지한 로맨스와는 달리 영원히 지속될 거라고 확신하는 로맨스다.

그녀는 트랜스 음악을 틀고 사랑스러운 창가 의자에 앉아서 싸늘한 밤을 향해 창문을 열고 죽음의 덫 같은 비상구를 향해 연기를 내뿜는다. 전화가 울리지만 그녀는 듣지 않는다. 그녀가 더 이상 지킬 수 없는 계획에 믿음을 가진 세 남자 중 한 명일 것이다. 전화는 계속 울린다. 그녀에게는 자동응답기가 없다. 누군가에게 다시 전화를 해줄 의무를 부여하는 그런 기계를 누가 쓴단 말인가? 그녀는 일종의 명상법으로 벨 소리를 센다. 열 번 정도 울리는 동안 그녀는 짙은 마리화나 연기를 얼어붙은 바깥으로 두 번 내뿜는다. 미친 듯한 끈질김이 전화 건 사람의 정체를 좁혀주고, 마침내 그녀는 알아챈다. 마지막 애정 어린 싸움으로 이 사건을 기념하고 싶어 하는 그녀의 전남편이 분명하다.

*

어린 올리비아의 정신적-사회적-성적 깨달음. 그녀는 이 도시에 오며 신청한 것보다 훨씬 많은 교육을 받는다. 그녀는 테디베어와 헤어드라이어, 팝콘 제조기, 고등학교 배구부 추천서를 갖고 3년 전에 캠퍼스에 도착했다. 그녀는 C로 가득한 성적표, 두 개의 혀 피어싱, 견갑골 위의 화려한 문신, 그녀가 상상도 하지 못했던 정신적 여행에 관한 스크랩북을 갖고 내년 봄에 떠날 생각이다.

그녀는 여전히 어느 정도는 착한 소녀다. 그저 몇 달만 더 절반쯤 나쁜 소녀로 지내려는 계획일 뿐이다. 그런 다음에 행동을 바로잡고, 올바르게 나아가서 모든 선량한 얼간이들이 언제나 가는 서쪽으로 갈 것이다. 어딘지는 모르겠지만 거기 도착하고 나면 그녀의 엉망진창인 성적을 어떻게 고쳐야 할지 파악할 시간이 많이 있을 것이다. 그녀는 필요할 때면 기발하다. 그리고 약간의 꾸밈으로 자신을 귀여운 것 이상의 존재로 만드는 법도 안다.

일이 벌어지고 있다. 세상이 열리는 중이다. 이제 미래가 베를린 방향으로 향하고 있으니까 그쪽을 확인해볼 수도 있을 것이다. 빌뉴스. 바르샤바. 규칙이 처음부터 새로 만들어지고 있는 곳으로.

음악이 그녀의 삼각근 위로 흘러서 뇌를 느릿한 성인 수영을 하도록 만든다. 그녀의 피부 아래로 거미들이 집을 짓는다. 손바닥을 허벅지 위에 올리고 꾹 누르자 발상의 지평선으로 완전히 빠져든다. 곧 아름다운 영감들이 찾아와 그녀의 눈앞에서 연결되고 인간의 역사라는 난장판을 대단히 아름답고 자명하게 만든다. 우주는 커다랗고 그녀는 한동안 가까운 은하 속을 날아다니면서 재미삼아 물체들을 없앨 수도 있다. 그녀가 자신의 힘을 남용하거나 누군가를 다치게 하지만 않으면 된다. 그녀는 이 여행을 굉장히 사랑한다.

그러다가 내면의 음악이 시작된다. 그녀는 디스크플레이어를 끄고 방이라는 바다를 어떻게 건너가야 하나 고민한다. 그녀가 일어서자 그녀의 머리는 계속해서 위로, 위로 솟구쳐서 새로운 존재의 막이 된다. 그녀의 웃음소리가 그녀를 나아가게 만들고, 균형을 잡는 것을 도와준다. 그녀는 마룻바닥을 가로지르고, 그녀의 젖꼭지는 귀중한 진주처럼 빛이 난다. 잠시 후 그녀는 가려던 곳에 도착해서 잠깐 동안 서서 왜 여기에 와야 했는지를 떠올리려고 노력한다. 그녀 자신이 만들어낸 마법의 멜로디 속에서 무언가를 듣는 것이 굉장히 어렵다.

그녀는 합판으로 된 학생용 책상 앞에 앉아서 자신의 음악 공책을 꺼낸다. 진짜 음악 표기법은 그녀에게 비밀스러운 암호처럼 보여서, 그녀는 바깥을 날아다닐 때 들은 곡조를 보존하는 자신만의 시스템을 고안했다. 선의 색깔, 굵기, 위치가 하늘이 내려준 멜로디를 암호로 기록한다. 다음 날, 취기가 다 사라지고 난 다음에 이 기록을 보면 음악을 다시금 들을 수 있을 것이다. 약에 취한 사람 옆에서 공짜로 함께 취기를 느끼는 것처럼.

신이 모두를 집에 보내기로 결정한 밤에 천사들이 알 수 없는 악기들로 연주하는 동안 오늘 밤의 곡조가 그녀를 의자에 밀어 앉힌다. 이것은 그녀가 들어본 것 중에 최고의 내적 배경음악이고, 어쩌면 그녀가 평생 들은 것 중 최고의 음악일지도 모른다. 그녀는 울기 시작한다. 부모님에게 전화를 하고 싶다. 거실로 내려가서 이번에는 진심으로 동거인들을 전부 껴안고 싶다. 음악이 말한다. *넌 네가 얼마나 찬란하게 빛나는지 몰라.* 음악이 말을 건넨다. *네가 어린 시절부터 원했던 깨끗하고 완벽한 것, 그게 너를 기다리고 있어.* 그리고 그 신성한 기쁨이 우스꽝스럽게 변하고, 그녀는 자신의 낭비된 영혼을 보며 약간 미친 듯이 웃는다.

하지만 음악과 기쁨은 그녀의 온몸을 따끔따끔하게 만든다. 뜨거운 샤워를 해야겠다는 생각이 종교적인 절박함으로 다가온다. 그녀의 침실과 같은 다락방 공간에 만든 임시 화장실은 북쪽 벽 안쪽에 서리가 끼어 있다. 옷을 벗기 전에 뜨거운 물을 틀면 된다. 직접 만든 샤워실로 들어가는 그녀는 굶주림으로 기절하기 직전이고 욕실 공기는 불과 얼음이 뒤섞여 소용돌이친다. 그녀는 아래를 내려다본다. 샤워실 바닥에는 피투성이 거품이 가득하다. 그녀는 비명을 지른다. 그러다가 자신의 상처 난 발목을 떠올린다. 피가 나는 상처에 비누칠을 하는 동안 다시 웃음이 새어 나온다. 인간이란 참으로 허약하다. 어떻게 이 난장판을 만들 만큼 오래 살아남은 걸까?

상처를 닦자 죽도록 따끔따끔 아프다. 상처는 깔쭉깔쭉하고 보기 흉하다. 흉터가 남으면 다른 문신으로 감출 것이다. 일종의 발찌 같은 것도 괜찮겠지. 그녀는 다리 위쪽으로 거품을 칠한다. 미끄러운 피부 감촉이 여자가 요구할 수 있는 최고의 이혼 선물 같다. 손길마다 전기가 짜릿하게 오른다. 그녀의 몸이 반짝이며 만족을 요구한다.

누군가가 문을 세게 두드린다.

"너 괜찮은 거야?"

그녀의 목소리는 잠깐 시간이 지나고서 나온다.

"좀 가."

"너 비명을 질렀잖아."

"비명은 끝났어. 고마워!"

그녀는 다시 방으로 들어온다. 타월과 증기에 둘러싸인 그녀의 몸은 갈망으로 반짝거린다. 얼음 같은 공기조차 그녀를 섹스토이처럼 쓰다듬는다. 세상이 줄 수 있는 최고의 것은 절정의 꼭대기로 사람을 이끄는 것이다. 그녀는 타월을 떨어뜨리고 침대에 눕는다. 담요 위로 떨어지기까지는 영원 같은 시간이 걸린다. 그녀는 바닥 램프 갓으로 손을 뻗어 전원을 끄고 근사한 어둠 속에 잠기려 한다. 하지만 그녀의 축축한 손이 싸구려 소켓의 스위치를 더듬는 순간 집 안의 모든 전류가 그녀의 팔다리로 들어와서 온몸에 고인다. 그녀의 근육들이 과학 실험처럼 격렬하게 움직이고 그녀의 손은 그녀를 죽이는 전기를 꽉 움켜쥔다.

그녀는 벌거벗고 축축한 상태로 경련하면서 누워 있다. 그녀는 손을 허공으로 뻗고, 뻣뻣하게 굳은 입으로 폐 안쪽부터 *도와줘*라는 단어를 내뱉으려고 애를 쓴다. 심장이 멈추기 전 그녀는 애매한 신음 소리를 간신히 내뱉는다. 아래층에서 그녀의 동거인들이 비명을 듣는다. 오늘 밤 그녀의 두 번째 비명이다. 그 은밀한 느낌의 소리에 그들은 얼굴을 붉힌다.

"올리비아야."

한 명이 히죽 웃으며 말한다.

"뭔지 묻지도 마."

그녀가 죽는 순간, 집 안 전체가 어두워진다.

몸통

중간 보안 등급 감옥의 감방 안에서 한 남자가 책상 앞에 앉아 있다. 나무들이 그를 여기에 오도록 만들었다. 나무들과 나무들에 대한 너무 큰 사랑이. 그는 여전히 자신이 얼마나 틀린 건지, 또는 앞으로도 그렇게 틀린 행동을 선택할 건지 말할 수가 없다. 그 질문에 답할 수 있는 유일한 책은 그의 손 아래 펼쳐져 있으나 읽을 수가 없다.

그의 손가락이 책상의 위쪽 나뭇결을 따라 움직인다. 그는 나무의 이 자연 그대로의 나이테들이 어떻게 원이라는 단순한 형태로 나올 수 있는지 이해하려고 노력 중이다. 절단 각도, 내포된 원주 안에 있는 면의 위치라는 미스터리들. 그의 뇌가 조금만 달랐어도 이 문제가 좀 더 쉬웠을지 모른다. 그 자신이 조금만 다르게 자랐어도, 볼 수 있었을지 모른다.

그의 손가락 아래의 결은 고르지 않은 줄무늬를 이룬다. 두껍고 밝은 것, 가늘고 어두운 것. 그는 나무를 거의 평생토록 본 끝에 이제야 깨닫고서 충격을 받는다. 그는 이 조각이라는 매질 자체에서 계절을, 한 해의 추를, 봄의 폭발과 가을의 포옹을, 여기에 기록된 4분의 2박자의 노래를 보고 있는 것이다. 결은 지형도 위에 펼쳐진 산등성이와 골짜기처럼 흐른다. 창백하게 앞쪽으로 뻗어가고, 어두운 색으로 뒤로 물러난다. 잠깐 동안 나이테가 각진 모서리에서 분해되어 나온다. 그는 그것들의 지형을 파악하고, 나무 면에서 그 역사를 가늠해볼 수 있다. 그래도 여전히 그는 문맹이다. 좋은 해에는 당연하게도 널찍하고, 나쁜 해에는 좁다. 하지만 그 이상은 모른다.

그가 읽을 수 있다면, 번역을 할 수 있다면……. 그가 조금만 다른 생물체였어도 해가 어떻게 빛나고 비가 어떻게 내리고 이 나무 몸통에 바람이 어느 쪽으로 얼마나 강하게, 얼마나 오래 불었는지를 알아낼 수 있었을 것이다. 토양이 만들어낸 광대한 프로젝트, 이 나무가 살아온 모든 해에 있었던 살인적인 찬 바람과 고통, 투쟁, 부족분과 잉여분, 물리친 공격, 풍족한 기간, 오래 지속된 폭풍, 사방에서 날아든 온갖 위협과 기회의 총액을 해독할 수 있었을지 모른다.

그의 손가락이 감옥 책상 위를 쓰다듬으며 필사실의 수도승처럼 이 낯선 글자를 익히려고, 옮기려고 노력한다. 그는 결을 따라 손을 움직이며 그가 잡혀 있는 이 공간에서, 계절의 변화도 없고 날씨도 한 가지로 고정되어 있는 이곳에서 이 오래되고 읽을 수 없는 연감이 말하는 것들, 기억력 좋은 나무가 그에게 말해줄 수 있는 모든 것들에 관해 상상한다.

그녀는 1분 10초 동안 죽어 있다. 맥박도, 호흡도 없다. 그러다가 퓨즈가 나가 램프에서 떨어진 올리비아의 몸이 침대 가장자리로 쓰러져 바닥에 부딪친다. 그 충격으로 그녀의 멈춘 심장이 다시 움직인다.

그녀는 벌거벗은 채 혼수상태로 소나무 바닥 위에 쓰러진다. 전남편이 된 남자가 커다란 싸움을 벌이고 화해의 섹스를 할 마음으로 그녀를 찾아왔다 발견한다. 그는 그녀를 대학병원으로 황급히 데려가고, 거기서 그녀는 되살아난다. 그녀는 여전히 몽롱한 상태다. 갈비뼈에는 멍이 들고, 손에는 화상을 입었고, 발목에는 베인 상처가 있다. 진료보조사는 무슨 일이 있었는지 처음부터 설명해주기를 바라지만, 올리비아는 설명할 수가 없다.

무책임하고 괴로움에 휩싸인 전남편은 그녀를 의사의 손에 넘긴다. 의사들은 신경학적 평가를 하고 싶어 한다. 그들은 정밀검사를 하려 한다. 하지만 올리비아는 아무도 보지 않을 때 도망친다. 거기는 대학병원이고, 모두가 바쁘다. 그녀는 건강한 척하며 로비를 걸어간다. 누가 그녀를 막겠는가? 그녀는 기숙사로 돌아와서 방에 틀어박힌다. 그녀의 동거인들이 그녀를 확인하려고 다락방으로 올라오지만, 그녀는 문을 열어주지 않는다. 이틀 내내 그녀는 방에 숨어 나오지 않는다. 누가 노크를 할 때마다 매번 안에서 목소리가 들린다.

"난 괜찮아!"

그녀의 동거인들은 누구에게 연락해야 할지 모른다. 문 뒤에서 나직한 발소리 말고는 아무 소리도 들리지 않는다.

올리비아는 잠을 자고, 멍 든 갈비뼈를 잡은 채 꼼짝하지 않고 무슨 일이 있었던 건지 떠올리려고 노력한다. 그녀는 죽었다. 맥박이 없던 그 몇 초 동안 크고 강력하지만 다급한 형체들이 그녀에게 손짓을 했었다. 그들은 그녀에게 무언가를 보여주고, 간곡히 부탁을 했다. 하지만 되살아나자마자 모든 것이 사라졌다.

그녀는 책상 뒤쪽에 끼어 있는 노래 공책을 찾는다. 색색의 글자가 전기 충격을 받기 직전 그녀의 머릿속에서 들렸던 노래를 되살린다. 노래를 통해 그녀는 그날 저녁에 경험한 재앙의 대부분을 기억해낸다. 자신이 약에 취한 채 개조한 다락방 안을 돌아다니던 모습이 보인다. 마치 동물원의 동물이 우리 안을 서성거리는 것 같다. 처음으로 그녀는 혼자 있다는 말이 모순임을 깨닫는다. 육체의 가장 은밀한 순간에도, 다른 것이 끼어든다. 누군가가 그녀가 죽었을 때 말을 건넸다. 그녀의 머리를 생각의 스크린으로 사용했다. 그녀는 섬광이 번쩍이는 삼각형 터널을 지나 공터로 나왔다. 거기서 그 존재들, 그렇게밖에 부를 수 없는 존재들이 그녀의 안대를 벗기고 앞을 보게 해주었다. 다음 순간 그녀는 감옥 같은 육체로 되돌아왔고, 놀라운 방문은 흐려져서 전부 사라졌다.

그녀는 생각한다. 어쩌면 난 뇌손상을 입었는지도 몰라. 한 시간에 몇 번씩 그녀는 눈을 감고, 단어가 말이 되어 나오지 않는 입술을 움직인다. 무슨 일이 있었던 건지 나한테 말해주세요. 내가 이제 뭘 해야 하는 거죠? 자신이 기도를 하고 있다는 걸 깨닫기까지는 꽤 시간이 걸린다.

그녀는 기말 시험을 전부 다 제친다. 부모님에게 전화해서 크리스마스 때 집에 가지 않을 거라고 말한다. 그녀의 아버지는 당황하고, 그리고 상처를 받는다. 대개 그녀는 아버지보다 더 큰소리를 내서 해결을 했다. 하지만 누구의 분노도 이미 죽었던 사람에게 상처를 줄 수는 없다. 그녀는 아버지에게 모든 것을 이야기한다. 그녀 혼자만의 이혼 파티, 감전사. 숨기는 게 이제는 무의미하다. 무언가가 보고 있으니까. 커다랗고 살아 있는 파수꾼이 그녀가 누군지 알고 있다.

그녀의 아버지는 당황한다. 그녀가 침대에 누워 죽었을 때 본 것을 절대로 기억해내지 못할 거라고 확신하던 때에 느끼던 것과 같은 분위기다. 이제 죽고 나니 그녀는 아버지의 두려움을 들을 수 있다. 그녀가 결코 감지하지 못했던 변호사의 어두운 암류. 어린 시절 이래 처음으로 그녀는 그를 달래고 싶다.

"아빠, 난 엉망진창이에요. 벽에 부딪쳤어요. 좀 쉬어야 돼요."

"집에 오렴. 여기서 쉬면 돼. 연휴에 혼자 있으면 안 돼."

그는 굉장히 연약한 목소리를 낸다. 그녀에게 아버지는 언제나 열정을 채워야 하는 자리에 절차를 채워놓은 다른 종류의 사람이었다. 이제 그녀는 그도 언젠가 죽었던 게 아닐까 궁금하다.

그들은 몇 년 이래 가장 길게 이야기를 나눈다. 그녀는 그에게 죽음이 어떤 느낌인지 말한다. 심지어 그에게 공터에 있던 존재, 그녀에게 뭔가를 보여주었던 존재들에 관해서도 이야기하려 한다. 그가 깜짝 놀라지 않을 만한 단어를 쓰긴 했지만. 충동. 에너지. 그는 두 번쯤 차에 올라타고 천 킬로미터를 달려와 그녀를 집으로 데려가려 할 뻔한다. 그녀는 그를 말린다. 그녀가 죽었던 70초는 그녀에게 신기한 힘을 주었다. 이제 그가 어린애고 그녀가 보호자인 것처럼, 그들 사이의 모든 것이 바뀌었다.

그녀는 전에는 한 번도 부탁한 적이 없는 것을 부탁한다.

"엄마 좀 잠깐 바꿔주세요. 엄마랑 이야기하고 싶어요."

어머니의 분노조차 이제 올리비아가 알고 달랠 만한 대상이다. 대화가 끝날 즈음 두 여자 모두 눈물을 흘리며 서로에게 말도 안 되는 것들을 약속한다.

그녀는 크리스마스부터 새해 첫날까지 기숙사에 혼자 머문다. 그녀가 갖고 있던 모든 마약류를 변기에 버린다. 그녀의 성적이 나온다. F 두 개, D- 하나, C 하나. 이 글자들은 그녀가 기억하려고 애를 쓰는 것의 방해물이다. 거의 먹지 않은 채 며칠이 지나간다. 눈보라가 일어 보석을 깎은 듯한 얼음으로 동네가 뒤덮인다. 눈보라는 참나무와 단풍나무의 가지를 부러뜨린다. 올리비아는 자신의 심장이 멈췄던 침대에서 무릎을 가슴까지 끌어당기고 다리 위에 노래 공책을 놓고서 앉아 있다. 그녀가 일어나서 걷는다. 데이비가 그날 밤 그녀를 발견했던 자리는 맨발 아래에서 뜨겁게 느껴진다. 그녀는 살아 있고, 그 이유를 모른다.

그녀는 밤에 잠들지 않은 채 누워서 위를 바라보며 의미 있는 유일한 발견의 바로 옆에 있던 기분을 떠올린다. 삶이 그녀에게 명령을 속삭였는데 그녀는 그것을 받아 적는 데 실패했다. 기도는 점점 더 쉬워진다. 난 조용해요. 잘 듣고 있어요. 나한테 뭘 원하죠? 새해 전야에 그녀는 10시쯤 잠이 든다. 두 시간 후, 그녀는 총소리에 놀라 벌떡 일어나며 비명을 지른다. 그러다가 시계를 보고 깨닫는다. 폭죽. 1990년대에 도착했다.

그녀의 동거인들이 새해에 돌아온다. 그들은 그녀가 아픈 것처럼 대한다. 이제 그녀의 성마른 태도가 사라져서 그들은 그녀를 두려워한다. 그녀는 사람들이 주위에서 농담을 하고 술을 마시고 식탁 앞의 유령을 무시하려고 노력하는 동안 부엌에 머문다. 전에는 그들의 슬픔을 느낀 적도, 그들의 괴로움을 알아챈 적도 없다는 사실이 그녀는 놀랍다. 믿을 수 없는 일이지만, 그들은 여전히 안전을 믿는다. 그들은 쐐기와 덕트 테이프로 서로를 붙여놓을 수 있다는 듯이 산다. 그들은 그녀의 눈앞에서 연약해져가고, 대단히 소중해진다.

새 학기 첫날, 올리비아는 강의실 끄트머리에 앉아 있고, 뛰어난 강사가 보험회사와 죽은 사람 둘 다 자신이 이겼다는 기분을 느끼게 해줄 보험료와 지불금을 계산한다.

"보험이란 문명의 중추입니다. 위험분산이 없어요. 고층건물도 없고, 블럭버스터 영화도 없고, 대규모 농경도 없고, 조직의료도 없죠."

그녀의 옆 빈자리가 부스럭거린다. 그녀는 돌아본다. 거기, 그녀의 얼굴에서 몇 센티미터 떨어진 곳에 그녀가 기도하던 것이 있다. 강한 바람 한 줄기가 그녀의 생각 안으로 파고든다. 그들이 돌아와서 손짓하고 있다. 그들은 그녀가 일어나서 강의실을 나가길 바란다. 그녀는 그들이 요구하는 대로 할 것이다. 겨울 코트 차림으로 돌계단을 내려와서 그녀는 싸늘한 중앙 정원을 가로지른다. 그녀는 강의 건물들, 도서관, 신입생 기숙사를 빙 둘러서 아무 생각 없이 존재들이 이끄는 대로 걸어간다. 잠깐 동안 그녀는 자신의 목적지가 캠퍼스 남쪽의 남북전쟁 묘지가 아닐까 생각한다. 하지만 그녀가 차를 세워둔 주차장으로 향하고 있다는 사실은 명백하다.

차에 타서 그녀는 자신이 한동안 운전을 하고 가야 한다는 것을 깨닫는다. 그녀는 몇 가지를 준비하기 위해서 기숙사에 들른다. 방까지 세 번을 왔다 갔다 해서 그녀가 원하는 모든 것들을 가져온다. 그녀는 뒷자리에 옷을 쌓아놓는다. 그리고 떠난다.

그녀는 차를 몰아 주간 고속도로를 달린다. 곧 그녀는 동네 북서쪽으로 사초가 가득한 초원과 참나무 지역을 지나간다. 지난 가을의 나무 그루터기가 눈 덮인 들판에 드문드문 보인다. 그녀는 존재들에게 복종해서 한참 동안 운전한다. 다른 도시의 라디오 방송국처럼 그들의 신호는 명백했다가 흐려졌다가 한다. 그녀는 그들 의지의 도구가 된다.

모미강을 지나 길은 남서쪽으로 향한다. 앞좌석 사물함의 아침 식사용 바가 점심까지 해결해준다. 그녀의 동전지갑에는 지폐 몇 장과 2000달러 정도 들어 있는 계좌와 연결된 현금카드가 있다. 그녀의 머리에는 희미하게나마 계획과 비슷한 것조차 없다. 하지만 그녀는 예수가 꽃에 관해 말한 것, 그리고 내일에 대해 걱정하지 말라고 한 것을 기억한다. 예전에 수녀들이 모든 학생들에게 성경의 문구를 외우도록 시켰다. 그녀는 개인 책임에 대해서 아주 강조하던 선생을 짜증 나게 만들려고 이 구절을 골랐다. 그녀는 법을 준수하고 재산을 가진 모든 미국 기독교도들을 질겁하게 만들 예수를 좋아했다. 공산주의자, 미친 상점 파괴자, 게으름뱅이들의 친구인 예수. *한 날의 괴로움은 그것으로 족하니라.* 후회 한 줄기가 운전하는 동안 그녀를 스쳐간다. *나 통계적 추론 수업을 빼먹고 있어.* 딱 어울린다. 인생의 이 시점까지 그녀는 많은 것을 빠뜨리고 살았다. 이제 추론이 사라지고, 곧 그녀는 알게 될 것이다.

어스름과 인디애나는 그녀가 예상한 것보다 더 빠르게 다가온다. 말도 안 되게 이른 어둠은 여전히 동지에 아주 가깝기 때문이리라. 그녀는 진짜 음식이 고프고 굉장히 피곤해서 눈이 몰아치는 울퉁불퉁한 길을 빠르게 달린다. 존재들은 30분 정도 사라졌다. 그녀의 자신감이 조금씩 사라진다. 기도를 하면서 동시에 운전하기는 어렵다. 그녀의 눈앞에 진짜 중서부의 텅 빈 옥수수밭이 펼쳐진다. 그녀는 자신이 왜 여기 있는지 모른다. 그러다가 뭔가가 조수석에 나타나고, 그녀는 다시 확신을 갖고 160킬로미터 정도 달린다.

데이비가 예전에 그녀에게 대충 자기에 가장 좋은 장소는 할인매장 앞이라고 말한 적이 있다. 그녀는 쉽게 가게를 찾아 차를 몰고 들어가 눈을 쓸어 놓은 주차장의 구석, 불이 환하게 켜진 보안 카메라 아래에 세운다. 재빨리 안에 들어가서 소변을 보고 과자를 산 다음 그녀는 차로 돌아와 뒷자리에 자리를 잡는다. 그리고 세 번 나른 옷 더미 아래서 기도하며, 기다리며, 귀를 기울이며 잠이 든다.

1990년, 인디애나다. 여기서 5년은 한 세대이고, 50년이면 고고학, 그보다 오래된 것들은 전설로 들어간다. 그럼에도 불구하고 장소들은 사람들이 잊은 것을 기억한다. 그녀가 잠을 잔 주차장은 한때 과수원이었고 그곳의 나무들은 스베덴보리 신비주의 신봉자가 심은 것이다. 그는 상냥하지만 조금 정신이 나갔고 누더기를 입고 싸구려 모자를 쓰고 이 지역을 돌아다니면서 새로운 천국에 대해 설교하고 벌레를 죽이지 못하게 모닥불을 껐다. 이 괴상한 성자는 금욕을 수행하는 한편, 4개 주에 걸쳐 아홉 살부터 아흔 살까지 모든 미국인 개척자들을 수십 년 동안 반쯤 취하게 만들 만큼 발효된 으깬 사과를 공급했다.

하루 온종일 그녀는 조니 애플시드의 행로를 따라 내륙으로 달렸다. 올리비아는 아버지가 주셨던 만화책에서 그 남자에 대해 한번 읽은 적이 있다. 만화에서 그는 흙에서 뭐든 자라나게 만드는 힘을 가진 슈퍼히어로였다. 거기서는 예리한 재산 감각을 가진 자선가나 이 나라에서 가장 풍요로운 땅 500만 제곱미터를 소유한 채 죽은 부랑자에 관해서는 이야기하지 않았다. 그녀는 항상 그가 그저 전설이라고 생각했다. 전설은 기억하기 좋도록 비틀어놓은 기본적 사실이고, 과거로부터 날아온 지령이자 예측이 되기를 기다리는 기억이라는 사실을 그녀는 여전히 알아내야 할 것이다.

사과에 대해 알아둬야 하는 것이 있다. 사과는 목 안에 걸린다. 욕망과 이해, 불멸과 죽음, 달콤한 과육과 청산가리 씨앗, 이것은 묶음 상품이다. 이것은 모든 과학을 탄생시킨 머리를 강타하는 한 방이다. 금빛의 맛있는 불화, 결혼 피로연에 던져 넣어 끝없는 전쟁을 불러일으키는 종류의 선물. 이것은 신들을 살아 있게 만드는 과일이다. 최초의, 최악의 죄이지만 행운의 낙과. *그 사과를 받은 때를 축복하라.*

그리고 사과씨에 대해 알아둘 것이 있다. 이 씨는 예측 불가능하다. 자식은 어느 것이든 될 수 있다. 고루한 부모가 거친 자식을 만든다. 달콤함이 신맛이 되거나 쓴맛이 부드러운 맛이 될 수도 있다. 각양각색의 맛을 보존하는 유일한 방법은 접붙이기를 하는 것이다. 이 사실을 알고 올리비아 밴더그리프는 놀란다. 이름 있는 모든 사과는 같은 나무로 거슬러 올라간다. 조나단, 매킨토시, 엠파이어. 말루스(Malus, 사과의 원생종)의 몬테카를로 게임 속 행운의 숫자다.

그리고 올리비아의 아버지가 말하던 것처럼 유명한 사과는 다 특허를 얻은 사과다. 그녀는 예전에 아버지의 어떤 사건을 놓고 싸운 적이 있다. 아버지는 다국적 회사가 지난해의 콩 작물을 일부 저장해두었다가 사용료를 내지 않고 다시 심은 농부를 처벌하는 것을 돕고 있었다. 그녀는 분개했다.

"살아 있는 것에 대한 권리를 소유할 수는 없어요!"

"할 수 있단다. 해야만 하고. 지적재산권 보호는 부를 낳지."

"콩은 어쩌고요? 콩한테는 누가 콩의 지적재산권 비용을 내는데요?"

아버지는 비판적으로 찌푸린 얼굴로 그녀를 쳐다보았다. *이 애는 누구 애야?*

그녀가 잔 주차장을 한때 소유했던 남자, 싸구려 모자를 쓴 떠돌이 사과 전도사는 접붙이기가 나무에 고통을 준다고 확신했다. 그는 방앗간에서 짜고 난 찌꺼기에서 사과씨를 골라내 서쪽으로 조금 떨어진 과수원에 심었다. 그가 심은 씨앗들은 자기들끼리 고의적이고 예측 불가능한 실험을 했다. 신비로운 마법처럼 휘저은 남자의 손이 펜실베이니아부터 일리노이까지 잡초밭을 과실수밭으로 바꾸어놓았다. 하루 온종일 그녀는 그 지역을 차로 돌아다녔다. 이제 그녀는 예전에 예측 불가능한 사과들로 가득한 과수원이었던 주차장에서 잠을 자고 있다. 나무들은 사라졌고 마을은 잊는다. 하지만 땅은 잊지 않는다.

그녀는 옷 더미 아래에서 추위로 뻣뻣해진 상태로 일찍 깨어난다. 차는 빛의 존재들로 가득하다. 참을 수 없는 아름다움, 그들은 사방에 있다. 그녀의 심장이 멈췄던 밤에 그들이 나타났던 그 방식으로. 그들은 그녀의 몸으로 들어와 통과한다. 그들은 자신들이 준 메시지를 잊었다고 그녀를 꾸짖지 않는다. 그들은 그저 그녀에게 다시 불어넣는다. 그들이 돌아왔다는 사실에 그녀는 기쁨에 겨워 울기 시작한다. 그들은 큰 소리로 말을 하지 않는다. 그런 투박한 행동은 전혀 하지 않는다. 그들은 심지어 그들도 아니다. 그들은 그녀의 일부이자 아직 명확하지 않지만 어느 정도는 친족이다. 창조의 특사. 그녀가 이 세계에서 보고 배운 것들, 잃어버린 경험, 무시했던 지식의 조각들, 그녀가 되찾고 되살려야 하는 잘려 나간 가족의 가지. 죽음은 그녀에게 새로운 눈을 선사했다.

너는 쓸모가 없었어. 그들이 나직하게 말한다. *하지만 지금은 그렇지 않아. 너는 가장 중요한 일을 하기 위해서 죽음으로부터 구제되었어.*

그게 뭔데요? 그녀는 묻고 싶지만 입을 다물고 가만히 있어야만 한다.

인생의 중대한 순간이야. 아직까지 겪지 못했던 시험이지.

그녀는 싸늘한 차 뒷좌석의 옷 더미 아래에서 영원을 겪는다. 죽음의 맞은편에서 온 분리된 존재들이 이 주차장에서 지금, 여기에서 자신들을 드러내고 그녀에게 도움을 요청한다. 태양이 땅 위로 조금씩 나타난다. 쇼핑객 두 명이 가게에서 나온다. 아직 새벽이고, 그들은 그녀의 차만큼 커다란 상자가 담긴 카트를 밀고 온다. 그녀의 생각이 한 점에 집중된다. *그냥 나한테 말해줘요. 뭘 원하는지 말해주면 그렇게 할게요.* 컨테이너 트럭이 옆을 지나쳐 하역장으로 들어가느라 기어를 바꾼다. 소음 속으로 존재들이 흩어진다. 올리비아는 겁에 질린다. 그들은 그녀에게 아직 임무를 다 말해주지 않았다. 그녀는 적을 만한 것을 찾아 숄더백을 황급히 뒤진다. 감기약 상자 뒤쪽에 그녀는 적는다. *구제, 시험.* 하지만 그 단어들은 아무 의미도 없다.

이제 완전히 아침이다. 그녀의 방광이 터질 것 같다. 1분 더 지나자 소변을 보는 것 말고는 아무것도 중요하지 않다. 그녀는 차에서 나와 주차장을 가로질러 가게로 들어간다. 안에서 나이 든 남자가 오랜 친구라도 되는 것처럼 그녀를 반긴다. 가게는 행복과 웃음의 파티장이다. 빵 상자만 한 것에서 기둥만 한 것까지 다양한 크기의 텔레비전들이 뒤쪽 벽에 줄지어 있다. 모두 똑같은 아침 방송을 보여주고 있다. 수백 명의 스카이다이버들이 공중에서 동시 예배에 참여한다. 그녀는 줄지어 선 스크린 사이로 50미터쯤 지나가서 화장실로 들어간다. 마침내 느끼는 안도감은 천국 같다. 그러다가 다시 슬퍼진다. *징조라도 줘요.* 그녀는 손을 닦으면서 애원한다. *나한테 뭘 원하는지 그냥 말을 해줘요.*

양옆으로 줄지어 있는 텔레비전들로 돌아오니 공중 집단 예배는 또 다른 모임으로 바뀌어 있다. 벽을 따라 늘어선 각양각색의 스크린 안에서 사람들은 캘리포니아주 솔러스라는 자막으로 짐작할 수 있는 작은 마을에서, 불도저 앞에 참호를 판 채 팔짱을 끼고 앉아 있다. 십여 명의 사람들이 거의 둘러싸기도 힘든 나무 주위로 인간 고리를 형성한 장면이 짧게 비친다. 나무는 특수효과처럼 보인다. 멀리서 찍은 장면인데도 화면에는 밑동밖에 들어오지 않는다. 파란색 페인트가 거대한 나무 몸통에 얼룩을 남겨놓았다. 상황을 설명하는 목소리가 흘러나오지만 스크린으로 가득한 벽에 줄줄이 보여지는 나무의 모습에 올리비아는 너무나 충격을 받아 세세한 것을 듣지 못한다. 장면이 전환되자 머리를 뒤로 넘기고 격자무늬 셔츠를 입고 횃불 같은 눈을 가진 쉰 살 정도의 여자가 나타난다. 여자가 말한다.

"이 나무들 일부는 예수님이 태어나기 전부터 여기에 있었어요. 우리는 이미 이 오래된 나무들의 97퍼센트를 베어냈어요. 마지막 3퍼센트 정도는 지킬 방법을 찾아야 하지 않나요?"

올리비아는 얼어붙는다. 차 안에서 그녀를 습격했던 빛의 존재들이 다시 그녀의 주위로 다가와서 말한다. *이거야, 이거야, 이거야.* 하지만 확고하게 주의를 기울여야 한다는 걸 깨닫는 순간 장면이 끝나고 다른 내용이 시작된다. 그녀는 멍하니 서서 화염방사기가 수정헌법 제2조에 의해 보호되는지 어떤지에 대한 논쟁을 바라본다. 빛의 존재는 사라진다. 깨달음은 가전제품 속에서 무너진다.

그녀는 멍한 상태로 거대한 가게 밖으로 천천히 나간다. 배가 고파 죽을 지경이지만 아무것도 사지 않는다. 먹는다는 걸 상상조차 할 수가 없다. 그녀는 차에 앉아 이제 서쪽으로 가야만 한다는 것을 안다. 해가 그녀의 뒤에서 떠오르며 백미러를 가득 채운다. 새벽의 분홍빛 눈이 들판을 덮고 있다. 서쪽 하늘에서 백랍 빛깔 구름이 밝아지기 시작하고 그 아래쪽 어딘가에 인생의 중대한 순간이 있다.

부모님에게 전화를 해야 하지만, 두 분에게 지금 일어나는 일을 설명할 방법이 없다. 그녀는 80킬로미터쯤 더 가면서 방금 본 것을 머릿속에서 재구성하려고 노력한다. 추수가 끝난 인디애나 경작지들이 지평선 끝까지 노란색-갈색-검은색으로 반짝인다. 길은 말끔하고 차들은 굉장히 적고 마을이라고 부를 만한 건 전혀 없다. 이틀 전에 이런 길을 달릴 때였다면 그녀는 시속 130킬로미터로 갔을 것이다. 오늘은 그녀의 인생이 뭔가 가치가 있는 것처럼 운전한다.

일리노이주 경계 근처에서 그녀는 언덕을 올라간다. 길 아래쪽으로 철로 건널목이 언뜻 보인다. 길고 느린 하트랜드 화물열차가 게리와 시카고의 거대 허브를 향해 북쪽으로 달려간다. 교차점에서 꾸준히 *철컥철컥* 하는 바퀴 소리가 그녀의 머릿속에 리드미컬한 음악을 불러일으킨다. 열차는 끝이 없다. 그녀는 가만히 기다린다. 그러다가 짐이 뭔지 알아챈다. 지나가는 차량마다 커다란 목재 더미들이 실려 있다. 똑같이 기둥 형태로 자른 나무들이 쌓인 채 끝없이 흘러간다. 그녀는 차량 수를 세다가 60에서 그만둔다. 이렇게 많은 나무들은 본 적이 없다. 머릿속에 지도가 떠오른다. 이런 열차가, 지금 이 순간에, 전국에서 사방으로 달려가며 거대한 대도시와 그 위성도시들을 충족시킨다. 그녀는 생각한다. *그들이 날 위해서 이걸 주선한 거야.* 그러고서 생각한다. *아니, 이런 열차는 항상 지나가.* 하지만 지금 그녀는 볼 준비가 되었다.

나무를 실은 마지막 차량이 지나가고, 줄무늬 차단기가 올라가고, 빨간불이 반짝이던 것을 멈춘다. 그녀는 움직이지 않는다. 뒤에 있던 누군가가 경적을 울린다. 그녀는 여전히 그대로 있다. 경적을 누르던 사람이 길게 소리를 내다가 그녀의 옆으로 지나쳐가며 문 닫힌 차 안에서 소리를 지르고 불이라도 붙이려는 것처럼 그녀를 향해 가운데 손가락을 흔든다. 그녀는 눈을 감는다. 눈꺼풀 안쪽으로 조그만 사람들이 거대한 나무 주위로 팔짱을 끼고 앉아 있다.

생명체의 40억 년 동안에 가장 경이적인 산물들이 도움을 필요로 해.

그녀는 웃으며 눈을 뜬다. 눈에는 눈물이 가득하다. 알았어요. 그 말 들었어요. 네.

그녀는 왼쪽 어깨 너머로 고개를 돌려 다른 방향을 향하던 차가 창문을 내린 채 그녀의 옆에 멈추는 것을 본다. 놀리 티메레(Noli timere, 두려워하지 마라)라고 쓰인 티셔츠를 입은 아시아 남자가 두 번째로 그녀에게 묻는다.

"당신 괜찮아요?"

그녀는 미소를 지으며 고개를 끄덕이고 미안하다는 의미로 손을 흔든다. 그리고 그녀가 끝없는 목재들의 강을 바라보는 동안 멈춘 엔진에 시동을 건다. 그녀는 다시 서쪽으로 달린다. 하지만 이제는 자신이 어디로 가는지 안다. 솔러스. 주위의 공기가 연결 고리들로 반짝거린다. 존재들이 그녀의 주위에서 빛을 내며 새로운 노래를 부른다. *세상은 여기에서 시작해. 이건 아주 미약한 시작이야. 생명은 뭐든 할 수 있어. 넌 상상도 못할걸.*

수년 전, 훨씬 북서쪽에서 레이 브링크먼과 도러시 카잘리 브링크먼은 세인트폴플레이어의 〈누가 버지니아 울프를 두려워하는가?〉의 초회 공연 후 파티를 마치고 자정이 넘어서 집으로 향한다. 그들은 새로운 친구들과 술을 몇 잔 마시며 그들의 종이 무엇을 할 수 있는지를 배우는 젊은 커플 닉과 허니를 연기했다.

몇 달 전, 리허설을 시작하면서 네 명의 주인공들은 극의 사나운 면을 음미했다.

"난 좀 미쳤어."

도러시가 다른 배우들에게 선언한다.

"내가 그것만큼 장담할 수 있어. 하지만 이 사람들은 완전히 맛이 갔어."

첫 공연 날, 네 사람 모두 신경이 날카로워지고 서로에게 질려서 금방이라도 진짜 해를 입힐 것만 같다. 그것이 훌륭한 시민 극장을 만든다. 그 연극은 지금까지 브링크먼 부부가 했던 것 중 최고의 공연이다. 레이는 옹졸한 음해로 모두를 놀라게 만든다. 도러시는 아주 훌륭하게 두 시간 동안 순수에서 앎을 향해 추락한다. 그들의 내적 악마를 찾는 데에는 아주 약간의 스타니슬라프스키(러시아의 연출가)가 필요할 뿐이다.

다음 금요일은 도러시의 마흔두 번째 생일이다. 수년 동안 그들은 부두교 주술이 되어버린 난임 치료에 15만 달러를 쏟았다. 연극이 시작되기 사홀 전에 그들은 결정타를 맞았다. 더 이상 시도해볼 만한 것이 없다는 것이다.

"내 인생이야, 그렇지?"

도러시는 성취를 맛보고 집으로 돌아오는 길에 취한 채로 훌쩍이며 조수석에 앉아 있다.

"전부 내 삶이야. 난 그걸 *소유*해야만 하는 거지, 안 그래?"

소유, 그것은 그들 사이에서 급소가 되었다. 레이가 하루 온종일 보호하려고 노력하는 바로 그것. 그는 아내에게 좋은 아이디어를 훔치는 행위를 기소하는 것이 모두를 더 부유하게 만드는 최고의 방법이라고 결코 설득하지 못했다. 술은 논쟁의 수위를 낮추는 데 도움이 되지 않는다.

"나의 개인적이고 사적인 소유물. 이걸 망할 창고 세일에 내놓을 수 있을까?"

도러시 자신의 직업은 이제 그녀를 질리게 만든다. 사람들이 다른 사람을 고소하고, 그녀는 가는 손가락으로 속기 자판을 튕겨 모든 중상모략을 정확한 단어로 기록해야만 한다. 그녀가 원하는 건 오로지 아이를 갖는 것뿐이다. 아이는 그녀에게 마침내 의미 있는 일을 부여할 것이다. 그것을 금지당하자 그녀는 누군가를 고소하고 싶다.

레이는 그녀의 공격에 꼼짝 않고 가만히 있는 기술을 익힌다. 그는 스스로에게 자신이 그녀에게서 뭔가를 빼앗은 게 아니라고 몇 번이나 말한다. *어느 쪽이냐고 하면……* 그는 생각한다. 하지만 더 이상 그 생각을 하기를 거부한다. 생각해 마땅한 것을 생각하지 않는 것. 그건 그의 권리다.

생각할 필요도 없다. 그녀가 그를 대신해서 생각하니까. 그는 깜박이를 넣고, 차고 문이 열린다. 그들은 안으로 들어간다.

"당신은 날 떠나야 돼."

그녀가 말한다.

"도러시. 제발 그만해. 당신은 날 미치게 만들고 있어."

"정말이야. 떠나. 다른 데로 가. 가족을 꾸릴 수 있는 다른 사람을 찾아. 남자들은 항상 그러잖아. 제기랄, 남자들은 여든 살이 되어도 젊은 여자를 임신시킬 수 있다고. 난 상관 안 해, 레이. 정말이야. 그게 공정해. 당신은 공정함에 깜박 죽는 사람이잖아, 안 그래? 이런. 아무 말도 안 하네. 할 말이 없는 거야. 자기 변명을 전혀 하지 않아."

그는 침묵한다. 그의 첫 번째이자 마지막 최고의 무기.

그들은 현관으로 들어간다. *완전 쓰레기장이야.* 그들 둘 다 생각하지만, 두 사람 다 그걸 말할 필요도 없다. 그들은 소파에 짐을 내려놓고 위층으로 올라가서 각각 분리된 큰 옷장에서 옷을 벗는다. 그들은 각자의 세면대 앞에 서서 이를 닦는다. 그들이 했던 최고 공연의 밤. 열정적인 박수로 가득 찼던 적당한 크기의 극장. 앙코르를 원하는 외침.

도러시는 경찰이—그녀의 남편이—그녀에게 똑바로 걷게 시키는 것처럼 한 발 한 발 앞으로 움직이며 과장되게 걷는다. 그녀가 칫솔을 입으로 들어 올리고 흔들다가 울음을 터뜨리며 플라스틱 막대 한쪽 끝을 물고 반대편을 꽉 잡는다.

그날 밤의 지명 운전사라 원하는 것보다 훨씬 제정신인 레이는 칫솔을 내려놓고 그녀에게 온다. 그녀는 그의 쇄골에 머리를 기댄다. 그녀의 입에서 치약이 흘러내려 그의 격자무늬 목욕 가운에 떨어진다. 치약과 침이 사방에 묻는다. 그녀의 말은 자갈이 가득한 것처럼 흘러나온다.

"난 그냥 쇼가 시작하기 전에 로비에 서서 들어오는 모든 사람들에게 말하고 싶어. *아기 따위는 없다고!*"

그는 그녀가 입 안에 있는 걸 뱉게 하고 타월로 얼굴을 닦아준다. 그런 다음 지난 두 달 동안 더블 사이즈의 소나무 관처럼 느껴진 침대로 그녀를 데려간다. 그녀의 발을 들어 올린 다음 공간이 생기도록 그녀를 조금 민다.

"러시아로 가는 것도 방법이야."

너무 많은 시간 동안 지나치게 나긋나긋한 사람 역할을 하다가 자신의 목소리로 말을 하니 기분이 좋다. 그는 더 이상은 연극을 하고 싶지 않다.

"아니면 중국이나. 거긴 자기들을 사랑해줄 부모를 필요로 하는 아기들이 많이 있어."

연극계 사람들이 전등 갓 매달기라고 부르는 것이 있다. 무대 뒤쪽 벽에 보기 흉한 커다란 파이프가 튀어나와 있는데 그걸 없앨 수가 없다고 하자. 그럼 거기에 전등 갓을 걸고서 붙박이라고 부르는 것이다.

축축한 베개에 파묻혀 그녀의 말이 흐릿하다.

"우리 아이는 아니잖아."

"당연히 우리 아이지."

"난 꼬마 레이레이를 원해. 당신의 어린 아들. 남자아이. 당신의 옛날 모습처럼."

"꼭 그럴 필요는—"

"아니면 당신을 닮은 어린 딸이나. 상관없어."

"자기야. 이런 식으로 행동하지 마. 아이는 키우는 대로 자라는 거야. 유전자가 어떤지가 아니라—"

"유전자가 사람이 가진 거라고, 제기랄."

그녀가 매트리스를 내리치고 벌떡 일어나려 한다. 너무 급하게 일어나는 바람에 그녀의 몸이 뒤집힌다.

"사람이. 진짜로. 소유한. 유일한. 거야."

"우리는 유전자를 소유하지 않아."

그는 회사들이 우리를 대신해 유전자를 소유할 수 있다는 사실은 무시하고서 말한다.

"내 말 들어봐. 아기가 너무 많은 곳으로 가는 거야. 그리고 둘을 입양해.

그 애들을 사랑해주고 함께 놀아주고 옳은 것과 그른 것을 가르치면 그 애들은 우리를 합쳐놓은 모습으로 자라날 거야. 난 그 애들이 누구 유전자를 가졌는지는 신경 안 써."

그녀는 머리 위로 베개를 덮어쓴다.

"이 남자 말 좀 들어봐. 이 남자는 모든 사람을 사랑할 수 있어. 이 사람한테 개를 한 마리 주자. 아니, 아예 정원에 야채를 좀 심어놓고 잊어버리자."

그러다가 그녀는 지난 2년 동안 무시하고 있었던 그들의 기념 의식을 떠올린다. 그녀가 방금 입 밖으로 튀어나간 말을 되돌리려고 벌떡 일어난다. 하지만 그가 몸을 앞으로 기울이는 바람에 그녀의 어깨가 그의 턱에 부딪친다. 그의 이가 혀 옆쪽을 꽉 깨문다. 그가 비명을 지르며 고통으로 일그러진 얼굴을 감싼다.

"오, 레이. 제기랄. 난 멍청이야! 난 그러려던 게…… 그럴 뜻이 절대로……"

그는 한 손을 허공에 흔든다. 난 괜찮아. 아니면 당신 도대체 뭐가 잘못된 거야? 어쩌면 나한테서 물러나, 하는 것일 수도 있다. 10년간 결혼생활을 하고 아마추어 연극 공연을 수차례 했음에도 불구하고 그녀는 어느 쪽인지 알 수가 없다. 집 전체를 둘러싼 바깥의 정원에서는 그들이 수년 전에 심어 놓았던 것들이 무에서, 공기와 태양과 비에서 목재와 당분을 만드는 것처럼 쉽게 중요성을 만들고 의미를 만든다. 하지만 인간은 아무것도 듣지 못한다.

다섯 개의 주간 고속도로가 서쪽으로 향한다. 일리노이주가 있고 거기서부터 길이 대륙 위로 장갑 손가락처럼 펼쳐진다. 올리비아는 가운데 길을 택한다. 그녀에게는 이제 목표가 있다. 로켓선처럼 커다란 마지막 나무들이 잘리기 전에 가장 빠른 길을 통해 캘리포니아 북부로 가는 것이다. 그녀는 미시시피를 가로지르다가 아이오와주 경계에, I-80 도로에 있는 세계에서 가장 큰 트럭 휴게소에서 멈춘다. 휴게소는 작은 마을이다. 그녀는 얼어붙기 전에 다 세기도 어려울 만큼 많은 주유구 중 하나를 고른다. 수백 대의 트럭들이 미친 듯이 먹이를 먹는 거대한 상어처럼 그녀가 차를 댄 곳 주변에 서 있다.

빛은 사라졌다. 올리비아는 돈을 내고 샤워를 하고, 그제야 다시 사람이 된 기분이다. 그녀는 옥수수, 옥수수 시럽, 옥수수 먹인 닭고기, 옥수수 먹인 소고기로 만든 수백 가지 음식을 제공하는 음식점들이 서 있는 사람 많은 길을 따라 걷는다. 치과와 마사지 가게도 있다. 거대한 2층짜리 쇼룸도 있고, 얼마나 많은 세상이 트럭에 의존하고 있는지를 보여주는 박물관도 있다. 게임룸과 휴게 공간, 전시품, 라운지, 푹신한 의자가 놓인 벽난로도 있다. 그녀는 의자에 웅크리고 앉아서 잠깐 존다. 그러다가 보안요원이 발목을 차는 바람에 깬다.

"자면 안 됩니다."

"막 잠든 건데요."

"자면 안 돼요."

그녀는 차로 돌아와서 옷 더미 아래에서 새벽까지 다시 잔다. 식당 터널로 돌아가서 그녀는 머핀을 사고, 4달러를 동전으로 바꾸고, 전화기를 찾은 다음 최악에 대해 마음의 준비를 한다. 하지만 가슴속은 기묘하고 새로운 차분함으로 가득하다. 말은 알아서 나올 것이다.

교환원이 그녀에게 상당량의 돈을 우선 넣으라고 말한다. 그녀의 아버지가 전화를 받는다.

"올리비아? 아침 6시야. 무슨 일 있니?"

"아무것도요! 전 괜찮아요. 저 아이오와에 있어요."

"아이오와? 무슨 일이야?"

올리비아는 미소를 짓는다. 무슨 일인지 전화로 말을 하기에는 너무나 방대하다.

"아빠, 다 괜찮아요. 좋은 일이에요. 아주 좋은 일요."

"올리비아. 여보세요? 올리비아?"

"듣고 있어요."

"너 문제가 생긴 거니?"

"아뇨, 아빠. 그 반대예요."

"올리비아. 도대체 무슨 일이 있는 거니?"

"저…… 새 친구가 좀 생겼어요. 음, 창설자들요. 그쪽에서 저한테 일을 줬어요."

"어떤 일?"

생명체의 40억 년 동안에 가장 경이적인 산물들이 도움을 필요로 해. 이제 빛의 존재들이 짚어주고 나니까 아주 단순하고, 자명한 것이다. 지구상의 합리적인 사람들이라면 전부 다 볼 수 있어야만 한다.

"프로젝트가 있어요. 서부에서요. 중요한 자원봉사 일이에요. 전 거기 뽑혔고요."

"뽑혔다니, 무슨 뜻이니? 학교 수업은 어쩌고?"

"이번 학기에는 수업을 마칠 수 없을 거예요. 그래서 전화 드린 거예요. 저 휴학을 좀 해야 할 것 같아요."

"뭘 한다고? 말도 안 되는 소리. 졸업 넉 달 전에 휴학을 할 수는 없어."

일반적으로는 사실이다. 성자들과 곧 억만장자가 될 사람들은 바로 그렇게 하지만 말이다.

"넌 그냥 피곤한 거야, 올리. 겨우 몇 주잖니. 네가 깨닫기도 전에 금방 다 끝날 거야."

올리비아는 아침 식사를 하려고 식당 거리에 모여드는 오토바이족들을 쳐다본다. 갑자기 엄청난 호기심이 든다. 한 번의 생에서 그녀는 감전사했다. 또 다른 생에서는 세계에서 가장 큰 트럭 휴게소에 있고, 아버지에게 그녀가 지구상에서 가장 경이로운 생명체들을 보존하는 것을 돕도록 빛의 존재들에게 선택되었다고 설명하고 있다. 전화기 반대편의 목소리가 다급하게 변한다. 올리비아는 자신도 모르게 웃는다. 아버지가 그녀에게 돌아오라고 말하는 삶, 마약, 보호조치 없는 섹스, 정신 나간 파티와 생명을 위협하는 도전들, 이런 것들은 그 자체로 지옥인 반면 서쪽으로 향하는 이 여행은 그녀를 죽음에서 되살려주는 것이다.

"집세를 되돌려 받을 수 없을 거야. 학비를 조금이라도 돌려받기에도 너무 늦었어. 그냥 졸업을 하고 나서 여름에 그 자원봉사 일을 하렴. 너희 엄마도 분명히—"

전화기 너머에서 올리비아의 어머니가 소리친다.

"너희 엄마도 분명히 *뭐*?"

올리비아는 어머니가 자기 학비는 자기가 대라고 소리치는 것을 듣는다. 사람들이 그녀의 주위에서 오간다. 그녀는 굶주림의 결승점으로 향하는 그들의 불안감을 느낀다. 그녀 자신의 삶은 특권, 자아도취, 그리고 말도 안되게 긴 사춘기의 안개와 악의적이고 냉소적인 힙함과 자기보호로 가득했다. 이제 그녀는 부름을 받았다.

"저기, 분별력 있게 행동하렴. 지금 한 학기를 더 못하겠다 싶으면, 그냥 집으로 와."

그녀의 아버지가 전화기에 대고 속삭인다.

어린 시절 이래로 그 어느 때보다 큰 사랑이 올리비아의 몸을 타고 솟아오른다.

"아빠? 고마워요. 하지만 전 이걸 해야 돼요."

"뭘 한다는 거야? 어디서? 얘야? 아직 듣고 있니? 아가?"

"듣고 있어요, 아빠."

바로 며칠 전까지의 여자아이의 일부가 그녀를 잡아당기며 속삭인다. *싸워, 싸워.* 하지만 이제 싸움은 다른 곳에서 정말로 벌어지고 있다.

"올리, 거기서 그냥 기다리렴. 내가 데리러 갈 테니까. 내가 금방 거기 가서……."

모든 것이 너무나 명확하고, 축복처럼 명료하다. 하지만 그녀의 부모님은 볼 수 없을 것이다. 거대하고, 기쁨이 가득하고, 꼭 필요한 일을 해야만 한다. 하지만 우선 사람은 끝없는 자기애로부터 졸업해야 한다.

"아빠, 전 괜찮아요. 정보가 더 생기면 연락 드릴게요."

녹음된 여자 목소리가 75센트를 더 넣으라고 말한다. 올리비아에게는 더 이상 동전이 없다. 그녀가 가진 거라고는 벽에 있는 할인판매 텔레비전에서 눈을 번뜩이는 여자가 말하고 빛의 존재들이 다시 말해주는 메시지뿐이다. 존재들은 이제 그녀에게 전화 반대편에 있는 것처럼 분명하게 지시한다. *살아 있는 가장 경이로운 존재들이 너를 필요로 해.*

트럭 휴게소의 앞쪽 유리문을 통해서 올리비아는 수십 개의 주유구와 그 너머로 펼쳐진 새벽 속의 평평하고 넓은 I-80, 눈 덮인 들판, 동서로 끝없이 인질교환을 하는 여행자들을 본다. 그녀의 아버지가 법대에서 배운 모든 설득 기술을 사용해서 계속해서 이야기한다. 하늘은 근사한 일을 한다. 자유로운 서쪽은 약간 멍 든 색깔인 반면에 동쪽으로는 석류색이 번진다. 전화가 달칵 소리를 내고 끊긴다. 올리비아는 갓 고아가 된 채 전화기를 내려놓는다. 모든 것에 준비가 된 상태로 태양을 향해 손을 내미는 존재.

그녀는 목적 없는 인류와 사랑에 빠진 상태로 트럭 휴게소를 떠난다. 고속도로로 돌아오자 백미러로 해가 다시 떠오른다. 언덕이 솟아올랐다 가라앉는다. 길은 지평선까지 겨울의 하얀색 사이로 이중의 참호를 뚫어놓았다. 볼거리는 거의 없으나 하나하나가 그녀를 즐겁게 만든다. 허버트후버 도서관 및 박물관. 샤플리스 경매장. 아마나 정착촌. 고속도로 출구는 다루기 힘들고 특이한 남부 귀족들이 나오는 소설 속 캐릭터 이름 같다. 월튼무스카틴, 라도라밀러스버그, 뉴턴먼로, 앨터나본듀런트…….

기묘하고 아름다운 용기 같은 것이 그녀에게서 솟아난다. 그녀에게는 목적지 이름뿐이고, 거기 도착해서 무엇을 해야 하는지에 관한 진짜 실마리도 자산도 없다. 차 바깥은 암울하고 얼어붙을 것 같고, 그녀가 가진 소유물은 전부 다 그녀의 방에 있다. 하지만 그녀에게는 작은 활동자금과 연결된 은행카드와 절대로 그만두지 않겠다는 운명적인 느낌, 아주 높은 위치에 있다고 짐작하는 친구들이 있다.

흘러가는 구름처럼 시간이 흐른다. 그녀는 디모인과 카운실플러프스 사이의 평평한 측량선을 따라 달린다. 사방이 끝없는 얼음장뿐일 때 문득 뭔가가 그녀의 눈가에서 손짓한다. 그녀는 고개를 돌리고서 고속도로 오른쪽 갓길 너머 눈 속에 유령 같은 히치하이커가 서 있는 것을 발견한다. 그는 비슈누보다 많은 팔을 흔든다. 그중 하나에 그녀가 읽을 수 없는 플래카드가 들려 있다.

그녀는 가속기에서 발을 떼고 브레이크를 밟는다. 히치하이커가 인디애나의 죽음의 목재 열차 차량 한 칸을 다 채울 정도로 커다란 나무로 변한다. 금이 간 나무 몸통은 빙빙 돌며 수십 미터까지 올라가다가 거대한 여러 개의 가지로 벌어진다. 나무는 고속도로에서 좀 떨어져서 하늘을 향해 솟은 기둥처럼 서 있다. 수 킬로미터 이내에서 유일하게 농가보다 더 크다. 존재들이 조수석에서 꿈틀거린다. 차를 나란히 하자 올리비아는 커다란 가지 하나에 매달린 간판에 쓰여 있는 글자를 알아볼 수 있다. **공짜 나무 작품**. 존재들이 그녀의 목 뒤에서 잔가지를 흔든다.

그녀는 다음 출구로 진입한다. 경사로가 주도와 만나는 데 있는 정지 표지판 아래에 조금 전처럼 덩굴 같은 글자가 쓰여 있는 수제 포스터가 그녀에게 오른쪽으로 가라고 알려준다. 꽤 한참을 달리자 두 번째 간판이 그녀를 근사한 나무 쪽으로 다시 보낸다. 내리막 아래로 에덴동산이 눈앞에 펼쳐진다. 마치 5월인 것처럼 꽃을 피우고 있는 활엽수 나무들의 공터. 이 얼어붙고 잊힌 지구의 한쪽 옆에서 감추어진 여름의 문이 열린 것만 같다. 100미터쯤 더 가자 공터는 멋진 트롱프뢰유 스타일로 바꿔놓은 오래된 외양간의 벽으로 변한다. 그녀는 자갈 깔린 길을 따라 외양간 옆에 차를 세운 다음 내린다. 그녀는 선 채로 벽화를 본다. 가까이서 보자 그 모습이 그녀를 완전히 사로잡는다.

"간판 보고 왔습니까?"

그녀가 홱 돌아선다. 청바지에 회백색 와플 무늬 니트를 입고 청동기시대 예언자 같은 머리 모양을 한 남자가 그녀를 보고 있다. 남자의 호흡이 하얗게 나온다. 맨손은 각각 반대편 팔꿈치를 잡고 있다. 그는 그녀보다 몇 살 더 많고, 우울하고 야성적이고, 고객을 보는 것에 겁을 먹고 있다. 그의 뒤로 6미터쯤 떨어진 농가의 문은 열려 있다. 나무가 집 옆에 서 있다. 오로지 그녀의 관심을 끌기 위해서 누군가가 아주 오래전에 그것을 여기 심었다는 사실이 올리비아의 머릿속에 번쩍 떠오른다.

"네. 그런 것 같아요."

그녀는 차에서 파카를 가져올 걸 그랬다고 생각하며 몸을 떤다. 그는 도망칠까 생각하는 듯한 얼굴로 그녀를 응시한다. 그러다가 두 번 턱을 들어 올렸다 내린다.

"음. 당신이 처음이군요."

그가 긴 손가락으로 그림이 그려진 외양간을 가리킨다. 르네상스식 십자가의 예수의 손이다.

"갤러리를 보고 싶어요?"

그는 낮은 언덕으로 그녀를 데려가서 건물 안으로 들어간다. 스위치를 올리자 반쯤은 노숙자의 패총이자 반쯤은 파라오의 무덤 같은 공간이 드러난다. 사방에 부적이 있다. 토템, 그림, 카고컬트 등이 톱질대 위에 놓인 합판에 펼쳐져 있다. 그것들은 고고학자들이 파낸 신석기시대 자폐적 다신교 신자의 작품처럼 보인다.

올리비아는 당황해서 고개를 이리저리 돌린다.

"이걸 거저 내놓는 건가요?"

"별 소용은 없을 것 같죠, 안 그래요?"

"잘 모르겠네요."

그녀는 *이건 미친 짓이에요*라고 말하고 싶다. 하지만 목소리를 듣기 시작한 이래로 단어는 점점 유용성이 떨어진다. 여기, 아무도 모를 외딴 곳에서 아무리 좋게 봐줘도 기묘하다는 말밖에 할 수 없는 남자와 단둘이 있다는 게 걱정스러워야 할 일인 것도 같다. 하지만 힐끗 보기만 해도 알 수 있다. 그의 가장 기묘한 점은 그의 순수함이다.

그리고 이 예술은 진짜. 그녀는 기묘한 고딕 분위기의 그림 쪽으로 몸을 기울인다. 흐린 외양간 조명 아래서도 이미지가 분명하다. 남자가 좁은 침대에 누워서 창문을 통해 그의 얼굴 바로 앞까지 자란 나뭇가지 끝을 보고 있다. 패널에 붙어 있는 녹색 스티커에는 0달러라고 쓰여 있다. 그녀는 그 옆에 있는 작품으로 다가간다. 그것은 옆으로 세워놓은 움푹한 문에 그린 그림이다. 안에 삽입된 패널이 문이 되고 그 문을 열면 두꺼운 가지들이 뒤엉킨 공터가 나온다.

그녀는 비슷한 주제의 작품들로 뒤덮여 있는 탁자를 살핀다. 항상 나무들이다. 겉보기에 안전해 보이는 방의 창문, 벽, 천장을 뚫고 들어와 열추적장치처럼 인간 목표물을 찾는 나무들. 몇몇 작품에서는 초현실적인 장면

위로 색칠한 단어들이 떠다닌다. *가족 나무. 신발 나무. 돈 나무. 엉뚱한 나무 보고 짖기.* 다른 탁자에는 심판의 날에 땅에서 일어나는 죽은 자의 손처럼 생긴 네 개의 검은 점토 조각품들이 있다. 하나하나에 0달러라고 쓰인 녹색 꼬리표가 붙어 있다.

"좋아요. 우선은……."

"당신한테는 하나 가격에 두 개 줄게요. 당신이 내 첫 고객이니까요."

그녀는 손에 든 그림을 내려놓고 그 제작자를 쳐다본다. 그는 세상이 입히기 전에 직접 구속복을 입은 것처럼 가슴 위로 팔짱을 끼고 어깨를 잡고 있다.

"왜 이렇게 하는 건가요?"

그는 어깨를 으쓱인다.

"시장이 받아들일 수 있는 건 공짜뿐인 것 같아서요."

"이건 뉴욕에서 팔아야죠. 시카고나."

"시카고 이야기는 하지도 말아요. 난 2년 반 동안 그랜트 공원 보도에서 애너모픽일루전(anamorphic illusion, 왜상 기법을 이용한 착시 그림) 분필화를 그렸어요. 엄청나게 많이 밟혔죠."

그녀는 입술을 오므리고 가르침의 말을 기다린다. 하지만 그녀를 여기, 공짜 나무 작품으로 이끈 빛의 존재들은 그녀를 떠났다.

"내가 여기 들른 첫 번째 사람이라고요?"

"그러니까요! 그런 간판을 보고 누가 안 멈추겠어 그랬죠. 가장 가까운 동네는 20킬로미터 떨어져 있고, 거기엔 50명이 살아요. 주로 도망치는 범죄자들을 만나게 될 거라고 생각했었어요. 당신 혹시라도 도망치는 범죄자는 아니죠?"

이게 그녀가 방금 받은 임무에 어떻게 맞아 들어가는지를 알아내기 위해서는 생각을 해야 한다. 그녀는 다음 탁자, 그다음 탁자로 간다. 복잡한 나무 밀수품으로 차 있는 초현실적인 코넬 상자들. 뿌리와 덩굴처럼 보이도록 만들어진 부서진 도자기, 구슬 장식, 타이어 고무 조각들의 집합. 그녀를 여기로 이끈 나뭇가지들.

"당신이 이걸 다 만든 거예요? 그리고 이건 전부……?"

"내 나무기 동안에요. 9년하고 두 달 동안요."

그녀는 그 안에 있어야 하는 열쇠를 찾아서 그의 얼굴을 쳐다본다. 어쩌면 그녀가 그를 위한 열쇠를 갖고 있는 걸지도 모른다. 하지만 자물쇠가 뭔지조차 모른다. 그녀는 그를 향해 다가가고 그는 손을 내밀고서 움찔 물러난다. 그녀는 그 손을 잡고 그들은 서로 이름을 말한다. 올리비아 밴더그리프는 닉 호엘의 손을 잠시 잡고서 설명을 찾으려 한다. 그러다가 손을 놓고 예술품 쪽으로 돌아선다.

"거의 10년 동안요? 그리고 모든 게…… 나무에 관한 거고요?"

왠지 모르게 이 말이 그를 웃게 만든다.

"반세기가 더 지나면 난 내 할아버지랑 똑같아질 거예요."

그녀는 어리둥절해서 그를 쳐다본다. 그는 일종의 해명으로 그녀를 전시품 옆쪽에 있는 카드 탁자로 데려간다. 그가 그녀에게 두꺼운 수제 책을 건넨다. 그녀는 첫 페이지를 펼치고, 펜과 잉크로 놀랄 만큼 섬세하게 그린 어린 나무를 발견한다. 다음 장도 똑같은 그림이 있다.

"빠르게 넘겨봐요."

그가 자신의 엄지손가락으로 시범을 보인다.

그녀는 그의 말을 따른다. 나무가 위로 솟아오르며 살아난다.

"맙소사! 이거 앞에 있는 그 나무군요."

그가 부인할 수 없는 또 다른 사실이다. 그녀는 다시 쭉 넘긴다. 그저 상상의 산물이라고 하기에는 시뮬레이션이 너무 정확하게 움직인다.

"어떻게 이걸 만들었어요?"

"사진을 보고요. 76년 동안 매달 한 장씩 찍은 거죠. 난 강박증으로 유명한 오랜 혈통 출신이거든요."

그녀는 좀 더 넘겨본다. 그는 파산 직전에 있는 소규모 사업주의 입장에서 긴장하고 열띤 모습으로 쳐다본다.

"마음에 드는 게 있다면 싸 줄게요."

"여긴 당신 농장이에요?"

"우리 집안 대가족의 거죠. 가족들이 악마와 그 졸개들에게 얼마 전에 팔았어요. 난 두 달 안에 나가야 하고요."

"어떻게 사세요?"

그가 씩 웃으며 고개를 까딱인다.

"꽤 큰 추측을 하는군요."

"수입이 없나요?"

"생명보험요."

"생명보험에다 판다고요?"

"아뇨. 그쪽에서 나한테 돈을 주죠. 지금까지는요."

그는 미심쩍은 경매인처럼 물건이 놓인 탁자들을 쳐다보며 말을 잇는다.

"난 서른다섯 살이에요. 인생작을 내놓기에는 아직 그렇게 많은 나이가 아니죠."

모닥불에서 나오는 열기처럼 남자에게서 그의 혼란이 뿜어져 나온다. 2미터 떨어진 곳에서도 그녀는 느낄 수 있다.

"왜죠?"

그 말은 그녀가 계획했던 것보다 더 거칠게 나온다.

"왜 그냥 다 주냐고요? 모르겠어요. 그게 또 다른 예술처럼 느껴지거든요. 시리즈의 마지막요. 나무들은 전부 다 공짜로 주잖아요, 안 그래요?"

그 방정식이 그녀를 흥분하게 만든다. 예술과 도토리. 둘 다 대체로 잘못되는 낭비성 공짜 물품들이다.

남자는 톱질대와 나무 판을 차가운 눈으로 쳐다본다.

"이걸 화재 처분 세일이라고 해도 좋아요. 아니, 균 세일요."

"그게 무슨 뜻이에요?"

"여기. 내가 보여주죠."

그가 외양간 문으로 걸어간다.

그들은 눈이 얼어붙은 들판을 지나 집 옆을 지나간다. 그녀는 잠깐 멈춰서 파카를 꺼낸다. 그는 청바지에 니트 말고는 더 걸치지 않는다.

"춥지 않으세요?"

"항상요. 추위는 건강에 좋아요. 사람들은 지나치게 따뜻하게 하고 살죠."

닉이 소유지를 가로질러 앞장서서 간다. 그리고 거기에, 도자기 같은 하늘을 배경으로 팔을 벌린 거대한 것이 서 있다. 기묘하고 아름다운 수학이 백여 개의 가지, 천여 개의 잔가지, 만여 개의 더 작은 가지들의 각도를 통제한다. 예술품으로 가득한 외양간이 그녀에게 볼 준비를 시켜주었던 아름다움이다.

"이런 나무는 한 번도 본 적 없어요."

"살아 있는 사람 중 본 사람이 별로 없죠."

고속도로에서 그녀는 두툼하고 위로 점점 가늘어지는 이것의 우아함을 알아채지 못했었다. 처음 풍성하게 갈라지는 지점까지 위로 솟구치는 모습. 플립북이 아니었다면 전혀 알아채지 못했을 것이다.

"이건 뭔가요?"

"밤나무요. 동부의 삼나무죠."

그 단어가 그녀의 살을 온통 따끔거리게 만든다. 별로 필요치는 않았지만, 그래도 이 말이 확인을 해준다. 그들은 드립라인(drip line, 나무의 가장 바깥쪽 나뭇가지에서 바닥으로 수직선을 그려서 만들어지는 큰 원)을 지나 나무 아래 있다.

"지금은 전부 사라졌어요. 그래서 당신이 한 그루도 못 본 거예요."

그가 그녀에게 말한다. 그의 고고조 할아버지가 나무를 심은 것, 그의 고조 할아버지가 이번 세기가 시작될 무렵에 사진을 찍기 시작한 것, 병충해가 몇 년 동안 전국을 가로지르며 미국 동부에서 가장 좋은 나무들을 없애버린 것, 감염된 나무들로부터 아주 멀리 떨어진 외톨이 나무 한 그루만이 살아남은 것.

그녀는 가득한 가지들을 올려다본다. 가지 하나하나가 외양간에 있는 고통스러운 조각의 또 다른 연구자료다. 이 남자의 가족에게 무슨 일인가 생겼다. 그녀는 커닝 페이퍼를 보는 것처럼 그것을 볼 수 있다. 그리고 그는 조상이 지은 이 집에서 10년 동안 살며 기묘한 거인 생존자로부터 작품을 만들었다. 그녀는 갈라진 나무껍질 위에 한 손을 올린다.

"그리고 당신은…… 여기에서 벗어났나요? 다른 걸로 나아갔어요?"

그는 겁에 질려 움찔한다.

"아뇨. 절대로요. 이쪽이 나와의 일을 끝낸 거예요."

그는 엄청나게 큰 몸통 반대편으로 돌아간다. 긴 르네상스식 손가락이 다시 가리킨다. 나무껍질 위 여기저기에 퍼진 오렌지색 반점과 바싹 마른 고리 모양. 그가 그 부분을 누른다. 그의 손 아래로 나무가 쑥 들어간다.

그녀는 스펀지 같은 몸통을 건드린다.

"이런 젠장. 이게 뭐예요?"

"죽음이죠, 불행히도."

그들은 죽어가는 신으로부터 돌아온다. 그들은 집으로 향하는 언덕으로 느리게 걸어간다. 그는 뒷문 층계를 발로 차며 신발에서 눈을 떨어낸다. 그가 자신의 갤러리 희망 공간인 외양간 쪽으로 손을 흔든다.

"작품 한두 개 정말로 가져가지 않을래요? 그러면 오늘이 아주 좋은 하루가 될 것 같은데."

"우선은 내가 왜 여기에 왔는지부터 말씀을 드릴게요."

그는 10년 전 그날 아침 그가 작별 인사를 하고 오마하의 미술관으로 갈 때 부모님과 할머니가 앉아 있었던 부엌 스토브에서 차를 만든다. 그의 방문객은 인상을 찌푸렸다가 웃었다 하며 자신의 이야기를 한다. 그녀는 자신이 변신하던 밤 이야기를 늘어놓는다. 마약, 축축한 알몸, 치명적인 램프 소켓. 그는 앉아서 이야기를 들으며 그녀의 모든 설명에 얼굴을 붉히고 집중해서 듣는다.

"난 미친 거 같지 않아요. 그게 이상한 부분이에요. 난 전에는 미쳤었어요. 미치는 게 어떤 느낌인지 알아요. 그런데 이건 전부 다…… 모르겠어요. 내가 마침내 분명한 걸 보는 거 같은 느낌이에요."

그녀는 뜨거운 찻잔을 손으로 감싼다.

죽은 밤나무는 그가 완전히 이해할 수 없는 방식으로 그녀를 뒤흔든다. 그녀는 젊고, 자유롭고, 충동적이고, 새로운 이상으로 가득하다. 믿을 만한 모든 기준에서 볼 때 그녀는 꽤 많이 기울어져 있다. 하지만 그는 그녀가 이런 식으로 있기를, 그의 부엌에서 밤새도록 미친 이론에 대해서 이야기하기를 바란다. 집에 손님이 있으니까. 누군가가 죽음에서 되돌아왔으니까.

"당신은 미친 것처럼 말하지 않아요."

그가 거짓말을 한다. 어쨌든 *위험하리만큼* 미친 것 같지는 않다.

"내 말 믿으세요. 내가 어떤 식으로 말하고 있는지 나도 잘 알아요. 부활. 기묘한 우연. 창고형 할인매장의 텔레비전 세트에서 받은 메시지. 보이지 않는 빛의 존재들."

"음, 그런 식으로 표현하니까……" .

"하지만 이유가 있어요. 있어야만 해요. 어쩌면 이게 전부 내 무의식이 마침내 나 말고 다른 것에 주의를 기울이는 걸 수도 있겠죠. 어쩌면 내가 몇 주 전에, 감전되기 전에 나무 시위자들에 관한 이야기를 들었고, 이제 마침내 그 사람들을 사방에서 보고 있는 걸지도요.”

그는 유령으로부터 지시를 받는 게 어떤 의미인지 안다. 그는 자신의 죽어가는 나무를 스케치하며 아주 오랫동안 혼자 지냈고, 그렇기 때문에 다른 사람의 이론에 대해서 감히 부정할 수가 없다. 살아 있는 생명 쪽이 낯선 사람보다 훨씬 더 기묘하다. 그는 씁쓸한 펜촉을 씹으며 낄낄 웃는다.

“난 지난 9년 동안 마법의 장신구들을 만들었어요. 비밀스러운 신호는 내 관용구예요.”

“그게 내가 이해가 안 되는 거예요.”

그녀의 눈이 그에게 자비를 애원한다. 차 한 잔, 그녀의 얼굴로 피어오르는 김, 눈 덮인 아이오와의 자연. 너무나 오래되고 큰 이야기라 그녀는 그것을 다 이해할 수가 없다.

“난 길을 따라 차를 몰고 가다가 나무에 걸린 당신 간판을 봤어요. 그건 마치……”

“음, 저기, 한참 동안 운전을 하다 보면 말이죠…….”

“난 모르겠어요. 뭘 믿어야 하는지 모르겠어요. 무언가를 믿는 건 멍청한 짓이에요. 우리는 항상, 항상 틀려요.”

그는 그 얼굴에 밝은 전투화장을 그리는 자신의 모습을 본다.

“당신이 원하는 대로 불러도 좋아요. 하지만 무언가가 내 주의를 끌려고 하고 있어요.”

누군가가 지난 10년 동안 호엘 밤나무에 대한 그의 모든 연구가 무언가를 의미할지도 모른다고 생각한다. 그는 그걸로 충분하다고 생각한다. 그는 어깨를 으쓱인다.

“제대로 보기 시작하면 사물들이 얼마나 미친 것들이 되는지, 참 놀라운 일이죠."

그녀는 순식간에 괴로워하던 상태에서 확신을 품은 모습으로 변한다.

"그게 내가 하려는 말이에요! 어느 게 더 미친 걸까요? 가까운 곳에 우리가 전혀 모르는 존재들이 있을 수도 있다는 걸 믿는 걸까요, 아니면 베란다랑 지붕널을 만들려고 지구상에 마지막으로 남은 오래된 삼나무들을 베는 걸까요?"

그는 손가락을 들어 올리고 잠깐 위층으로 올라간다. 그리고 할아버지가 1965년에 떠돌이 판매원에게서 산 백과사전 책장에서 오래된 도로지도와 사전 세 권을 갖고 돌아온다. 거기에 실제로 키 큰 나무들 한가운데에 캘리포니아주 솔러스가 있다. 그리고 정말로 30층 높이에 예수만큼 오래된 삼나무들이 있다. 광기란 종족은 그 어떤 위협도 받지 않는다. 그는 그녀를 쳐다본다. 그녀의 얼굴이 목표감으로 빛난다. 그는 그녀의 비전이 이끄는 곳으로 어디든 따라가고 싶다. 그리고 그 비전이 실패하면 그녀가 그다음에 가는 곳으로 어디든 따라가고 싶다.

"배고프지 않아요?"

그녀가 묻는다.

"항상요. 배고픈 건 건강에 좋아요. 사람들은 배고픈 채로 있어야 돼요."

그는 그녀에게 녹인 치즈와 후추를 뿌린 오트밀을 만들어준다. 그리고 그녀에게 말한다.

"하룻밤 생각을 좀 해봐야겠어요."

"당신은 꼭 나 같아요."

"왜요?"

"난 잘 때 나 자신의 말이 가장 잘 들리거든요."

그는 1980년 크리스마스 이래로 청소할 때가 아니면 들어간 적이 없던 할아버지 할머니의 방에 그녀를 재운다. 그는 아래층의 계단 아래, 그의 어린 시절 조그만 방에서 잔다. 그리고 밤새도록 귀를 기울인다. 그의 생각은 사방으로 뻗어나가며 빛을 찾는다. 그의 인생에서 아무리 관대하게 봐줘도 계획이라고 할 만한 것은 어떤 것도 없었다는 사실이 문득 그의 머리에 떠오른다.

그가 잠에서 깼을 때 그녀는 부엌에 있다. 차에서 가져온 옷으로 갈아입고, 그가 바구미가 피도록 놔뒀던 밀가루로 팬케이크를 만들었다. 그는 플란넬 로브 차림으로 가운데 있는 탁자 앞에 앉는다. 그의 입이 알아서 말을 한다.

"이달 말까지 이 집을 처리해야 돼요."

그녀가 팬케이크 쪽으로 고갯짓을 한다.

"이건 처리할 수 있을 거예요."

"그리고 내 작품들을 처분해야 돼요. 그거 말고는 올해 내내 내 일정표에는 딱히 별 게 없어요."

그가 여러 개의 창유리로 된 부엌 창문을 내다본다. 호엘 밤나무 너머로 하늘은 멍청하리만큼 파래서 초등학생이 손가락에 물감을 묻혀 문질러놓은 것처럼 보인다.

미미 마에게 봄은 다시 온다. 아버지가 안 계신 첫 번째 봄이다. 사과나무, 배나무, 박태기나무, 층층나무는 분홍색과 하얀색으로 흐드러진다. 모든 비정한 꽃잎들이 그녀를 조롱한다. 뽕나무는 특히 꽃을 피운 모든 것에 불을 지르고 싶은 기분이 들게 만든다. 아버지는 이 화려한 모습을 조금도 보지 못할 것이다. 그런데도 이들은 지금이라는 잔인하고 무정한 색깔로 흘러넘치도록 피었다.

또 다른 봄 역시 힘들고, 그리고 세 번째가 온다. 일은 그녀를 강하게 만든다. 아니면 꽃들이 흐려지기 시작한 걸지도 모른다. 미미의 마일리지 계좌는 5월쯤 플래티넘으로 오른다. 그들은 그녀를 한국으로 보낸다. 그들은 그녀를 브라질로 보낸다. 그녀는 포르투갈어를 배운다. 온갖 인종, 색깔, 교리의 사람들이 주문제작 세라믹 몰딩을 엄청나게 원한다는 사실을 알게 된다.

그녀는 달리기, 하이킹, 자전거 타기를 계속한다. 사교댄스, 그다음에는 재즈, 그다음에 살사를 배운다. 살사는 그녀에게서 다른 모든 춤들을 영원히 쫓아내버린다. 그녀는 새 관찰을 시작하고, 곧 130종에 이르는 관찰 기록을 갖게 된다. 회사는 그녀를 과장으로 진급시킨다. 그녀는 르네상스 미술 강좌와 현대시 야간 강좌, 엔지니어가 되기 위해서 홀리요크 시절에 내버렸던 모든 수업들을 듣는다. 목표는 거의 애국적이다. 모든 분야에 발을 걸치는 것. 모두를 갖는 것. 모든 것이 되는 것.

동료 한 명이 그녀에게 회사 리그에서 하키를 해보지 않겠냐고 말한다. 곧 그녀는 그것만으로는 만족할 수 없게 된다. 4개 대륙의 남자들과 포커를 하고 2개 대륙의 남자들과 잔다. 샌디에이고에서는 놀랄 만큼 다양한 취향을 가진 여자와 일주일을 보내고, 그들의 솔직한 합의에도 불구하고 그녀는 그 여자의 마음을 부순다. 그녀는 경기장에서 부딪칠 때 항상 상냥한 다른 하키 팀의 유부남과 꽤 깊게 사랑에 빠진다. 그들은 12월에 헬싱키에서 딱 한 번 만난다. 어두운 정오 속에서 마법 같은 사흘간의 또 다른 삶이다. 그리고 다시는 그를 만나지 못한다.

그녀는 거의 결혼할 뻔한다. 그 직후에 그녀는 어쩌다 거기까지 갔던 건지 기억할 수가 없다. 그녀는 서른 살이 된다. 그리고 (믿음직스러운 엔지니어로서) 서른한 살, 서른두 살이 된다. 꿈속에서 그녀는 버글거리는 사람들 속에서, 영원히 유명한 공항들을 지나가며 자신의 이름이 호출되는 소리를 듣는다.

회사는 그녀를 본사로 부른다. 9000달러의 봉급 인상은 그녀에게 거의 아무 의미도 없고 다시금 그녀를 굶주리게 만들 뿐이다. 하지만 그녀는 생산시설의 조그만 자리를 졸업하고 바닥까지 닿는 창문이 있고 소나무 숲이 내다보이는 코너 사무실을 갖게 된다. 그 숲을 볼 때면 그녀의 머릿속에서 어쩐지 아주 긴 가족 자동차 여행의 마지막 종착지라는 생각이 든다. 세상에서 가장 작고, 가장 사적인 야생의 대역.

그녀는 어머니 몰래 훔쳐 온 물건들로 사무실을 꾸민다. 카네기 공과대학, 메이그스호, 난징 대학교 등 깃발로 뒤덮인 짐 가방. 발음할 수 없는 이름이 새겨진 증기선 트렁크. 그녀의 책상 위에는 그녀의 조부모님이라고 들은 두 명이 자신들은 알지도 못하는 세 손주의 사진을 들고 있는 사진이 액자에 들어 있다. 그 옆에는 사진 속 사진의 인쇄본이 있다. 인종적으로 모호한 조그만 여자아이 세 명이 전형적인 미국인인 듯 새침하게 소파에 앉아 있다. 가장 나이 많은 아이는 자기 자리를 강제로 차지할 준비가 된 것 같은 모습이다. 그녀가 길을 잃었다고 생각하는 누구에게든 주먹을 휘두를 것 같다.

사무실 벽에는 전통적인 벽 장식처럼 그녀 아버지의 두루마리가 걸려 있다. 바닥부터 천장까지 닿는 창문으로 들어오는 북서부의 햇살에 그림을 조금이라도 노출시키는 것은 잘못된 일이다. 이렇게 오래되고 드문 그림 뒤에 접착제를 붙이는 것도 잘못된 일이다. 이렇게 귀중한 물건을 야간직원 아무나 들어와서 둘둘 말아 코트 주머니에 넣어갈 수 있는 곳에 놔두는 것도 잘못된 일이다. 매번 시선을 들 때마다 아버지의 자살을 떠올리게 만드는 물건을 걸어놓는 것도 잘못된 일이다.

그녀의 사무실에 처음 들어오는 사람들은 종종 깨달음의 입구에 서 있는 초보 부처들에 관해서 묻는다. 그녀는 처음으로 이 두루마리를 보여주던 날 아버지가 한 말을 듣는다. *이 사람들? 마지막 시험을 통과한 사람들이야.*

책상 앞에 앉아 격렬한 업무적 성공 속에서, 밀려드는 송장과 견적서들에서 눈을 들어 두루마리를 보는 날이 가끔 있다. 그럴 때면 그녀는 아버지와 똑같은 마지막 성적을 받아드는 자신의 모습을 볼 수 있다. 질식할 것 같은 느낌이 그녀의 가슴 아래를 조이면, 그녀는 바닥까지 닿는 창문으로 자신의 숲을 내다본다. 잠시나마 자유롭고 활발해진 세 여자아이들이 오래된 호숫가에서 솔방울 화폐를 줍고 있는 곳. 가끔은 그게 그녀를 약간이나마 진정시켜준다. 가끔은 무릎을 구부리고 앉아서 두꺼운 공책에 이 캠프장에 관해 말할 만한 모든 것을 적는 남자의 모습도 보일 것만 같다.

그녀의 동료들은 그녀가 천 년 묵은 계란을 먹지 않는 날이면 그녀의 사무실을 점심 식사 공간으로 이용한다. 오늘 그녀의 메뉴는 치킨 샌드위치라서 사무실은 모든 민족들에게 안전하다. 세 명의 다른 매니저와 인적자원부의 펑크족 한 명이 푼돈을 걸고 업앤드다운더리버(Up and down the river) 카드게임을 하자고 온다. 미미도 낀다. 그녀는 의미 없는 위험과 일시적인 망각을 제공하는 게임이라면 뭐든지 낀다. 그녀의 유일한 조건은 그녀가 지휘관 자리에 앉아야 한다는 것이다.

"*지휘*할 게 뭐가 있습니까, 대장?"

그녀가 창문 쪽으로 손을 흔든다.

"이 풍경."

다른 참가자들이 카드에서 시선을 든다. 그들은 힐끗 보고 어깨를 으쓱인다. 그래, 조그만 땅 너머 나무로 가득한 조그만 공원. 나무는 북서부에 흔하다. 사방의 언덕에 나무들이 서로 우글우글 몰려서 슬금슬금 퍼져 하늘을 막고 있다.

"소나무?"

마케팅 부사장이 추측한다. 미미의 자리를 원하는 품질관리부 매니저가 선언한다.

"폰데로사소나무요."

"윌래밋 골짜기 폰데로사소나무죠."

걸어 다니는 사전인 R&D 팀장이 말한다.

사무실 탁자 위로 카드가 날아다닌다. 잔돈 더미의 주인이 바뀐다. 미미는 자신의 옥반지를 만지작거린다. 그녀는 아무도 반지를 훔치기 위해 그녀의 손가락을 자를 생각을 품지 않도록 조각이 손바닥으로 향하도록 반지를 끼고 다닌다. 그녀가 반지를 돌린다. 옹이 진 뽕나무 푸상, 자매들끼리 아버지의 물건을 나눌 때 그녀가 골랐던 나무가 그녀의 손가락에서 돌아간다. 그녀가 딜러 쪽으로 손바닥을 오므려 내밀고 사무적으로 말한다.

"자, 자. 내가 짝을 맞출 만한 걸 좀 줘봐요."

또 다시 망한 패다. 그녀는 다시 시선을 든다. 정오의 파란 햇살이 그녀의 사적인 숲을 내리비춘다. 태양이 솔잎의 푸른색 위에서 반짝거린다. 솔잎은 은은한 빛을 뿌리는 수천 개의 성채다. 거대한 공룡의 몸통 겉면이 오렌지색, 테라코타색, 시나몬색으로 변한다. 그녀의 자리를 원하는 품질관리부 남자가 말한다.

"저 나무껍질 냄새 맡아본 적 있어요? 바닐라 향이에요."

"그건 제프리소나무고요."

걸어 다니는 사전이 말한다.

"또 또, 누가 전문가인지, 원!"

"바닐라가 아니라 테레빈유 냄새예요."

"내가 확실하게 말하는데, 폰데로사소나무 맞아요. 바닐라 향이라고요. 난 강의를 들었어요."

품질관리부 남자가 말한다. 걸어 다니는 사전이 고개를 흔든다.

"아뇨. 테레빈유 냄새예요."

"누가 가서 냄새 좀 맡고 와봐."

다들 낄낄 웃는다.

품질관리부 남자가 탁자를 내리친다. 카드가 미끄러지고 동전이 굴러떨어진다.

"10달러 걸죠."

"이제야 얘기가 통하네!"

인적자원부의 펑크족이 말한다.

미미가 문으로 반쯤 간 후에야 무슨 일이 벌어지고 있는지 사람들이 알아챘다.

"이봐요! 아직 게임을 하는 중인데요."

"데이터요."

엔지니어의 엔지니어 딸이 대답한다. 그리고 몇 걸음 만에 바깥으로 나온다. 나무에 도착하기도 전에 향기가 와 닿는다. 송진과 넓은 서부 들판의 향기다. 그녀의 어린 시절 중 유일하게 훼손되지 않은 시기의 깨끗한 향기. 나무의 음악 역시 바람 속을 흐른다. 그녀는 기억한다. 그녀의 코가 평평한 테라코타색 갑옷 사이의 어두운 틈새 한 부분으로 들어간다. 그녀는 2억 년 전의 충격적인 냄새 속으로 빠진다. 이런 향수가 뭘 하기 위한 것이었을지 상상이 되지 않는다. 하지만 지금 그녀에게 뭔가 하고 있다. 마인드컨트롤. 이것은 바닐라 향도, 테레빈유 냄새도 아니고, 각각의 가장 좋은 부분만을 합쳐놓은 것이다. 영혼의 버터스카치 한 모금. 파인애플 향 한 조각. 이것은 자극적이고 절묘한 이 나무 자체의 냄새다. 그녀는 눈을 감고, 나무의 진짜 이름을 들이켠다.

그녀는 나무껍질에 코를 댄 채, 기묘하고도 은밀한 상태로 서 있다. 스스로 모르핀을 투약하는 호스피스 환자처럼 한참 동안이나 그 향기를 투약하고 있다. 화학물질이 그녀의 기도를 타고 내려가서 그녀의 몸 안의 혈류를 타고 혈액 뇌관문을 지나 그녀의 생각 속으로 들어간다. 냄새는 그녀의 뇌간을 사로잡아 그녀와 죽은 남자의 영혼이 가장 내밀하게 이어진 국립공원에서, 물고기가 숨어 있는 소나무 그늘 아래 나란히 서서 물고기를 잡던 때로 되돌린다.

보도를 지나가던 여자 한 명이 그녀가 냄새를 맡는 것을 보며 응급상황이 아닌지 생각한다. 추억과 휘발성 유기물질의 축복 속에서 미미는 눈길로 여자를 진정시킨다. 사무실에서는 카드놀이를 하던 동료들이 바닥까지 닿는 창문 앞에 서서 그녀가 위험한 인물로 변한 것처럼 바라본다. 그녀는 나무에 몸을 기대고 이름 붙일 수 없는 그 향기 속으로 마지막으로 빠져든다. 눈을 감고 그녀는 소나무 아래에 있는 아라한을, 삶과 죽음을 완전히 받아들이기 직전 입가에 어렴풋이 즐거운 표정을 띤 그를 불러온다. 무언가가 그녀에게 다가온다. 빛이 더욱 밝아진다. 냄새가 진해진다. 육체에서 분리되어 그녀는 위로, 위로, 어린 시절의 조수를 타고 둥둥 떠오른다. 그녀는 강렬한 행복을 느끼며 나무 몸통에서 돌아선다. *바로 이건가? 내가 거기에 있는 건가?* 옆에 있는 나무 몸통에 누군가 직접 만든 표지판이 붙어 있다.

시청에서의 회의! 5월 23일!

그녀는 포스터 쪽으로 다가가서 읽는다. 도시 당국에서는 죽은 솔잎과 나무껍질이 쌓여 화재 위험이 있고 나무들이 너무 오래되어 매년 점점 더 관리하는 비용이 비싸진다고 주장했다. 그들은 소나무를 더 깨끗하고 안전한 종으로 바꾸려고 계획 중이다. 소나무를 없애는 데 반대하는 세력들이 공청회를 요구했다.

그들이 그녀의 나무를 자르려고 한다. 그녀는 사무실 쪽을 돌아본다. 동료들이 유리에 얼굴을 대고 그녀를 보고 웃고 있다. 그들이 손을 흔든다. 유리창을 두드린다. 한 명은 일회용 카메라로 그녀의 사진을 찍는다. 그녀의 코에는 어설픈 단어로 표현할 수 없는 향이 가득하다. 그것을 기억이라고 불러라. 예측이라고 불러라. 바닐라, 파인애플, 버터스카치, 테레빈유.

마흔이 아직 안 된 남자가 212번 도로에서 조금 떨어진 스파로드하우스(road house, 가로변의 술집이나 여관)에서 은색 달러를 내민다. 더매스커스라는 이름이 꼭 어울리는 마을 근처다. 오리건주의 더매스커스.

"기념이라고, 제기랄. 이럴 땐 맥주를 마셔야지."

그 말에 누군가가 반응을 보인다.

"대체 뭘 기념하는 건데, 록펠러?"

"내 5만 번째 나무. 하루 아홉 시간씩, 비가 오나 해가 뜨나, 일주일에 5일 반씩, 식목 가능한 달마다, 거의 4년 동안 했다고."

드문드문 박수가 울리고 누군가가 휘파람을 분다. 가게 안의 모두가 그에게 술을 마실 자격이 있다고 말한다.

"노인네치고는 힘든 일을 했네."

"벌목 지역 아직 다 못 채운 거야?"

"한 2년 있다가 그 작자들이 또 그걸 전부 다 베어버릴 거라는 거 알지?"

로드하우스의 낯선 사람들에게 그는 감사의 의미로 술을 샀다. 더글러스 파블리첵은 미소를 지으며 참는다. 그는 스무 개 남짓한 은색 달러들을 당구대 구석에 쌓아놓고 단단한 단풍나무로 만들어진 큐대를 허공에 흔들며 사람들을 부른다. 곧 두 명의 도전자, 덤과 디가 온다.

그들은 번갈아가며 스리볼 게임을 한다. 더글러스는 불쌍한 것도 넘어설 지경이다. 잘린 가지와 죽은 나무와 진흙과 뒹굴고, 몸을 굽혀 나무를 심는 4년을 보낸 끝에 그의 신경계는 엉망이 되고, 총상 입은 다리는 완전히 망가졌고, 베이에어리어의 지진계에 표시될 정도로 온몸이 항상 떨린다. 덤과 디는 한 판 한 판, 한 회 한 회, 게임을 할 때마다 그의 돈을 따 가는 것이 미안할 정도다. 하지만 더기는 여기 대도시에서, 거품이 이는 술을 들이켜고 이름 모를 사람들과 함께 있는 즐거움을 새삼 기억하며 즐기고 있다. 오늘 밤에는 침대에서 잘 것이다. 뜨거운 샤워도 할 것이다. 5만 그루의 나무들.

덤이 세 개의 공을 전부 다 구멍에 집어넣는다. 오늘 밤 그의 두 번째 온 더스냅이다. 어쩌면 그가 단숨에 이기도록 공을 모아놨었는지도 모른다. 더글러스 파블리첵은 상관하지 않는다. 그다음에 디가 네 번 만에 끝을 낸다.

"그래. 나무 5만 그루라고?"

대화를 계속한다는 인지적 부담이 없어도 이미 고생하고 있는 더기의 정신을 흩뜨리기 위해서 덤이 말한다.

"맞아. 지금 죽는다고 해도 날 이길 사람이 없을걸."

"거기 바깥에서 여자들은 어떻게 만나?"

"여자 감독관들이 많아. 상당수는 여름휴가를 온 사람들이지. 뭐든지 가능하다고."

행복한 추억에 정신이 팔려서 그는 큐볼을 집어넣는다. 그것조차도 웃을 만한 일이다.

"누굴 위해서 나무를 심은 거야?"

"아무나 돈만 주면 해줬어."

"자네 덕택에 바깥에 새로운 산소가 엄청 많아졌겠네. 엄청난 온실가스들이 잠들고."

"사람들은 아무것도 몰라. 나무로 샴푸를 만든다는 거 알아? 안전유리도? 치약도?"

"그건 몰랐는데."

"신발 광택제도. 아이스크림 농축제도."

"건물도 짓지 않나? 책이랑 뭐 그런 것도. 보트랑 가구들."

"사람들은 아무것도 몰라. 아직도 나무의 시대라니까. 세상에 존재하는 가장 싸고 귀중한 재료야."

"아멘, 이 친구야. 20달러로 한 판 더 할래?"

그들은 몇 시간 동안 게임을 한다. 별로 흐트러지지 않고 술을 마실 수 있는 더기는 위태로운 상태에서 돌아오기 위해 애를 쓴다. 디와 덤의 차례는 끝나고 새로운 인물 1호와 2호가 그 자리를 채운다. 더글러스는 또 한 번 술을 사며 묘지 인부들에게 그들이 뭘 축하하고 있는 건지 설명한다.

"나무 5만 그루라. 허."

"이게 시작이야."

더글러스가 말한다.

2호는 그날의 개자식이 되겠다는 강력한 포부에 불타고 있다. 어쩌면 그 주의 개자식 자리를 노리는지도 모른다.

"자네 거품을 꺼뜨리기는 싫지만 말이야, 친구, 브리티시컬럼비아에만 1년에 200만 대의 목재 트럭이 들어가는 거 알아? 거기서만 말이야! 그걸 다 메우려면 4, 5세기쯤은 나무를 심어야―"

"알았어. 게임이나 계속하자고."

"그리고 자네가 나무를 심어준 그 회사 말인데. 자네가 심은 그 묘목 하나

하나에 대해서 그 회사가 선량한 시민으로서 인정을 받는다는 거 알지? 자네가 땅에 나무를 하나씩 박을 때마다 그 작자들의 연간 허용 벌채량이 늘어난다고."

"아냐. 그럴 리 없어."

더글러스가 말한다.

"아, 진짜야, 진짜고말고. 자네가 아기들을 심어서 그 작자들이 걔네들의 할아버지를 죽일 수 있게 만들어주는 거라고. 그리고 자네의 묘목들이 자라면 그것들은 단일작물 병충해를 맞게 되겠지, 친구. 행복한 해충들의 드라이브스루 식당이 되는 거야."

"좋아. 잠깐만 입 좀 닥쳐봐."

더글러스가 큐를 들어 올리고 곧 자신의 머리를 든다.

"자네가 이겼어, 친구. 파티는 끝이야."

미미는 다음 날 정오의 카드게임에 참가하지 않는다. 야외에서, 소나무 아래에서 점심을 먹는다.

"그래도 그쪽 사무실은 써도 돼요?"

인적자원부의 펑크족이 묻는다.

"마음대로 써요. 즐기라고요."

그녀는 오렌지색 나무 몸통에 등을 대고 앉는다. 고개를 들고 솔잎 덮개 사이로 들어오는 햇살을 본다. 아라한을 흉내 내어 기다리고, 숨을 쉰다. 이게 인도의 왕자 싯다르타가 삶으로부터 버림받고 즐거움이 사라졌을 때 한 일이다. 그는 웅장한 보리수나무, 피쿠스렐리지오사 아래에 앉아서 삶이 그에게 무엇을 원하는지 이해할 때까지 일어나지 않겠다고 맹세했다. 한 달이 지나고, 두 달이 지났다. 그러다가 그는 인류에 대한 꿈에서 깨어났다. 진실이, 밝은 빛 속에 숨겨져 있던 아주 단순한 사실이 그의 머릿속에서 타올랐다. 그 순간 부처의 위에 있던 나무—지금도 전 세계에서 그 나무에서 잘라낸 나뭇가지들이 자라나고 있다—가 꽃을 피우고, 꽃은 통통한 보라색 무화과로 변했다.

미미는 그 100분의 1만큼 웅장한 것도 기다리지 않는다. 사실 그녀는 아무것도 기다리지 않는다. 그녀가 빠져들 무(無)는 충분하니까. 그 이름 붙일 수 없는 향기, 그게 그녀가 원하는 전부다. 이 숲. 2억 년 된 향기. 가장 자유롭던 시절, 그들만의 원래 고향에 있는 그녀의 가족들. 그녀를 알았던 유일한 남자의 곁에서, 오래전에 사라지지 않은 강의 흐름 속에서 다시 낚시를 하는 것.

2인용 유모차에 쌍둥이를 태운 여자가 잠깐 옆쪽 벤치에 앉는다.

"멋진 그늘이죠. 시에서 이 나무들을 다 잘라버리려고 하는 거 아세요?"

미미가 말한다.

정치적이 되는 것. 선동. 그녀는 선동자들을 싫어한다. 그들은 항상 그녀와 아무 상관도 없는 것을 코앞에 들이밀기 때문이다. 이내 그녀는 겁에 질린 젊은 아이 엄마에게 23일에 열리는 시청 회의에 관해 이야기한다. 아버지의 유령이 얼마 떨어지지 않은 그의 소나무 아래에 서서 그녀를 보고 미소를 짓는다.

더글러스 파블리첵은 미미가 마지막으로 폐에 공기를 채우고 실내 온도 조절기 속으로 돌아갈 무렵에 깨어난다. 맥주에 200달러를 날리고 스리볼에서 100달러를 잃고 나서 자신이 모텔 방에 있다는 것을 깨닫는 데까지 잠깐의 영원이 걸린다. 그 어느 것도 그를 움찔하게 만들지 않는다. 오늘 오후, 두려움에 차서 깨어난 것이 더 중대하다. 그의 모든 불안감은 연간 허용 벌채량과 지난 4년 동안 그가 자신의 삶을 허비하고 있었거나 그보다 더 안 좋았던 게 아닐까 하는 데에서 나온다.

그는 무료 제공하는 대륙식 아침 식사를 네 시간 전에 놓쳤다. 하지만 직원이 그에게 오렌지와 초콜릿바, 커피를 팔았고, 이 세 개의 귀중한 나무 보물들은 그를 공립도서관으로 이끈다. 거기서 그는 검색하는 것을 도와줄 사서를 찾는다. 사서는 책장에서 정책과 법률에 관한 책을 몇 권 꺼내고, 그들은 함께 찾는다. 답은 그리 좋지 않다. 시끄러운 개자식이었던 2호가 옳았다. 묘목을 심는 것은 더 많은 벌채를 해도 된다는 녹색 신호에 지나지 않는다. 더기는 저녁 시간쯤 이 사실을 의심 없이 받아들인다. 그는 나무 보물 세 개를 받은 이래 종일 아무것도 먹지 않았다. 하지만 앞으로 다시 뭔가를 먹는다는 생각만으로도 구역질이 난다.

그는 걸어야 한다. 걷는 것은 그에게 유일하게 남은 분별 있는 행동이다. 그가 정말로 원하는 것은 벗겨진 언덕으로 달려 올라가서 미래를 제자리로 돌려놓는 것이다. 그것이 그의 근육이 아는 것이다. 특히 그의 근육 목록에서 가장 큰 근육, 즉 그의 영혼이 아는 것이다. 삽과 초록의 병사들로 가득한 어깨에 메는 가방. 오늘까지 그가 희망이라고 생각했던 것들.

그는 저녁 내내 걷다가 어쩔 수 없이 그의 몸과 타협해서 멈춘다. 햄버거는 그의 혀에 아무 맛도 남기지 않고 넘어간다. 밤은 부드럽고 공기는 대단히 가벼워서 그는 800미터 정도는 자신의 급락하는 공포를 잊는다. 하지만 질문을 멈출 수가 없다. 앞으로 40년 동안 이제 난 뭘 하지? 효율로 똘똘 뭉친 인류가 조각조각 잘라버리지 못할 만한 일이 뭐가 있을까?

그는 몇 시간 동안 수 킬로미터를 걷는다. 포틀랜드 도심을 빙 둘러서 평화로운 복합 거주지역으로 들어서서 이름 모를 향기에 이끌려 간다. 그는 모퉁이 식료품점에 들러서 녹색 주스 한 병을 사서 마시면서 가게 출구 게시판에 붙어 있는 공고를 읽는다. *굉장히 영리한 가출 고양이. 기(氣) 재조정. 싼 장거리 통화.* 그리고 이게 있다.

시청에서의 회의! 5월 23일!

그가 속한 종의 뇌에 든 미친 유산은 다른 것들과 그리 잘 협조해서 작동하지 않는다. 그는 계산대의 아이에게 문제의 공원이 어디냐고 묻는다. 아이는 쥐에게 코를 물린 것 같은 얼굴이다.

"걸어가긴 너무 먼데요."

"설명이나 해줘."

알고 보니 더기는 여기로 오는 길에 그곳을 지나쳤다. 그는 왔던 길을 되돌아간다. 눈에 들어오기 전에 조그만 공원의 냄새가 먼저 느껴진다. 신의 생일 케이크를 한 조각 잘라놓은 것 같다. 사형 선고를 받은 나무들은 전부 다 솔잎이 세 가닥씩 붙어 있고 커다란 오렌지색 갑옷을 두르고 있다. 오래된 친구들. 그는 소나무 아래 벤치에 베이스캠프를 만든다. 그리고 나무들에게 기대어 안도감을 느낀다. 어둡지만 이 동네는 안전해 보인다. 캄보디아 위로 수송기를 타고 날아가는 것보다 안전하다. 그가 잠들었던 수많은 술집들보다 안전하다. 그는 여기서 잠들고 싶다. 실용성과 그에 따른 온갖 의무 따위는 개나 주라지. 사람에게 자신의 맨머리와 떨어지는 씨앗 사이에 아무것도 없는 야외에서의 하룻밤을 허락하라. 23일, 시청 회의까지 나흘밖에 남지 않았다는 사실이 문득 떠오른다.

마침내 그는 몇 년 동안 꾼 것 중에서 가장 생생한 꿈을 꾼다. 이번에는 비행기가 크메르 정글로 떨어진다. 스트로브 대위는 더글러스에게는 보이지 않는 악성 덤불에 찔려 꼼짝하지 못한다. 리바인과 브래그는 근처에 떨어졌지만 더글러스는 그들에게 갈 수가 없고, 잠시 후 그들은 그의 고함에 더 이상 응답하지 않는다. 그는 다시 혼자이고, 거기가 한 그루의 반안나무에 완전히 휩싸인 기괴한 포틀랜드라는 것을 깨닫는다. 그는 지붕 같은 나뭇잎 사이로 투광조명을 비추며 그를 샅샅이 찾아다니는 헬리콥터 소리에 깨어난다.

꿈속 헬리콥터는 알고 보니 트럭이다. 남자들이 거기서 장비를 갖고 우르르 내린다. 잠깐 동안 그들은 여전히 투덜거리며 마지막 총격전에서 더기의 마을을 불태우러 온다. 이윽고 그는 휴대용 전동톱을 알아볼 만큼 정신을 차린다. 그는 시계를 본다. 자정이 조금 지났다. 처음에 그는 자신이 나흘 동안 잠을 잔 거라고 생각한다. 그는 몸을 일으키고 정찰을 나선다.

"이봐요!"

그가 장비들 근처에서 멈춘다.

"저기요!"

미친 사람을 본 것처럼 안전모를 쓴 남자들이 움찔한다.

"지금 작업 준비를 하는 건 아니겠죠?"

그들은 계속해서 장비에 연료를 채우며 일을 한다. 경계 주변으로 테이프 울타리를 두른다. 거대한 작업자용 크레인을 적당한 곳에 배치하고 발판을 고정한다.

"이거 뭔가 좀 실수가 있는 거 같은데요. 공청회가 며칠 후에 있어요. 포스터를 읽어봐요."

인부 감독인 듯한 사람이 그를 향해 다가온다. 위협적이지는 않다. *권위적*이라는 단어가 어울릴 것 같다.

"선생님, 벌목을 시작하기 전에 여기서 나가주셨으면 합니다."

"벌목을 한다고요? 완전히 어두운데요."

하지만 물론 그렇지 않다. 한 쌍의 아크등을 설치해놓아 더 이상 어둡지 않다. 그러다가 불현듯 그는 시의 계획이 무엇인지 깨닫는다.

"잠깐만요."

"시의 명령이에요. 테이프 바깥쪽으로 나가주셔야 합니다."

현장 감독이 말한다.

"시의 명령이라고요? 도대체 그게 무슨 뜻인데요?"

"나가라는 뜻이죠. 테이프 너머로요."

더글러스는 죽을 운명의 나무들을 향해 달려간다. 그 동작에 모두가 잠시 넋을 잃는다. 안전모들이 그를 뒤쫓기까지는 약간 시간이 걸린다. 그가 나무 한 그루를 몇 미터쯤 기어 올라갔을 때 그들이 그의 발을 잡는다. 누군가가 기다란 가지치기 가위 손잡이로 그를 후려친다. 그는 바닥으로 떨어져서 성하지 않은 다리 쪽으로 부딪친다.

"이러지 말아요. 이건 완전 잘못된 거야!"

두 명의 벌목꾼들이 경찰이 올 때까지 그를 바닥에 눕히고 짓누른다. 새벽 1시다. 시가 잠든 사이에 벌어진 공공재산에 대한 또 다른 범죄다. 이번에 그에게 부과된 혐의는 공적 불법 방해, 공적 업무 훼방, 체포불응이다.

"이게 재미있다고 생각하나?"

그에게 수갑을 채우는 경찰이 묻는다.

"왜 아니겠어요. 당신도 그럴걸요."

2번가의 경찰서에서 그들이 그의 이름을 묻는다.

"죄수 번호 571번요."

억지로 그의 청바지에서 지갑을 꺼내서 그의 진짜 신분증을 꺼낸 다음에야 그들은 그의 이름을 알아낸다. 그리고 그가 다른 범죄자들을 선동해서 폭동을 일으킬까 봐 그를 다른 죄수들과 따로 가둔다.

아침 7시 반, 미미는 일찍 사무실에 도착한다. 아르헨티나의 원심 펌프 추진기 주문이 엉망이 되었다. 그녀는 커피를 내려놓고, 머리 위 조명을 켜고, 기계 스위치를 누른 다음 회사 랜이 들어오기를 기다린다. 그리고 바깥쪽을 힐끗 보았다가 비명을 지른다. 숲이 있어야 하는 자리에 널따란 청회색 적란운만이 있을 뿐이다.

2분 만에 그녀는 잠깐의 추억과 평화가 필요할 때 보곤 했던 나무들이 있던 허허벌판에 서 있다. 심지어 아직 운동화를 샌들로 갈아 신지도 않았다. 단정한 공터는 무슨 일이 있었다는 것조차 부정한다. 나무 몸통 하나, 가지 하나도 남지 않았다. 갓 벌채한 땅 위에 톱밥과 떨어진 솔잎만이 가득 쌓여 있을 뿐이다. 공기에 노출된 노란색-오렌지색 나무, 가장 바깥쪽 나이테 가장자리에서 솟아나는 수액, 나이테는 그녀가 살아온 햇수보다도 훨씬 많은 고리 모양을 그리고 있다.

그리고 그 향기, 기대와 상실, 갓 자른 소나무의 냄새. 메시지, 그녀의 뇌에서 작동하던 마약이 이제 농축되어 죽은 채 널려 있다. 그것이 흩뿌려지기 시작한다. 그녀는 눈을 감는다. 분노가 몸 안을 가득 채운다. 인간의 교활함, 그녀의 인생 전체보다 더 큰 부당함, 결코 응답을 받지 못할 오래된 상실감. 다시 눈을 떴을 때, 진실이 그녀의 머릿속으로 빠르게 들어온다. 마치 반짝이는 깨달음처럼. 비록 불빛은 없지만.

발아는 빠르게 일어난다. 닐리는 스페이스오페라를 완성한다. 미래적인 휠체어를 탄 기다란 소년의 일부는 여전히 게임을 공짜로 주고 싶어 한다.

하지만 게임 안에서도 늘 그렇듯이 자신이 있는 우주 한쪽 구석 공간을 수익원으로 바꾸어야만 하는 순간이 온다.

게임을 출시하려면 가짜라고 해도 회사가 필요하다. 회사의 본사는 레드우드시티의 엘카미노 근처, 경사로가 딸린 그의 1층 아파트다. 사업체 전체 인원이 2륜 마차에 실린 나뭇가지 뭉치처럼 돌아다니는 20대 인도계 미국인 장애인 하나뿐이라고 해도 이름은 필요하다. 하지만 의외로 회사 이름을 짓는 것은 행성을 코딩하는 것보다 더 어렵다. 사흘 동안 닐리는 혼성어와 신조어들을 뒤지지만, 전부 다 별로거나 이미 누가 써버렸다. 그는 저녁 식사인 시나몬 가닥을 빨면서 가짜 서신 양식을 쳐다보다가 그의 회신 주소에 있는 레드우드라는 단어에 갑자기 주목한다. 마치 누군가가 그의 귀에 분명한 답을 속삭여준 것만 같다. 그림 프로그램을 사용해서 스탠퍼드의 엄청난 나무를 슬쩍 가져와서 그는 로고를 만든다. 그리고 셈페르비렌스(세쿼이아셈페르비렌스(sequoia sempervirens)가 미국삼나무(redwood)다)가 탄생한다.

그는 회사의 첫 번째 작품을 〈숲의 예언〉이라고 이름 붙인다. 최신 DTP 소프트웨어로 그는 광고를 디자인한다. 페이지 제일 위에는 문장을 가운데 맞춤으로 넣는다.

바로 옆집에 완전히 새로운 행성이 있다

그다음에 닐리는 전국의 만화책과 컴퓨터 잡지 뒤쪽에 광고를 싣는다. 멘로파크의 디스크 복제 가게에서는 3000장의 플로피디스크를 만들어낸다. 그는 양쪽 해안 지역을 따라 가게들에 게임을 공급하기 위해 두 명의 전 스탠퍼드 친구들을 고용한다. 한 달 안에 〈숲의 예언〉은 매진이 된다. 닐리는 디스크를 더 복제한다. 그것도 전부 매진된다. 그는 세상의 수많은 기계들이 게임의 최소 사양을 만족시킨다는 사실에 깜짝 놀란다. 입소문이 계속 퍼진다. 수익이 들어오고, 곧 그가 혼자서 하기에는 일이 너무 많아진다.

그는 치과의사 사무실이었던 곳을 5년 임대하기로 한다. 비서를 고용하고 그녀를 사무장이라고 부른다. 해커를 고용하고 그를 프로그래밍 팀장이라고 부른다. 회계 학위를 가진 사람을 고용해서 경영 팀장으로 탈바꿈시킨다. 팀을 조직하는 것은 〈숲의 예언〉에서 고향 행성을 만드는 것과 비슷하다. 그는 지원자들 중에서 모터식 의자에 불쑥 튀어나와 있는 그의 기다란 몸을 보고 가장 덜 움찔하는 사람들을 고용한다.

놀랍게도 새로운 직원들은 미래의 수익을 공유하기보다는 현금을 먼저 받기를 선호한다. 그것은 완전한 상상력의 실패다. 그들은 그들 종이 어디로 향하는지 전혀 알지 못한다. 그는 그들을 설득하려고 해보지만, 모두가 안전과 현금 쪽을 고른다.

곧 경영 팀장이 닐리에게 소식을 전한다. 이제는 회사인 것처럼 가장하는 걸로는 부족하다. 정말로 회사를 설립해야 한다. 셈페르비렌스는 법인이 되어야 한다. 닐리는 그날 밤 잠자리에 들어서 가지를 치고 넓혀가는 꿈을 꾼다. 그것은 무제한의 성장곡선을 가진 새로운 산업이다. 시장에서 몇 번만 성공하는 것이면 충분하다. 이전의 성공보다 다음번에 더 크게 성공하는 식으로. 그러면 스탠퍼드 안뜰의 야생 테라리엄의 낯선 생명체가 그에게 언뜻 보여주었던 식으로 세상을 다시 만들 수 있을 것이다.

회사를 운영하는 법을 배우지 않는 낮 시간이면 닐리는 계속해서 코딩을 한다. 프로그래밍은 여전히 그를 놀라게 한다. 변수를 선언하고, 절차를 명시하고, 각각의 잘 짜인 루틴이 세포를 구성하는 소조직처럼 더 크고, 더 영리하고, 더 유능한 조직 안에서 각자의 역할을 하도록 호출한다. 그러면 단순한 명령들로부터 자주적으로 행동하는 존재가 나타난다. 단어가 행동이 된다. 이것은 이 행성의 '다음번 새로운 것'이다. 코딩. 그는 여전히 살아 있는 가능성이라는 커다란 세상이 아버지의 품에 안긴 채 계단으로 올라오는 것을 보는 일곱 살배기 소년이다.

셈페르비렌스가 후속작을 낼 때까지도 첫 번째 게임은 여전히 잘 팔린다. 〈새로운 숲의 예언〉은 256색으로 믿을 수 없을 만큼 놀라운 사실감을 보여준다. 게임은 근사하고 새로운 고해상도 우주에서 전과 똑같은 모험과 교역으로 이루어지긴 하지만, 이제 프로의 그림이 들어간 진짜 포장에 담겨 있다. 대중은 이것이 예전의 반복이라는 사실에 신경 쓰지 않는다. 대중은 더 하지 못해서 안달이다. 그들은 열린 결말의 세계라는 특징을 사랑한다. 게임에서 이길 수 있는 방법은 사실 없다. 사업을 운영하는 것처럼, 핵심은 가능한 한 오래 게임을 하는 것이다.

〈새로운 숲의 예언〉은 그 전작이 10위권 밖으로 나가기도 전에 차트에 진입한다. 플레이어들은 변방의 행성들에서 발견한 동물, 식물, 광물의 기묘하고 예측 불가능한 조합인 야생 생물체들에 관해서 온라인 게시판에 메시지를 올린다. 많은 사람들이 은하의 중심부에서 보물을 찾는 것보다 게임의 식물군과 동물군을 찾는 것을 더욱 재미있어 한다.

두 게임은 합쳐서 수많은 할리우드 영화보다도 많은 돈을 번다. 경비가 훨씬 낮기 때문이다. 닐리는 모든 이윤을 이미 이전의 두 게임을 합친 것보다 더 야심만만한 세 번째 작품에 쏟는다. 9개월 후에 출시된 〈숲의 계시〉의 가격은 놀랍게도 50달러다. 하지만 점점 늘어나는 플레이어들은 2년 전에는 존재조차 하지 않던 혁신적 경험에 지불하는 비용으로는 적은 대가라 생각한다.

디지트-아트라는 대형 업체에서 브랜드를 사겠다고 제안을 한다. 협의는 모든 면에서 합리적이다. 전문가들이 앞으로의 제품에 관한 판매와 분배를 담당하고, 셈페르비렌스는 개발에만 주력할 수 있다. 닐리는 회사를 운영하고 싶지 않다. 그는 세계를 만들고 싶다. 디지트-아트의 제안은 그의 자유를 보장하고 그를 영원히 최신식 휠체어에 앉아 있을 수 있게 해준다.

계약에 원칙적으로 동의한 밤에 닐리는 잠을 잘 수가 없다. 그는 철제 손잡이를 발포고무 패딩으로 감싸고, 어머니가 퀼트로 주머니를 만든 러너가 깔린 조절식 침대에 누워 있다. 자정쯤 그의 다리가 걸을 수 있는 사람의 다리처럼 경련하기 시작한다. 일어나 앉아야 한다. 도우미가 있으면 쉬웠겠지만, 지나는 앞으로 몇 시간 후에야 온다. 버튼을 누르면 침대 머리가 완전히 수직까지 선다. 그는 오른쪽 세로 기둥에 팔을 감고 가로대 앞으로 왼팔을 쑥 내민다. 근육의 감소로 그의 두 팔뚝은 물에 떠가는 나뭇가지 한 쌍처럼 보인다. 그의 팔꿈치가 부풀어 오른다. 몸을 일으켜 앉는 데에는 그의 모든 힘을 다 써야 한다. 어깨가 떨리고, 항상 도로 침대에 드러눕고 싶은 순간을 넘겨야 한다. 그는 잠깐 몸을 흔들어 상체를 앞쪽으로 기울인 다음 양팔을 뒤로 짚고 상체를 받친다. 어떻게 세는지에 따라서 다르지만, 총 52단계 중에서 1단계 완료.

그의 운동복 바지는 준비 자세로 무릎 근처에 내려가 있다. 도뇨관을 꽂을 때 그가 그렇게 해두기 때문이다. 그는 최대한 몸을 구부려서 거의 반으로 접는다. 그렇게 하면 그의 머리와 어깨 무게가 쏠려서 엉덩이 근처를 단단히 짚을 수 있기 때문이다. 그의 오른팔이 왼쪽 허벅지 아래로 미끄러진다. 거기에는 귀중한 살이 아주 조금 남아 있다. 사실 전혀 남아 있지 않지만, 그의 다리라는 짐덩이가 여전히 그의 쪼그라든 상체를 똑바로 세우고 버티기에 충분한 닻이 된다는 것을 입증한다.

그는 바지를 잡고 왼쪽 팔꿈치를 대고 눕는다. 늘어진 도개교 같은 다리를 위로 흔든다. 그의 엉덩이가 살짝 올라가서 바지 엉덩이 부분을 더듬더듬 당길 수 있다. 성공이 거의 눈앞이다. 다리를 내리고 그는 튀어나온 견갑골을 대고 다시 한 번 엎어진다. 가로대에 달린 손잡이를 잡고서 다시금 몸을 일으키고서 그는 바지가 허리 위로 완전히 올라올 때까지 오른손으로 같은 절차를 반복한다. 양쪽 다리 부분을 매만지는 데에는 시간이 걸리지만, 한밤중에 시간은 넘쳐나는 자원이다. 그런 다음 머리 위 가로대를 잡고, 다시 몸을 안정적으로 만든 다음 장비들이 매달린 수많은 갈고리들 중에서 그는 U자형 캔버스 슬링을 잡고, 백 번쯤 조금씩 움직여서 그것을 그의 몸의 꼿꼿한 줄기 주위에 펼친다. 각각의 다리는 가운데에서 당길 수 있는 끈으로 아래쪽에서 싼다.

그는 다시금 몸을 흔들어 윈치 머리를 잡고 바로 위에 위치할 때까지 그 수평 버팀대 쪽으로 당긴다. 네 개의 슬링 고리 전부가 한쪽에 두 개씩 윈치 걸쇠 너머로 간다. 그는 입으로 리모콘을 물고 끈을 제자리에 고정하고서 윈치가 그의 몸을 들어 올릴 때까지 치아로 전원 버튼을 누른다. 그는 리모콘을 슬링에 고정하고 침대 옆에서 도뇨관의 소변주머니를 떼어낸다. 호스를 잇새에서 자유로운 두 손으로 옮기고 그는 주머니를 그가 메고 다니는 가방에 고정한다. 그런 다음 윈치 버튼을 다시 누르고, 기다리다가 허공으로 뜬다.

침대에서 허공을 지나 기다리고 있는 의자로 옆으로 움직일 때면, 불안정한 시스템 전체가 흔들리는 순간이 항상 있다. 그는 전에 잘못 움직여서 금속 버팀대에 부딪치고 바닥에 떨어져 고통과 소변 속에 나뒹군 적이 있었다. 하지만 오늘 밤은 실수 하나 없다. 휠체어 의자를 조절해야 하고 바퀴도 위치를 바꿔야 하지만, 그는 착지에만 집중한다. 거기, 의자에서 그는 모든 단계를 거꾸로 반복한다. 윈치를 떼어내고, 주머니를 매달고, 후디니처럼 몸을 들어 올리지도 않고 몸 아래에서 슬링을 빼낸다. 성직자복 같은 옷을 입는 것은 간단하다. 신발은 슬립온에 광대 신발처럼 커다란데도 불구하고 더 어렵다. 하지만 비행 시뮬레이터에서 이멜만 기술을 선보이는 것처럼 간단하게 조이스틱과 조절기를 사용해서 이제 움직일 수 있다. 모든 고난은 30분 조금 넘게 걸렸을 뿐이다.

다시 10분이 흘러 그는 밖에 나와 밴 옆에서 유압식 리프트 바닥이 지면까지 내려오기를 기다린다. 그는 철제 네모판 위로 의자를 굴리고 차에 올라탄다. 그가 열린 차 안으로 들어가서 빈 앞자리로 들어간다. 리프트가 접히고, 문이 닫히자 그는 페달과 브레이크의 레버가 허리 높이에 있어서 근육 없는 팔로도 작동할 수 있는 콘솔 앞으로 의자를 위치시킨다.

자유를 향한 이 알고리즘에 수십 개의 명령어를 더 넣은 후에 그는 밴을 주차하고, 내리고, 스탠퍼드 안뜰로 의자를 굴린다. 그는 360도로 빙 돌며 6년 전과 똑같이 다른 세상에서 온 것 같은 생명체들로 둘러싸인 채 관찰한다. 아주아주 먼 다른 은하에서 온 모든 생명체. 비둘기나무, 자카란다, 사막숟가락나무, 녹나무, 호주벽오동나무, 오동나무, 둥근잎호주벽오동나무, 붉은오디뽕나무. 그는 이들이 그가 만들 운명인 게임에 대해서 어떻게 속삭였는지 기억한다. 전 세계에서 수많은 사람들이 하고 있는 게임, 플레이어들을 어렴풋하게만 상상할 수 있는 잠재력이 가득 살아 숨 쉬는 정글 한가운데 떨어뜨려놓는 게임.

오늘 밤 나무들은 입을 꾹 다물고 그에게 아무 말도 해주지 않는다. 그는 비쩍 마른 허벅지에 손가락을 두드리며 여기 오는 데 걸린 시간보다 더 오랫동안 기다리고 귀를 기울인다. 주위에는 아무도 없다. 달은 지구에 사는 누구라도 그에게 연락할 수 있는 환한 전화기다. 그저 고개를 들고 그가 보는 것을 쳐다보기만 하면 된다. 그는 야생의 나무들에게 징조를 보여달라고 설득한다. 외계 생명체들은 그 기묘한 가지들을 흔든다. 허공을 집단적으로 두드리는 그 소리가 그를 괴롭힌다. 수액처럼 안에서 기억이 솟아오른다. 그리고 이제 마치 흔들리고 휘어진 가지들이 그에게 바깥쪽을 가리키는 것 같다. 안뜰 뒤로, 에스콘디도로 가서, 파나마가를 따라가다 로블을 지나서…….

그는 흔들림이 가리키는 곳으로 향한다. 남쪽으로 산타크루즈산맥의 등근 꼭대기가 캠퍼스 지붕 위로 솟아 있다. 그리고 이제 그는 기억한다. 그의 반평생쯤 전 어느 날, 아버지와 함께 그 산등성이의 숲길을 걸어가다 벌목꾼들의 손을 피해 살아남은 웅장하고 거대한 삼나무, 외로운 므두셀라를 만났다. 이제 보인다. 그 나무의 이름을 따서 회사에 붙였어야 했다. 두 번 생각할 것도 없이 그는 이 문제를 상의해볼 것임을 안다.

지그재그식 도로가 샌드힐로(路)를 따라 나 있다. 정오에도 위험한 이 길은 어둠 속에서는 거의 치명적이다. 그는 〈숲의 예언〉 기술레벨 29에서 만들 수 있는 비행포드에 탄 것처럼 이쪽저쪽으로 방향을 바꾸며 나아간다. 이 시간에 길은 텅 비었고, 쓸모없는 다리를 가진 수척한 사업가가 기괴하리만큼 비쩍 마른 손가락으로 개조 밴을 몰고 가는 모습을 볼 사람은 아무도 없다. 산등성이 꼭대기에서, 샌프란시스코를 만들기 위해 언덕들을 완전히 벌목하고 설치한 케이블카 이름을 딴 스카이라인 도로에서 그는 우회전을 한다. 그 정도는 기억한다. 기억이 뇌의 경로를 바꾸었다면, 그 오솔길은 아직도 거기 있어야만 한다. 이것은 하층 식생에서 야생동물이 튀어나오기만을 기다리는 그런 문제다.

그는 100년쯤 전에 되살아나서 이런 새카만 어둠 속에서는 원시림처럼 보이는 2차림의 터널 사이를 뚫고 나아간다. 알아볼 수 있을 만큼 적절한 환기물이 나타난 덕택에 그는 차를 세운다. 조수석 사물함에 손전등이 있다. 그는 밴의 리프트를 타고 폭신한 땅으로 내려가서 두툼한 타이어에 내구성을 갖춘 휠체어라 해도 앞에 있는 길을 가려면 어떻게 조종을 해야 할지 알 수 없어서 기다린다. 하지만 그게 이 마우스 클릭형 모험이 원하는 것이다.

길을 따라 100미터 정도까지는 괜찮다. 그러다가 그의 왼쪽 타이어가 젖은 내리막에 닿아 미끄러진다. 그는 그곳을 지나쳐가기 위해서 조이스틱을 움직인다. 옆으로 빠져나올 수 있기를 바라고 뒤로 물러났다가 빙 돈다. 타이어가 진흙을 파고 박힌다. 그는 앞쪽으로 손전등을 흔든다. 그림자가 다가오는 유령처럼 일어난다. 부러진 가지들이 전부 다 멸종된 최고위 포식자의 작품 같은 소리를 낸다. 스카이라인 도로 아래쪽 멀리서 갑자기 차 엔진 소리가 커진다. 닐리는 마른 폐에서 최대한으로 소리를 지르며 미친 사람처럼 손전등을 흔든다. 하지만 차는 쌩 지나쳐 간다.

그는 완전한 어둠 속에 앉아서 이런 곳에서 인류가 어떻게 살아남았던 걸까 생각한다. 해가 뜨면 누군가 등산하는 사람이 그를 찾아낼 것이다. 아니면 그 다음 날에나. 이 길에 사람이 얼마나 다니는지 누가 알겠는가? 뒤쪽에서 끽 소리가 난다. 그는 손전등을 홱 돌려보지만, 너무 늦게 돌아섰다. 그의 심장이 원래 박동으로 돌아오기까지는 약간 시간이 걸린다. 진정하고 나자 그는 최대한 팔을 뻗어 바퀴에서 가장 먼 바닥에다가 꽉 찬 도뇨관 주머니를 비워야 한다.

그때 그의 눈에 보인다. 그의 앞쪽으로 10미터도 떨어지지 않은 곳에 엉켜 있는 다른 그림자들. 그는 자신이 왜 그걸 못 봤었는지 안다. 너무 크기 때문이다. 너무 커서 말이 되지 않는다. 너무 커서 살아 있는 생명체라고 생각할 수가 없다. 그것은 밤의 한쪽 옆으로 들어가는 세 짝짜리 암흑의 문이다. 전등 불빛은 끝없는 나무 몸통의 가까운 위쪽까지밖에 닿지 않는다. 그리고 쭉 뻗은 몸통 위로는 이해의 범주를 넘어서는 불멸의 집단 생태계가 있다. 셈페르비렌스.

거대한 생명체 아래에서 조그만 인간과 그의 더 작은 아들이 올려다보고 있다. 둘을 합쳐도 이 생명체의 뿌리 체계에서 자라나온 판근보다 더 작다. 닐리는 무슨 일이 일어날지 아는 상태로 바라본다. 기억은 그의 안에 암호처럼 빽빽하게 들어차 있다. 아버지는 몸을 젖히고 손을 하늘로 들어 올린다. 비슈누의 무화과지, 닐리-지. 우리를 삼키러 돌아온 거야!

서 있는 소년은 지금 앉아 있는 그가 원하는 것처럼 웃었을 것이다.

피타? 말도 안 되는 얘기예요. 이건 삼나무예요!

아버지가 설명한다. 세상의 모든 나무들은 같은 뿌리에서 나와서 한 나무의 퍼진 가지 아래로, 뭔가를 하기 위해서 밖으로 달려 나간 거라고.

이 거대한 생물을 만든 코드를 생각해보렴, 우리 닐리. 안에 얼마나 많은 세포들이 있을까? 얼마나 많은 프로그램이 돌아가고 있을까? 전부 다 뭘 할까? 어디까지 가려고 하는 걸까?

닐리의 두개골 안에서 빛이 사방으로 퍼진다. 그리고 거기, 어두운 숲속에서, 작은 전등을 흔들며 거대한 검은 기둥으로부터 나오는 콧노래를 느끼며, 그는 답을 깨닫는다. 가지는 계속해서 가지를 치고 싶어 한다. 게임의 핵심은 계속해서 게임을 하는 것이다. 그는 아무래도 회사를 팔 수 없을 것이다. 그와 그의 아버지가 썼던 가장 초기 프로그램에 이미 있었던 일종의 원형 코드가 있고, 그게 아직까지 그의 안에 자리 잡고 있다. 그는 다음 프로젝트를 깨닫는다. 그것은 아주 간단한 것이다. 진화처럼, 그것은 앞에 나왔던 모든 것들의 오래되고 성공한 부분들을 재활용한다. *진화처럼, 그것은 그저 펼쳐질 뿐이다.*

이제 그는 내일 사람들이 찾아줄 때까지 기다릴 여유가 없다. 훨씬 작지만 더 급박한 또 다른 아이디어가 있기 때문이다. 그는 등에서 헐렁한 옷을 들어 올려 벗어서 진흙에 박힌 타이어 앞 바닥에 떨어뜨린다. 조이스틱을 밀자 그는 자유의 몸이 되어 길을 따라 밴으로 돌아간다. 거기서 맨몸으로 그는 차를 타고 천여 개의 단계와 서브루틴들을 거쳐서 레드우드시티와 그의 작업대 앞으로 돌아온다.

다음 날 그는 디지트-아트에 연락해서 계약을 깬다. 그들의 재산권 변호사는 위협하고 고함을 지른다. 하지만 그들이 합병에서 정말로 원한 유일한 것은 그 자신이다. 그가 셈페르비렌스에서 유일하게 획득할 가치가 있는 자본이다. 그의 의지가 없다면 계약은 아무 의미도 없다.

합병이 깨지자 닐리는 직원들을 회의실에 모으고 다음 프로젝트가 어떻게 진행될지 이야기한다. 플레이어는 새롭게 만들어진 신(新)지구의 무인 지역에서 시작하게 될 것이다. 플레이어는 광물을 캐고, 나무를 자르고, 들판을 갈고, 집을 짓고, 교회와 시장과 학교를 지을 수 있을 것이다. 그의 마음이 원하고 다리가 닿는 거라면 뭐든 가능하다. 그는 거대한 기술 계통도의 벌어진 가지들을 전부 따라갈 수 있고, 돌 세공부터 우주 정거장까지 모든 것을 연구할 수 있고, 어떤 기풍이든 자유롭게 따르고, 그의 최신식 보트를 떠가게 만드는 어떤 문화든 만들 수 있다.

하지만 뜻밖의 결말이 있다. 모뎀 반대편의 다른 사람들, 진짜 사람들도 이 새로운 대륙의 다른 지역에서 자신들만의 문화를 각각 펼쳐가고 있을 것이다. 그리고 그 다른 진짜 사람들 중 누구든지 다른 플레이어의 제국이 서 있는 땅을 원할 수 있다.

9개월 안에 사무실 안을 휩쓴 초판본이 셈페르비렌스를 멈춰 세운다. 직원들은 게임을 시작하자 달리 아무것도 원하지 않는다. 잠도 자지 않는다. 먹는 것도 잊는다. 연애는 별것도 아닌 귀찮은 일이다. *한 턴만 더. 딱 한 턴만 더.*

게임은 〈지배(Mastery)〉라고 이름 붙는다.

닉과 그의 방문객은 호엘 농가를 폐쇄하느라 2주를 보낸다. 디모인의 호엘가 사람들이 들러서 닉의 차를 사고 가족의 가보들을 가져간다. 그다음에는 경매인들이 와서 팔 수 있을 만한 가구와 물건들에 전부 녹색 스티커를 붙인다. 눈에 띄는 이두박근을 가진 덩치 큰 남자들이 옮길 수 있는 물건들과 녹이 슨 농기구들을 7미터 높이 트럭에 싣고 뭐든 위탁판매할 수 있는 두 카운티 옆 동네로 가져간다. 닉은 최고 금액을 정하지 않는다. 수 세대 동안 모은 물건들이 바람에 날린 꽃가루처럼 흩어진다. 그리고 이제 더이상 호엘 농가가 아니다.

"조상님들은 이 나라에 빈손으로 오셨죠. 나도 똑같은 방식으로 떠나야 해요. 그렇게 생각하지 않아요?"

올리비아는 그의 어깨를 두드린다. 그들은 이 집을 정리하느라 14일 낮, 13일 밤을 함께 보냈다. 마치 반세기 동안 작물을 심고 날씨의 변덕을 견딘 끝에 마침내 은퇴하고 스코츠데일로 가서 체커 판을 놓고 이마를 맞대고 몸을 구부린 채로 죽는 것 같은 느낌이다. 이 상황의 끝없는 기묘함이 닉을 밤에도 잠들지 못하게 만든다. 그는 그의 엉뚱한 간판을 보고 충동적으로 고속도로에서 빠져나온 여자와 함께 캘리포니아로 갈 것이다. 소리 없는 목소리를 듣는 여자와 함께. *자, 이거야말로 진짜 공연 소재지*, 니컬러스 호엘은 그렇게 생각한다.

사람들은 낯선 사람들과 섹스를 한다. 낯선 사람들과 결혼을 한다. 반세기 동안 함께 침대를 쓰고 결국에 낯선 사람들과 관계를 끝낸다. 니컬러스는 이 모든 것을 안다. 그는 부모님과 조부모님이 돌아가신 후 집을 정리하면서 죽음만이 줄 수 있는 온갖 끔찍한 것들을 발견했다. 누군가를 아는 데 얼마나 오랜 시간이 걸릴까? 5분이면 끝이다. 어떤 것도 첫인상을 바꿀 수는 없다. 당신 인생의 조수석에 있는 사람? 언제나 길 아래쪽에 내려놓고 갈 히치하이커일 뿐이다.

사실, 그들의 집착은 서로 얽혀 있다. 각자 비밀스러운 메시지의 절반을 갖고 있다. 반쪽을 서로 맞추는 것 말고 그가 뭘 할 수 있을까? 그리고 그게 아무 쓸모없는 거라 해도, 빈손으로 꿈에서 깨어난다고 해도, 그가 고독한 기다림 말고 뭘 희생했을까?

닉은 자정이 넘어서 선조들의 빈 침실에 앉아 랜턴의 낮은 불빛 속에 책을 읽는다. 이 집에서 10년 동안 웅크리고 있었더니 자신이 외딴 오두막에서 정착 생활을 한 것 같은 기분이다. 그는 경매인의 스티커가 붙어 있는 백과사전에서 삼나무 부분을 계속해서 다시 읽고 있다. 축구 경기장 길이만큼 높은 나무들에 대해 읽는다. 스무 명이 넘는 사람들이 올라가서 코티용 댄스를 출 만큼 넓은 그루터기가 생기는 나무.

그는 사전에서 정신병에 대한 부분도 읽는다. 조현병 진단에 관한 부분에는 이런 문장이 있다. *믿음이 사회적 기준을 따른다면 망상으로 치부해서는 안 된다.*

그의 동거인은 떠날 준비를 하면서 콧노래를 부르고 있다. 그녀가 인상을 찌푸리면 그의 숨이 멎는다. 그녀는 젊고 정직하고, 두려움이 없고, 중세 수녀보다도 더 강한 소명 의식을 가졌다. 그는 그림을 그리려는 자신의 꿈을 막을 수 없는 것과 마찬가지로 그녀와의 여행을 거부할 수 없었다. 어차피 여기서 떠나야 한다. 이제 그의 삶은 전에 가져본 적 없는 사치로 가득하다. 목적지, 그리고 거기에 함께 갈 사람.

한겨울의 중서부, 한집에서 2주 동안 지내며 그는 그녀를 건드리려고도 하지 않는다. 그게 유일하게 망상적인 부분이다. 그리고 그녀는 그가 건드리지 않을 거라는 걸 안다. 그의 주위에서 그녀의 몸은 불안감 같은 조악한 것에 전혀 더럽혀지지 않았다. 그녀는 호수 수면이 바람을 두려워하지 않는 것처럼 그를 두려워하지 않는다.

그들은 경매 트럭이 마지막 남은 호엘가의 물건들을 실어 간 다음 날 아침에 차가운 아침 식사를 함께 먹는다. 그들은 슬리핑백에서 밤을 보냈다. 이제 그녀는 닉의 고고조 할아버지가 만들고 한 세기가 넘게 서 있었던 참나무 탁자 자리 근처, 하얀 소나무 바닥에 앉아 있다. 바닥의 움푹한 부분은 영원히 탁자를 기억할 것이다. 그녀는 다행히 끝자락이 긴 옥스퍼드 셔츠에 사탕 지팡이 같은 줄무늬 팬티 차림이다.

"춥지 않아요?"

"요즘은 몸이 뜨거운 것 같아요. 죽었던 이래로요."

그는 고개를 돌리고 그녀의 맨다리 쪽으로 손을 흔든다.

"저기 좀, 덮거나 뭐 그럴 수 없을까요? 남자가 다칠 수도 있다고요."

"아, 제발요. 전에 못 본 것도 아니잖아요."

"당신 건 못 봤죠."

"전부 다 똑같은 기본품목이에요."

"난 잘 몰라요."

"하. 이 집에도 여자들이 살았었잖아요. 최근까지."

"틀렸어요. 난 순결을 지키는 예술가예요. 특별한 재능이 있죠."

"약장의 주름 크림. 매니큐어."

그녀는 말을 멈추고 얼굴을 붉힌다.

"혹시 당신이……."

"아뇨. 그 정도로 창의적이진 않아요. 최근 여자들 거죠. 아니 여자 한 명."

"얘기해봐요."

"그 여자는 내가 밤나무 병충해에 대해서 알게 되고 얼마 안 되어 떠났어요. 겁을 먹고 도망쳤죠. 그 여자는 남자가 가끔씩 나뭇가지 말고 다른 걸 그려야 한다고 생각했어요."

"그렇게 말하니까 생각났어요. 갤러리를 보관해둬야 해요."

"보관을 해요?"

백반을 빤 것처럼 그의 미소가 일그러진다. 20대 시절 그의 대작들의 고향이었던 시카고의 유스토어잇이 떠오른다. 전부 다 그가 커다란 불쏘시개로 만들어버렸지만.

그녀는 또 다시 다른 생명체에게서 지시를 받는 것 같은 그 멍한 표정을 짓는다.

"바깥에다가 묻어놓는 건 어때요?"

녹청과 잔금 같은 오래된 기술이 문득 떠오른다. 미술학교 시절에 배운 지하의 도자기 기법이다. 그 아이디어는 최소한 지나가는 오토바이족들에게 물건을 공짜로 나눠주려고 하는 것만큼 괜찮게 느껴진다.

"괜찮겠죠. 거기서 썩게 놔두자고요."

"난 버블랩으로 쌀 생각이었는데요."

"저기, 지금은 1월이에요. 아무리 날이 온화해도요. 조금이라도 구멍을 파려면 굴착기를 빌려야 할걸요."

그러다가 생각이 난다. 그 생각에 웃음이 나온다.

"옷 걸쳐요. 당신 코트요. 이리 와요."

그들은 집에서 보이지 않는 기계 창고 뒤쪽 언덕에 나란히 서서 허리 높이의 자갈 언덕과 그 옆의 꽤 커다란 구멍을 바라본다.

"내 사촌들이랑 난 어릴 때 항상 여기를 파곤 했어요. 지구의 용융된 핵을 찾으려고요. 아무도 이걸 도로 채우지 않았죠."

그녀는 그 자리를 살핀다.

"허. 좋은데요. 미리 생각해뒀군요."

그들은 미술품을 묻는다. 사진 뭉치, 한 세기 동안 밤나무의 성장을 기록한 플립북 역시 들어간다. 지상의 그 어느 곳보다 거기가 더 안전할 것이다.

그날 밤 그들은 다시 부엌에 앉아서 아침에 떠날 준비를 한다. 그녀는 좀 더 얌전하게 레깅스에 운동복 상의를 걸친다. 그는 알 수 없는 곳에 뛰어들 때 배 속이 울렁거리는 느낌으로 가득 차서 서성거린다. 반쯤은 공포고, 반쯤은 짜릿함이다. 모든 것이 허공에 흩어진다. 우리는 살고, 조금 밖으로 나가고, 그리고 더 이상은 하지 않는다. 영원히. 그리고 우리가 먹도록 결정되어 있었던 금단의 나무 열매 덕택에 우리는 무엇이 올지 안다. 왜 그걸 거기에 두고, 그러고는 금지했을까? 그걸 확실하게 먹도록 만들기 위해서다.

"지금은 그들이 뭐라고 해요? 당신의 조종자들요."

"그런 식이 아니에요, 니컬러스."

그는 턱 아래에서 손을 깍지 낀다.

"그럼 어떤 식이죠?"

"그들이 기름을 확인하라고 하네요. 됐어요?"

"그들을 어떻게 찾죠?"

"내 조종자들요?"

"아뇨, 시위자들요. 나무 보호자들."

그녀는 웃으며 그의 어깨를 두드린다. 그녀는 그런 행동을 하기 시작했고, 그는 그녀가 하지 않았으면 싶다.

"그 사람들은 신문에 나오려고 애를 쓰고 있어요. 찾기 쉬울 거예요. 근처까지 가서도 그 사람들을 못 찾으면, 우리만의 운동을 시작하죠."

그는 마주 웃으려고 하지만, 그녀는 진지해 보인다.

아침에 그들은 출발한다. 그녀의 차는 짐으로 꽉꽉 찼다. 서쪽으로 다섯 시간을 가면서 그들은 재난이 일어나지 않는 한 두 사람이 서로를 알 수 있는 최대한으로 서로를 알게 된다. 그는 운전을 하면서 그녀에게 아무한테도 말한 적 없는 것들을 말한다. 오마하에서의 예정에 없던 하룻밤과 돌아와서 부모님과 할머니가 질식사하신 것을 발견한 것에 관해서.

그녀는 그의 팔 위쪽을 건드린다.

"그런 걸 줄 알았어요. 거의 정확하게요."

열 시간이 지나서 그녀가 말한다.

"당신은 침묵에 굉장히 익숙하네요."

"연습을 좀 했거든요."

"마음에 들어요. 난 따라잡아야 할 게 아주 많아요."

"묻고 싶은 게 있는데…… 잘 모르겠네요. 당신 태도요. 당신의…… 오라랄까. 마치 당신이 뭔가를 속죄하는 것처럼요."

그녀는 열 살배기처럼 웃음을 터뜨린다.

"어쩌면 그럴지도요."

"뭘를요?"

올리비아는 멀리 산들이 솟아오르는 서쪽 지평선에서 대답을 찾는다.

"내가 얼마나 쓰레기였는지에 대해서요. 배려심 없는 사람이었던 것에 대해서요."

"아무 말도 하지 않는 건 굉장히 위안이 돼요."

그녀는 그 아이디어를 시도해보고 동의하는 것 같다. 그는 생각한다. 내가 감옥에 갇히거나 핵폭탄 대피소에 누군가와 함께 갇혀야 한다면, 이 사람을 고르겠어.

솔트레이크를 막 지나서 나타난 모텔에서 직원이 묻는다.

"킹베드 하나요, 아니면 퀸베드 두 개요?"

"퀸베드 두 개요."

닉은 옆에서 나는 어린애 웃음소리를 들으면서 대답한다. 그들은 어색하게 화장실을 번갈아 쓴다. 그런 다음 누워서 침대 사이의 60센티미터 공간 너머로 한 시간이나 잠들지 않고 잡담을 나눈다. 그들이 지금껏 지나온 1600킬로미터에 비하면 엄청나게 수다스럽다.

"난 공개적인 시위에 참여해본 적이 없어요."

그는 생각한다. 대학 시절에 정치적 분노의 표현 같은 건 해봤겠지. 그리고 이렇게 말해야 한다는 사실에 놀란다.

"나도요."

"이런 시위에 누가 참여하지 않을지 상상도 되지 않아요."

"벌목꾼들. 자유주의자들. 인간의 운명을 믿는 사람들. 베란다와 지붕널이 필요한 사람들이요."

곧 그의 눈이 저절로 감기고 그는 밤마다 가는 식물 같은 구제의 장소, 잠 속으로 빠져든다.

네바다는 넓고 황량해서 인간의 모든 정치적 문제들을 조롱하는 것 같다. 겨울의 사막. 그는 그녀가 운전하는 동안 은밀하게 쳐다본다. 그녀는 경탄에 완전히 취해 있다. 시에라로 올라가서 그들은 눈보라를 만난다. 닉은 길가의 욕심쟁이 장사꾼에게서 체인을 사야만 한다. 도너패스(Donner Pass, 시에라네바다산맥의 고갯길)에서 그는 세미트럭 뒤에서 꼼짝 못하게 된다. 양쪽 차선 모두 눈이 쌓였고 시속 96킬로미터로 달리는 차들로 꽉 차 있다. 그는 텔레파시로 차를 조종해서 왼쪽 차선에서 약간의 틈새를 발견하고 그쪽으로 끼어든다. 그리고 화이트아웃이 된다. 전면유리에 하얀 붕대를 감아 놓은 것만 같다.

"리비아? 제기랄. *보이지가* 않아요!"

차가 갓길에 쿵 부딪쳐서 거꾸로 빙 돈다. 그는 다시 차선으로 들어가서 가속을 하고, 눈앞을 더듬거리며 눈 속의 죽음으로부터 도망친다.

몇 킬로미터가 지나고도 여전히 그는 몸을 떤다.

"하느님 맙소사. 내가 당신을 죽일 뻔했어요."

"아니에요. 그렇게 되지 않았을 거예요."

그녀는 누군가가 그녀에게 상황이 어떻게 되었을지 말이라도 해준 것처럼 대답한다.

그들은 서쪽 경사로 내려와서 샹그릴라로 들어선다. 한 시간이 채 지나기 전에 그들의 자동차 바깥 세상은 눈이 30센티미터는 쌓인 침엽수 숲에서 다년생 식물들이 고속도로 가장자리에 꽃을 피우고 있는 널따란 녹색 센트럴밸리로 바뀐다.

"캘리포니아."

그녀가 말한다. 그는 미소를 억누르려고조차 하지 않는다.

"당신이 아마 옳겠죠."

더글러스는 법정에 선다.

"피고는 공무집행 방해죄로 기소되었습니다. 어떻게 변호하겠습니까?"

판사가 묻는다.

"재판장님. 공무는 누군가의 개가 공원 길에 남겨놓은 김 나는 뭐시기처럼 악취가 났습니다."

판사는 안경을 벗고 코를 문지른다. 그는 법학의 깊이를 내려다본다.

"불행히도 그건 피고의 사건에 관해 영향을 미칠 수가 없어요."

"왜 그런지 부디 설명을 해주실 수 있을까요, 재판장님?"

2분 동안 판사는 그에게 법이 어떻게 작동하는지 설명한다. 재산. 시민 정부. 끝.

"하지만 공무원들은 민주주의를 막으려고 하고 있었는데요."

"시에서 행하는 모든 행동에 관해 정의를 추구하는 어떤 시민 집단이든 여기 우리 법정에서 판결합니다."

"재판장님. 저는 훈장을 받은 참전군인입니다. 퍼플하트 훈장과 공군십자장을 받았죠. 그리고 지난 4년 동안 5만 그루의 나무를 심었습니다."

그는 법정의 주의를 끌었다.

"저는 진보를 조금이나마 되돌리기 위해서 땅에 묘목을 심으면서 몇천 킬로미터를 걸어 다녔는지 모를 정도입니다. 그러다가 제가 한 모든 일이 그 망할 놈들에게 나이 많은 나무들을 더 많이 자를 권리를 주는 것뿐이라는 걸 알게 됐습니다. 죄송합니다, 하지만 그 시립 공원에서 그런 멍청한 행동을 바로 앞에서 보니 정신이 홱 나갔습니다. 그렇게 단순한 거였죠."

"전에 감옥에 간 적이 있습니까?"

"어려운 질문이군요. 그렇기도 하고 아니기도 합니다."

법정은 고민한다. 피고는 한밤중에 시의 명령을 받아 일을 하는 민간 벌목업체의 일을 방해했다. 하지만 그는 인부들을 건드리지 않았다. 재산을 망가뜨리지도 않았다. 판사는 더글러스에게 7일간의 집행유예와 200달러의 벌금이나 사흘 동안 시 수목원에서 오리건 물푸레나무를 심는 노역 중하나를 선택하라고 선고한다. 더글러스는 나무 심기를 고른다. 법원에서 모텔로 서둘러 돌아와 보니 그의 트럭은 이미 견인되었다. 직원은 차를 돌려주는 데에 300달러를 요구한다. 그는 그들에게 돈을 구해올 때까지 트럭을 보관해달라고 말한다. 여기저기 묻어둔 은화가 조금 있다.

그는 일주일 동안 시를 위해서 열심히 나무를 심는다. 그의 의무적 봉사 기간보다 더 오랜 기간이다.

"그럴 필요 없는데 뭐 때문에 그러는 겁니까?"

수목 재배사가 묻는다.

"물푸레나무는 고귀한 나무니까요."

극도의 회복력. 연장 손잡이와 야구방망이 같은 것의 재료. 더글러스는 그런 날개 모양 복엽과 그 이파리들이 빛을 걸러서 삶을 실제보다 더 부드럽게 느껴지게 만드는 것을 사랑한다. 끝이 가는 범선 같은 씨도 사랑한다. 그는 누군가가 정말로 *해야만* *해서* 하기 전에 물푸레나무를 몇 그루 심는다는 생각이 좋다.

그가 열심히 일할수록 수목 재배사는 점점 더 죄책감을 느낀다.

"그 공원에서 생긴 일은 시의 훌륭한 전적은 아니죠."

그것은 소박한 인정이지만, 시의 녹을 받는 사람으로서는 거의 선동에 가깝다.

"젠장 맞게 맞는 말이군요. 어둠을 틈타서. 사람들이 계획한 시청 공청회 며칠 전에."

"인생은 유혈 스포츠예요. 자연처럼요."

수목 재배사가 말한다.

"인간은 자연에 대해서 개똥만큼도 몰라요. 민주주의에 대해서도. 미치광이들이 옳을지도 모른다는 생각을 해본 적 있어요?"

"상황에 따라서요. 어느 미치광이요?"

"녹색 미치광이들요. 그 사람들 무리가 시우슬로에서 나무 심는 걸 돕고 있어요. 엄프콰의 시위에서 몇 명을 만난 적이 있어요. 오리건 전역에서 그 사람들이 모습을 드러내고 있죠."

"어린애들과 마약중독자들이죠. 왜 그 사람들은 죄다 라스푸틴 외모를 따라 하죠?"

"이봐요! 라스푸틴은 생긴 게 그럴 듯했다고요."

더기가 말한다. 부디 수목 재배사가 그를 선동죄로 고발하지 않기만을 바랄 뿐이다.

그는 즉시 포틀랜드를 떠나지 않는다. 공립도서관으로 돌아가서 게릴라식 나무심기(guerrilla forestry)에 관해서 읽는다. 거기 있는 그의 오랜 사서 친구가 계속해서 많은 도움을 준다. 사서는 더기의 체취에도 불구하고 그에게 호감을 가진 것 같다. 어쩌면 체취 때문일지도 모른다. 어떤 사람들은 흙냄새를 좋아하니까. 새먼-허클베리 자연보호지역 근처에서 일어난 활동에 관한 소식이 그의 주의를 끈다. 벌목 도로를 막는 법을 가르치는 사람들 무리다. 더글러스에게 필요한 것은 트럭을 견인소에서 빼내는 것뿐이다. 하지만 우선 자신만의 작은 게릴라 활동을 해야 한다. 자신의 범죄 현장으로 돌아가는 것이 법적으로 괜찮은지는 잘 모른다. 또 한 번의 시민 불복종 행위는 그를 확실하게 감옥으로 돌려보낼 것이다. 기상적재사였던 시절에 그 랬듯 높은 곳에서 지구를 내려다보는 걸 좋아하는 더글러스의 일부는 그렇 게 되기를 거의 바라는 것 같다.

공원에 가까이 갈수록 분노가 솟구친다. 아직 정오도 되지 않았다. 그의 어깨와 목, 망가졌던 다리가 그것을, 다수의 폭력배들에게 붙잡혀 바닥에 내던져지던 감각을 다시 느낀다. 그러나 분노는 그의 몸을 부풀리지 않는 다. 그 반대다. 분노는 그를 움츠러들게 만들고 명치를 한 방 맞은 느낌이 들게 해서 숲에 도착할 무렵 그는 느릿느릿 걷는다.

갓 잘라낸 그루터기 일부는 여전히 송진을 뿜어낸다. 그는 그 옆 바닥에 앉아서 가느다란 매직마커와 직선자로 쓸 자신의 운전면허증을 꺼낸다. 잘 려 나간 나무에 수술하듯이 마커와 면허증을 대고서 거꾸로 숫자를 센다. 그의 손가락 아래서 햇수가 흘러간다. 홍수와 가뭄, 한파와 혹서가 다양한 나이테에 전부 쓰여 있다. 숫자가 1975년에 이르자 그는 가느다란 검은색 X를 그리고 1975라고 적는다. 그다음 또 다시 25년을 거슬러 올라가서 처 음 것에서 약간 반시계 방향으로 돌아간 자리에 다시 X를 그리고 1950이 라고 쓴다.

작업은 사반세기를 거슬러 올라가며 계속되다가 마침내 중심부에 닿는 다. 그는 이 도시가 얼마나 오래됐는지 모르지만, 나무는 이 지역 근처에 백 인이 나타나기 한참 전부터 이미 튼튼한 나무였을 것이다. 더글러스가 정 확하게 셀 수 있는 데까지 해를 적고서 아주 최근에도 여전히 늘어나고 있 었던 가장자리로 돌아가서 원의 절반을 바퀴처럼 빙 돌아가면서 두꺼운 대 문자로 적는다. **자는 동안 잘렸다.**

그가 여전히 그루터기에 기록을 하고 있을 때 미미가 점심을 먹으러 나 온다. 분노는 그녀의 새로운 점심시간 카드놀이다. 젠 스타일의 작은 정원 벤치에서 계란과 후추가 들어간 샌드위치를 먹는 동안 그녀는 머릿속으로 카드놀이를 한다. 야간 습격 이래로 그녀는 수많은 전화를 걸고, 무력한 공청회에 참석하고, 두 명의 변호사와 이야기를 나누었으나 둘 다 그녀에게 정의란 환상일 뿐이라고 조언한다. 야외 점심은 그녀가 유일하게 의지하는 것이다. 잘린 그루터기를 보며 분노를 곱씹는 것이다. 그때 그녀는 무릎을 꿇고 앉아서 잘린 나무에 주를 달고 있는 남자를 보고서 폭발한다.

"*지금 뭘 하는 거예요?*"

더기는 그가 한때 숨 쉬는 것보다도 더 사랑했던 랄리다라는 이름의 팻퐁 술집 여자와 닮은 여자를 쳐다본다. 옆에 다가가기 위해서 길에 수십 개의 포트홀을 만들 만한 가치가 있는 여자. 그녀가 다가오며 샌드위치 포크로 그를 위협한다.

"그것들을 살해한 걸로도 부족해요? 그걸 훼손까지 해야겠어요?"

그는 양손을 들어 올리고 잘린 그루터기에 적은 글자를 가리킨다. 여자는 멈춰서 그것을 본다. 원의 중심까지 거꾸로 세어나간 나이테. 그녀의 아버지가 뒤뜰에서 머리를 날려버렸던 해. 그녀가 졸업해서 이 망할 놈의 일자리를 구한 해. 마 일가 전부가 곰에게서 도망쳤던 해. 아버지가 그녀에게 두루마리를 보여줬던 해. 그녀가 태어난 해. 아버지가 위대한 카네기 공과대학에 공부하러 왔던 해. 그리고 가장 바깥쪽 나이테에 글자가 적혀 있다.

자는 동안 잘렸다.

그녀는 무릎을 꿇은 남자를 다시 쳐다본다.

"이런 맙소사. 정말로 미안해요. 난 당신이…… 당신 얼굴을 걷어찰 뻔했어요."

"이 짓을 한 남자들이 이미 그렇게 했죠."

"잠깐만요. 그때 여기 있었어요?"

항복응력을 계산하느라 그녀의 눈썹이 가운데로 모인다.

"내가 여기 있었으면 난 누군가에게 부상을 입혔을 거예요."

"커다란 나무들은 전국에서 넘어가고 있어요."

"네. 하지만 여기는 *내* 공원이었어요. 내 매일의 양식이었죠."

"사람들은 저 산들을 보면서 생각하죠. *문명이 사라져도 저건 영원할 거야.* 다만 문명은 성장호르몬을 투여한 거세 소처럼 코웃음을 치고, 저 산들도 무너지고 있어요."

"난 변호사 두 명이랑 얘기를 했어요. 어떤 법도 어기지 않았다는군요."

"그렇겠죠. 잘못된 사람들이 모든 권리를 갖고 있어요."

"당신은 뭘 할 건가요?"

미친 남자의 눈이 춤춘다. 그는 모든 인간들의 포부라는 어리석음을 재미있어하는 열두 번째 아라한처럼 보인다. 그가 머뭇거린다.

"내가 당신을 믿어도 될까요? 내 말은, 당신은 여기 내 신장을 훔친다든지 뭐 그러려고 온 건 아니죠?"

그녀는 웃음을 터뜨리고, 그게 그가 믿기 위해 필요한 전부다.

"그럼 잘 들어봐요. 혹시 300달러쯤 갖고 있어요? 아니면 달릴 수 있는 차라든지요."

브링크먼 부부는 단둘이 있을 때면 책을 읽는다. 그리고 그들은 대부분의 시간을 단둘이 보낸다. 시민 극장 공연은 끝났다. 그들은 존재하지 않는 아기에 관한 대화 이래로 연극을 하지 않았다. 그들의 연기의 나날이 끝났다고 서로에게 절대로 말을 하지는 않는다. 독백은 필요치 않다.

아이의 자리를 책이 차지한다. 그들의 독서 취향은 각각 젊은 시절의 꿈에 충실하다. 레이는 문명의 위대한 프로젝트가 아직 모호한 운명을 향해 올라가는 모습을 보는 걸 좋아한다. 그는 밤늦게까지 삶의 질의 향상, 발명을 통한 인류의 점진적 해방, 마침내 인간을 구원할 노하우의 탄생에 관해서 읽고 싶어 한다. 도러시는 좀 더 거친 교화, 국지적이고 자유로운 아이디어의 이야기를 원한다. 그녀의 구원은 가깝고, 뜨겁고, 은밀하다. 이것은 그럼에도 불구하고라고 말하는 사람의 능력, 사소하면서도 그 이상인 것만 같고, 잠깐 동안 시간의 손아귀에서 벗어나는 그런 능력에 달려 있다.

레이의 책장은 주제별로 정리된 반면, 도러시의 책장은 저자 이름 순서대로다. 그는 저작권이 살아 있는 최신간을 선호하고, 그녀는 오래전에 죽은 사람들, 그녀와 최대한 다른 낯선 영혼들과 소통하고 싶어 한다. 레이는 한번 책을 읽기 시작하면 아무리 읽는 게 힘들어도 결론까지 억지로 계속해서 나아간다. 도러시는 어느 캐릭터가 종종 가장 놀랍게도 자신의 내면에 도달해서 본성보다 더 나은 사람이 되는 그런 순간으로 가기 위해 저자의 철학을 뛰어넘는 것을 서슴지 않는다.

40대의 인생. 한번 책이 집 안으로 들어오면, 절대로 나갈 수 없다. 레이에게 목표는 준비하는 것이다. 그는 예측할 수 없는 모든 필요에 관한 책들을 산다. 도러시는 지역의 독립 서점들이 계속 장사를 하도록 돕고, 밀려난 쓰레기들 속에서 무시당한 보석을 구하는 것에 열정을 갖고 있다. 레이는 이렇게 생각한다. *5년 전에 샀던 오래된 책에 마침내 손이 가는 날이 올지도 몰라.* 그리고 도러시는 이렇게 생각한다. *언젠가 낡은 책을 꺼내서 엄청나게 달콤하고 끔찍한 고통을 주는 내용을, 끝에서 10페이지 앞에 있는 오른쪽 아랫면의 문단을 찾아봐야 할 날이 올 수도 있어.*

그들의 집이 도서관으로 변화하는 과정은 눈으로 보기 힘들 만큼 천천히 일어난다. 책장에 맞지 않는 책들은 꽂아놓은 다른 책들 위에 눕힌다. 이렇게 하면 표지가 휘어져서 그는 미칠 것 같다. 그들은 더 많은 가구를 사서 잠깐 동안 이 문제를 해결한다. 그의 아래층 사무실 창문 사이에 체리목 책장 한 쌍을 설치한다. 거실에, 전통적으로 텔레비전의 제단을 만드는 공간에는 커다란 호두나무 책장을 놓는다. 손님방에는 단풍나무 책장이 있다. 그가 말한다.

"이거면 한동안은 버틸 수 있을 거야."

그녀는 웃음을 터뜨린다. 그녀가 읽은 모든 소설들을 생각할 때 한동안이 얼마나 짧을지를 알기 때문이다.

도로시의 어머니가 돌아가신다. 그들은 죽은 사람의 책을 단 한 권도 차마 버릴 수가 없다. 그래서 왕조차 부러워할 만한 수집품에 그것들을 더한다. 도로시는 도심 고서 전문 서점에서 월터 스콧의 〈웨이벌리 소설(Waverly Novels)〉 완전판을 굉장히 훌륭한 가격으로 발견한다.

"1882년 작이야! 그리고 이 아름다운 면지를 좀 봐. 대리석 폭포 무늬야."

"우리가 뭘 해야 하는지 알아?"

레이가 계산대로 가면서 아이디어를 던진다. 스콧 옆에 《지능화 기계의 시대(The Age of Intelligent Machines)》를 밀어 넣는다.

"위층 작은 침실의 그 웃기는 벽 있잖아. 목수를 불러서 거기다가 붙박이 책장을 만드는 거야."

그들이 한때 그 방을 위해 세웠던 계획은 이제는 책장에 비하면 케케묵은 것처럼 느껴진다. 그녀는 고개를 끄덕이고 미소를 지으려고 노력하며 마음속으로 손을 뻗어 말을 찾으려 한다. 하지만 그 말을 모른다. 심지어는 그게 자신이 하고 있는 일이었다는 사실조차 모른다. *그럼에도 불구하고.* 그 말은 *그럼에도 불구하고*이다.

그들에게는 크리스마스마다 하는 놀이가 있다. 그것은 언제나 즉각적으로 할 수 있는 것이 아니다. 그들이 서로에게 주는 선물 중 한 가지는 매년 서로를 바꾸려는 의도를 담고 있어야 한다는 것이다. 올해 그는 그녀에게 《세상을 바꾼 50가지 아이디어(Fifty Ideas That Changed the World)》를 준다.

"자기야! 정말 사려 깊어!"

"확실하게 날 바꿔놨어."

이 사람은 절대 바뀌지 않을 거야, 그녀는 그렇게 생각하며 그의 입술 근처에 키스한다. 그런 다음 그녀의 의식을 수행한다. 주석이 달린 신판《제인 오스틴의 네 개의 위대한 소설(Four Great Novels by Jane Austen)》이다.

"도러시, 달링. 당신이 내 마음을 읽었군!"

"있잖아, 자기도 조만간 언젠가 제인 오스틴 소설을 시도해볼 수도 있을 거야."

그는 몇 년 전에 시도해봤고, 밀실공포증으로 숨이 막혀 죽을 뻔했다.

그들은 로브 차림으로 서로에게 사 준 선물을 읽으면서 연휴를 보낸다. 새해에 그들은 자정까지 버티려고 노력한다. 침대에 같은 방향으로 나란히 누워 있지만 손은 앞쪽으로 뻗어 책장을 단단히 잡고 있다. 쏟아지는 잠에 그는 같은 문단을 열 번쯤 읽는다. 단어가 허공에서 빙빙 돌며 떨어지는 날개 달린 씨앗처럼 빙빙 도는 모습으로 변한다.

"새해 복 많이 받아. 또 한 해 살아남았네, 그렇지?"

마침내 타임스퀘어의 공이 내려가며 신년을 알리자 그가 말한다.

그들은 침대 옆에서 얼음에 넣어두었던 샴페인을 따른다. 그녀는 건배를 하고, 마시고, 말한다.

"올해는 모험을 해야 할 것 같아."

책장에는 이전의 결의들이 자리를 가득 차지하고 꽂혀 있다.《간단한 인도 요리》.《대(大)옐로스톤에서 백 번의 하이킹》.《동부 명금 휴대용 도감》.《동부 야생화 휴대용 도감》.《유럽의 인적 드문 길》.《미지의 타이》. 맥주와 와인 양조 매뉴얼. 손도 안 댄 외국어 교본. 그들이 맛보고 낭비할 수 있는 온갖 이런저런 탐험들. 그들은 변덕스럽고 잘 잊는 신들처럼 살아왔다.

"뭔가 목숨이 위험할 만한 걸로." 그녀가 덧붙인다.

"나도 딱 그 생각을 했는데."

"어쩌면 우리 마라톤을 해야 할까 봐."

"내가…… 당신 트레이너가 될 수도 있겠지. 아니면 뭐 다른 거나."

"우리가 함께할 수 있는 걸로. 조종사 면허는 어때?"

"그럴까."

그는 피로에 지쳐 거의 멍한 상태로 대꾸한다.

"자. 좋아. 한 페이지만 더 읽고 불 끌까?"

그가 잔을 내려놓고 허벅지를 내리치면서 말한다.

그녀는 상상 속 존재의 진정한 괴로움 속으로 빠져든다. 그녀는 흐느낌으로 그를 깨우지 않으려고 노력하며 꼼짝하지 않고 누워 있다. *뭔가를 의미하는 것처럼 내 심장을 움켜쥐는 이게 뭘까? 이 가상의 공간에서 무엇이 나에게 이렇게 큰 힘을 주는 걸까? 바로 이거다.* 그녀는 볼 수 없어야 하는 무언가를 보는 사람의 흐릿한 모습. 창조된 존재로 게임 안에 있으면서 탈출할 수 없는 플롯에 직면했다는 사실조차 모르는 누군가.

왠지 모르게 기념일이 되었을 때 브링크먼 부부는 또 다시 뭔가 심는 것을 잊는다.

삼나무 숲은 그들의 말문을 막아버린다. 닉은 침묵 속에 차를 몬다. 어린 나무들조차도 천사 같다. 그리고 몇 킬로미터 더 가서 대부분의 동부 나무들만큼이나 두꺼운 첫 번째 가지가 12미터 위에서 위로 돋아 있는 거대한 괴물을 지나칠 때 그는 깨닫는다. 나무라는 단어는 자라나고, 진짜가 되어야 한다는 것을. 그를 놀라게 만든 것은 크기가 아니다. 아니, 크기만은 아니다. 어깨 높이의 양치식물과 이끼로 뒤덮인 바닥에서 위로 솟아오른 적갈색 기둥의 홈이 파인 완벽한 도리아 양식이 그를 놀라게 만든 것이다. 가늘어지는 부분 없이 곧게 뻗은 것이 적갈색에 가죽으로 된 신(神) 같다. 그리고 기둥이 가지를 뻗으며 갈라지는 부분은 대단히 높고 기단부에서 너무 멀어서 저 위쪽에, 영원에 가까운 곳에 두 번째 세상이 있는 것만 같은 느낌을 준다.

여행의 모든 초조함이 올리비아에게서 빠져나간다. 그녀는 식스플래그 오버미드아메리카(Six Flags Over Mid-America, 미주리주에 있는 놀이공원)보다 더 서쪽으로는 와본 적이 없지만, 이곳을 아는 것 같은 느낌이다. 해안가 숲을 지나는 좁은 길을 따라가다 그녀가 외친다.

"차 세워요."

그는 꽤 두껍게 솔잎이 깔린 부드러운 갓길에 차를 세운다. 차문이 열리자 공기에서 달콤하고 향긋한 맛이 난다. 그녀는 조수석에서 나와서 거인들의 숲을 거닌다. 그가 따라와 보니 그녀의 얼굴에는 눈물 자국이 있고 그녀의 눈은 기쁨으로 뜨겁고 축축하다. 그녀는 믿을 수 없다는 듯이 고개를 흔든다.

"바로 이거예요. 이게 그들이에요. 우린 도착했어요."

*

숲의 보호자들은 찾기 어렵지 않다. 로스트코스트 전역에 여러 개의 그룹이 조직되고 있다. 지역신문에는 거의 매일같이 그들의 활동 기사가 실린다. 닉과 올리비아는 며칠 동안 차에서 힘들게 잠을 자면서 아무리 봐도 임시로 만든 조직이고 즉흥적으로 모인 어중이떠중이 조직에서 누가 누구인지 알아본다.

그들은 솔러스에서 그리 멀지 않은 곳에 있는 자원자 야영지에 대해서 알게 된다. 자원자들과 동조하는 은퇴한 어부의 진흙 들판에 지어진 그곳에서는 일관성 없는 온갖 활동들이 일어난다. 자신들이 헌신하는 것에 대해 시끄럽게 떠드는 재빠른 젊은이들은 천막으로 뒤덮인 초원 여기저기서 소리를 지른다. 그들의 코, 귀, 눈썹에서 액세서리가 반짝인다. 색색의 의상 섬유가 드레드록 머리에 엉켜 있다. 그들에게서는 흙과 땀, 이상주의, 파촐리 오일, 그리고 이 숲 전역에서 자라는 달콤한 신세밀랴(일종의 마리화나)의 냄새가 풀풀 난다. 몇 명은 이틀쯤 머문다. 미생물상으로 보아 몇몇은 이 베이스캠프에 몇 계절 이상 머무른 것 같다.

이곳 야영지는 지도자가 없고 생명 보호군(Life Defense Force, LDF)이라는 이름하에 혼란스러운 운동을 하는 여러 개의 중추조직 중 한 곳이다. 닉과 올리비아는 들판을 돌아다니며 모두와 이야기를 나눈다. 그들은 모지스라는 나이 많은 남자와 함께 계란과 콩으로 저녁 식사를 한다. 그 역시 그들에게 질문을 하고 조사를 하면서 그들이 와이어하우저나 보이시캐스케이드나 이 지역에 더 근접한 세력인 훔볼트 목재의 첩자가 아니라는 사실을 확인하려 한다.

"어떤 식으로…… 임무를 받나요?"

닉이 묻는다. 그 단어에 모지스는 커다랗게 웃음을 터뜨린다.

"여기엔 임무가 없어. 하지만 일이 끝나지도 않지."

그들은 수십 명을 위해 요리하고 나중에 설거지를 돕는다. 다음 날에는 행진이 있다. 닉은 포스터에 글씨를 쓰고 올리비아는 노래에 참가한다. 새빨간 머리에 격자무늬 옷을 입고 매 같은 윤곽을 가진 여자가 뜨개 숄을 두르고 야영지를 지나간다. 올리비아가 닉을 잡는다.

"저 여자예요. 인디애나에서 텔레비전 방송으로 봤던 사람요."

빛의 존재들이 그녀에게 찾으라고 한 그 여자.

모지스가 고개를 끄덕인다.

"저 사람이 마더 엔이지. 저 사람은 메가폰을 스트라디바리우스(악기 제작자 스트라디바리가 만든 현악기)로 바꿀 수 있어."

빛이 저물자 마더 엔은 모지스의 천막 옆에 있는 공터에서 오리엔테이션 연설을 한다. 그녀는 원형으로 앉아 있는 사람들 무리를 쭉 보면서 베테랑들에게 아는 척하고 신입들을 환영한다.

"이렇게 늦은 계절에도 이렇게 많은 여러분들을 여전히 여기서 볼 수 있어서 기쁘군요. 과거에는 비가 내려 봄까지 벌목 쇼를 중단하는 겨울에는 여러분 다수가 집으로 돌아갔었죠. 하지만 훔볼트 목재는 1년 내내 일을 하기 시작했어요."

군중들 사이에 야유가 울린다.

"그들은 법이 그들을 따라잡기 전에 더 많은 나무를 베려고 하고 있어요. 하지만 여러분들 모두는 고려하지 않았죠!"

환호가 하얀 포말처럼 니컬러스의 위에서 부서진다. 그는 올리비아를 돌아보고 그녀의 손을 잡는다. 그가 기쁨에 겨워 그녀를 잡은 게 이번이 처음이 아니라는 듯이 그녀는 손을 마주 쥔다. 그녀가 방긋 웃고 닉은 다시금 그녀의 확신에 감탄한다. 그녀는 그녀 혼자만 들을 수 있는 존재의 낮은 명령을 따라가야 한다는 느낌에 둘을 여기까지 데려왔다. *이쪽요, 이쪽이 더 따뜻하게 느껴져요.* 그리고 그들은 어디로 가는지 내내 알고 있었던 것처럼 이제 여기에 있다.

"여러분 다수가 한동안 여기에 있었습니다. 너무나 많은 유용한 일을 했죠! 피켓 시위. 게릴라 공연. 평화로운 데모."

마더 엔이 말을 잇는다. 모지스는 짧게 민 머리를 문지르며 소리친다.

"이제 그들에게 신의 분노를 보여줍시다!"

환호가 두 배로 커진다. 심지어 마더 엔도 미소를 짓는다.

"아, 어쩌면요! 하지만 LDF는 진심으로 비폭력을 지지합니다. 여러분 중 막 도착한 사람들, 우리는 여러분이 소극적 저항 훈련을 받고 직접적인 활동에 가담하기 전에 비폭력주의에 서약하기를 바랍니다. 우리는 노골적인 재산 파괴를 용납하지 않습니다……."

모지스가 소리친다.

"하지만 축거(軸距)에 빨리 마르는 시멘트를 좀 뿌려놓으면 어떤 일이 생기는지 다들 아마 깜짝 놀랄걸."

마더 엔의 입가가 살짝 비틀린다.

"우리는 전 세계적으로 아주 길고 아주 큰 과정의 일부입니다. 인도의 아름다운 칩코 여자들이 위협을 받고 구타당하는 걸 감수할 수 있다면, 브라질 카야포 인디언들이 목숨을 걸 수 있다면, 우리도 그럴 수 있어요."

비가 부슬부슬 내린다. 닉과 올리비아는 알아채지 못한다.

"여러분 대부분은 이미 홈볼트 목재에 대해서 전부 다 알 겁니다. 모르는 사람들에게 설명하자면, 그들은 거의 한 세기 동안 가족기업이었죠. 그들은 이 나라에서 마지막 남은 진보적 회사 마을을 운영했고 엄청난 급여 외 특전들을 지급했어요. 그들의 연금 체계는 굉장히 풍족했죠. 그들은 자기 사람들을 돌봤고, 단기직은 거의 고용하지 않았어요. 무엇보다도 영원히 유지 가능할 정도의 양만을 선별적으로 벌채했죠.

오래된 나무만 천천히 잘랐기 때문에 그들은 해안가의 경쟁자들이 전부 문을 닫고도 한참이나 지구상에서 가장 좋은 침엽수재 수십억 보드피트(1보드피트는 두께 1인치에 1피트 평방인 널빤지 두께로, 널빤지 측정단위다)를 보유하고 있었어요. 800제곱킬로미터, 이 지역에 남은 오래된 삼림들의 40퍼센트였죠. 하지만 홈볼트의 주가가 이윤을 극대화하는 다른 회사들에 비해서 떨어졌어요. 이건 자본주의의 규칙에 따르면 누군가가 끼어들어 구세대에게 어떻게 사업을 경영해야 하는지 보여줘야 한다는 의미죠. 여러분은 정 크본드의 제왕 헨리 핸슨을 기억하죠? 작년에 사기로 감옥에 간 사람 말이 에요. 그가 계약을 체결했어요. 그의 매수자 친구가 월스트리트에서 여기까 지 와서 그 도둑질을 성사시켰죠. 사실 독창적이었어요. 정크본드로 번 현 금을 적대적 인수에 쏟아붓고 저축과 대출을 전부 빚으로 만들고, 결국 대 중이 구제하게 만들고 말이죠. 그런 다음 회사의 바닥까지 드러내어 저당 잡혀서 수상한 돈을 챙기고, 연금 기금을 탈취하고, 예비금을 축내고, 가치 가 있는 건 전부 팔고, 파산시킨 후 껍데기는 푼돈에 내버리죠. 마술이에요! 긁어낼 여분의 돈을 더 주는 약탈이죠.

지금 그들은 마지막에서 두 번째 단계를 밟고 있어요. 훔볼트의 물품목 록에 있는 팔 수 있는 목재는 부스러기까지 전부 현금화하는 거예요. 대부 분 700~800년 된 나무들이죠. 여러분의 꿈보다 더 큰 나무들이 제재소로 가서 널빤지가 되어 나와요. 훔볼트는 산업용 비율의 네 배만큼 벌목을 하 고 있어요. 그리고 법이 그들을 따라잡기 전에 끝내려고 서두르고 있죠"

닉은 올리비아를 돌아본다. 그보다 몇 살은 더 어리지만 그는 그녀가 설 명해주기를 기대하게 되었다. 그녀의 얼굴이 굳고 고통으로 눈이 감긴다. 광대뼈를 따라 눈물이 흐른다.

"당연하지만 우리는 입법을 기다릴 수 없습니다. 새롭고 효율만 생각하 는 훔볼트 목재는 법이 그들을 따라잡을 무렵이면 이 거인들을 전부 다 죽 였을 거예요. 그러니까 이게 내가 여러분 각자에게 던지고 싶은 질문입니 다. 여러분은 이 목적을 위해서 뭘 내놓을 수 있죠? 우리는 여러분이 내놓 는 건 뭐든 받을 겁니다. 시간. 노력. 현금. 현금도 놀랄 만큼 도움이 돼요!"

그녀가 말을 마친 다음에도 박수와 환호가 한참 울리고, 사람들은 여러 모닥불에서 만든 렌틸콩 수프를 먹으러 물러난다. 라면용 물을 끓이느니 냉장고에서 동거인들의 음식을 훔치곤 했던 올리비아가 요리를 돕는다. 닉은 몇 주나 목욕도 하지 않은 이 숲 사람들이 그녀가 음식을 나눠주는 동안 그들 옆에 나무의 요정이 떨어진 걸 전혀 모르는 것처럼 심드렁하다는 것을 알아챈다.

검은수염이라는 이름의 남자가 지휘하는 집단이 주차된 캐터필러 D8 트랙터 엔진에 옥수수 시럽을 쏟아붓는 습격을 마치고 돌아온다. 그들은 일렁거리는 모닥불 빛 속에서 성취감으로 빛난다. 그들은 어두워진 다음에 언덕 더 위쪽에 있는 더 큰 장비에 대한 회사의 경계를 시험하기 위해서 다시 나갈 생각이다.

"난 재산 범죄를 좋아하지 않아요. 정말로 좋아하지 않아요."

마더 엔이 말한다. 모지스가 웃으며 그 말을 무시한다.

"이 숲 말고 귀중한 재산은 전혀 망가지지 않았어요. 우린 소모전을 하고 있어요. 우리가 몇 시간쯤 벌목 인부들을 붙잡아놓으면 그들은 기계를 고치죠. 하지만 그 사이에 그들은 시간과 돈을 잃는 거예요."

검은수염이 불빛을 노려본다.

"훔볼트야말로 재산 범죄를 저지르고 있어요. 그런데 우리는 상냥하게 행동하라는 겁니까?"

스무 명 가량의 자원자들이 목소리를 높이기 시작한다. 아이오와 시골에 수년 동안 있었던 닉은 싸구려 라디오로 처음 라이브 심포니를 듣는 어린애 같은 기분이다. 그는 겨울밤 호엘 가족의 백과사전에서 읽었던 것 같은 드루이드 나무 숭배자들 사이에 떨어졌다. 도도나 신전의 참나무 숭배, 영국과 갈리아의 드루이드의 숲, 신토 사카키 숭배, 인도의 보석으로 치장한 소원 나무, 마야의 판야나무, 이집트의 플라타너스, 중국의 성스러운 은행나무, 세계 최초의 종교의 모든 가지들. 그의 10년간의 강박적 스케치는 이 종파가 그에게 요구할 것에 대한 연습이었던 셈이다.

올리비아가 몸을 기울인다.

"당신 괜찮아요?"

그는 커다랗고 똥을 먹은 듯한 웃음으로 대답한다.

습격조는 다시 나갈 준비를 한다. 검은수염, 바늘, 이끼먹기, 폭로자. 야자나무, 월계수나무, 올리브나무를 위해 참여하는 전사들.

"잠깐만요."

닉이 그들에게 말한다.

"뭘 좀 해보죠."

그는 그들을 모닥불 그림자 속에 있는 야영용 의자에 앉히고 그들의 얼굴에 그림을 그린다. 팅커벨이라는 이름의 여자가 플래카드에 글자를 쓸 때 사용했던 녹색 라텍스 캔에 그가 붓을 담근다. 그리고 그들의 두개골 윤곽과 이마의 곡선, 광대뼈 언덕을 따라 소용돌이와 나선을 그리며 마오리족 타 모코(tā moko) 문신의 초현실적인 자유로운 모습을 따라간다. 홀치기염색 티셔츠와 페이즐리 무늬 얼굴. 그 효과는 엄청나다. 밤의 특공대원들은 물러서서 서로에게 경탄한다. 무언가가 그들에게 들어간다. 그들은 고대의 표지로부터 힘을 받은 듯한 다른 존재가 된다.

"하느님 맙소사! 그 자식들 완전히 얼이 나가겠구만."

모지스가 신입의 작품을 보고 고개를 흔든다.

"훌륭해. 그 자식들이 우리를 위험하다고 생각하길 바라."

올리비아는 자부심을 느끼며 닉의 뒤로 다가온다. 그녀가 두 손으로 그의 한쪽 위팔을 감싸 잡는다. 그녀는 대륙을 가로지르는 자동차 여행을 며칠이나 함께하고, 밤에 두꺼운 슬리핑백에서 나란히 누워 잔 이후로 그게 그에게 무슨 영향을 미치는지 전혀 모른다. 아니면 알지만 신경 쓰지 않는지도 모른다.

"멋진 작품이에요."

그녀가 속삭인다. 그는 어깨를 으쓱인다.

"딱히 유용하지는 않죠."

"시급한 일이에요. 믿을 만한 소식통에게 들었다고요."

그들은 그날 밤에, 삼나무의 부드러운 낙엽 속에서, 솔잎 담요 위에 누워서 서로에게 숲의 이름을 붙여준다. 게임은 처음에는 어린애 장난 같다. 하지만 모든 예술, 모든 이야기, 모든 인간의 희망과 두려움은 어린애 장난이다. 이 새로운 작업을 위해 새로운 이름을 가지면 안 될 이유가 있나? 나무에는 십여 가지 각기 다른 꼬리표가 붙는다. 같은 식물을 텍사스와 스패니시와 가짜 칠엽수나무와 모닐로 같은 이름들로 부른다. 나무 이름은 단풍나무 씨앗처럼 방만하다. 버튼나무, 혹은 버즘나무, 또는 플라타너스라고도 한다. 마치 가짜 여권이 서랍에 가득한 사람처럼 말이다. 어느 곳에서는 라임나무이고, 다른 곳에서는 린덴나무, 대체로는 피나무라고 하지만 목재나 꿀로 바뀌면 참피나무라고 한다. 왕솔나무 하나에 이름이 스물여덟 개다.

올리비아는 불에서 한참 떨어진 어둠 속에서 닉을 살핀다. 그를 뭐라고 부를지 실마리를 찾아 눈을 가늘게 뜨고 본다. 그의 머리카락을 귀 뒤로 넘기고, 차가운 손으로 그의 턱을 기울인다.

"파수꾼. 그 이름 괜찮아요? 당신은 나의 파수꾼이니까요."

관찰자, 목격자. 예비 보호자. 그는 그녀에게 발견되었다는 기쁨에 씩 웃는다.

"이제 내 이름을 붙여줘요!"

그는 손을 내밀어 절대로 진흙보다 더 밝아지지 않을 낙엽을 손가락으로 쥔다. 그것은 그의 손가락 아래서 펼쳐진다.

"메이든헤어."

"그거 진짜 있는 거예요?"

그는 그녀에게 진짜로 있다고 말한다. 꽃나무보다 더 오래되고 첫 번째 침엽수보다도 더 오래되었으며 이 상류지역에서 한동안 자생했다가 수백만 년 정도 사라졌었고 재배를 통해 되돌아온 살아 있는 화석의 또 다른 이름이다. 나무의 시작까지 거슬러 올라가는 나무(메이든헤어(maidenhair, 소녀의 머릿결)는 은행나무의 또 다른 이름이다).

*

그녀는 2인용 천막 안에서 그의 반대편으로 웅크린 채 잠이 든다. 근처에 다른 많은 자원자들이 있어서 온기 이상의 은밀한 행위로부터 그들은 안전하다. 그는 누워서 그녀의 등을, 살짝 오르락내리락하는 그녀의 갈비뼈를 응시한다. 그녀가 잠옷으로 입는 티셔츠가 어깨 아래로 흘러내려 그녀의 견갑골 위에 있는 장식체 문신이 보인다. *변화가 다가올 것이다.*

그는 흥분한 수도승처럼 최대한 꼼짝 않고 누워 있다. 감정이 잠으로 약해질 때까지 그는 귓가에서 울리는 심장 박동을 센다. 잠이 들면서 가느다란 생각이 그의 머릿속을 맴돈다. 다른 행성에서 온 사람들은 하나의 사물에 이렇게나 여러 가지 많은 이름을 붙여야 하다니, 지구식 이름에는 무슨 문제가 있는 걸까 궁금해할 것이다. 하지만 그는 여기, 겨우 몇 주 동안 알았고 수많은 생애를 거쳐서 다시 합류한 친구의 곁에 누워 있다. 닉과 올리비아, 파수꾼과 메이든헤어, 이 완벽한 4인조가 1월의 밤 야외에서, 반라의 해안가 삼나무, 영원히 사는 *셈페르비렌스*의 기둥 아래에 있다.

패트리샤 웨스터퍼드는 농가용 소나무 탁자 앞에 놓인 가로 등받이 의자에 앉아서 펜을 허공에 든 채 곤충으로부터 구술을 받고 있다. 거의 11시고 단 한 문장도 빼놓지 않고 죽어라 고친 덕분에 그녀의 머리에는 아무 생각도 없다. 바람이 퇴비와 측백나무 향을 풍기며 창문으로 들어온다. 향기는 아무 목적도 없는 것 같은 오래되고 깊은 갈망을 불러일으킨다. 숲이 부르고 있고 그녀는 가야 한다.

겨울 내내 그녀는 짧은 몇 년 사이에 확고해진 인생의 작업과 발견의 기쁨을 묘사하려고 애를 썼다. 나무가 공기와 지하를 통해서 서로에게 어떻게 말을 하는지. 서로 어떻게 보살피고 양분을 나누고, 네트워크식 토양을 통해서 공통 행동을 조절하는지. 숲처럼 넓은 면역 체계를 어떻게 만드는지. 죽은 통나무가 어떻게 수많은 다른 생물종에게 생명을 주는지에 관해서 그녀는 한 챕터를 할애해 상세하게 설명한다. 죽은 나무를 제거하고, 다른 나무를 죽이는 바구미를 억제하는 딱따구리를 죽이는 것에 대해서. 그녀는 사람이 평생을 지나치면서도 절대로 알아채지 못할 수 있는 핵과와 총상꽃차례, 원추꽃차례와 총포에 대해 설명한다. 목질 솔방울이 달린 오리나무에서 어떻게 금을 수확할 수 있는지도 이야기한다. 몇 센티미터 높이의 피칸나무가 어떻게 1.8미터나 되는 뿌리를 갖는지. 자작나무 안쪽 껍질을 어떻게 굶주린 사람에게 먹일 수 있는지. 새우나무 꽃차례 하나가 어떻게 수백만 개의 꽃가루를 갖고 있는지. 토착 어부들이 으깬 호두나무잎을 이용해서 어떻게 물고기를 마비시켜 잡는지. 버드나무가 어떻게 땅에서 다이옥신, PCB, 중금속을 제거하는지.

그녀는 토양 한 숟가락 안에 들어 있는 어마어마한 길이의 진균사가 어떻게 나무뿌리를 열어 그 안으로 파고드는지를 상세히 이야기한다. 길게 연결된 곰팡이가 어떻게 나무에 무기물을 공급하는지. 나무가 이 영양분들에 대한 대가로 곰팡이가 만들지 못하는 당분을 어떻게 나눠주는지.

지하에서 뭔가 굉장한 일이, 우리가 이제 막 보는 법을 배우기 시작한
일이 일어나고 있다. 균근 가닥들의 덩어리가 나무들을 연결해 수 제곱

킬로미터에 이르는 거대하고 영리한 공동체로 만든다. 이들은 함께 물품, 서비스, 정보의 거대한 교환 네트워크를 형성한다…….

숲에는 개별 생물체도, 분리된 사건도 없다. 새와 새가 앉는 나뭇가지는 공동체다. 커다란 나무가 만드는 식량의 3분의 1 이상이 다른 생물체에게로 간다. 각기 다른 종류의 나무들이 파트너 관계를 형성한다. 자작나무를 자르면 근처의 더글러스전나무도 고통을 받는다…….

동부의 커다란 숲에서는 참나무와 히코리나무들이 그 열매를 먹고 사는 동물들을 당황시키기 위해서 열매 생산을 똑같이 맞춘다. 이야기가 퍼지고, 특정 종의 나무들은 햇볕에 있든 그늘에 있든, 젖었든 말랐든 간에 공동체로서 모두 함께 열매를 가득 맺거나 아예 맺지 않는다…….

숲은 지하의 시냅스를 통해서 서로를 고치고 형성한다. 그리고 서로를 형성하는 과정에서 그들은 그 내부에서 만들어지는 다른 연결된 생물체들 수만 종 역시 형성한다. 숲을 수많은 가지를 치고 거대하게 벌어지고 뿌리도 커다란 슈퍼 나무로 생각하는 것이 유용할 수도 있다.

그녀는 느릅나무가 어떻게 미국 혁명이 시작되는 것을 도왔는지 이야기한다. 500년 된 메스키트나무가 지구상에서 가장 건조한 사막 중 한 곳의 한가운데에서 어떻게 자라는지. 절망적인 은신처에서도 안네 프랑크가 창밖의 마로니에나무를 보고 어떻게 희망을 갖게 되었는지. 달에 갔다 온 씨앗들이 어떻게 지구 전역에서 싹을 틔웠는지. 세계가 아무도 모르는 아름다운 생물체들로 어떻게 가득하게 되었는지. 사람들이 예전에 알았던 것만큼 나무에 대해서 알려면 얼마나 많은 세기가 걸릴지.

그녀의 남편은 20여 킬로미터 떨어진 도심에 산다. 그들은 하루에 한 번, 점심을 먹을 때 만나고 데니스는 그 계절에 나는 재료로 식사 준비를 한다. 낮과 밤 내내 그녀의 유일한 동료는 나무들이고, 그들을 대변하는 그녀의 유일한 언어 수단은 단어, 초록의 생물이 만드는 에너지를 먹고 사는 부패 유기성을 먹고 사는 생물의 장기이다.

저널용 논문은 항상 굉장히 어렵다. 논문을 쓸 때마다 낙오자로서의 세월이 다시 떠오르곤 한다. 이제는 그녀가 열 명이 넘는 공동저자 중 한 명일 뿐인데도. 그녀는 심지어 다른 사람들이 함께할 때 더욱 불안감을 느낀다. 그녀는 사랑하는 동료들에게 그녀가 예전에 겪었던 것 같은 일을 겪도록 만들기보다는 차라리 다시 은퇴를 할 것이다. 하지만 저널용 논문은 대중을 위한 글을 쓰는 것에 비하면 숲에서 산책하는 수준이다. 과학 논문은 거의 모든 사람들에게 무관심한 문제이고, 서고에만 놓여 있는 법이다. 그녀는 이 중요한 책을 언론이 조롱하고 잘못 이해할 거라고 확신한다. 그리고 절대로 출판사는 그녀에게 이미 지불한 것만큼의 돈을 벌어들이지 못할 것이다.

겨울 내내 그녀는 모르는 사람에게 그녀가 아는 모든 것을 어떻게 말할지 애를 쓰고 고민한다. 그 몇 달은 지옥이면서도 동시에 천국이었다. 곧 지옥 같은 천국도 끝날 것이다. 8월이면 그녀는 현장 실험실을 닫고 짐을 챙기고 그녀가 놀랍게도 다시 가르치게 될 해안가 대학으로 그녀의 꼼꼼한 샘플들을 가져갈 것이다.

오늘 밤에 단어는 그녀에게 내려오지 않는다. 그냥 자면서 그녀의 꿈이 뭐라고 말할지 봐야 할 것이다. 하지만 그 대신에 그녀는 오래되고 한쪽이 기울어진 냉장고 위의 부엌 시계를 뚫어져라 쳐다본다. 연못에서 자정의 산책을 할 정도의 시간은 아직 있다.

오두막 근처의 가문비나무들이 거의 꽉 찬 달 아래서 으스스한 예언을 흔든다. 쭉 뻗은 나무들은 지금은 사라졌지만 한때 솔잣새가 앉아서 씨앗 섞인 변을 싸곤 하던 울타리의 추억을 떠올리게 만든다. 오늘 밤 나무들은 어둠 속에서 탄소를 빨아들이느라 바쁘다. 머지않아 모든 것이 꽃으로 피어날 것이다. 허클베리와 까치밥나무, 현란한 아스클레피아스, 기다란 오리건포도, 서양톱풀과 시달케아. 그녀는 지구상의 최고 지성이 미적분과 중력의 보편 법칙을 발견했을 때조차 아무도 꽃이 왜 피는지는 몰랐다는 사실에 새삼 경탄한다.

오늘 밤 숲은 단어로 가득한 그녀의 머릿속처럼 축축하고 어둑어둑하다. 그녀는 산책로를 찾아서 그녀가 사랑하는 *프세우도추가*(Pseudotsuga, 미송) 아래로 몸을 숙이고 걸어간다. 늦겨울 달빛을 받는 나선형 나무들 아래로 길이 나 있다. 그녀가 오래된 회문(回文)처럼 거의 매일 밤 갔다가 돌아오는 길이다. *라 루타 노스 아포르토 오트로 파소 나투랄*(La ruta nos aportó otro paso natural, 길은 자연스럽게 다음에 어디로 가야 할지 알려준다는 뜻으로 원문이 앞에서부터 읽으나 뒤에서부터 읽으나 똑같다. 이런 문장을 회문이라고 한다.). 밤에 솔잎에서 뿜어져 나오는 화합물 목록에 아직 없는 수많은 휘발성 화합물들이 그녀의 심장 박동을 느리게 만들고, 호흡을 부드럽게 만들고, 그녀가 맞다면 심지어 기분과 생각까지도 바꾼다. 삼림 약국이 가진, 아직 아무도 정체를 파악하지 못한 수많은 물질들. 그 효과가 아직까지 발견되지 않은 나무껍질, 껍질 안쪽 부분, 이파리에 있는 강력한 분자들. 나무가 사용하는 고통 호르몬의 한 종인 자스모네이트가 모든 여자 향수에서 신비롭고 유혹적인 특성을 발현한다. *내 냄새를 맡아, 날 사랑해줘, 난 곤란한 상황이야.* 그리고 이 모든 나무들은 정말로 곤란한 상황이다. 세계의 모든 숲들, 심지어는 예스럽게도 유보지(set-aside land)라고 부르는 곳들도 그녀의 작은 책의 독자들에게 말할 수 있는 것보다 더 많은 곤란을 겪고 있다. 곤란이란 대기처럼 인간의 힘으로 예측하거나 통제할 수 있는 범위를 넘어선 기류를 타고 사방으로 흐른다.

그녀는 연못이 있는 공터로 나온다. 별이 가득한 하늘이 그녀의 머리 위로 펼쳐지며 왜 인간이 숲을 놓고 영원토록 전쟁을 벌였는지를 확실하게 설명해준다. 데니스는 그녀에게 벌목꾼들이 하는 말을 전해줬다. *저 습지에 빛이 좀 들게 해주자고. 숲은 인간을 겁먹게 만든다. 숲에서는 너무 많은 일이 일어난다. 인간에게는 하늘이 필요하다.*

그녀의 자리는 비워진 채 그녀를 기다리고 있다. 물가에 있고 이끼 담요가 덮인 통나무다. 물 위를 보자마자 그녀의 머리가 맑아지고 그녀가 찾고 있던 문단이 떠오른다. 그녀는 잘리지 않은 산림의 커다랗고 아주 오래된 나무, 탄소와 대사산물 시장이 계속 유지되도록 하는 나무에 붙일 이름을 찾고 있었다. 이제 생각이 났다.

> 균류는 나무에 무기물을 공급하기 위해서 돌을 채취한다. 그들은 그들의 숙주를 빨아 먹는 톡토기를 사냥한다. 나무들은 균류의 시냅스에 여분의 당을 저장하고 아프거나 그늘진 곳에 있거나 상처 입은 나무들에게 그것을 나눠준다. 숲은 스스로를 보살핀다. 살아남기 위해서 국지적 기후를 만들면서도 말이다.

> 500년 된 더글러스전나무는 죽기 전에 화학물질 창고를 뿌리 쪽으로 내려 보내 균류 파트너들을 지나 자신의 재산을 최후의 유언이자 증거로서 공용 저장소에 기부할 것이다. 우리가 이 오래된 후원자들을 *아낌없이 주는 나무*라고 부를 만하다.

책을 읽을 대중이 기적을 좀 더 선명하고 생생하게 받아들이게 하려면 이런 문단이 필요하다. 이것이 그녀가 오래전에 아버지에게서 배운 것이다.

사람들은 자신들처럼 보이는 것을 더욱 잘 본다. *아낌없이 주는 나무*는 관대한 사람이라면 누구든 이해하고 사랑할 수 있는 것이다. 그리고 그 세 단어를 통해서 패트리샤 웨스터퍼드는 자신의 운명을 봉하고 미래를 바꾼다. 심지어는 나무들의 미래도.

아침에 그녀는 얼굴을 차가운 물로 씻고, 아마 열매 스무디를 만들어서 어제 쓴 내용을 읽는 동안 마신다. 그런 다음 소나무 탁자에 앉아 점심 때 데니스에게 보여줄 만한 문단을 쓰기 전까지는 절대로 일어나지 않겠다고 맹세한다. 그녀의 측백나무 연필 냄새가 기분을 고무한다. 종이 위로 천천히 나아가는 흑연은 매일 거대한 더글러스전나무가 수백 미터 높이까지 빨아 올리는 수백 리터의 물이 꾸준히 증발하는 것을 떠오르게 만든다. 종이 앞에 홀로 앉아서 손이 움직이기를 기다리는 것은 그녀에게 있어서 식물이 주는 깨달음에 가장 가까이 다가가는 방법일지도 모른다.

마지막 챕터가 자꾸만 손에 잡히지 않는다. 그녀에게는 불가능한 3단 합체가 필요하다. 희망, 유용함, 그리고 진실. 스웨덴 중부에 서식하는 노르웨이가문비나무인 올드짓코(Old Tjikko)를 이용할 수도 있다. 땅 위로 나온 나무는 연령이 겨우 수백 년 정도다. 하지만 미생물이 가득한 땅속으로는 9000년 이상까지 거슬러 올라간다. 그녀가 나무에 관해 알리기 위해서 사용하는 글쓰기 수법보다 수천 년은 더 오래되었다.

아침 내내 그녀는 9000년 된 영웅담을 열 개의 문장에 욱여넣는 작업을 한다. 같은 뿌리에서 나서 쓰러졌다가 다시 자라나는 나무의 행진. 거기에는 그녀가 좇는 희망이 있다. 진실은 좀 더 잔혹하다. 아침 늦게쯤 그녀는 현재까지, 사람이 새롭게 만든 대기 때문에 보통은 고산지에서 크게 자라지 못하는 올드짓코가 처음으로 완전한 크기의 나무로 자란 시점까지 따라잡는다.

하지만 희망과 진실은 유용함이 없으면 인간에게 아무 소용도 없다. 투박하고 서툰 손가락으로 그린 단어들을 갖고서 그녀는 기후가 바뀔 때마다 끝없이 죽었다 되살아나는 그 황량한 산등성이의 올드짓코의 유용성을 탐색한다. 올드짓코의 유용성은 세상이 우리의 편의를 위해서 만들어지지 않았다는 것을 보여주는 데에 있다. 우리는 나무에게 어떤 유용성이 있을까? 그녀는 부처의 말을 기억한다. 나무는 모든 살아 있는 생물에게 주거지를 제공하고, 먹이고, 보호하는 놀라운 존재다. 심지어는 나무를 망가뜨리는 나무꾼에게까지 그늘을 제공한다. 이 단어들을 사용해서 그녀는 책을 끝낸다.

데니스는 비처럼 믿음직스럽게 정오에 나타난다. 자신이 최근에 만든 것 중 최고로 자부하는 브로콜리-아몬드 라자냐를 가지고 온다. 일주일에 여러 번 느끼는 것이지만, 그녀는 이 축복받은 몇 년 동안 그녀가 대부분의 삶을 혼자 보낼 수 있게 허용해주는 지구상에서 유일한 남자와 결혼해서 살았다는 사실에 자신이 얼마나 행운인지를 새삼 생각한다. 투지가 있고, 인내심 있고, 성격 좋은 데니스. 그는 그녀의 일을 보호해주고 아주 적은 것만을 요구한다. 만능 도우미의 실용적 태도를 가진 그는 인간을 척도로 삼을 수 있는 것이 얼마 되지 않는다는 사실을 잘 안다. 그리고 그는 잡초처럼 관대하고 열심이다.

데니스의 성찬을 먹으면서 그녀는 그에게 올드짓코에 대한 오늘 치 글을 읽어준다. 그는 그리스 신화를 듣는 행복한 어린애처럼 감탄한다. 그녀가 전부 다 읽는다. 그는 박수를 친다.

"이야, 베이비. 정말 훌륭해."

그녀의 미숙한 풋내기 같은 영혼 깊은 곳은 세상에서 가장 늙은 베이비가 되는 것을 좋아한다.

"이렇게 말하기는 싫지만, 당신 다 끝낸 거 같은데."

무시무시한 말이지만, 그가 옳다. 그녀는 한숨을 쉬고 까마귀 세 마리가 그녀의 퇴비 통을 습격할 복잡한 계획을 세우고 있는 부엌 창문 밖을 바라본다.

"그럼 이제 뭘 하지?"

그녀가 뭔가 웃긴 말을 한 것처럼 그가 커다랗게 웃는다.

"그걸 타이핑해서 당신 출판사에 보내야지. 넉 달이나 늦었잖아."

"못하겠어."

"왜?"

"전부 다 틀린 것 같아. 제목부터 시작해서."

"《나무가 어떻게 세상을 구하는가》가 뭐 어때서? 나무가 세상을 구하지 못해?"

"난 구한다고 확신해. 세상이 우리를 다 떨쳐내버린 후에."

그는 낄낄 웃고서 더러운 접시들을 챙긴다. 그는 그것을 큰 싱크대와 여과기, 뜨거운 물이 있는 집으로 가져갈 것이다. 그가 부엌 건너편에서 그녀를 쳐다본다.

"《숲의 구원》이라고 하지 그래. 그러면 누가 뭘 구하는지 명확하게 밝히지 않아도 되잖아."

"나 정말로 당신을 사랑해."

"아니라고 한 사람이라도 있었어? 봐봐, 자기. 이건 순수한 즐거움이어야 해. 사람들한테 당신의 삶 속에서 가장 큰 기쁨에 대해서 말하는 거잖아."

"당신도 알잖아, 덴. 마지막으로 내가 대중 앞에 섰을 땐 별로 좋지 않았어."

그가 허공에 팔을 휘두른다.

"그건 옛날 옛적이잖아."

"늑대 무리야. 그들은 내가 틀렸음을 입증하려던 게 아니었어. 그저 피를 원했어!"

"하지만 당신은 혐의를 벗었어. 여러 번 계속해서."

그녀는 그에게 한 번도 말하지 않은 것을 말하고 싶다. 그 시절의 트라우마가 너무 커서 그녀가 치명적인 숲의 만찬을 조리했던 것을. 하지만 말할수가 없다. 오래전에 죽은 여자가 너무 부끄럽기 때문이다. 그녀의 일부는더 이상 자신이 그런 선택을 할 수도 있었다는 사실을 완전히 믿지 않는다. 부인 가능한 공연. 게임. 그래서 그녀는 그에게 절대로 말하지 않은 유일한것을 감춘다. 그녀가 독버섯을 입에 거의 넣을 뻔했었다는 것을.

"자기야. 자기는 사실상 현대의 예언자라고."

"그리고 수년을 버림받은 자로 보냈지. 예언자 쪽이 훨씬 재미있겠네."

그녀는 그의 차로 더러운 접시들을 옮기는 것을 돕는다.

"사랑해, 덴."

"제발 그 말 그만해. 당신 때문에 겁이 난다고."

그녀는 초고를 타이핑한다. 단어 몇 개를 잘라내고 문단 몇 개를 없앤다. 이제 그녀의 사랑하는 더글러스전나무와 그 지하의 안락한 생활 상태에 관한 챕터인 "아낌없이 주는 나무"가 생겼다. 그녀는 10년 사이에 30미터까지 자라는 미루나무부터 5000년 동안 천천히 죽는 강털소나무에 이르기까지 전국의 식생을 아우른다. 그런 다음 우체국으로 간다. 그녀의 모든 불안은 우편요금을 내고 원고를 반대편 해안으로 보내는 순간 싹 빠져나간다.

6주 후, 그녀의 사무실 전화가 울린다. 그녀는 전화가 싫다. 손바닥 크기의 조현병. 멀리서 속삭이는 보이지 않는 목소리. 불쾌한 문제 때문이 아니라면 아무도 그녀에게 전화하지 않는다. 전화한 사람은 그녀가 가본 적 없는 뉴욕에 있는, 그녀가 만난 적 없는 그녀의 편집자다.

"패트리샤? 당신 책요. 막 다 읽었어요!"

패트리샤는 움찔하며 비난을 기다린다.

"믿을 수가 없더군요. 나무가 그 모든 일을 한다는 걸 누가 알았겠어요?"

"음. 수억 년의 진화는 수많은 이야기를 주죠."

"당신이 그걸 생생하게 살려냈어요."

"사실, 그건 이미 살아 있었어요."

하지만 그녀는 열네 살 때 아버지가 주었던 책을 떠올린다. 이 책을 아버지에게 헌정해야 한다는 사실을 깨닫는다. 그리고 그녀의 남편에게. 그리고 차츰 다른 존재로 변하게 될 모든 사람들에게.

"패티, 당신 덕택에 지하철역에서 내 사무실까지 오는 길에 내가 뭘 보게 됐는지 모를걸요. 아낌없이 주는 나무 부분 있잖아요? 완전히 감동적이었어요. 우리가 당신에게 이 책에 대해 돈을 제대로 지불하지 않은 것 같아요."

"당신들은 지난 5년 동안 내가 번 것보다 더 많은 돈을 줬는데요."

"두 달 안에 더 받게 될 거예요."

패트리샤 웨스터퍼드가 되찾고 싶은 것은 자신의 고독, 자신의 익명성뿐이다. 하지만 나무가 아직 멀리 있는 침공군을 인지하는 것처럼 그녀는 그것들이 다시는 자신의 것이 될 수 없을 거라는 사실을 인지하기 시작한다.

〈지배〉가 나타나고, 다시는 돌아갈 수 없다. 게임이 북아메리카에 팔리기 시작한 지 두 달, 대표이자 CEO, 셈페르비렌스의 최대 주주는 페이지밀로(路) 언덕 위쪽에 있는 회사의 반짝이는 새 본부 위층에 자리한 자신의 아파트에서 성실한 기계로 게임을 시작한다. 아파트는 전부 삼나무에 유리로 되어 있다. 엉뚱하고 명상적인 놀이 공간이다. 거대한 이탈리아 우산소나무가 있는 야외 아트리움이 기묘한 각도로 둘러싸고 있다. 자기 자리에서 일을 하면 국립공원에서 야영을 하는 느낌이다.

닐리의 은신처는 업무 공간 위쪽에 자리 잡고 있다. 여기로 가는 유일한 방법은 비상계단 뒤에 숨겨진 개인 엘리베이터를 타는 것뿐이다. 숨겨진 서재 한가운데에는 복잡한 병원용 침대가 있다. 닐리는 그것을 더 이상 거의 쓰지 않는다. 들어가고 나오는 데에만 40분이 걸려서 요즘에는 그냥 누워만 있어도 마치 죽은 것 같은 기분이다. 그럴 시간이 없다. 그는 의자에 앉은 채로 자는데, 한 번에 40분을 넘기지 않는다. 아이디어가 복수의 여신처럼 그를 고문한다. 진행 중인 그의 세계에 대한 계획과 돌파구가 은하 주위로 그를 무자비하게 쫓아온다.

그는 아래에 의자를 넣을 수 있을 만큼 높게 마련된 업무용 책상의 거대한 스크린 앞에 앉아 있다. 스크린 너머로 통유리를 통해 몬테벨로 윗부분이 보인다. 그 풍경, 그리고 밤하늘에서 빛나는 별들의 모습이 닐리의 머나먼 항해 대부분을 대신한다. 이제 그의 여행은 오늘의 것과 같다. 입구가 안개로 가려지고 온갖 발견할 것들이 가득한 드넓은 해안가로의 원정. 그는 게임의 토대를 설계하고, 대부분의 코드를 쓰고, 가능한 경로를 따라 몇 달이나 작업을 했다. 〈지배〉는 더 이상 그를 놀라게 만들 힘이 없어야 한다. 그럼에도 불구하고 게임은 언제나 그의 맥박을 빠르게 만든다. 마우스 클릭, 타이핑 몇 번에 그는 다시금 새로운 대륙과 만난다.

사실 게임은 한심하다. 냄새도, 촉감도, 맛도, 느낌도 없는 2차원이다. 작고 선명하지 않고, 세계 모형은 창세기만큼 단순하다. 하지만 게임은 그가 켤 때마다 그의 뇌간에 이를 꽉 박는다. 지도, 기후, 흩어진 자원들은 매번 들어갈 때마다 새롭다. 그의 적들은 정복자들, 건축가들, 기술자들, 자연 숭배자들, 구두쇠들, 박애주의자들, 또는 급진적 유토피아주의자들일 수 있다. 이런 곳은 존재한 적이 없다. 하지만 여기에 가는 것은 마치 집에 돌아가는 것 같다. 그의 정신은 그의 배신자 나무에서 떨어지기 오래전부터 이런 놀이터를 기다리고 있었다.

오늘 그는 현자가 되기로 정한다. 전 세계의 전화 접속 게시판에 플레이어들이 깨달음(Enlightenment)이라고 부르는 압도적인 승리 전략이 있다는 소문이 퍼지고 있다. 상위 등급 게이머들은 이 방법을 금지해달라고 압박하는 중이다. 하지만 현자라고 해도 인구를 늘리기 위해서 석탄, 금, 광석, 돌, 나무, 식량, 명예와 영광을 충분히 얻어야 한다. 미지의 영역을 탐험하고, 교역로를 만들고, 이웃 정착지들을 습격하고, 문화, 공예, 경제, 기술의 나무에서 가지를 뻗기 위해 노력해야 한다. 게임은 진짜 인생, 또는 그의 직원들이 약간 조롱 조로 줄여 부르게 된 *RL*(Real Life)처럼 아주 많은 의미 있는 선택을 제공한다. 오늘 아침 그래픽은 이미 제작 중인 〈지배 2〉에 비하면 좀 들쭉날쭉해 보인다. 하지만 그래픽은 널리에게 한 번도 큰 의미를 가진 적이 없다. 시각적인 면은 진짜 욕망의 틀일 뿐이다. 그와 50만 명의 다른 〈지배〉 플레이어들이 원하는 것은 영원히 자라나는 왕국을 위한 쉽고 끝없는 모양 변화뿐이다.

무언가가 그의 가슴속에서 비틀린다. 그 감각이 배고픔이라는 걸 깨닫는 데 약간 시간이 걸린다. 뭘 먹어야 하지만, 먹는다는 것은 귀찮은 과정이다. 그는 소형냉장고 쪽으로 가서 에너지드링크와 다른 뭔가를 꺼낸다. 치킨파이다. 그는 그것을 전자레인지에 돌리지도 않고 그냥 먹는다. 오늘 밤에는 진짜 식사를 만들 것이다. 아니면 내일. 그가 가장 뛰어난 벌목꾼 팀으로부터 받은 사이프러스 널빤지들을 갖고 거대한 방주를 만들고 있는데 전화가 울린다. 유치산업계의 떠오르는 신성, 자신도 아직 20대면서 수많은 집 없는 소년들을 위해 집을 만든 소년과 인터뷰를 하고 싶어 하는 기자와의 아침 약속이다.

이 기자는 인터뷰 대상보다 나이가 그리 많지 않은 것 같고 겁에 질린 목소리다.

"메타 씨?"

메타 씨는 닐리가 쿠퍼티노 외곽에 수영장과 홈시어터, 자단나무 사원이 딸린 연못까지 전부 갖춰진 조그만 궁전에 모셔다 놓은 그의 아버지다. 메타 부인은 매주 연못 옆 사원에서 아들이 행복해지고 그를 그 자체로 볼 수 있는 여자를 내려주기를 신에게 기도하고 푸자(힌두교식 예배)를 올린다.

통유리에 비친 그림자가 그를 도전적으로 쳐다본다. 불룩 튀어나온 관절에 커다랗고 피골이 상접한 머리를 가진 갈색에 비쩍 마른 사마귀.

"닐리라고 부르세요."

"아, 네. 좋아요. 와! 닐리. 전 크리스예요. 인터뷰에 응해주셔서 감사합니다. 그러니까, 우선 이것부터 물을게요. 〈지배〉가 이 정도로 대히트를 칠 거라는 걸 알고 계셨나요?"

닐리는 게임이 세상에 출시되기 한참 전부터 알고 있었다. 스카이라인에서 한밤중에, 가지를 가득 벌린 채 거대하게 고동치는 나무 아래서 아이디어를 얻은 순간부터 알았다.

"조금은요. 네. 베타버전이 출시되자 사무실이 완전히 멈췄거든요. 프로젝트 팀장이 게임을 중지시켜야 할 정도였어요."

"세상에. 총매출액은 아시나요?"

"아주 잘 팔리고 있어요. 14개국에서요."

"그 이유가 뭐라고 생각하세요?"

게임의 성공은 아주 단순하다. 이것은 닐리가 일곱 살 때, 아버지가 처음 거대한 마분지 상자를 아파트 계단으로 들고 올라오시던 때에 상상했던 그 장소의 현실적 복제판이다. 자, 닐리-지. 이 작은 *생물체가 뭘 할 수 있을까?* 소년이 검은 상자가 해주기를 바랐던 것은 순수했다. 사람이 갈 수 있는 모든 장소가 초록빛에 유연하고, 아직 생명이 가능성으로 넘쳤던 신화와 기원의 시대로 그를 돌려보내주는 것.

"잘 모르겠어요. 게임의 규칙은 단순해요. 세상이 당신에게 응답하죠. 현실보다 사건이 더 빠르게 일어나요. 당신의 제국이 자라는 걸 볼 수 있죠."

"전…… 솔직히 말할게요. 전 완전히 사랑에 빠졌어요! 어젯밤에 겨우 플레이를 그만두었는데 새벽 4시쯤이더군요. 한 턴만 더 하면 무슨 일이 생기는지를 꼭 봐야만 했어요. 그러다가 스크린 앞에서 일어섰더니 침실 전체가 울렁거리고 흔들리더라고요."

"무슨 뜻인지 알아요."

닐리도 정말로 안다. 일어선다는 부분만 빼면.

"게임이 이걸 하는 사람들의 뇌를 바꾸어놓는다고 생각하세요?"

"네, 크리스. 하지만 아마도 모든 게 다 그렇지 않을까요?"

"지난주 〈타임스〉에서 게임 중독에 대해서 이야기한 기사 보셨어요? 일주일 동안 비디오게임에 50시간씩 쓰는 사람들요."

"〈지배〉는 비디오게임이 아니에요. 사고 게임이죠."

"좋아요. 하지만 수많은 생산적인 시간이 낭비될 거라는 사실은 인정하셔야 할 거예요."

"게임은 확실히 시간소모품이죠."

전화선 반대편에서 물음표가 말풍선 안에 뜨는 게 들리는 것 같다.

"시간을 잡아먹는다고요."

"그런 생산성의 파괴자가 된다는 것이 신경 쓰이지 않나요?"

닐리는 반세기 전에 깎여 나간 산의 민둥 지대를 바라본다.

"그렇게 생각하지는…… 약간의 생산성을 파괴하는 건 그리 나쁜 일은 아닐 것 같은데요."

"흠. 그렇군요. 게임은 어쨌든 *제* 작은 삶을 완전히 죽여놨어요. 128페이지짜리 게임북 안에 없는 것들을 계속해서 만나거든요."

"네. 그게 사람들이 계속 게임하게 만드는 원인의 일부죠."

"게임을 하는 동안에는 목표가 생기는 것 같아요. 항상 할 일이 더 있죠."

그렇죠, 오, 그럼요, 닐리는 그렇게 말하고 싶다. 안전하고 이해하기 쉽고, 사람을 빨아들이는 모호함의 늪도 없고, 인간 대 인간이라는 어둠도 없고, 자신의 의지가 정당한 발판을 얻는다. 이것을 *의미*라고 부를 수 있을 것이다.

"수많은 사람들이 그 안을 집처럼 여길 거라고 생각해요. 여기 현실에서보다 더요."

"그럴지도요! 어쨌든 제 나이 또래의 사람들 다수는요."

"네. 하지만 우린 다음번 출시작에 온갖 종류의 새로운 역할들을 넣을 계획이에요. 게임을 하는 새로운 방법을 만들고, 온갖 종류의 사람들을 위한 가능성의 길을 열고요. 모든 사람들을 위한 아름다운 장소가 되기를 바라요."

"와. 그렇군요. 대단한데요. 그럼 다음번에 뭘 하는 거죠?"

회사는 닐리의 통제에서 벗어나고 있다. 팀들과 팀장들은 그가 계속 다 지켜볼 수 없는 조직적 나무에 자리 잡고 있다. 밸리 최고의 개발자들이 끼고 싶어서 매일 문을 두드린다. 보스턴 외곽 루트 128 지역의 소프트웨어 엔지니어들, 조지아 공대와 카네기 멜론을 갓 졸업한 사람들, 닐리가 공짜로 나눠주었던 게임들로 어릴 때부터 뇌가 다져진 사람들이 한참 진행 중인 판매 형태 변화를 도울 수 있게 해달라고 그에게 애원한다.

"나도 말할 수 있으면 좋겠군요."

크리스가 애처롭게 말한다.

"애원해도 안 되나요?"

그의 목소리는 건강하고 보행 가능한 남자의 자신감으로 가득하다. 어쩌면 백인에 외모도 잘생겼겠지. 사람이 공포와 상처와 욕망을 갖게 되면 다른 사람들에게, 다른 생명체에게 무엇을 할 수 있는지를 아직 모르는 사람 특유의 매력과 낙관주의를 갖고 있고.

"힌트라도요?"

"음, 사실 간단해요. 모든 걸 더 많이 하는 거죠. 더 많은 놀라움을 주고. 더 많은 가능성을 주고. 더 많은 종류의 생물체로 가득한 더 많은 장소를 만들고요. 풍부함은 두 배가 되고 복잡함은 40배가 된 〈지배〉를 상상해봐요. 그런 곳이 어떤 모습일지 우리도 모르겠군요."

겨우 이만한 씨앗에서 모든 것이 자라나지.

"아. 그거 대단하군요. 정말…… 근사해요!"

뭔가가 닐리를 찌른다. 그는 말하고 싶다. *나한테 다시 물어봐요. 더 있으니까.*

"당신에 대해서 물어봐도 될까요?"

닐리의 맥박이 운동용 고리에서 몸을 들어 올리려고 할 때처럼 빨라진다. *제발, 안 돼요. 제발 그러지 마요.*

"물론이죠."

"당신에 관해서 여러 가지 이야기를 읽었어요. 당신의 직원들까지도 당신을 은둔자라고 부른다던데요."

"난 은둔자가 아니에요. 그냥, 다리가 움직이지 않아서요."

"그것도 읽었어요. 회사는 어떻게 경영을 하세요?"

"전화. 이메일. 온라인 메시지로요."

"왜 당신 사진은 없는 건가요?"

"별로 예쁘지 않아서요."

그 대답이 크리스를 당황하게 만든다. 닐리는 이렇게 말하고 싶다. *괜찮아요. 그저 RL일 뿐이에요.*

"이민자의 자식으로 자라면서 혹시—"

"아, 그렇게 생각하지 않아요. 아마 아닐 거예요."

"뭐가 아니라는 거죠?"

"그게 나한테 크게 영향을 미쳤다고 생각하지 않아요."

"하지만…… 인도계 미국인으로 사는 건 어떤가요? 혹시 그런 느낌—"

"내 생각은 이래요. 난 간디일 수도, 히틀러일 수도, 조지프 추장일 수도 있어요. 또는 추가 6점짜리 장검을 휘두르고 솔직히 실제로는 별로 방어가 되지 않는 조그만 비키니 사슬 갑옷을 입고 있을 수도 있죠!"

크리스가 웃는다. 아름답고, 자신만만한 웃음이다. 닐리는 이 남자가 어떻게 생겼는지에 신경 쓰지 않는다. 그가 200킬로그램이 나가고 발진투성이라고 해도 신경 쓰지 않는다. *욕망이 몸을 타고 흐른다. 언제 밖에서 한번 보지 않을래요? 하지만 밖에서 보면 안으로 들어오게 된다. 아무 일도 일어날 필요 없어. 사실, 아무 일도 일어날 수 없어. 그건 다 사라졌어. 우린 그냥…… 어디 함께 앉아서 두려움도, 상처도, 어떤 결과도 없이 온갖 것들에 대해서 이야기할 수 있을 거야. 그냥 앉아서 사람들이 어디로 가는지 이야기를 하는 거지.*

불가능하다. 닐리의 기괴한 팔다리를 한번 보면 이 자신만만하고 잘 웃는 기자라 해도 혐오감을 느낄 것이다. 하지만 이 크리스라는 남자는 닐리의 게임을 *사랑한다*. 그는 밤새, 아침까지 게임을 한다. 닐리가 쓴 코드가 이 남자의 뇌를 바꾸고 있다.

"그러니까 이런 거예요. 난 많은 것이었어요. 많은 곳에서 살았고요. 석기시대 아프리카와 다른 은하의 외부 가장자리에서요. 조만간, 당장은 아니지만 곧 소프트웨어가 더 좋아져서 우리에게 공간을 더 주면, 우린 우리가 원하는 것으로 스스로를 만들어갈 수 있을 거라고 생각해요."

"그건…… 좀 엄청난 일 같은데요."

"그래요. 아마 그렇겠죠."

"게임은 그런 게 아닌…… 사람들은 여전히 돈을 원할 거예요. 여전히 특권과 사회적 지위를 원할 거예요. 정치도요. 그런 건 영원해요."

"맞아요. 영원하다? 그럴지도요."

닐리는 즉각적이고, 세계적이고, 익명적이고, 가상적이고, 무자비한 우주에서 사회적 지위가 전적으로 투표로 결정될 세계가 빠르게 다가오고 있는 스크린을 바라본다.

"사람들은 여전히 실체예요. 그들은 진짜 권력을 원해요. 친구들과 연인들. 보상. 성위 같은 것들요."

"맞아요. 하지만 곧 우리는 그 모든 걸 우리 주머니 속에 넣고 다니게 될 거예요. 우리는 상징적인 우주에서 살고, 교역하고, 계약을 맺고, 연애를 하게 될 거고요. 세상은 화면 안에서 점수가 표시되는 게임이 될 거예요. 그리고 이 모든 것들?"

크리스가 자신을 볼 수 없다는 걸 알면서도 그는 사람들이 전화를 할 때 그러듯이 손을 흔든다.

"당신이 사람들이 정말로 원한다고 말한 그 모든 것들요? *진짜 인생*? 곧 우린 그게 어떤 식이었는지조차 기억하지 못하게 될걸요."

차가 36번 고속도로에서 북쪽으로 달린다. 산등성이로 올라가면서 임팔라는 시속 16킬로미터 정도 빠르게 달린다. 긴 오르막을 따라 앞으로 나아가는 길을 십여 개의 검은 상자들이 막고 있다. 관이다. 운전자는 브레이크를 밟고 차는 대규모 장례식 몇 미터 앞에서 멈춘다. 관 위쪽 허공으로, 등대처럼 튼튼한 두 나무 사이를 잇는 횡단선(traverse line) 위로 암컷 쿠거가 올라간다. 하네스(안전벨트)가 갈색 허리를 감싸고 카라비너(로프 연결 고리)로 안전 케이블에 연결되어 있다. 꼬리는 날씬한 뒤쪽 엉덩이 사이에서 흔들리고 매달린 플래카드를 살펴보는 동안 목 위에서 수염이 난 우아한 머리가 움직인다.

두 번째 차가 남쪽에서 달려온다. 관 앞에서 폭스바겐이 우뚝 멈춘다. 차는 두 번 경적을 울리고, 운전자가 쿠거를 발견한다. 마리화나에 취한 세계에서도 이 장면이 너무나 기묘해서 운전자는 잠시 동안 멍하니 바라본다. 동물은 어리고, 늘씬하고, 어깨에 *변화가 다가올 것이다*, 라는 글자가 살짝 보이는 바디 스타킹만 입고 있다. 고양이가 플래카드를 가지고 씨름한다. 운전자들은 호기심에 차서 기다린다. 또 다른 차가 북쪽으로 향하는 차 뒤에 멈춘다. 그리고 한 대 더.

길가의 플랫폼에서는 곰이 선두를 당기며 늘어진 시트를 펴려고 애를 쓴다. 회색 곰의 주둥이와 움푹한 눈은 근사하게 색깔을 칠한 종이 반죽이다. 눈구멍이 아주 작아서 곰이 뭔가를 보려면 그 커다란 주둥이를 옆으로 돌려야만 한다. 몇 분 안에 양쪽 방향으로 차가 전부 막히기 시작한다. 두 남자가 차에서 내린다. 그들은 화가 났지만 거대동물들을 보고 웃지 않을 수가 없다. 쿠거의 앞발이 한 번 움직이자 시트가 마침내 떨어지며 바람을 맞아 고속도로 위로 돛처럼 펄럭인다.

처녀 희생을 그만둬라

가장자리에는 중세 시대 원고 여백에 있는 것 같은 이파리들과 꽃들이 가득하다. 잠깐 동안 길이 막히자 통근자들은 그저 쳐다만 본다. 붙들린 운전자 몇 명은 산발적으로 박수를 친다. 누군가가 창문을 내리고서 소리친다.

"내가 그 처녀 문제를 해결해주겠어, 아가씨!"

도로 위쪽 높은 곳에서 쿠거가 손을 흔든다. 포로들도 엄지손가락이나 가운데손가락을 들고 마주 흔든다. 내려다보는 그녀의 야성적인 가면은 구경꾼들의 뱃속에 오래된 흥분을 일깨운다.

운전자 한 명이 관을 향해 달려든다.

"내 벌목 일이 네놈들의 복지비를 대는 거라고. 당장 길에서 치워!"

그가 검은 상자들을 걷어차지만, 상자들은 꼼짝하지 않는다. 쿠거가 목에 건 초커에서 휘슬을 꺼내서 세 번 삑 분다. 상자가 한꺼번에 열리고서 최후 심판의 날처럼 시체들이 일어난다. 곰이 연막탄을 던져서 혼란을 더한다. 각 관에서 각각의 색깔로 치장한 생물들이 나온다. 뿔이 천사의 날개처럼 바깥으로 호를 그리는 엘크가 있고, 커다란 젓가락 송곳니를 단 소노마다람쥐도 있다. 애나스벌새는 짙은 분홍색에 반짝이는 청동색이다. 태평양큰도롱뇽은 달리의 악몽 같다. 샛노란 덩어리 같은 바나나민달팽이도 있다.

발이 묶인 운전자들은 동물의 부활에 웃음을 터뜨린다. 박수가 더 울리고, 또 다시 욕설이 날아든다. 동물들은 격렬한 춤을 추기 시작한다. 그 행동들이 운전자들을 불안하게 만든다. 그들은 동물들이 재빨리 기묘한 원을 그리며 이처럼 움직이는 격렬한 춤을 본 적이 있다. 모든 것이 가능하고 진짜였던 시절에, 그들이 손가락으로 넘겨 본 최초의 책들 속 삽화에서 봤을 것이다. 동물들의 춤에 정신이 팔린 사이에 곰과 쿠거가 벨트를 풀고 위쪽에서 재빨리 내려온다. 꽉 막힌 차량들 뒤쪽에서 들려오는 경찰 사이렌 소리는 처음에는 또 다른 여흥 같다. 경찰이 막힌 길의 갓길로 빠져나오느라 동물들이 식물들 사이로 도망갈 시간은 충분하다. 도망치는 동안 나이 많은 여자와 비디오카메라를 손에 들고 있는 남자 한 명도 그들 뒤쪽 숲속으로 사라진다.

이틀 후, 영상이 전국 뉴스에 나온다. 반응은 천차만별이다. 플래카드를 건 사람들은 영웅이다. 그들은 가둬버려야 마땅한 관심병 범죄자들이다. 그들은 동물들이다. 동물은 맞다. 뇌가 크고, 이타적이고, 한동안 주간 고속도로를 막고 야생동물들이 활보하고 있는 것처럼 만든 동물 사기꾼들이다.

포르투나 대학에서의 4년은 한 번의 오후로 정리된다. 대니얼스 강당 앞자리에 앉아 있는 애덤. 연단에는 영향과 인지 수업 중인 루빈 라비노프스키 교수. 기말 시험 전 마지막 강의이고, 라비-맨은 수많은 수강생들이 기뻐하게도 심리학을 가르치는 것이 시간 낭비라고 주장하는 실험적 증거들을 살펴보고 있다.

"이제 여러분에게 닻내림 효과, 단순 기저율 오류, 소유 효과, 유효성, 믿음의 보존, 승인, 착각 상관, 단서 제공에 대해서 사람들이 스스로 얼마나 예민하다고 생각하는지 자기평가한 것을 보여주죠. 이것들은 이 강의에서 여러분들이 배운 모든 편견들입니다. 통제군의 점수가 여기 있습니다. 그리고 이게 이전에 이 강의를 수강했던 사람들의 점수죠."

꽤 크게 웃음이 터진다. 숫자는 거의 똑같다. 두 집단 모두 자신들의 강철 같은 의지, 명확한 시각, 독립적인 생각에 자신한다.

"이건 뭘 테스트하고 있는지 감추도록 설계된 다른 여러 가지 평가 결과입니다. 두 번째 집단의 대다수 사람들이 이 강의를 수강하고 6개월이 채 지나지 않아서 테스트를 받았죠."

웃음소리는 신음으로 변한다. 맹목과 불합리가 만연하다. 강의를 들었던 학생들은 5달러를 벌 때보다 5달러를 아끼기 위해서 두 배 더 열심히 일한다. 그들은 술 취한 운전자보다 곰, 상어, 벼락, 테러리스트를 더 두려워한다. 80퍼센트는 자신들이 평균보다 더 똑똑하다고 생각한다. 또한 다른 사람의 말도 안 되는 추측만을 참고해서 병 안에 젤리빈이 몇 개 들어 있는지를 심하게 부풀린다.

"마음의 임무는 우리가 누군지, 무슨 생각을 하는지, 어떤 상황에서 어떻게 행동할지에 대해서 자비로울 만큼 무지하게 만드는 겁니다. 우리는 모두 상호 강화라는 짙은 안개 속에서 작동하고 있어요. 우리의 생각은 다른 모든 사람들이 분명 옳을 것이라고 가정하도록 진화된, 전통이라는 하드웨어에 의해 주로 형성됩니다. 하지만 안개가 특정 방향을 가리키고 있다는 걸 알아도 우리는 *그것을 그리 잘 헤치고 나아가지 못합니다.*

그러면 왜 내가 여기 위에서 계속해서 이야기를 하고 있느냐고 여러분이 물을 수도 있겠죠. 왜 해마다 대학의 봉급을 받고 있는 거냐고 말이죠."

웃음소리는 이제 전부 동조의 뜻을 담고 있다. 애덤은 뛰어난 교수법에 감탄한다. 최소한 그는 지금부터 앞으로 수년 동안 이 강의를 기억하고, 연구가 무엇을 보여주든 간에 이 계시를 통해서 더 영리해질 거라고 맹세한다. 최소한 그는 문제의 숫자에 저항할 것이다.

"학기 초에 여러분에게 쓰라고 나눠줬던 단순한 질문지에 여러분들이 뭐라고 대답을 했는지 보여주죠. 아마 여러분은 그걸 받았다는 것도 잊었을 겁니다."

교수가 평범한 대답들을 힐끗 보고 인상을 찌푸린다. 그의 입술이 고통으로 팽팽해진다. 교실에 낄낄거리는 웃음이 번진다.

"여러분들이 기억을 하고 있을지 모르겠습니다만 당시에 내가 여러분에게 물었죠. 여러분은 자신이……"

라비노프스키 교수가 넥타이를 만지작거린다. 왼팔을 빙빙 돌리고서 다시 인상을 찌푸린다.

"잠깐만 실례하죠."

그가 휘청거리며 연단에서 내려와서 문밖으로 나선다. 강의실에 중얼거리는 소리가 퍼진다. 복도 아래쪽에서 쿵 소리가 난다. 상자 더미가 쓰러지는 소리다. 54명의 학생들은 뭔가가 확실히 일어나기를 기다린다. 희미하고 목 막힌 소리가 복도를 채운다. 하지만 아무도 움직이지 않는다.

애덤은 뒤쪽의 자리를 살핀다. 학생들은 서로를 보고 인상을 찌푸리거나 메모를 보느라 바쁘다. 그는 몸을 돌려 항상 그의 왼쪽 두 자리 옆에 앉는 근사한 여자를 본다. 황갈색 머리에 노골적이지 않게 예쁘고, 깔끔하게 손으로 쓴 메모가 가득한 바인더를 든 의예과 여자. 뒤이어 그는 그녀와 함께 버키스에서 맥주를 한 잔 놓고 앉아 이 놀라운 수업에 관해서 이야기하면 얼마나 멋질까 생각한다. 하지만 학기는 이틀 안에 끝나고 기회는 없는 거나 마찬가지다.

그녀가 혼란스러운 표정으로 그의 쪽을 힐끗 본다. 그는 고개를 흔들고 자신도 모르게 히죽 웃는다. 그가 몸을 기울여 속삭이고, 그녀는 응답한다. 어쩌면 기회가 완전히 날아간 건 아닐지도 모른다.

"키티 제노비스. 방관자 효과. 달리와 라타네, 1968년."

"하지만 교수님은 괜찮으실까?"

그녀의 숨결에서 시나몬 향이 난다.

"우리가 누굴 도울지 어떨지에 대해서 대답해야 했던 거 기억……?"

아래쪽에서 누가 앰뷸런스를 부르라고 소리를 지른다. 하지만 구급요원들이 앰뷸런스를 학교 안에 댈 무렵 라비노프스키 교수는 이미 심근경색으로 사망한 상태다.

"난 이해가 안 돼."

의예과 미녀가 버키스의 그들 자리에서 말한다.

"교수님이 방관자 효과를 실험하시는 거라고 생각했으면 왜 넌 거기 계속 앉아 있던 거야?"

그녀는 세 번째 아이스 커피를 마시고 있고, 그게 애덤의 신경을 거스른다.

"그건 핵심이 아니야. 문제는 너를 포함해서 53명의 사람들이 그분이 심장발작을 일으키셨다고 생각하면서도 아무것도 하지 않았다는 거지. 난 그분이 핵심을 보여주기 위해서 우리를 고민하게 만드는 거라고 생각했다고."

"그러면 일어나서 그분의 수작을 다 안다고 했어야지!"

"난 쇼를 망치고 싶지 않았어."

"넌 5초 안에 일어났어야 해."

그가 탁자를 내리친다.

"그런다고 해서 뭐가 달라지지는 않았을 거라고!"

그녀는 그가 자신을 치려고 한 줄 알고 부스 안쪽으로 움찔 물러난다. 그는 손바닥을 들고 그녀에게 사과하려고 몸을 기울이지만, 그녀는 다시 움찔한다. 그는 손을 허공에 든 채 웅크린 여자가 뭘 보고 그러는 건지 깨닫고서 얼어붙는다.

"미안해. 네가 옳아."

라비노프스키 교수의 마지막 교훈. 심리학을 배우는 것은 실제로는 거의 무용지물이다. 그는 음료값을 내고 떠난다. 그는 그다음 주에, 네 자리 떨어진 곳에서 두 시간 동안 기말 시험을 칠 때를 제외하면 다시는 그녀를 보지 못한다.

*

그는 산타크루즈에서 새로운 사회심리학 대학원 프로그램에 등록한다. 캠퍼스는 몬터레이만(灣)이 내려다보이는 산자락에 위치한 아름다운 정원이다. 이곳은 그가 박사과정을 끝낼 거라고, 또는 어쨌든 진짜 연구를 할 거라고 상상했던 곳 중 최악의 장소다. 하지만 부둣가에서 바다사자와 종간 접촉을 하거나 밤에 취한 채 벌거벗고 선셋트리에 올라가거나 그레이트메도에 등을 대고 누워서 하늘을 가득 채운 별들을 바라보며 논문 주제를 찾기에는 완벽한 곳이다. 2년이 지나자 다른 대학원생들은 그를 편견남이라고 부른다. 사회 조직의 심리학에 대해서 논의할 때면 이학 석사 애덤 어피치는 사람이 자신에게 가장 이익이 되도록 행동하는 것을 유산적 인지맹이 영원히 가로막을 거라는 걸 보여주는 여러 연구를 꼭 제시하기 때문이다.

그는 지도교수와 상담을 한다. 미크 반 디크 교수는 훌륭한 더치보브(직선형 앞머리에 귓불 높이로 자른 단발머리) 스타일에 딱딱 끊어지는 자음과 부드러운 모음으로 말을 한다. 사실 그녀는 컬리지텐(산타크루즈 캘리포니아 대학교의 기숙제 대학)에 있는 자신의 사무실에서 2주마다 그와 상담을 하고 있다. 억지로 계속 확인을 하면 그가 논문을 시작하지 않을까 생각해서다.

"넌 별거 아닌 걸 갖고 질질 끌고 있어."

사실 그는 그녀의 사무실 책장 맞은편에 있는 빅토리아식 데이베드에 발을 올리고 누워 있다. 마치 그녀가 그의 심리분석을 하는 것처럼 말이다. 그것은 둘 모두를 즐겁게 만든다.

"질질 끌어요……? 전혀요. 전 완전히 마비 상태예요."

"하지만 왜 그러는데? 넌 이걸 지나치게 큰일로 만들고 있어. 논문 주제를……."

그녀는 'ㅈ' 발음을 하지 못한다.

"긴 세미나 프로젝트라고 생각해봐. 네가 세상을 구할 필요는 없어."

"그래요? 최소한 도시국가 정도는 구하면 안 될까요?"

그녀가 웃는다. 그녀의 치아 부정교합 때문에 그의 맥박이 빨라진다.

"내 말 들어봐, 애덤. 이게 네 경력과 아무 관계도 없는 척해봐. 전공 관련

승인이랑은 상관없는 것처럼 말이야. 개인적으로 너는 뭘 알아내고 싶니? 2년 동안 뭘 연구하면 즐거울 것 같아?"

그는 그 예쁜 입에서 평소 그녀가 세미나에서 말하곤 하는 사회과학 용어가 전혀 들어가지 않은 단어들이 쏟아져 나오는 것을 본다.

"교수님이 말씀하시는 이 즐거움이라는 게……."

"쯧. 넌 뭔가를 알고 싶은 거잖니."

그는 그녀가 단 한 번이라도 그를 성적으로 생각해본 적이 있는지 알고 싶다. 그것이 그렇게 말도 안 되는 생각은 아니다. 그녀는 그보다 겨우 열 살 많을 뿐이다. 그리고 그녀는 *원기왕성하다*고 말하고 싶다. 그는 그녀에게 자신이 논문 주제를 찾아서 어떻게 여기, 그녀의 사무실에 오게 되었는지 말하고 싶은 기묘한 욕구를 느낀다. 그의 지적인 역사를 전부 다 일직선으로 풀어놓고 싶다. 개미의 복부에 매니큐어로 점을 찍은 것부터 사랑하던 대학교 스승님이 돌아가시는 걸 본 것까지. 그런 다음 이 선이 그를 다음에 어디로 데려갈지 그녀에게 묻고 싶다.

"저는…… 맹목의 해제에 관심이 있어요."

그는 그녀를 힐끗 본다. 사람들이 일부 무척추동물처럼 매력을 느끼면 밝은 자주색으로 변하면 좋을 텐데. 그러면 인간종 전체가 훨씬 덜 전전긍긍하게 될 것이다.

그녀는 입술을 오므린다. 그게 그녀를 얼마나 근사해 보이게 만드는지 아는 게 분명하다.

"맹목의 해제? 그게 뭔가 의미가 있는 거겠지?"

"사람들은 자기 집단의 믿음에 반하는 독립적인 도덕적 결정을 내릴 수 있을까요?"

"강력한 규범적 내집단 편애의 기능으로서 변화 가능성을 연구하고 싶은 거구나."

그는 고개를 끄덕이지만 그 전문용어가 그의 신경을 쥐어뜯는 것 같다.

"그런 거죠. 저는 저 자신이 좋은 사람이라고 생각해요. 선량한 시민이라고요. 하지만 제가 초기 로마의 선량한 시민이라고 해보죠. 아버지가 자식을 죽일 수 있는 권한을, 가끔은 그럴 의무를 갖고 있던 시절요."

"알겠다. 그리고 너는 선량한 시민으로서 긍정적 특수성을 보존하고 싶겠지……."

"우린 사면초가예요. 사회적 정체성으로 인해서요. 커다랗고 거대한 진실이 우리를 쳐다보고 있을 때조차도……."

동기들이 조롱하는 소리가 들린다. 편견남.

"음, 아니. 절대 그렇지 않아. 안 그러면 내집단 재조정이 절대로 일어나지 않을 거야. 사회적 정체성의 변화 말이야."

"그런가요?"

"물론이지! 여기 미국에서 사람들은 여자들이 너무 연약해서 투표를 할 수 없다고 믿다가 한 세대 사이에 주요 정당의 부통령 후보로 여자들을 맞이하게 되었어. 몇 년 사이에 드레드스콧(흑인 노예 스콧이 자유 신분 확인을 위한 소송을 걸자 노예는 소유물이라는 이유로 각하한 사건)에서 노예 해방까지 갔지. 아이들, 외국인, 죄수, 여자, 흑인, 장애인과 정신적 문제가 있는 사람들. 그들 모두가 소유물에서 인간이 되었다고. 난 침팬지가 법정에서 공판에 참석한다는 아이디어를 말도 안 된다고 여기던 시절에 태어났어. 내가 네 나이가 될 즈음에 우린 그런 동물들이 지적 생물체로의 지위를 가졌다는 걸 어떻게 부인했던 걸까 의아해하게 됐지."

"대체 몇 살이세요?"

반 디크 교수가 웃는다. 그녀의 섬세하고 높은 광대뼈가 분홍빛으로 물든다. 그는 확신한다. 그런 피부색으로는 감추기가 어려운 법이다.

"주제로 돌아가자꾸나."

"전 일부 개인들이 모두 어떻게 그렇게 맹목적인지 고민하게 만들 만한 성격 변인을 알아내고 싶어요……."

"……다른 사람들은 여전히 내집단의 충성심을 안정시키려고 애를 쓰는데 말이지. 이제야 뭔가 이야기가 좀 되는구나. 그건 주제로 삼을 수 있을 거야. 훨씬 더 좁히고 명백하게 규정을 해야겠지만. 의식의 이 역사적 진전의 다음 단계를 살펴보는 것도 좋겠지. 우리 사회의 생각 있는 사람이라면 미쳤다고 여길 만한 입장을 지지했던 사람들에 대해서 연구해봐."

"예를 들면요?"

"우린 인간을 넘어서는 도덕적 권위를 바탕으로 하는 주장이 나오는 시대에 살고 있잖니."

복근에 재빨리 힘을 주어서 그는 일어나 앉는다.

"그게 무슨 뜻인가요?"

"너도 뉴스 봤을 테지. 이 해안 위아래에서 사람들이 식물을 위해서 자신들의 목숨을 걸고 있어. 지난주에 그 기사를 읽었지. 기계에 몸을 묶으려고 하다가 다리를 잘린 남자 이야기 말이야."

애덤도 그 이야기를 보긴 했지만, 무시했다. 이제는 왜 그랬었는지 이유를 알 수가 없다.

"식물의 권리요? 식물의 인격이라."

그가 한때 알았던 소년은 구멍으로 뛰어들어 태어나지 않은 동생의 묘목이 해를 입지 않도록 지키기 위해서 산 채 묻히는 것을 감수했었다. 하지만 그 소년은 죽었다.

"전 운동가들이 싫어요."

"그래? 왜?"

"통설과 구호. 그건 지루해요. 그린피스 사람들이 길거리에서 저를 붙잡고 늘어지는 것도 정말 싫어요. 자기가 옳다고 생각하는 사람들은…… 이

해를 못해요."

"뭘 이해를 못해?"

"우리 모두가 얼마나 절망적으로 연약하고 틀렸는지를요. 모든 것에 대해서."

반 디크 교수가 인상을 찌푸린다.

"알겠다. 우리가 너에 관한 심리학 연구를 하는 게 아니라 다행이구나."

"이 사람들이 정말로 새로운, 비인간의 도덕적 질서에 호소하고 있는 건가요? 아니면 예쁜 초록의 생물들에 관해서 감상적으로 굴고 있는 건가요?"

"바로 거기서 통제된 심리학적 측정 방법이 들어가야 하는 거지."

그는 혼자서 히죽 웃는다. 하지만 무언가 커다란 게 그의 가슴속에 고이고, 그는 차마 몸을 움직일 수가 없다. 그랬다가는 그게 사라질지도 모르니까. 앞으로 나아갈 방법이.

"식물의 권리 운동가들의 정체성 형성과 다섯 가지 성격 특성."

"아니면 식물 보호가가 나무를 껴안을 때 그 사람이 정말로 껴안는 건 누구인가?"

미미와 더글러스가 차로 가득한 산림청로로 들어설 무렵, 캐스케이드산맥 서쪽 위로 햇살이 빛난다. 작은 공터로 사람들이 물밀 듯 밀려간다. 이것은 시위 행진이 아니다. 카니발이다. 세라믹 주형 팀장이 부상당한 참전용사에게 묻는다.

"이 사람들은 다 누구죠?"

더기는 미미가 점차 즐기게 된 그 멍청하고, 공기를 잡아먹고, 햇살을 잡아먹는 것 같은 미소를 띤 채 차에서 내린다. 보호소에서 구조한 개가 캥캥 짖는 걸 즐기는 것과 비슷한 느낌이리라. 그는 일로 울퉁불퉁해진 손을 바보 같은 카우보이식 즐거움이 담긴 태도로 사람들을 향해 흔든다.

"호모사피엔스죠. 항상 뭔가를 꾸미고 있다니까요!"

미미는 그를 따라잡기 위해 빠르게 걸어간다. 참가자의 숫자에 머리가 펑펑 돈다.

"저 사람들 뭐죠?"

더글러스가 성한 귀를 그녀 쪽으로 기울인다.

"뭐라고요?"

사람들은 자신들의 이상을 시끄럽게 떠드느라 부산스럽고, 그는 수송기를 몰던 시절에 청력의 상당 부분을 잃었다.

그것은 여전히 그녀를 놀라게 만든다. 귀 기울여 듣는 데 신경을 쓰는 사람이라니.

"저희 아빠가 종종 그렇게 말씀하셨죠. *저 사람들 뭐지?*"

"저 사람들 뭐지?"

"네. 그 말뜻은 *저 사람들은 도대체 뭘 얻겠다고 저러고 있는 거지?* 라는 거죠."

"좀 특이한 분이셨어요?"

"중국인요. 아빠는 영어가 지금보다 더 효율적이어야 한다고 생각하셨죠."

더글러스는 이마를 찰싹 친다.

"당신 중국인이군요."

"반만 중국인이에요. 뭐라고 생각했었는데요?"

"모르겠어요. 약간 가무잡잡하다고요."

미미가 생각하는 진짜 질문은 이거다. 그녀는 뭐지? 그녀는 그가 자신을 이 시위에까지 데리고 왔다는 데에 놀라고 있다. 이전까지 그녀의 유일한 정치적인 행동은 초등학교 때 마오 주석에 대한 복수뿐이었다. 그녀의 적의는 시 당국에, 그녀의 소나무를 상대로 한 한밤의 교활한 습격을 향한 것이다. 하지만 이 나무들은 도시에서 한참 떨어져 있다. 맙소사, 그녀는 엔지니어다. 이 나무들은 사용해달라고 외치고 있다.

하지만 두어 번의 강연과 이 순수한 절름발이와 함께 참석한 조직 회의는 그녀의 심장을 부수었다. 이 산맥, 이 숲들. 이제 보고 나니, 이것들은 그녀의 것이 되었다. 그래서 그녀가 여기에, 그녀의 이민자 아버지라면 국외 추방, 고문, 혹은 더 끔찍한 것에 대한 두려움에 그녀를 재빨리 낚아채 집으로 데려갈 것 같은 공공 시위에 온 것이다.

"이 사람들을 좀 봐요!"

기타를 든 할머니들과 우주전쟁용 물총을 든 유아들이 있다. 서로에게 자신의 가치를 증명하기 위해 나온 대학생들. 작은 전(全) 지형형 험비라도 되는 것처럼 유모차를 미는 생존주의자들. 진심 어린 플래카드를 든 초등학교 아이들. **연장자를 존중하라. 우리에게는 폐가 필요하다.** 무지개색 각종 신발 연합이 나무를 비켜서 벌목 도로로 향한다. 로퍼, 다용도 운동화, 뒤축이 낮은 샌들, 앞쪽이 갈라진 척 테일러 컨버스화, 그리고 물론 벌목용 징박힌 부츠도 있다. 옷은 더욱 다양하다. 버튼다운 옥스퍼드 셔츠, 줄 잡힌 청바지, 홀치기 염색과 플란넬, 히코리 셔츠, 심지어는 더기가 15년 전에 몇 달러에 전당 잡힌 것과 똑같은 미국 공군 조종사 재킷. 광대 의상, 수영복, 점프수트까지. 정장을 빼면 온갖 옷들이 다 있다.

대부분의 사람들은 더 가까운 목표물이 없을 때면 서로 전쟁을 하곤 했던 전혀 다른 네 가지 환경에서 버스로 여기까지 왔다. 배낭족 집단은 이 행사에 참여하기 위해서 육로로 이틀을 걸어왔다. 모두가 자본주의의 바다를 도토리 껍질 바가지로 퍼내려고 하는 사람들이다. 지역 주민들 몇 명은 구경을 하러 왔다. 이런 변방에서는 160킬로미터 반경 이내에 속한 대부분의 사람들이 목재 덕택에 살아간다. 그들 역시 손으로 쓴 플래카드를 갖고 있다. **벌목꾼이야말로 진짜 위기종. 지구 먼저! 다른 행성은 나중에 벌목할 거다.**

가슴까지 수염을 기른 두 남자가 어깨에 비디오카메라를 메고서 가장자리에서 서성거린다. 단스킨 운동복에 펠트 페도라 모자, 조끼 차림의 회색 머리 여자는 이야기하려는 사람이라면 누구하고든 인터뷰를 한다. 좀 더 안쪽 숲에서는 어느 남자와 여자가 메가폰을 들고 군중의 분위기를 몰아간다.

"여러분! 여러분은 굉장합니다. 엄청난 숫자예요. 모두들 고맙습니다! 숲으로 행진을 시작할 준비가 되셨나요?"

환호가 터지고 갓 만들어진 벌목 도로를 향해서 자갈길을 따라 비틀비틀 행진이 시작된다. 더글러스는 사람들과 함께 걷고 미미도 그를 따른다. 그들은 무지개색 플래카드를 흔들고 성난 욕설을 외치는 다양한 사람들 사이에 섞인다. 새파란 하늘 아래, 축제의 분위기 속에서, 낯선 사람들과 팔짱을 끼고 약간 경사진 길을 걸으며, 미미는 생각한다. 자신도 모르게 그녀는 부모님이 가장 처음 공유했던 원칙을 평생 따랐다. 이 세계에서 소음을 만들지 마라. 그녀와 카먼, 어밀리아, 마 자매 셋 모두 그랬다. 눈에 띄지 마라, 너에겐 그럴 권리가 없으니까. 아무도 너에게 빚지지 않았다. 조금만 갖고, 주류에 따라 투표하고, 전부 다 합리적인 것처럼 고개를 끄덕여라. 하지만 그녀는 지금 여기서 문제를 자청하고 있다. 그녀가 하는 일이 중요한 것처럼 행동하고 있다.

그들은 어깨를 맞대고 열 명씩 나란히 걸으며 벌목 도로를 가로지른다. 그녀가 파악할 수 없을 정도로 줄은 길다. 그들은 어린 시절의 미미가 일리노이 북부에서 여름 캠프를 할 때 마지막으로 불렀던 유쾌한 노래를 부른다. '이 땅은 너의 땅.' '나에게 망치가 있다면.' 더기는 미소를 짓고서 음률

없는 베이스로 콧노래를 부른다. 노래 사이사이로 메가폰을 든 치어리더가 무리의 앞쪽 옆에서 걸어가며 구호를 선창한다. *개벌(皆伐)은 너무 큰 값을 치른다! 마지막 나무들을 구하라!*

이 의로운 행위가 미미를 미치게 만든다. 그녀는 항상 확신을 가진 사람들에게 예민한 거부반응을 일으켰다. 하지만 확신을 싫어하는 것 이상으로 그녀는 교활한 권력을 싫어한다. 그녀는 이 산자락에서 역겨운 것들을 알게 되었다. 친산업적 산림청이라는 곡예단의 후원을 받는 부유한 벌목 회사가 이 지역에 소유권이라는 개념이 생기기 전부터 수 세기 동안 자란 다양한 침엽수들을 법원의 결정이 내려지지 않은 권력의 공백기를 이용해 서둘러서 불법으로 베고 있다. 그녀는 이런 도난을 늦추기 위해서 뭐든 할 준비가 되어 있다. 심지어는 의로운 행위까지도.

그들은 노래 세 곡을 부를 동안 빽빽한 가문비나무들을 헤치고 걸어간다. 나무가 햇살을 조각조각 부순다. *신의 손가락.* 그녀와 동생들은 그 비스듬히 들어오는 햇살을 그렇게 부르곤 했다. 그녀가 이름을 모르는 나무들이 사방에 돋아 있고 덩굴로 칭칭 감겨 있거나 바리케이드처럼 바닥에 쓰러져 있다. 너무나 많은 풍미의 너무나 많은 생명들 앞에 서자 그녀는 옷을 벗고 뛰어다니고 싶다. 하층 식생은 그녀가 주먹으로 완전히 움켜쥘 수 있을 정도의 어린 나무들 사이로 자란다. 백 년 정도 때를 기다리고 있는 빗자루 같은 나무들이다. 하지만 머리 위로 천장처럼 이파리를 가득 뻗은 나무들은 시위자들 여러 명이 팔을 둘러도 다 껴안을 수 없을 정도의 크기다.

초록의 성벽 틈새를 통해서 풍경이 보인다. 미미는 더그의 소매를 잡아당기고 가리킨다. 북동쪽으로 아래로는 산골짜기가 있고 위로는 걸어 올라가기에 너무 가파른 언덕이 있다. 언덕은 건강함의 바늘꽂이처럼 보인다. 처음 유럽 배들이 이 해안가 항구를 찾아냈던 그날처럼 안개가 전나무 꼭대기를 감싸고 있다. 하지만 남쪽으로 또 다른 틈새를 통해서 산비탈을 따라 달 같은 황량한 파괴의 현장이 나타난다. 버섯들마저 다 죽을 만큼 디젤을 쏟아붓고 불에 태운 다음, 빠르게 자랄 이 회사의 병목식 단일작물 외에는 아무것도 자랄 수 없게 제초제를 퍼부어놓은 땅. 그 작물들도 몇 차례 자라나고 나면 토양이 완전히 죽어버리게 된다는 사실을 그녀는 알게 되었다. 높은 곳에서는 이 경사면에 퍼져 있는 나무들조차 전쟁을 벌이고 있는 것만 같다. 풍부한 초록의 땅이 진흙 색깔 토사물 같은 땅과 지평선 끝까지 나란히 펼쳐져 있다. 그리고 여기 모인 사람들, 가장 맹렬한 사람들조차 알지 못하는 이유로 서로 영원히 싸움을 하고 있는 무지한 군대들. 언제쯤이면 이걸로 충분하다고 생각하게 될까? 지금, 구호를 외치고 웃으며 이 바큇자국의 끝에 있는 벌목 인부들을 설득하러 가고 있는 군중의 힘을 믿을 수 있다면. 지금, 두 번째로 좋은 시간.

길은 좁아지고 에메랄드색 숲은 더 빼곡해진다. 거대한 나무 몸통들은 미미를 더 작게 느껴지게 만들고 방향감각을 잃게 한다. 이끼가 모든 것들을 두꺼운 담요처럼 뒤덮고 자란다. 양치식물조차 그녀의 가슴 높이까지 온다. 그녀 옆의 남자는 나무들의 이름을 알지만 미미는 자존심 때문에 일일이 물어볼 수가 없다. 이 주에서 10년을 살았음에도 불구하고, 휴대용 도감과 식물 스무고개 문답집을 몇 번이나 통달하려고 했음에도 불구하고 그녀는 향삼나무와 포트오퍼드를 구별하는 것은 고사하고 사탕소나무와 엽편송도 구분하지 못한다. 은색, 하얀색, 붉은색의 거대한 전나무들은 전부 다 흐릿한 세로무늬일 뿐이다. 그리고 우글우글한 하층 식생은 알아보는 게 불가능하다. 하지만 레몬잎(salal), 그건 안다. 괭이밥속(屬)과 연령초속도. 그러나 나머지는 알아볼 수 없는 나뭇잎 샐러드들일 뿐이고 길가에서 자라나 그녀의 발목을 잡으려 하는 것들이다.

더글러스가 길 왼편을 가리킨다.

"저기 봐요!"

청록색의 혼란 속에 유클리드의 백일몽처럼 완벽한 직선으로 일곱 그루의 튼튼한 나무가 자라나 있다.

"어떻게 저런 일이? 대체 누가……?"

그가 웃으며 그녀의 어깨를 두드린다. 손길이 기분 좋다.

"돌이켜 생각해봐요. 아주아주 옛날로 돌이켜서 생각해봐요."

그녀는 그렇게 하지만, 여전히 모르겠다. 더글러스는 조금 더 긴장감을 유지한다.

"수백 년 전에, 청교도들이 *알 게 뭐야, 응? 해보자고*, 라고 생각하던 그 시절에 거대한 괴수가 쓰러졌어요. 썩은 통나무는 완벽한 모판이죠. 신이 괭이를 들고 직접 심은 것처럼 나무 씨앗들이 그걸 고랑으로 삼았을 거예요!"

그녀의 앞에서 무언가가 반짝인다. 이슬이 거미줄을 발각되게 만들듯 얼룩덜룩한 빛 속에 그 모습이 드러난다. 수만 종의 생물들이 사람은 추적할 수 없을 만큼 섬세하게 서로 단단히 엮여 있다. 여기에 어떤 약이 숨겨져 있는지 누가 알겠는가? 다음번의 아스피린, 다음번의 키니네, 다음번의 택솔(항암제). 이 마지막 남은 나무들이 좀 더 온전하게 유지되어야만 하는 충분한 이유다.

"뭔가 있죠, 그렇죠?"

"그러네요, 두글스."

이 남자는 그녀의 소나무들을 구하려고 했었다. 톱과 나무 사이로 자신의 몸을 던졌다. 그녀는 그가 없었다면 이 위기의 낙원에 오지도 않았을 것이다. 하지만 그녀가 보기에 이 남자는 상당히 괴상하다. 어떤 것에든 용맹하게 나서는 태도가 그녀를 두렵게 만든다. 그가 앞에 있는 숲을 바라보며 눈을 반짝이는 모습에는 어디에도 완전히 길들여지지 않은 구석이 있다. 그가 고개를 돌려 군중을 보며 감탄한다. 그는 마치 집에 다시 들어오게 된 강아지처럼 행복해 보인다.

"저거 들려요?"

더글러스가 묻는다.

하지만 그녀는 아침 내내 그 소리를 들었다. 400미터쯤 더 가자 쿵쿵 소리가 날카로워진다. 길 아래쪽, 검은딸기나무 사이로 겨자색과 오렌지색의 기계가 땅을 후벼 판다. 이 도로를 새로운 영역으로 밀고 가는 그레이더와 스크레이퍼다.

"아, 맙소사, 미미. 저 사람들이 이 아름다운 곳에 뭘 하는지 좀 봐요. *저 사람들 뭐지?*"

시위자들이 길을 가로막기 위해 철 기둥들을 용접해 만든 문 앞에 도착한다. 선두 집단이 장애물 앞에서 멈추고 플래카드를 주위에 펼친다. 메가폰을 든 여자가 말한다.

"우린 벌목 지역으로 들어갈 겁니다. 이건 우리가 반대하고 있는 벌목 계획에 대한 침해가 될 겁니다. 체포당하고 싶지 않은 사람들은 여기 남으세요. 여러분의 존재와 목소리는 여전히 중요합니다. 언론이 우리의 감정에 대해서 주목하고 있습니다!"

뇌조의 날갯짓처럼 박수 소리가 울린다.

"기꺼이 전진하려는 분들에게는 감사를 표합니다. 이제 넘어갈 겁니다. 질서를 지키세요. 침착하세요. 도발에 반응하지 마세요. 이건 평화로운 대치가 될 겁니다."

군중의 일부가 문으로 향한다. 미미는 더글러스를 향해 눈썹을 치켜세운다.

"확신해요?"

"젠장, 당연하죠. 그래서 우리가 여기 온 거잖아요, 안 그래요?"

그녀는 그가 최고입찰자에게 팔린 국유림 가장자리인 여기를 의미하는 건지, 아니면 예측을 할 수 있는 유일한 존재인 지구라는 여기를 의미하는 건지 궁금하다. 하지만 철학적인 것은 제쳐두기로 한다.

"가요."

10미터만 더 가면 그들은 범죄자가 된다. 함성은 무시무시할 정도다. 800미터를 더 가자 그들은 인간이 만들어낸 최고의 독창적 산물들을 상대하게 된다. 그녀는 여러 가지 나무 이름을 대는 것보다 이 금속 괴물들의 이름을 더 잘 댈 수 있다. 공터 아래쪽으로는 작은 통나무들을 움켜잡아 가지를 잘라내고 정해진 길이로 나무를 자르는 펠러번처가 있다. 기계는 인간 절단 팀이 일주일 걸려서 할 일을 하루 만에 해치운다. 그리고 잘린 통나무를 차곡차곡 쌓는 자동적재식 운반 트레일러가 있다. 그 근처에는 프론트 로더가 노반을 넓히고, 스크레이퍼는 롤러가 도착하기 전에 길을 고른다. 그녀는 믹서기로 당근을 조각내는 것보다 더 빠르게 15미터의 나무들을 집어삼키고 갈아버리는 기계들에 대해서 배웠다. 이쑤시개처럼 통나무를 쌓고 이것을 제재소로 보내는 기계들. 제재소에서는 기울어진 칼날이 아주 빠르게 돌아가는 6미터 통나무를 깎아내 기다란 베니어판으로 만든다.

안전모들이 그들 앞에서 길을 막는다. 현장 감독이 말한다.

"이건 불법침입이에요."

미미가 10대 같은 짝사랑을 느끼기 시작한 메가폰을 든 여자가 말한다.

"여긴 공용부지예요."

또 다른 메가폰을 든 사람들이 명령을 내리고, 행진 참가자들은 흙이 덮인 노반 위로 퍼진다. 그들은 길에 퍼져서 어깨를 나란히 하고 앉는다. 미미와 더글러스는 팔짱을 끼고 방어선을 단단히 만드는 데 참여한다. 미미는 단단히 팔짱을 끼고 몸 앞쪽에서 손을 맞잡는다. 안쪽으로 돌려 낀 그녀의 옥반지의 뽕나무가 반대편 손목을 누른다. 벌목꾼들이 무슨 일이 벌어지는지 깨달을 무렵에 상황은 이미 끝났다. 인간 사슬의 양 끝이 길 양쪽 옆에 있는 나무들에 자전거 케이블로 자신들을 고정한다.

두 명의 벌목꾼들이 팔짱을 낀 사람들의 선 앞으로 걸어온다. 강철을 덧댄 그들의 부츠 윗부분이 거의 미미의 눈높이까지 온다.

"제기랄."

금발이 말한다. 미미는 그가 정말 곤란해하고 있는 것을 알아챈다.

"당신네들은 도대체 언제쯤 철이 들어 정신을 차릴 거요? 당신네들 일에 신경 쓰고 우리는 우리 일을 하게 좀 놔둘 수 없냐고."

"이건 모두의 일이에요."

더글러스가 대답한다. 미미는 그를 당긴다.

"진짜 문제가 어디에 있는지 알아요? 브라질. 중국. 거기가 미친 벌목이 일어나고 있는 곳이라고. 거기 가서 시위를 하라고. 그 사람들한테 우리처럼 부자가 될 수 없다고 말을 하면 그 사람들이 어떻게 하는지 한번 보자고."

"당신들은 미국의 마지막 남은 원시림을 베고 있어요."

"당신들은 원시림이 머리 위로 쓰러져도 모를걸. 우린 이 언덕에서 수십 년 동안 벌목을 하고 나무를 다시 심었다고. 우리가 벤 나무 한 그루당 열 그루씩."

"정정하죠. 나무를 다시 심은 건 납니다. 이 다양하고 오래된 보물들 하나당 제지용 펄프 나무 묘목 열 그루씩."

미미는 현장 감독이 온갖 종류의 손익 계산을 주절거리는 것을 본다. 이것이 자본주의의 우스운 부분이다. 일이 늦어져서 잃는 돈이 항상 이미 번 돈보다 더 중요하다. 벌목꾼 한 명이 부츠를 걷어차서 더글러스의 얼굴에 흙을 뿌린다. 미미가 그것을 닦아주려고 팔을 빼려 하자 더글러스가 이두박근으로 그녀의 팔을 꽉 고정한다.

또 다시 흙이 날아온다.

"이런! 미안하구먼, 친구. 내 실수야."

미미가 소리친다.

"이 깡패 자식!"

"저 사람들한테 이야기해보라고. 감방에서 날 고소하든지."

벌목꾼이 앉아 있는 사람들의 뒤쪽을 가리킨다. 경찰이 산림청로를 힘으로 밀고 들어오고 있다. 그들은 민들레를 뽑는 것처럼 손쉽게 사슬을 부순다. 그리고 부서진 고리를 수갑으로 묶는다. 미미와 더글러스 사이에 낯선 사람이 두 명 끼고, 양옆으로 두 명씩 더 긴 상태로 묶인다. 그들은 경찰이 혼란을 정리할 동안 흙길에 앉아 있어야 한다.

"화장실에 가고 싶어요."

미미가 2시 방향에 있는 경찰에게 말한다. 30분 후에 그녀가 같은 경찰에게 다시 말한다.

"정말, 정말로 소변을 봐야 해요."

"아니, 안 돼. 절대 안 돼."

소변이 그녀의 다리를 타고 흐른다. 그녀가 울기 시작한다. 그녀와 함께 묶인 여자들이 구역질을 하고 인상을 쓴다.

"정말 미안해요. 정말 미안해요. 참을 수가 없었어요."

"쉬, 괜찮아요."

더글러스가 함께 묶인 두 명 너머로 말한다.

"생각하지 말아요."

그녀의 울음이 더욱 격해진다.

"괜찮아요. 내 머릿속으로 내가 당신에게 팔을 두르고 있어요."

더글러스가 계속해서 말한다.

울음이 멈춘다. 울음은 몇 년 동안 다시 터지지 않는다. 동물이 흔적을 남긴 나무 그루터기 같은 냄새를 풍기며 미미는 체포에 순응하고 신상을 기록한다. 경찰서에서 여경이 지문을 찍는 동안 그녀는 아버지가 돌아가신 이래 처음으로 자신이 그날 하루가 원하는 모든 것을 바친 것 같은 기분을 느낀다.

서재에 앉아서 책을 읽고 있는데 뒤쪽에서 레이의 머리 꼭대기로 키스가 느껴진다. 유도탄처럼 짧고 정확한 키스는 최근 도러시의 트레이드마크다. 그것은 언제나 그의 피를 차갑게 식힌다.

"노래하러 갔다 올게."

그가 고개를 길게 빼고 그녀를 쳐다본다. 그녀는 마흔네 살이지만 그의 눈에는 스물여덟 살 때와 똑같다. 아기가 없기 때문이라고 그는 생각한다. 젊은 시절이 이렇게 한참 지났는데도 말도 안 되는 어여쁨이 여전히 할 일이 남은 것처럼, 그녀의 안에서 순수한 유혹이, 꽃이 여전히 자라나고 있다. 청바지와 그녀의 애처로운 갈비뼈에 달라붙는 주름장식이 있는 하얀 면 블라우스. 그 위로 사랑스럽게 흐트러지고 목 앞쪽으로 흘러내려 피부를 약간 드러낸 라일락색 숄. 그녀의 머리카락이 숄 위로 흘러내린다. 반짝이고, 밤색이고, 완벽하고, 그들의 첫 데이트 때 레이디 맥베스를 연기하던 시절과 여전히 똑같은 길이의 머리.

"당신 정말 아름다워 보여."

"하! 자기 시력이 떨어지고 있어서 다행이야."

그녀가 키스했던 부분을 간질인다.

"여기 머리숱이 줄고 있어."

"시간은 날개 달린 마차 같은 거지."

"그런 마차를 상상해보려고 하는데, 그게 도대체 어떻게 작동할까?"

그는 고개를 좀 더 내민다. 그녀는 그녀의 달리기 선수 같은 허벅지 위로 커다란 검은색 글자가 새겨진 옅은 초록색 피터스판 악보집을 한 손으로 들고 있다.

BR   MS

단어가 그녀의 완벽한 팔에 가려서 두 개로 쪼개져 보인다. 그 아래로는 좀 더 작게,

Ein Deu   equiem

이라고 보인다.

콘서트는 6월 말이다. 그녀는 아직 머리가 하얘지지 않은 사람 중 하나 라는 걸 제외하면 여자들 사이에서 눈에 띄지 않는 모습으로 100명의 다른 성악가들과 함께 무대에 서서 노래를 할 것이다.

Siehe, ein Ackermann wartet
auf die köstliche Frucht der Erde
und ist geduldig darüber,
bis er empfahe den Morgenregen und Abendregen.

보라, 농부는 땅의 귀한 과실을 기다리고 있고, 이른 비와 늦은 비가 내릴 때까지 오래도록 인내한다.

노래는 이제 전부다. 그녀가 한 주를 최대한 알차게 보내기 위한 바람으로 가장 최근에 뛰어든 취미다. 수영. 인명구조. 목탄과 파스텔로 생물 그리

기. 그동안 그는 서재라는 성채로 물러난다. 그는 좀 더 아름다운 곳에 그들의 두 번째 집을 사겠다는 공허한 희망으로 어느 때보다도 더 많은 시간 일을 한다. 야생은 아니라고 해도 그 비슷한 모습을 연상시킬 만한 곳에다가.

"리허설이 굉장히 여러 번이네."

매주 두 번씩 두 시간짜리 리허설에, 그녀는 한 번도 빠진 적이 없다.

"재미있어."

그녀는 몇 주 동안 과도하게 준비를 했다. 사실 집에서 굉장히 열심히 연습을 해서 오늘 밤에 시작부터 끝까지 모든 성부로 이 노래를 다 부를 수 있을 정도다.

"당신 정말로 안 오고 싶어? 베이스가 더 필요한데."

어느 때보다도 그녀가 그를 놀라게 만든다. 그가 그러겠다고 하면 그녀는 어떻게 할까?

"가을에 생각해볼게. 모차르트 때."

"혼자 있어도 심심하지 않겠어?"

이게 사람들이 하는 일이다. 다른 사람의 삶에서 그들 자신의 문제들을 해결하려는 것. 그는 웃는다.

"지금은 괜찮아. 이거랑 씨름 중이거든."

그가 그녀에게 읽고 있던 페이지를 들어 보인다.

"나무에게 지위가 있어야 하는가?"

그녀는 표제를 읽고 인상을 찌푸린다. 레이는 스스로도 의아해서 단어를 살펴본다.

"저자는 법이 인간 희생자만을 인지하고 있어서 부족하다고 말하는 것 같아."

"그게 문제라는 거야?"

"이 사람은 비인간 존재들에게도 권리를 확장하고 싶어 해. 나무가 그들의 지적재산권에 대해서 보상을 받길 바라."

그녀가 히죽 웃는다.

"사업에 안 좋겠네, 안 그래?"

"이 책을 내던져야 할지, 그냥 웃어야 할지, 아니면 불에 태우고 자살해야 할지 잘 모르겠어."

"어느 쪽인지 결정하거든 알려줘. 10시에서 11시 사이에 봐. 졸리면 기다리지 말고."

"난 이미 졸려."

그는 농담을 한 것처럼 다시 웃는다.

"옷 따뜻하게 잘 입었어? 바깥은 엄청 추울 거야. 오버코트 단추 끝까지 잠가."

그녀는 문가에서 멈추고, 그들 사이에 또 다시 그 순간이 온다. 분노와 공통된 패배감이 갑자기 솟구치는 순간.

"난 당신 재산이 아니야, 레이. 우린 계약을 했잖아."

"무슨 말을 하는 거야? 당신이 내 재산이라고 한 적 없어."

"분명히 그랬어."

그녀는 그렇게 말하고 가버린다. 문이 쿵 닫힌 다음에야 그는 그 논리적 도약을 깨닫는다. 오버코트. 단추. 쌩쌩 부는 바람. *스스로를 잘 돌보라고. 당신은 내 거니까.*

그녀는 버치가를 따라 서쪽으로, 오렌지빛 단풍나무들 아래로 차를 몬다. 그는 미등을 바라보거나 그녀가 어디에서 회전을 하는지 굳이 나와서 보지 않는다. 그것은 두 사람 모두에게 모욕적인 일일 것이다. 그녀는 우선 리허설 강당을 지나칠 정도로 영리하니까. 게다가 그는 이전의 여러 밤에 창가에 서서 미등을 바라보았다. 그는 그 모든 절망적이고 혐오스러운 일들을 다 했다. 전화번호 기록에서 모르는 번호를 찾아보고, 그녀가 전날 밤에 입었던 옷의 주머니를 뒤져보고, 그녀의 지갑에 쪽지는 없는지 살피고. 그는 아무 쪽지도 찾지 못한다. 그의 수치를 입증하는 증거 A부터 Z까지를 확인할 뿐이다.

그의 불신의 몇 주는 이미 오래전 그들이 젊은 기분에 뛰어내렸던 스카이다이빙보다도 더 무서운 자유낙하로 바뀌었다. 발견의 공포는 곧 그가 어머니가 돌아가셨을 때 느낀 것 같은 슬픔으로 짙어졌다. 그러다가 슬픔은 덕으로 변화했고, 그가 은밀하게 몇 주 동안 키워온 덕은 그 폭발적인 성장 속에 무너지며 씁쓸한 부동성으로 바뀌었다. 모든 질문은 자발적인 광기이다. 누구랑? 왜? 얼마나 오랫동안? 얼마나 자주?

그게 무슨 상관이 있지? 오버코트 단추를 잠그지 말든지. 이제 그는 그저 평화를 원하고 그녀의 곁에 가능한 한 좀 더 오래 있고 싶을 뿐이다. 그가 알아냈다는 사실을 벌하기 위해서 그녀가 모든 것을 부수기 전까지.

그녀는 강당 뒤 주차장에 차를 댄다. 심지어 잠깐 들어가기까지 한다. 알리바이를 만들기 위해서라기보다 훨씬 괴상하게도 발밑으로 바로 열리는 뚜껑문을 만들기 위해서다. 100명의 성악가들이 무대 계단 위로 올라가자 그녀는 차에 뭔가 놔두고 온 걸 가지러 가는 것처럼 뒤로 빠져나온다. 이내 그녀는 비에 젖어 미끄러운 길에 추운 상태로, *살아 있는* 상태로, 심장이 미친 듯이 뛰는 채로 서 있다. 그녀는 *해치울* 것이다. 길고 사랑스럽게, 아무 목적도 없이, 계약된 의무 없이, 그녀가 전혀 모르는 남자에 의해서, 여러 가지 다른 방식으로. 마치 몸에 뭔가 주입한 것처럼 그 생각이 온몸을 타고 흐른다.

그녀는 나쁜 사람이 될 것이다. 다시 나빠질 것이다. 멍청하게 나빠질 것이다. 그녀가 할 수 있다고 상상도 못했던 일을 할 것이다. 새로운 일을. 무시무시할 정도로 많이, 엄청난 속도로, 아주 즐겁게 자신에 대해서 더 많은 걸 배울 것이다. 그녀가 품위라는 게으른 거짓말을 하지 않을 때 그녀가 좋아하고 싫어하는 것들을. 지난 30년을 열기 없는 불꽃에 집어넣자. 마법, 그 생각이 그녀를 부순다. 성장, 그녀는 도로 가장자리의 검은 BMW를 보고 축축하게 젖은 채 열여섯 살의 풋내기 여자아이처럼 미친 듯이 달려가 차에 올라탄다.

48분의 야생성 실험. 그 후 그녀는 기억이 잘 나지 않는다. 마치 그가 그녀에게 재미 삼아 약이라도 먹인 것처럼. 커다란 침대에 무릎을 벌리고 앉아서 술 취한 여학생 클럽 공주처럼 낄낄거린 것은 기억난다. 커다래지고, 시적이고, 여왕 같고, 신 같아진 기분과 브람스의 홍수도 기억난다. 그리고 되돌아와서 장거리 달리기 선수처럼 다리와 폐에 고통을 느낀 것도. 그가 그녀의 몸에 손가락을 넣으면서 귀에 속삭인 것도 기억난다. 그녀가 제대로 이해하지 못한 채 받아먹은 모호하고, 위협적이고, 숭배 조이고, 짜릿한 단어들.

지난주에 그랬던 것처럼 울렁거리는 바다에서 종종 그녀가 좋아하는 불륜 소설의 장면이 끔찍하도록 명확하게 머릿속에 떠오르곤 했다. 그녀는 이제 나도 나 자신의 불운한 이야기의 주인공이야, 라고 생각한 게 기억난다. 그리고 길고 상냥한 굿나잇키스, 도로 가장자리의 어두운 차, 강당까지 세 블록. 미끄러운 보도를 열 걸음 걸어서 그녀는 모험 전체를 책에서만 일어나는 것으로, 상상의 영역으로 밀어 넣는다.

그녀는 안으로 다시 들어와서 여유 시간을 두고 무대 계단으로 올라가 합창이 돌아오기를 기다리며 바리톤이 노래하는 것을 듣는다. *보라, 내가 너희에게 신비를 말해주겠노라. 우리는 모두 잠들지 않고 변화할 것이다. 아주 잠깐, 눈 깜짝할 사이에.*

레이는 저녁 식사를 야금야금 먹는다. 피스타치오와 사과다. 독서 속도는 느리고, 모든 것이 그의 정신을 산만하게 만든다. 사과심 끝을 보면서 꽃받침(calyx)—그가 이번 생에는 결코 알 일이 없는 단어다—이 시든 사과꽃의 잔재일 뿐이라는 것을 깨닫는다. 단어의 숲에서 1분 동안 세 번 고개를 들고서, 집 지붕을 부수고 쓰러지는 참나무처럼 진실이 내리치기를 기다린다. 어떤 것도 그를 죽이러 오지 않을 것이다. 어떤 일도 일어나지 않을 테고, 엄청난 힘과 인내심을 발휘해 계속해서 그럴 것이다. 너무나 완전하게 어떤 일도 일어나지 않아서 왜 도러시가 아직 집에 오지 않는지 확인하려고 그는 시계를 보다가 30분도 채 지나지 않았다는 사실에 깜짝 놀란다.

그는 고개를 숙이고 책장을 빤히 본다. 내용이 그의 괴로움을 부추긴다. 나무에게 지위가 있어야 할까? 지난달 이맘때에는 독창적인 논쟁을 시험해 보는 것이 저녁 시간의 훌륭한 스포츠였을 것이다. 무엇을 소유할 수 있고 누가 소유를 할 수 있을까? 무엇이 *권리*를 부여하고 왜 전 지구상에서 인간만이 그걸 가져야 할까?

하지만 오늘 밤에는 단어들이 그저 헤엄을 칠 뿐이다. 8시 37분. 그의 것이었던 모든 것들이 무너지고 무엇이 이 재앙을 가져왔는지조차 그는 알지 못한다. 책의 끔찍한 논리가 그를 지치게 만들기 시작한다. 아이들, 여자들, 노예들, 원주민들, 아픈 사람들, 미치광이들, 장애인들. 수 세기에 걸쳐 상상할 수 없을 만큼 모든 것들이 법에 의해 인간으로 변화했다. 그러니 왜 나무와 독수리와 강과 살아 있는 산맥들이 인간을 도둑질과 끝없는 손상의 피고인으로 고소하면 안 되겠는가? 이 생각 전체가 성스러운 악몽이자 지금 그가 살아가고 있는 정의에 관한 죽음의 춤이다. 그는 시계의 두 번째 바늘이 움직이기를 거부하고 있는 것을 바라본다. 권리를 가진 사람의 재산을 보호하는 지금까지의 경력 전체가 기나긴 전쟁 범죄처럼, 혁명이 일어나면 그가 감옥에 들어가게 될 만한 일로 느껴지기 시작한다.

이 주장은 기묘하거나 무시무시하거나 우스꽝스럽게 들릴 것이다. 이는 권리가 없는 존재가 권리를 갖게 되기 전까지 우리는 그걸 "우리", 즉 당시에 권리를 갖고 있는 자들에게 유용한 사물로밖에는 보지 못하기 때문이다.

8시 42분, 그는 조급해진다. 그는 그녀를 속이기 위해서, 그가 아무것도 모른다고 생각하도록 만들기 위해서 이제 뭐든 할 것이다. 그녀의 발작적인 미친 행동에는 흐름이 있다. 그가 그녀를 알아볼 수 없는 다른 사람으로 바꿔놓는 열병이 다 타버리고 나면 그녀는 다시 괜찮아질 것이다. 수치심에 그녀는 원래 모습으로 돌아올 거고, 그녀는 모든 것을 기억할 것이다. 수년의 세월을. 그들이 이탈리아에 갔던 때. 그들이 비행기에서 뛰어내린 때. 그녀가 그의 기념일 편지를 읽다가 차를 나무에 들이받아 죽을 뻔했던 때. 아마추어 연극. 그들이 만든 뒤뜰에서 그들이 함께 심기로 했던 것들.

개울과 숲이 말을 할 수 없기 때문에 지위를 가질 수 없다는 말은 답이 되지 않는다. 기업 역시 말을 하지 못한다. 주(州)도, 땅도, 아기도, 금치산자도, 지방자치단체도, 대학도 말을 하지 못한다. 변호사가 그들 대신 말을 한다.

문제는 그가 안다는 것을 그녀가 절대로 몰라야 한다는 것이다. 그는 유쾌하고, 영리하고, 재미있어야 한다. 그녀가 의심하는 순간, 두 사람 모두 망가질 것이다. 그녀는 용서받는 것만 아니면 뭐든 감당할 수 있을 것이다.

하지만 감추는 것이 그를 죽도록 괴롭힌다. 그는 성실한 맥더프 외에 다른 사람을 연기할 수가 없다. 8시 48분. 그는 집중하려고 노력한다. 저녁 시간이 두 번 종신형을 받은 것처럼 길게 늘어난다. 그의 동반자는 이 책뿐이고 책은 그를 고문한다.

생물학적 기본 욕구를 채우는 것뿐만 아니라 우리의 의지를 사물에 확대해서 그것들을 객관화하고, 우리 것으로 만들고, 조종하고, 심리적 거리를

유지하게 만드는 이 욕구를 주는 것이 우리 안의 무엇일까?

책이 그의 손가락 아래서 깜박인다. 그는 내용을 따라갈 수가 없고, 이것이 뛰어난지 말도 안 되는 헛소리인지 판단할 수가 없다. 그의 존재 전체가 녹아내린다. 그의 모든 권리와 특권, 그가 가진 모든 것들이. 태어난 이래로 그의 것이었던 위대한 선물을 빼앗기고 있다. '*비인간들에 관한 한, 우리는 직접적인 의무가 없다. 모든 것은 그저 끝을 위한 수단으로서 존재할 뿐이다. 그리고 그 끝은 인간이다.*' 칸트의 주장은 장대하고, 사치스러운 자기기만이자 노골적인 거짓말이다.

집으로 돌아오는 동안 그녀의 가슴에 혐오감이 퍼진다. 하지만 혐오감조차도 자유처럼 느껴진다. 사람이 자신의 최악의 면을 볼 수 있다면…… 사람이 완전한 정직함, 자신이 진짜 무엇인지에 관한 완전한 지식을 찾게 된다면……. 이제 만족했으니 그녀는 다시 순수함을 원한다. 스넬링로(路)의 조명 아래서 그녀는 백미러를 올려다보고, 자신의 은밀한 시선에서 자신의 눈이 감추어져 있음을 발견한다. 그녀는 생각한다. *난 그만둘 거야. 내 인생을 되찾을 거야. 품위를. 꼭 타오르는 불덩이가 되어 끝날 필요는 없어.* 다가오는 콘서트 공연이 그녀의 남는 에너지를 흡수해줄 것이다. 그 뒤에 집중할 만한 다른 것을 찾아보자. 정신을 온전하고 냉정하게 유지하기 위해서.

열 블록 떨어진 렉싱턴 근처에서 그녀는 딱 한 번만 더 하기로 계획한다. 스키를 타고 이 산악 대륙을 내려오는 기분이 어떤지 상기하기 위해서 딱 한 번만 더. 그녀는 한심하게 굴지 않을 것이다. 한심한 해결책 없이 중독을 누릴 것이다. 그녀가 무엇에 중독된 건지는 스스로도 알 수 없다. 그녀의 몸인지, 그녀의 의지인지. 그저 어디로 가든 자신이 이끄는 대로 따라갈 거라는 사실만 알 뿐이다. 그들의 나뭇잎이 무성한 협곡 같은 길로 접어들 무렵,

그녀는 다시 차분해진다.

그녀는 추위 때문에 피부가 장밋빛이 되어 들어온다. 문을 닫자 스카프
가 등 뒤로 늘어진다. 레퀴엠 악보가 그녀의 손에서 떨어진다. 그녀는 몸
을 구부려 그것을 줍고, 몸을 펴자 그들의 눈이 마주치며 모든 것을 쏟아낸
다. 두려움, 반항, 애원, 무자비함. 오랜 친구와 함께 다시 집으로 오고 싶은
마음.

"어머! 당신 그 의자에서 꼼짝도 안 했네."

"리허설은 잘됐어?"

"최고였어!"

"다행이네. 당신은 어느 파트를 불렀어?"

그녀가 그가 앉아 있는 자리로 다가온다. 그들의 오래된 방식이다. 그녀
는 그를 껴안는다. 치밀리히 랑잠 문트 및 아우스드러크(Ziemlich langsam
und mit Ausdruck, 상당히 느리게, 표정을 갖고). 그가 일어서기 전에 그녀는 빠
져나가서 소금과 표백제가 섞인 냄새를 풍기며 부엌으로 들어간다.

"자기 전에 후딱 샤워 좀 할게."

그녀는 영리한 여자이지만 뻔한 것에 대해 별로 인내심이 없다. 그리고
그가 단순한 관찰을 할 수 있을 거라는 생각도 하지 못한다. 그녀는 브람스
를 부르러 가기 20분 전에 샤워를 했었다.

침대에서, 화려한 잠옷을 입고 뜨거운 샤워로 뜨뜻하고 상쾌해진 기분으
로 그녀가 묻는다.

"책은 어땠어?"

그는 자신이 저녁 내내 읽으려고 했던 내용을 떠올리기 위해 잠깐 애를
쓴다. *필요한 것은 전설이다*……

"어려워. 아직 제대로 이해가 안 돼."

"흠."

그녀는 몸을 그가 있는 쪽으로 돌리고 눈을 감은 채 말한다.

"나한테 말해봐."

나는 우리가 지구를, 몇몇 사람들이 주장하는 것처럼 하나의 유기체로, 아마도 인류가 정신 같은 하나의 기능부를 담당하는 그런 존재로 인식하는 것이 그리 동떨어진 생각이라고 여기지 않는다.

"저자는 살아 있는 모든 것에 권리를 주고 싶어 해. 나무의 창의적 발명품에 관한 대가를 지불하는 건 온 세상을 더 부유하게 만드는 거라고 주장해. 이 사람이 옳다면 우리 사회체계 전체가…… 내가 지금껏 일해온 모든 것이……."

하지만 그녀의 숨소리가 바뀌고, 그녀는 하루 종일 최초의 발견들을 한 뒤의 신생아처럼 잠이 든다.

그는 침대 옆 전등을 끄고 그녀에게서 몸을 돌린다. 그래도 그녀는 잠결에 뭐라고 중얼거리며 그가 발산하는 온기를 찾아 그의 등에 달라붙어 그를 잡는다. 그녀의 맨팔이 그에게 닿는다. 그가 사랑에 빠졌던 여자. 그가 결혼한 여자. 재미있고, 약간 미쳤고, 야성적이고, 길들일 수 없는 레이디 맥베스. 산만한 소설의 애독자. 비행기에서 점프하던 여자. 그가 아는 사람 중 최고의 아마추어 여배우.

삼나무 숲 깊은 곳에 있는 파수꾼과 메이든헤어. 그는 준비물 배낭을 나른다. 그녀는 한 손에 그들 진영의 비디오카메라를 들고 있고, 다른 손으로는 구명보트에 매달린 채 수로에서 수영하는 사람처럼 그의 팔을 붙잡고 있다. 가끔씩 그녀가 그의 팔목을 잡고 그의 시선을 뭔가 눈에 띄는 쪽으로 돌리거나 그들의 이해 범위 밖으로 움직이게 한다.

어젯밤 그들은 야외의 차가운 바닥에서 잤다. 진흙의 바다가 양치식물 가득한 섬을 둘러싸고 있었다. 유순하고, 거대하고, 휴식하는 생명체들 아래서 그는 소변 얼룩이 있는 1950년대 슬리핑백에 누웠고 그녀도 또 다른 슬리핑백에 누웠다.

"춥지 않아요?"

그가 물었다. 그녀는 아니라고 대답했다. 그리고 그는 그 말을 믿었다.

"뻐근해요?"

"별로요."

"무서워요?"

그녀의 눈은 왜요?라고 물었다. 그녀의 입은 이렇게 말했다.

"그래야 되나요?"

"그들은 대단히 커요. 훔볼트 목재는 수백 명을 쓰고 있어요. 수천 대의 기계들도요. 수십억 달러의 다국적 기업 소유고요. 미국인들의 의지로 만들어진 모든 법률이 그들의 편이에요. 우리는 숲에서 야영을 하는 백수 기물 파손자 무리고요."

그녀는 중국인들이 땅에 터널을 뚫어서 그들이 있는 곳까지 올 수 있냐고 묻는 어린애를 보는 것 같은 표정으로 미소를 지었다. 그녀가 손을 슬리핑백에서 빼서 그의 슬리핑백에 넣었다.

"내 말 믿어요. 난 확실한 출처로부터 들었으니까요. 위대한 일이 진행 중이에요."

그녀의 손은 그녀가 잠이 들 때까지 횡단선처럼 그들 사이에 놓여 있었다.

그들은 지그재그식 길을 따라 동떨어진 배수로로 들어가서 길이 진흙탕이 될 때까지 걸어간다. 3킬로미터쯤 가자 길은 사라지고 두 사람은 덤불을 헤치고 가야 한다. 나뭇잎 천장 사이로 빛이 스며든다. 그는 그녀가 수영과 보리지가 가득 자란 땅을 지나가는 것을 본다. 그녀 자신의 말에 따르면 겨우 몇 달 전만 해도 그녀는 약물 중독 문제를 갖고 있고 대학에서 낙제한 성질 나쁘고 쓸모없고 자기도취적인 나쁜 년이었다. 하지만 지금 그녀는 뭐랄까, 인간이 전혀 아닌 것들과 함께하는, 자신이 인간이라는 것을 평화롭게 받아들인 그런 존재다.

삼나무들은 기묘한 일을 한다. 나무들은 콧노래를 부른다. 힘의 포물선을 발산한다. 나무의 옹이는 마법에 걸린 것 같은 모양으로 생겼다. 그녀가 그의 어깨를 잡는다.

"저거 봐요!"

어린 니키가 수십 년 전 비 오는 일요일에 각도기를 갖고 그렸던 원처럼 완벽한 요정의 고리에 열두 사도 같은 나무들이 서 있다. 선조들이 죽고 수 세기가 지난 후 열두 그루의 초기 복제품들이 텅 빈 공터를 사방으로 둘러싸고 있다. 닉의 뇌로 화학적 신호가 전달된다. 누군가가 이것들이 서 있는 모양 그대로를 조각으로 만들었다고 해보자. 그 작품 하나가 인간 예술사의 획기적인 걸작이 될 것이다.

자갈이 가득한 시내 옆에서 그들은 옆으로 누워 있어도 올리비아보다 훨씬 더 높은 거인이 쓰러져 있는 것을 본다.

"다 왔어요. 여기서 바로 오른쪽이라고 마더 엔이 그랬어요. 이쪽이에요."

그가 먼저 발견한다. 눈길이 닿지 않는 위쪽까지 쭉 이어지는 600년 된 나무들의 숲. 적갈색 성당 신도석의 기둥들. 움직이는 생명체들보다 훨씬 오래된 나무. 하지만 그들의 나무 주름에는 하얀색 스프레이로 숫자가 쓰여 있다. 누군가가 살아 있는 소의 피부 아래 숨겨져 있는 다양한 고기 부위를 표시하기 위해서 도살용 도해를 그려놓은 것만 같다. 대학살을 하기 위한 지령이다.

올리비아는 핸디캠을 얼굴로 들어 올리고 찍는다. 닉은 배낭을 내리고 가볍게 몇 걸음을 걷는다. 배낭에서 색색의 스프레이 캔이 나온다. 그는 그것들을 어린 속새풀 무리 위에 놓는다. 색깔 스펙트럼 전체에서 고른 대여섯 가지 색이다. 한 손에는 체리색을, 다른 손에는 레몬색을 들고 그는 표시가 된 나무쪽으로 다가간다. 그리고 이미 거기에 표시된 하얀색 글자를 자세히 본다. 그런 다음 캔을 들고 뿌린다.

나중에, 편집하고 목소리를 입힌 후 그녀의 영상은 생명 보호군 주소록에 있는 동조하는 모든 기자들에게 전달될 것이다. 마이크를 가까이 대어 본다면 지금의 배경음악은 경외가 섞인 숲의 수백 가지 비명일 것이다. 어떻게 그런 걸 할 수 있지? 닉은 숲 바닥에 있는 팔레트로 돌아와서 두 가지 색을 더 고른다. 그는 그림을 그리고, 물러나서 자신의 작업을 평가한다. 이 생물종은 미술관 소장품 보관함에 자리한 모든 것들만큼이나 야성적이다. 그는 숫자로 훼손된 다음번 나무로 가서 다시 시작한다. 곧 숫자들은 나비 모양에 가려져 알아볼 수 없게 사라진다.

그는 파란색 체크 표시로만 단순하게 표기된 나무들 쪽으로 넘어간다. 단순한 선으로 표기된 이 사형 선고는 사방에 널려 있다. 곧 그는 표기가 없는 나무들에 그림을 그려서 어느 나무가 잘릴 예정이었고 어느 것이 단순히 구경꾼이었는지 구분할 수 없게 만든다. 오후가 사라진다. 그들 둘 다 더 이상 몇 시간 정도는 가늠할 수 없는 숲의 시간에 익숙해졌다. 작업은 거의 눈 깜짝할 사이에 끝난다.

올리비아는 변화한 숲을 카메라로 찍는다. 측정과 예측, 엄격한 숫자의 프로젝트가 있던 자리에 이제는 팔랑나비와 호랑나비, 모르포나비, 부전나비, 그리고 히스나비들뿐이다. 티파니 보석 같은 곤충들이 수 세대 동안 이

주한 멕시코 산맥의 성스러운 전나무 숲이라고 해도 믿을 것 같다. 일주일 간 감정인과 측량사들이 한 작업을 두 사람이 오후 한나절 동안 무위로 돌렸다.

편집되지 않은 비디오에서 목소리가 말한다.

"그들은 다시 올 거예요."

숫자 매기는 남자들을 의미하는 것이다. 그들이 도태시킬 나무에 이번에는 좀 더 지워지지 않는 방식으로 다시 표기를 할 것이다.

"하지만 이건 아름다워요. 그리고 그들을 수고롭게 하겠죠."

"그럴지도요. 아니면 벌목꾼들이 와서 뮤러렛 숲에서 했던 것처럼 모든 걸 다 베어 갈 수도 있어요."

"우리한텐 이제 영상이 있어요."

음악처럼 녹음된 그녀의 목소리 속에서 그것을 들을 수 있다. 애정이 자유라는 문제를 해결할 수 있을 거라는 믿음을. 그리고 영상은 어두워지고 끝난다. 아무도 그 뒤에 두 인간에게, 거기 숲 바닥에서, 고사리와 둥굴레 언덕 사이에서 일어난 일을 보지 못한다. 토양 아래 굴을 파고, 나무껍질 아래서 기어 다니고, 가지 위에서 웅크리고, 나뭇잎 천장을 올라가고 뛰어넘고 웅크리고 사는 보이지 않는 수많은 생명체들을 제외하면 아무도 모른다. 공기 속으로 내뱉은 수십 억 개의 분자 중 몇 개씩을 도로 들이켜는 거대한 나무들조차 제외한다면.

패트리샤는 400미터 떨어진 곳에서 데니스의 트럭이 자갈 깔린 도로를 쿵쿵거리며 달려오는 소리를 듣는다. 그 소리는 그녀를 기쁘게 만든다. 자신이 기쁘다는 것을 깨닫기도 전부터 기쁘다. 덜그럭거리고 웅웅대는 소리

359

는 그 나름대로 공터 가장자리를 둘러싼 타운센드 휘파람새의 짹짹거리는 울음만큼 그녀의 기분을 들뜨게 만든다. 트럭은 비처럼 정확하게 매일 나타나긴 하지만, 그래도 이 생물에는 나름의 야생적 진귀함이 있다.

그녀는 이 마지막 20분을 기다리느라 자신이 얼마나 긴장했는지를 느끼며 길을 따라 내려간다. 그는 물론 점심 식사를 가져왔을 테고, 바깥세상과 그녀의 잡다한 연결 고리인 편지도 가져왔을 것이다. 코밸리스의 실험실에서 온 새로운 데이터. 하지만 그녀의 영혼이 지금 원하는 불입금은 데니스다. 그는, 그의 귀 기울이는 태도는 그녀를 진정시켜주고, 그녀는 즐거운 공포 속에서 그를 스물두 시간이나 보지 않는 건 너무 길지 않은가 생각한다. 멈춘 트럭에 너무 가까이 다가가는 바람에 그가 문을 열 때 그녀는 뒤로 물러나야만 한다. 그의 커다란 팔이 그녀의 허리에 감기고 그가 그녀의 목에 얼굴을 문지른다.

"덴. 내가 가장 좋아하는 포유류."

"자기. 오늘 먹을 걸 볼 때까지 기다리라고."

그는 그녀에게 편지를 건네고 아이스박스를 꺼낸다. 그들은 어깨를 나란히 하고 함께하는 평화를 누리며 침묵 속에 오두막으로 이어지는 경사를 올라간다.

그녀는 현관 베란다의 케이블을 엮어 만든 탁자 앞에 앉아서 그가 점심을 꺼낼 동안 편지를 살핀다. 뛰어난 사기꾼들이 그녀가 여기 있는 걸 어떻게 알아냈을까? *당신의 보험에 관한 중대한 정보가 들어 있습니다. 당장 열어보세요!* 그녀는 수십 년 동안 상업적인 것과 완전히 떨어져서 살았는데도 그녀가 오두막에 앉아 소로를 읽는 동안 그녀의 이름은 끊임없이 사고 팔리는 인기 물품이었던 것이다. 그녀는 구매자들이 많은 돈을 내지 않았기를 바란다. 아니, 엄청난 돈을 지불했기를 바란다.

코밸리스에서 온 건 없지만, 그녀의 대리인에게서 온 편지가 있다. 그녀는 그것을 나무 판 위에, 그녀의 접시 옆에 내려놓는다. 데니스가 근사하게 속을 채운 두 마리의 작은 무지개송어를 꺼낼 때에도 그것은 여전히 거기에 있다.

"다 괜찮아?"

그녀는 고개를 끄덕이는 동시에 흔든다.

"나쁜 소식인 건 아니지?"

"아니. 모르겠어. 열어볼 수가 없어."

그는 생선을 덜어놓고 봉투를 집어 든다.

"*재키*한테서 온 거잖아. 걱정할 게 뭐 있어?"

그녀도 모른다. 소송. 꾸중. 공식 업무. 즉시 열어보시오. 그는 그녀에게 봉투를 건네고 허공에서 손가락을 움직이며 그녀에게 용기를 내라고 다독인다.

"당신은 나한테 정말 좋은 사람이야, 데니스."

그녀는 봉해진 봉투 가장자리 아래로 손가락을 밀어 넣고, 봉투 안쪽에서 여러 가지가 한꺼번에 나온다. 리뷰. 대리인을 통한 팬레터. 수표가 함께 고정되어 있는 재키의 편지. 그녀는 수표를 보고 비명을 지른다. 종이가 바닥으로 떨어져서 언제나 축축한 땅에 뒤집혀 착지한다.

데니스가 수표를 주워서 깨끗하게 닦는다. 그리고 휘파람을 분다.

"맙소사!"

그가 눈썹을 치켜세우고서 그녀를 본다.

"점을 잘못 찍은 거겠지, 안 그래?"

"두 자리나!"

그가 웃음을 터뜨린다. 영하의 밤을 보낸 다음 시동을 켜려고 애를 쓰는 그의 오래된 트럭처럼 그의 어깨가 떨린다.

"그 사람이 책이 잘 나간다고 그랬었잖아."

"이건 실수야. 돌려보내야 될 것 같아."

"당신은 훌륭한 책을 썼어, 패티. 사람들은 훌륭한 걸 좋아해."

"말도 안 돼……."

"너무 흥분하지 마. 그럴 정도로 많은 건 아니니까."

하지만 그 정도로 많다. 이것은 그녀가 평생 은행에 넣었던 돈보다도 훨씬 많다.

"이 돈은 내 게 아니야."

"무슨 뜻이야? 당신 게 아니라니. 당신은 7년 동안 그 책을 작업했다고!"

그녀에게는 그의 말이 들리지 않는다. 그녀는 오리나무 사이로 부는 바람에 귀를 기울이고 있다.

"언제든지 그걸 기부할 수 있어. 미국 산림보호단체에 수표를 써. 아니면 그 밤나무 역교배 재생 프로그램에 써주든지. 연구 팀에 투자해도 되고. 자, 자. 우선 생선을 먹어. 이 녀석들을 잡는 데 두 시간이나 걸렸어."

점심을 먹고 그는 그녀에게 리뷰를 읽어준다. 데니스의 라디오 진행자 같은 바리톤 음성으로 들으면 대부분 좋게 들린다. 감탄하는 것처럼. 사람들은 말한다, 난 몰랐어요. 사람들은 말한다, 나도 그런 것들을 보기 시작했어요. 그다음에 그는 그녀에게 독자들의 편지를 읽어준다. 몇 명은 그저 그녀에게 고맙다고 말하고 싶어 한다. 몇 명은 그녀를 모든 나무들의 어머니라고 착각한다. 몇 명은 그녀가 인생 상담자인 것처럼 느끼게 만든다. 우리 집 뒤뜰에 아마 200년은 되었을 거 같은 커다란 동부 참나무가 있어요. 지난 봄에 나무 한쪽이 시들기 시작했어요. 그게 그렇게 서서히 죽어가는 걸 보고 있으니까 정말 괴로워요. 내가 어떻게 하면 될까요?

많은 사람들이 아낌없이 주는 나무를 언급한다. 마지막 순간에 부차적 대사산물들을 전부 다 공동체에 기부하는 오래된 더글러스전나무들.

"이거 한번 들어봐, 자기. '당신 덕택에 인생을 다른 방식으로 생각하게 되었습니다.' 이건 칭찬일 수도 있어."

그녀는 웃음을 터뜨리지만 그 소리는 마치 덫에 걸린 보브캣의 울음소리 같다.

"아. 이거 좀 괜찮은데. 전국에서 가장 청취자가 많은 공영 라디오 프로그램에 나와달라는 요청이야. 지구의 미래에 대한 시리즈를 하고 있는데, 나무를 위해서 말할 사람이 필요하대."

그녀는 울부짖는 폭풍우 속 더글러스전나무 꼭대기에서 그의 말을 듣는다. 사방에 인간의 산업이다. 사람들은 그녀에게서 뭔가를 원한다. 그녀를 다른 사람으로 착각한다. 사람들이 오해하고서 *세상*이라고 부르는 곳으로 그녀를 맹렬하게 도로 끌어들이려고 한다.

모지스는 기진맥진해서 베이스캠프로 들어온다. 사방에서 활동이 벌어지고, 그들은 지난 반 주 동안 구류와 체포로 열세 명을 잃었다.

"사람이 계속 올라가 있어야 하는 나무 위 자리가 있어. 그 위에 잠깐 올라갈 사람 없어?"

파수꾼이 그 요청을 이해하기도 전에 메이든헤어의 손이 허공으로 번쩍 올라간다. 그녀의 얼굴에 그 표정이 스친다. *그래. 이거야. 마침내.*

"정말로 할 거야?"

모지스는 방금 자신이 빛의 예언을 말로 표현한 적 없다는 듯이 묻는다.

"저 위에 최소한 며칠은 올라가 있어야 할 거야."

그녀는 짐을 싸면서 닉을 안심시킨다.

"이 아래쪽에서 당신이 더 많은 일을 할 수 있다고 생각한다면…… 난 혼자서도 괜찮아요. 그들은 나를 다치게 하지는 못할 거예요. 언론을 생각해봐요!"

그는 그녀의 옆이 아니면 괜찮지 않을 것이다. 그것은 그렇게 간단하고, 그렇게 우스꽝스러운 것이다. 그는 그녀에게 말하지 않는다. 그가 서성거리고 고개를 끄덕이는 방식에서 그것은 지극히 명백하게 드러나니까. 물론 그녀도 안다. 그녀는 여기 있지도 않은 존재의 말을 들을 수 있다. 당연히 이 끝없는 빗속에서도 그의 귓속을 두드리는 혈액, 그의 머리를 두드리는 생각을 들을 수 있다.

그들은 배낭을 먼저 위로 올려 입구를 통과시킨다. 그리고 그들이 따라간다. 메이든헤어, 파수꾼, 그리고 몇 주 동안 지상에서 이 나무를 지원해줄 그들의 가이드 로키. 그들은 범죄적 의도를 갖고서 다시 훔볼트 목재의 영토에 발을 들여놓는다. 배낭은 무겁고 길은 가파르다. 몇 주 동안 꾸준히 내린 비에 길은 터키 커피처럼 변했다. 몇 주 전이었다면 그들은 5킬로미터도 가지 못했을 것이다. 지금도 8킬로미터를 가고서 파수꾼은 숨을 커다랗게 헐떡헐떡 들이켠다. 그는 부끄러워 그녀가 그의 숨소리를 들을 수 없는 뒤쪽으로 처진다. 길은 미끄러운 급경사 오르막이 된다. 배낭 무게와 발을 잡아당기는 흙 때문에 매 걸음 장대높이뛰기를 하는 것처럼 움직여야 한다. 그는 멈춰서 숨을 고르고, 진눈깨비 같은 공기가 그의 몸을 타고 흐른다. 앞쪽에서는 메이든헤어가 신화적인 동물처럼 나아간다. 솔잎 가득한 땅에서 그녀의 발로 힘이 전달된다. 진흙 속에 발이 빠질 때마다 힘이 다시 솟구친다. 그녀는 춤을 추고 있다.

비겁함이 닉의 배낭에 몇 개의 돌을 더하는 것 같다. 그는 체포되고 싶지 않다. 높은 곳도 별로 좋아하지 않는다. 그에게는 그저 절벽을 올라가게 만드는 사랑만 있을 뿐이다. 살아 있는 모든 것을 구하고자 하는 욕구가 그녀에게 기름을 끼얹었었다.

로키가 손바닥을 내민다.

"저기 깜박이는 불빛 보여요? 독수리와 불꽃이에요. 그 둘이 우리 소리를 들었을 거예요."

그가 입술 주변을 손으로 감싸고 부엉이 소리를 낸다. 깊은 숲속에 있는 불빛이 다시, 조급하게 깜박인다. 이것 역시 로키를 웃게 만든다.

"저 자식들 지상으로 내려오고 싶어서 안달인가 보네. 알 것 같아요?"

닉은 아직 지상을 떠나지도 않은 상태에서 마음의 준비를 한다. 그들은 바퀴자국을 따라서 마지막 몇백 미터 정도를 열심히 간다. 너무 거대해서 뭔가 잘못된 것 같은 윤곽이 덤불 뒤에서 나타난다.

"다 왔어요. 저게 미마스예요."

로키가 무의미하게 말한다.

닉의 목에서 소리가 올라와 입 밖으로 나온다. 아마도 오, 도와주세요 예수님, 같은 뜻의 발음이었을 것이다. 그는 몇 주 동안 괴물 같은 나무들을 보았지만, 이런 건 본 적이 없었다. 미마스는 그의 고고조 할아버지의 오래된 농장주택보다도 너비가 더 넓다. 어스름이 그들을 감싸고 있는 여기서, 원시적이고, 관조적이고, 신성한 것을 직접 맞대면하는 것 같다. 나무는 굴뚝처럼 똑바로 뻗어서 멈출 마음이 없어 보인다. 아래쪽에서 보니 그 뿌리는 지하세계에 있고 제일 윗부분은 세계의 위쪽에 있는 세계수 이그드라실이라고 해도 될 것 같다. 지상 8미터 높이에 있는 넓은 옆구리에서 두 번째 몸통이 튀어나와 있다. 호엘 밤나무보다도 더 큰 가지다. 더 위로 올라가면 두 개의 두꺼운 가지가 더 갈라진다. 전체적인 모습은 계통분류학의 연습문제, 진화계통수처럼 보인다. 오랜 시간에 걸쳐 위로 올라가며 하나의 위대한 개념이 완전히 새로운 가지로 갈라지는 것이다.

파수꾼은 메이든헤어가 서서 바라보고 있는 곳으로 올라가면서 돌아가기에는 너무 늦었을까 생각한다. 하지만 저무는 햇살 속에서도 그녀의 얼굴은 대의로 빛난다. 아이오와에 있는 그의 집 앞 자갈길로 그녀가 들어온 이래 계속 그녀의 일부였던 모든 불안감이 사라지고, 그 자리에 혼자 우는 부엉이처럼 순수하고 고통스러운 확신이 가득하다. 그녀는 나무 몸통에 팔을 두른다. 숙주인 개를 껴안으려고 하는 벼룩 같다. 그녀의 얼굴이 거대한 나무 위쪽을 올려다본다.

"믿을 수가 없어요. 우리 몸 말고는 이걸 지킬 수 있는 다른 방법이 없다는 걸 믿을 수가 없어요."

로키가 말한다.

"누가 돈을 잃거나 다치지 않는 한, 법은 쥐뿔도 신경 안 써요."

두 개의 커다란 옹이 사이로 나무 밑동에 오늘 밤 세 사람이 다 함께 잘 수 있을 만큼 크고 가장자리가 숯으로 된 불에 탄 구멍이 나 있다. 검은 그을음이 나무 몸통을 따라 자국을 남겨놓았다. 미국이 생기기 한참 전에 탔던 불길의 흉터다. 아래쪽 수관의 갈라진 틈은 아직까지 수액이 나오는 것으로 봐서 최근에 벼락을 맞은 흔적이다. 그리고 위쪽으로 거의 보이지 않을 정도로 높고 이파리가 무성하게 우거진 곳에서 오늘 밤에 몇 시간만이라도 마른 곳에서 따뜻하고 안전하게 있고 싶은 지친 두 사람의 환호가 들린다.

위쪽에서 뭔가가 굴러 떨어진다. 파수꾼은 소리를 지르고 메이든헤어를 옆으로 잡아당긴다. 뱀이 숲 바닥에 착지한다. 파수꾼의 집게손가락 너비만 한 로프가 그의 시야보다 더 넓은 기둥 앞에 매달려서 흔들거린다.

"이걸로 뭘 하라는 거죠? 배낭을 묶어요?"

로키가 낄낄 웃는다.

"그걸 타고 올라가요."

그는 로프를 묶어서 만든 고리인 하네스와 카라비너를 꺼낸다. 그가 하네스를 파수꾼의 허리에 두르기 시작한다.

"잠깐만요. 이게 뭐죠? 이거 스테이플러 심 아닌가요?"

"좀 닳은 데가 있어서요. 걱정 말아요. 스테이플러 심이랑 덕트 테이프가 당신 체중을 지탱하지는 않을 테니까."

"그렇겠죠. 이 작은 신발끈 같은 게 내 몸무게를 지탱할 테니까."

"이건 당신보다 훨씬 더 무거운 사람들도 얼마든지 들어 올렸어요."

올리비아가 입씨름을 하는 두 남자 사이에 끼어들어 하네스를 잡아챈다. 그녀는 그것을 자기 허리에 두른다. 로키가 그녀를 카라비너로 고정한다. 그리고 가슴에 하나, 발걸이에 하나, 총 두 개의 슬라이드식 프루지크 매듭으로 올라가는 로프에 연결한다.

"보여요? 당신의 체중이 이 매듭들을 작은 주먹처럼 로프에 단단히 고정할 거예요. 느슨하게 만들 때는……."

그가 느슨한 매듭 하나를 로프에서 미끄러뜨린다.

"발걸이 위에서 서요. 가슴 매듭을 최대한 높이 밀어요. 몸을 뒤로 젖히고 그쪽으로 체중을 실어요. 하네스에 도로 앉아요. 발걸이 매듭을 올라가는 만큼 최대한 위로 올려요. 그런 다음에 그 위에서 일어서요. 반복해요."

메이든헤어가 웃는다.

"자벌레처럼요?"

딱 그렇게. 그녀는 조금 움직인다. 일어선다. 몸을 뒤로 젖혔다가 앉는다. 일어서서 다시 조금 움직이고, 허공의 사다리를 밟고서 지구 표면에서 떨어져 있는 자가상승식 발판을 밟고 위로 올라간다. 파수꾼은 직감적으로 하늘을 향해 올라가는 자리 아래 서 있다. 그의 위에서 몸부림치는 그녀의 은밀한 몸이 그의 영혼을 얼굴 붉히게 만든다. 그녀는 지옥과 천국과 여기 사이에서 메시지를 나르기 위해 이그드라실을 올라가는 다람쥐 라타토스크다.

"완전 타고났네요. 날아가는데. 20분 안에 꼭대기에 도착할 거예요."

로키가 말한다.

실제로 그녀는 꼭대기에 도착하지만, 그 무렵에는 온몸의 근육이 떨린다. 위쪽에서 들리는 환호 소리가 그녀를 맞이한다. 지상에서 닉은 질투심을 느끼고, 하네스가 다시 떨어지자 재빨리 낚아챈다. 허공으로 30미터쯤 올라왔을 때 그가 갑자기 겁에 질린다. 로프가 그를 잡아줄 수 있을 리 없다. 로프는 꼬여서 기묘한 나일론의 신음 소리를 낸다. 그는 목을 길게 빼고 얼마나 남았는지 본다. 영원만큼 남았다. 그러다가 아래를 내려다보는 실수를 한다. 로키의 모습이 아래서 천천히 원을 그리며 돈다. 그의 얼굴이 발밑에서 뭉개지기 직전인 조그만 태평양 보리지처럼 위쪽을 향한다. 파수꾼의 근육이 공포에 항복한다. 그는 눈을 감고 중얼거린다.

"난 못하겠어. 난 죽었어."

그는 다리를 타고 붕 하는 느낌이, 끝없는 추락이 흐르는 것을 느낀다. 두 번의 구토가 목으로 올라와서 그의 바람막이 재킷 위에 떨어진다.

하지만 올리비아가 위쪽에서 그의 귀에 대고 말을 한다. 닉. 당신은 이미 이걸 해냈어요. 난 몇 주 동안 그걸 봤어요. 손, 발. 앉아요. 매듭을 밀어요. 일어서요. 그녀가 말한다. 그는 눈을 뜨고 그가 본 중에서 가장 커다랗고, 가장 강하고, 가장 야성적이고, 가장 오래되고, 가장 확고하고, 가장 분별력 있는 생물인 미마스를 본다. 50만 낮밤의 수호자, 그것이 그가 꼭대기까지 올라가기를 바란다.

위에서 고함 소리가 그를 맞이한다. 그의 위에 있던 사람들이 그를 두 개의 쇠못으로 나무에 고정한다. 올리비아가 줄사다리로 연결된 플랫폼으로 재빨리 내려온다. 독수리와 불꽃은 임차지에 대해서 이미 한참 전에 그녀에게 모든 조항을 다 설명했다. 그들은 어둠에 발목을 잡히기 전에 빨리 내려가고 싶을 뿐이다. 그들은 로프를 타고 로키 쪽으로 내려가고, 로키는 다가오는 어둠 속에서 소리친다.

"며칠 안에 당신네들을 대체하러 다른 사람이 올 거예요. 그때까지는 그냥 그 위에 머물러 있으면 돼요."

곧 닉은 그의 삶을 조종하고 있는 이 여자와 단둘이 남는다. 그녀는 여전히 줄을 쥐고 올라오느라 욱신거림이 풀리지 않은 그의 손을 잡는다.

"닉. 우린 여기 왔어요. 미마스에요."

그녀는 오랜 친구라도 되는 것처럼 이 생물의 이름을 말한다. 오랫동안 그것과 이야기를 나누었던 것처럼. 그들은 바늘처럼 다가오는 어둠 속에, 60미터 높이에, 독수리와 불꽃이 대연회장이라고 부르던 곳에 나란히 앉아 있다. 세 개의 문을 서로 접합해서 만든 2미터×3미터의 플랫폼이다. 슬라이드식 방수천 벽이 삼면으로 그들을 감싼다.

"대학 시절 내 방보다 커요. 더 낫고."

올리비아가 말한다.

바로 아래에 있는 또 다른 가지에 걸쳐져 있고 줄사다리로 갈 수 있는 좀 더 작은 합판이 있다. 빗물받이, 채집용 병, 뚜껑 달린 양동이가 화장실로 쓰인다. 2미터 위쪽으로 높은 돌출부에는 또 다른 플랫폼이 식료품 저장실, 부엌, 서재 역할을 한다. 물과 음식, 방수천과 물건들이 가득하고, 두 개의 가지 사이에 걸린 해먹은 이전에 머물렀던 사람들이 남겨둔 책으로 상당한 대출 도서관을 이룬다. 3층짜리 트리하우스 전체가 나무가 수 세기 전 벼락에 맞아서 거대하게 갈라진 부분 위에 자리하고 있다. 바람이 불 때마다 집이 흔들린다.

석유램프가 그녀의 얼굴을 비춘다. 그는 그녀가 이렇게 단호해 보이는 걸 본 적이 없다.

"이리 와요."

그녀가 그의 손목을 잡고 자기 쪽으로 당긴다.

"여기요. 더 가까이."

마치 멀어진다는 선택권이 있기라도 한 것처럼. 그리고 그녀는 인생이 그녀에게서 뭘 원하는지 확신하는 사람처럼 그를 갖는다.

밤에, 뭔가 부드럽고 따뜻한 것이 그의 얼굴을 스친다. 그녀의 손이거나 그녀가 그에게 몸을 기울이며 흘러내린 머리카락이라고 그는 생각한다. 슬리핑백 침대의 느리고 멀미가 날 것 같은 뱃노래도 축복처럼 느껴진다. 비좁은 사랑의 공간이다. 발톱이 그의 뺨을 할퀴고 서큐버스(여자 악령)가 가성으로 종알거리며 날뛴다. 파수꾼이 비명을 지르며 벌떡 일어난다.

"제기랄!"

그는 플랫폼 가장자리로 굴러가지만 안전 케이블이 그를 잡아준다. 한쪽 손바닥이 방수천 벽이라는 환상을 후려친다. 생명체들이 나뭇가지로 달려나가며 비명을 지른다.

그녀가 순식간에 일어나서 그의 팔을 붙잡는다.

"닉. 그만해요. 닉! 괜찮아요."

위험이 작은 조각으로 부서진다. 쏟아지는 재잘거림 속에서 그는 서서히 그녀가 반복해서 하는 말을 알아든다.

"날다람쥐예요. 녀석들은 10분 동안 계속 우리 주위 사방에서 놀고 있었어요."

"맙소사! 왜요?"

그녀는 웃으며 그를 다독이고 그를 다시 바닥으로 끌어당긴다.

"녀석들한테 물어봐야죠. 녀석들이 다시 돌아오면요."

그녀가 그에게 얼굴을 비빈다. 그녀의 배가 그의 등 아래쪽에 닿는다. 잠

은 오지 않는다. 이렇게 높고 인간에게서 멀리 떨어진 곳에 살아서 두려워
하는 법조차 배우지 못한 생명체들이 있다. 그리고 세포들 속의 광기 덕택
에 닉은 처음 나무 위에서 보내는 이 첫날 밤에 그들에게 그것을 가르쳐주
었다.

빛이 그의 얼굴에 얼룩덜룩하게 조금씩 비친다. 그는 거의 잠을 자지 못
했지만, 보통 부지런한 사람들만 느끼는 식으로 상쾌하게 일어난다. 그는
몸을 옆으로 굴리고 방수천을 들어 올린다. 파란색부터 갈색, 초록색, 말도
안 되는 금색에 이르기까지 모든 색깔들이 들어온다.

"저거 좀 봐요!"

"어디 봐요."

졸리지만 열렬한 그녀의 목소리가 그의 귓가에 닿는다.

"어머 세상에."

그들은 함께 바라본다. 새로 발견한 땅을 높은 곳에 매달려 관찰하는 측
량사들처럼. 풍경이 그의 가슴을 쪼개는 것 같다. 구름, 산, 세계수, 안개. 처
음에 그 단어를 만들어낸 창조물들의 뒤엉키고 풍부한 안정감. 그 모든 것
들이 그를 말문을 잃을 만큼 멍청하게 만든다. 미마스의 몸통에서 여러 개
의 두꺼운 가지가 자라나서 부처의 위로 들어 올린 손의 손가락처럼 나란
히 자라나 더 작은 규모로 어머니 나무를 따라 한다. 또 타고난 형태를 계
속해서 반복하며, 따라갈 수 없는 미로처럼 가지들이 서로 엮이고 달라붙
는다.

안개는 나뭇잎 천장을 뒤덮는다. 미마스의 수관 틈새를 통해서 촘촘한
첨탑 같은 근처 나무들이 중국풍 그림 속에서 소용돌이친다. 회색빛 안개
가 그 사이를 뚫고 나온 초록-갈색 못들보다 더 현실성 있어 보인다. 그들
주위로 환영 같고 오르도비스기의 동화 같은 풍경이 펼쳐져 있다. 생명이

처음 육지로 나온 아침 같은 아침이다.

파수꾼은 연결된 로프를 따라 또 다른 방수천 벽을 걸어 올리고 바라본다. 위로는 수십 미터의 미마스가 더 펼쳐져 있다. 벼락이 이 나무를 쪼갰을 때 주도권을 쥔 몸통이다. 뒤얽힌 체계의 꼭대기는 낮은 구름 속으로 사라졌다. 균류와 지의류가 천국의 캔에서 떨어진 페인트 자국처럼 사방에 있다. 그와 메이든헤어는 거의 플랫아이언 빌딩 높이에 앉아 있다. 숲 바닥은 어린 소녀가 도토리와 양치식물로 만든 인형의 집 같은 모습이다.

떨어진다는 생각만으로도 그의 다리가 싸늘해진다. 그는 방수천을 내린다. 그녀가 그를 쳐다보고 있다. 그 헤이즐색 눈에 어린 광기가 낄낄거리는 웃음처럼 쏟아진다.

"우린 여기 있어요. 우린 해냈어요. 여기가 그들이 우리가 있길 바란 곳이에요."

그녀는 생명체의 40억 년 역사에서 가장 경이적인 산물을 돕기 위해 소환된 사람 같다.

여기저기서 단독 첨탑들이 거인의 합창 사이로 솟아나 있다. 그것들은 초록색 적란운이나 로켓 연기기둥 같다. 아래쪽에서는 가장 큰 이웃이 중간 크기의 향삼나무처럼 보인다. 하지만 지금, 지상 60미터 높이에서 니컬러스는 가장 큰 고래보다 다섯 배는 더 큰, 오래된 몇몇 나무들의 진짜 크기를 가늠할 수 있다. 거인들은 어젯밤 세 사람이 걸어 올라왔던 협곡으로 전진한다. 중간 거리쯤에서 숲은 더 넓어져 더 빼곡하고 더 짙은 파란색이 된다. 그는 이 나무들과 안개에 대해서 읽은 적이 있다. 사방에서 나무들이 낮고 축축한 하늘을 찌르며 구름이 태어나는 것을 돕는다. 더 울퉁불퉁하고 옹이져서 지상 높이에서 자라는 매끈한 것들과는 전혀 달라 보이는 하늘의 침엽 뭉치들은 안개구름, 농축된 수증기를 들이마시고 체로 걸러 잔가지들로 보낸다. 닉은 그들의 물받이 시스템이 작동해서 병에 물방울을 떨어뜨리고 있는 위쪽의 부엌을 쳐다본다. 어젯밤에는 독창적으로 보였던 물 만드는 방법이 나무의 발명에 비교하자 조악해 보인다.

니컬러스는 끝없는 플립북을 넘기는 것처럼 드라마를 바라본다. 등성이 너머 또 등성이가 있는 땅이 펼쳐진다. 그의 눈은 바로크풍의 풍부함에 적응된다. 다섯 가지 각기 다른 색조의 숲들이 안개에 젖어 들고, 각각은 여전히 발견되어야 하는 생물체들이 가득한 생물군계를 이룬다. 그가 보는 모든 나무들은 삼나무를 한 번도 본 적이 없으면서 삼나무들을 사기 위해서 진 빚을 갚고자 그 나무들을 전부 다 베어버리려 하는 텍사스 자본가의 소유물이다.

옆에서 움직이는 온기에 파수꾼은 깨닫는다. 이 왜에 있는 대형 척추동물은 그 혼자가 아니다.

"이걸 그만 보지 않으면 내 방광이 터져버릴 거예요."

그는 올리비아가 줄사다리를 타고 아래쪽 플랫폼으로 서둘러 내려가는 것을 본다. 그는 생각한다. *시선을 돌려야 돼.* 하지만 그는 지구 표면에서 60미터 위에 있는 나무에서 살고 있다. 날다람쥐가 그의 얼굴을 감시했다. 세상의 초창기에 만들어진 안개가 시간을 억겁만큼 되돌리고, 그는 다른 종이 된 것 같은 기분을 느낀다.

그녀가 입구가 넓은 병 위에 쪼그리고 앉고 물줄기가 그녀에게서 나온다. 그는 여자가 소변을 보는 걸 한 번도 본 적이 없다. 세상의 모든 인간 남자들 중 상당수가 죽음을 앞두고서 똑같이 말할 것이다. 의례적 은폐는 갑자기 BBC 야생동물 다큐멘터리에서 나올 법한 기묘한 동물의 행동처럼 느껴진다. 필요하면 성별을 바꾸는 물고기나 짝짓기가 끝나고 파트너를 잡아먹는 거미처럼. 그는 존경받는 표준 발음으로 카메라 바깥에서 말하는 소리를 들을 수 있다. *자기 종에서 떨어져 나오게 되면 인간 개체는 놀라운 방식으로 변할 수 있습니다.*

그녀는 그가 보고 있는 걸 안다. 그도 그녀가 안다는 걸 안다. 여기, 생생하게, 지금. 그 사고방식은 이 장소에 들어맞는다. 다 끝나고 그녀는 병을 플랫폼 옆쪽으로 기울인다. 바람이 액체를 실어가 흩뿌린다. 6미터, 그리고 그녀의 분뇨는 흩어져서 안개가 된다. 침엽들이 그것을 재생해 다시 뭔가 살아 있는 것으로 만들 것이다.

"내 차례예요."

그녀가 돌아오자 그가 말한다. 그리고 위에서 그녀는 그가 봉투를 달아놓은 양동이에 쪼그리고 앉는 것을 본다. 이것은 다음번에 로키가 오면 퇴비로 만들기 위해서 가져갈 것이다.

그들은 야외에서 아침을 먹는다. 그들의 차가운 손가락이 헤이즐넛과 말린 살구를 풍경에 감탄해서 다물어지지 않는 입으로 가져간다. 그들은 가만히 앉아서 바라본다. 그들의 새로운 직무다. 하지만 그들은 인간이고, 곧 눈으로만 보는 데에는 한계가 온다. 그녀가 말한다.

"탐험을 해보죠."

대연회장으로부터 이어지는 길이 고리와 집게발, 줄사다리, 카라비너를 고정할 곳들을 지나 펼쳐져 있다. 그녀가 그에게 하네스를 건넨다. 그런 다음 세 개의 나일론 등산 케이블로 자신의 하네스를 만든다.

"맨발로요. 그게 더 안 미끄러질 거예요."

그는 흔들리는 가지 위에서 몸을 떤다. 바람이 불고, 미마스의 위쪽 가지들 전체가 가라앉고 위아래로 들썩거린다. 그는 죽을 것이다. 20층 아래로 떨어져서 양치식물들 위로 추락할 것이다. 하지만 그 생각에 슬슬 익숙해지고 있고, 그보다 더 끔찍하게 죽는 방법도 많이 있다.

그들은 각기 다른 방향으로 출발한다. 서로가 어디 있는지 굳이 확인할 이유가 없다. 그는 술통 크기의 가지 위로 조금 올라가서 줄을 고정하고 하네스에 앉는다. 긁힌 가지는 레몬향을 풍긴다. 거기서 자라난 잔가지에는 수많은 열매가 달려 있고, 하나하나가 구슬보다 작다. 그는 하나를 따서 손바닥 위에 올린다. 거칠게 간 후추처럼 씨앗들이 떨어진다. 하나가 그의 생명선 틈새에 달라붙는다. 이런 조그만 씨앗에서 흔들리지도 않고 그를 60미터 위에 매달아놓을 수 있는 나무가 자라났다. 마을 하나가 전부 다 올라와서 자도 공간이 남을 것 같은 이 성채가 자라났다.

위쪽에서 그녀가 외친다.

"허클베리예요! 여기에 가득 있어요."

벌레들이 떼 지어 돌아다닌다. 무지개색에 알록달록하고 조그만 공포영화의 괴물들. 그는 절대로 아래를 내려다보지 않으려고 애를 쓰며 기묘한 교차로로 나아간다. 두 개의 커다란 기둥이 수 세기에 걸쳐서 모형용 점토처럼 함께 흘러간다. 그는 작은 언덕 꼭대기를 붙잡고 그 속이 비었음을 발견한다. 안쪽으로는 조그만 호수가 있다. 조그만 갑각류들이 점점이 사는 연못을 따라 식물들이 자란다. 얕은 곳에서 밤색, 청동색, 검은색, 노란색으로 온통 반짝거리는 것이 움직인다. 약간 시간이 지나고서 닉은 그 이름을 떠올린다. 도롱뇽. 수 센티미터 길이의 팔다리를 가졌고 축축한 곳에 사는 생물이 어떻게 건조하고 섬유질로 된 나무껍질을 따라 축구 경기장 3분의 2 길이만큼 기어올라 왔을까? 어쩌면 새가 나뭇잎 천장으로 가서 식사를 하려다가 녀석을 여기에 떨어뜨린 걸지도 모른다. 아니, 그럴 것 같지는 않다. 매끄러운 생물의 가슴이 오르락내리락하고 있으니까. 유일하게 그럴 듯한 설명은 녀석의 조상들이 천 년 전에 이 나무에 와서 500세대 동안 계속해서 위로 올라왔다는 것뿐이다.

닉은 왔던 길로 조심조심 돌아간다. 그가 대연회장 가장자리에 올라설 무렵에 메이든헤어가 돌아온다. 그녀는 안전줄을 벗은 상태다.

"내가 뭘 찾았는지 못 믿을걸요. 겨우 요만큼 깊은 흙에서 자라는 1.8미터 길이의 독미나리예요!"

"이런 세상에. 올리비아. 당신 안전장비도 없이 올라간 거예요?"

"걱정 말아요. 어릴 때 나무를 많이 타봤거든요."

그녀는 선수를 쳐서 그에게 재빨리 키스한다.

"그리고 당신도 알잖아요. 미마스는 우리를 절대로 떨어뜨리지 않을 거라고 했어요."

그는 그녀가 아침에 발견한 것들을 스프링 공책에 적는 동안 그녀를 스케치한다. 혼자 있는 연습은 그녀보다 그에게 훨씬 쉽다. 아이오와의 농장에서 수년 동안 머무른 후 이 거대한 깃대 꼭대기에서 하루를 지내는 건 잠깐의 외출 같다. 하지만 그녀의 핵심 구성요소는 여전히 여대생이라는 것이고, 그녀는 여전히 매초 가해지는 자극에 중독되어 있다. 안개는 사라진다. 기나긴 정오 중반쯤 그녀가 묻는다.

"몇 시쯤 되었을 것 같아요?"

그녀의 질문은 불안하다기보다 혼란스럽게 들린다. 해는 아직 머리 위를 넘어가지 않았으나 두 사람은 어제 이 시간보다 훨씬 나이를 먹었다. 그는 미마스의 미궁 같은 가지들 일부를 스케치하다가 고개를 들고 머리를 흔든다. 그녀가 키득키득 웃는다.

"좋아요. 무슨 요일일까요?"

하지만 곧 오후가, 30분이, 1분이, 반 문장이, 반 단어가 전부 다 같은 크기로 느껴진다. 그들은 리듬이랄 게 없는 리듬 속으로 사라진다. 3미터의 플랫폼을 가로지르는 일마저 엄청난 위업이 된다. 더 많은 시간이 흐른다. 영원의 10분의 1. 10분의 2. 그녀가 다시 입을 열자 부드러움이 그를 부순다.

"난 다른 사람들이라는 존재가 얼마나 강한 마약인지 몰랐어요."

"가장 강한 마약이죠. 아니면 최소한 가장 널리 남용되는 거든지."

"얼마나 오래 걸릴까요…… 해독하는 데?"

그는 생각에 잠긴다.

"아무도 완벽하게 깨끗해본 적이 없을걸요."

*

그는 그녀가 점심을 만드는 동안 그녀를 스케치한다. 그녀는 60미터 높이에서 낮잠을 자거나 새를 꼬시거나 쥐와 논다. 느긋해지려고 애를 쓰는 그녀의 모습이 그에게는 아주 작은 것, 삼나무 씨앗 안에서의 인간 전설처럼 보인다. 그는 삼나무로 가득한 협곡과 좀 더 작은 형제들 위로 여기저기에 우뚝 솟은 거인들을 스케치한다. 그런 다음 변화하는 빛을 더 잘 보기 위해서 스케치북을 옆에 내려놓는다.

"저 소리 들려요?"

그가 묻는다. 체계적이고 능숙한 웅웅 소리가 멀리서 들린다. 톱과 엔진.

"네. 사방에 있네요."

쓰러지는 거인 하나하나가 인부들을 더 가까이 오게 만든다. 3미터 두께에 900살이 된 나무들이 20분 만에 쓰러지고 또 한 시간 안에 운반되어 간다. 커다란 나무가 쓰러지면 설령 멀리 있어도 성당을 맞춘 포탄 같은 소리가 난다. 땅이 액화된다. 미마스 60미터 위에 있는 그들의 플랫폼이 부르르 떨린다. 세상에서 가장 큰 나무들, 이 마지막 몰이를 위해서 남겨진 나무들.

해먹 도서관에서 그녀는 책을 찾는다. 《비밀의 숲》. 표지는 선사시대 주목나무의 땅 윗부분과 땅 아랫부분을 모두 보여준다. 뒤표지에는 이렇게 적혀 있다. 올해의 놀라운 베스트셀러—23개 언어로 번역.

"내가 이거 좀 읽어줄까요?"

그녀는 학생들 앞에서 책을 읽는 것처럼 읽는다. 10학년 학생들이 외우라는 숙제를 받은 《풀잎》의 긴 화물열차 같은 연을 줄줄이 낭독하듯이.

당신과 당신의 뒤뜰에 있는 나무는 공통조상에서 나왔다.

그녀는 읽기를 멈추고 그들의 트리하우스의 투명한 벽을 쳐다본다.

15억 년 전에 당신들 둘은 서로 나뉘었다.

그녀는 계산을 하는 것처럼 다시 멈춘다.

하지만 지금도, 각기 다른 방향으로 엄청난 여행을 했지만, 나무와 당신은 여전히 유전자의 4분의 1을 공유하고 있다.

이런 식으로, 작가의 생각의 흐름을 하나하나 따라가며 그들은 빛이 사라지기 전에 네 페이지를 읽는다. 그들은 또 다시 촛불 아래서 식사를 한다. 조그만 캠프 스토브에 데운 물 두 컵에 인스턴트 수프를 섞은 것이다. 다 먹고 나자 어둠이 완전히 내린다. 벌목꾼들의 엔진이 멈추고 그들이 해석할 수 없는 밤의 수천 가지 무시무시한 소리들이 그 자리를 채운다.

"촛불을 아껴야 해요."

그녀가 말한다.

"그래야죠."

잠자리에 들기까지는 몇 시간이 남았다. 그들은 어둠 속에서 그들에게 할애된 길고 흔들거리는 플랫폼에 누워서 서로에게 이야기를 한다. 여기 위에서는 오래된 것 말고는 어떤 위험도 없다. 바람이 불면 대충 만든 뗏목을 타고 태평양을 건너는 것 같은 느낌이 든다. 바람이 멈추면 그 정적이 여기와 지금이라는 손길 속에, 두 개의 영원 사이에 그들을 매달아놓는다.

어둠 속에서 그녀가 묻는다.

"무슨 생각해요?"

그는 자신의 삶이 바로 오늘 그 정점에 도달했다고 생각하는 중이다. 그가 원하는 모든 것을 보기 위해서 살아왔다고. 그 자신이 행복한 것을 보기 위해 살아왔다고.

"오늘 밤에는 다시 추워질 거라고 생각해요. 슬리핑백을 함께 잠가두는 게 좋을 것 같아요."

"나도 동의해요."

은하계의 모든 별들이 그들 머리 위에서, 군청색 잎 사이로, 쏟아진 우유의 강에서 빛난다. 밤하늘은 사람들이 더 강한 것을 발견하기 전까지 존재했던 최고의 마약이다.

그들은 슬리핑백을 함께 묶어서 잠근다. 그녀가 말한다.

"있잖아요, 우리 중 한 명이 떨어지면 다른 사람도 떨어지게 될 거예요."

"난 당신이 어딜 가든 따라갈 거예요."

그들은 날이 완전히 밝기 전에, 아래쪽 깊은 곳에서 들리는 엔진 소리에 잠에서 깬다.

불법집회에 연루된 탓에 미미는 300달러의 벌금을 물게 된다. 그렇게 나쁜 결과는 아니다. 그녀는 그 만족감의 절반밖에 주지 못한 겨울 코트에 두 배의 가격도 지불해봤으니까. 그녀의 체포 소식이 회사에도 퍼진다. 하지만 그녀의 상사들은 엔지니어다. 그녀의 팀의 주형 프로젝트가 제시간에 끝나기만 하면 회사는 그녀가 연방 감옥에서 일을 한다고 해도 상관하지 않는다. 천 명의 사람들이 세일럼의 산림청 본부 앞에서 벌목 계획 승인 절차의 개선을 요구하며 플래카드를 들고 행진하자 미미와 더글러스도 참가한다.

4월 초의 토요일에 두 사람은 코스트산맥의 시위장으로 향한다. 더글러스는 일자리를 얻은 철물점에서 하루 휴가를 받는다. 아침은 대단히 아름답고, 남쪽으로 가는 동안 그들은 그런지 음악과 그날의 뉴스를 듣는다. 하늘은 흐린 장밋빛에서 짙은 청색으로 변한다. 뒷자리의 배낭에는 싸구려 물안경 두 개, 그들의 코와 입을 감쌀 티셔츠, 개조한 물병이 들어 있다. 그리고 그녀와 그의 경찰용 이중잠금식 수갑, 체인, 자전거용 U자형 자물쇠 두 개도 있다. 군비 경쟁이 일어나고 있다. 시위자들은 모든 세금이 도둑질이라고 확신하지만 공공 목재를 가져가는 건 별일 아니라고 생각하는 대중의 자금으로 운영되는 경찰보다 더 많은 돈을 쓸 수 있다고 생각하기 시작했다.

그들은 작업도로로 들어가서 시위장에 도착한다. 더글러스가 주차된 차들을 훑어본다.

"텔레비전 중계 차량은 없군요. 하나도요."

미미가 욕을 한다.

"좋아요, 걱정하지 말아요. 신문기자들은 분명히 왔을 거예요. 사진사들이랑요."

"텔레비전이 없으면 안 하는 게 나을 수도 있어요."

"아직 이르잖아요. 오는 중일지도 몰라요."

길 아래쪽에서 고함 소리가 들린다. 목표를 향하는 군중의 소리다. 나무들 사이로 대치하고 있는 군대들이 서로의 얼굴을 마주 보고 싸울 준비를 하고 있다. 고함을 지르고, 여기저기서 서로를 밀친다. 그러다가 누군가의 재킷을 잡고 거칠게 당겨댄다. 늦게 온 사람들은 서로 눈길을 교환하다가 황급히 달려간다. 그들은 벌거벗은 숲 공터에서 대치한다. 마치 이탈리아 서커스 같다. 시위자들이 작업로에 있는 캣(Cat) C7이라는 동력 괴물 주위를 이중으로 둘러싸고 있다. 크레인이 시위자들의 머리 위로 목이 긴 공룡처럼 아치를 그리고 있다. 벌목꾼들과 운반자들이 난장판을 둘러싸고 있다.

이 우거진 언덕 비탈이 가까운 마을에서 얼마나 떨어져 있는지에 따라 만들어진 특별한 분노가 공기 중을 떠돈다.

미미와 더글러스는 오르막을 달려간다. 전동톱의 소음에 그녀는 그의 팔을 당긴다. 으르렁거리는 기계 하나를 필두로 다른 기계들도 소음을 낸다. 곧 가스로 작동하는 기계톱들의 합창이 숲에 울려 퍼진다. 벌목꾼들이 자신들의 기계를 느릿하게, 간결하게 휘두른다. 낫을 든 죽음의 사신들.

더글러스가 멈춘다.

"저 사람들 미친 건가?"

"그냥 쇼예요. 비무장한 사람을 전동톱으로 공격하지는 않을 거예요."

하지만 미미가 말을 하는 동안 여자 두 명이 수갑으로 묶고 있는 척하기의 운전사가 기계에 시동을 걸고서 그들을 매단 채 움직인다. 시위자들은 믿을 수 없는 광경을 보며 비명을 지른다.

벌목꾼들은 인질로 잡힌 캣으로부터 시선을 돌린다. 그들이 수갑을 찬 게으름뱅이들의 한가운데 나무를 쓰러뜨리겠다고 위협하듯 거대한 전나무를 자르기 시작한다. 더글러스는 뭐라고 중얼거리며 뛰쳐나간다. 미미가 반응하기도 전에 그는 배낭을 든 채 일이 벌어지는 곳으로 달려간다. 그가 파도에 뛰어드는 사냥개처럼 난장판 속으로 뛰어들어 시위자들을 헤치고 이 남자 저 남자의 어깨를 잡으며 안쪽으로 들어간다. 그리고 직접 전나무를 베는 벌목꾼들을 가리킨다.

"최대한 많은 사람들을 이 나무들에 올라가게 해요."

누군가가 소리친다.

"도대체 경찰은 어디 있는 거야? 그 작자들은 항상 우리가 이기고 있을 때 여기 와서 상황을 망가뜨리잖아."

"좋아요. 이 나무들은 10분 안에 역사의 뒷길로 사라질 거라고요. 어서 움직여요!"

더글러스가 외친다.

미미가 더글러스에게 가기 전에 그는 잡고 뛰어오를 수 있는 낮은 가지가 있는 전나무를 향해서 다시 달려간다. 땅에서 뛰어오르고 나자 가지들이 24미터 높이까지 사다리 역할을 해준다. 맥이 빠졌던 스무 명 남짓한 시위자들이 다시 기운을 차리고 그의 뒤를 따라 올라간다. 벌목꾼들은 옆에서 무슨 일이 일어나는지 보고 징 박힌 부츠가 허용하는 한 최대로 빠르게 쫓아온다.

처음 몇 명의 시위자들이 나무에 도착해서 이파리 속으로 올라간다. 미미는 그녀도 잡을 수 있을 만한 높이의 가지가 달린 전나무를 발견한다. 그녀가 6미터쯤 올라갔을 때 뭔가가 그녀의 다리를 꽉 움켜잡는다. 그녀는 땃두릅나무 덤불로 머리부터 떨어진다. 어깨가 이끼로 덮인 바위에 부딪쳐서 튕긴다. 뭔가 무거운 것이 그녀의 종아리 뒤를 누른다. 나무 위 9미터 높이에서 더글러스가 그녀를 공격한 사람을 향해 소리친다.

"하느님께 맹세컨대 네놈을 죽여버릴 거야. 그 멍청한 모가지에서 머리통을 떼어버릴 거라고."

미미의 무릎 뒤에 앉아 있는 남자가 느릿하게 말한다.

"그러려면 아래로 내려와야 할 텐데, 안 그래?"

미미는 입에서 진흙을 뱉는다. 그녀를 공격한 남자가 그녀의 허벅지 뒤에 대고 자신의 정강이를 문지른다. 그녀는 자신도 모르게 비명을 지른다. 더그가 가지를 타고 내려온다.

"안 돼요! 그냥 있어요!"

그녀가 소리친다. 공격을 당한 시위자들 몇 명이 바닥에 엎어져 있다. 하지만 몇 명은 나무에 도달해서 가지를 잡고 몸을 흔든다. 거기서 그들은 추적자들이 더 이상 다가오지 못하게 만든다. 신발이 다가오는 손가락들로부터 도망친다.

미미가 신음한다.

"떨어져요."

그녀를 잡고 있는 벌목꾼이 약해진다. 그의 옆에서는 사람 수가 부족한데, 그는 관목보다 더 큰 나무에는 올라가지도 못할 조그만 아시아 여자를 잡고 있느라 꼼짝할 수가 없다.

"가만히 있겠다고 약속해요."

그 공손함에 그녀는 깜짝 놀란다.

"당신네 회사가 당신네 약속을 지켰으면 이런 일은 일어나지 않았을 거예요."

"약속하라고요."

살아 있는 모든 것들을 묶어주는 것은 조잡한 맹세뿐이다. 그녀는 약속한다. 벌목꾼은 일어나서 막히고 있는 옆쪽에 가담한다. 벌목꾼들이 한데 뭉쳐서 상황을 구제해보려고 한다. 누군가를 죽이지 않으면 전나무를 자를 수가 없으니까.

미미는 나무에 있는 더글러스를 살핀다. 그녀는 이 나무를 전에 본 적이 있다. 알아보기까지는 꽤 시간이 걸린다. 아버지의 두루마리에서 세 번째 아라한 뒤쪽 배경에 있던 나무다. 벌목꾼들이 다시 톱질을 하기 시작한다. 그들은 허공에 대고 톱을 흔들고, 작은 나무를 잘라서 전나무가 쓰러질 자리에 쌓아둔다. 벌채 담당자 한 명이 커다란 나무의 아래쪽에 톱질을 한다. 미미는 너무 놀라서 비명도 지르지 못하고 바라본다. 그들은 나무 무단점유자가 매달린 가지들 사이로 나무를 쓰러뜨릴 생각이다. 거대한 전나무가 쪼개지고, 미미는 비명을 지른다. 엄청난 쾅 소리에 그녀는 눈을 감는다. 눈을 뜨고 보니 쓰러진 나무가 숲을 갈라놓았다. 무단점유자는 공포로 신음하며 기둥에 달라붙어 있다.

더글러스가 나무를 자른 사람들을 향해 욕설을 퍼붓는다.

"정신 나간 거야? 그 사람을 죽일 수도 있었어."

인부 감독이 소리친다.

"당신들은 무단침입을 했어."

벌목꾼들이 나무가 쓰러질 새로운 자리를 준비한다. 누군가가 볼트커터를 가져와서 층층나무의 가지를 치는 것처럼 캣에 몸을 묶은 시위자들의 수갑을 잘라내기 시작한다. 공터 여기저기서 실랑이가 벌어진다. 비폭력이라는 사치는 끝났다. 전나무 숲에서 벌목꾼들은 불쌍한 다음번 전나무에 톱을 박고 또 다른 무단점유자의 나무에서 90센티미터 떨어진 곳으로 쓰러뜨리려고 한다. 목표가 된 무단점유자의 비명은 톱질 소리 속에 묻히고 벌목꾼들은 패드를 댄 귀마개를 해서 들리지 않는다. 하지만 그들은 그가 미친 듯이 팔을 흔들고 손을 들어 올리고서 겁에 질려 바닥으로 내려오는 것을 본다. 양쪽 전선에서 완전히 패배한다. 봉쇄되었던 기계들이 움직이기 시작한다. 나머지 무단점유자 아홉 명이 나무 위에서 내려온다. 벌목꾼들은 승리한 기분으로 톱을 움직이기 시작한다. 시위자들은 불 앞의 사슴처럼 뒤로 물러난다.

미미는 약속했던 그 자리에 앉아 있다. 그녀 뒤쪽에서 함성이 들린다. 그녀는 고개를 돌리고 번쩍거리는 불빛을 보며 생각한다. *기갑부대네.* 완전무장을 한 경찰 스무 명이 장갑트럭에서 내린다. 검은 폴리카보네이트 헬멧에 얼굴을 완전히 감싸는 보호막을 썼다. 케블러 재킷에 무기를 막아주는 내충격성 진압용 방패. 경찰이 공터로 몰려들어 무단침입자들을 둘러싸고 이미 잘린 수갑을 차고 있는 사람들의 팔목에 또 다시 수갑을 채운다.

미미는 일어선다. 손 하나가 그녀의 어깨를 잡고 바닥으로 세게 짓누른다. 그녀는 몸을 돌려 겁먹은 스무 살 남짓한 경찰을 본다.

"앉아! 움직이지 마."

"난 아무 데도 가지 않을 거예요."

"다시 입을 놀렸다가는 후회할 줄 알아."

세 명의 토요일 숲 지킴이 전사들이 옆을 지나 길가의 본인 차들로 달려간다. 어린 경찰이 소리친다.

"그 자리에 서서 앉아. 당장, 당장, 당장!"

그들은 움찔하고 돌아서서 그 자리에 앉는다. 근처의 벌목꾼들이 환호한다. 꼬마 경찰은 몸을 돌리고 도망치려 하는 다른 시위자들 그룹을 향해 달려간다. 경찰 부대가 나무 아래로 퍼진다. 그들은 마지막 남은 나무 위 시위자들 아래에 둘씩 서서 그들의 발을 야경봉으로 때린다. 나머지 다섯 명의 무단점유자들이 항복하지만, 더글러스 파블리첵은 더 높이 올라간다. 그는 배낭에서 자신의 수갑을 꺼내서 한쪽 팔목에 찬다. 그런 다음 나무를 팔로 껴안고 두 번째 팔목에 수갑을 찬다.

미미가 머리를 감싼다.

"더글러스. 내려와요. 끝났어요."

"안 돼요! 텔레비전이 여기 올 때까지 버텨야 돼요."

그가 수갑을 흔들고 나무 몸통을 꽉 끌어안는다.

이 정신 나간 저항자는 경찰이 전나무에 갖다 댄 벌목용 사다리를 차버린다. 그가 굉장히 훌륭하게 공격을 피해서 벌목꾼들까지도 환호를 지른다. 하지만 곧 네 명의 경찰이 그의 하체까지 접근한다. 수갑으로 몸을 묶은 더글러스는 움직일 수가 없다. 경찰이 그의 수갑을 자르기 위해서 볼트커터를 가져온다. 그는 팔을 당겨서 사슬을 나무 몸통에 꽉 조이게 만든다. 벌목꾼들이 경찰에게 도끼를 건넨다. 하지만 더글러스는 사슬 앞쪽에서 손가락으로 깍지를 낀다. 경찰은 그의 허리까지밖에 올라가지 못한다. 잠깐 상의한 다음 그들은 산업용 가위로 그의 바지를 자른다. 두 명의 경찰이 그의 다리를 꼼짝 못하게 잡는다. 다른 경찰이 들쭉날쭉 잘린 청바지를 더글러스의 가랑이까지 계속 자른다.

미미는 빤히 쳐다본다. 그녀는 더글러스의 맨다리를 한 번도 본 적이 없다. 최근 몇 달 동안 그녀는 과연 볼 수 있을까 궁금했었다. 그의 욕망은 그들이 차가운 퍼지 셰이크를 나눠 먹었을 때 그의 얼굴에 떠올랐던 경탄의 표정처럼 솔직하다. 유일한 비밀은 그의 손을 그녀의 목 뒤쪽에 얹는 것 이상의 재앙 같은 행동을 하지 않도록 그를 막는 게 무엇인가 하는 것이다. 몇 주 전에 그녀는 그게 전쟁 때의 부상이라는 결론을 내렸다. 이제 그녀는 그가 놀란 군중 앞에서 노골적으로 벌거벗겨지는 모습을 보고 있다. 한쪽 다리가 밖으로 드러난다. 비쩍 마르고 창백하고, 털이 거의 없고, 훨씬 나이 많은 사람처럼 주름이 진 허벅지다. 그리고 다른 쪽 다리도 드러나고 이제 청바지는 허리까지 열려서 찢어진 플래카드 같다. 그리고 캡사이신과 CS 가스가 섞인 삼동식 페퍼 스프레이가 나온다.

구경꾼들이 소리친다.

"그 사람은 거기 묶여 있다고. 움직일 수가 없어!"

"그 사람한테 뭘 원하는 거야?"

경찰이 스프레이 통을 더글러스의 사타구니에 갖다 대고 뿌린다. 액체의 불길이 그의 성기와 그 주변으로 퍼진다. 수백만 스코빌의 열기를 뿜어내는 조합이다. 더글러스는 수갑에 매달린 채 숨을 짧게 헐떡헐떡 들이켠다.

"제, 제, 젠장······."

"이런 세상에. 그 사람은 못 움직인다고. 그냥 좀 놔둬!"

미미는 고개를 돌려 누가 소리를 지르는지 본다. 그것은 키가 작고 수염이 나고 그림 동화에 나오는 성난 드워프 같은 벌목꾼이다.

"수갑 풀어."

경찰 한 명이 명령한다. 더글러스의 입에서 말이 막힌 듯하다. 공습의 처음 0.5초 동안처럼 낮은 신음 말고는 아무 소리도 나오지 않는다. 그들이 다시 스프레이를 뿌린다. 끌려가기를 기다리며 평화롭게 앉아 있던 시위자들이 저항하기 시작한다. 미미도 화가 나서 일어선다. 그녀는 지금부터 한 시간 안으로 떠올리려 해도 기억나지 않을 만한 말들을 소리친다. 주위의 다른 사람들도 일어선다. 그들은 죄수의 나무 주변으로 모여든다. 경찰이 그들을 밀어낸다. 나무의 경찰들이 사타구니에 다시 한 번 스프레이를 뿌린다. 더글러스의 입에서 나오던 낮은 신음 소리가 천천히, 끔찍하게 높아지기 시작한다.

"수갑 풀면 내려올 수 있어. 간단하다고."

그가 뭔가 말을 하려고 한다. 아래서 누군가가 소리친다.

"그 사람 말 좀 하게 놔두라고, 이 짐승들아."

경찰이 그가 속삭이는 소리를 들을 수 있을 만큼 가까이 몸을 기울인다.

"열쇠를 떨어뜨렸어요."

경찰은 더글러스의 수갑을 자르고 십자가에 못 박힌 예수처럼 그를 나무에서 들고 내려온다. 그들은 미미가 그의 근처에 다가가지 못하게 한다.

그들의 시련 같은 절차가 끝난 후에 그녀는 그를 집까지 데려다준다. 그녀는 찾을 수 있는 모든 진정용 세척제로 그를 씻어주려고 하지만 그의 살은 생생한 연어색이고, 그는 부끄러워서 그녀에게 보여주지 못한다.

"난 괜찮을 거예요."

그는 침대에 누워서 천장에 써 있는 말을 읽듯이 말한다.

"난 괜찮을 거예요."

그녀는 매일 저녁 확인한다. 그의 피부는 일주일 내내 오렌지색이다.

〈지배 2〉는 주 전체의 연간 수입만큼의 돈을 번다. 〈지배 3〉은 전작이 점차 식상해질 즈음에 나온다. 개척자, 순례자, 농부, 광부, 전사, 사제로 구성된 여섯 대륙의 사람들이 업그레이드된 지역으로 달려든다. 그들은 길드와 협력단을 만든다. 건물을 짓고 프로그래머들은 예상도 못했던 물건들을 교역한다.

〈지배 4〉는 3D다. 이것은 전작의 두 배에 달하는 프로그래머와 아티스트들이 필요해서 회사를 거의 망하게 할 뻔한 어마어마한 프로젝트다. 이 게임은 네 배의 해상도에 열 배에 달하는 게임 공간, 그리고 십여 개 이상의 퀘스트를 제공한다. 36가지 새로운 기술. 여섯 가지 새로운 자원. 세 가지 새로운 문화. 한 사람이 수년 동안 게임을 해도 다 탐험하기 어렵고 경이로운 더 많은 신세계와 걸작들. 프로세서 속도가 계속해서 두 배로 증가한다고 해도 이 게임은 몇 달 동안 소비자가 가진 최고의 장비를 한계까지 몰아붙인다.

모든 것이 수년 전 닐리가 예상한 대로 펼쳐진다. 시공간의 관에 박힌 또하나의 못인 브라우저가 등장한다. 클릭 한 번에 유럽 입자 물리 연구소(CERN)에 있을 수 있다. 또 한 번 클릭하면 산타크루즈에서 언더그라운드 음악을 들을 수도 있다. 한 번 더 클릭하면 MIT에서 신문을 읽을 수 있다. 2년차 초반에는 50개의 대형 서버가 있었는데, 그해 말에는 500개로 늘어난다. 사이트, 검색엔진, 게이트웨이. 산업화된 행성의 사람으로 가득하고 더 이상 쓸모가 없는 도시들은 딱 적절한 시기에 이것을 창조해 끝없는 성장이라는 복음의 신으로 만들었다. 웹은 상상 불가능했던 것에서 없어서는 안 되는 것이 되어 18개월 동안 세상을 하나로 엮는다. 〈지배〉도 그 흐름을 따라 온라인화되어 백만여 명의 외로운 소년들을 새롭고 더 발전된 네버랜드로 이주시킨다.

도시 정주 장려의 시대는 끝났다. 게임은 성장한다. 게임은 전 세계의 엘리트 상품 대열에 합류한다. 〈지배 5〉는 그 복잡함과 총 코드 행수만으로도 전체 운영체제를 뛰어넘는다. 최고의 게임 AI는 지난해에 등장한 행성 간 탐사선보다 더 영리하다. *게임 플레이는 인간 성장의 엔진이 된다.*

하지만 이 모든 것들이 회사 본부 위층 아파트에 있는 닐리에게는 별로 중요하지 않다. 방에는 스크린과 크리스마스 때처럼 깜박이는 모뎀이 가득하다. 그의 전자기기들은 성냥갑 크기의 모듈부터 사람보다 더 큰 랙마운트에까지 이른다. 이 장치들 하나하나가 선지자가 말한 것처럼 마법과 구분이 되지 않는다. 닐리의 어린 시절에 가장 터무니없던 SF 소설조차 이런 기적을 예측하는 데에는 실패했다. 하지만 사양이 두 배가 될 때마다 그의 안에서 초조함도 두 배가 된다. 그는 그 어느 때보다도 굶주린 상태다. 돌파구가 한 번만 더 나오기를, 다음에, 모든 걸 다시금 바꿔놓을 뭔가 단순하고 우아한 것이 나올 때를 기다리고 있다. 그는 화성 식물원에 있는 그의 신탁나무를 찾아가 다음에 무슨 일이 일어날 예정인지 묻는다. 하지만 생물체는 조용히 있을 뿐이다.

욕창이 그를 괴롭힌다. 뼈가 점점 더 잘 부러져 밖에 나가는 것이 위험해진다. 두 달 전에 밴에 타다가 발이 부러졌다. 다리 끝을 느낄 수 없기 때문에 감수해야 하는 위험이다. 그의 팔은 침대에 들어가고 나올 때 침대 바에 부딪쳐서 멍이 들어 있다. 그는 의자에 앉아서 먹고, 일하고, 잔다. 그가 무엇보다도 원하는 것은, 회사하고도 바꿀 수 있는 것은 등산로를 따라 16킬로미터를 가면 나오는 시에라네바다산맥의 호숫가에 앉아 솔잣새들이 가문비나무 가지 위를 뛰어다니며 기괴한 부리로 솔방울에서 씨앗을 파먹는 모습을 보는 시간이다. 하지만 절대 그럴 수 없을 것이다. 절대로. 그가 이제 유일하게 나가는 것은 〈지배 6〉에서뿐이다.

그가 없는 동안 〈지배 6〉에서는 플레이어의 식민지가 번창한다. 활발하게 공존하는 경제. 교역하고 법을 만드는 진짜 사람들로 가득한 도시. 사치스러운 낭비물들에서 탄생하는 창조물. 사람들은 거기서 살기 위해 매달

임대료를 낸다. 이것은 대담한 조치이지만, 세계적인 게임에서는 대담하지 못한 것이야말로 치명적이다. 당신을 죽일 수 있는 유일한 것은 도약에 실패하는 것이다.

널리는 더 이상 차분함과 절망적인 것 사이의 차이를 구분할 수가 없다. 그는 몇 시간 동안 전망창 옆에 앉아 있다가 개발 팀에 보낼 장문의 메모를 쓰며 몇 년 동안 계속해서 몰아붙였던 똑같은 얘기를 반복해서 떠든다.

우리에게는 사실성이 더 필요해……. 생명력이 더 있어야 된다고! 동물들은 실제 동물들처럼 움직이다 멈추고, 어슬렁거리고 쳐다봐야 해……. 늑대가 엉덩이를 대고 앉는 거, 안에서 불을 켠 것처럼 눈이 녹색으로 번뜩이는 걸 보고 싶다고. 곰이 발톱으로 개미굴을 파헤치는 걸 보고 싶어…….

바깥에 있는 그런 것들로 이 장소를 세세하게 좀 만들어보자고. 진짜 사바나, 진짜 온대림, 진짜 습지. 반 에이크 형제는 헨트 제단화에 구분 가능한 식물종을 75개 그렸다는데. 난 〈지배 7〉에서 각기 다른 행동을 하는 모의 식물이 750종은 들어가길 바라…….

메모를 작성하는 동안 직원들이 그가 서명해야 할 서류, 그가 해결해야 하는 쟁점들을 갖고서 문을 두드리고 들어온다. 그들은 의자에 기대 앉아 있는 커다란 지팡이 같은 남자에게 혐오감도, 동정심도 보이지 않는다. 이 젊은 인터넷 사용자들은 그에게 익숙하다. 심지어는 의자에 걸린 저장통에 연결된 도뇨관조차 더 이상 알아채지 못한다. 그들은 그의 자산 가치를 안다. 그날 오후 장 종료 시점에 셈페르비렌스의 주가는 작년 신규 상장 금액의 세 배인 41.25달러다. 의자의 나뭇가지 같은 남자가 회사의 23퍼센트를 소유하고 있다. 그는 그들 모두를 부유하게 만들었고, 그 자신은 게임 속 가장 위대한 황제만큼 부유해졌다.

그는 팸플릿 크기의 최신 메모를 전달하고, 잠시 후 그의 위로 그림자가 드리운다. 그러자 그는 바닥까지 떨어진 기분이 들 때 늘 하는 일을 한다. 부모님에게 전화를 건다. 어머니가 받는다.

"아, 닐리. 너라서 정말, 정말로 기쁘구나!"

"저도 기뻐요, 모티. 잘 계시죠?"

그리고 어머니가 뭐라고 하는지는 중요치 않다. 너무 낮잠을 많이 자는 피타. 아마다바드로 가는 여행 계획. 차고에 침입한 아주 냄새가 지독한 무당벌레. 조만간 머리를 아주 획기적으로 자를지도 모른다는 것. 그는 어머니가 무엇을 할 생각이든 즐겁게 듣는다. 어떤 시뮬레이션에도 아직까지 걸맞지 않은 온갖 사소한 것들로 가득한 인생.

하지만 곧 분위기를 깨는 질문이, 이번에는 너무 빨리 나온다.

"닐리, 우리가 다시 생각을 해봤는데, 너한테 누굴 찾아줄 수 있을 것 같아. 우리 공동체 내에서."

그들은 몇 년 동안 이 이야기를 이렇게, 저렇게, 온갖 방식으로 했다. 이런 중매에 끌려 나오는 어떤 여자에게든 이건 사회적으로 강요된 가학행위일 것이다.

"싫어요, 모티. 이미 얘기했었잖아요."

"하지만 닐리."

그는 어머니가 단어를 발음하는 방식에서 모든 걸 들을 수 있다. *너는 수백만 달러, 수천만 달러, 어쩌면 그 이상의 가치가 있잖니. 얼만지 네 엄마한테도 말해주지 않으면서! 그게 무슨 희생이겠니? 누군들 사랑하는 방법을 배울 수 있을 거야!*

"엄마? 제가 미리 얘기를 했어야 했는데. 이쪽에 여자가 있어요. 그녀는 실제로 제 도우미 중 한 명이에요."

그럴 듯하게 들리는 얘기다. 전화선 반대편의 침묵은 말이 나오지 않을 정도의 희망으로 그를 짓누른다. 그에게는 안전하고 적당한 이름, 그가 기억할 수 있는 이름이 필요하다. 루피. 루투.

"그녀 이름은 루팔이에요."

끔찍하게 숨을 들이켜는 소리가 나고, 어머니가 울음을 터뜨린다.

"오, 닐리. 정말, 정말 기쁘구나!"

"저도요, 엄마."

"넌 진정한 기쁨을 알게 될 거야! 우리가 언제 그 여자를 만날 수 있니?"

그는 왜 그의 범죄성이 이 사소한 문제를 예측하지 못했는지 의아하다.

"조만간요. 그녀가 겁먹고 도망가는 건 원하지 않아요!"

"네 가족이 그녀에게 겁을 준다고? 어떤 여자가 그러니?"

"다음 달쯤이요? 다음 달 말에?"

물론 그 전에 세상이 끝날 수도 있다고 생각한다. 여자를 만나기 며칠 전에 일어날 그의 가공된 결별에 어머니가 느낄 깊고 깊은 슬픔이 벌써부터 느껴진다. 하지만 그는 사람들이 실제로 사는 유일한 장소, 몇 초짜리 '지금'이라는 공간에서 어머니를 행복하게 만들었다. 이건 전부 좋은 일이고, 전화를 끊을 즈음 그는 미리 일정을 비워두고, 비행기 티켓을 사고, 사리를 만들도록 구자라트와 라자스탄 양쪽의 사람들에게 결혼식에 앞서서 최소한 14개월 전에 알리겠다고 약속한다.

"세상에. 이런 일에는 시간이 걸린단다, 닐리."

전화를 끊을 무렵 그는 손을 허공으로 들어 올렸다가 책상 앞쪽 가장자리를 쾅 내리친다. 완전히 잘못된 소리가 나고, 날카로운 고통이 느껴진다. 그는 최소한 뼈가 하나는 부러졌다는 걸 깨닫는다.

끔찍한 고통 속에 그는 개인 엘리베이터를 타고서, 여기 말고 다른 곳에 살고 싶은 수백만 명의 욕망이 지불한 돈으로 산 아름다운 삼나무 장식으로 꾸며진 화려한 로비로 내려간다. 그의 눈에서 눈물과 분노가 흐른다. 하지만 조용히, 정중하게, 겁에 질린 접수 담당자에게 그는 붓고 부러진 손을 들어 올리고서 말한다.

"병원에 좀 가야겠어요."

그들이 그의 손을 치료한 후에 무슨 일이 일어날지 그는 잘 안다. 그들은 그를 꾸짖을 것이다. 그에게 링거를 놓고 제대로 먹겠다고 맹세하라고 할 것이다. 접수 담당이 다급하게 전화를 거는 동안 닐리는 그의 젊은 인생을 여전히 이끌어주는 원칙인 보르헤스의 문장을 걸어놓은 벽을 올려다본다.

모든 인간은 어떤 아이디어든 낼 수 있어야 하고, 나는 인간이 그렇게
하는 미래를 믿는다.

포틀랜드는 패트리샤에게 유독한 단어처럼 들린다. 전문적인 교육을 받은 증인, 이건 더 끔찍하다. 웨스터퍼드 박사는 예심일 아침에 뇌졸중을 일으킬 것 같은 기분으로 침대에 누워 있다.

"난 못하겠어, 덴."

"못할 수가 없어, 베이비."

"도덕적으로 말이야, 법적으로 말이야?"

"이건 당신 인생의 업적이야. 지금 와서 거기서 도망칠 순 없어."

"이건 내 인생의 업적이 아니라고. 내 인생의 업적은 나무의 말을 듣는 거야!"

"아니. 그건 당신 인생의 놀이지. 업적은 사람들에게 나무가 무슨 말을 하는지를 이야기한 거고."

"예민한 연방 소유지에서 벌목을 중단하라는 명령이라니. 그건 변호사들에게 할 법한 질문이야. 내가 법에 대해서 뭘 알겠어?"

"그 사람들은 당신이 나무에 관해 아는 것들에 대해서 알고 싶어 해."

"*전문가 증인?* 나 아플 것 같아."

"그냥 당신이 아는 걸 그들에게 말해."

"그게 문제야. 난 아무것도 몰라."

"그냥 학생들 앞에 서는 거랑 똑같을 거야."

"이상 가득하고 배우고 싶어 하는 스무 살짜리 대신에 수백만 달러를 놓고 싸우는 변호사들 한 무리가 있을 거라는 걸 제외하면 말이지."

"달러가 아니야, 패티. 다른 거지."

그래, 그녀는 차가운 나무 바닥 위로 발을 질질 끌며 인정한다. 이것은 다른 것에 관한 것이다. 달러와는 정반대의 것. 구할 수 있는 모든 증언자가 필요한 존재.

데니스는 그의 고물 트럭으로 수백 킬로미터를 데려다준다. 그녀의 귀는 법원에 도착할 무렵에 웅웅거린다. 예비 진술에서 그녀의 어린 시절 언어 장애가 커다란 5월의 목련처럼 피어난다. 판사는 그녀에게 다시 말하라고 계속 요청한다. 패트리샤는 매 질문을 듣기 위해서 애를 쓴다. 하지만 그래도 그녀는 그들에게 말한다. 나무들의 신비에 대해서. 단어가 겨울이 지나간 후의 수액처럼 그녀의 안에서 솟아난다. 숲에는 개별 개체란 없다. 각각의 나무들은 서로에게 의존한다.

그녀는 개인적인 감정을 억누르고 과학계가 동의할 만한 사실만을 이야기한다. 하지만 증언을 하면서 과학 자체가 고등학교 인기 투표처럼 변덕스럽게 느껴지기 시작한다. 불행히 상대편 변호사도 동의한다. 그는 그녀의 첫 번째 주요 학술 논문이 실렸던 저널의 편집자가 받은 서한을 들먹인다. 그녀를 바닥으로 찍어 눌렀던 세 명의 저명한 산림학자들의 서명이 들어간 것 말이다. 결함이 있는 실험 방법. 문제 있는 통계. *패트리샤 웨스터퍼드는 자연선택의 단위에 대해 부끄러울 만큼 착각하고 있음을 보여준다……*. 그녀의 온몸이 빨갛게 달아오른다. 그녀는 사라지고 싶고, 아예 태어나지 않았으면 싶다. 데니스가 이 법원으로 데려다주기 전, 오늘 아침에 직접 오믈렛에 독버섯을 넣었어야 했는데.

"그 논문의 모든 것들은 이후 연구에 의해서 입증되었습니다."

그녀는 함정이 작동하기 전까지 그것을 알지 못한다.

"당신은 현존하는 믿음을 뒤집었죠. 추가적인 연구에 의해서 당신의 연구가 뒤집힐 리 없다고 보장할 수 있습니까?"

상대편 변호사가 말한다.

그녀는 보장할 수 없다. 과학에는 한창때라는 게 있다. 하지만 그것은 법원에서 다루기에는 너무 어려운 부분이다. 관찰은, 수많은 관찰들은 어느 한 명의 관찰자의 필요성과 두려움에 상관없이 재연 가능한 것으로 집중되게 마련이다. 하지만 법정에서 산림과학이 마침내 새로운 산림학으로 집중되었다고, 그녀와 그녀의 친구들이 촉진한 신념 체계가 그것이라고 맹세할 수는 없다. 아직은 산림학이 정말로 과학이라고도 맹세할 수가 없다.

판사는 패트리샤에게 상대편 전문가 증인이 조금 전에 주장했던 것이 사실이냐고, 젊고, 관리하기 쉽고, 빨리 자라고, 일관된 나무들이 늙고 무질서한 숲에 비해서 더 낫냐고 묻는다. 판사는 그녀에게 누군가를 상기시킨다. 새로 간 밭을 가로지르는 오랜 자동차 여행. *너도밤나무 나무껍질 1미터 높이에 이름을 새기면 반세기 후에 얼마만큼 높아질까?*

"그게 20년 전에 제 선생님들께서 믿으셨던 거죠."

"이 문제에 있어서 20년이 긴 시간인가요?"

"나무에 있어서는 아닙니다."

법정 안에서 싸우던 모든 인간들이 웃는다. 하지만 인간, 끈질기고, 독창적이고, 열심히 일하는 인간들에게 20년은 모든 생태계를 죽일 정도의 시간이다. 산림 벌채. 교통수단을 다 합친 것보다 더 큰 기후 변화 요인. 쓰러지는 숲에서는 전체 대기보다 두 배나 많은 탄소가 나온다. 하지만 그것은 또 다른 재판거리다.

판사가 묻는다.

"젊고, 곧고, 빨리 자라는 나무들이 늙고 썩어가는 나무들보다 더 낫지 않나요?"

"우리에게는 더 낫죠. 숲에는 아니고요. 사실 젊고, 관리하기 쉽고, 동일한 나무들은 숲이라고 부를 수가 없습니다."

말을 하는 동안 둑이 무너진 것처럼 단어가 쏟아진다. 그 존재들은 그녀가 살아 있어서, 살아서 삶을 공부해서 행복하다고 느끼게 만든다. 그녀는 오로지 다른 존재들에 관해 발견할 수 있었던 모든 것을 기억한다는 이유 때문에 고마움을 느낀다. 판사에게 말할 수는 없지만 그녀는 그 존재들을 *사랑한다.* 그녀가 평생 동안 귀 기울여온 서로 강하게 엮인 복잡한 상호적 연합을. 그녀는 물론 그녀 자신의 종도 사랑한다. 교활하고 자기 이득만 챙기고 편협한 몸에 갇혀 있고 주변의 지성에는 무지한 존재이지만, 그래도 창조에 의해 알도록 선택된 종을.

판사가 그녀에게 부연설명을 해달라고 말한다. 데니스가 옳았다. 정말로 학생들에게 말하는 것 같다. 그녀는 썩어가는 통나무가 살아 있는 나무보다 훨씬 더 많은 생명체들의 집이 된다고 설명한다.

"저는 가끔 지구상에서 나무의 진정한 임무가 숲 바닥에서 오랫동안 죽어 있을 준비를 하기 위해 덩치를 불리는 게 아닐까 생각합니다."

판사는 어떤 생명체가 죽은 나무를 필요로 하느냐고 묻는다.

"여러분의 과. 여러분의 목이요. 새, 포유류, 다른 식물들. 수만 종의 무척추동물들. 그 지역 양서류 4분의 3이 그걸 필요로 합니다. 거의 모든 파충류도요. 다른 나무들을 죽이는 해충을 잡아먹는 동물들도요. 죽은 나무는 무한한 호텔입니다."

그녀는 그에게 나무좀에 대해서 이야기한다. 썩은 나무의 알코올이 그것을 부른다. 나무좀은 통나무로 가서 굴을 판다. 그 터널 체계 안에다 나무좀은 자신의 머리에 특별한 형태로 갖고 다니던 균류를 심는다. 균류는 나무를 먹고, 나무좀은 균류를 먹는다.

"좀이 통나무에 농사를 짓는다고요?"

"농사를 짓죠. 부자재 없이요. 통나무를 포함시키지 않는다면요."

"썩은 통나무와 죽은 나무에 의존하는 이 종들 말인데요, 이 중에 위기종이 있습니까?"

그녀는 그에게 말한다. 모든 것은 다른 것들에 의존한다. 오래된 숲을 필요로 하는 들쥐 종이 있다. 이 들쥐들은 썩은 통나무에서 자라는 버섯을 먹고 포자를 다른 곳에 배설한다. 썩은 통나무가 없으면 버섯도 없다. 버섯이 없으면 들쥐도 없다. 들쥐가 없으면 포자도 퍼지지 않는다. 포자가 퍼지지 않으면 새로운 나무도 없다.

"오래된 숲의 일부를 보존하면 이 종들을 구할 수 있다고 믿습니까?"

그녀는 생각을 하고 나서 대답한다.

"아뇨. 일부가 아닙니다. 큰 숲들은 살아가고 숨을 쉽니다. 그런 숲들은 복잡한 행동을 발달시킵니다. 작은 일부는 풍부한 숲만큼 회복력이 좋지 않습니다. 그 안에 사는 큰 생물들을 위해서라도 일부가 커야만 합니다."

상대편 변호사가 약간 큰 숲 부지를 보존하기 위해 사람들이 수백만 달러를 지불할 가치가 있느냐고 묻는다. 판사는 숫자를 묻는다. 상대편은 기회 손실의 총액을 말한다. 나무를 자르지 않는 것으로 인한 어마어마한 금액이다.

판사는 웨스터퍼드 박사에게 대답을 해달라고 요청한다. 그녀는 인상을 찌푸린다.

"부패는 숲에 가치를 더합니다. 여기서 이야기하는 숲들은 그 어느 곳보다도 풍부한 생물량의 집합체입니다. 오래된 숲의 개울에는 다섯 배에서 열 배 더 많은 물고기가 삽니다. 사람들은 매 60년 동안 벌목으로 버는 돈보다 더 많은 돈을 버섯과 물고기, 다른 먹을거리로부터 벌게 될 겁니다."

"정말입니까? 아니면 그저 비유입니까?"

"저희에겐 수치가 있습니다."

"그러면 왜 시장에서 응답하지 않는 거죠?"

왜냐하면 생태계는 다양성을 지향하고, 시장은 그 반대니까. 하지만 그녀는 그 말을 하지 않을 만큼 영리하다. 절대로 지역의 신들을 공격해서는 안 된다.

"저는 경제학자가 아닙니다. 심리학자도 아니고요."

상대편 변호사는 개벌이 숲을 살린다고 주장한다.

"사람들이 벌목을 하지 않으면 수천수만 제곱킬로미터의 땅에서 나무들이 쓰러지거나 어마어마한 수관화(樹冠火)로 타버릴 겁니다."

이것은 그녀의 전문분야가 아니지만, 패트리샤는 그냥 넘길 수가 없다.

"개벌은 바람에 쓰러질 가능성을 더 높입니다. 그리고 수관화는 불길을 너무 오랫동안 억눌렀을 때에만 일어납니다."

그녀는 설명을 한다. 불은 재생을 시킨다. 불길 없이는 열리지 않는 만성의 솔방울들이 있다. 로지폴소나무는 불길에 솔방울이 열릴 때를 수십 년 동안 참고 기다린다.

"예전에는 화재를 억제하는 게 합리적인 관리법으로 여겨졌습니다. 하지만 그건 구하는 것보다 더 많은 걸 잃게 만들죠."

그녀 쪽 변호사가 움찔한다. 하지만 이제 그녀는 외교적으로 행동하기에는 너무 깊이 들어왔다.

판사가 말한다.

"당신 책을 읽었습니다. 난 상상도 못했어요! 나무들이 동물을 부르고 뭔가 하게 만들다니! 나무가 기억도 한다고요? 서로에게 양분을 먹이고 서로를 돌봐주고?"

어두운 나무 패널로 꾸며진 법정에서 그녀의 단어들이 숨어 있던 곳에서 나온다. 나무에 대한 사랑이 그녀에게서 쏟아져 나온다. 그들의 우아함, 그들의 유연한 실험, 계속적인 다양성과 놀라움. 각각 독특하고, 서로를 형성하고, 새들을 짝짓기시키고, 탄소를 흡수하고, 물을 정화하고, 땅에서 독을 여과하고, 미기후를 안정화시키는 이 정교한 어휘를 가진 느리고 의도적인 생물체들. 공중과 지하의 수많은 생명체들을 연결시켜본다면 의도를 가진 무언가를 맞닥뜨리게 된다. 숲. 위협받는 생물.

판사는 인상을 찌푸린다.

"개벌한 후에 다시 자라는 건 숲이 아닌가요?"

좌절감이 그녀의 안에서 끓어오른다.

"숲을 조립지로 대체할 수는 있습니다. 베토벤의 9번 교향곡을 솔로 피리 연주용으로 편곡할 수도 있겠죠."

판사를 제외한 모든 사람들이 웃는다.

"나무 농장보다 교회의 뒤뜰이 더 다양성을 갖고 있을 겁니다."

"훼손되지 않은 숲이 얼마나 남았습니까?"

"많지 않습니다."

"처음 시작할 때의 4분의 1도 안 되나요?"

"이런 맙소사! 훨씬 적어요. 아마 2에서 3퍼센트 정도밖에 안 될 겁니다.

가로세로 80킬로미터씩 사각형 모양 정도요."

신중하리라던 그녀의 마지막 맹세가 사라진다.

"이 대륙에는 네 개의 거대한 숲이 있었습니다. 각 숲은 거의 영원히 지속되었어야 했죠. 모두 수십 년 사이에 사라졌고요. 우리에게는 낭만적으로 행동할 시간이 없습니다! 여기 있는 이 나무들이 우리에게 마지막 남은 것들이고, 이 나무들도 사라지고 있어요. 하루에 축구 경기장 100개만큼요. 이 주에서는 10킬로미터에 달하는 통나무 더미들이 줄지어 가는 걸 본 적도 있어요.

현재의 숲 소유주들이 원하는 순현재가치를 최대화하고 짧은 시간 안에 대부분의 나무들을 옮기고 싶다면, 네, 오래된 나무들을 자르고 곧게 자라는 대체 조림지를 만드세요. 그러면 몇 배는 더 빨리 수확할 수 있을 겁니다. 하지만 다음 세기의 토양을 원한다면, 순수한 물을 원한다면, 다양성과 건강을 원한다면, 우리가 다 측정할 수 없는 안정장치와 서비스를 원한다면, 그러면 인내심을 갖고 숲이 천천히 주기를 기다리세요."

그녀는 말을 마치고 얼굴을 붉힌 채 침묵에 잠긴다. 하지만 명령이 통과되길 바라는 변호사는 활짝 웃고 있다. 판사가 말한다.

"지금 오래된 숲들이…… 조림지는 모르는 것을 알고 있다고 말씀하시는 건가요?"

그녀는 눈을 가늘게 뜨고 그녀의 아버지를 본다. 목소리는 다르지만 테없는 안경, 높고 놀란 듯한 눈썹, 끊임없는 호기심은 똑같다. 반세기 전 그 모든 첫 번째 교훈들이 그녀를 둘러싼다. 오래된 패커드, 그녀의 이동식 교실에서 오하이오 남서부의 뒷길을 돌아다니던 나날. 성인으로서 그녀가 가진 모든 확신이 금요일 오후 창문을 내리고서 하이랜드 카운티의 콩밭이 백미러로 펼쳐지는 것을 보며 들은 몇 마디 단어에서 싹트기 시작했다는 사실을 깨닫고 그녀는 깜짝 놀란다.

기억해? 사람들은 자신들이 생각하는 것만큼 정점에 있는 생물종이 아니야. 다른 생물들, 더 크고, 더 작고, 더 느리고, 더 빠르고, 더 오래되고, 더 젊고, 더 강한 생물들이 지배하고, 공기를 만들고, 햇볕을 먹지. 그들이 없으면 아무것도 아니야.

하지만 판사는 그 차에 있지 않다. 판사는 다른 사람이다.

"숲이 무엇을 알아냈는지를 알게 되는 건 인류에게는 영구적인 프로젝트가 될 수도 있겠죠."

판사는 그녀의 아버지가 겨우내 초록을 유지하는 루트비어 향이 나는 사사프라스 잔가지를 씹곤 했던 것처럼 그녀의 선언을 곱씹는다.

그들은 휴정했다가 판결을 듣기 위해 돌아온다. 판사는 경쟁적 벌목을 중단시킨다. 또한 개벌이 위기 생물종에 미치는 영향을 평가할 때까지 오리건 서부의 공유지에서 새로운 목재 판매를 전부 다 중단시킨다. 사람들이 패티에게 와서 축하의 말을 하지만, 그녀는 들을 수 없다. 그녀의 귀는 망치가 책상을 내리치는 순간에 꺼졌다.

그녀는 안개에 휩싸인 것 같은 상태로 법원을 나온다. 데니스가 그녀의 옆에서 복도를 따라 광장으로 그녀를 데리고 나온다. 그녀의 양쪽으로 플래카드를 든 두 무리의 시위자들이 줄지어 서 있다.

개벌로 천국에 가는 길을 뚫을 수는 없다

이 주는 목재를 지지한다, 목재는 이 주를 지지한다

적들은 승리와 수치라는 연료로 활활 타올라서 틈을 사이에 두고 서로를 향해 소리를 지른다. 양립할 수 없는 방식으로 땅을 사랑하는 멀쩡한 사람들. 패트리샤에게는 싸우는 새들의 소리처럼 들린다. 누군가 그녀의 오른쪽 어깨를 두드리고, 그녀는 돌아서서 상대편 전문가 증인을 본다.

"당신은 방금 목재를 훨씬 더 비싼 물건으로 만든 거예요."

그녀는 그게 왜 나쁜 일인지 이해할 수 없어서 그 비난에 눈을 깜박인다.

"사유지나 현재 권리를 가진 모든 목재 회사들이 가능한 한 빠른 속도로 나무를 벨 거예요."

돌아눕기에도 너무 좁은 공간에서 그들의 손은 얼어붙고 다리는 뻣뻣하게 굳는다. 밤은 수액으로 뒤덮인 발가락에 동상이 걸릴 정도로 냉혹하다. 계속되는 바람과 펄럭거리는 방수포는 이야기를 하려는 그들의 노력을 찢어버린다. 가끔 두툼한 가지가 위에서 떨어진다. 고요함은 사람을 더욱 불안하게 만들 수 있다. 나무를 오르는 게 그들이 하는 운동의 전부다. 하지만 변화하는 빛과 흘러가는 하루하루 속에서 지상에서는 불가능한 것처럼 보이던 것들이 일상이 된다.

아침은 고양이와 쥐 놀이다. 혹은 부엉이와 들쥐 놀이라고 할 수도 있겠다. 파수꾼과 메이든헤어는 축축하고 얼어붙을 것 같은 둥지에서 한참 아래 지상에서 오락가락하는 조그만 포유류들을 내려다본다. 인부들이 안개가 걷히기도 전에 나타난다. 어느 날은 겨우 셋이다. 그리고 다음 날에는 기계 조종석에 타서 요란한 소리를 내는 사람들 스무 명이 몰려온다. 가끔 벌목꾼들이 그들을 구슬린다.

"10분만 여기로 내려와요."

"지금은 그럴 수 없어요. 나무 위에 있느라 바쁘거든요!"

"소리를 질러야 되잖아요. 당신들을 볼 수도 없고요. 이러다가 목 부러지겠어요."

"위로 올라와요. 여긴 공간이 많으니까요!"

교착 상태다. 매일 다른 사람들이 나타나서 이 상황을 부수려고 한다. 인부 대장. 현장 감독. 그들은 거친 위협과 그럴 듯한 약속을 외친다. 심지어는 임산 가공 팀 부사장까지 방문한다. 그는 하얀 안전모를 쓰고 미미스 아래에 서서 상원에서 연설하듯이 말한다.

"범죄성 무단침입으로 당신들을 3년 동안 감옥에 보낼 수도 있어."

"그래서 우리가 내려가지 않는 거예요."

"우리가 얼마나 손해를 보고 있는지 알아? 엄청난 벌금이 나올 거야."

"이 나무는 그럴 가치가 있어요."

다음 날, 하얀 모자의 부사장이 다시 온다.

"오늘 오후 5시까지 당신네 두 사람이 내려온다면 모든 기소를 취소하지. 그러지 않으면 무슨 일이 생길지 우리도 장담 못 해. 당장 내려와. 당신네들을 조용히 보내줄 테니까. 기록도 남지 않을 거야."

메이든헤어는 대연회장 가장자리로 몸을 기울인다.

"우린 *우리* 기록을 걱정하지 않아요. 당신들 기록을 걱정하죠."

다음 날 아침, 그녀가 벌목꾼 중 한 명과 논쟁을 하던 중에 남자가 말을 하다가 멈춘다.

"이봐요! 모자 잠깐만 벗어봐요."

그녀는 모자를 벗는다. 축구 경기장 3분의 2 거리를 사이에 두고도 남자가 깜짝 놀라는 게 분명히 보인다.

"제기랄! 당신 근사하군요."

"날 가까이서 봐야 돼요! 내가 얼어붙지 않고 지난 한두 달 사이에 목욕을 했을 때 말이죠."

"대체 나무 위에 앉아서 뭘 하는 거예요? 당신은 원하는 남자를 누구든 가질 수 있을 텐데."

"미마스가 있는데 누가 남자를 원하겠어요?"

"미마스?"

그가 그 이름을 부르도록 만든 것은 작은 승리다.

파수꾼은 아래에 있는 벌목꾼들에게 종이 폭탄을 우르르 떨어뜨린다. 종이를 펼쳐보면 60미터 높이에 있는 생명체들을 그린 연필 스케치가 나온다. 인부들은 감탄한다.

"당신이 그린 거예요?"

"맞아요."

"정말로요? 그 위에 *허클베리*가 있다고요?"

"덤불로 있죠!"

"그리고 조그만 물고기가 있는 웅덩이도 있고요?"

"다른 것도 많아요."

축축하고 얼어붙을 것 같은 며칠이 흘러간다. 하루하루가 전날보다 더 비참하다. 파수꾼과 메이든헤어를 내려보내줄 대체자들은 나타나지 않는다. 고립은 2주차에 접어들고, 미마스 발치의 인부들은 화를 낸다.

"당신들은 아무도 모르는 곳에 있어. 가장 가까이에 있는 사람도 6킬로미터 떨어져 있다고. 무슨 일이든 일어날 수 있어. 아무도 모를걸."

메이든헤어가 그들을 내려다보고 행복하게 웃는다.

"당신네들은 너무 선량하다니까요. 믿을 만한 위협조차도 못하네요!"

"당신들은 우리 밥줄을 끊고 있어."

"당신네 상사들이 그러는 거죠."

"헛소리!"

"산림 일자리의 3분의 1이 지난 15년 동안 기계 때문에 사라졌어요. 나무를 더 많이 벨수록 더 적은 사람들이 일하게 되죠."

당황한 벌목꾼들은 다른 전략으로 바꾼다.

"이런 맙소사. 이건 작물이라고. 도로 자랄 거야! 당신들 여기서 남쪽에 있는 숲을 본 적 있어?"

"그건 일회성 대박이에요. 시스템이 제자리로 돌아오기까지 천 년이 걸릴걸요."

파수꾼이 아래를 향해 소리친다.

"당신네 둘은 뭐가 문제야? 왜 사람들을 싫어하는 거지?"

"무슨 소리를 하는 거예요? 우리는 사람들을 *위해서* 이걸 하는 거예요."

"이 나무들은 죽어서 쓰러질 거라고. 낭비할 게 아니라 최상의 상태일 때 수확을 해야 돼."

"멋지군요. 당신 할아버지 몸에 아직 살이 있을 때 어서 저녁 식삿거리로 갈아버리지 그래요?"

"당신들은 미쳤어. 우리가 왜 당신네들과 이야기를 하고 있는 거지?"

"우리는 이곳을 사랑하는 법을 배워야 돼요. 원주민이 되어야 한다고요."

벌목꾼 중 한 명이 전동톱을 꺼내서 미마스의 가장 큰 기단부 가지에서 뻗어 나온 가지 하나를 잘라낸다. 그가 물러나서 범선의 돛대처럼 가지를 흔들며 올려다본다.

"우리는 사람들을 먹여 살려. 당신들은 뭘 하지?"

그들은 번갈아가며 메이든헤어에게 소리를 지른다.

"우리는 이 숲을 알아. 이 나무들을 존중하지. 이 나무들은 우리 친구들을 죽였어."

메이든헤어가 우뚝 멈춘다. 나무가 사람을 죽인다는 생각은 그녀에게는 너무 과해서 생각조차 할 수가 없다.

아래에 있는 남자들은 이점을 활용한다.

"당신들은 성장을 막을 수 없어! 사람들에게는 나무가 필요해."

파수꾼은 숫자를 보았다. 연간 1인당 수백 보드피트의 목재, 0.5톤의 종이와 마분지.

"우리는 우리가 필요로 하는 것에 관해 좀 더 영리해져야 돼요."

"난 우리 아이들을 먹여 살려야 된다고. 당신들은 어떻지?"

파수꾼은 나중에 후회할 거라는 걸 아는 말을 하려고 한다. 메이든헤어의 손이 그의 팔을 잡고 그를 막는다. 그녀는 자신들이 지시받은 일 때문에, 그들이 아주 잘하게 된 위험하고 필수적인 일 때문에 공격을 받고 있는 남자들이 하는 말을 들으려고 아래쪽을 내려다본다.

"우린 아무것도 자르지 말라고 하는 게 아니에요."

그녀는 60미터 떨어져 있는 남자들을 향해서 팔을 늘어뜨린다.

"우리는 당신네들이 나무를 획득한 것처럼 자르지 말고, 마치 선물인 것처럼 자르라는 거예요. 아무도 필요한 것 이상의 선물을 가져가는 걸 좋아하지 않아요. 그리고 이 나무요? 이 나무는 너무 큰 선물이라서 예수가 내려와서……."

그녀는 생각 속에 말끝을 흐리고, 파수꾼도 동시에 생각한다. 그런 일이 있었어도 그 나무도 베어 쓰러뜨렸겠지.

진눈깨비 때문에 낙담하는 날들도 있다. 덥다가 싸늘해지는 오후도 있고. 여전히 대체할 사람은 오지 않는다. 파수꾼은 빗물받이 시스템을 개선한다. 메이든헤어는 여성용 소변기를 만든다. 3주차 후반에 벌목꾼들은 근처의 나무들을 자르기 시작한다. 하지만 그들은 두어 시간 만에 벽에 부딪친다. 잘못된 톱질 한 번과 약간의 바람만으로도 사람을 죽일 수 있는 빌딩 높이의 나무를 쓰러뜨리는 것은 어려운 일이다.

그날 밤, 로키와 불꽃이 마침내 온다. 로키는 미마스의 위쪽 야영지로 올라온다. 불꽃은 아래에서 보초를 선다.

"이렇게 오래 걸려서 미안해요. 야영지 쪽에서 약간…… 내분이 있었거든요. 그리고 훔볼트와 그쪽 병력이 언덕 비탈 쪽을 완전히 다 막았어요. 이틀 전 밤에 그들이 우리를 쫓아냈어요. 독수리가 잡혔어요. 구류됐죠."

"그 사람들이 밤에도 나무를 지켜본다고요?"

"우린 빠져나올 수 있는 첫 번째 기회만 기다렸어요."

척후병이 귀중한 물자들을 건넨다. 인스턴트 수프 팩, 복숭아와 사과, 열 가지 곡물 시리얼, 쿠스쿠스 믹스. 따뜻한 물만 부으면 된다. 파수꾼은 물건들을 응시한다.

"우린 여기서 내려가지 못하는 건가요?"

"지금은 그런 위험을 감수할 수가 없어요. 이끼먹기와 회색늑대는 살해 협박에 겁을 먹고 집으로 돌아갔어요. LDF 전체가 바닥에 납작 엎드려 눈치를 보고 있고요. 내부적인 의사소통 문제도 좀 있어요. 사실, 우린 지금 꽤 곤란한 입장이에요. 일주일만 더 이 위에 있을 수 있어요?"

"물론이죠! 영원히 있을 수도 있어요."

메이든헤어가 말한다. 파수꾼 역시 빛의 존재의 목소리가 들린다면 영원히 머무는 게 더 쉬울 거라고 생각한다. 로키가 촛불 빛 속에서 몸을 떤다.

"이런, 여기 진짜 춥네요. 축축한 바람이 몸속까지 파고드는데요."

메이든헤어가 말한다.

"우린 더 이상은 안 느껴져요."

"많이는요."

파수꾼이 덧붙인다. 로키가 하네스를 두른다.

"저 작자들이 불꽃과 나를 가두기 전에 내려가야겠어요. 등반가 칼을 조심해요. 정말로요. 홈볼트에 못 박힌 신발이랑 큰 케이블 고리만 갖고서 나무를 올라오는 남자가 있어요. 다른 나무 지킴이들에게 온갖 문제를 일으켰죠."

"숲의 전설 같네요."

파수꾼이 말한다.

"그렇지 않아요."

"그 사람이 사람들을 강제로 나무에서 쫓아내나요?"

"우린 둘이에요. 그리고 우리한테는 이제 우리의 균형이 있어요."

메이든헤어가 선언한다.

벌목꾼들은 더 이상 오지 않는다. 더 논쟁할 것도 없다. LDF 지상 지원군의 물자 보급도 끊겼다.

"아직도 포위되어 있는 모양이에요."

파수꾼이 말한다. 하지만 지상에 어떤 봉쇄 흔적도 보이지 않는다. 인간이 사방에서 전부 사라지고 화석 기록만 남았을 수도 있다. 나뭇잎 천장 가까운 높은 곳에서는 밤에 그들의 따뜻한 체온에 의지해 잠을 자는 날다람쥐보다 더 큰 동물은 보이지 않는다.

두 사람 다 며칠이나 지났는지 잘 모른다. 닉은 매일 아침 손수 만든 달력에 표시를 하지만, 소변을 보고 스펀지 목욕을 하고 아침을 먹고 숲에 정의를 가져올 만한 집단 예술에 대한 꿈을 꾸다 보면 종종 자신이 그날 표시를 이미 했는지 아직 안 했는지 기억이 나지 않는다.

"그게 뭐가 중요해요? 폭풍은 거의 끝났어요. 따뜻해지고 있어요. 낮이 더 길어지고 있고요. 그것만이 우리에게 필요한 달력이에요."

파수꾼이 스케치를 하는 동안 오후가 전부 흘러간다. 그는 모든 틈새마다 솟아난 이끼를 그린다. 나무를 동화로 바꿔놓는 소나무 겨우살이와 매달려 자라는 다른 지의류들을 스케치한다. 그의 손이 움직이면 생각이 형성된다. 음식 빼면 뭐가 더 필요하겠어? 그리고 자신의 음식을 직접 만드는 미마스 같은 존재들은 가장 자유로운 존재들이다.

장비들은 커다랗게 갈라진 언덕 비탈에서 여전히 웅웅거린다. 근처에서는 톱질을 하고, 좀 더 먼 곳에서 나무가 끌려간다. 두 명의 나무 지킴이는 소리만으로 생물을 구분하는 데 능숙하다. 어떤 아침에는 그 소리들이 자유기업체제가 여전히 거대한 벽을 향해 달려들고 있다는 사실을 알려주는 유일한 도구다.

"그 사람들은 우리를 굶겨 죽이려는 모양이에요."

하지만 식량이 공급되지 않는 오랜 기간 동안에도 그들에게는 쿠스쿠스와 상상력이 있다.

"버텨요. 우리가 알아채기도 전에 허클베리가 다시 열매를 맺을 거예요."

메이든헤어는 철학의 과정인 것처럼 마른 병아리콩을 아작아작 씹는다.

"전에는 음식을 어떻게 맛보는지 전혀 몰랐어요."

그 역시 마찬가지다. 그리고 그는 자신의 몸에서, 퇴비로 변하는 자신의 신선한 분뇨에서 무슨 냄새가 나는지도 몰랐다. 그리고 나뭇가지 사이로 저무는 햇살을 바라보는 몇 시간 동안 생각이 어떻게 바뀌는지도. 그리고 해가 진 후에, 살아 있는 모든 것들이 숨을 죽이고 하늘이 무너지면 무슨 일이 벌어질까 기다리고 있는 그 시간에 그의 귓가에서 쿵쿵 울리는 혈액이 어떤 소리를 내는지도.

바람이 살랑살랑 불 때마다 현실이 수직에서 기울어진다. 돌풍이 부는 오후는 엄청난 2인용 스포츠를 즐기는 시간이다. 바람이 거세지면 바람 말고는 아무것도, 아무것도 존재하지 않는다. 그것은 그들을 우울하게 만든다. 미친 듯이 펄럭거리는 방수포, 정신이 없어질 만큼 그들에게 휘몰아치는 침엽들. 바람이 불면 그게 뇌가 인지하는 전부다. 그림도, 시도, 책도, 대의도, 소명도 없다. 그저 사방에서 강풍과 격렬하게 부딪치는 정신 나간 생각들, 가족 나무에서 떨어져 나온 그들 자신이라는 생물종뿐이다.

빛이 사라지고 나면 두 사람이 가진 것은 오로지 소리다. 촛불과 석유램프는 독서라는 사치에 쓰이기에는 너무 귀중하다. 그들은 봉쇄를 뚫고 다음 번 물자 공급이 언제 올지, 아직 봉쇄되어 있긴 한지, 천 년 된 나무 위에 앉아서 물자를 기다리고 있는 그들 한 쌍을 기억하는 LDF나 다른 지상 팀이 아직 있기는 한지조차 알지 못한다.

그녀가 어둠 속에서 그의 손을 잡는다. 그에게 필요한 유일한 신호다. 그들은 매일 밤 어둠 속에서 그러는 것처럼 서로에게 달라붙는다.

"그들은 어디 있을까요?"

그녀가 말하는 그들이란 두 가지뿐이다. 빛의 존재들까지 합치면 셋이다. 그리고 그의 답은 그 셋 모두에 관해서 똑같다.

"나도 몰라요."

"어쩌면 그들은 이 나무에 대해서 잊어버렸는지도 몰라요."

"아뇨. 그럴 것 같지는 않아요."

그가 대답한다. 그녀의 뒤로 내리는 달빛이 그녀의 얼굴 위로 두건처럼 드리운다.

"그들은 이길 수 없어요. 그들은 자연을 물리칠 수 없어요."

"하지만 엄청나게 긴 시간 동안 엉망진창으로 만들어놓을 수는 있죠."

하지만 이런 밤이면, 숲이 수백 개의 파트로 이루어진 심포니를 연주하고 두툼하고 밝은 달이 미마스의 가지 사이로 조각조각 갈라진 빛을 드리우면, 닉조차도 초록의 자연이 포유류의 시대는 사소한 우회로처럼 보일 만한 계획을 갖고 있다고 믿기가 쉬워진다.

"쉬."

그녀가 말하지만 그는 이미 입을 다물고 있다.

"저게 뭐죠?"

그는 알고, 또 모른다. 또 다른 실험적 존재가 나타나서 자신의 위치를 선언하고, 어둠을 시험하고, 거대한 이 벌집에서 자신의 위치를 측정하는 것이리라. 사실, 그의 눈꺼풀은 무거워지고 그녀의 질문이 상형문자처럼 변해가는 걸 막을 수가 없다. 어둠을 길들이거나 조금이라도 쓸모 있게 만들방법이 없으니, 그는 끝났다. 하지만 그래도 이 사실을 깨달을 정도의 정신은 있다. 이건 검은 개에게 엉덩이를 물리지 않고서 내가 버틴 가장 긴 시간이야.

그들은 잠을 잔다. 더 이상 몸을 묶지 않는다. 하지만 여전히 대부분의 밤에 서로 꽉 붙잡고 있어서 플랫폼 옆으로 함께 굴러 떨어질 수 있을 정도다.

다시 빛이 밝아오자 그는 자신의 DIY 달력에 의미 없는 체크 표시를 한다. 그는 씻고, 볼일을 보고, 음식을 먹고, 이제는 익숙해진 깨어 있는 자세를 잡는다. 그들이 서로를 볼 수 있게 머리를 그녀의 발치에 두는 자세다. 닉은 자신의 삶을 20층 높이의 공중으로 옮기는 걸 어쩌다 받아들인 것인지 문득 의아하다. 사람이 어떻게 어딘가에 갈까? 그리고 이 나뭇잎 천장에서의 삶을 보고 나서 어떻게 사람이 지상에 머물 수 있을까? 해가 여름 하늘 위로 아주 조금 올라갈 무렵 그는 그림을 그린다. 그는 이것이 어떻게 작용할지, 어떻게 하얗고 텅 빈 배경에 검은 선 몇 개를 그린 것이 세상에 있는 것들을 바꿀 수 있는지를 조금씩 이해하기 시작한다.

그녀는 플랫폼 가장자리에 방수포를 걸고 앉아서 일렁거리는 숲을 바라본다. 가운데 있는 벌거벗은 지역이 점점 가까이 다가온다. 그녀는 몸에서 동떨어진 목소리에, 그녀를 계속해서 안심시켜주는 목소리에 귀를 기울인다. 그것은 매일 찾아오지 않는다. 그녀는 자신의 공책을 꺼내서 삼나무 씨앗보다 작은 시를 적어 내려간다.

그는 방수포에 모인 물로 그녀가 스펀지 목욕을 하는 것을 본다.

"당신 부모님은 당신이 어디 있는지 아세요? 혹시 뭔가가…… 무너질 경우에 대비해서요."

그녀는 벌거벗고 몸을 떨다가 인상을 찌푸리며 돌아본다. 마치 그 질문이 상급 비선형 역학 문제라도 되는 것 같은 표정이다.

"아이오와를 떠난 이래로 부모님이랑 이야기를 하지 않았어요."

다시 옷을 입고, 해가 7도 정도 내려온 후에 그녀가 덧붙인다.

"그리고 없을 거예요."

"뭐가 없어요?"

"뭔가 무너지는 일은 없을 거예요. 난 이 이야기가 좋은 결말이 날 거라고 확신해요."

그녀는 바로 그날 1.8킬로그램의 탄소를 공기 중에서 마시고 중년 후반의 나이임에도 자신의 무게에 그것을 더한 미마스를 다독거린다.

그들은 슬리핑백에서 끝없는 시간 동안 책을 읽는다. 그들은 이전 지킴이들이 해먹 대출 도서관에 남겨두고 간 모든 책을 읽는다. 그들은 셰익스피어를, 두툼한 책을 나란히 누운 그들의 배 위에 올려놓고 읽는다. 매일 오후에 극본을 읽으며 모든 역할을 둘이 나눈다. 《한여름 밤의 꿈》. 《리어왕》. 《맥베스》. 그들은 두 권의 근사한 소설을 읽는다. 하나는 3년 된 거고 하나는 123년 된 것이다. 오래된 소설의 끝에 다가가면서 그녀는 목소리를 통제하기가 점점 어려워진다.

"당신은 이 사람들을 사랑해요?"

이야기가 그를 사로잡았다. 그는 무슨 일이 일어나는지에 신경을 쓴다. 하지만 그녀는 망가졌다.

"사랑이요? 와. 좋아요. 어쩌면요. 하지만 그 사람들은 전부 다 신발 상자

안에 갇혀 있고, 그 사실조차 몰라요. 난 그들을 잡아 흔들면서 고함을 지르고 싶어요. *자기만 생각하지 말라고, 제기랄! 주위를 좀 봐!* 하지만 그들은 그럴 수 없어요, 니키. 살아 있는 모든 것은 그들의 시야 바깥에 있거든요."

그녀의 얼굴이 일그러지고 그녀의 눈이 다시 따끔거린다. 설령 가공의 존재들이라 해도, 눈 먼 자들을 위한 울음이다.

그들은 《비밀의 숲》을 다시 읽는다. 그것은 주목나무 같다. 두 번째로 보면 더 많은 것들이 드러난다. 그들은 가지가 언제 새 가지를 쳐야 하는지를 어떻게 아는지에 관해 읽는다. 뿌리가 어떻게 물을, 심지어는 폐쇄된 관 안에 있는 물을 찾아내는지. 참나무가 어떻게 경쟁을 거부하는 5억 개의 뿌리 끝을 갖고 있는지. 다른 나무의 잎들을 기피하는 나뭇잎이 어떻게 자신과 이웃 사이에 틈새를 만드는지. 나무가 어떻게 색깔을 보는지. 그들은 지상과 지하에서 수공예품을 교환하는 야생의 물품거래소에 관해서 읽는다. 다른 종류의 생물들과의 복잡하고 제한된 동업 관계에 관해서. 씨앗을 수백 킬로미터 거리까지 날아가게 만드는 독창적인 디자인에 관해서. 나무보다 수천만 년 더 젊고 아무것도 모르며 움직이는 생물들에게 작용하는 번식의 간계에 관해서. 공짜로 점심을 먹는다고 생각하는 동물들을 위한 뇌물에 관해서.

그들은 3500년 전 카르나크 조각에 묘사된 몰약나무의 이주 여행에 관해서 읽는다. 그들은 이주하는 나무들에 관해서 읽는다. 과거를 기억하고 미래를 예측하는 나무들. 과일과 열매를 거대한 합창으로 만드는 나무들. 자신의 후손들만 자랄 수 있도록 땅에 폭탄을 터뜨리는 나무들. 자신을 구하기 위해서 곤충 부대를 소환하는 나무들. 조그만 마을 인구 정도의 생물들이 살 만큼 넓고 텅 빈 속을 가진 나무들. 뒷면에 털이 난 나뭇잎. 바람을 가르는 끝이 가늘어지는 잎꼭지. 죽은 역사의 기둥을 빙 둘러 자리한, 생산기가 관대할수록 더욱 두꺼운 코트를 입는 생명의 테두리.

"느껴져요?"

어느 이른 저녁에, 또는 그다음 날에, 서쪽 하늘의 대혼란 아래에서 그녀가 묻는다. 더 이상 설명하지 않아도 그는 그녀가 무슨 뜻으로 말하는지 안다. 아주 많은 시간 동안 무릎에 팔꿈치를 대고, 팔꿈치에 무릎을 대고, 아무 목적 없는 사색을 하며 함께 지낸 터라 그는 이제 그녀의 마음을 읽을 수 있다.

풀어져서 없어지는 게 느껴져요? 계속 같은 상태였던 정상파(standing wave, 파동이 한정된 공간에 갇혀 제자리에서 진동하는 형태)가요. 사방에 정신을 산만하게 만드는 것들이 있어서 거기에 둘러싸여 있다는 것조차 모르죠. 인간의 확신. 바로 거기 있는 것을 못 보게 만드는 것들, 그게 사라졌어요. 그는 느낄 수 있다. 정말로. 거대한 신호등 같은 나무. 여전히 수십 미터 위에 있는 미마스의 가지들 사이로 그들에게 와 닿는 얼룩덜룩한 햇빛의 반점에 힘을 얻는 무언가로 변하는 그들 두 사람.

"꼭대기로 가요."

그녀가 그에게 말한다. 그리고 그는 자신이 거부하기도 전에 벼락으로 갈라진 첨탑 위에서 지상까지 이어지는 관에 다리를 감싸고 팔은 머리 위로 들어 올려 하늘을 거르는 진흙투성이 가고일을 올려다본다.

어느 날 밤 닉이 초록의 꿈속에 깊이 잠겨 있는데 미마스가 부르르 떨리며 닉의 몸이 플랫폼 가장자리로 굴러간다. 그의 팔이 뻗어 나와 가는 가지를 붙잡는다. 그는 거기 달라붙어 20층 아래를 쳐다본다. 그의 뒤에서 올리비아가 비명을 지른다. 그가 플랫폼 가운데로 황급히 기어가는 동안 더 센 바람이 방수포를 붙잡고 구조물 전체를 들어 올려 뒤흔든다. 바람이 공기를 액화시키고 우박은 침엽 사이로 그들을 두드린다. 요란한 쩍 소리에 닉은 고개를 든다. 머리에서 9미터 위로 그의 허벅지보다 굵은 가지가 쪼개져서 슬로모션으로 떨어지며 다른 가지들을 부수고 내려온다.

격렬한 바람이 올리비아를 미마스 몸통 쪽으로 몰아붙인다. 그녀는 다급하게 플랫폼을 붙잡는다. 몸통이 수직에서 몇 미터 정도 기울어졌다가 반대편으로 최대한 멀리 휘둘린다. 닉은 세상에서 가장 큰 메트로놈 막대처럼 흔들거린다. 그는 한 점의 의심도 없이 자신이 죽을 거라는 걸 안다. 그는 턱부터 발가락 끝까지 힘을 주고, 온몸에 남은 힘을 다 끌어모아 삶에 매달린다. 손을 놓았다가는 땅이 모든 문제를 해결해버릴 것이다.

무언가가 우박 속에서 그를 향해 소리를 지른다. 올리비아다.

"안 돼요. 싸우면. 싸우지 마요!"

그 말이 그를 후려치고, 그는 다시 생각을 할 수 있게 된다. 그녀가 옳다. 꽉 쥐고 있으면 3분도 채 버티지 못할 것이다.

"긴장 풀어요. 올라타요!"

그는 그녀의 광기 어린 청잣빛 눈을 본다. 그녀는 폭풍이 아무것도 아닌 것처럼 격렬하게 구부러지고 유연하게 함께 흔들리고 있다. 잠깐 시간이 지나자 그는 그게 뭔지 깨닫는다. 삼나무에게는 아무것도 아니다. 이런 폭풍 수천 번이 이 나무 꼭대기를 흔들고 지나갔다. 수만 번쯤. 그리고 미마스가 해야 하는 일은 그저 주는 것뿐이다.

그는 이 나무가 천 년 동안의 살인적인 폭풍을 거치며 그랬던 것처럼 분노에 항복한다. 셈페르비렌스가 1억 8000만 년 동안 했던 것처럼. 그래, 폭풍이 수 세기 전에 이 나무를 능가했다. 그래, 폭풍이 이 크기의 나무들을 쓰러뜨릴 것이다. 하지만 오늘 밤은 아니다. 그럴 가능성은 없다. 오늘 밤, 삼나무 꼭대기는 이 강풍 속에 있는 다른 모든 곳만큼이나 안전하다. 그저 구부러지고 올라타면 된다.

울부짖음이 우박으로 가득한 바람 속을 가른다. 그 역시 울부짖는다. 그들의 비명이 미친 듯한 웃음으로 변한다. 그들은 온 세상의 전투 함성과 자연의 울음소리가 감사로 변할 때까지 함께 소리를 지른다. 그의 꽉 쥔 주먹에서 힘이 빠질 시간을 한참 넘어서도록 그들은 폭풍을 향해서 더 높은 음으로 노래를 부른다.

다음 날 아침 늦게, 세 명의 벌목꾼이 미마스 발치에 나타난다.
"두 사람 괜찮아요? 어젯밤에 바람에 나무가 꽤 많이 쓰러졌어요. 큰 나무들도 쓰러졌죠. 당신네들이 걱정이 됐어요."

놀랍게도 경찰은 비디오를 찍는다. 1년 전이었다면 흔들리고 흐릿한 이 증거 자료를 경찰이 부숴버렸을 것이다. 하지만 무법자들의 전략이 바뀌고 있다. 그들에 대응해서 경찰에게도 새로운 실험이 필요하다. 기록하고, 평가하고, 개선할 수 있는 방법이 있어야 한다.

카메라가 군중을 따라가며 찍는다. 사람들이 광이 나는 회사 간판을 지나쳐 길거리로 쏟아져 나온다. 그들은 가문비나무와 전나무 가장자리에 오두막처럼 자리한 본사를 둘러싼다. 불안한 카메라맨조차 이것이 미국의 민주주의, 사람들이 평화롭게 모일 권리가 아닌 것처럼 만들지는 못한다. 군중은 사유지 한계선에서 한참 물러서서 노래를 부르고 천에 쓴 플래카드를 흔든다. **불법 벌목을 중단하라. 공유지에 더 이상 죽음을 가져오지 마라.** 하지만 경찰은 화면에 들어왔다 나갔다 한다. 걸어 다니는 경찰들과 말을 탄 경찰들. 병력수송 장갑차처럼 생긴 차 뒤에 앉아 있는 남자들.

미미는 경탄해서 고개를 흔든다.

"이 동네에 경찰이 이렇게 많은 줄 몰랐어요."

더기는 그녀의 옆에서 안짱다리를 하고 다리를 절며 걷는다. 그녀가 덧붙인다.

"우리가 꼭 이걸 할 필요 없다는 건 알죠? 최소한 대여섯 명은 대신해주고 싶어할걸요."

그가 그녀를 홱 돌아보다가 넘어질 뻔한다.

"무슨 말을 하는 거예요?"

그는 자신이 자랑스럽게 가져온 신문으로 한 대 맞은 골든리트리버 같은 표정이다.

"잠깐만요."

그가 혼란스러운 듯 그녀의 어깨를 건드린다.

"무서워요, 밈? 만약 그러면 아무것도 할 필요 없으니까—"

그녀는 그의 선량함을 참을 수가 없다.

"괜찮아요. 그냥 이번에는 영웅이 되려 하지 말라고 말하는 것뿐이에요."

"난 *지난번*에 영웅이 되려고 한 게 아니었어요. 그 사람들이 오래된 가보를 녹여 없애려고 할 줄 내가 어떻게 알았겠어요?"

그녀는 그의 청바지가 찢어져서 바람에 날리던 그날, 보았다. 바깥에 드러나서 화학물질에 불타는 그 가보를. 그는 그 이래로 종종 그녀에게 다시 보여주고 싶어 했다. 기적적인 회복이자 거의 부활이라고도 말할 수 있을 것이다. 하지만 그녀는 회복이 되지 않는다. 그녀는 이 남자를 사랑한다. 어쩌면 그녀의 동생들과 그들의 아이들을 제외하면 그 어떤 사람보다도 더 아낄 것이다. 이렇게 기교 없는 남자가 나이 마흔까지 살아남았다는 사실이 그녀는 항상 놀랍다. 그를 보살피지 않는 건 상상조차 할 수가 없다. 하지만 그들은 완전히 다른 생물이다. 그들은 스스로에게 부여한 사명, 움직이지 못하고 아무 죄도 없는 생물을 보호하고 끊임없는 자살 성향보다 더 나은 것을 위해 싸운다는 행위만을 공유한다.

그들은 시위자들의 새로운 비밀무기인 강철관을 나눠주고 있는 배치 차량으로 다가간다.

"당연히 우린 이걸 할 거예요, 이 여자야. 무슨 생각을 하는 거예요? 그건 내 첫 번째 퍼플하트 훈장도 아니고, 내 마지막도 아닐 거예요. 지렁이처럼 퍼플하트를 줄줄이 매달고서 끝이 날 테죠."

"더기. 더 이상 다치지 말아요. 오늘은 감당할 수 없을 것 같아요."

그는 무슨 일이 일어나기만을 기다리고 있는 경찰 쪽으로 턱짓을 한다.

"저 사람들한테 말을 해요."

그러고는 태양 외에 다른 기억은 없는 생물처럼 덧붙인다.

"맙소사! 이 많은 사람들 좀 봐요! 이거 무슨 대중운동이라도 되나?"

회사 사유지의 선을 넘는 첫 번째 범죄는 카메라 바깥에서 일어난다. 하지만 렌즈는 곧 그 활동을 찾아낸다. 자동 초점이 흐려졌다가 조경도로를 지나 잘 다듬어진 잔디밭으로 들어가는 평화로운 참여자 몇 명에게 맞춰진다. 거기서 그들은 서서 메가폰으로 구호를 외친다.

사람들이! 단결하면! 절대 패배할 수 없다!
숲은! 한번 망가지면! 절대 되살릴 수 없다!

두 명의 경찰이 무단침입자들에게 다가가 물러나라고 요청한다. 그들의 대답은 명확하게 녹음되지 않지만, 그래도 정중하다. 그러나 곧 무리가 커다란 물고기 떼처럼 요란스러워진다. 사람들이 도전적으로 외치고 조롱한다. 경찰이 피하려던 교착상태다. 흰머리에 등이 굽은 여자 한 명이 외친다.

"그들이 우리의 사유재산을 존중하면 우리도 그들의 사유재산을 존중하겠어."

카메라가 왼쪽으로 홱 돌아가서 잔디밭을 가로질러 달리는 아홉 명의 사람들을 찍는다. 첫 번째 논쟁은 경찰을 건물 입구에서 먼 곳으로 끌어내기 위해서 잘 수행된 주의 분산 작전으로 판명된다. 직진하는 사람들 한 명 한 명은 두께가 얇고 V자로 구부러지고 90센티미터 길이에 팔을 넣을 수 있을 만큼 폭이 넓은 강철관을 갖고 있다.

그리고 컷. 장면이 실내로 바뀐다. 사회운동가들은 현관 기둥에 원형으로 자신들의 몸을 묶는다. 호기심에 찬 직원들이 현관으로 나온다. 경찰이 카메라맨의 뒤에서 나와서 엉망이 된 상황을 통제해보려고 애를 쓴다.

시위자들은 가능한 한 빨리 배치하는 방법을 연습했다. 하지만 직원들이 몰려나오고 경찰들이 쫓아오는 진짜 로비에서 배치는 그리 근사하지 않다. 실랑이에 미미와 더글러스가 떨어진다. 그들은 원에서 서로 맞은편으로 떨어진다. 몸을 묶을 때까지 3초가 남았다. 더글러스는 왼팔을 강철관에 넣고 팔목 케이블의 카라비너를 그 가운데 박힌 강철 말뚝에 건다. 그의 동료들도 똑같이 한다. 몇 초 후에 아홉 마디의 고리 전체가 다이아몬드 톱 외에는 어떤 것으로도 잘라낼 수 없는 단단한 것이 된다.

그들은 두툼한 기둥 주위 바닥에 원형으로 책상다리를 하고 앉는다. 더글러스는 한쪽으로 몸을 기울여보지만 여전히 그녀가 보이지 않는다. 그가 "밈" 하고 소리치자 그가 세상의 모든 선량함과 연관 짓게 된 둥근 갈색 얼굴이 살짝 나타나서 씩 웃는다. 그는 그녀에게 엄지손가락을 들어 보이다가 자신의 엄지가 강철 원통 안에 있다는 것을 떠올린다.

경찰은 긴 이동 촬영 샷으로 한 명 한 명을 가까이 담는다. 앞니 사이에 틈이 있고 길고 덥수룩한 머리를 포니테일로 묶었으며 키가 크고 비쩍 마른 남자가 노래를 부르기 시작한다. 우리는 극복하리라. 우리는 극복하리라. 처음에는 코웃음 치는 소리가 들린다. 하지만 세 번째 반복할 즈음에는 나머지 사람들도 전부 함께 부른다. 다섯 명의 경찰이 시위자들을 잡아당기지만, 쉽게 풀릴 가능성은 없다. 대사 판을 보고 읽는 것처럼 제복을 입은 남자가 말한다.

"나는 샌더스 보안관입니다. 여기 있는 여러분은 형법을 위반하고 있습니다. 형법 제……."

인간 고리에서 나는 고함 소리에 그의 목소리가 묻힌다. 그는 멈추고, 눈을 감았다가, 다시 시작한다.

"여기는 사유지입니다. 오리건주를 대신해서 여러분에게 해산할 것을 명령합니다. 평화롭게 물러나지 않는다면 불법집회뿐만 아니라 범죄적 의도를 가진 무단침입으로 체포될 겁니다. 체포에 저항하려는 시도는 형법을 위반하는 것으로 여겨질 것이며—"

비쩍 마르고 앞니가 벌어진 남자가 그를 향해 외친다.

"당신도 여기서 우리에게 합류하지 그래요."

경찰이 움찔한다. 카메라 바깥에 있는 누군가가 외친다.

"당신네들이 전부 범죄자야. 당신들은 다른 사람들에게 분탕질을 치려고 하잖아!"

인간 고리가 다시 노래를 하기 시작한다. 더 많은 경찰이 원 주위로 몰려든다. 보안관이 다시 앞으로 나선다. 그의 연설은 초등학교 선생의 말처럼 느리고, 명확하고, 크게 울린다.

"갖고 있는 구속구에서…… 파이프에서 손을 빼십시오. 5분 안에 해산하지 않으면 명령에 따르도록 만들기 위해서 페퍼 스프레이를 사용할 겁니다."

고리의 누군가가 말한다.

"그럴 수는 없어요."

카메라가 둥근 얼굴에 검은 보브 머리의 조그만 아시아 여자에게 멎는다. 카메라 바깥에서 보안관이 말한다.

"우리는 그럴 수 있고, 그럴 겁니다."

고리에서 고함 소리가 난다. 카메라는 어디를 찍어야 할지 모른다. 둥근 얼굴의 여자가 말하는 것이 들린다.

"미국 법률상 공무원은 위험한 상황이 아닌 경우에 페퍼 스프레이를 사용하는 게 금지되어 있어요. 우릴 봐요! 우리는 움직이지도 못한다고요!"

보안관이 시계를 본다.

"3분 남았습니다."

모두가 동시에 말을 한다. 혼란스러운 로비를 찍은 다음 화면은 겁에 질린 근접 숏으로 돌아온다. 실랑이가 있다. 고리 안의 젊은 남자가 뒤에서 신장을 걷어차인다. 카메라가 빙 돌아서 앞니가 벌어진 남자에게 멈춘다. 그의 포니테일이 앞뒤로 흔들린다.

"그녀는 천식환자라고요. 아주 심해요. 천식환자에게 페퍼 스프레이를 사용할 수는 없어요. 그런 걸로 사람이 죽는다고요, 이 사람아."

카메라 바깥에서 누군가가 말한다.

"경찰이 말하는 대로 해요."

앞니가 벌어진 남자가 목이 부러진 것처럼 고개를 끄덕거린다.

"그렇게 해요, 미미. 풀어요. *지금요*."

회색 머리 여자가 그를 향해 소리친다.

"우리 모두 함께하기로 동의했잖아요."

보안관이 외친다.

"여러분은 법을 위반하고 있고 여러분의 행동은 이 사회에 해가 됩니다. 이 장소에서 떠나주십시오. 60초 남았습니다."

60초는 똑같은 혼란 속에 흘러간다.

"다시 한 번 사슬을 풀고 파이프에서 손을 빼고 평화롭게 떠나주시기를 요청합니다."

"난 이 나라를 지키다가 격추되었다고 공군십자장을 받았어요."

"5분 전에 여러분에게 해산하라는 명령을 내렸습니다. 여러분은 그 결과에 대한 경고를 받았고, 그걸 받아들였습니다."

"난 받아들이지 않았어!"

"이제 여러분이 금속 파이프에서 손을 빼도록 하기 위해서 페퍼 스프레이와 다른 화학물질들을 사용할 겁니다. 여러분이 물러나겠다고 동의할 때까지 이 물질들을 계속 사용할 겁니다. 이제 이 약품을 피하기 위해서 물러날 준비가 됐습니까?"

더글러스는 이쪽으로 몸을 기울였다가 저쪽으로 기울인다. 그녀가 보이지 않는다. 기둥이 그들 사이에 있고, 인간 고리는 난장판이다. 그는 그녀의 이름을 부르고, 그녀가 거기서, 겁에 질린 눈으로 그를 바라본다. 그는 수많은 소음 때문에 그녀에게 들리지 않는 말을 외친다. 그들은 아주 짧은 영원 동안 눈길을 마주한다. 그는 그 좁은 채널을 통해 온갖 다급함을 전달한다. *당신은 이걸 할 필요가 없어요. 당신은 이 사람들이 학살할 모든 숲을 다 합친 것보다도 나한테 더 귀중한 존재예요.*

그녀의 눈은 메시지로 더욱 짙다. 그 모든 것들이 가장 첨예한 말로 요약된다. *더글러스. 더글러스. 이 사람들 뭐죠?*

*

그들은 보안관의 발치에서 가장 가까운 사람부터 시작한다. 40대에, 과

체중에, 끄트머리가 금색인 머리카락에, 작년 스타일 안경을 낀 여자다. 경찰이 한 손에 종이컵을 들고 다른 손에는 면봉을 들고 그녀의 뒤로 간다. 보안관의 목소리가 차분하다.

"저항하지 마십시오. 우리에 대한 어떤 위협도 경찰에 대한 공격으로 간주될 거고, 그건 중범죄입니다."

"우린 꼼짝 못해요! 우린 꼼짝 못한다고!"

두 번째 경찰이 면봉과 종이컵을 든 경찰 옆으로 온다. 그가 몸을 기울여 한 손으로 여자를 붙잡고 다른 손으로 여자의 머리를 뒤로 기울인다. 여자가 불쑥 말한다.

"난 제퍼슨 중학교에서 생물을 가르쳐요. 난 20년 동안 아이들에게─"

카메라 바깥의 누군가가 외친다.

"이번엔 당신이 배울 차례야!"

보안관이 말한다.

"파이프에서 손을 빼십시오."

선생이 숨을 들이켠다. 고함 소리가 난다. 면봉을 든 경찰이 그것을 여자의 오른쪽 눈에 문지른다. 그리고 왼쪽 눈에 문지르려고 애를 쓴다. 화학물질이 눈꺼풀 아래 고이고 이내 뒤로 기울어진 얼굴 옆을 타고 흐른다. 여자의 신음 소리는 순수하게 동물적이다. 소리가 점점 높아져서 마침내 그녀가 비명을 지른다. 누군가가 소리친다.

"그만둬! 당장!"

"당신 눈을 닦아낼 물이 있습니다. 구속을 풀면 그걸 주겠습니다. 손을 풀 겁니까?"

보조 경찰이 여자의 머리를 다시 뒤로 기울이고, 면봉을 든 사람이 그것을 여자의 눈과 코에 문지른다.

"손을 풀면 그걸 씻어낼 차가운 물을 줄 겁니다."

누군가가 소리친다.

"당신들이 그 여자를 죽이고 있어. 그 여자한테는 의사가 필요해."

면봉을 든 경찰이 지원 경찰에게로 손을 흔든다.

"다음번에는 메이스(호신용 스프레이의 브랜드명)를 쓸 겁니다. 이건 훨씬 더 끔찍할 겁니다."

여자의 비명이 울음으로 변한다. 여자는 고통에 휩싸여 손을 풀 수가 없다. 여자의 손이 풀어야 하는 카라비너를 찾지 못한다. 두 명의 성찬식 도우미들이 시계 방향으로 다음 사람에게 간다. 30대 초반에 부엉이 애호가라기보다는 벌목꾼에 더 가까워 보이는 근육질의 남자다. 그는 고개를 숙이고 눈을 질끈 감는다.

"선생님? 손을 푸시겠습니까?"

그의 커다랗고 강인한 어깨가 안쪽으로 구부러지지만 양팔의 파이프 때문에 더 구부릴 수가 없다. 보조 경찰이 남자의 머리를 억지로 뒤로 젖히려고 한다. 경찰 쪽에 더 힘이 있고, 세 번째 경찰이 도우러 나오자 곧 목이 기울어진다. 눈을 뜨게 만드는 것은 그렇게 깔끔한 과정이 아니다. 그들은 머리를 꽉 잡은 채 눈꺼풀 틈새에 면봉을 비빈다. 농축된 액체가 온통 흘러든다. 극소량이 그의 코로 들어가고, 그가 숨을 헐떡인다. 카메라가 현관 안을 쭉 찍는다. 그리고 바깥을 향한 창문으로 안에서 벌어지는 일을 전혀 모른 채 잔디밭에서 노래를 부르는 시위자 무리를 찍는다. 숨 막히는 소리가 경찰에 의해서 깨진다.

"손을 풀겠습니까? 선생님? 선생님. 제 말이 들리십니까? 손을 놓을 준비가 되셨습니까?"

누군가가 소리친다.

"당신들은 양심도 없어?"

누군가가 고함을 지른다.

"병을 사용해. 그 작자들 눈에 부어버려."

"이건 고문이야. 미국에서!"

카메라가 빙빙 돈다. 마치 술에 취한 것처럼 흔들거린다.

경찰이 기둥 뒤로 사라지자 더글러스가 자신도 모르게 말한다.

"그녀는 천식환자야. 그녀에게 페퍼 스프레이를 써서는 안 돼. 이런 맙소사, 그건 그녀를 죽일 거라고."

그는 파이프가 피부를 옥죄는데도 오른쪽으로 몸을 최대한 기울인다. 경찰이 그녀를 양옆에서 잡고, 제복 입은 남자가 뒤에서 몸을 구부리고 그녀의 머리를 감싸듯 붙잡는 게 보인다. 세 남자의 눈 공격. 보안관이 말한다.

"선생님, 팔을 풀기만 하면 그냥 나갈 수 있습니다. 고통스러워야 할 필요는 없습니다."

미미 옆의 여자가 구역질을 한다.

더글러스가 미미의 이름을 부른다. 면봉을 든 경찰이 그녀의 목을 한 손으로 잡는다.

"선생님? 손을 푸시겠습니까?"

"제발 아프게 하지 말아요. 난 아프고 싶지 않아요."

"그럼 손을 빼세요."

더글러스는 거의 몸을 반으로 접는다.

"놔줘!"

미미의 눈이 그를 쳐다본다. 그 눈이 광기로 번뜩이고 그녀의 콧구멍이 덫에 걸린 토끼의 코처럼 떨린다. 그는 그 표정을, 일종의 예측을 이해할 수가 없다. 그녀의 눈이 말한다. 무슨 일이 생기든, 내가 하려고 했던 게 뭔지 기억해줘요. 경찰이 그녀의 아름다운 머리를 기울인다. 그녀의 목이 벌어지며 그르럭거리는 아아아 소리가 난다……

그러다가 그는 기억한다. 그는 움직일 수 있다. 아주 간단하다. 그는 팔목을 파이프의 중앙 말뚝에 고정한 클립을 더듬더듬 찾고, 곧 자유가 된다. 그가 벌떡 일어나며 소리를 지른다.

"물러나!"

그런다고 상황이 느려지는 것은 아니다. 그의 뇌가 사람들의 움직임보다 더 빠르게 돌아간다. 그에게는 여러 차례 생각할 수 있는 시간이 끝없이 많다. 경찰을 공격하는 것. 중범죄. 10년에서 12년간의 투옥. 그가 채 달려들기도 전에 경찰이 그에게 수갑을 채우고 바닥에 꼼짝 못하게 누른다. 누군가가 목재, 라고 말하기도 전에.

그날 밤, 충격받은 카메라 촬영자는 테이프를 복제해서 언론에 사본을 보낸다.

데니스는 패트리샤의 오두막에 점심으로 호박 수프를 가져온다.

"패티? 이 이야기를 꺼내야 하는지 잘 모르겠는데."

그녀가 그의 어깨를 머리로 툭 받는다.

"그런 생각하기에는 조금 늦은 거 아니야?"

"법원의 명령은 유지되지 않을 거야. 이미 끝났어."

그녀가 몸을 펴고 정신을 차린다.

"무슨 뜻이야?"

"어젯밤에 텔레비전에서 그랬어. 또 다른 법원 판결이야. 산림청은 당신이 진술한 공판에서 내려진 일시 정지에 구속되지 않는대."

"구속되지 않는다고."

"그들은 밀린 새 벌목 계획을 승인할 준비가 됐어. 사람들이 주 전체에서 난리가 났어. 벌목 회사 본사에서 시위가 있었고, 경찰이 사람들 눈에 화학 물질을 부었어."

"*뭐?* 덴, 그건 올바른 일 같지 않아."

"그들이 영상을 보여줬어. 난 볼 수가 없었어."

"정말 확실해? *여기서?*"

"내가 봤어."

"하지만 당신은 볼 수 없었다고 방금 그랬잖아."

"난 *봤어.*"

그의 말투가 그녀를 후려치는 것 같다. 그들은 어떻게 싸우는지도 모르면서 싸우고 있다. 데니스 역시 부끄러움에 고개를 숙인다. 나쁜 강아지. 더 잘할 수 있잖니. 그녀는 그의 손을 잡는다. 그들은 빈 수프 그릇 앞에 앉아 솔송나무 숲 사이의 좁은 틈새를 쳐다본다. 판사가 공판에서 물은 질문이 다시 떠오른다. 야생이 무슨 쓸모가 있지? 무제한의 번영이라는 권리가 모든 숲을 기하학적 증명으로 바꿔버린다면, 그러면 무슨 차이가 있을까? 바람이 불고 나무의 솜털 같은 순들이 흔들린다. 대단히 고상한 모습이고, 대단히 우아한 나무다. 인간 때문에 난처해지고, 효율성에 의해, 법원 명령에 의해 수모를 당하는 나무. 나무껍질은 회색이고 가지는 푸르러지기 시작한다. 순을 따라 솔잎은 평평하고 바깥쪽과 안쪽을 가리킨다. 쉬고 있을 때에도 고요하고 심지어는 철학적이다. 작고 아래쪽을 향한 썰매 방울 같은 솔방울은 계속되는 침묵이 만족스러운 것 같다.

막 침묵이 흥미로워지기 시작할 때 그것을 깬 장본인은 그녀 쪽이다.

"그 사람들 *눈에?*"

"페퍼 스프레이로. 면봉을 사용해서. 그건 마치…… 이 나라에서 일어나는 일이 아닌 것 같았어."

"사람들은 정말이지 아름다워."

그는 공포에 질린 얼굴로 그녀를 돌아본다. 하지만 그는 신념을 가진 남자이고, 그녀가 하는 설명을 들을 준비를 하고 있다. 그리고 그녀는 생각한다. 그래. 그 생각은 확고하다. 그래, 아름다워. 그리고 불운하지. 그래서 그녀가 그들 사이에서 절대로 살 수 없었던 것이다.

"절망이 그들을 단호하게 만드는 거야. 그보다 더 아름다운 건 없어."

"당신은 우리가 절망적이라고 생각해?"

"덴. 벌목이 어떻게 중단되겠어? 심지어는 속도조차 늦출 수 없을 거야. 우리가 유일하게 할 줄 아는 건 성장뿐이야. 더 많이 더 빠르게. 작년보다 더. 성장, 절벽까지, 심지어는 그 너머까지. 다른 가능성은 없어."

"그렇군."

그는 전혀 이해하지 못한다. 하지만 그녀를 위해 기꺼이 거짓말을 하는 태도가 그녀의 마음을 부순다. 그녀는 그에게 말할 것이다. 커다란 생물체의 높고 불안정한 피라미드가 행성 체계를 엇나가게 만든 강하고 빠른 발길질로 인해 이미 서서히 무너지고 있다는 것을. 공기와 물의 커다란 순환 사이클이 부서지고 있다. 생명의 나무는 다시 쓰러져서 무척추동물, 강인한 지표식물, 박테리아로 뒤덮인 그루터기가 될 것이다. 만약 사람이…… 만약 사람이…….

사람들은 불 앞에 자신들의 몸을 내던진다. 심지어 여기서도, 오래전에 피해를 입은 이 땅에서도, 올해의 손실은 멀리 남쪽에서 입은 손실에 비하면 아무것도 아닌 여기서도…… 사람들이 얻어맞고 학대당한다. 사람들 눈에 최루액을 묻힌 면봉을 문지르는 동안에, 매일 1조 개의 나뭇잎이 대체할 수 없는 상태로 사라진다는 걸 알고 있는 그녀는 아무것도 하지 않았다.

"당신은 내가 평화로운 사람이라고 하겠어?"

"오, 덴. 당신은 거의 식물만큼이나 평화로워!"

"난 비참한 기분이야. 그 경찰들을 때려주고 싶어."

그녀는 솔송나무가 흔들리는 동안 그의 손을 꼭 쥔다.

"인간이란. 너무나 고통이 많아."

그들은 시내로 돌아갈 그의 트럭에 더러운 접시를 싣는다. 그녀가 차 문 앞에서 그를 잡는다.

"나 부자지, 응?"

"시장에 출마할 정도로 부자는 아니지. 당신이 생각하는 게 그거라면."

그녀는 그 농담에 미친 듯이 웃다가 재빨리 정신을 차린다.

"현장 보존은 실패하고 있어. 그리고 난 이제야 항상 그럴 거라는 걸 깨달았어."

그는 그녀를 바라보며 기다린다. 그녀는 생각한다. 나머지 인간들도 이 남자처럼 바라보고 기다리는 걸 편안하게 여긴다면 우리는 구원받을 수도 있을 텐데.

"난 종자 은행을 시작하고 싶어. 세상에는 우리가 베기 시작한 이래로 나무들이 절반밖에 남지 않았어."

"우리 때문에?"

"매 10년마다 세계의 숲의 1퍼센트. 매년 코네티컷보다 더 큰 지역이 사라져."

그는 아무도 주의를 기울이지 않는 게 놀랍다는 듯이 고개를 끄덕인다.

"내가 떠날 무렵이면 현존하는 생물종의 3분의 1에서 절반 정도가 멸종할 거야."

그녀의 말에 그가 의아하게 쳐다본다. 그녀가 어딜 가나?

"우리가 아무것도 알지 못하는 나무가 수만 종이 있어. 우리가 거의 분류도 못하는 종들이. 도서관, 미술관, 약국, 문서기록실을 전부 다 한꺼번에 불태우는 것 같은 짓이야."

"당신 방주를 만들고 싶은 거구나."

그녀는 그 단어에 미소를 짓고서 어깨를 으쓱인다. 그렇게 말해도 상관없다.

"방주를 만들고 싶어."

"그걸 어디에 보관하려고……."

그 아이디어의 기묘함이 그에게 와 닿는다. 수억 년의 변화를 보존할 수 있는 금고. 차 문에 손을 올린 채 그는 측백나무 위쪽의 무언가에 시선을 고정한다.

"당신…… 그것들로 뭘 할 거야? 그것들이 언제쯤……?"

"덴, 나도 몰라. 하지만 종자는 수천 년 동안 휴면할 수도 있어."

그들은 저녁에, 바다가 내려다보이는 언덕 비탈에서 만난다. 아버지와 아들. 한동안 못 봤다. 새로운 장소에서 함께 보내는 이 시간이 지나고 나면 더욱 오래 못 볼 것이다.

닐리-지. 너니?

피타. 우리 여기에 있어요. 이게 되네요!

나이 든 거지는 파란 피부의 신에게 걸어와서 손을 흔든다. 신은 가만히 서 있다. *소리가 아주 안 좋구나, 닐리.*

전 잘 들려요, 아빠. 걱정하지 마세요. 아빠랑 저뿐이니까요.

믿을 수가 없구나. 정말 근사해!

이건 아무것도 아니에요. 조금만 기다려보세요.

파란 신이 걸으려고 하다가 비틀거린다. *네 의상 좀 보렴! 날 좀 봐!*

아빠를 웃게 만들려고 그런 거예요, 피타.

430

나란히, 떨리는 걸음으로 그들은 바다가 부서지는 절벽을 따라 걸어간다. 아버지가 멀리 미네소타에 있는 병원으로 떠나기 한참 전부터 이렇게 함께 걷는 것은 불가능했었다. 소년의 어린 시절에 이런 식으로 나와서 나란히 서서 잡담을 나누고, 단어가 그들의 걸음을 서둘러 따라잡아야 하던 그 시절 이래로는.

정말로 크구나, 닐리.

더 있어요. 훨씬 더 많이요.

그리고 이 자세함이라니! 어떻게 이렇게 했니?

피타, 이건 그저 시작일 뿐이에요. 제 말 믿으세요.

파란 신이 절벽 가장자리로 비틀비틀 걸어간다. *이런 세상에. 이 아래 좀 보렴. 파도야!*

그들은 해안으로 떨어지는 폭포 꼭대기에 서 있다. 파도가 만들어낸 바위는 요정의 성처럼 모래사장 여기저기에 솟아 있다. 아래쪽으로 조수 웅덩이가 반짝거린다.

닐리. 정말로 아름답구나. 난 이걸 전부 다 보고 싶어! 그들은 해안을 따라서 잠시 걷다가 내륙 쪽으로 돌아선다. *지금 여긴 어디지? 여기는 뭐니?*

이건 다 상상이에요, 피타.

그래, 하지만 낯이 익구나.

그거 잘됐네요!

아버지는 나중에 소년의 어머니에게 말할 것이다. 그가 어떻게 용기를 얻어서 사람들이 아직 나타나기 전 초창기 세상에 내려서게 되었는지를. 흐릿한 공기와 비스듬히 열대의 빛이 그를 혼란스럽게 만든다. 갈색의 모래와 푸른 바다, 그것을 둘러싼 건조한 산맥. 그는 대단히 풍부한 식물들을 힐끗 본다. 그는 한 번도 식물에 별다른 관심을 기울여본 적이 없다. 평생 그런 걸 배우는 데 쓸 시간이 없었다. 앞으로도 없을 것이다.

그들은 햇살을 막아주는 거대한 파라솔처럼 펼쳐진 나무들이 서 있는 길을 걷는다. *이게 대체 뭐니, 닐리? 네 SF니?* 아들의 싸구려 잡지가 어린 시절의 침대 아래서 여전히 먼지 쌓인 더미로 남아 있기라도 한 것처럼.

아뇨, 피타. 지구예요. 용혈수예요.

이게 진짜란 말이야? 이런 나무가, 우리 세계에 진짜 있다고?

거지는 미소를 지으며 가리킨다. *전부 다 진짜를 바탕으로 한 거죠!*

파란 신은 문득 깨닫는다. 이 바다의 물고기, 공중의 새, 여기서 기어 다니는 모든 것들이 지구를 사라지는 원본으로부터 구조된 미래의 은신처를 위한 투박한 시작에 불과하게 만든다. 그는 거대한 독버섯 쪽으로 다가간다. *이곳에서 플레이어들은 뭘 할 수 있니?*

거지는 계획하지 않은 단어들을 꺼낸다. *아빠는 이곳에서 뭘 했으면 좋겠어요?*

아하, 닐리. 나도 기억하고 있지. 좋은 대답이구나!

거지는 이 샌드박스 게임이 얼마나 거대한지 설명한다. 허브를 모으고, 동물을 사냥하고, 작물을 심고, 나무를 자르고, 판자를 만들고, 광물과 광석을 찾아서 깊은 광산을 채굴하고, 교역하고 협상하고, 오두막과 시청과 성당과 세계의 불가사의들을 만들고…….

그들은 다시 걷는다. 기후가 좀 더 풍요롭게 바뀐다. 덤불 속에서 짐승들이 돌아다닌다. 그들 위로 새 떼가 날아간다. *언제 사람들이 오기 시작하니?*

다음 달 말에요.

그렇구나. 금방이네!

아빠도 계속 여기 계실 거죠?

그럼, 당연하지, 닐리. 고개를 어떻게 끄덕인다고 했었지? 파란 신은 고개를 끄덕이는 법을 배운다. 새로 배울 것들이 너무나 많다. *그다음엔 무슨 일*

이 생기니?

그다음엔 사람이 흘러넘칠 거예요. 벌써 50만 명이 등록을 했어요. 한 달에 20달러예요. 우린 수백만 명 정도를 예상하고 있어요.

이런 모습을 봐서 정말 좋구나. 시작하기 전에.

네. 우리 둘뿐이에요!

초보 비슈누가 길에서 비틀거린다. 그들은 이제 산을 넘어야 한다. 덩굴이 우거진 협곡을. 신은 주변 환경에 감탄해서 잠깐 서 있다. 그러다가 다시 숲길을 따라 걸어간다.

겨우 사반세기예요, 아빠. 우리가 "안녕 세상" 프로그램을 쓴 이래로요. 그리고 곡선은 여전히 거의 수직으로 올라가고 있어요.

3000킬로미터 떨어진 곳에서, 파란 신이 만드는 걸 도왔던 프로세서의 후손인 프로세서의 시계가 수조 사이클을 도는 동안, 아버지와 아들은 함께 산맥 너머를, 미래를 바라본다. 활발한 소망으로 이루어진 이 땅은 무제한으로 넓어질 것이다. 더 풍부하고, 더 야성적이고, 더 놀라운 수많은 삶들로 가득 찰 것이다. 지도는 이것이 상징하듯 가득 차도록 자라날 것이다. 그리고 여전히 사람들은 굶주리고 고독할 것이다.

그들은 환상적인 산마루를 따라 걷는다. 한참 아래로 넓고 오래된 강이 수많은 식물들로 빼곡한 정글 사이를 구불구불 흘러간다. 파란 신은 서서 바라본다. 평생토록 그는 고향을 그리워했다. 갈망이 그를 구자라트의 마을에서 황금의 주로 오게 만들었다. 그에게는 일과 가족을 제외하면 고국이 없었다. 그리고 평생 동안 그는 생각했다. 나 혼자뿐이야. 이제 그는 구불구불 흘러가는 강을 내려다본다. 수백만 명이 여기 오기 위해서 매달 돈을 낼 것이다. 그리고 그는 떠날 것이다.

우리가 지금은 어디에 있니, 닐리-지?

그런 식으로 작동하는 게 아니에요, 아빠. 전부 다 새 거예요.

그래. 아니. 나도 이해한다. 하지만 이 식물들과 동물들. 우리가 아프리카에서 아시아로 들어가고 있는 거니?

절 따라오세요. 보여드릴 게 있어요. 거지가 지그재그식 길을 따라 우거진 정글로 앞장서서 간다. 그들은 구불구불한 미로처럼 전부 똑같아 보이는 길로 들어선다. 짐승들이 덤불 사이로 달려간다.

멀구슬나무구나, 닐리. 마법이야!

잠깐만요. 더 있어요.

정글이 더 우거지고 길은 좁아진다. 길게 갈라진 잎과 구불거리는 덩굴들 속에서 형체가 움직인다. 그리고 아버지는 이 거대한 시뮬레이션 나뭇잎들 속에 숨겨진 그것을 본다. 하나의 무화과나무가 삼켜버린 폐허가 된 사원.

오, 우리 왕자님. 너 정말로 뭔가를 만들었구나.

저 혼자 한 건 아니에요. 수백 명이 했죠. 사실, 수천 명이요. 전 그 사람들 이름도 다 몰라요. 아빠도 여기 계세요. 아빠가 하신 일은……. 거지가 몸을 돌린다. 그는 기어들어 가서 물을 빨아 먹을 틈새를 찾아 오래된 돌 위를 구불구불 휘감고 있는 뿌리 쪽으로 손을 흔든다. 그러고는 마디진 새끼손가락 끝을 들어 올린다. *보이세요, 피타? 전부 다 겨우 이만한 씨앗에서 나온 거예요…….*

비슈누는 묻고 싶다. 내 눈에 어떻게 눈물이 고이게 만들지? 대신에 그는 말한다. *고맙다, 닐리. 난 이제 가야겠구나.*

네, 아빠. 곧 또 봬요. 그것은 무해한 거짓말이다. 이 세계에서 거지는 대륙의 절반을 그냥 걸어갔다. 하지만 다른 세계에서는 너무 허약하고 지쳐서 비행기도 탈 수가 없다. 그리고 방금 맨발로 울퉁불퉁한 산악지대를 건너온 파란 신은, 위쪽 세상에서 그의 몸이 변이 프로그램으로 뒤엉키고 구문 오류가 너무 많아서 이 세계의 시작일까지 버티지 못할 것이다.

그의 꼭두각시 몸이 고개를 끄덕이고 그의 손바닥이 서로 겹쳐진다. 이 산책 고맙다, 우리 닐리. 우린 곧 집에 가게 될 거야.

레이 브링크먼의 머리에서 깨달음부터 둑이 터지기까지 13초가 걸린다.

침실 텔레비전에서는 야간 뉴스가 나온다. 이스라엘군이 팔레스타인의 올리브 숲을 파내고 있다. 이불 아래에서 레이는 생각을 떨쳐낼 수 있을 정도로 소리를 높이기 위해 리모컨을 누른다. 도러시는 욕실에서 잠자리에 들 준비를 하고 있다. 그녀의 야간 의식은 한 가지 소음에서 다른 소음으로 이어진다. 헤어드라이어 소리가 전동칫솔 소리가 되었다가 세라믹 세면대에 물이 흐르는 소리가 된다. 각각의 소리가 그에게는 늑대가 한때 그러던 것처럼, 또는 아비새 울음소리처럼 그에게 밤이라고 말한다. 그리고 그 동물들의 울음소리처럼, 이 소리들도 곧 사라질 것이다.

영원 같은 시간이 걸린다. 무엇 때문에? 오늘 밤의 재앙 이후로…… 이 모든 준비들은 아침에 더욱 목적의식을 갖고 할 수 있는 거 아닌가? 그녀는 잠을 자기 위해 깨끗하게 씻고 밤에 일어날 모든 일에 준비를 한다. 하지만 밤은 낮에 이미 일어난 것보다 더 끔찍한 악몽을 가져오지는 못할 것이다.

그로서는 전혀 이해가 되지 않는다. 오늘 저녁 이후로 그녀가 지난 십여 년 동안 함께 쓴 그들의 침대에 들어올 거라고는 생각조차 할 수가 없다. 하지만 그녀가 아주 오래전 한때 육아실로 바꿀 꿈에 부풀었던 복도 아래쪽 방에서 잔다는 것은 더더욱 생각할 수가 없다. 그는 이 침대를 부숴버릴 것이다. 조각이 새겨진 참나무 머리판을 쪼개 불쏘시개로 만들 것이다. 뉴스캐스터가 말한다.

"한편 캐나다 전역의 학교 운동장에 있는 다른 나무들을 아이들의 목숨을 지키기 위해서 베어버리고 있습니다……."

레이는 화면을 쳐다보지만 자신이 뭘 보고 있는지도 모른다. 1초에서 3초 동안에 그런 일이 일어난다. 그는 아직 조리 있는 생각을 동원해서 생각한다. *난 합의사항과 실제를 기껍게 혼동하는 사람이었어. 인생에 의미 있는 미래가 있다는 걸 절대 의심한 적 없는 사람이었지. 이제 그건 다 끝났어.*

이런 생각에 이르는 데는 4분의 1초도 걸리지 않는다. 그는 잠깐 눈을 감고, 오디션을 본다. 그들의 첫 번째 데이트. 마녀들이 그에게 내일을 신경 쓰지 말라고 말한다. 그는 숲이 일어나고 수 킬로미터를 걷기 전까지는, 숲이 멀리 있는 언덕 비탈을 오르기 전까지는 어떤 해도 입지 않을 것이다. 그는 안전하다. 지금부터 안전하다. 누가 숲에 명령을 내리거나 나무에게 땅에 묶인 뿌리를 들어 올리라고 시킬 수 있겠는가? *우리의 위대한 맥베스는 자연이 내주는 기간만큼 살 것이다.* 하지만 그는 다른 역할을 맡는다. 여자에게서 태어나지 않고 숲을 움직이게 만들 남자.

레이의 눈꺼풀이 0.5초 정도 감긴다. 그 살아 있는 화면 안쪽에서 그는 두 사람이 함께 자는 것을, 그들이 처음 아마추어 연극을 했던 밤을 본다. *우리의 모든 어제들을* 반복해서, 계속. 스물네 살밖에 안 되고, 어른의 현관에서 조바심을 내던 어린 레이디 맥베스. 어둠 속 그의 옆에서, 초조한 면접으로 그를 몰아붙이던 그의 예민한 친구. *당신 부모님과의 관계는 어때요? 인종차별적 생각을 해본 적 있어요? 좀도둑질을 한 적이 있나요?* 그때, 그 첫날밤에도 그는 그들이 나이 들 때까지 서로를 어떻게 보살펴줄지를 볼 수 있었다. 시간이 흐르면서 저절로 알게 될 미리 깔린 설계를 따라가는 두 사람. 영원히. 그리고 영원히. 그리고 영원히.

예언은 속임수였다. 그는 자신을 추스르고 살아가야 한다. 하지만 어떻게? 왜? 뉴스가 격렬한 장면을 보여준다. 레이는 안개 속에서 그것을 본다.

묶여 있는 사람들, 그들을 끌어내는 경찰. 욕실에서 물 흐르는 소리가 멈춘다. 이것은 6에서 7초다.

모든 소유물이 장물로 변한다. 그게 한 시간 전에 그의 아내가 그에게 한 말이다. *이 모든 것들이 지나가고 내가 정신을 차릴 거라고 생각해? 내가 당신의 변덕스럽고 조그만 도트로 돌아올 거라고?*

그는 몇 달 동안 알고 있었다고 말하려고 했다. 1년도 넘게. 그래도 그는 여전히 여기 있다고. 여전히 그녀의 남편이라고. 오고 가라고. 누구하고 함께 있든지 무엇을 하든지 그저 가까이에만 있으라고.

절도보다 더 나쁘다. 살인이다. 당신은 날 죽이고 있어, 레이.

그는 그녀에게 상기시키려고 했다. 그들 사이에는 아직 뭔가 벌어지고 있다고. 그들이 함께 있어야만 하는 이유가 있다고. 그가 이미 본 예감이 꼼짝 않고 참고 있던 이 몇 달 동안 그를 계속 지속하게 만들었다. 이미 항상 존재해온 그들 결합의 어떤 목적. 그들은 서로에게 속해 있다.

아무도 다른 사람에게 속하지 않아, 레이. 날 자유롭게 풀어줘야 해.

욕실에서 무슨 일이 일어나고 있다. 아무 소리도 나지 않는 모든 일이. 2초 동안의 침묵, 그리고 그는 겁에 질린다. 아무것도 이해가 되지 않는다. 보살필 것은 없다. 그는 다시 텔레비전을 본다. 사람들은 아무 이유 없이, 아무 쓸모도 없이 그것을 눈으로 본다.

9초에서 10초에 그의 뇌가 순회재판소로 변한다. 그가 몇 달 전에, 어느 날 밤 책을 읽다가 처음 했던 생각이 뇌에 가득 찬다. 그의 법적인 아내가 조만간 갖게 될 비밀 관계에 정신이 나가 있는 사이에 말이다. 그가 다른 사람이 저작권을 가진 책에서 훔쳤고, 이제 대가를 지불해야 하는 생각. 시간은 무엇이 소유 가능한지를 바꾸고, 누가 소유할지도 바꾼다. 인류는 이웃에 대해서 완전히 틀렸고, 아무도 그것을 알지 못한다. 우리는 모든 생각에 대해서, 우리가 훔친 모든 것들에 대해서 대가를 치러야 할 것이다.

화면 속의 사람들이 비명을 지르기 시작한다. 어쩌면 비명은 그 자신이 갈색이 되어 떨어지는 것을 보는 그에게서 나온 건지도 모른다. 그녀가 문가에서 그의 이름을 외치고 있다. 그의 입술이 움직이지만, 아무 소리도 나오지 않는다.

마치 내가 "책"이라는 단어를 갖고 있었는데 당신이 내 손에 책을 준 것 같아.

그는 침대에서 소나무 마룻바닥으로 미끄러진다. 그의 눈이 소용돌이 모양 나뭇결에 부딪친다. 그의 뇌에서 무언가가 부서지고, 한때 집처럼 안전했던 모든 것들이 과도하게 판 광산처럼 무너진다. 그의 피질에 피가 넘치고, 그는 아무것도 갖지 못한다. 아무것도, 오로지 이것 말고는.

미미가 월요일 아침 7시 30분에 도착하자 그녀의 책상 옆에 회색 서지 정장 차림의 남자가 서 있다. 그녀는 힐끗 보고서도 낯선 남자가 누군지 안다.

"마 팀장님?"

납작하게 접힌 마분지 상자들이 그녀의 책상 옆에 기대어 있다. 그는 여기에 한동안 있었던 모양이다. 그의 임무는 여기 먼저 와서 아무 문제도 없도록 확실하게 처리하는 것이다. 그녀의 컴퓨터는 플러그가 뽑혔고, 모든 케이블은 CPU 위에 깔끔하게 감겨서 올려져 있다. 파일은 그녀가 1.6킬로미터 떨어진 곳에서 커피와 베이글을 먹는 동안에 이미 사라졌다.

"제 이름은 브렌단 스미스입니다. 회사에서 나가는 걸 돕기 위해서 왔습니다."

그녀는 이미 며칠 동안 이런 일이 일어날 줄 알고 있었다. 그녀는 무단침입 범죄로 온갖 뉴스에 나왔다. 어쨌든 수많은 설계 결함에 시달리고 있는 종으로서 동료 엔지니어들은 이런 오류를 눈감아줄지도 모르지만, 그녀는 또한 진보와 자유, 부를 상대로 싸움을 벌였다. 인간의 생득권을 상대로. 그 것은 그녀의 직업상 절대로 용서받을 수 없는 일이다.

그녀는 퇴거 전문가가 시선을 돌릴 때까지 빤히 쳐다본다.

"가레스는 내가 여기를 엉망으로 만들 거라고 생각한 건가요? 국제적인 세라믹 주조의 비밀이라도 훔칠까 봐?"

남자가 상자를 조립한다.

"이걸 채울 시간을 20분 드리죠. 개인 물품만 가능합니다. 가져가고 싶으 신 건 전부 다 목록을 만들고, 퇴실 서명을 받기 전에 승인을 받을 겁니다."

"퇴실 서명? 퇴실 서명?"

분노가 그녀의 목으로 솟구친다. 이 사설 경호업체가 모든 것을 무(無)로 만들기 위해서 고용되었다는 데 대한 분노다. 그녀는 몸을 돌려 문으로 향 한다. 회색 남자는 약간의 힘으로 그녀를 막는다.

"사무실에서 나가시면 처리가 끝난 걸로 여길 겁니다."

그녀는 마음을 바꾸고 책상 앞에 앉는다. 더 이상 그녀의 책상이 아니다. 그녀의 뇌가 한 대 맞은 것 같은 느낌이다. 어떻게 이럴 수가 있지? 어떻게 감히 이럴 수가 있어? 그들이 가진 모든 걸 상대로 고소할 거야. 하지만 공 정행위에 관한 모든 권리와 특권은 그들의 것이다. 인류는 깡패다. 법은 폭 력배다. 그녀의 동료들이 그녀의 문 앞을 지나가다가 속도를 늦추고 드라 마를 힐끗 보고서는 부끄러운 듯 재빨리 사라진다.

그녀는 경호원이 만들어준 상자에 자신의 책들을 넣는다. 그리고 자신의 공책들을.

"공책은 안 됩니다. 그건 회사 자산입니다."

그녀는 스테이플러를 던지고 싶은 충동을 참는다. 경호원이 준 종이에 사진을 싸서 상자에 넣는다. 카먼과 그녀의 켄터키마운틴 승용마. 투손의 수영장에 있는 어밀리아와 아이들. 옐로스톤의 개울에 서 있는 그녀의 아버지. 일요일에 입는 제일 좋은 옷차림으로 한 번도 만난 적 없는 미국인 소녀들의 사진을 들고 있는 상하이의 할아버지 할머니.

구부러진 못으로 만든 논리 퍼즐. 액자에 든 재미있는 문구들. 반응은 말보다 더 크게 말한다. 누군가는 잔을 보고 반이나 비었다고 하고, 누군가는 반이나 찼다고 한다. 엔지니어는 방지장치를 필요한 것보다 두 배 크게 본다.

"다 끝났습니까?"

그녀의 개인 조기퇴직 담당자가 말한다.

깃발로 뒤덮인 짐 가방. 외국 이름이 수놓인 증기선용 트렁크.

"열쇠 주시죠."

그녀는 고개를 흔들고서 그녀의 회사 열쇠들을 건넨다. 남자는 그것을 목록에 표시한 다음 그녀에게 서명을 받는다.

"따라오시죠."

그가 상자들을 든다. 그녀는 짐 가방과 증기선 트렁크를 든다. 복도에서 호기심에 찬 동료들이 재빨리 물러난다. 그는 상자를 내려놓고 문을 잠근다. 자물쇠가 찰칵 소리를 내는 순간, 그녀는 깨닫는다.

"제기랄. 도로 열어요."

"사무실은 폐쇄됐습니다."

"도로 열어요."

그는 문을 연다. 그녀는 방으로 도로 들어가서, 한쪽 벽으로 가서, 의자위로 올라간다. 그녀는 1200년 된 깨달음의 문턱에 있는 아라한 두루마리를 조금씩 떼서 둘둘 말아서 집어넣는다. 그런 다음 경호원을 따라 수년 동안 그녀에게 따뜻하게 인사를 했었지만 지금은 자기들 일만 하고 있는 직원들을 지나서 현관으로 내려온다. 그녀가 축적된 직업 생활의 결과물을 주차장으로 나르는 동안 남자는 금지된 나무 열매를 밀렵한 인간이 에덴동산으로 도로 들어와서 모든 것을 해결해줄 다른 과일까지 먹지 못하게 막는 에덴 동쪽 문의 천사처럼 회사 문을 지키고 서 있다.

자신이 망했다는 것을 아는 유일한 동물. 거의 자정이 다 되어 비번인 민병대와 다른 무장 애국자들로 가득한 길가 술집에서 울려 퍼지는 록음악 위로 더기는 계속해서 말한다. 바로 *그거야말로 모든 문제들이 시작되는 지점*이라고.

"내 말은, 자기가 죽을 거라는 걸 아는 게 무슨 도움이 되지? 자신이 공기가 들락날락하는 작은 하수관 주위를 썩은 고기로 싸서 마대를 씌워놓은 존재에 지나지 않는다는 걸 알 만큼 영리하다고 해서 뭐가 도움이 돼? 그러고서, 뭐? 앞으로 수천 번쯤 해가 뜨는 걸 보고 나면 죽을 거라는 걸 안다고 해서 말이야."

새틴나무로 된 바에서 그의 옆에 앉은 동료 철학자가 대답한다.

"잠깐만 그 입 좀 다물 수 없어?"

"반면에 나무는 말이지. 그 녀석들은 우리가 상상도 할 수 없는 규모와 시간 단위로 사물에 관해서—"

주먹이 날아와서 그의 광대뼈를 후려친다. 너무 빨라서 더글러스는 그 자리에서 얼어붙은 것만 같다. 그는 전나무 바닥에 머리부터 부딪쳐 순식간에 정신을 잃어서 자신을 내려다보고 선 남자가 추도연설을 하는 것조차 듣지 못한다.

"미안하지만, 경고를 했잖아."

정신을 차려보니 그의 친구 스피노자는 이미 사라졌다. 그는 손끝으로 머리와 얼굴을 조심스럽게 만져본다. 아무것도 없어지지는 않았지만, 별로 좋게 느껴지지 않는 뭉클뭉클한 것이 있다. 별과 빛, 어두운 구름과 고통, 하지만 그는 이보다 더 나쁜 것도 견뎠다. 그는 걱정하는 종업원의 도움을 받아 일어선 다음 물러난다.

"사람들은 보이는 모습대로가 아니라니까."

이번에는 아무도 반대의 말을 하지 않는다.

그는 술집 주차장에 있는 자신의 차에 앉아서 계획 없는 계획을 세운다. 그가 아는 한 그에게는 도움과 위안을 받기 위해 찾아갈 만한 사람이 전혀 없다. 세계 구원의 파트너, 단순히 불운한 파블리첵스러움보다 더 큰 목표를 위해서 그와 손을 잡은 여자를 제외하면. 그녀만이 이 삶에서 그를 이끌고 그에게 목적을 부여하는 법을 안다. 이 시간에 미미의 집에 들르는 것은 한계를 시험하는 일이다. 그녀가 그에게 밤에 찾아오지 말라고 대놓고 말을 한 건 아니지만, 그렇게 기뻐하지도 않을 것이다. 그래도 어쨌든 그녀는 그의 얼굴이라는 이 골칫덩이를 어떻게 해야 할지 알 것이다.

길가에서 함께 몸을 묶고서 오랜 시간 머무는 동안—실은 목재 회사에서도 별로 관심이 없었다—에 그녀가 그에게 자신의 위대하고 젊었던 사랑에 대해서 말한 적이 한 번 있다. 양쪽 성별 모두를 상대로. 그 고백에 그는 깊은 인상을 받았다. 그는 그녀가 되고 싶어 하는 어떤 모습이든 간에 상관없다. 세상은 제각기 기묘한 실험의 결과물인 수많은 생물종들에 의존하고 있다. 그는 그저 그녀가 가끔 그를 자신의 내실에 넣어주기를, 신뢰하는 친구나 그녀의 하인이나 뭐 그런 걸로 여겨주기만을 바랄 뿐이다. 이 사악한 세상에 맞서는 감시병으로서, 그녀와 누구든 그녀 삶의 현재 대답을 그가 지킬 수 있도록 해주기를 바랄 뿐이다.

그는 시동장치에 열쇠를 꽂기 위해서 애를 쓴다. 지금 중장비는 다루면 안 될지도 모르겠다. 하지만 그의 뺨이 헐겁고 눈가로 뭔가가 흘러내리고 있다. 달리 갈 만한 곳이 없다. 그는 주차장을 빠져나와 골짜기 고속도로로 돌아가서 시내로, 사랑을 향해서 달린다.

그는 바 바깥쪽 갓길에 서 있던 트럭을 보지 못한다. 트럭이 그의 뒤에서 아스팔트를 따라 다가오는 것도 보지 못한다. 두 개의 하얀 눈이 그의 백미러를 채우고 괴수가 그의 뒷범퍼를 들이받을 때까지 아무것도 보지 못한다. 그는 앞으로 기울어지고, 차가 흔들린다. 트럭이 다가와서 다시 그에게 부딪친다. 그는 브레이크를 밟을 수도, 생각을 할 수조차 없다. 도로가 꺼진다. 그는 페달을 밟지만 트럭이 계속 그를 밀어붙인다. 언덕 아래에서 그는 철도 건널목을 지나 허공으로 뜬다.

교차로가 그의 앞에서 흔들린다. 그는 갑자기 오른쪽으로 차를 돌려서 통제된 회전 속도의 두 배로 차를 억지로 미끄러뜨린다. 슬로모션 활강 상태로 차 뒷부분이 시계 방향으로 270도 빙 돈다. 그가 교차로에 직각으로 멈춰 설 무렵에, 텅 빈 목재 트럭은 고속도로로 달려가며 운전사가 기나긴 작별 인사를 하듯이 경적을 울려댄다.

더글러스는 충격을 받은 상태로 교차로에 머문다. 경찰이 한 것보다 그를 더 엉망진창으로 만든 공격이었다. 비행기가 추락했을 때보다도 더 심하다. 그것은 그저 신이 평소의 룰렛을 돌린 것뿐이었다. 이건 계획을 가진 미친 남자의 짓이고.

그는 교차로를 따라서 시내까지 기나긴 길을 간다. 금방이라도 하얀 두 개의 빛이 다시 나타날 것 같아서 백미러에서 눈을 뗄 수가 없다. 하지만 그는 더 이상의 사고 없이 미미의 아파트까지 무사히 온다. 그녀의 집에는 여전히 불이 켜져 있다. 문을 열었을 때 그녀가 술에 취했다는 사실이 분명히 드러난다. 그녀의 뒤로 방 안은 엉망이다. 거실 바닥에 두루마리가 펼쳐져 있다.

그녀가 휘청거리며 흐릿한 발음으로 말한다.

"무슨 일이 있었던 거예요?"

그는 놀라서 자신의 얼굴을 만진다. 거기에 대해서는 잊고 있었다. 그가 대답하기도 전에 그녀가 그를 안으로 당긴다. 그게 나무들이 그들을 마침내 집으로 데려오는 방식이다.

애덤 어피치는 오른발을 가상의 틈새에 얹고 올라선다. 로프의 매듭을 밀고, 다시 왼발로 올라선다. 그가 이미 몇 번의 허공 걸음을 걸었는지는 잊어버리려고 애를 쓴다. 스스로에게 말한다. *나는 항상 나무를 오르곤 했었어.* 하지만 애덤은 나무를 오르는 게 아니다. 그는 연필처럼 가느다란 로프에 묶여서 한눈에 양쪽 가장자리가 다 들어오지 않을 만큼 널따란 나무 몸통에 매달린 채 허공을 오르고 있다. 두께가 30센티미터는 될 것 같은 나무 껍질의 고랑은 그의 손보다도 깊다. 그의 위로 긴 갈색의 길이 구름 속으로 사라진다. 로프가 빙빙 돌기 시작한다.

위에서 목소리가 들린다.

"기다려요. 싸우지 말아요."

"난 못하겠어요."

"할 수 있어요. 하게 될 거예요."

그의 목이 신물과 공포로 가득 찬다. 한 발 한 발 그는 불가능한 틈을 메워간다. 거의 꼭대기에서 그는 용기를 내서 올려다본다. 두 명의 나무 생명체가 그가 알아듣지도 못하고 믿지도 않을 부드러운 격려를 한다. 그는 뭔가 단단하고 아직 숨을 쉬는 것을 붙잡는다. 대단하지는 않지만, 숨은 쉰다.

"봤죠?"

여자의 환한 얼굴은 그가 올라오다가 중간에 죽은 게 아닌가 생각하게 만든다. 얼룩덜룩한 피부에 구약성서에 나올 것 같은 수염을 가진 남자가 그에게 물컵을 내민다. 애덤은 마신다. 그는 잠깐 자신이 괜찮을 거라고 믿는다. 그의 아래에 있는 플랫폼은 바람에 기우뚱거린다. 나무 위 커플은 서성거리며 그에게 허클베리를 권한다.

"난 괜찮아요."

그리고 덧붙인다.

"내가 이 말을 5분 전에 했으면 좀 더 설득력이 있었을 것 같네요."

메이든헤어라고 하는 여자는 나무를 타고 임시 식료품 저장실로 올라가서 그의 현기증을 완화시켜줄 거라고 말하며 차를 찾는다. 그녀는 어떤 것으로도 몸을 고정하고 있지 않다. 맨발에 20층 높이에서. 그는 침엽을 채운 베개에 얼굴을 묻는다.

애덤은 아래를 내려다볼 수 있을 것 같다. 아래쪽 숲에는 조각보 이불 같은 모습이 펼쳐진다. 그는 전달자인 로키의 안내를 받아 몰래 들어오면서 그 학살의 현장을 바로 옆에서 지나쳤다. 하지만 이 조감도는 훨씬 끔찍하다. 잘못된 이상주의라는 그의 연구 주제에는 최적인 사람들이 버티고 있는 나무 위 시위장은 이 지역에서 가장 오래 버티고 가장 단호할 뿐만 아니라, 벌목에서 마지막까지 살아남은 커다란 유물이다. 벌거벗은 땅에는 10대가 면도하다가 남겨놓은 수염처럼 나무가 드문드문 남아 있다. 사방에 새로 생긴 그루터기, 죽은 나무와 불에 탄 잔해, 톱밥이 뿌려진 쓰레기, 너무 가팔라서 내려가지 않은 협곡에 남은 몇 그루의 나무들. 그리고 이 지킴이들이 이름 지어 부르고 있는 거대한 나무 주위를 둘러싼 무리들.

파수꾼이라는 남자가 랜드마크들을 가리킨다.

"저 헐거운 표토는 이쪽에서 쓸려서 일(Eel)강으로 갈 거예요. 바다로 흘러가는 동안에 물고기들을 죽일 거고요. 기억하기 힘들지만, 우리가 열 달 전에 여기 왔을 때에는 우리 눈길이 닿는 곳까지 전부 다 푸르렀죠. 상황을 늦추기 위해서 아무리 애를 써도 소용이 없었어요."

애덤은 임상의가 아니기도 하고, 로스트코스트를 거쳐오며 사회활동가 250명을 인터뷰한 결과 진단을 머뭇거리게 되었다. 하지만 파수꾼은 정말로 절망했거나 다시 태어난 현실주의자임이 분명하다.

한참 밑에서 갑자기 중장비가 말벌처럼 웅웅거리는 소리를 내고, 파수꾼이 몸을 구부려서 내려다본다.

"저기요."

사라져가는 숲에서 800미터쯤 떨어진 곳에서 바나나 껍질보다 더 샛노란 것이 지그재그로 다가온다.

"뭐가 나타났어요?"

메이든헤어가 묻는다.

"스카이라이너 집재기요. 그래플러캣 두어 대하고요. 내일쯤이면 우린 아마 봉쇄될 거예요."

그가 애덤을 쳐다본다.

"묻고 싶은 거 빨리 묻고 오늘 밤 안에 내려가는 게 좋을걸요."

"아니면 우리랑 함께하든지요. 당신한테 손님용 방을 줄 수 있어요."

메이든헤어가 말한다. 애덤은 대답할 수가 없다. 머리가 아직도 깨질 것 같다. 숨을 쉬면 속이 울렁거린다. 그냥 산타크루즈로 돌아가서 질문지에서 데이터를 뽑아 분석하고 엄격한 통계치로부터 미심쩍은 결론이나 끌어내고 싶다.

"당신은 엄청 환영받을 거예요."

여자가 그에게 말한다.

"어쨌든 우리는 겨우 며칠만 자원했을 뿐인데, 이거 봐요. 거의 1년이 다 되도록 있잖아요."

파수꾼이 미소를 짓는다.

"뮤어의 근사한 말이 있죠. '난 그저 산책을 나갔을 뿐인데…….'"

애덤이 쏟아낸 배 속의 내용물이 60미터 아래 지상으로 떨어진다.

관찰대상들은 플랫폼에 앉아서 애덤이 준 질문지와 연필을 응시한다. 그들의 손은 갈색과 초록색으로 물들어 있고, 썩은 낙엽 찌꺼기가 손톱 밑에 끼어 있다. 그들에게서는 삼나무처럼 숙성되고 퀴퀴한 냄새가 난다. 조사자는 그들 위쪽에 있고 절대로 흔들리는 걸 멈추지 않는 망보기용 해먹에 머문다. 그는 그들의 얼굴에서 그가 이미 인터뷰했던 많은 활동가들에게서 본 편집증적인 구원에 대한 믿음의 흔적을 찾으려고 한다. 남자는 관대하지만 한편으로 운명론적이다. 여자는 약에 취하지 않은 사람에게서는 절대로 볼 수 없는 방식으로 태연하다.

메이든헤어가 묻는다.

"이게 당신의 박사 논문 연구용이라고요?"

"맞아요."

"가설은 뭔데요?"

애덤은 한참 동안이나 인터뷰를 하고 다녀서 그 단어가 어쩐지 낯설다.

"내가 대답하는 내용이 당신의 답에 영향을 줄 수도 있어요."

"당신이 사람들에 관해 갖고 있는 이론은……?"

"아뇨. 아직 이론은 아니에요. 데이터를 모으는 중이죠."

파수꾼이 단음절로 불안정하게 웃는다.

"그런 식으로 진행되는 게 아닐 텐데요, 안 그래요?"

"뭐가 그런 식으로 진행이 안 돼요?"

"과학적 연구방법이요. 주도적인 이론이 없으면 데이터를 모을 수 없잖아요."

"방금 내가 말한 대로예요. 난 환경 활동가들의 성격 프로파일을 연구하고 있어요."

"병적인 확신에 관해서요?"

파수꾼이 묻는다.

"전혀 아니에요. 난 그저…… 난 사람들에 대해서 뭔가를 알고 싶을 뿐이에요. 그러니까…… 사람들이 믿는……."

"식물도 사람이라는 걸 믿는 사람들에 대해서요?"

애덤은 웃음을 터뜨리고, 자신이 웃지 않았으면 하고 후회한다. 고도 때문이다.

"네."

"이 점수들을 전부 합하고 일종의 회귀분석을 해서 당신은—"

여자가 파트너의 발목을 건드린다. 그는 애덤이 질문지에 몰래 끼워 넣고 싶은 두 개의 질문 중 하나에 대한 답을 보여주는 방식으로 즉시 조용해진다. 다른 질문은 그들이 60미터 높이에서 서로의 앞에서 어떻게 변을 보느냐는 것이다.

메이든헤어의 미소는 애덤에게 사기꾼이 된 기분을 느끼게 만든다. 그녀는 그보다 몇 살은 어린데도, 수십 년은 더 산 것처럼 확신으로 가득하다. 그녀가 말한다.

"당신은 거의 모든 사람들에게 유일하게 진짜인 건 다른 사람들뿐인 반면에, 왜 어떤 사람들은 살아 있는 세계를 진지하게 받아들이는 건지 그 이유를 연구하고 있는 거군요. 당신은 오로지 사람만이 중요하다고 생각하는 모든 사람들을 연구해야 해요."

파수꾼이 웃는다.

"병적인 거라니까요."

잠깐 동안 그들의 위에서 해가 멈춘다. 그러다가 서쪽으로, 기다리고 있는 바다를 향해서 서서히 떨어지기 시작한다. 정오의 빛이 풍경을 금빛과 수채화색으로 물들인다. 캘리포니아, 미국의 에덴. 이 마지막 남은 쥐라기 숲의 조그만 유물, 지구상 어디에도 없는 세상. 애덤이 미리 넘겨 보지 말라고 했음에도 불구하고 메이든헤어는 질문 책자를 쭉 넘긴다. 그녀가 3페이지에서 순진한 질문을 보고는 고개를 흔든다.

"이런 것들은 당신에게 중요한 건 하나도 알려주지 못할 거예요. 우리에 대해 알고 싶으면, 그냥 이야기를 해요."

"좋아요."

해먹이 애덤을 멀미 나게 만든다. 그는 아래에 있는 4.5제곱미터의 나라 말고 다른 곳은 볼 수가 없다.

"문제는 말이죠―"

"저 친구한테는 데이터가 필요해요. 단순한 양적인 게 말이죠."

파수꾼이 진보의 톱소리가 들리는 남서쪽으로 손을 흔들며 말을 잇는다.

"이런 비유랑 함께 말이죠. 설문지는 복잡한 성격을 판단하기 위한 것이다. 마치 스카이라이너 집게가……."

여자가 너무 벌떡 일어나서 애덤은 그녀가 가장자리로 떨어질 거라고 확신한다. 그녀는 한쪽으로 몸을 기울이고, 파수꾼이 그것을 보완하기 위해서 몸을 반대편으로 기울인다. 두 사람 다 자신들의 혼합 행동을 의식하지 못한다. 메이든헤어가 애덤을 돌아본다. 그는 그녀가 이카루스처럼 떨어지기를 기다린다.

"난 보험통계학 학위를 따기까지 세 시간이 부족했죠. 보험통계학이 뭔지 알아요?"

"난…… 이거 속임수가 있는 질문인가요?"

"그건 인간의 삶 전체를 현금 가치로 대체하는 학문이에요."

애덤은 숨을 내뱉는다.

"저기요, 혹시 좀 앉아줄 수 없을까요?"

"바람이 전혀 안 부는데요! 하지만 좋아요. 당신한테 하나만 물어봐도 된다면요."

"좋아요. 그냥, 제발 좀……."

"이 질문지를 갖고서 당신 눈으로 우리를 보고 질문을 해서 알아낼 수 없는 어떤 걸 배울 수 있는 건가요?"

"난 그냥 알고 싶을 뿐이에요……."

이 대답은 설문을 망칠 것이다. 그는 그들이 대답할 만한 어떤 답이든 무효가 될 방법을 제시하는 셈이다. 하지만 왠지 모르게 2000년 된 콩나무 위에 있으니 더 이상 신경을 쓰지 않게 된다. 그는 이야기를 하고 싶다. 한동안 그가 전혀 하고 싶지 않았던 일이다.

"집단의 충성심이 이성을 가로막는다는 풍부한 증거들을요."

메이든헤어와 파수꾼은 그가 과학에서 대기가 대체로 공기로 이루어졌다는 것을 밝혀냈다고 말한 것처럼 피식 웃음을 교환한다.

"사람들이 현실을 만들어요. 수력발전 댐. 지하 터널. 초음속 이동. 그런 것에 저항하기는 힘들죠."

애덤이 말한다.

파수꾼은 지친 듯한 미소를 짓는다.

"우리는 현실을 만들지 않아요. 그저 그걸 피하죠. 지금까지는요. 자연자본을 약탈하고 그 가치를 숨기는 방법으로 말이에요. 하지만 청구서가 날아오고 있고, 우린 그걸 지불해야만 할 거예요."

애덤은 미소를 지어야 할지 고개를 끄덕여야 할지 알 수가 없다. 대부분이 합의하는 현실에 면역을 가진 이 소수의 사람들에게 그가 이해해야 하는 비밀이 있다는 사실만 알고 있을 뿐이다.

메이든헤어가 실험실의 한쪽에서만 보이는 유리를 통해서 보는 것처럼 애덤을 살핀다.

"다른 거 좀 물어봐도 돼요?"

"원하는 건 뭐든지 물어봐요."

"간단한 질문이에요. 우리한테 시간이 얼마나 있다고 생각해요?"

그는 이해할 수가 없다. 그는 파수꾼을 보지만, 남자 역시 그의 답을 기다리고 있다.

"잘 모르겠는데요."

"당신의 마음 깊은 곳에서 말이에요. 우리가 우리 주위의 것들을 다 무너뜨릴 때까지 시간이 얼마나 걸릴까요?"

그녀의 말이 애덤을 부끄럽게 만든다. 그것은 학부생 기숙사에서 나올 만한 질문이다. 토요일 밤 늦게 술집에서. 그는 상황이 걷잡을 수 없게 흘러가게 방치했다. 사유지를 무단침입하고, 나무를 올라오고, 이 쓸모없는 대화를 나누는 모든 일들이 두 개의 추가 데이터만큼의 가치가 전혀 없다. 그는 고개를 돌려 망가진 삼나무들을 본다.

"정말로 난 잘 모르겠어요."

"세상이 대체할 수 있는 속도보다 더 빠르게 인간이 자원을 사용하고 있다고 믿나요?"

그 질문은 계산에서 크게 어긋나서 의미가 없게 느껴진다. 그러다가 그의 안을 막고 있던 조그만 둑이 열리고, 마치 눈가리개가 풀리는 것 같다.

"네."

"고마워요!"

그녀는 자신의 웃자란 학생을 보며 대단히 기뻐한다. 그 역시 마주 웃는다. 메이든헤어의 머리가 앞쪽으로 기울어지고 그녀의 눈썹이 위로 올라간다.

"그럼 속도가 느려지고 있는 것 같아요, 빨라지고 있는 것 같아요?"

그는 그래프를 보았다. 모두가 보았다. 시동은 이제 막 걸렸다.

그녀가 말한다.

"그렇게 간단한 문제예요. 아주 확실하고요. 유한한 시스템 안에서 기하급수적으로 성장하면 무너지게 되어 있어요. 하지만 사람들은 그걸 보지 못해요. 그래서 인간들의 권력이 파산하는 거예요."

메이든헤어는 흥미와 동정 중간쯤 되는 눈길로 그를 쳐다본다. 애덤은 요람이 그저 흔들리지 않기만 바랄 뿐이다.

"집에 불이 났다고 해볼까요?"

어깨를 으쓱인다. 입가가 살짝 올라간다.

"네."

"그리고 당신은 불을 꺼, 하고 비명을 지르는 몇 안 되는 사람들을 관찰하고 싶어 하죠. 다른 사람들은 기꺼이 타는 걸 보고 있는데 말이죠."

1분 전에 이 여자는 애덤의 관찰 연구 대상이었다. 이제 그는 그녀에게 털어놓고 싶다.

"거기엔 이름이 있어요. 우린 그걸 방관자 효과라고 해요. 난 내 교수님이 돌아가시게 놔둔 적이 있어요. 강의실의 누구도 나서지 않았기 때문이죠. 집단이 크면 클수록……."

"……불이야, 하고 소리치기가 더 어려워지죠?"

"왜냐하면 진짜로 뭔가 문제가 있다면, 분명히 누군가가—"

"—수많은 사람들이 분명히 이미—"

"—60억의 다른 사람들과—"

"60억? 70억이겠죠. 몇 년 안에 150억이 될 거고요. 우리는 곧 이 행성의 총생산량의 3분의 2를 먹어치우게 될 거예요. 목재 요구량이 우리 생애 안에 세 배가 됐다고요."

"벽에 부딪치기 직전인데 브레이크를 밟을 수가 없는 거죠."

"눈을 뽑는 편이 더 쉬울걸요."

멀리서 우르릉거리는 소리가 이제 침묵 속에서 더 잘 들린다. 연구 전체가 애덤에게 정신 분산거리처럼 느껴지기 시작한다. 그는 상상할 수 없는 규모의 병을, 어떤 방관자도 보고 인지조차 할 수 없는 병을 연구해야 한다.

메이든헤어가 침묵을 깨뜨린다.

"우린 혼자가 아니에요. 다른 존재들이 우리에게 손을 뻗으려 하고 있어요. 난 그들의 말을 들을 수 있어요."

애덤의 목부터 등 아래쪽을 따라서 털이 곤두선다. 그는 털이 많은 편이다. 하지만 이 신호는 진화 과정에서 사라진, 보이지 않는 것이다.

"누구의 말을 들어요?"

"모르겠어요. 나무나 생명력이겠죠."

"당신 말은, 그게 말을 한다고요? 소리 내서?"

그녀는 나뭇가지가 애완동물이라도 되는 듯이 쓰다듬는다.

"소리 내는 건 아니에요. 그보다는 내 머릿속에서 그리스 합창처럼요."

그녀는 애덤을 쳐다본다. 그녀의 얼굴은 방금 그에게 저녁 식사를 하고 가라고 말한 것처럼 맑다.

"난 죽었었어요. 침대에서 감전사했었죠. 심장이 멈췄어요. 하지만 되살아났고, 그때부터 그들의 말이 들리기 시작했어요."

애덤은 제정신인지 확인하기 위해서 파수꾼을 돌아본다. 하지만 수염 난 예언자는 눈썹만 치켜세울 뿐이다.

메이든헤어가 질문지를 두드린다.

"이제 당신의 답을 얻었을 것 같군요. 세상의 구원자들의 심리에 대해서 말이에요."

파수꾼이 그녀의 어깨를 건드리며 말한다.

"뭐가 더 미친 것 같아요? 식물이 말을 하는 거랑, 사람들이 그걸 듣는 것

중에서요."

애덤은 듣지 않는다. 그는 이제 막 오랫동안 빤히 보이는 곳에 숨겨져 있던 무언가를 인지하기 시작했다. 그가 혼잣말처럼 말한다.

"난 가끔 큰 소리로 말을 해요. 누나한테. 누나는 내가 어릴 때 실종됐죠."

"음, 그렇군요. 우리가 당신을 연구해도 될까요?"

진실이, 학교에서는 절대 찾을 수 없을 만한 진실이 가까이 몸을 굽힌다. 자각이라는 그 자체가 광기의 맛을 띠고 있고, 초록의 세상에 대한 관념으로부터 등을 돌리게 만든다. 애덤은 균형을 잡기 위해서 손을 앞으로 내밀지만 손에 닿는 것은 흔들리는 가지뿐이다. 그는 그가 죽기를 원할 만한 생물체에 의해서 보이지 않을 만큼 까마득한 지표 위 높은 곳에 잡혀 있다. 그의 뇌가 핑핑 돈다. 나무가 그에게 약을 먹였다. 그는 덩굴 너비의 줄로 다시 빙글빙글 돌아간다. 필사적으로 성격을 읽어내려는 자신의 활동이 아직도 그를 보호해주기라도 하는 듯 그가 여자의 얼굴을 빤히 본다.

"뭐죠……? 그들이 뭐라고 하죠? 나무가요."

그녀는 그에게 말을 하려고 한다.

*

그들이 말을 하는 동안 전쟁은 가장 가까운 배수지까지 밀려온다. 새로 나무가 쓰러질 때마다, 심지어 그 나무가 남아 있는 거인들을 함께 쓰러뜨릴 때마다 그 힘이 애덤을 부순다. 그는 건물이 무너지는 것 같은 이런 폭력을 상상도 해본 적이 없다. 침엽과 부서진 나뭇조각들이 공기를 자욱하게 채운다.

"쓰러지는 구역 자체도 살해자들이에요."

메이든헤어가 말한다.

"그들은 쓰러질 땅을 불도저로 다 밀어버려요. 나무가 쓰러졌을 때 부서지지 않도록요. 그건 땅을 죽이죠."

애덤의 키만 한 너비의 나무가 잘려서 아래쪽 경사로 쓰러진다. 충격을 받은 장소의 땅이 액화된다.

오후 늦게 그들은 좀 떨어진 거리에서 잘려 나간 숲 사이로 오는 로키를 발견한다. 훔볼트의 봉쇄선 바깥으로 심리학자를 데려가기로 한 시간이다. 하지만 그의 비틀거리는 걸음걸이는 임무가 바뀌었음을 알려준다. 나무 아래쪽에서 그가 그들에게 로프와 하네스를 내려달라고 외친다.

"무슨 일이에요?"

파수꾼이 묻는다.

"올라가서 얘기할게요."

그들은 붐비는 둥지에서 그를 위한 자리를 만든다. 그는 창백하고 숨을 몰아쉬고 있지만, 올라오느라 힘들어서는 아니다.

"마더 엔과 모지스요."

"또 구타당했어요?"

"죽었어요."

메이든헤어가 비명을 지른다.

"누군가가 사무실에 폭탄을 설치했어요. 그들은 안에서 산림청 시위에서 할 연설을 쓰던 중이었어요. 경찰은 사무실 내에 비축해뒀던 폭탄이 터진 거라고 말하고 있어요. LDF가 국내 테러리즘을 저지른다고 비난하면서요."

"아냐. 아냐. 제발, 이건 아니야."

메이든헤어가 말한다.

침묵 아닌 긴 침묵이 흐른다. 파수꾼이 말한다.

"마더 엔이 테러리스트라니! 그 사람은 나무에 못 하나도 못 박게 했는

데. 그 사람은 나한테 이렇게 말했죠. '그건 톱을 가진 사람을 다치게 할 수
도 있어요.'"

*

그들은 죽은 사람들에 대한 이야기를 나눈다. 마더 엔이 어떻게 그들을
훈련시켰는지. 모지스가 어떻게 그들에게 미마스에 머물러달라고 부탁했
는지. 60미터에서의 추도식. 애덤은 대학원에서 배웠던 뭔가를 떠올린다.
추억은 언제나 진행 중인 협동 작업이다.

로키는 지상의 조문객들에게 빨리 돌아가고 싶어서 내려간다.

"우리가 할 수 있는 일은 없어요. 하지만 최소한 함께할 수는 있죠. 당신
도 올래요?"

그가 애덤에게 묻는다.

"여기 머물러도 괜찮아요."

메이든헤어가 말한다.

조사자는 손가락 하나 까딱하는 것도 두려워서 흔들리는 해먹에 가만히
누워 있다.

"이 위에서 어둠이 내리는 걸 보고 싶어요."

오늘 밤, 어둠은 풍성하고 볼 만한 모습이다. 냄새도 그렇다. 포자들과 썩
어가는 식물들, 모든 것들의 위로 서서히 퍼지는 이끼들, 여기, 지상에서 수
층 높이에서도 만들어지고 있는 흙의 코를 찌르는 냄새들. 메이든헤어는
버너에서 하얀 콩을 조리한다. 이것은 애덤이 현장에 나온 이래로 먹은 최
상의 식사다. 이제 땅이 보이지 않으니까 고도가 그렇게까지 신경 쓰이지
않는다.

날다람쥐들이 나타나 신입을 조사한다. 그는 만족스럽다. 그는 밤하늘 꼭대기에 앉은 주상고행자다. 파수꾼은 촛불 빛에 의지해 수첩에 스케치를 한다. 중간중간 그는 스케치를 메이든헤어에게 보여준다.

"아, 맞아요. 그게 정확히 그들이네요!"

사방에서 소리가 들린다. 중간음과 좀 더 고음으로, 천 가지의 소리가. 애덤이 이름을 모르는 새가 어둠 속에서 날갯짓을 한다. 보이지 않는 포유류들의 날카로운 꾸짖음. 이 높은 곳의 집을 이루는 나무가 삐걱거린다. 가지가 바닥으로 떨어진다. 또 하나. 파리가 그의 귓가 머리카락 위로 걷는다. 그 자신의 호흡이 목깃 안쪽에서 울린다. 이 구름 속의 마을에서 터무니없이 가까이 들리는 다른 두 사람의 숨소리가 조용한 의식을 행한다. 공포에 가까울 정도의 아늑함이 애덤을 놀라게 만든다. 여자는 마지막 남은 촛불빛을 이용해서 작업을 하는 화가에게 달라붙어 있다. 어깨의 드러난 약간의 맨살이 빛을 받아서 아름답다. 마치 털이나 깃털이 돋아 있는 것처럼 보인다. 그러다가 새까만 글씨가 뚜렷한 한마디 문장으로 정리된다.

*

그들은 근처에서 우르릉거리는 소리에 깬다. 그들 아래 지상에서 남자들이 돌아다니고 좀 더 멀리 쓸모없는 통나무 더미 사이로 다니며 워키토키로 서로 이야기를 나눈다.

"이봐요. 무슨 일이에요?"

메이든헤어가 아래를 향해 소리친다. 벌목꾼이 고개를 든다.

"당신들 당장 거기서 내려오는 게 좋을 거예요. 지랄 맞은 일이 일어날 거라고요!"

"무슨 지랄요?"

워키토키에서 직직 소리가 난다. 공기는 긴장되고 웅웅 울린다. 햇빛조차도 진동하기 시작한다. 지평선 쪽에서 퍽퍽퍽 하는 소리가 난다.

"그들이 그럴 리 없어. 그럴 순 없어."

파수꾼이 말한다.

헬리콥터가 근처 언덕 위로 날아오른다. 처음에는 장난감 크기지만 30초 만에 나무 전체가 북처럼 울리기 시작한다. 그 짐승이 비스듬하게 난다. 애덤은 흔들리는 해먹에 달라붙는다. 성난 말벌이 뒤로 물러났다가 쏘는 것처럼, 불어오는 거센 바람에 그의 나지막한 욕설이 그의 얼굴을 때린다.

바람이 나무를 후려친다. 정신없는 상승기류가 일다가 그다음에는 반대 방향으로 날린다. 삼나무 꼭대기는 고무처럼 변하고 가지들은 나뭇잎 천장 사이를 가른다. 파수꾼은 비디오카메라를 가지러 창고 층으로 다급하게 올라가고 메이든헤어는 야구방망이 크기의 부러진 가지를 잡는다. 그녀가 공격과 가장 가까운 가지 위로 올라간다. 애덤이 소리를 지른다.

"물러나요!"

그의 말은 헬리콥터의 프로펠러 때문에 먼지처럼 갈린다.

여자는 맨발로 가지를 잡는다. 가지가 대단히 두껍긴 하지만, 이 태풍의 한가운데에서는 고무처럼 흔들거린다. 헬리콥터가 몸을 기울이고 다가오고, 그녀는 기계와 코를 마주한다. 헬리콥터가 그녀를 향해 다가온다. 그녀는 한 손으로 가지를 세차게 휘두른다. 파수꾼은 이 장면을 찍으면서 그녀의 뒤로 다가간다.

헬리콥터는 방갈로처럼 앞이 약간 튀어나오고 커다랗다. 너무 커서 미국보다 더 오래된 나무를 하늘로 그대로 들어 올려서 수직 상태로 들판 건너까지 나를 수 있을 것 같다. 프로펠러 날이 가지에 매달린 여자 주위의 공기를 휘젓는다. 두 명의 인간이 섬유유리 조종석 안에 앉아 있다. 얼굴 가리개와 턱까지 덮는 헬멧으로 정체를 숨긴 채 뭔가 임무 지시를 받는 것처럼 조그만 붐마이크로 대화를 나눈다.

애덤은 블록버스터 영화가 투영된 듯한 상황을 응시한다. 그는 이토록 크고 사악한 것에 이렇게 가까이 있어본 적이 없다. 어떤 인간도 설계는 고사하고 조립할 능력조차 없을 듯한 수백만 개의 부품들, 축, 캠, 날개, 금속판, 그가 심지어 이름조차 모르는 것들이 보인다. 하지만 모든 대륙에 산업체들이 고용한 이런 기계들이 수천 대가 있을 것이다. 완전무장을 한 이런 기계 수만 대가 지구상의 수많은 무기고에 있으리라. 세계의 가장 흔한 맹금류.

가지들이 부러지고 공기가 부스러기들로 가득 찬다. 화석연료를 태우는 짐승에게서 뿜어져 나오는 연기는 석유 굴착 장치처럼 악취가 난다. 악취에 애덤은 구역질을 한다. 요란한 소리가 그의 고막을 찌르며 모든 생각을 없앤다. 여자는 가지를 깃발처럼 흔들다가 무기를 떨어뜨리고 달라붙는다. 영상을 찍는 그녀의 파트너는 인공 강풍 속에 손을 놓치고 카메라 역시 놓쳐서 60미터 아래로 떨어져 조각난다. 엄청나게 증폭된 금속성 목소리가 헬리콥터에서 울려 나온다. *나무에서 즉시 퇴거하십시오.*

여자가 몸을 떨기 시작한다. 오래 버티지 못할 것이다. 미마스가 몸을 떤다. 모든 판단력에도 불구하고 애덤은 아래를 내려다본다. 담즙 색깔의 불도저들이 나무 밑동을 두드리고 있다. 남자들, 톱, 기계가 미마스의 옹이 가장자리로 쓰러질 자리를 만들고 있다. 그는 20미터 떨어진 삼나무 밑동에서 작업하고 있는 다른 인부들을 가리키는 파수꾼을 본다. 그들은 그것을 미마스 옆으로 쓰러뜨리려는 것이다. 메이든헤어가 다리를 다시 위로, 그녀를 위아래로 흔드는 가지 위쪽으로 올린다. 헬리콥터에서 큰 소리가 울린다. *당장 내려가십시오!*

애덤은 비명을 지르며 팔을 흔든다. 그는 이 광기 속에서 자신조차 듣지 못하는 소리를 지른다.

"그만둬요. 당장 물러나라고!"

그는 이 죽음에서 방관자가 아닐 것이다.

헬리콥터는 잠시 버티다가 물러난다. 스피커에서 목소리가 흘러나온다. *더 버티지 않을 겁니까?*

"네."

애덤이 소리친다.

그 단어가 파수꾼을 멍한 상태에서 깨운다. 그는 가지에 달라붙어 흐느끼고 있는 메이든헤어를 바라본다. 제정신인 사람이라면 누구나 택할 길밖에 남지 않았다. 파수꾼은 고개를 젖히고, 점유는 끝났다. 아래에서는 쓰러질 자리를 만드는 인부 감독이 워키토키로 보이지 않는 네트워크와 상의를 한다. 헬리콥터에서 다시금 큰 소리가 울린다. *내려가도 좋습니다. 당장 떠나십시오.* 비행 물체는 허공에서 뒤로 물러나 빙 돈다. 바람이 약해진다. 귀가 먹먹해지는 소음이 잦아들다가 마침내 평화와 패배만이 남는다.

그들은 하네스를 타고 내려간다. 겁에 질린 심리학자, 금욕적인 화가, 그리고 60미터 길이의 로프를 타고 내려가는 동안 완전히 멍한 얼굴을 한 예언자. 그들은 구금되어 상처투성이 언덕 비탈을 지나 미마스의 밑동부터 수백 미터 내에 있는 벌목 도로로 이송된다. 그들은 진흙 위에 앉아 몇 시간 동안 경찰을 기다린다. 그런 다음 퉁명스러운 경찰들이 세 명을 나란히 경찰차 뒤에 밀어 넣는다.

벌목 도로는 협곡 아래로 이어지는 U자형 곡선 길이다. 세 명의 죄수들은 기독교의 절반 정도 되는 나이의 거대한 나무 윤곽을 드러낸 황폐한 등성이를 올려다본다. 헬리콥터의 프로펠러 소리보다 더 낮은 목소리가 그들 누구도, 메이든헤어조차 들을 수 없는 무언가를 말한다.

죄수들이 잡혀 있는 동안 패트리샤 웨스터퍼드는 '전 세계 묘상 생식질 금고'를 설립하기 위해서 네 개 대학의 협력단과 논의를 한다. 몇 가지 서류를 제출하자 전묘금은 법인이 된다.

"때가 됐습니다."

웨스터퍼드 박사는 기후 통제, 최신 금고, 그리고 훈련된 직원을 위한 자금을 기부해줄 다양한 관객들을 향해서 말한다.

"사실 때를 넘겼죠. 우리 생애 안에 사라지게 될 수만 종의 나무들을 보존할 때를요."

그녀는 입에서 나오는 이런 문장들이 향하는 핵심을 이야기한다. 두 달 안에 그녀는 아마존 유역에서 첫 번째 탐사여행을 하기 위해 남쪽으로 갈 것이다. 2600제곱킬로미터가 넘는 숲이 그녀가 그곳에 가기도 전에 사라질 것이다. 데니스는 그녀가 돌아오면 점심을 준비하고 그녀를 기다리고 있을 것이다.

죄수들이 자는 척하는 동안 닐리 메타는 창조를 위한 최상의 시간을 즐긴다. 사무실 침대에서 그는 〈지배 8〉의 본질과 관련해서 셈페르비렌스의 요정들에게 지시를 내린다.

> 수백만 명의 플레이어들이 게임을 끄지 못하게 만드는 게 뭘까? 이곳은 그 사람들이 게임을 끝내고 돌아가야 하는 삶보다 더 풍성하고 더 유망해 보여야 해……. 수백만 명의 사용자들이 행동 하나하나로 그 세상을 다 함께 풍요롭게 만든다고 생각해봐. 그들 스스로 잃으면 마음이 부서질 정도로 대단히 아름다운 문화를 만드는 걸 도와줘.

나라의 절반을 가로질러서, 또 다른 여자가 일종의 감옥 생활을 시작한다. 남편의 뇌출혈은 그녀에게도 충격을 준다. 그녀는 911에 전화를 한다. 따뜻한 밤을 가로질러 앰뷸런스를 타고 함께 간다. 병원에서 그녀는 설명을 들었다는 동의서에 서명을 하지만, 앞으로 다시는 뭔가를 이해한 것 같은 기분이 들지 않을 것이다. 그녀는 첫 번째 수술 이후 남자에게 다가간다. 레이 브링크먼의 나머지가 조절식 침대에 늘어져 있다. 그의 두개골 절반을 들어냈고 뇌는 두피 한 장으로 가려져 있다. 여러 개의 호스가 그에게 연결되어 있고, 그의 얼굴은 공포로 얼어붙은 상태다.

아무도 도러시 카잘리 브링크먼에게 그가 얼마나 오래 이런 식으로 있을지 말해주지 못한다. 일주일. 반세기. 그 초기의 며칠 밤에, 응급실에서 간호를 하는 동안 머릿속으로 온갖 생각이 떠오른다. 끔찍한 생각들이. 그녀는 그가 안정될 때까지 머물 것이다. 그다음에는 자기 자신을 구출해야 한다.

다시 또 다시, 그의 뇌가 무너지기 겨우 몇 시간 전에 그에게 소리쳤던 말들이 들린다. *다 끝났어, 레이. 다 끝났다고. 우리 둘은 끝났어. 당신은 내 책임이 아니야. 우린 서로에게 속하지 않고, 한 번도 그런 적 없었어.*

감옥에서, 위층 침대에서 자다 깨다 하면서 애덤은 발사대 위 로켓처럼 폭발하는 거대한 삼나무들을 본다. 그의 연구는 온전하지만, 몇 달 동안 모은 모든 귀중한 질문 데이터들은 멀쩡하지만, 그는 그렇지 않다. 그는 광활한 상식으로 감추어져 있던 신념과 법에 관한 특정한 사실들을 이해하기 시작했다. 기소도 되지 않은 채 감옥에 갇혀 있는 것도 그의 눈을 뜨게 만드는 데 도움이 된다.

"이건 그들의 게임이에요."

파수꾼이 그에게 설명한다.

"그들은 우리를 재판에 회부하는 경비나 언론의 관심을 감당하고 싶지 않은 거죠. 그저 법적 체계를 이용해서 최대한 우리에게 해를 입히려는 거예요."

"법이 있는데……?"

"있죠. 그들은 그걸 깨고 있고요. 그들은 기소하지 않고 우리를 72시간 동안 잡아둘 수 있어요. 그게 어제까지죠."

근본적(radical)이라는 단어가 어디서 나왔는지 문득 애덤은 떠올린다. 근 (radix). 본(wrad). 뿌리. 식물의, 지구의 뇌.

감방에서의 넷째 날 밤에 닉은 호엘 가족의 밤나무 꿈을 꾼다. 그는 3200만 배 빠른 속도로 그것이 보이지 않는 계획을 다시 드러내는 것을 본다. 꿈속에서, 침상의 얇은 매트리스 위에서, 그는 저속촬영된 나무가 그 부푼 팔을 흔들던 모습을 떠올린다. 그 팔이 시험하고, 탐험하고, 빛 속에서 나란히 서서 허공에 메시지를 쓰던 모습을. 그 꿈에서 나무는 그들을 보고 웃는다. *우리를 구해?* 참 인간 같은 행동이네. 그 웃음마저도 수년이 걸린다.

닉이 꿈을 꾸는 동안 숲도 꿈을 꾼다. 인간이 구분할 수 있는 900종 모두가. 북쪽 지대부터 열대에 이르기까지 40만 제곱킬로미터에서, 지구상에서 가장 주된 존재의 방식이. 그리고 세계의 숲이 꿈을 꾸는 동안에 사람들은 한 주 북쪽에 있는 공용 숲에 모여든다. 넉 달 전 방화로 인해 딥크리크라는 곳에서 40제곱킬로미터가 타버렸다. 그해의 수많은 기회를 노린 방화 중 하나다. 산림청은 화재로 약간의 피해만 입은 목재를 즉시 구조해서 판매한다. 방화범은 발견되지 않는다. 아무도 범인을 찾고 싶어 하지 않는다. 다른 이에게 팔린 숲에 모여서 플래카드를 들고 있는 숲의 주인 수백 명을 제외하면 말이다. 미미는 **숯덩어리 하나도 안 돼**라는 플래카드를 들고 있다. 더글러스의 것에는 **그렇게는 안 된다고 말해, 스모키**(미국 삼림청 산불 방지 홍보 표지판에 쓰는 회색 곰 캐릭터)라고 쓰여 있다.

애덤, 닉, 올리비아는 기소되지 않은 채 합법적인 기간보다 이틀을 더 구류된다. 그들은 10여 가지 혐의로 협박을 받지만, 하룻밤 사이에 모든 것이 취소된다. 남자들은 풀려난 메이든헤어와 다시 만난다. 그들은 철조망 창문을 통해서 그녀가 조그만 가방을 들고 여성 구치소를 따라 걸어오는 것을 본다. 곧 그녀가 그들 앞에 와서 그들을 껴안는다. 그녀는 물러나서 불타는 듯한 초록빛 눈을 가늘게 뜬다.

"그걸 봐야겠어요."

그들은 애덤의 차를 탄다. 차는 이제 꼭 다른 사람의 것처럼 느껴진다. 벌목꾼들은 떠났다. 더 이상 자를 것이 남지 않았으니까. 그들은 오래전에 새로운 숲으로 가버렸다. 800미터 떨어진 곳에서도 그 부재가 확실하게 느껴진다. 한때 하루 온종일 바라볼 수 있는 초록의 질감이 가득하던 곳에 이제는 파란색뿐이다. 그녀에게 아무도 해를 입지 않을 거라고 약속했던 나무는 사라졌다.

지금이야. 이제 차분한 태도가 무너지겠지. 화를 내기 시작할 거야. 애덤은 생각한다.

밑동에서 그녀는 손을 내밀어 마지막 증거를 건드리며 감탄한다.

"이거 봐요! 그루터기조차 나보다 더 높아요."

그녀는 경이적인 절단면의 가장자리를 건드리다가 울음을 터뜨린다. 닉이 비틀거리며 그녀에게 다가가지만 그녀는 그를 막는다. 애덤은 그 끔찍한 경련을 전부 다 봐야만 한다. 가장 강한 인간의 사랑조차 위안을 주지 못하는 경우가 있다.

"어디로 갈 거예요?"

길가의 아침 식사 식당에서 계란을 앞에 두고 애덤이 묻는다.

메이든헤어는 모퉁이 보도를 따라서 캘리포니아 플라타너스들이 서 있는 통유리 바깥을 바라본다. 파수꾼은 그녀의 시선을 따라간다. *이들도 손가락으로 허공을 긁고 있어. 교회 성가대처럼 팔을 흔들고 부풀어 오르고 있어.*

"우린 북쪽으로 갈 거예요. 오리건에서 일이 벌어지고 있거든요."

그녀가 대답한다.

"사방에서 저항 모임이 생기고 있죠. 그쪽에서 우리를 쓸데가 있을 거예요."

파수꾼이 말한다. 애덤은 고개를 끄덕인다. 민족지학은 끝났다.

"저기…… 그들이 당신에게 이 이야기를 한 거예요? 그러니까…… 당신의 목소리가요."

그녀는 퉁명스럽고 거친 웃음을 터뜨린다.

"아뇨. 부보안관이 나한테 자기 조깅용 라디오를 빌려줬어요. 나한테 좀 호감이 있는 거 같았어요. 당신도 우리랑 함께 가요."

"음. 난 이 연구를 마쳐야 해서요. 내 논문요."

"그쪽 가서 해요. 거기엔 당신이 연구하고 싶은 사람들이 가득할 거예요."

"이상주의자들요."

파수꾼이 말한다.

애덤은 이 남자를 읽을 수가 없다. 나무 위 어딘가에서, 혹은 좁은 감방 안에서 그는 냉소와 정직함을 구분하는 능력을 잃었다.

"그럴 수 없어요."

"아. 그렇군요. 못하면 못하는 거죠."

어쩌면 그녀는 동정하는 걸지도 모른다. 어쩌면 그를 찍어 넘어뜨리는 중인지도 모르고.

"그럼 거기서 만나요. 당신이 다시 돌아왔을 때에요."

애덤은 산타크루즈까지 그 저주를 달고 간다. 몇 주에 걸쳐 그는 자신의 데이터로 작업을 한다. 약 200명이 수정한 NEO 성격 특성 항목표의 240가지 질문에 답을 했다. 또한 그들은 천연자원에 대한 인간의 권리와 인간성의 범위, 식물의 권리에 관한 생각을 포함하여 다양한 믿음에 대한 그의 개인적인 질문지에도 답을 했다. 결과를 디지털화하는 것은 간단한 일이다. 그는 데이터를 다양한 분석 툴에 돌린다.

반 디크 교수는 그것을 살펴본다.

"잘했어. 시간이 꽤 걸렸네. 현장조사를 하던 중에 무슨 흥분되는 일이라도 있었어?"

그가 떠나 있던 사이에 그의 성욕에 무슨 일인가 생겼다. 반 디크 교수는 여전히 섹시하지만, 애덤에게 다른 생물종처럼 보인다.

"5일 동안 감옥에 갇혀 있었던 것도 흥분되는 일로 치나요?"

그녀는 그가 농담을 한다고 생각한다. 그는 그렇게 생각하게 놔둔다.

급진적 환경주의자의 기질에 어떤 경향이 있다는 사실이 데이터에서 드러난다. 핵심 가치, 일종의 정체성. NEO 항목표로 측정 가능한 30가지 성격 특성 중 딱 네 개의 점수가 누군가가 숲이 인간에게 미치는 가치와 상관없이 숲을 보호해야 한다는 사실을 믿느냐 마느냐를 놀랄 만큼 정확하게 예측할 수 있는 것으로 드러난다. 그는 자신도 검사를 해보고 싶지만, 지금은 아무 결론도 나오지 않을 것이다.

애덤은 열 시간 동안 컴퓨터실에 있다가 아파트로 돌아와서 텔레비전을 켠다. 석유 전쟁과 종파 분쟁. 그가 하고 싶은 건 자는 것뿐이지만, 자기에는 너무 이르다. 그는 여전히 존재하지 않는 나무 위쪽, 20층 높이에 앉아서 그 높은 곳의 집이 삐걱거리는 소리와 그가 이름을 알고 싶었던 새들의 노랫소리를 듣고 있다. 그는 특권층 사람들이 이국적인 곳에서 서로 어울리는 걸 힘들어하는 내용의 소설을 읽어보려고 노력하다가 책을 내던진다. 그의 안에서 뭔가가 부서졌다. 인간의 자존감에 대한 그의 관심은 사라졌다.

그는 대학원생들의 단골 술집으로 가서 96데시벨의 요란한 비트 속에서 맥주 다섯 잔을 마시고, 100분 동안 새로 사귄 친구 20명과 함께 벽 크기만 한 사인파동 형태의 농구를 한다. 즐거움이라는 보호막에서 다시 쫓겨난 그는 술집 주차장에서 정신을 가다듬는다. 운전을 할 수 있다고 생각할 정도로 취하지는 않았지만, 집으로 가는 다른 방법이 없다.

카브릴로를 따라 고성능 자동차들이 줄줄이 지나가자 건물 안에서 가짜 웃음소리가 요란하게 울려 나온다. 가로등 아래에 있는 어떤 여자가 상대도 없이 소리를 지른다.

"널 이해하려고 노력을 한 내가 머저리지."

길 건너편에서는 사람들이 한밤의 초대자 전용 이벤트에 들어가기 위해서 뒷문에서 기다리고 있다. 작은 군중을 힐끔 보고서 애덤은 갑자기 거기 가야겠다는 충동을 느낀다. 그가 잘 알고 있지만 취해서 용어는 잘 생각나지 않는 또 다른 인간의 비합리적인 행동이다. 그는 저절로 커지는 어마어마한 파도에 휩쓸려 반 블록을 걸어간다. 그 뒤에 남은 쓰레기들로부터 재빨리 벗어난다. 집단학살, 십자군, 피라미드부터 애완석(石)에 이르는 매니아들. 지상보다 훨씬 높은 곳에서 보낸 짧은 하룻밤 동안에는 그가 깨달았던 절망적인 문화의 망상들.

모퉁이에서 그는 가로등에 기댄다. 그가 오랫동안 느끼고 있었지만 정확하게 끌어낼 수 없었던 진실이 그에게서 빠져나오려고 한다. 욕구의 거의 모든 부분들은 한때의 필수품을 다음 계절의 떨이상품으로 전락시키는 임무를 가진 반사적이고, 환영 같고, 민주적인 위원회에 의해 만들어진 것이다. 그는 비틀거리며 밤과 흥분에 사로잡힌 사람들로 가득한 공원으로 들어선다. 공기에서는 손 세정제와 대마초, 섹스의 냄새가 난다. 사방이 굶주림으로 가득하고 유일한 식량은 소금뿐이다.

뭔가가 그의 머리를 세게 치고 바닥으로 떨어져서 몇 미터 굴러간다. 그는 어둠 속에서 몸을 구부리고 더듬더듬 찾는다. 범인은 풀 위에 얌전히 놓여 있다. 원형이고, 평평한 앞면에는 완벽한 X자가 새겨진 의문의 산업용 버튼이다. 커다란 십자 스크루드라이버로 열도록 만들어진 듯, 스팀펑크적인 모양을 하고 있다. 독창적이고, 빅토리아 스타일이고, 말끔하게 기계로 만들어진 것. 하지만 재질은 나무다.

말이 안 나올 정도로 기묘하다. 그는 그것을 1분 내내 살피면서 다시금 자신이 얼마나 아는 게 없는지를 깨닫는다. 자신의 종 외에는 아무것도 모른다. 그는 신비를 떨구는 호리호리한 유칼립투스 나무의 가지를 올려다본다. 두꺼운 줄기는 그 종 특유의 스트립쇼를 시작했다. 갈색의 얇은 나무껍질이 밑동에 다발로 쌓여 있고 나무 몸통을 외설적일 만큼 하얗게 남겨놓았다.

"뭐지?"

그가 나무에게 묻는다.

"뭔데?"

나무는 대답할 마음을 느끼지 못한다.

산림청로 11킬로미터는 대단히 아름다워서 두려울 정도다. 애덤은 벌목지를 따라, 보초 침엽수들과 함께 길을 따라 올라간다. 가문비나무부터 솔송나무, 더글러스전나무, 주목나무, 측백나무, 세 종류의 전나무속 등이 있지만 그의 눈에는 이 모든 게 그냥 소나무일 뿐이다.

그는 신의 선물인 1년간의 논문 통과 장학금을 자신만의 방식으로 쓰기로 한다. 그의 배낭은 엉덩이까지 무겁게 처진다. 그의 위로 펼쳐진 새파란 배경에서 해는 다시는 숨지 않을 것처럼 움직인다. 하지만 상쾌한 공기와 지그재그식 길에 드리운 이른 그림자는 무엇이 올지를 암시한다. 몇 주만 있으면 그의 논문은 끝이 날 것이다. 하지만 우선은 이걸 해야 한다. 제출용 연구를 위한 마지막 일부분.

북서부는 공도보다 벌목 도로가 더 길다. 개울보다도 벌목 도로가 더 길다. 지구를 열 바퀴는 돌 정도로 많이 있다. 벌목 경비는 세금 공제가 가능하고, 가지들은 봄이 막 온 것처럼 어느 때보다도 빠르게 자라고 있다. 이 길의 곡선이 마침내 넓어지고, 그의 앞으로 거주지가 나타난다. 야영지 가장자리를 따라서 대체로 젊고 굉장히 밝은 색깔 옷을 입은 사람들 백여 명이 최후의 저항을 벌이고 있다. 애덤은 가까이 다가간다. 뭘 하는지 점차 분명해진다. 집단적 참호 파기. 무질서한 도개교 조립. 구조 목재들로 만든 말뚝 울타리와 방책. 중간중간 막힌 도로에 있는 해자가 딸린 입구에 걸린 배너에는 이렇게 쓰여 있다.

캐스케디아
자유 생태 지역

단어에서 줄기와 덩굴이 뻗는다. 새들이 글자에서 자란 식물들 위에 앉아 있다. 애덤은 그 스타일을 알아보고 화가가 누군지 깨닫는다. 그는 건설 중인 참호 위의 도개교를 따라 링컨 통나무(통나무 집 짓기 장난감 이름) 성채에 들어간다. 좁은 길을 지나치자마자 위장복을 입고 이마가 벗겨지고 포니테일을 한 남자가 길 가운데에 드러누워 있다. 오른팔은 옆으로 누운 부처럼 옆구리로 내리뻗고 있다. 왼팔은 땅속의 구멍으로 사라져서 안 보인다.

"안녕하신가, 이족보행 생물이여! 여기에 도우러 왔는가, 아니면 방해하러 왔는가?"

"당신 괜찮아요?"

"난 더그전나무예요. 새로운 구속장치를 시험하는 중이죠. 여기서 2미터 아래에 콘크리트를 꽉 채운 기름통이 있거든요. 그들이 나를 끌어내고 싶다면 내 팔을 잘라내야 할걸요!"

통나무를 묶어 만든 삼각다리 위 거처에서 검은 머리에 혈통이 불분명한 조그마한 여자가 외친다.

"거기 다 괜찮아요?"

"저쪽은 뽕나무예요. 그녀는 당신이 프레디라고 생각해요."

"프레디가 뭐죠?"

"그냥 확인해봤어요." 뽕나무가 말한다.

"프레디들은 연방요원이에요."

"난 그 사람이 프레디라고 생각하지 않아요. 난 그냥……."

"아마도 버튼다운 셔츠랑 치노 바지 때문일 거예요."

애덤은 여자의 삼각다리 거처를 올려다본다. 여자가 말한다.

"이걸 쓰러뜨리고 날 죽이기 전에는 이 길을 따라 장비를 옮길 수 없을 거예요."

팔을 땅에 박고 있는 남자가 혀를 찬다.

"프레디들은 그러지 않을 거예요. 생명이 소중하다고 생각하니까. 어쨌든 인간의 생명은 말이죠. 만물의 영장이니 뭐니. 감상적이죠. 그들의 갑옷에 있는 유일한 틈새랄까요."

"프레디가 아니면 당신 대체 누구죠?"

뽕나무가 묻는다.

수십 년 동안 애덤이 생각해보지 않았던 뭔가가 떠오른다.

"난 단풍나무예요."

뽕나무가 그를 꿰뚫어볼 수 있는 것처럼 약간 비뚜름한 미소를 짓는다.

"좋아요. 여기에 단풍나무는 아직 없거든요."

애덤은 그 나무는 대체 어떻게 되었을까 생각하며 시선을 돌린다. 뒤뜰에 있던 그의 두 번째 자신.

"둘 중에 혹시 파수꾼이라는 남자나 메이든헤어라는 여자를 아는 사람 있나요?"

"젠장, 그럼요."

땅에 묶인 남자가 말한다. 삼각다리 위의 여자가 씩 웃는다.

"여기에는 지도자가 없어요. 하지만 우리한테는 그 두 사람이 있죠."

그의 오랜 동료 범죄자들은 애덤이 올 걸 알았다는 듯이 맞아준다. 파수꾼은 그의 어깨를 꽉 잡는다. 메이든헤어는 그와 오랫동안 포옹한다.

"당신이 와서 정말 잘됐어요. 당신을 쓸 수 있을 거예요."

그들은 어떤 성격 검사로도 측정하기 힘들게 아주 미묘한 방식으로 바뀌었다. 더 암울하고, 더 단호하다. 미마스의 죽음은 셰일이 점판암이 되듯이 그들을 압축했다. 그들의 변화는 애덤에게 다른 주제를 연구했더라면 어땠을지 생각하게 만든다. 회복력, 내재성, 근원력. 그의 분야에서 측정 능력이 형편없기로 악명 높은 특성이다.

그녀가 그의 손목을 잡는다.

"우린 새로운 사람이 합류하면 작은 의식을 치르곤 해요."

파수꾼이 애덤의 가방 크기를 가늠한다.

"우리와 합류하는 거죠?"

"의식요?"

"간단해요. 당신도 좋아할 거예요."

그녀는 반만 맞았다. 의식은 간단하다. 의식은 그날 저녁, 벽 뒤의 넓은 초원에서 거행된다. 캐스케디아 자유 생태 지역은 퍼레이드 의상으로 가득하다. 격자무늬 옷과 그런지 스타일을 한 수십 명의 사람들. 양털 조끼에 꽃무늬에 치렁치렁한 히피 스타일 치마. 군중 전부가 다 젊은 것은 아니다. 운동복 바지에 카디건 차림을 한 통통한 아부엘라(abuela, 할머니)도 두어 명 있다. 전직 감리교 목사가 식을 집전한다. 80대인 그에게는 벌목 트럭 앞에 뛰어드는 바람에 생긴 목걸이 같은 흉터가 있다.

그들은 노래로 시작한다. 애덤은 종교적 노래에 대한 증오를 꾹 억누른다. 덥수룩한 자연적 영혼들과 그들의 진부한 말은 그를 구역질 나게 만든다. 어린 시절을 떠올릴 때처럼 창피하다. 사람들은 차례로 그날의 도전거리에 대해서 이야기하고 해결책을 제시한다. 그의 주위로 즉석 민주주의의 다채로운 색깔들이 가득하다. 어쩌면 괜찮을지도 모른다. 어쩌면 대량멸종이 약간의 흐릿함을 정당화할 수 있을지도 모른다. 어쩌면 이 진지함이 무엇보다도 그의 상처받은 종을 도울 수 있을지도 모른다. 그가 무슨 자격이 있어서 가타부타 말을 하겠는가?

전직 목사가 말한다.

"우리는 당신을 환영합니다, 단풍나무. 당신이 가능한 한 오래 머물렀으면 좋겠군요. 기꺼이 할 마음이 있다면 나를 따라서 다음의 말을 해주시기를 부탁드립니다. 오늘 이 순간부터……."

"오늘 이 순간부터……."

이렇게 많은 사람들이 모여서 그를 보고 있는데 따라 하지 않기란 어려운 일이다.

"……나는 존중하고 보호하는 데 헌신하겠습니다……."

"……나는 존중하고 보호하는 데 헌신하겠습니다……."

"……살아 있는 것들의 공통 목표를 위해서."

그것은 그가 말해본 것 중에서 가장 해로운 말도 아니고, 가장 한심한 말도 아니다. 무언가가, 한때 그가 받아 적었던 무언가가 머릿속에서 울린다. *행위는 옳다……. 행위는 그것이 보존하려고 하는……*(알도 레오폴드 격언의 일부). 하지만 명확히 떠올릴 수가 없다. 그의 마지막 반복에 환호가 터진다. 사람들이 모닥불을 피우기 시작한다. 불길은 높고, 넓고, 오렌지색이고, 탄화된 나무에서는 어린 시절의 냄새가 난다.

"당신은 심리학자죠. 우리가 옳다는 걸 사람들에게 어떻게 설득시키죠?"

미미가 신입에게 묻는다. 신입 캐스케이디아인이 미끼를 문다.

"세상에서 가장 뛰어난 논쟁도 사람의 마음을 바꿀 수는 없어요. 오직 훌륭한 이야기만이 그럴 수 있어요."

메이든헤어는 야영지의 나머지 사람들이 잘 기억하고 있는 이야기를 한다. 처음에 그녀가 죽었고, 그리고 아무것도 없었다. 그러다가 되살아났고, 모든 것이 존재했다. 빛의 존재들이 그녀에게 40억 년 된 가장 경이적인 산물들이 어떻게 그녀의 도움을 원하는지 말했다.

긴 회색 머리에 클라크 켄트가 연상되는 안경을 쓴 나이 든 클래머스족 남자가 고개를 끄덕인다. 그는 축복 기도를 올린다. 오래된 노래를 부르고 모두에게 클래머스-모도크족 단어 몇 가지를 가르쳐준다.

"여기서 일어나는 모든 일은 이미 알려져 있습니다. 우리 부족 사람들은 오래전부터 이런 날이 올 거라고 이야기했죠. 그들은 숲이 어떻게 죽어가는지, 인간이 갑자기 자신의 나머지 가족들에 대해서 떠올리게 될 때에 관해서 이야기를 했죠."

그리고 밤 시간의 절반 동안 사람들은 불길 주위에 둘러앉아 웃고 이야기를 듣고 속삭이고 뾰족한 전나무 탑 위로 드러난 달을 바라보며 목소리를 높인다.

다음 날은 온전하게 작업의 날이다. 참호를 넓히고 더 깊게 파고, 벽을 더 단단하게 만든다. 애덤은 몇 시간 동안 망치를 휘두른다. 저녁 무렵 그는 너무 지쳐서 설 수조차 없다. 그는 융의 전형적 가족으로 보이는 네 명의 친구들과 함께 식사를 한다. 사제 어머니인 메이든헤어, 보호자 아버지인 파수꾼, 어린이 공예가 뽕나무와 어린이 광대 더그전나무. 메이든헤어는 접착제다. 그녀는 야영지의 모든 사람들에게 마법을 걸었다. 애덤은 패배를 겪었음에도 불구하고 확고한 그녀의 낙관주의에 경탄한다. 그녀는 높은 곳에서 이미 미래를 본 사람 같은 권위를 갖고서 말을 한다.

그날 밤 그들은 그를 네모난 예비바퀴로 받아들인다. 그는 필사적인 마음으로 구축된 이 일족에서 자신의 역할이 무엇이어야 하는지 알 수가 없다. 더그전나무는 그를 단풍나무 교수라고 부르고, 그는 그렇게 된다. 그날 밤에 그는 지친 자원자답게 곯아떨어진다.

이틀 후, 솔방울 모닥불에 데운 베이크드빈 깡통을 앞에 두고서 그가 자신의 두려움을 끄집어낸다.

"연방 재산을 망가뜨리는 건 심각한 일이에요."

"아, 그럼 당신은 중범죄자네요, 친구."

더그전나무가 말한다.

"강력범죄죠."

더글러스가 손을 흔든다.

"난 진짜 강력범죄를 저질러봤어요. 정부가 지시한 거였죠."

뽕나무가 더글러스의 쿡쿡 찌르는 손을 붙잡으며 말한다.

"어제의 정치범이 오늘의 우표 속 인물이 되죠!"

메이든헤어는 멀리, 다른 나라에 가 있다. 마침내 그녀가 말한다.

"이건 과격한 게 아니에요. 난 과격한 걸 봤어요."

그리고 애덤은 다시 그것을 본다. 완전히 벌거벗은, 살아 숨 쉬는 산비탈.

동조자들의 기부금으로 산 물자가 도착한다. 야영지는 주 전역에 퍼져 있는 집단 활동 네트워크의 조그만 일부다. 수도의 길거리에서 군대가 돌아다닌다는 이야기가 들린다. 유진에는 미국 연방 지방 법원 계단에서 40일 동안 진을 치고 있는 단식투쟁자가 있다. 초록색 줄무늬 퀼트 옷을 입은 '숲의 영혼'은 죽마를 타고 58번 고속도로를 따라 160킬로미터를 걷고 있다.

그날 밤, 땅 위의 슬리핑백에 누워서 애덤은 산타크루즈로 돌아가 논문을 마치고 싶다고 생각한다. 누구든 참호를 파고, 둑을 쌓고, 구속구에 몸을 묶을 수 있다. 하지만 그의 프로젝트를 끝내고 엄격한 진실들을 갖고서 왜 사람들이 숲이 사는지 죽는지에 신경을 쓰는지를 설명할 수 있는 사람은 그 자신뿐이다. 그러나 그는 하루를 더 머물면서 새로운 무언가로 변해간다. 그 자신의 연구 대상이 된다.

점유가 오래 지속될수록 더 멀리서 기자들이 그들을 보러 온다. 산림청 밴을 탄 한 무리의 남자들이 그들에게 전부 다 떠나라고 요청한다. 자유 캐스케이디아인들은 그들에게 맞서서 그들을 몰아낸다. 하원의원 사무실에서 나온 정장 차림의 두 남자가 그들의 이야기를 듣기 위해 들른다. 그들은 이

불만을 워싱턴에 전달하겠다고 약속한다. 그들의 방문에 뽕나무는 흥분한다.

"정치인들이 관심을 갖기 시작하면, 뭔가가 일어나는 거예요."

애덤―단풍나무―도 동의한다.

"정치인들은 이기는 편에 서고 싶어 하죠. 바람이 불어가는 쪽으로요."

메이든헤어가 중얼거린다.

"지구는 항상 이길 거예요."

어느 날 밤 간선도로에서 전조등이 움직이고, 총알이 발사된다. 사흘 후에 바리케이드 바로 밖에서 사슴 내장이 발견된다.

거대한 F-350 슈퍼듀티가 도개교에서 100미터 떨어진 곳에서 멈춘다. 목깃이 높은 올리브색 사냥 재킷을 입은 두 남자가 타고 있다. 젊고 깔끔하게 염소수염을 기른 운전자는 컨트리웨스턴 타입의 미남으로 볼 수도 있을 것이다.

"여기 뭐가 있는 거여? 망할 환경주의자들이구먼! 어이! 그려, 니들!"

연령초라고 하는 여자가 외친다.

"우린 그저 좋은 것을 지키려는 것뿐이에요."

"니들 거나 지키고 우리 일자리와 우리 가족과 우리 산과 우리 생활방식은 우리가 지키게 그냥 놔두지 그래?"

"나무는 누구의 것도 아니에요. 나무는 숲의 것이지."

더그전나무가 말한다.

조수석 문이 열리고 나이 많은 남자가 내린다. 그가 운전석 앞으로 걸어온다. 한때, 오래전 다른 삶에서, 애덤은 위기와 대립에 관한 심리학 세미나를 들었다. 이제 그는 아무것도 기억나지 않는다. 남자는 키가 크지만 등이 굽었고, 회색 머리가 얼굴 앞으로 흘러내렸다. 그는 뒷다리를 구부린 커다란 회색 곰 같다. 남자의 팔목에서 뭔가가 반짝인다. 애덤은 생각한다. 총이야, 칼이야, 도망가.

나이 든 남자가 왼쪽 앞 범퍼 옆에 서서 금속 무기를 들어 올린다. 하지만 위협은 부드럽고, 철학적이고, 당혹스럽다. 그 무기는 그저 금속 손일 뿐이다.

"난 저 나무들을 자르다가 팔꿈치 아래까지 잘렸어."

미남이 운전석에서 외친다.

"난 일을 하느라 백랍병에 걸렸지. 일이라는 거 들어본 적 있어? 다른 사람들에게 필요한 걸 해주는 거지."

나이 든 남자가 성한 팔을 후드에 올리고서 고개를 흔든다.

"당신네들은 뭘 원하는 거지? 우린 나무를 안 쓰고 살 수 없다고."

메이든헤어가 도개교를 건너서 남자들 쪽으로 걸어간다. 몸을 세운 회색 곰이 한 걸음 뒤로 물러난다. 그녀가 말한다.

"우린 사람들이 뭘 할 수 있고 뭘 할 수 없는지 몰라요. 시도해본 게 아주 적으니까요!"

그녀의 모습을 본 염소수염의 운전자는 온갖 종류의 경계 경보를 느낀다.

"멀쩡한 사람들의 생명보다 나무를 더 우위에 둘 수는 없다고."

그는 깜짝 놀란다. 그는 그녀를 원한다. 100미터 떨어진 곳에서도 이것만큼은 애덤에게 분명하게 보인다.

"우린 그러지 않아요. 우리는 나무를 사람들 위에 두지 않아요. 사람과 나무는 함께예요."

"그게 도대체 무슨 놈의 소리야?"

"나무가 만들어지는 데 뭐가 들어가는지를 사람들이 안다면, 그들은 희생에 대해서 굉장히, 굉장히 고마워하게 될 거예요. 그리고 고마워하는 사람들에게는 그렇게 많은 게 필요치 않죠."

그녀는 한동안 남자들에게 말을 한다.

"우리는 여기서 방문자가 되는 걸 그만둬야 해요. 우리가 사는 곳에 살아야 하고, 다시금 토착해야 해요."

곰 같은 남자는 그녀와 악수를 나눈다. 그는 조수석으로 다시 돌아가서 올라탄다. 거대한 트럭이 빠져나가면서 운전사가 도개교 뒤쪽에 모여 있는 사람들을 향해 소리친다.

"열심히 껴안으라고, 나무에 환장한 작자들! 니들 전부 다 혼쭐이 나게 될 테니까."

그는 자갈을 튀기면서 달려간다.

그래, 애덤은 생각한다. *아마도. 그리고 나서 혼쭐낸 작자들을 지구가 혼쭐내겠지.*

시위는 두 달째에 접어든다. 애덤이 보기에는 효과가 없어야만 한다. 이 상주의자들이 가진 기질 특유의 가망 없는 무능함으로 이곳은 오래전에 무너졌어야 했다. 하지만 자유 생태 지역은 계속 굴러간다. 야영지에 미국 대통령이 시위에 대해서 들었고 모든 연방 목재 구조 판매를 중단시키려 한다는 소문이 떠돈다. 특히 방화를 불러일으킨 문제를 포함해서 정책을 재검토할 때까지 말이다.

밝고 싸늘한 오후, 해가 꼭대기에 머문 지 두 시간이 지났다. 파수꾼은 그날 저녁 불 주변에서 할 이야기를 위해서 얼굴에 그림을 그리고 있다. 비탈 아래쪽에서 누군가가 고대의 거대 동물이 기울어진 햇살 속에서 울부짖는 것처럼 알펜호른을 분다. 담비라는 이름의 마라톤 선수가 등성이를 달려 올라와 야영지로 들어온다.

"그들이 와요."

"누구?"

파수꾼이 묻는다.

"프레디요."

그렇게, 그날이 온다. 그들은 완만한 경사를 따라서 이제 해자와 벽이 완벽하게 서 있는 곳으로 향한다. 길 아래쪽, 애덤이 오래전에 걸어 올라온 벌목 도로를 따라서 네 가지 색깔과 형태의 제복을 입은 남자들로 가득한 수송대가 서서히 다가온다. 앞장선 산림청 밴 뒤로 공격용으로 개조된 거대한 굴삭기가 온다. 그 뒤로는 더 많은 장비들, 더 많은 밴들이 온다.

얼굴에 그림을 그린 자유 캐스케디아인들은 일어서서 바라본다. 그러다가 목걸이 같은 흉터가 있는 여든 살의 목사가 말한다.

"좋아요, 여러분. 움직입시다."

그들은 자기 자리로 간다. 몸을 묶고, 도개교를 올리고, 벽에 자리를 잡고, 방어 위치로 물러난다. 곧 수송대가 문 앞에 선다. 두 명의 산림청 사람이 앞장선 밴에서 내려서 말뚝 울타리 앞에 선다.

"평화롭게 이곳을 떠날 시간을 10분 주겠다. 그 뒤로는 구치소로 끌려가게 될 거야."

성벽 위에 있는 모두가 한꺼번에 소리친다. 지도자는 없다. 모든 목소리가 들려야만 한다. 이 운동은 몇 달 동안 그런 방침하에 흘러왔고, 이제 그들은 그에 따라 죽을 것이다. 애덤은 쏟아지는 단어가 잠시 끊길 틈을 기다린다. 그러다가 그 역시 소리를 지른다.

"우리에게 사흘만 주면 이 모든 게 평화롭게 해결될 수 있어요."

수송대 우두머리들이 그를 쳐다본다.

"의원실에서 방문했어요. 대통령이 행정명령을 내릴 준비를 하고 있다고요."

그는 그들의 관심을 얻은 것만큼 빠르게 잃는다.

"10분 주겠다."

경찰이 반복해서 말하고 애덤의 정치적 순진함은 사라진다. 워싱턴에서 취한 행동은 이 결전의 답이 아니다. 그것은 이유다.

9분 40초에 목이 긴 거대 파충류 같은 굴삭기가 참호 위로 팔을 휘둘러서 벽 윗부분을 부순다. 부서진 성벽에서 비명이 울린다. 전투 분장을 한 방어자들이 바닥에 구르고 도망친다. 애덤은 다급하게 움직이다가 바닥에 쓰러진다. 발톱 같은 끝부분이 다시 벽을 후려친다. 그리고 팔목을 털 듯이 움직여서 도개교를 부순다. 또 한 번의 공격에 도개교는 완전히 어긋난다. 버팀 기둥을 두 번 더 후려치자 장벽 전체가 바닥으로 쓰러진다. 몇 달간의 작업, 자유 생태 지역에서 만들 수 있는 가장 튼튼한 바리케이드가 아이스크림 막대기로 만든 성채처럼 무너진다.

괴수는 참호로 굴러와서 바깥쪽 돌무더기를 뜯는다. 부서진 벽에서 나온 통나무를 긁어서 해자를 채우는 데 겨우 1분밖에 걸리지 않는다. 기계의 타이어가 나무를 채운 참호 위로 굴러와서 무너진 벽을 지나간다. 얼굴의 칠이 흘러내리는 상태로 캐스케디아인들은 부서진 개미굴에서 나오는 흰개미들처럼 쏟아져 나온다. 몇 명은 도로로 달려간다. 여러 명은 침입자들을 향해서 논쟁하고 애원한다. 메이든헤어가 외치기 시작한다.

"당신들이 뭘 하는지 생각해요! 더 나은 방법이 있어요!"

수송대의 경찰들은 사방에서 사람들에게 수갑을 채우고 바닥으로 찍어 누른다.

구호는 고함으로 바뀐다.

"비폭력! 비폭력!"

애덤은 환경전사들의 분장처럼 심각하게 딸기코인 커다란 경찰에게 잡혀서 금세 바닥으로 쓰러진다. 급경사면 50미터 위쪽에서는 얼굴에 파란

칠을 한 파수꾼이 무릎 뒤를 몽둥이로 맞고 자갈밭 위에 쓰러진다. 몸을 묶은 사람들만 남는다. 굴삭기가 서서히 길을 따라 올라온다. 기계가 첫 번째 삼각다리에 도착해서 뾰족한 발톱으로 기단부를 민다. 삼각다리가 흔들거린다. 경찰들이 소탕작전에서 몸을 돌리고 쳐다본다. 위에 있는 자신의 둥지에서 뽕나무는 흔들리는 탑 윗부분에 팔을 감는다. 발톱으로 삼각형 기반을 밀 때마다 그녀는 충돌 테스트용 인형처럼 흔들거린다.

애덤이 소리친다.

"맙소사. 그만둬요!"

다른 사람들도 고함을 지른다. 전투 양쪽 편의 사람들 전부 다. 심지어는 도로의 자기 자리에 있던 더그마저 소리친다.

"밈. 끝났어요. 내려와요."

발톱이 기단을 친다. 틀을 이루고 있는 세 개의 나무 기둥이 삐걱거리고 구부러진다. 끔찍하게 쪼개지는 소리가 나고, 기둥 하나에 금이 간다. 금은 원통형 목질 안쪽 깊은 나이테에서부터 시작해서 바깥쪽으로 퍼진다. 전나무가 쪼개지고, 기둥 윗부분이 죽창처럼 부러진다.

미미가 비명을 지르고, 그녀의 둥지가 떨어진다. 쪼개진 기둥이 그녀의 광대뼈를 찌른다. 그녀는 죽창에 부딪치고 구르며 나무와 함께 쓰러져서 바닥에 있는 돌에 부딪친다. 더글러스가 구속구에서 몸을 빼고 그녀를 향해 달려간다. 굴삭기 운전자는 자신은 무고하다며 손바닥을 들어 올리는 것처럼 공포에 질려 발톱을 홱 뺀다. 하지만 반대편으로 날아간 발톱은 어린이 광대에게 부딪치고, 그는 되돌아가는 발톱의 힘에 그대로 맞고서 끈이 끊어진 꼭두각시 인형처럼 쓰러진다.

지구를 위한 싸움이 멈춘다. 양편 모두 부상자를 향해 달려간다. 미미는 비명을 지르며 자신의 얼굴을 잡는다. 더글러스는 정신을 잃고 쓰러져 있다. 경찰이 캐러밴으로 달려가서 부상자가 있다고 알린다. 무너진 자유 생태 지역의 시민들은 멍하니 공포 속에서 서로 모인다. 미미는 태아처럼 몸을 옆으로 굴려 웅크리고서 눈을 뜬다. 하늘을 꿰고 있는 옥색부터 청록색까지 이르는 다양한 나무들. *저 색깔 좀 봐.* 그녀는 그렇게 생각하고, 기절한다.

애덤은 몰려 있는 군중 속에서 손실을 조사하고 있는 메이든헤어와 파수꾼을 찾아낸다. 메이든헤어가 언덕 위에서 여전히 땅에 몸을 묶고 도로 가운데 누워 있는 반란자 여자 네 명을 가리킨다.

"우린 아직 지지 않았어요."

애덤이 말한다.

"졌어요."

"지금 와서 이 나무들을 자르지는 못할 거예요. 언론이 이 이야기를 들은 후에는요."

"자를 거예요."

이 나무들과 남아 있는 모든 오래된 나무를. 모든 숲이 농지나 주택지가 될 때까지.

메이든헤어는 지저분한 머리 타래를 흔든다.

"저 여자들은 워싱턴에서 행동을 취할 때까지 계속 몸을 묶어둘 수 있어요."

애덤은 파수꾼의 눈을 마주 본다. 진실은 그조차 말하기 힘들 정도로 잔혹하다.

헬리콥터가 부상자들을 벤드에 있는 2급 외상센터로 수송한다. 더글러스는 르포르 3급 골절로 즉시 수술에 들어간다. 미미는 발목을 제자리로 다시 맞추고 심하게 부딪친 안검부를 붕대로 감싼다. 응급실 의사들은 그녀의 뺨을 가로질러 난 참호에 해줄 수 있는 게 별로 없어서 성형외과 의사가 재건해줄 때까지 붙어 있도록 꿰매준다.

프레디들은 무단거주자들을 기소하지 않는다. 36시간 더 버틴 마지막 네 여자들만 구속한다. 그런 다음 나머지 캐스케디아 자유 생태 지역의 일원들은 언덕을 떠나고 부의 추출은 재개된다.

하지만, 그리고 여전히. 28일 후에 윌래밋 국유림의 기계들이 가득 있는 창고가 불길에 휩싸인다.

이건 진짜가 아니다. 연극이나 시뮬레이션에 불과하다. 그 여파를 보기 전까지 그들은 그렇게 생각한다.

신문에는 사진이 실려 있다. 불에 탄 굴삭기를 조사하는 소방관 한 명과 산림 감시원 두 명이다. 다섯 명은 미미 마의 식탁 주위에서 사진을 돌려 본다. 요즘 종종 그러듯 저 아래에서 한 가지 생각이 그들 사이에 공유된다. *이런 젠장맞을. 저거 우리잖아.*

한참 동안, 말을 할 필요도 없다. 공통의 기분이 변덕스러운 주식처럼 오르락내리락한다. 하지만 곧 수동적 저항으로 안착된다.

"그들은 딱 준 만큼 받은 거예요."

미미가 말한다. 그녀의 얼굴을 봉합한 스물여덟 바늘이 한 단어 한 단어를 뱉을 때마다 욱신거리게 만든다.

"이제 비겼어요."

애덤은 그녀도, 또 다른 붕대투성이인 더글러스의 얼굴도 차마 볼 수가 없다. 애덤 역시 한 명은 반 장님으로 만들고 또 한 명은 망가뜨려놓은 이 장비에 대해서 복수를 하고 싶었다. 인간의 가학적인 면에 보복하고 싶었다. 이제 그는 자신이 뭘 원하는지, 어떻게 그걸 해야 하는지 전혀 알 수가 없다.

닉이 말한다.

"사실, 그들이 아직도 훨씬 앞서 있어요."

그것은 절망에 휩싸인 한 번의 행동이다. 하지만 정의를 향한 욕구는 소유욕이나 사랑과 비슷하다. 먹이를 주면 더더욱 자랄 뿐이다. 기계 창고의 일이 발생한 지 2주 후에 그들은 취소된 면허로 몇 달이나 작업을 하고도 일주일 치 이윤밖에 안 되는 어이없는 벌금을 내고 있는 캘리포니아주 솔러스 근처 제재소를 목표로 한다. 목소리를 듣는 여자는 공격이 어떻게 진행되어야 하는지 말한다. 훈련받은 관찰자가 감시를 맡는다. 엔지니어는 스무 개 가량의 플라스틱 우유병을 폭탄으로 만든다. 전직 군인이 폭발을 담당한다. 심리학자는 그들이 계속하게 만든다. 치명적인 기계들은 그들이 예상했던 것보다 훨씬 더 잘 탄다. 그들은 아무 책임도 없는 목재로 가득하기 때문에 폭발시키지 않은 근처 창고 벽면에 메시지를 남긴다. 글자는 예술적이고 거의 장식적이다.

자살 경제 반대
진짜 성장 찬성

그들은 카드놀이를 하려는 것처럼 뽕나무의 식탁 주위에 둘러앉는다. 철학과 다른 미세한 차이들은 지금 그들에게 도움이 되지 않는다. 선은 이미 넘었고, 임무는 끝났다. 말에는 무게가 없다. 그래도 여전히 그들은 말을 멈출 수가 없다. 문장이 결코 길지 않더라도. 그들의 배달용 밴 백미러 속에서 논쟁의 결론이 오래전에 사라졌다고 해도 여전히 논쟁을 한다.

애덤은 동료 방화범들을 보면서 자신도 모르게 머릿속으로 정리를 한다.

뽕나무는 슬로모션으로 허공을 자르는 시늉을 한다. 그녀가 손날을 손바닥의 한 지점에 댄다.

"난 2년 동안 계속해서 장례식에 있었던 것 같은 기분이에요."

"눈가리개가 떨어진 이후로 말이죠."

어린이 광대가 동의한다.

"모든 시위들. 모든 편지들. 구타당한 것. 목이 터지도록 소리를 질러도 아무도 들어주지 않은 것."

"우린 이틀 밤 동안 몇 년간 노력한 것보다 많은 걸 이뤘어요."

성과란 애덤이 어떻게 측정해야 하는지 더 이상 알지 못하는 것이다. 그들이 하는 일, 그가 한 일은 그저 견딜 수 있을 만큼의 기간 동안 고통을 멈춘 것뿐이다.

미미가 말한다.

"더 이상은 장례식이 아니에요."

"어려운 선택도 아니죠."

닉이 말한다. 그러고는 상식의 기습에 깜짝 놀라서 낮아진 목소리로 말을 잇는다.

"우리는 소량의 장비를 부수는 거예요. 안 그러면 그 장비가 엄청난 양의 생명을 부술 테니까."

심리학자는 그저 듣는다. 인간의 가슴속에는 다른 것, 훨씬 깊은 술수가 있다. 그는 구할 수 있는 것을 구하려는 마음에 넘어갔다. 다가오는 세계 종말로부터 약간의 여유를 얻어야만 한다. 그것보다 더 중요한 것은 없다. 그의 논문은 답을 얻었다.

올리비아가 살짝 턱을 내리자 다른 사람들이 조용해진다. 그들에게 걸린 그녀의 마법은 매 범죄마다 점점 더 커진다. 그녀는 예배당만큼 커다란 그루터기에 한 손을 얹었다. 그녀는 자신의 종보다 더 오래된 숲이 죽는 것을 보았다. 인간보다 더 큰 존재로부터 조언을 받았다.

"우리가 틀렸다면, 우린 대가를 치르게 될 거예요. 그들은 우리 목숨 이상을 가져갈 수 없어요. 하지만 우리가 옳다면요?"

그녀가 생각의 줄기를 따라서 시선을 내린다.

"그리고 살아 있는 모든 것들이 나에게 말해요. 우리는……."

아무도 그녀의 말을 끝까지 들을 필요가 없다. 창조의 40억 년 중에서 가장 경이적인 산물을 돕는 일을 누가 마다하겠는가? 애덤은 이 생각을 천천히 곱씹던 중에 다른 것을 깨닫는다. 그들 다섯 명은 또 다른 임무를 수행하게 될 것이다. 한 번 더. 그게 마지막일 것이다. 그들은 인류가 스스로를 죽이는 걸 막기 위한 아주 작은 일을 하고서 각자의 길로 흩어지게 될 것이다.

애덤이 기사를 발견한다. "산림청이 다목적 프로젝트를 찾는다." 워싱턴, 아이다호, 유타, 콜로라도의 수십 제곱킬로미터의 공유지가 민간 투자자와 개발자들에게 임대용으로 나온다. 더 많은 당장의 이윤을 위해 벌채된 숲. 그들은 이 소식을 침묵 속에 듣는다. 이 문제를 투표에 부칠 필요도 없다.

편지도 이메일도 없고, 전화도 거의 하지 않는다. 그들은 직접 만나서 이야기를 나누거나 아니면 아예 이야기를 나누지 않는다. 그들은 현금을 쓰며 산다. 어떤 것도 글로 남기지 않는다. 뽕나무의 기술은 점점 더 정교해진다. 그녀는 사람들이 직접 쓴 은밀한 소책자 《방화의 네 가지 규칙》, 《전자 타이머로 불 지르기》 등에서 조언을 얻어 지금까지 만든 것 중에서 최고의 작품을 만들기 시작한다. 새로운 설계는 더 믿을 만하다. 단풍나무와 더그전나무는 그녀에게 필요한 물품을 구하기 위해서 80킬로미터 떨어진 곳까지 다녀온다.

파수꾼과 메이든헤어는 새로 임대된 지역 중 한 곳을 감시한다. 몬태나 경계 근방의 비터루츠에 있는 아이다호의 스톰캐슬이다. 공유림의 상당 부분이 또 다른 사계절 리조트를 만들기 위해서 팔렸다. 그들은 거기까지 가서 밤중에 아무도 없을 때 부지를 둘러본다. 화가는 모든 것을 스케치한다. 새로 만든 노상(路床), 장비 창고와 건설용 트레일러, 리조트의 갓 만든 토대 공간. 그의 완벽한 스케치에는 열의와 수치심이 담겨 있다. 그가 그림을 그리는 동안 보험통계학 중퇴자는 벌채한 부지를 돌아다니고 측량 막대들 사이의 거리를 측정한다. 그녀가 고개를 기울이고 무언가를 듣는다.

다섯 명 모두 뽕나무의 차고에서, 매연 천막 아래에서, 전신 보호복과 장갑을 착용하고서 작업을 한다. 그들은 20리터의 연료통들과 플라스틱 터퍼웨어에 든 타이머 장치들을 연결한다. 그들은 파수꾼의 지도에서 각각의 장치가 가장 오랫동안 불길을 낼 수 있을 만한 곳을 표시한다. 그리고 마지막 메시지를 보내고 나면 끝이다. 그다음에 그들은 나라의 주목을 받을 테니 흩어져서 보이지 않는 생활 속으로 숨을 것이다. 수백만 명의 양심에 호소하고. 불이 나야만 열리는 종류의 씨앗을 심고.

모든 것들이 그들의 밴 뒤에 실린다. 뽕나무의 차고 문이 열리고 밖으로 나올 무렵, 그들은 마치 야영을 하러 산으로 가는 것 같은 기분이 든다. 그들은 무전기를 챙긴다. 장갑과 방한 마스크도. 그들은 모두 검은 옷을 차려 입었다. 그들은 아침 일찍 서부 오리건을 떠난다. 주간 고속도로를 가다가 혹시 사고라도 나면 밴은 거대한 불덩이처럼 타버릴 것이다.

밴에서 그들은 잡담을 나누며 풍경을 본다. 그들은 겨우 몇 미터 깊이밖에 되지 않는 풍경 커튼인 기다란 포템킨 숲을 한참 지나간다. 더그는 간단한 퀴즈 책을 꺼내서 다른 사람들에게 혁명 및 남북전쟁에 관한 문제를 낸다. 애덤이 이긴다. 그들은 새를 구경한다. 고속도로의 소형 포유류 학살로를 따라 날아다니는 맹금이다. 두 시간 안 돼 미미는 날개 길이가 2미터에 달하는 대머리독수리를 발견한다. 그것은 모두의 숨을 죽이게 만든다.

그들은 오디오북을 듣는다. 북서부 최초의 사람들에 관한 신화와 전설이다. 고대의 노인 케무시가 북부 빛의 재 속에서 나타나서 모든 것을 만든다. 코요테와 위시푸시는 그 전설적인 싸움으로 풍경을 갈가리 찢어놓는다. 동물들이 힘을 합쳐 소나무에서 불을 훔친다. 그리고 모든 어둠의 정령들은 나뭇잎처럼 수가 많고 우아하게 형태를 바꾼다.

비터루츠에 밤이 내린다. 마지막 몇 킬로미터가 가장 힘들다. 느리고, 구불구불하고, 외지다. 마침내 그들은 미리 정해둔 곳에 차를 세운다. 주간 고속도로에서 3킬로미터 떨어진 곳이다. 현장은 파수꾼이 그린 것과 똑같은 모습이다. 미미는 흉터가 있는 얼굴 주위로 스카프를 두르고 무전기로 주 파수를 찾으며 밴에 남는다. 다른 사람들은 말없이 작업을 시작한다. 모든 임무는 수십 번이나 이야기한 것이다. 그들은 20리터의 연료통을 제자리로 끌고 가서 추진제를 적신 타월과 이불 심지로 연속적으로 연결하며 하나의 생물체처럼 움직인다. 그런 다음 터퍼웨어 타이머를 부착한다.

파수꾼은 자신에게 할당된 일을 한다. 오늘 밤이 수백만 명에게 보여줄 매개체에 작업을 하는 마지막 기회가 될 것이다. 그는 다른 사람들이 장치를 설치하고 있는 미래의 리조트에서 반쯤 가설된 본관 반대편으로 향한다. 잘 다듬어진 초원 건너편에서 그는 폭발이 미치지 않을 만큼 멀리 떨어진 트레일러 두 개를 발견한다. 그 트레일러 벽이라면 그가 쓸 수 있는 최상의 캔버스가 될 것이다. 그는 코트 주머니에서 두 개의 스프레이 페인트를 꺼내서 트레일러 벽에서 더 깨끗한 부분으로 다가간다. 그의 손이 자아낼 수 있는 최상의 신중함을 담아서 그는 글자를 쓴다.

통제는 죽인다
연결은 치유한다

그는 물러나서 그가 확실하게 아는 유일한 것의 배아를 평가한다. 큰 펠트마커로 그는 글자에 줄기와 가지를 덧붙여서 글자가 종말로부터 되살아나 싹을 틔운 것처럼 보이게 만든다. 글자들은 이집트 상형문자나 옵아트(착시현상을 이용하는 미술) 동물이 춤을 추는 모습처럼 보인다. 이 두 줄 아래 그는 가느다란 희망을 덧붙인다.

집으로 오지 않으면 죽음뿐

폭파 지역에서는 통들을 제자리에 배치하느라 분투하다가 애덤과 더그가 서로 움직이는 박자가 엇나간다. 연료가 애덤의 재킷 가장자리에 떨어져서 그의 검은 청바지를 타고 흐른다. 석유화학물질의 악취를 맡으며 그는 젖은 장갑에서 액체가 떨어질 때까지 주먹을 꽉 쥔다. 물건을 너무 많이 들어서 손에 힘이 들어가지 않는다. 그는 건설 사무소의 뾰족한 지붕을 올려다보며 생각한다. 내가 도대체 뭘 하고 있는 거지? 몽유병에서 갑자기 깨어난 것처럼 최근 몇 주의 일이 명확해지고, 아주 잠깐의 이득을 위해 세상을 도둑맞고 있고 대기가 망가지고 있다는 확신, 생명체의 세상에서 가장 경이적인 생물들을 위해서 그가 할 수 있는 한 모든 걸 해야 한다는 감정, 그 모든 것들이 애덤에게서 떠나버린다. 그는 인간이라는 존재의 기반을 부인하는 광기 속에 남는다. 소유물과 지배. 다른 건 중요하지 않다. 지구는 모든 나무들이 곧게 자라고, 일곱 개 대륙 전체를 세 사람이 소유하고, 모든 커다란 생물체들이 학살당하기 위해서 재배되는 시점까지 화폐화될 것이다.

두 번째 트레일러 옆쪽에서 파수꾼은 야성적이고 선명한 알파벳으로 단어를 그린다. 문구가 나타나 텅 빈 백지 위에서 흐른다.

낙원에는 너희를 위한 나무가 다섯 그루 있으며

그것들은 여름에도 겨울에도

변하지 않으며

그 잎도 떨어지지 아니한다.

누구든 그것을 아는 자는

죽음을 겪지 않으리라.

그는 물러선다. 이해하지도 못하는 사람들에게 절실하게 보내고 싶은 이 기도가 그 자신에게서 나왔다는 사실에 조금 놀라고, 목이 조여든다. 그러다가 평, 하고 충격파가 그를 뒤에서 후려친다. 폭발 비슷한 게 보이기 한참 전에 열기가 바깥쪽으로 퍼진다. 파수꾼은 몸을 돌려 가상의 일출처럼 빠르게 오렌지색 덩어리가 솟구치는 것을 본다. 그의 다리가 앞으로 나아가고, 그는 불길을 향해서 달려간다.

또 다른 형체가 그의 시야 가장자리로 들어온다. 더글러스가 뻣뻣한 한쪽 다리로 절뚝거리는 리듬으로 달리고 있다. 그들은 동시에 불길 앞에 도착한다. 그리고 더글러스가 커다랗게 중얼거린다.

"젠장, 안 돼. 젠장, 안 된다고!"

그는 무릎을 꿇고 방금 벌어진 일을 바라보며 가냘프게 운다. 두 개의 형체가 바닥에 쓰러져 있다. 닉이 다가가자 그중 한 명이 움직이기 시작한다. 닉이 움직이기를 바라던 쪽은 아니다.

애덤이 바닥에서 어깨를 들어 올린다. 그의 머리가 사방을 두리번거린다. 얼굴을 따라 장막처럼 피가 흘러내린다.

"아. 앗!"

더글러스가 그를 진정시킨다. 닉은 몸을 굽혀 올리비아를 들어 올리려 한다. 그녀는 등을 대고 눈을 뜬 채로 별을 향해 누워 있다. 그들 주위로 사방에서 공기가 오렌지색으로 변한다.

"리비?"

그의 목소리는 끔찍하다. 목이 메고 흐릿한 발음은 그녀에게 폭발보다 안 좋을 것이다.

"내 말 들려요?"

그녀의 입에서 거품이 생긴다. 그리고 단어가 들린다.

"윽."

그녀의 옆구리에서 뭔가가 스며 나와 허리로 흐른다. 그녀의 검은 셔츠 앞부분이 어둠 속에서 빛난다. 그는 그것을 들어 올리고 비명을 지르며 다급하게 도로 내린다. 그에게서 나지막한 울음소리가 새어 나온다. 그리고 그는 다시 능숙함의 화신이 된다. 부상당한 여자는 공포에 질려 그를 쳐다본다. 그는 자신을 억누르고 표정을 지운다. 도움이 될 만한 모든 행동을 다 한다. 공기가 깜박거리기 시작한다. 두 개의 형체가 그들을 내려다본다. 더글러스와 애덤이다.

"그녀는……?"

그 말의 뭔가가 올리비아를 놀라게 만든다. 그녀가 고개를 들어 올리려고 한다. 닉이 부드럽게 그녀를 도로 누른다.

"난."

그녀가 말한다. 그러다 다시 눈이 감긴다.

모든 것이 뜨겁다. 더글러스가 양손으로 머리를 누르고서 좁게 빙 돈다. 퉁명스러운 말이 그에게서 나온다.

"젠장, 젠장, 젠장, 젠장……."

"그녀를 옮겨야 돼요."

애덤이 말한다. 닉이 그를 가로막는다.

"그럴 순 없어요!"

"옮겨야 돼요. 불길 때문에."

그들의 어설픈 다툼은 시작도 하기 전에 끝난다. 애덤은 여자의 팔 아래를 잡고서 돌바닥 위로 끌어당긴다. 그녀의 목에서 나직한 소리가 울린다. 닉은 무력하게 다시 그녀의 옆에서 몸을 구부린다. 이 모습을 앞으로 20년 동안 보게 될 것이다. 그는 일어나서 비틀비틀 멀리 가서 바닥에 토한다.

다음 순간 미미가 어둠 속에서 그들의 옆에 나타난다. 닉은 안도감을 느낀다. 또 다른 여자. 여자라면 그들을 구하는 방법을 알 것이다. 힐끗 보고서 엔지니어는 모든 것을 알아챈다. 그녀는 애덤의 손에 밴 열쇠를 건넨다.

"가요. 우리가 지나온 마지막 동네로 돌아가요. 16킬로미터 거리예요. 경찰을 불러요."

"안 돼. 그러지 마요. 계속……."

바닥의 여자가 말을 하는 바람에 모두 놀란다.

애덤이 불길을 가리킨다.

미미가 말한다.

"난 상관 안 해요. 가요. 그녀에겐 도움이 필요해요."

애덤은 가만히 서 있다. 그의 온몸이 반대한다. *도움으로는 그녀를 도울 수 없을 거야. 그리고 이건 우리 모두를 죽일 거야.*

"끝내요."

늘어진 여자가 중얼거린다. 말이 너무나 나직해서 닉조차 제대로 알아듣지 못한다.

애덤은 손에 든 열쇠를 응시한다. 그가 몸을 앞으로 기울여서 밴을 향해서 달려가기 시작한다.

"더글러스. 그만해요."

미미가 날카롭게 말한다. 전직 군인은 신음을 멈추고 가만히 서 있다. 곧 미미는 바닥에 앉아서 올리비아를 살피고, 옷깃을 열고, 동물적인 공포를 진정시킨다.

"도와줄 사람이 오고 있어요. 가만히 있어요."

그 말은 피투성이 여자를 더 흥분하게 만든다.

"아뇨. 끝내요. 계속―"

미미는 그녀의 얼굴 옆쪽을 쓰다듬으며 조용히 시킨다. 닉은 뒤로 물러난다. 그는 거리를 두고 본다. 모든 일들이 고칠 수 없이, 영원하게, 진짜로 일어나고 있다. 하지만 다른 행성에서, 다른 사람들에게 벌어지는 것이다.

올리비아의 몸통에서 무언가가 흘러나온다. 입술이 움직인다. 미미는 몸을 기울이고 올리비아의 입에 귀를 갖다댄다.

"물 좀?"

미미가 몸을 돌려 닉을 쳐다본다.

"물요!"

그는 무력하게 꼼짝도 못한다.

"내가 찾아올게요."

더글러스가 소리친다. 그는 불길 뒤로 언덕 비탈에 저지대가 있는 것을 안다.

"저기가 협곡이에요. 거기에 개울이 있을 거예요."

남자들은 물을 뜰 만한 것을 찾는다. 그들이 가져온 모든 컨테이너에는 촉진제가 묻어 있다. 닉의 주머니에 봉지가 있다. 그는 안에 든 해바라기씨를 비우고 더글러스에게 준다. 더글러스는 건설 현장 뒤쪽의 숲으로 달려간다.

개울을 찾는 것은 어렵지 않다. 하지만 봉지를 물에 담글 때 더글러스에게 학습된 혐오가 치솟는다. *바깥의 물을 먹으면 안 돼.* 이 나라에는 마셔도 안전한 호수나 연못, 개울, 시내가 없다. 그는 이를 악물고 봉지를 채운다. 아무리 유독해도 여자에게는 차갑고 맑은 액체 한 모금 정도면 된다. 더글러스는 봉지를 감싸고 언덕 비탈로 다시 달려간다. 그가 약간의 물을 여자의 입에 붓는다.

"고마워요. 정말 좋네요."

그녀의 눈이 감사의 마음과 함께 충혈되어 있다. 그녀는 조금 더 마신다. 그리고 눈을 감는다.

더글러스는 무력하게 봉지를 들고 서 있다. 미미가 액체를 손가락에 조금 적셔서 올리비아의 얼룩진 얼굴을 닦는다. 그녀는 머리를 감싸 안고 밤색 머리카락을 쓰다듬는다. 초록 눈이 다시 나타난다. 그 눈은 이제 예리하고 상황을 인지하고 있으며, 간호사의 눈을 마주본다. 올리비아의 얼굴이 습격당한 암말처럼 공포로 일그러진다. 그녀가 소리 내서 말을 한 것처럼 명확하게 미미의 머릿속으로 생각이 들어온다. 뭔가 잘못됐어요. 난 무슨 일이 벌어지는지 봤는데, 이건 아니었어요.

미미는 그녀의 시선을 마주 보며 가능한 한 고통을 흡수한다. 위로는 불가능하다. 두 사람은 눈을 마주 보고, 둘 다 시선을 돌리지 않는다. 복부가 찢어진 여자의 생각들이, 이해하기에는 너무 크고 느린 생각들이 넓어진 채널을 통해서 미미의 머릿속으로 흘러든다.

닉은 눈을 감고 꼼짝 않고 서 있다. 더글러스는 봉투를 땅에 던지고 비틀비틀 물러선다. 하늘은 거절과 함께 환하게 불타오른다. 두 번의 새로운 폭발이 허공을 찢는다. 올리비아는 비명을 지르며 다시 미미의 시선을 찾는다. 그녀의 눈길이 폭력적으로, 붙잡듯이 변한다. 마치 시선을 아주 잠깐이라도 돌리는 것이 최악의 죽음보다 더 끔찍한 일인 것처럼.

세 번째 남자가 화염의 가장자리로 나타난다. 돌아올 시간보다 너무 빨리 온 애덤을 보고서 닉이 정신을 차린다.

"도와줄 사람을 불렀어요?"

애덤은 피에타를 내려다본다. 그의 일부는 드라마가 아직도 진행 중이라는 사실에 깜짝 놀라는 것 같다.

"도와줄 사람이 오냐고요!"

닉이 소리친다. 애덤은 아무 말도 하지 않는다. 모든 의지를 다해서 그는 광기를 밀어낸다.

"이 배짱 없는……. 열쇠 줘요. 열쇠 달라고."

화가가 심리학자에게 달려들어 그를 움켜잡는다. 올리비아의 입에서 나온 그의 이름만이 닉이 폭력을 멈추게 만든다. 그는 순식간에 그녀의 옆 바닥에 앉는다. 그녀는 이제 힘겹게 숨을 쉬고 있다. 그녀의 얼굴이 고통으로 구겨진다. 그녀를 마비시켰던 충격이 사라지면서 그녀는 얼굴을 찌푸리고 숨을 헐떡거린다.

"닉?"

헐떡거림이 멈춘다. 그녀의 눈이 커진다. 그는 그녀가 발견한 공포를 찾기 위해 어깨 너머를 돌아보고 싶은 마음을 억눌러야만 한다.

"나 여기 있어요. 여기 있어요."

"닉?"

이제 비명이 된다. 그녀는 일어나 앉으려고 하고, 그녀의 셔츠 아래에서 부드러운 것이 흘러나온다.

"닉!"

"그래요. 나 여기 있어요. 바로 여기요. 당신이랑 같이 있어요."

헐떡거림이 다시 시작된다. 그녀의 입에서 이의가 흘러내린다. 흠. 흠. 흠. 그녀의 손이 그의 손가락을 꽉 쥔다. 그녀가 신음하고, 소리는 그들의 삼면에서 타오르는 불길의 소리 말고 더 큰 소리가 남지 않을 때까지 새어 나온다. 그녀가 눈을 질끈 감는다. 그러다가 도로 뜬다. 그녀의 눈이 과격하게 번뜩인다. 그녀는 자신이 뭘 보고 있는지 모른 채로 바라본다.

"얼마나 오래 갈까요?"

"그리 오래는 아닐 거예요."

그가 단언한다. 그녀는 대단히 높은 곳에서 떨어지는 짐승처럼 그를 할 퀸다. 그러다가 다시 진정한다.

"하지만 이건 아니죠? 이건 결코 끝나지 않을 거예요, 우리가 가진 건요. 그렇죠?"

그는 너무 오래 기다리고, 시간이 그를 대신해서 대답한다. 그녀는 답을 들으려고 몇 초 더 애를 쓰다가 다음에 일어날 일을 차츰 받아들인다.

수관

북쪽 지역의 남자는 새벽에 차가운 땅에 등을 대고 누워 있다. 그의 머리는 얼굴을 하늘로 향하고 1인용 천막에서 튀어나온 상태다. 다섯 그루의 가느다란 원통형 하얀 가문비나무가 그의 위에서 산들바람에 흔들린다. 중력은 아무것도 아니다. 상록수의 뾰족한 이파리들은 아침 하늘에 그림을 그리고 글씨를 쓴다. 그는 매일 매시간마다 글씨가 조금씩 위로 올라가는 나무가 여행하는 수 킬로미터에 관해서 생각해본 적이 없다. 영원히 움직이는 이 정지된 물체.

천막에서 머리를 내민 남자는 스스로에게 묻는다. 저 나무들 꼭대기는 어떤 모습일까? 내재된 단순한 주기로 놀라운 패턴을 만들어가는 톱니 그리기 장난감 같을 것이다. 저 너머에서 지시를 받는 위자 플랑셰트(위자는 심령술에 쓰이는 점괘 판으로 플랑셰트라는 긴 하트 모양의 말을 사용한다)의 끝부분 같을 것이다. 사실 그들은 그들 자신일 뿐이다. 그들은 솔방울로 뒤덮인 하얀 가문비나무 다섯 그루의 수관으로, 존재해온 매일매일 하던 방식대로 바람에 몸을 구부린다. 유사성이란 인간만의 문제다.

하지만 가문비나무는 저 나름대로 만들어낸 미디어에 메시지를 쏟아낸다. 그들은 잎, 몸통, 뿌리를 통해서 이야기한다. 그들은 자신의 몸에 자신이 겪어온 모든 위기의 역사를 기록한다. 천막의 남자는 자신의 조악한 감각들보다 수억만 년 오래된 신호 속에 잠겨서 누워 있다. 그래도 여전히 그는 그 신호들을 읽을 수 있다.

하얀 가문비나무 다섯 그루는 파란 공기에 서명한다. 그들은 적는다: 빛과 물과 작은 쇄석은 긴 답을 요구해.

근처의 로지폴소나무와 뱅크스소나무가 이의를 제기한다: 긴 답에는 긴 시간이 걸려. 그리고 긴 시간은 사라져가고 있는 거라고.

드럼린 아래쪽의 검은 가문비나무가 직설적으로 말한다: 온기는 온기를 먹고 살지. 영구동토층이 트림을 해. 순환 속도가 빨라지고 있어.

더 남쪽으로, 활엽수들이 동의한다. 시끄러운 사시나무들과 나머지 자작나무들, 미루나무들과 포플러나무들의 숲도 다 함께 합창한다: 세상은 새로운 것으로 변해가고 있어.

남자는 몸을 굴려 등을 대고 누워서 아침 하늘을 마주본다. 메시지가 그를 가득 채운다. 여기서도, 집도 없는 상태로도, 그는 생각한다: 모든 것이 달라질 거야.

가문비나무들이 대답한다: 늘 달라져왔어.

우리 모두 비극적인 운명이야. 남자는 생각한다.

우리 모두는 언제나 비극적이었어.

하지만 이번에는 상황이 달라.

그래. 네가 여기 있으니까.

남자는 나무들이 이미 하는 것처럼 일어나서 일을 해야 한다. 그의 일은 거의 끝났다. 그는 내일이나 혹은 그다음 날에 천막을 철거할 것이다. 하지만 지금 이 순간, 오늘 아침에, 그는 가문비나무들이 글을 쓰는 것을 바라보며 생각한다. 해가 해처럼 되기 위해서 내가 크게 달라져야 할 필요는 없어. 초록이 초록처럼 되기 위해서, 즐거움과 지루함과 고통과 공포와 죽음이 그 자체이기 위해서 내가 크게 달라져야 할 필요는 없어. 확실하게 명료해야 한다는 것만 제외하면 말이지. 그리고 이것, 이 커져가는 빛과 물과 돌의 고리들은 내 전부를 집어삼키고 나에게 필요한 모든 말이 될 거야.

사람들은 다른 존재로 변신한다. 20년 후에, 모든 것이 무슨 일이 있었는지 기억하는 데에 달려 있고, 그날 밤의 사실들이 오래전에 심재(心材)로 변해버린 때에. 그들은 그녀의 몸을 뒤집은 상태로 불 속에 던진다. 세 명은 이것을 기억할 것이다. 닉은 아무것도 기억하지 못할 것이다. 그녀가 그를 필요로 하는 동안 그는 든든한 기반이었다. 이제 그는 눈썹이 그을릴 정도로 불길에서 가까운 바닥에 불타는 시체처럼 멍하니 앉아 아무 쓸모도 없이 변한다.

다른 사람들이 그녀를 밤처럼 오래된 화장용 장작더미 속에 내려놓는다. 그녀의 옷이 불타고, 그다음에는 피부가 불탄다. 그녀의 어깨뼈 위에 있는 장식체 문구, '변화가 다가올 것이다'도 검게 변해서 증발한다. 불길은 그녀의 탄화된 영혼의 부스러기들을 공중으로 날린다. 물론 시체는 발견될 것이다. 충전재를 채운 치아, 타지 않은 뼛골. 모든 실마리들이 발견되고 분석될 것이다. 그들은 시체를 없애려는 것이 아니다. 시체를 영원으로 보내려는 것이다.

현장을 떠나며 닉을 억지로 밴에 태운 것 말고는 아무도 어떤 것도 떠올리지 못할 것이다. 북극광처럼 유령 같은 상록수 숲 위의 오렌지색 불꽃. 그리고 수십 킬로미터 동안에 걸친 어두운 스냅샷. 그들은 30분 동안 어떤 차도 지나치지 않는다. 처음 만난 차의 사람들은 일리노이주 엘름허스트에서 온 은퇴한 부부다. 그들은 잠을 자려면 다섯 시간을 더 운전해서 가야 하기 때문에 불길을 볼 즈음에는 반대편에서 지나간 하얀 밴을 기억조차 하지 못할 것이다.

방화범들은 가끔 고함을 지르는 것 말고는 침묵으로 점철된 상태로 한참을 달린다. 애덤과 닉은 서로를 위협한다. 미미는 방음 거품 속에서 차를 몬다. 포틀랜드에서 300킬로미터 떨어진 곳에서 더글러스가 자수해야 한다고 주장한다. 무언가가 그들에게 그래서는 안 된다고 말한다. 올리비아. 그것만은 그들 모두 기억할 것이다.

"아무도 아무것도 못 봤어요."

이미 여러 차례 애덤이 다른 사람들에게 말한다.

"다 끝났어. 그녀는 죽었어요. 우린 끝났다고요."

닉이 말한다.

"입 좀 다물어요. 어떤 것도 이 일을 우리랑 엮지는 못해요. 그냥 조용히 있으라고요."

애덤이 명령한다.

그들은 어떤 것도 지키지 못했다. 최소한 서로만큼은 지키자는 데에 그들은 동의한다.

"무슨 일이 있어도 아무 말도 하지 말아요. 시간은 우리 편이니까."

하지만 사람들은 시간이 뭔지 전혀 모른다. 그들은 그게 그들 뒤의 3초에서 헤어 나와 앞에 있는 3초의 안개 속으로 빠르게 사라지는 선 같은 거라고 생각한다. 그들은 시간이 서로를 감싸고 바깥으로 바깥으로 점점 더 넓어지는 테라는 것을, 그러다가 *지금*이라는 얇디얇은 껍질이 이미 죽은 모든 것들이라는 어마어마한 덩어리에 의해 존재하게 된다는 것을 이해하지 못한다.

포틀랜드에서 그들은 흩어진다.

니컬러스는 미마스의 유령 위에서 야영을 한다. 천막도, 슬리핑백도 없다. 밤이 되면 그는 샤를마뉴가 죽은 해에 생긴 나이테 근처에 뭉쳐놓은 재킷 위에 머리를 대고 옆으로 눕는다. 그의 꼬리뼈 아래 어딘가에는 콜롬버스가 있다. 그의 발목을 지나서는 첫 번째 호엘이 노르웨이를 떠나 브루클린으로, 그리고 아이오와의 넓은 땅으로 온다. 그의 몸 너머, 절단면 가장자리 쪽으로 그 자신의 생일, 가족의 죽음, 그를 알아보고 어떻게 어울리고 살아가야 하는지를 가르쳐준 여자의 갑작스러운 방문에 관한 테들이 뭉쳐 있다.

그루터기 가장자리로 화가가 이름을 모르는 색깔의 수액이 스며 나온다. 그는 등을 대고 누워서 허공을, 20층 위를 쳐다보며 그와 올리비아가 1년 동안 살았던 정확한 위치를 찾으려고 노력한다. 그는 죽고 싶지 않다. 그저 그 목소리를, 그 열렬한 솔직함을 몇 단어만큼 더 느끼고 싶을 뿐이다. 불길 속에서 생명이 그들로부터 무엇을 원하는지를 항상 듣고, 그가 지금부터 무엇을 하면 되는지를 알려주었던 여자를 원할 뿐이다. 하지만 목소리는 없다. 그녀의 것도, 상상의 존재의 것도 없다. 날다람쥐도, 바다쇠오리도, 올빼미도, 그들의 한 해 동안 그들에게 노래를 불러주었던 다른 생물들도, 아무것도 없다. 그의 심장이 그녀가 그를 찾았을 때의 크기까지 도로 수축된다. 그는 침묵이 거짓말보다 낫다고 생각한다.

그는 딱딱한 야영지에서 별로 잠을 자지 못한다. 앞으로 20년 동안 별로 푹 자는 날이 없을 것이다. 하지만 20개의 추가된 나이테는 그의 넷째손가락만큼의 너비밖에는 되지 않을 것이다.

미미와 더글러스는 밴의 내부를 다 뜯어내고 모든 천과 호스, 고무줄을 없앤다. 그들은 여러 종류의 용제로 내부를 박박 닦는다. 그녀는 차를 헐값으로 팔고 현금으로 조그만 혼다를 산다. 그녀는 차량 판매의 결과가 포의 소설 같을 거라고 확신한다. 밴의 새 소유주는 눈에 빤히 보이는 곳에 놓인 망할 종잇조각 역할을 하게 될 것이다.

그녀는 자신의 아파트를 내놓는다.

"왜죠?"

더글러스가 묻는다.

"우린 헤어져야 돼요. 그게 더 안전해요."

"그게 어떻게 더 안전한데요?"

"우리가 함께 있으면 서로를 드러내게 될 거예요. 더글러스. 날 봐요. 날 *봐요*. 우린 그런 일은 절대로 하지 않을 거예요."

그것은 3면용 기삿거리밖에는 되지 않았을 수도 있다. 방화로 리조트 건설 현장의 기반이 파괴되었다. 성가신 차질거리다. 당장에 일을 재개해야 한다. 하지만 걸러낸 재 속에서 뼈가, 인간 희생자가 나온다. 서부 아홉 개 주의 모든 뉴스 매체들이 이 이야기를 듣고 며칠 동안 방송한다.

조사관들은 정체를 알아내지 못한다. 여자, 젊고, 170센티미터. 폭력인지 무단침입인지는 말하기가 불가능하다. 유일한 실마리는 불길 근처에서 발견된 수수께끼 같은 글뿐이다.

통제는 죽인다

연결은 치유한다

집으로 오지 않으면 죽음뿐

낙원에는 너희를 위한 나무가 다섯 그루 있으며……

집단지성은 좀 더 그럴 듯한 설명을 내놓는다. 미친 살인마의 짓이라는 것이다.

*

애덤은 산타크루즈로 조용히 돌아온다. 모든 일 이후로 생각도 할 수 없는 일이지만, 논문 막판에 학교를 그만두는 것은 그에게 스포트라이트를 비추는 일일 뿐이다. 그는 1년짜리 장학금을 거의 다 썼다. 그는 커튼을 내리고 자신의 셋방에 며칠 동안 앉아 있다. 그는 자신의 머리에서 60센티미터 위를 서성거리며 자신의 몸을 내려다본다. 기묘한 시간에 흥분이 그를 덮쳤다가 격렬한 불안으로 돌변한다. 편의점까지 가는 10분간의 산책도 생명을 위협하는 것 같다.

금요일 밤 늦게, 그는 편지를 가지러 학부 사무실로 들어간다. 마지막으로 이 건물에 온 게 언제였는지 가늠조차 되지 않는다. 그의 비밀번호를 떠올릴 때까지 세 번이나 실수를 한다. 우편함은 전단지로 꽉 들어차서 억지로 빼내야 한다. 막혀 있던 것이 빠지면서 몇 달간 방치된 광고지들이 우편실 바닥에 우르르 쏟아진다. 그의 뒤에서 목소리가 들린다.

"안녕하세요, 낯선 분."

"안녕하세요!"

그가 누군지 돌아보기도 전에 지나치게 활기차게 대답한다.

학위 수료만 하고 아직 논문을 제출하지 못한 동료인 메리 앨리스 머튼이다. 농장 소녀 같은 상냥한 얼굴에 치과 광고지에 나올 법한 미소.

"우린 네가 죽은 줄 알았어."

최악의 자유가 그의 몸을 타고 흐른다. *죽지 않았지. 하지만 누굴 죽이는 걸 도왔어.*

"아냐. 장학금 때문에."

"무슨 일이 있었던 거야? 너 어디 있었어?"

머릿속에서 죽은 학부 시절의 교수가 마크 트웨인을 인용하던 것이 들린다. *사실을 이야기하면 다른 걸 기억할 필요가 없지.*

"현장에. 약간 좀 방향을 잃었던 모양이야."

그녀는 손톱으로 그의 팔 윗부분을 살짝 친다.

"네가 처음도 아니지, 친구."

"데이터는 전부 다 있어. 그걸 일관성 있게 정리를 못하고 있을 뿐이야."

"완성의 불안감. 논문을 제출하는 게 뭐가 그렇게 어려워서? 엉망이면 뭐어때. 대충 하고 그냥 내."

그는 자신의 미친 듯한 흥분을 없애고 평범한 대화 능력을 되찾기 위해서 애를 쓴다. 방화범이자 살인의 종범이 아니라 그 자신으로 보이기 위해서. 심리학자들은 지구상에서 최고의 거짓말쟁이들이어야 한다. 사람들이 자기 자신과 다른 사람들을 어떻게 속이는지에 관해 몇 년 동안이나 연구를 했으니까. 그 지식이 그에게서 되살아난다. *자신의 범죄자적 충동이 시키는 것의 반대로 하라. 그리고 여론재판 전에 소환장이 날아오면, 잘못된 방향으로 눈을 돌리게 만들어라.*

"배 안 고파?"

그렇게 말하며 그는 눈썹을 살짝 들어 올리는 것을 기억한다.

그녀에게서 경계의 기색이 사라지는 게 보인다. *이 남자 누구야? 3년 동안 오로지 사무적이고 거의 자폐증에 가깝게 굴더니 이제 인간인 척하고 싶은 건가? 하지만 확증편향은 언제나 상식을 이긴다. 모든 데이터들이 그*

것을 증명한다.

"죽을 지경이야."

그는 몇 달치 우편물을 배낭에 쑤셔 넣고 두 사람은 함께 야밤의 팔라펠을 먹으러 간다. 5년 후, 내집단 이상주의에 관한 다수의 논문을 인정받아 오하이오 주립대학에서 일찌감치 종신재직교수 후보가 된다. 그리고 15년 후에는 그 분야에서 유명한 인물이 될 것이다. 물론 아주 짧은 시간이다.

몇 달 동안 삼나무 꼭대기에서 사는 것이 지상에서 7일을 보내는 것보다 훨씬 쉽다. 모든 것을 누군가가 소유하고 있다. 한 살배기도 그걸 안다. 그것은 뉴턴의 법칙 같은 확실한 법칙이다. 현금이 없이 길거리를 걸어가는 것은 범죄이고, 살아 있는 누구도 현실의 존재들이 다른 방식으로 흘러갈 수 있다고는 상상조차 하지 않을 것이다. 닉은 어떤 일로도 체포될 수 없다. 부랑죄로도, 허가 없는 야영으로도, 주립공원에서 만자니타 열매를 딴 죄로도 체포될 수 없다. 그는 벌목 산지의 발치에 있는 음울하고 작은 동네에서 일주일씩 빌릴 수 있는 오두막을 발견한다. 마당에는 곧고 말끔하고, 지름이 겨우 45센티미터인 어린 삼나무가 서 있고, 그는 이 나무를 안다. 친족에 가장 가까운 존재.

그는 제정신을 유지하기 위해서만이 아니라 평범한 안전을 위해서라도 이곳을 떠나 최대한 멀리 가야 한다. 하지만 기다리는 것을 그만둘 수가 없다. 재난을 아주 조금이라도 상쇄할 수 있을 만한 메시지가 올 기회를 포기할 수가 없다. 그는 이곳에서 그녀와 함께 살았었다. 여기서, 거의 1년 동안, 그는 목표라는 게 뭔지 알았다. 이 잊힌 지구상의 모든 장소들 중에서 여기가 바로 그녀가 돌아올 곳이다.

그는 아무와도 이야기하지 않고, 아무 데도 가지 않는다. 다시 우기다. 우기가 막 끝났다. 그는 가랑비 속에서 잠이 들었다가 소나기 속에서 잠을 깬다. 지붕이 물의 공격에 살아난다. 그는 일어나서 소리를 듣는다. 듣지 않을 수가 없다. 어느새 그는 잠이 들었다가 햇살과 비의 휴전에 겁을 먹고 깨어난다.

그는 배수로를 확인하러 나간다. 빌린 현관 베란다로 물이 넘쳐서 일시적으로 개울이 생겼다. 닉은 티셔츠와 운동복 바지 차림으로 서서 새벽이 산 위로 드리우는 모습을 본다. 습기와 양토의 냄새가 나고, 흙은 그의 맨발 아래에서 콧노래를 부른다. 두 가지 생각이 그의 머릿속에서 다툰다. 모두의 어린 시절보다도 훨씬 오래된 첫 번째 생각은, 즐거움은 아침에 온다는 것이다. 새롭게 떠오른 두 번째 생각은 이거다. 난 살인자야.

허공에서 뭔가가 찢어진다. 니컬러스는 고개를 들고 산비탈이 액화되기 시작하는 곳을 본다. 어젯밤의 비는 흙을 느슨하게 만들었고, 만 년 동안 그곳을 고정하던 막이 베여 나가서 산이 굉음을 내며 미끄러진다. 등대보다 큰 나무들이 잔가지처럼 부러지고 서로의 위로 쓰러져서 거대한 파도처럼 비탈을 덮친다. 닉은 돌아서서 뛰기 시작한다. 그의 위로 6미터 높이의 돌과 나무 벽이 원래의 자리로 돌아간다. 그가 샛길을 따라 달려 내려오다가 홱 돌아보자 나무들이 우르르 오두막에 부딪친다. 그의 거실이 나무 밑동과 바위로 가득 찬다. 건물은 뿌리째 뽑혀서 흐름 속에서 흔들린다.

그는 이웃 사람들을 향해 달려가며 소리친다.

"나와요! 당장!"

곧 그의 이웃 사람들도 어린 남자아이 두 명과 함께 가족 트럭이 있는 앞 길로 달려간다. 하지만 잔해들이 먼저 트럭을 덮쳐서 길을 막는다. 나무들이 나무로 된 용암처럼 커다랗게 용솟음치며 목장 주택을 휩쓴다.

"이쪽이요."

닉이 소리치고 이웃 사람들이 따라온다. 그는 그들을 데리고 얕은 비탈을 따라 또 다른 도랑으로 향한다. 그리고 거기서, 파도 같은 산사태가 가느다란 삼나무 열 뒤에서 멈춘다. 진흙과 돌무더기들이 최후의 장벽 사이로 새어 나오지만, 나무들은 버틴다. 어머니가 무너진다. 그녀는 흐느끼며 아이들을 붙잡는다. 아버지와 닉은 벌거벗은 산비탈을, 엄청나게 낮아진 등성이를 바라본다. 남자가 중얼거린다.

"하느님 맙소사."

닉은 그 말에 움찔 고개를 돌린다. 그는 이웃이 가리키는 곳을 본다. 방금 그들의 목숨을 구한 나무 장벽의 몸통 하나하나에 밝은 파란색으로 X자가 칠해져 있다. 다음 주에 자를 나무들이다.

더글러스는 썩 좋지 않은 시간에 개처럼 미미의 집으로 돌아간다. 처음에는 그녀가 괜찮은지 그냥 확인하기 위해서였다. 또 그녀에게 그의 굉장히 놀라운 꿈에 대해 이야기하기 위해서였다. 그녀는 자동응답기의 전원을 뽑아버렸다. 그래서 그는 직접 그녀의 집으로 찾아가고, 그게 그녀를 미치게 만든다.

꿈에서 그와 미미는 아름다운 도시에 있는 공원에서, 심지어 그보다 더 아름다운 만 옆에서, 마주 보고 앉아 있다. 메이든헤어가 나타난다. 그녀는 미소를 지으며 말한다. *잠깐만요! 그들이 설명할 거예요. 곧 알게 될 거예요.* 더기는 이야기를 하는 흥분감에 가만히 있을 수가 없다.

"그녀가 모든 걸 본 것만 같았어요! 그리고 우리에게 알려주려고 했고요. 잠에서 깨니까 아주 명백했어요. 모든 게 다 괜찮아질 거예요."

미미는 별로 열의를 보이지 않는다. 그녀는 괜찮을 거라는 온갖 생각 때문에 비명을 지르고 싶어진다. 그래서 그는 잠깐 동안 찾아오지 않는다. 하지만 다시 꿈을 꾸고, 새롭고 생생한 새 꿈에 관해서 그는 그녀가 듣고 싶어 할 거라고 확신한다. 상당 시간 미친 듯이 문을 두드리고 나서야 미미가 나와 더기를 집 안으로 끌고 들어간다. 그녀는 그를 수천 통의 항의 편지를 썼던 식탁 앞에 앉힌다.

"더글러스. 우린 건물들을 완전히 태웠어요. 우린 완전히 미쳤었어요. 범죄적으로 미쳤었다고요. 그들은 우릴 죽일 거예요. *그거 이해해요?* 우린 남은 평생을 연방 감옥에서 보내게 될 거라고요."

그는 아무 말도 하지 않는다. 감옥이라는 단어에 과거의 단편이 눈앞에 떠오른다. 이 비비 꼬인 길로 그를 출발하게 만들었던 그 사건.

"좋아요, 나도 이해해요. 하지만 꿈에서 그녀가 당신에게 팔을 두르고서 말을 했어요—"

"더글러스!"

그녀는 벽 너머까지 들릴 만큼 커다랗게 소리친다. 그러다 다시, 낮은 목소리로 말한다.

"더 이상 찾아오지 말아요. 난 아파트를 정리할 거예요. 떠날 거예요."

그의 눈이 먹이를 삼키려고 하는 개구리처럼 튀어나온다.

"떠나요?"

"내 말 잘 들어요. 당신도 그래야 해요. 떠나라고요. 새 인생을 시작해요. 새 이름을 만들고요. 이건 방화예요. *살인이라고요.*"

"누구든 그 불을 질렀을 수 있어요. 우리를 지목할 만한 증거는 아무것도 없어요."

"우린 체포 기록이 있어요. 우린 잘 알려진 급진 환경주의자들이고요. 그들은 목록을 쭉 살필 거예요. 모든 기록을 추적할 거고—"

"무슨 기록요? 우린 모든 걸 현금으로 샀어요. 수백 킬로미터를 운전해서 갔고요. 수많은 사람들이 그 목록에 있을걸요. 목록은 아무것도 증명하지 못해요."

"더글러스. 사라져요. 지하로 숨어요. 돌아오지도 말아요. 날 찾지도 말고요."

"좋아요."

그의 눈이 따끔거린다. 그녀에게 닿을 방법이 없다. 한 손을 문에 대고 그가 돌아선다.

"저기, 난 사실 정확히 지상에 있는 것도 아니에요."

그는 다시 꿈을 꾼다. 그들은 미래의 도시 위 언덕에 앉아 있다. 메이든 헤어가 그들에게 말한다. *잠깐만요! 곧 알게 될 거예요!* 그리고 당연하게도 숲이 그들 사방에서 자라난다. 그것은 엄청나게 놀라운 장면이고, 미미도 알아야 한다. 하지만 그가 그녀의 집에 갔을 때, 집 앞에는 커다란 빨간 간판이 서 있다. **팔렸음.**

그에게는 달리 갈 곳이 없다. 세 가지 선택지 중에서 동쪽이 가장 나아 보인다. 그래서 그는 옮길 수 있는 물건들을 트럭에 싣고 콜롬비아 협곡으로 향한다. 철물점의 상사에게도 말하지 않는다. 그들은 그의 마지막 2주 치 봉급을 갖는 걸로 족할 것이다.

아이다호주 경계를 지나며 문득 그는 현장을 봐야만 한다는 생각을 한다. 그는 서부 기준으로 사실상 옆집에 있다. 최소한 더 나은 작별 인사를 하는 기회는 될 것이다. 미미가 그의 귓가에서 머저리라고 비명을 질러댄다. 이성이 있는 사람이라면 똑같이 말할 것이다. 하지만 이성이 세상의 모든 숲들을 네모꼴로 바꿔놓았다.

그는 주간 고속도로로 들어선다. 심장이 갈비뼈를 세게 두드린다. 그는 내리는 어둠 속에서 판사처럼 꼿꼿하게 서 있는 가문비나무 길을 헤치고 외로운 진입로를 따라간다. 그의 근육이 기억한다. 마치 살아남은 네 명이 다시 그 끔찍한 여파 속에서 밴에 타고 있는 것 같다. 하지만 현장에 가까워지면서 그는 또 다른 불, 날카롭고, 통제되고, 하얀 불을 본다. 야간 작업의 전기등이다. 안전모들이 온 사방을 돌아다니며 피해를 복구하고 있다. 늦어진 일정에 대한 자본의 답은 그저 더 많은 일꾼을 투입하는 것이다.

트러스가 가득 실린 큰 트럭. 빨간 깃발을 든 신호수. 더글러스는 속도를 늦춰 살펴본다. 이곳에 불이 났었다는 흔적은 하나도 없다. 미미가 나무 옆쪽에 설치된 보안 카메라에 그의 번호판이 찍히기 전에 당장 거기서 떠나라고 소리친다. 다른 무언가 역시 그에게 말한다. *여기가 아니에요. 메이든 헤어다.*

그는 공사 현장을 지나쳐서 빈 고속도로로 올라선다. 다음 교차로에서 그는 다시 동쪽을 향한다. 자정이 넘어서 차는 몬태나로 서서히 방향을 잡는다. 그는 국유림의 입구에 차를 세우고 운전석을 젖히고 몇 시간 잔다.

햇빛이 하늘을 물들인다. 그는 방향감각이 없는 상태로 다시 도로로 올라와서 기름을 넣을 때 산 소고기 육포와 아토믹 파이어볼 사탕으로 배를 채운다. 그는 양옆으로 높은 산과 실제로 사용하기엔 너무 건조한 방목장이 있는 넓고 평평한 분지를 가로질러 달린다. 하지만 생명은 여전히 백만 가지 방식으로 그곳을 이용한다. 들판 건너편에서 움직이는 것이 그의 시선을 끈다. 철조망 울타리와 싸우는 가지뿔영양이다. 다섯 마리고, 한 마리는 상처를 입었다. 그 숫자 점술이, 징조가 더글러스에게 스며들며 그의 몸이 떨리기 시작한다. 그는 갓길에 차를 세운다. 거대하고 텅 빈 고립이 하늘처럼 거대하게 그에게 자리 잡는다. 그는 창문을 살짝 연 채, 세상이 여전히 자신들의 것인 듯 울부짖는 코요테들 속에서 잠이 든다.

그는 두 번째 날 아침에 정처 없이 차를 몬다. 해가 떠오르자 그가 약간 방향감각을 되찾는다. 수 킬로미터가 지나고 수 시간이 흐른다. 항상 직진만 하는 것은 아니다. 도로 왼쪽으로 뭔가 기묘한 것이 나타난다. 눈에 들어오기도 전부터 풍경이 잘못된 것처럼 느껴진다. 이 금빛과 회색의 넓은 지역에서, 잃어버린 초록빛의 오아시스. 강이 없는 강둑 소도시. 그는 다음 출구에서 너무 급하게 회전한다. 수십 번의 눈 오는 계절과 거절의 의사를 늘 무시하는 잡초 뿌리로 인해서 쇄석도로는 엉망으로 부서졌다. 그의 트럭은 기어가는 수준으로 달리지만, 여전히 도로는 차축을 망가뜨리고 제동 장치를 없애버리고 싶어 한다. 그러다가 그는 10대 남자아이들처럼 덥수룩한 포플러나무 숲에 들어선다.

그는 차에서 내려서 걷는다. 몇 미터 앞 풀밭에서 참새 한 무리가 날아오른다. 나무들의 모습은 말이 되지 않는다. 샘에서 나무들이 위로 자라났다. 몇 그루는 2미터 정도에서 가지가 부케처럼 나뉘어 뻗어 있다. 뒤틀린 미루나무. 수 킬로미터 주위로 사람 사는 집은 전혀 보이지 않는데도 나무들이 어린애 논리퍼즐처럼 격자 형태로 자란다. 초록의 아케이드 아래로 그 생각이 떠오른다. 그는 보이지 않는 마을 길가에 있다. 보도, 주차장, 뜰, 토대, 가게, 교회, 주택들. 모든 것들이 사라지고 약탈당하고 고작 몇 블록의 방풍림밖에 남지 않았다. 그는 한때 어느 가족의 자부심 넘치는 전망창이었던 것 아래 앉는다. 이제는 거인의 그림자가 드리우는 곳에 그 누구도 없다.

보이지 않는 곳에서 개울이 흐르는 소리 같은 것이 난다. 100년쯤 떨어져 있는 열렬한 박수 소리 같은 것. 그는 산들바람 속에 노래하는 소량의 나무 그림자, 미루나무 주랑을 바라본다. 나무들은 누군가가 이 버려진 마을에 돌아와서 자신들을 보고 경탄한다는 사실에 기뻐한다. 그들의 바스락거리는 소리는 사라진 교회에서 울려 나와 사라진 넓은 대로를 따라 사라진 모든 사람들을 위해서 퍼지는 찬송가 같다. 이제 찬송가는 요란한 합창으로 설교하고, 거기에 잘못된 부분은 없다. 합창 역시 기억해줄 만하다. 들판과 그 안에 있는 모든 것들이 기쁘게 하라. 그러면 숲의 모든 나무들도 흐뭇해하리라.

미미는 검은색 크레이프 원피스 차림으로 그랜트가에 있는 포아트 화랑 접수대 옆에 앉는다. 그녀는 등받이 가죽 의자에 앉아서 몇 초에 한 번씩 그녀의 늘어가는 무릎 위로 올라가는 음란한 치맛자락을 붙잡아 내린다. 오늘 아침에 이 의상을 입을 때 생각하기로는 미술상에게 어울리는 것 같았고, 남자와 협상을 할 때 200달러쯤 더 받을 수 있을 것 같았다. 그녀는 그게 자신의 얼굴에 난 흉터를 보완해줄 수 있을 거라고 생각했다. 하지만 지금 다시 보니 아마추어적인 생각 같다.

짧은 숏커트의 조수가 나타나서 미미의 상처에서 눈을 피한 채 커피를 더 따라주고 샹 씨가 금방 나올 거라고 알려준다. 샹 씨는 이미 17분 늦었다. 그는 몇 주 동안 두루마리를 갖고 있었다. 그는 두 번이나 이 만남을 연기했다. 뒷방에서 무슨 일인가가 진행되고 있다. 미미는 이용당하고 있지만, 어떤 식인지 정확히 알 수가 없다.

화랑에는 다른 보물들이 가득하다. 칠기로 된 배. 꼼꼼한 스타일로 그려진 구름에 뒤덮여 떠 있는 산. 각각 안에 정교한 세계를 품고 있는 상아로 된 구들. 반대편 그림이 그녀의 눈길을 사로잡는다. 파란 하늘을 배경으로 무지개색 가지를 뻗고 있는 커다란 검은 나무. 그녀는 일어나서 치맛자락을 당기고 방을 가로지른다. 조그만 이파리가 가득해 보이던 모습이 좌선하는 수백 명의 모습으로 바뀐다. 그녀는 그림 정보를 읽는다. 〈공덕의 들판〉, 또는 〈은신의 나무〉. 티베트, 17세기 중반경. 널따란 수관에서는 인간 이파리들이 바람에 흔들리는 것 같다.

뒤에서 누군가가 부른다.

"마 씨?"

회백색 정장에 새빨간 안경을 쓴 샹 씨가 그녀를 뒷방으로 황급히 데려간다. 그는 그녀 얼굴의 협곡을 보고도 눈 하나 깜짝하지 않는다. 위압적인 손길로 그는 불법 마호가니로 만들어진 회의용 탁자 앞에 그녀를 앉히고 두루마리 상자를 둘 사이에 놓는다. 창문을 보면서 그가 말한다.

"가져오신 물건은 굉장히 아름답습니다. 훌륭한 아라한이고 독특한 방식이더군요. 서류나 출처가 없으시다니 안타깝습니다."

"네. 전…… 우리한테는 애초부터 그런 게 없었어요."

"이 두루마리가 아버님과 함께 미국으로 건너온 거라고 하셨죠. 상하이에 있는 가족 수집품 중 하나였다고요?"

그녀는 탁자 아래로 원피스를 만지작거린다.

"맞아요."

샹 씨는 창문에서 돌아서서 그녀의 맞은편에 앉아 주의를 기울인다. 그의 왼쪽 손바닥이 오른쪽 팔꿈치를 감싸고 오른손은 상상 속의 담배를 잡고 있는 것처럼 손가락 두 개를 세운다.

"우리는 만족스러울 만큼 정확한 연대를 파악하지 못했습니다. 화가도 정확히 알 수가 없고요."

그녀의 방어막이 올라간다.

"소유주 인장은요?"

"연대순으로 추적을 해봤습니다. 아버님의 가족들이 어떻게 이걸 소유하게 되셨는지가 명확하지 않더군요."

그녀는 이제 몇 주 동안 의심하던 것을 알게 된다. 두루마리를 감정받으러 가져온 것은 실수였다. 그녀는 그것을 움켜쥐고 도망치고 싶다.

"그림의 명문도 어렵습니다. 광초(狂草)라고 하는 당나라 서예 형태죠. 그중에서도 취소(醉素)체입니다. 나중에 덧붙여진 걸 수도 있습니다."

"뭐라고 되어 있나요?"

그는 그녀의 무례함을 강조하듯이 고개를 뒤로 젖힌다.

"저자 미상의 시입니다."

그는 두루마리를 그들 사이에 펼친다. 그의 손가락이 단어의 기둥을 따라 내려간다.

이 산에서, 이런 날씨에,

왜 여기에 더 이상 머무르는가?

세 그루의 나무가 다급한 팔을 나에게 흔드네.

나는 귀를 기울이지만,

그들의 긴급한 소리는 바람과 같고,

겨울에도 새로운 싹이 가지를 시험하네.

시가 끝나기도 전에 미미 마의 피부가 부푼다. 그녀는 샌프란시스코 공항에서, 자신의 이름이 호출되는 것을 다시 듣는다. 그녀는 아버지가 자살 유서 대신 남긴 시를 읽는다. 이 삶에서 사람이 어찌 부상하거나 몰락하는 가? 그녀는 새카만 어둠 속에서 산자락에 다급한 불을 지른다. 한 여자를 죽인 불을.

"세 그루의 나무요?"

샹 씨의 손바닥이 사과의 뜻을 보인다.

"시니까요."

그녀의 얼굴이 뜨거워졌다 차가워진다. 머리가 돌아가지 않는다. 무언가 가 아주 먼 곳에서 그녀에게 와 닿으려고 한다. *왜 여기에 더 이상 머무르는 가?* 그녀는 열두 살짜리 동생 어밀리아가 자기 덩치의 두 배가 되는 눈 옷 에 싸인 채 울면서 뒷문으로 어정어정 걸어오는 것을 본다. 아침 식사 나무 에 너무 빨리 싹이 맺혔어요. 눈이 그걸 죽일 거예요. 그리고 아버지는 그저 미소를 짓는다. 새 잎은 언제나 거기에 있단다. 겨울 전에도 말이야. 열여섯 번의 겨울을 맞았던 미미가 놓쳤던 사실이다.

"그 시를…… 보통 사람도 읽을 수 있나요?"

"학자라면요. 서예를 배우는 학생이나."

그녀는 아버지가 무엇을 배웠는지 전혀 모른다. 축소판 전자기계. 야영 지. 곰에게 이야기하기.

"이 반지요."

그녀는 탁자 맞은편의 미술상에게 자신의 주먹을 내민다. 그가 고개를 기울인다. 그의 미소는 두 사람 모두를 당황스럽게 만든다.

"네? 명나라 스타일의 옥 나무군요. 훌륭한 세공이에요. 그것도 감정해볼 수 있습니다."

그녀는 손을 도로 뺀다.

"됐어요. 두루마리에 대해서 이야기해주세요."

"아라한을 처리한 솜씨가 아주 좋습니다. 역사적 진귀함과 그림의 질만으로 봐도 대략 가격대가……."

그가 말하는 두 개의 숫자에 그녀의 목에서 원시적인 고음의 웃음이 순식간에 튀어나온다.

"포아트에서는 대략 그 중간 금액 정도를 지불할 용의가 있습니다."

그녀는 차분한 척하며 의자에 기댄다. 그녀는 돈의 압박에서 약간 자유를 얻을 수 있기를 바란다. 2년이나 3년 정도. 하지만 이건 엄청난 금액이다. 자유. 완전히 새로운 삶을 살 수 있는 금액. 샹 씨는 그녀의 흉터 난 얼굴을 평가한다. 새빨간 안경 뒤 그의 눈은 무표정하다. 그녀는 결전을 준비하며 그를 마주본다. 그녀는 가장 격렬한 불길이 사그라지는 것을 보았다. 올리비아 이후로 그녀는 살아 있는 어떤 사람과의 눈싸움에서도 이길 수 있다.

두루마리는 그들 사이 탁자 위에 펼쳐져 있다. 광초 취소체, 아리송한 시, 거의 변형되어, 거의 모든 것의 일부가 되어 오래된 숲에 홀로 앉아 있는 사람들. 전부 그녀가 처리할 수 있는 그녀의 것이다. 하지만 이것을 처분하는 게 갑자기 범죄로 느껴진다. 세 그루의 나무들은 그녀에게 뭔가를 원한다. 하지만 그녀는 그게 뭔지 전혀 알지 못한다.

샹 씨와의 눈싸움에서 이기는 것은 숨 쉬는 것처럼 쉽다. 3초 만에 그는 시선을 돌린다. 그가 몸을 돌리자 그녀는 미술품 감정사의 영혼을 들여다본다. 그는 기록의 어딘가에서 바로 이 두루마리에 관한 언급을 발견했다. 그 사실이 그의 눈꺼풀 경련만큼 분명하다. 두루마리는 그가 제안한 것보다 몇 배의 가치가 있다. 이것은 오래전에 사라진 국보다.

그녀는 숨을 들이켜지만 미소를 억누르는 데에는 실패한다.

"아시아 미술관에 있는 누군가가 이 두루마리의 정체를 찾는 데에 도움을 줄 수 있을지도 모르겠군요."

포아트는 재빨리 제시 가격을 조정한다. 미미도, 그녀의 두 동생이나 그 아이들도 오랫동안 돈 걱정을 할 필요가 없을 것이다. 이것은 그녀의 탈출구다. 재교육을 받고, 새로운 신분을 구하고. *왜 여기에 더 이상 머무르는가?*

그녀는 카먼과 어밀리아에게 그해 처음으로 전화를 건다. 우선 카먼에게. 미미는 얼굴에 관한 이야기는 전혀 하지 않는다. 일자리를 잃은 것에 대해서도. 아파트를 판 것에 대해서도. 세 개 주에서 수배를 받는 것에 대해서도. 그녀는 사라짐에 대해서 사과한다.

"미안해. 내가 좀 힘든 상황에 부딪혔거든."

카먼이 웃는다.

"안 힘든 상황도 있었어?"

미미가 제안에 대해서 언급한다.

"난 잘 모르겠어, 미미 언니. 그건 가족의 유산이잖아. 우리한테 아빠가 남긴 다른 게 뭐가 있어?"

세 개의 옥 나무. 미미는 그렇게 말하고 싶다. 그들의 다급한 팔을 흔들고 있지.

"난 그냥 아빠가 원하셨을 만한 일을 하고 싶어."

"그럼 아빠가 그걸로 하셨을 일을 해. 그건 아빠가 평생 동안 갖고 계셨던 사실상 유일한 물건이야."

그다음엔 어밀리아 차례다. 미친 언니의 이야기를 들으면서도 뒤뜰에서
야만적으로 뛰어노는 아이들을 길들이는 건강하고 관대한 성자. 미미는 난
도망치는 중이야, 친구가 죽었어, 난 사유지를 완전히 불태워버렸어, 라고
말하기 직전이다. 하지만 대신에 번역된 시를 읽어준다.

"멋지네, 언니. 난 그게 긴장을 풀라는 뜻이라고 생각해. 긴장 풀고, 사랑
하고, 원하는 걸 하라고."

"카먼은 이게 우리의 유일한 유산이래."

"맙소사. 감상적으로 굴지 마. 아빠는 세상에서 가장 감상적이지 않은 분
이었잖아."

"그리고 돈에 신중하셨지."

"신중하셔? 옹색했지! 세일 물건이 가득하던 지하실 기억해? 콜라 박스
랑 다운재킷이랑 반값 소켓렌치랑?"

"카먼은 아빠가 평생 두루마리를 갖고 계셨다고 그래."

"됐네요. 아빤 아마 골동품 시장이 열릴 때를 기다리고 계셨을걸."

세계의 운명을 가르는 투표권이 다시금 어린애보다 그리 넓지 않은 어깨
위에 놓인다. 그날 밤, 변치 않는 미소를 지닌 엔지니어, 야영지 공책의 수
호자, 상냥한 자살자가 미미에게 속삭인다. 그는 그녀의 귀에 바로 답을 속
삭인다. 과거는 로트나무야. 가지를 치면 또 자라나지.

*

도러시 카잘리 브링크먼은 지나치게 밝게 웃으며 부엌에서 남편의 방으
로 아침 식사용 죽이 놓인 자단 쟁반을 들고 온다. 기계식 침대에서 눈이 그
녀를 보고 울부짖는다. 공포로 굳은 그의 일그러진 입은 그리스 비극 가면

같다. 그녀는 문가로 물러나고 싶은 충동과 싸운다.

"좋은 아침이야, 레이레이. 잠 좀 잤어?"

그녀는 침대 옆 탁자에 쟁반을 놓는다. 끔찍한 눈이 그녀를 따라온다. 산 채로. 갇혔다. 영원히. 그녀는 몸을 앞으로 움직인다. 그들의 양주잔에 꽂힌 은방울꽃이 침대 옆 탁자 위에 놓인다. 그녀는 침으로 젖은 이불 윗부분을 젖힌다. 그런 다음 따뜻한 아침 식사가 놓인 자단 쟁반을 반신마비의 몸 위에 놓는다.

매일 아침 벌어지는 메서드 연기로 그녀는 점점 더 그럴듯해 보인다. 세상의 어떤 것도 그녀에게 이런 날이 앞으로 얼마나 길지, 또는 그녀가 얼마나 버틸 수 있을지를 알려주지 못한다. 그가 소리를 낸다. 그녀는 귀가 그의 입술에 닿을 때까지 몸을 기울인다.

"마아아아아."

그녀가 들을 수 있는 거라고는 이뿐이다.

"알아, 레이. 괜찮아. 준비됐어?"

그녀는 우스꽝스러운 동작으로 소매를 걷어 올린다. 그의 가면 같은 입이 약간 움직이고, 그녀는 그것이 자신이 필요로 하던 것임을 알아챈다. 마비보다, 그의 망가진 언어보다 더 그 입술의 변화가 그를 다른 존재로 바꾸어놓는다.

"이거 새 고대 곡식이야. 아프리카에서 온 거지. 세포 재생에 좋대."

그는 움직이는 손을 살짝 들어 올린다. 아마 그녀를 막으려는 것이리라. 도러시는 그를 무시한다. 그녀는 그것을 아주 잘했었다. 곧 고대 곡식이 그의 턱을 타고 흘러 턱받이에 떨어진다. 그녀는 부드러운 천으로 그를 닦아준다. 그의 뇌졸중으로 얼어붙은 얼굴이 그녀의 손길 아래 뻣뻣하게 느껴진다. 하지만 그의 눈은, 무엇보다도 분명하게 말한다. *당신은 죽음을 제외하고 내가 참을 수 있는 유일한 존재야.*

숟가락이 들어갔다 나온다. 그녀 안의 본능적 충동은 비행기 소리를 내고 싶어 한다.

"어젯밤에 올빼미 울음소리 들었어? 서로를 부르는 소리."

그녀는 그의 입을 닦고 다시 숟가락을 밀어 넣는다. 2주차에, 아직 그가 병원에 있을 때가 기억난다. 그의 얼굴에 붙어 있던 산소 호흡기. 그의 팔로 떨어지던 링거액. 그는 움직이는 한 손으로 계속해서 그것을 잡아 뽑으려 했다. 결국 그녀는 간호사를 불렀고, 간호사는 그의 손을 거즈 끈으로 묶어놓았다. 그의 눈이 호흡기 위로 그녀를 꾸짖었다. *이걸 끝내게 해줘. 내가 당신을 도우려고 하는 거 안 보여?*

몇 주 동안 그녀의 유일한 생각은 이거였다. *난 못해.* 하지만 연습이 불가능함을 점차 줄인다. 연습은 그녀가 의사의 실용주의와 친구들의 동정을 극복하게 만들었다. 연습은 그녀가 그의 굳은 상체를 구역질하지 않고 움직일 수 있게 만들어준다. 연습은 그녀에게 그의 빙산처럼 얼어붙은 단어를 알아듣는 법을 가르친다. 연습을 조금만 더 하면 그녀는 죽는 것까지 통달하게 될 것이다.

아침을 먹고 그녀는 그를 씻겨줘야 하는지 확인한다. 그래야 한다. 병원에서, 베테랑 간호사가 닦아주는 그 첫 번째 수치로 그는 내내 신음했다. 지금도 그녀가 욕실로 갖다 나른 고무장갑과 스펀지, 호스와 따뜻한 비눗물에 그의 가고일 같은 눈이 젖는다.

그녀는 그를 씻기고 침대에서 자세를 바꿔주고 욕창을 확인한다. 오늘은 완전히 그녀 혼자다. 방문 도우미인 카를로스와 레바는 일주일에 네 번만 온다. 레이가 바라는 횟수보다는 두 배 많고, 도러시에게 필요한 횟수의 절반밖에 안 된다. 그녀는 그의 돌 같은 어깨에 한 손을 얹는다. 상냥함은 그녀의 피로를 드러내는 대리역이다.

"텔레비전? 아니면 뭘 읽어줄까?"

그녀는 그가 읽어줘, 라고 말한다고 생각한다. 그녀는 〈타임스〉를 읽는다. 하지만 표제가 그를 동요시킨다.

"나도 그래, 레이. 무지는 사람을 다치게 할 수 없어, 안 그래?"

그녀가 잡지를 내려놓는다. 그가 뭔가 말한다. 그녀가 몸을 기울인다.

"시자."

"십자가라고? 십자가가 아니야, 레이. 형편없는 농담이야."

그가 다시 말한다.

"당신이 십자가에 매달려 있다는 거야? 왜?"

백만 가지 완벽한 이유들을 제외하고 말이다.

또 다른 음절이 그의 굳은 입술에서 빠져나온다.

"퍼를."

몸이 싸늘해진다. 그들이 함께 산 수년 동안 치른 그의 아침 의식. 지금은 불가능하다. 최악인 것은 오늘이 토요일이어서 악마 십자말 퍼즐의 날이라는 것이다. 그가 욕을 하는 걸 유일하게 들어본 날.

그들은 아침 내내 십자말 퍼즐을 한다. 그녀는 실마리를 제시하고, 레이는 북극을 노려본다. 아마도 타격을 입었다는 뜻. 브라운의 파란색 같은. 거리를 유지한다는 뜻. 지질학적인 간격을 두고 그가 단어처럼 들리는 무언가를 우물거린다. 놀랍게도 이게 그녀에게는 그를 텔레비전을 앞에 앉혀두는 것보다 더 쉽다. 그녀는 심지어 매일 십자말 퍼즐을 하는 게, 그저 하는 척만 해도 그의 뇌를 재건하는 데 도움이 될지도 모른다는 상상을 한다.

"봄의 초기 신호. 다섯 글자. A로 시작해."

그는 그녀가 알아들을 수 없는 두 음절을 내뱉는다. 그녀는 다시 말해보라고 한다. 이번에는 으르렁거리는 소리가 나오지만, 여전히 웅얼거림 이상은 아니다.

"그럴지도. 여기는 체크해둘 테니까 나중에 다시 확인하자."

봉제인형과 왈츠를 추는 것처럼.

"이건 어때? *위로가 되는 싹의 귀환.* 여섯 글자, 첫 번째가 R이고 네 번째가 E, 다섯 번째는 A야."

그는 자신의 안에 갇힌 채로 그녀를 바라본다. 그 폐쇄된 방 안에 뭐가 남았는지 말하는 건 불가능하다. 겨울 눈 위를 파헤쳐 풀을 찾는 짐승처럼 그는 머리를 기울이고 움직이는 손으로 이불을 긁는다.

아침은 정오가 되기 전까지 과하게 오래 머무른다. 그녀는 고치고 수정한 것 투성이인 퍼즐 판을 내려놓는다. 이제 점심 식사를 생각할 때다. 그의 목에 걸리지 않고, 그녀가 이번 주에 여러 번 그에게 주지 않은 걸로.

점심은 대서양을 노 젓는 배로 건너는 것과 비슷하다. 오후에 그녀는 그에게 책을 읽어준다.《전쟁과 평화》. 이 책은 길고 고되고 몇 주나 걸리겠지만, 그가 원하는 것 같다. 그녀는 그가 소설을 읽게 하려고 몇 년을 허비했다. 이제 그녀에게는 열렬한 청중이 생겼다.

그녀도 잘 이해가 되지 않는 이야기다. 너무 많은 사람들이 따라가기 어려울 만큼 많은 감정을 느낀다. 공작인 주인공은 엄청난 전투의 한가운데에서 쓰러진다. 그는 사방이 혼란한 상황에서 차가운 땅에 등을 대고 꼼짝 못하고 누워 있다. 병사의 위로는 높다란 하늘뿐이다. 그는 움직일 수가 없다. 오로지 올려다볼 수만 있다. 주인공은 누워서 그 순간까지 자신이 어떻게 존재의 핵심 진실을 놓칠 수 있었는지 의아해한다. 온 세상과 인간의 모든 마음은 이 무한한 파란색 아래에서 아무것도 아니라는 것.

"정말로 미안해, 레이. 나 이 부분에 관해서 잊고 있었어. 여기는 뛰어넘어도 돼."

눈이 다시 그녀를 보고 울부짖는다. 어쩌면 그를 당황하게 만드는 건 소설이 아닐지도 모른다. 그는 왜 아내가 자꾸 우는지 이해가 안 되는 걸지도 모른다.

저녁 식사는 또 다른 장기 전쟁, 아시아에서의 지상전이 된다. 그녀는 그를 텔레비전 앞에 앉혀놓고서 두 번째 저녁 식사를 위해서 나간다. 그녀의 식사. 앨런은 자신의 작업실 문 앞에서 그녀를 만난다. 그의 머리카락에는 대팻밥이 하얗게 덮여 있다. 그의 눈 역시 약간 울부짖는다. 그녀는 시선을 돌린다. 그는 그녀를 품에 안는다. 그것은 끔찍하리만큼 집으로 돌아오는 것 같은 느낌이다. 그녀의 미래의 약혼자. 남편이 속한 업계에서 종종 말하듯, 신이 이혼을 연기하도록 만든 상황에서도 약혼자를 가질 수 있을까?

"당신의 하루는 어땠어?"

그래, 그는 그녀가 대답하기를 기대한다. 하지만 오늘 밤, 조각난 바이올린과 비올라와 첼로, 목이 없는 몸통, 철사에 줄줄이 걸려 있는 하얀 윗판, 갈라진 단풍나무 뒷판, 가문비나무와 버드나무 덩어리의 냄새, 지판이 될 순수한 흑단 덩어리, 회양목 조각과 여분의 부품용 마호가니들 속에서 중국집 배달 음식을 먹고 있으니 그것은 그저 숨과 함께 차근차근 들이켜야 하는 질문일 뿐이다.

그녀는 일회용 젓가락을 맞부딪친다.

"우리가 좀 더 젊을 때 만났으면 좋았을 텐데. 그 시절의 나를 봤어야 해."

"아, 아니. 나이 든 나무가 훨씬 나아. 산의 북쪽 사면 높은 곳에서 자라는 나무들."

"거기에 상응해서 기쁘네요."

"내가 이렇게 늙었다는 게 안타깝지. 여기에 익숙해질 수도 있는데."

그는 대패질을 하고 조각해 서까래에 매달아놓은 몸통 판들을 향해 손을 흔들며 말을 잇는다.

"난 이제야 겨우 나무가 어떻게 기능하는지를 이해하기 시작했어."

두 시간 후, 그녀는 집으로 돌아온다. 레이는 앞길에 차가 멈추고, 차고 문이 열리고, 뒷문에서 그녀의 열쇠가 돌아가는 소리를 들었을 것이다. 하지만 그녀가 방으로 들어와 보니 그의 눈은 감겨 있고 들쭉날쭉한 입은 벌어진 상태다. 텔레비전에서는 사람들이 서로의 농담에 밴시(켈트 신화에 나오는 죽음을 예고하는 요정)처럼 웃어댄다. 그녀는 텔레비전을 끄고 침대를 빙돌아와서 얼룩진 이불을 그의 뻣뻣한 몸 위에 도로 덮는다. 그의 성한 한쪽 앞발이 그녀의 손목을 잡는다. 눈이 번쩍 뜨이며 그 지옥과 살인의 눈빛이 드러난다. 그녀는 펄쩍 뛰며 비명을 지른다. 그러다가 진정하고 그를 달랜다.

항상 세상에서 가장 상냥한 남자였다. 성자 같은 인내심으로 그녀의 무모한 행위를 함께했다. 그녀가 끝을 선언하자 조금 울었고, 그는 그녀에게 최선인 것을 원할 뿐이라고 말했다. 그녀가 머물면서 하고 싶은 걸 해도 된다고. 그녀가 문제에 처하면 언제나 그에게 도움을 요청하면 된다고. 그녀는 지금 문제에 처해 있다. 그리고 그래. 그. 그녀의 것. 언제나.

"레이! 맙소사. 당신이 자는 줄 알았어."

그가 산스크리트어라고 해도 될 만큼 흐릿한 뭔가를 웅얼거린다.

"뭐라고 했어?"

그녀는 동작이 없는 괴로운 표현 놀이를 향해 몸을 기울인다. 발음이 뒤섞인 두 음절.

"다시, 레이."

죽음 이전의 삶이 그랬던 것처럼, 그가 그녀보다 인내심이 훨씬 강하다. 그의 얼어붙지 않은 옆쪽 근육이 움찔거린다. 온갖 종류의 유령들이 그녀의 피부를 긁고 손가락으로 그녀의 머리카락을 헤집는다.

"레이레이. 미안해. 당신이 뭐라고 하는지 모르겠어."

반만 움직이는 그의 입술 사이로 더 많은 소리가 흘러나온다. 그녀는 몸을 도로 기울이고 듣는다. 처음에는 이렇게 들린다. 썩어. 그 말이 너무나 뜬금없어서 그녀는 잠깐 동안 이해하지 못한다. 쓸 거. 그녀는 이치에 맞지 않다는 걸 알면서도 펜과 종이를 찾는다. 그녀가 간신히 움직이는 그의 손에 펜을 쥐여주고 손가락이 지진계의 바늘처럼 움직이는 것을 본다. 끔찍한 몇 개의 선을 그리는 데 몇 분의 시간이 걸린다.

그녀는 흔들린 선들을 쳐다보지만 아무것도 보이지 않는다. 헛소리 같지만, 아직 잔해 속에 갇혀 있는 남자에게 그렇게 말할 수는 없다. 그러다가 단어가 떠오르며 쾅, 하고 이해가 된다. 그녀는 흐느끼면서 그의 뻣뻣한 팔을 잡아당기고 그가 이미 아는 것을 말한다.

"당신이 맞아. 당신이 *맞다고!*"

R로 시작하는 여섯 글자. 위로가 되는 싹의 귀환. 새잎(releaf).

스무 번의 봄은 순식간이다. 가장 더운 것으로 측정된 해가 왔다가 지나간다. 그리고 또 다른 해. 그리고 열 번이 더 지나가고, 거의 모든 해가 역사상 가장 더운 해로 기록된다. 해수면이 상승한다. 한 해의 시간조차 무너진다. 스무 번의 봄, 그리고 마지막 봄은 첫 해보다 2주 빨리 시작된다.

생물들은 사라진다. 패트리샤가 그들에 대해서 쓴다. 세기도 힘들 정도로 많은 생물종들이다. 산호초는 하얘지고 습지가 마른다. 아직 발견되지도 않은 것들이 사라질 것이다. 기준 멸종 속도보다 천 배는 빠르게 생명체들이 사라진다. 대부분의 나라들보다 더 큰 숲이 농지로 변한다. *네 주위의 생명체들을 봐. 이제 네가 본 것의 절반을 지워봐.*

더글러스가 태어난 해에 살았던 사람보다 더 많은 사람들이 20년 동안 태어난다.

닉은 숨고 일을 한다. 나무보다 더 느린 것을 작업하는 데에 20년이 뭐 중요할까?

애덤의 논문 중 하나에서 증명된 것처럼, 우리는 밝고 다채로운 것이 코 앞에서 흔들리고 있는 와중에 배경의 느린 변화를 볼 수 있게 만들어지지 않았다.

시계의 원형판 전체에 시선을 고정하고 시침을 볼 수 있지만, 절대로 그게 움직이는 것은 볼 수 없다는 걸 미미는 알게 된다.

〈지배 8〉에서 닐리는 65킬로그램에 아인슈타인 같은 머리 모양을 하고 허옇게 보인다. 그의 외모는 빛과 그가 있는 마을에 따라서 여러 종류의 인종적 특징을 보여준다. 그는 겨우 140센티미터이지만, 그의 늘씬한 종아리와 근육질 허벅지는 그를 어느 곳에든 데려다줄 수 있다. 그의 이름은 스포어(spore, 포자)이고, 그는 대단한 사람이 아니다. 이 11개 대륙의 다른 모든 거주자들처럼, 그는 몇 개의 메달을 따고, 기념비를 몇 개 만들고, 현금을 조금 숨겨놓았다. 서로 멀리 떨어진 몇몇 주에 그와 인생을 함께할 여자들이 있다. 그는 아주 조그만 도시 한 곳의 시장이고 다른 곳에서는 태피스트리 작업실을 운영한다. 한동안 그는 소멸 직전을 향해 가는 것 같은 수도원에서 사제로 있었다. 대체로 그는 걷는 것을 좋아한다. 낯선 사람들과 만나고, 흔들리는 사이프러스나무의 가지들을 보고 바람이 어느 쪽으로 부는지를 알아보는 것도 좋아한다.

그는 각자 선택한 게임 속에 있는 수억 명의 사람들과 함께 이 평행세계로 이주했다. 웹이 없던 시절은 기억도 나지 않는다. *지금을 항상으로 바꾸고, 목표를 당위로 착각하는 것, 그것이 의식의 임무다.* 가끔은 그와 밸리오브하츠딜라이트의 나머지 사람들이 온라인의 삶을 발명한 것이 아니라 그 안에 공터를 만든 것뿐인 것처럼 느껴진다. 3단계 진화다.

그는 어느 수요일 오후에 3D 모델링 스튜디오를 인수하는 것을 승인하는 이사회 회의에 들어가야 하는 시간에 게임에서 밖으로 나온다. 회의에 가는 대신에 게임에서 개인적인 R&D를 조금 한다. 벌써 며칠 동안 그는 순례여행을 하며 극지에서 적도까지 걷고, 모든 위도에서 만난 모든 시민들과 이야기를 나누었다. 무작위적인 표적집단. 제품 연구 및 개인 훈련을 한꺼번에 하는 셈이다.

그가 한 번도 방문한 적 없는 주의 부유한 도시 시청 바깥에서 시장이 열리는 날이다. 부름의 종소리 아래 사람들이 온갖 제품들과 서비스를 놓고 입씨름을 벌인다. 수레, 초, 엔진, 술잔, 귀금속, 땅, 과수원. 손으로 만든 옷, 수제 가구, 진짜 음악을 만드는 류트. 작년이었으면 순수하게 물물교환이었을 것이다. 사람들이 찾기 어려운 상품들을 서로 바꾸는 것이다. 하지만 요즘은 달러, 엔, 파운드, 유로 등 진짜 현금 수백만이 이 위에 있는 세계에서 전자 이체가 된다.

"머저리들."

도시의 시장 채널에서 누군가가 말한다. 닐리는 누가 말하는지 주위를 둘러본다. 사슴 가죽 옷을 입은 남자가 군중 속에서 그의 옆에 서 있다. 잠깐 동안 닐리는 영리한 논플레이어 AI인 봇일지도 모른다고 생각한다. 하지만 형체가 움직이는 방식이 뭔가 다르다. 굶주리고 인간적이다.

"누가 머저리라는 거죠?"

"이런 건 위쪽에서 충분히 하지 않았냐고요."

"위쪽?"

"산화환원계 말이에요. 출퇴근 시간을 기록하고, 집에 멧돼지 베이컨을 가져가고, 집을 쓰레기들로 가득 채우고. 여기는 육체 세계만큼이나 나빠졌어."

"여기엔 달리 할 것들이 많아요."

"전엔 그렇게 생각했죠."

사슴 가죽 옷의 남자가 말한다.

"당신 신이에요?"

"아뇨. 왜요?"

닐리는 거짓말을 한다.

"온갖 버프가 다 걸려 있어서요."

그는 다음번에 나올 때에는 상태를 약간 낮춰야겠다고 메모를 한다.

"게임을 꽤 했거든요."

"신들이 어디서 노는지 알아요?"

"아뇨. 뭐 고치고 싶은 거라도 있어요?"

"여기 전체요."

그 말에 닐리는 화가 난다. 수익은 역대 최고다. 한국의 어느 꼬마는 게임을 그만하라고 잔소리를 하는 어머니를 죽였다. 그는 어머니의 신용카드를 갖고 게임 내 승리를 달성하며 이틀이나 더 게임을 했고, 그동안 어머니의 시체는 바로 옆방에 있었다. 하지만 모두가 비평가다.

"문제가 뭔데요?"

"그저 다시 여기를 사랑하고 싶을 뿐이에요. 처음 게임을 시작했을 때에는 여기가 천국이라고 생각했어요. 이길 방법이 백만 가지는 됐죠. 이긴다는 게 무슨 뜻인지조차 말할 수 없을 정도였다고요."

사슴 가죽 모험자는 잠깐 동안 꼼짝도 하지 않는다. 어쩌면 그의 아니무스가 쓰레기를 버리러 갔거나 전화를 받거나 아기를 흔들어주고 있는지도 모른다. 그러다가 그의 아바타가 기묘한 2단계 부활을 한다.

"이제는 오래된 삽질을 똑같이 반복할 뿐이에요. 광산을 캐고, 나무를 자르고, 초원에 금속판을 깔고, 멍청한 성과 창고를 짓고. 원하는 대로 해놓으면 어떤 망할 자식이 용병을 끌고 와서 엉망진창으로 만들어버리죠. 현실보다 더 나빠."

"다른 플레이어를 신고하고 싶어요?"

"당신 신 맞죠? 안 그래요?"

닐리는 아무 말도 하지 않는다. 수십 년 동안 걸을 수 없었던 신.

"여기에 뭐가 잘못됐는지 알아요? 미다스 문제예요. 사람들은 공간이 가득 찰 때까지 쓸데없는 것들을 짓죠. 그러면 당신네 신들이 다른 대륙을 만들거나 새로운 무기를 도입해요."

"다른 플레이 방식도 있어요."

"나도 그렇게 생각했었어요. 산맥 너머, 바다 건너 신비로운 것들요. 하지만 아니었어요."

"어쩌면 당신은 다른 데로 가야 할지도요."

사슴 가죽 남자가 팔을 흔든다.

"난 여기가 *바*로 다른 데라고 생각했어요."

오래전에 돌아가신 아버지를 위해서 여전히 디지털 연을 춤추게 만들고 싶어 하는 소년은 시골뜨기의 말이 맞다는 걸 안다. 〈지배〉에는 미다스 문제가 있다. 모든 것들이 금칠한 죽음을 맞고 있다.

애덤 어피치는 부교수로 승진한다. 그것은 그에게 휴식이 아니라 더 많은 압박을 의미한다. 그의 매분 매초가 이중으로 예약되어 있다. 학회, 논문 리뷰, 현장연구, 수업 준비, 사무, 채점해야 하는 어마어마한 양의 에세이들, 위원회, 승진 서류들, 그리고 862킬로미터 떨어진 출판계 여자와의 장거리 연애.

그는 오하이오주 콜롬버스에 처음으로 산 집에서 다음에 출간할 논문을 편집하면서 뉴스를 보고 전자레인지에 데운 데리야키를 먹는다. 그에게는 시사나 진짜 식사에 투자할 시간이 없다. 하지만 일하는 동안에 간신히 끼워 넣는 걸로 대략 정당화할 수 있다. 뉴스를 10초쯤 보다가 그는 자신이 보고 있는 게 뭔지 깨닫는다. 폭발한 건물들과 검게 탄 기둥, 억지로 떠올리지 않아도 얼마든지 불러낼 수 있는 사건 이후의 현장. 누군가가 워싱턴주에 있는 포플러나무 유전자를 조작하는 연구소를 폭발시켰다. 카메라는 시커메진 벽을 잠시 비춘다. 콘크리트에 스프레이로 쓴 글은 그가 한때 작성하는 것을 도왔던 것이다.

통제는 죽인다
연결은 치유한다

그들의 오래된 슬로건. 말이 되지 않는다. 뉴스캐스터는 상황을 더욱 악화시킨다.

"당국은 700만 달러의 손실을 입힌 화재가 지난 몇 년 동안 오리건, 캘리포니아, 아이다호 북부에서 일어난 비슷한 공격들과 연관이 있을 것으로 보고 있습니다."

세상이 나뉘어 두 개가 되고, 애덤은 자신의 모조품에서 등을 돌린다. 그러다가 좀 더 실제적인 해명이 떠오른다. 다른 사람들 중 한 명이나 그 이상이 혼자서 계속하고 있는 것이다. 연인이 죽은 후의 닉일 가능성이 높다. 아니면 어린애 같은 전직 군인 더글러스나. 아니면 그 둘 모두가 새로운 신봉자들과 함께 불을 지르고 있는 걸지도. 이 새로운 불을 누가 질렀든 간에 그들이 저작권이라도 가진 것처럼 오래된 슬로건을 사용했다.

카메라가 망가진 실험실의 그을린 천장 들보를 비춘다. 애덤은 자신이 저지른 것처럼 그 잔해를 알아본다. 5년 전이 아니라 어젯밤처럼. 그가 막 집으로 돌아왔고 이제 연기 나는 옷을 태워야 하는 것처럼. 복도 끝에 적어 놓은 스프레이 글자에 화면이 잠깐 머문다.

자살 경제 반대

부교수가 되고 6주 만에 그는 다시 방화범이 된다.

석 달 후, 올림픽 반도 근처 적재장의 기계 창고가 폭발한다. 미미는 〈크로니클〉에서 이것을 읽는다. 그녀는 재활 및 정신건강 상담 석사 학위를 받은 샌프란시스코 대학교 힐탑 캠퍼스에서 걸어서 10분 거리에 있는 골든게이트 파크 구석, 꽃 온실 옆 풀밭에 앉아 있다. 그녀는 현장에 적혀 있는 슬로건을 알아본다. 한때 그들의 것이었던 슬로건들이다. 기사에 관련 내용이 첨부되어 있다.

"환경 테러 연대표, 1980~1999."

체포는 시간문제일 것이다. 다음 달, 내년, 문 두드리는 소리, 눈앞을 스치는 배지……. 그녀가 앉아서 읽는 동안 사람들이 지나쳐 간다. 지저분한 배낭에 온갖 소유물들을 담고 있는 노숙자. 일본 국기를 흔드는 여자를 따라가는 노란 모자의 관광객들. 웃으며 서로에게 기린 인형을 던지는 연인들. 미미는 풀밭에 앉아서 그녀가 저질렀을 것 같은 범죄들에 관해 읽는다. 그녀는 풀밭 위에 신문을 펼쳐놓고 고개를 뒤로 젖힌다. 하늘에는 그녀의 좌표를 3미터 이내로 찾아낼 수 있는 보이지 않는 위성들이 가득하다. 우주의 카메라들은 그녀 앞에 있는 신문 표제도 읽을 수 있다. "환경 테러 연대표." 그녀는 위를 보며 미래가 내리 덮쳐 그녀를 체포하기를 기다린다. 그러다가 점심 식사 쓰레기와 신문을 함께 챙겨 들고서 해안가에 자생하는 참나무들의 열을 지나 론마운틴으로, '치료시 윤리적, 전문적 문제'에 관한 오후 강의를 하러 간다.

새로운 화재에 관한 소식을 닉은 듣지 못한다. 그는 버스 정거장과 커피

숍에서, 텔레마케터와 인구조사원, 해안가를 따라 줄줄이 있는 작은 마을에서 거의 모든 시사 해설자들과 정보 분석가들에게는 감추어진 비밀을 종종 공짜로 알려주려 하는 거지들로부터 뉴스를 듣는다.

워싱턴주 벨뷰에서 그는 완벽한 일자리를 찾는다. 거대한 물류 센터에서 소형 지게차를 몰고, 산처럼 쌓인 책 더미를 풀고, 바코드를 스캔하고, 거대한 3D 보관 행렬에서 정확한 위치를 찾아서 저장하는 영광스러운 창고지기다. 그는 정리 속도 신기록을 세울 것 같고, 실제로 세운다. 그것은 굉장히 드문 관중들만이 이해하는 종류의 업적이다. 정확히 말하면 아무도 이해하지 못한다.

이곳의 물품들은 책이라기보다는 1만 년 역사의 목표, 인간의 뇌는 다른 무엇보다도 갈망하고 자연은 주기를 거부하다가 죽게 될 그런 것들이다. 바로 편의다. 편의성이란 질병이고 닉이 그 매개체다. 그의 고용주들은 언젠가 모두의 안에서 공생하며 살게 될 바이러스다. 잠옷 차림으로 소설책을 산 적이 있다면, 이미 돌이킬 수 없다.

닉은 오늘의 서른세 번째 대상인 다음 대형 상자를 푼다. 상자를 열고, 스캔하고, 상태가 좋은 날에는 4분에 하나씩 백 개가 넘는 나무 상자들을 정리한다. 빨리하면 할수록 로봇으로 대체되는 불가피한 미래를 좀 더 미룰 수 있다. 효율성 때문에 그가 도태되는 날이 2년 정도 남았다고 그는 생각한다. 열심히 일하면 할수록 생각을 덜해도 된다.

그는 페이퍼백 책들이 담긴 상자를 철제 선반에 올리고 재고를 점검한다. 통로는 대들보까지 닿는 끝없는 책들의 협곡이다. 이 물류센터에만 이런 통로가 수십 개다. 그리고 매달 새롭게 고객의 주문을 충족시킬 센터가 여러 대륙에 생긴다. 그의 고용주들은 모든 사람들이 충족할 때까지 멈추지 않을 것이다. 닉은 시간-동작의 귀중한 5초를 쪼그리고 앉아 책들의 골짜기를 보는 데 소비한다. 그 광경은 그에게 희망과 떼려야 뗄 수 없는 공포를 한가득 선사한다. 충족이라는 주문을 깨고 위험, 필요성, 죽음을 되찾게 해줄 진실의 몇 단어, 페이지, 문단이 인쇄된 종이들의 끝없고, 심각하고, 거대한 협곡 어딘가에—테다소나무 섬유 수백만 톤에 암호화되어—분명히 있을 것이다.

밤에 그는 자신의 벽화를 작업한다. 아파트에서 스텐실을 자른 다음 도시를 가로질러 돌아다니다 발견한 빈 벽으로 가져간다. 경찰의 주의를 끌 만한 일을 하는 것은 운명을 시험하는 짓이다. 하지만 이미지를 표출하고 싶은 강박이 너무 강하다. 몇십 분 정도면 포장부터 해체까지 중간 크기의 작업을 마칠 수 있다. 새벽 2시부터 4시까지, 뜬눈으로 누워서 온갖 생각만 끝없이 반복할 시간에 그는 이웃 여러 군데에 흔적을 남길 수 있다. 케블러 재킷을 입은 젖소들. 단풍나무 열매 폭탄을 던지는 시위자들. 격자를 타고 올라가는 진짜 장미들을 수분시키려는 것처럼 몰려드는 조그만 폭격기와 헬리콥터들.

오늘 밤의 임무는 꽤 크다. 열여섯 개의 서로 겹쳐지는 스텐실로 변호사 사무실을 뒤덮는 것이다. 발판사다리 위에서 닉은 꼭대기와 바닥을 모두 덮는 커다란 꽃병 형태로 숫자를 단 시트들을 테이프로 붙인다. 스텐실이 콘크리트 블록 전면을 덮고 90도로 꺾여 보도로 흘러내린다. 그다음에 스프레이 페인트가 나오고, 선을 따라 색깔을 가득 채우며 마스킹페이퍼를 적신다. 잠깐 마를 시간을 둔 후 그가 형판을 떼어내자 밤나무가 드러난다. 가지는 사무실의 2층까지 이른다. 몸통은 아래로 내려와서 길거리 배수관 쪽으로 구불거리는 거대한 뿌리 덩어리가 된다. 나무껍질의 고랑은 가슴 높이, 눈높이 약간 아래에서, 60센티미터 너비의 UPC 바코드가 된다.

닉은 배낭에서 손가락 두께의 낙타 털 붓과 검은색 에나멜 통을 꺼내서 바코드 옆에 루미의 시구를 적는다.

사랑은 나무다

영원한

가지들이 뻗고

영원 속으로

뿌리가 뻗고

몸통은

어디에도 없다

한때 창조물의 자라나는 가장자리인 가지 위에 있던 트리하우스에서 누군가가 이 시를 그에게 읽어준 적이 있다. 우리 중 한 명이 떨어지면 다른 사람도 떨어지게 될 거예요. 그에게 상기시키던 목소리가 들린다. 그는 물러서서 작품을 평가한다. 효과가 그에게 충격을 주고, 그는 마음에 드는지 안 드는지 알 수가 없다. 하지만 마음에 들고 들지 않고는—그러한 상품문화의 지침은—그에게 별 의미가 없다. 그는 가로막을 수 없는 것으로 이 벽들을 최대한 많이 채우고 싶을 뿐이다.

그는 스텐실과 스프레이 캔들을 모아서 배낭에 도로 넣고 집으로 돌아와 이불을 갈아야 하는 침대에서 다섯 시간쯤 더 자다 깨다 한다. 올리비아가 꿈속에서 죽음의 공포를 느끼며 다시 외친다. 하지만 이건 결코 끝나지 않을 거예요. 우리가 가진 건요. 그렇죠?

"날 떠나."

레이 브링크먼은 매주 여러 번씩 아내에게 말한다. 하지만 그녀는 그의 입에서 새어 나오는 뒤엉킨 덩어리를 이해하지 못하거나 못하는 척한다. 그는 그녀가 밤에 몇 시간 나갔을 때 가장 편안하다. 그리고 그의 모든 희망이 그녀가 어디 멀리 있는 어두운 방에 친구와 함께 있으면서, 손에 닿지 않게 된 모든 것들 때문에 변화하고 이야기하고 상처받고 울고 있을 거라는 생각에 집중된다. 하지만 아침에, 그녀가 그의 방으로 들어와서 *좋은 아침, 레이레이. 다 괜찮아?* 하고 물으면 그는 마비된 기묘한 기쁨을 느끼고 만다.

그녀는 그에게 밥을 먹이고 텔레비전 앞에 앉힌다. 화면은 뉴스, 여행, 다른 사람들의 동반자이자 그가 평생 동안 갖고 있었으나 보지 못했던 행운을 상기시켜주는 것이다. 오늘 아침에는 시애틀이 전쟁 중이다. 세계의 미래와 그 부와 번영에 관한 무엇인가가 문제다. 아침 뉴스의 진행자들도 혼란스러운 말투다. 수십 개 나라의 대표들이 회의장에 모이려고 한다. 수천 명의 열렬한 시위자들이 그들을 가로막는다. 판초와 위장복 바지를 입은 아이들이 불타는 장갑차 지붕 위로 뛰어오른다. 다른 사람들은 콘크리트에서 우편함을 뽑아서 은행의 통유리창에 내던지고 어떤 여자가 그들을 향해 소리를 지른다. 크리스마스의 하얀 포인트 조명으로 반짝이는 나무들 아래서 검은 옷에 헬멧을 쓴 경찰 부대가 군중을 향해 분홍색 연기가 나는 통을 던진다. 특허권을 지키는 참호에서 20년을 보낸 레이 브링크먼은 경찰이 무정부주의자를 한 명씩 진압할 때마다 환호한다. 하지만 신이 백핸드로 손을 튕겨 꼼짝 못하게 만든 레이 브링크먼은 유리를 부순다.

군중이 몰려나와 갈라지고 공격했다가 재집결한다. 진압용 방패를 든 병력이 그들을 도로 밀어낸다. 동시에 일어나는 이 무법 사태는 바리케이드를 넘어서 장갑차 주변까지 이른다. 카메라는 군중들 속에서 놀라운 것을 찍는다. 야생동물 무리다. 사슴뿔, 고양이 수염, 엄니, 펄럭거리는 귀, 후드를 쓰고 항공 재킷을 입은 아이들의 머리에 있는 정교한 가면들. 시에라클럽(미국의 환경 단체) 스너프 필름(실제 가학·살인을 촬영한 영상물)에서 등장하는 것처럼 생물체들이 죽고, 보도 위로 쓰러지고, 다시 일어난다.

기억이 레이의 달라진 머릿속에 스며든다. 그는 그 고통으로부터 눈을 감는다. 그는 동물 가면을, 색칠한 리어타드를 알아본다. 전부 다 낯이 익다. 그는 사진 비슷한 것에서 그것을 본 적이 있다. 그럴 리 없다는 건 알지만, 그 사실이 묘한 기분을 지워주지는 않는다. 그는 도러시를 불러 텔레비전을 꺼달라고 한다.

"뭐 읽어줄까?"

그녀는 그럴 필요가 없는데도 항상 묻는다. 그는 절대로 그녀에게 싫다고 말하지 않을 것이다. 그는 이제 누가 글을 읽어주는 것에 목을 맨다. 몇 년 동안 그들은 '역사상 가장 위대한 소설 100선'을 전부 읽으려고 노력했었다. 그는 왜 소설이 전에는 그렇게 짜증스러웠는지 기억나지 않는다. 이제 점심 먹기 전까지 시간을 보내게 해주는 데 그 이상 훌륭한 것은 없다. 그는 인류의 미래가 달린 것처럼, 우스꽝스럽기만 한 줄거리에도 집중한다.

책은 고립된 섬에서 유연하게 변화하는 핀치새처럼 나뉘고 뻗어나간다. 하지만 너무나 명확하게 당연한 것으로 치부되는 핵심을 공유하고 있다. 모든 책들이 두려움과 분노, 폭력과 욕망, 격노와 엮인 놀랄 만한 용서 능력이자 기질이 결국에는 유일하게 중요한 것이라고 이야기한다. 이것은 물론 어린아이를 위한 교리다. 우주의 창조주가 연방법원의 판사처럼 판결을 내릴 만큼 관심을 가질 거라는 믿음에서 약간 더 나아간 것이다. 인간이 된다는 것은 만족스러운 이야기와 의미 있는 이야기를 헷갈린다는 것이고, 삶을 두 다리가 달린 거대한 것으로 착각한다는 것이다. 아니. 삶은 훨씬 더 큰 규모로 집결되고, 어떤 소설도 잃어버린 소수의 사람들 사이의 투쟁처럼 *세상*을 흥미진진하게 보이는 경쟁을 성공시키지 못해서 세상은 명확하게 실패해가고 있다. 하지만 레이에게는 지금 다른 사람들에게만큼 소설이 필요하다. 오늘 아침 그의 아내가 읽어주었던 책 속의 영웅, 악당, 단역들이 진실보다 더 낫다. 난 가짜고 내가 하는 어떤 일도 조금의 변화도 만들지 못하지만, 그래도 난 네 기계식 침대 옆자리에 앉아서 네 동료가 되어주고 네 마음을 *바꾸게 만들기 위해서* 이 먼 거리를 건너왔어.

만 페이지가 넘어간 후 그들은 다시 톨스토이로 돌아왔고 이제《안나 카레니나》를 3.5센티미터 정도 읽었다. 자의식이나 수치심을 찾아볼 수 없고, 예술과 삶이 같은 그림 수업에 등록되었다는 징조 하나 없는 이야기가 흘러간다. 그리고 레이에게 그것은 소설이 주는 최상의 자비다. 그들 두 사람이 서로에게 한 최악의 일이 하루가 끝날 무렵 함께 읽을 만한 또 다른 이야기에 불과하다는 증거이므로.

그녀가 책을 읽는 동안 그의 눈꺼풀이 내려앉는다. 곧 그는 책 안으로 들어가서 이야기의 주요 내용에 전혀 영향을 미치지 못하는 운명을 가진 단역 캐릭터가 되어 여백을 거닌다. 그는 3분의 1세기 동안 그를 잠들게 만들었던 소리에 깨어난다. 아내의 코 고는 소리다. 그리고 그는 이 새로운 삶에서 매일, 하루에 대여섯 시간 정도 해야만 하는 일밖에는 할 수가 없다. 창밖의 뒤뜰을 바라보는 것이다.

딱따구리가 커다란 참나무로 왔다 갔다 하면서 구멍 안에 나무 열매를 채운다. 다람쥐 두 마리가 껍질이 벗겨진 린덴나무 몸통 위로 미친 듯이 빠르게 빙글빙글 올라간다. 조그만 까만 벌레 떼가 다가오는 추위에 놀라서 풀밭 건너편으로 우르르 날아간다. 그와 도러시가 수년 전에 잘라냈어야 하는 관목은 잎이 오래전에 다 죽었는데도 덥수룩한 노란 꽃을 가득 피웠다. 마비 환자에게는 대단한 드라마다. 바람은 소문을 퍼뜨린다. 브링크먼 기념일 나무들의 가지가 화난 듯이 흔들린다. 사방에 위험이, 준비가, 호기심이, 슬로모션으로 일어나는 활동이, 한때는 볼 수 없을 만큼 느렸지만 이제는 이해가 안 될 만큼 그의 침대를 빠르게 스쳐가는 계절의 엄청난 변화가 있다.

도러시가 코를 골다가 번쩍 깬다.

"어머! 미안해, 레이. 당신을 저버릴 생각은 아니었어."

그는 그녀에게 말할 수가 없다. 아무도, 어디서도, 앞으로 영원히, 버림받을 수가 없다. 그들 주위로 전속력으로, 4등급 경고음의 교향곡 같은 이야기의 아수라장이 펼쳐지고 있다. 그녀는 전혀 모르고, 그가 그녀에게 알려줄 방법도 없다. 문명화된 뜰은 모두 비슷비슷하다. 야생의 뜰은 모두 나름의 방식으로 야생적이다.

수억 대의 상호연결된 컴퓨터들의 시계가 나타낼 수 있도록 설계되지 않은 숫자로 향해 갈 준비가 되어 있다. 사람들은 정보의 시대 끝에 대비해 저장고를 꽉꽉 채운다. 더글러스는 언제 밀레니엄이 끝나는지 모른다. 그가 있는 곳에서는 일주일보다 더 큰 건 별로 중요하지 않다. 요즘은 햇살이 겨우 몇 시간밖에 나지 않고, 눈은 거의 2미터까지 쌓이고, 정오에도 기온이 팔의 털을 뚝 부러지게 만들 정도다. 더글러스가 아는 한, 컴퓨터들은 이미 괴상하고 전 세계의 모든 사회기반시설들을 정복했을 수도 있다. 몬태나 은신처의 토지관리국 오두막에 박혀 있으면 그는 아마 마지막으로 알게 될 것이다.

불이 꺼져서 도로 피우거나 얼어 죽거나 둘 중 하나를 선택해야 하기 때문에 그는 잠에서 깬다. 그는 긴 내복 차림으로 빙하 같은 슬리핑백에서 일어난다. 유충기에서 완전히 벗어나지 못한 고치 같은 모양새다. 그는 파카를 입지만 손가락이 너무 얼어서 소나무 잔가지 두어 개에 불을 붙이는 데 15분이라는 무시무시한 시간이 걸린다. 그는 스모어(마시멜로를 사이에 끼운 크래커) 두 조각처럼 불이 자신의 손을 구워 손가락 관절이 다시 꼼지락꼼지락 움직일 때까지 녹인다. 아침 식사는 계란 두 개, 커다란 베이컨 세 조각, 장작 난로 위에서 구운 묵은 빵 한 덩이다.

현관으로 나와서 그는 마을을 바라본다. 눈 덮인 언덕 비탈 아래쪽에 회갈색 나무 전면부가 점점이 보인다. 3층짜리 낡은 호텔, 망가진 잡화점, 병원과 이발소, 매춘굴과 각종 술집들. 전부 다 그만의 것이다. 그 뒤쪽 산마루 꼭대기에는 백송나무들이 있다. 엘크, 사슴, 산토끼 등 방문객들의 자취가 눈 위에 남아 있다. 그가 읽는 법을 배우게 된 압축 드라마다. 그는 맹금이 내려와서 먹이를 낚아채고는 더 이상의 자취를 남기지 않고 사라져버린 움푹 패인 흔적도 본다.

'서부에서 가장 친근한 유령마을'의 겨울 관리인. 그는 평생 쓸모없는 일을 여러 가지 해봤지만, 이렇게까지 무의미한 일은 없었다. 가파르고 울퉁불퉁하고 포트홀이 가득 파인 30킬로미터 거리의 양쪽 출입구는 눈으로 막혔다. 5월 말까지는 아무도 여기에 올 수 없을 것이다. 그래, 그가 관리하는 동안 무슨 일이 일어날 수도 있다. 지진이나 운석 같은 것. 외계인 침공. 그가 어떻게 할 수 있는 일이 전혀 아니다. 심지어 눈 치우는 삽이 달린 그의 토지관리국 트럭도 한동안은 아무 데도 갈 수 없을 것이다.

산은 높고, 땅은 가파르고 얕고, 나무들은 너무 자주 도태되었고, 모든 귀금속 광물은 다 파냈다. 여기서 팔 만한 것은 미래가 인간을 만족시킬 만한 모든 것에 대한 답이라고 생각하던 가장 최근의 과거에 대한 향수뿐이다. 여름이 오면 그는 광부복을 입고서, 빨래판 같은 길을 용감하게 뚫고 오로지 외딴 곳에 있다는 이유만으로 정복 목록에서 체크할 가치가 있는 곳에 오는 관광객들에게 이야기를 해줄 것이다. 아이들은 그가 150세나 되었다고 생각할 것이다. 가족들은 비난을 하면서 올드페이스풀이나 글레이셔나 어디 볼 만한 것을 향해 가는 중간에 사진이나 몇 장 찍으리라.

그는 기우뚱한 부엌 식탁 앞에 앉아서 녹아 붙은 소금 통 옆에 놔둔 보물을 집어 든다. 그것은 지난 가을에 나타난 것으로 광산 권양탑 근처에 반쯤 파묻혀 있던 짙은 갈색 병이다. 남아 있는 흐릿한 상표에는 중국 글자 몇 개와 지구의 초기 바다에서 나온 생물체들이 그려져 있다. 병에 뭐라고 쓰여 있는지, 뭐가 들어 있는지도 미스터리다. 이것은 광산에서 일하고 세탁소를 운영했던 수많은 중국인 노동자들 중 한 명의 것이었으리라. 그는 눈을 가늘게 뜨고 글자를 보며 중얼거린다.

"저 사람들 뭐지?"

그의 친구가 그 문장을 가르쳐주었다. 언제, 어디서였는지는 기억나지 않는다. 중국과 그녀의 아버지와 관련이 있는 말일 것이다. 그가 그 말을 할 때마다 그녀는 웃었다. 그래서 그는 최대한 자주 그 말을 하려고 했었다.

그는 병을 내려놓고 아침 의식을 시작한다. 그의 새로운 종교인 비참한 굴욕을 위해 그가 쓰는 성서다. 11월 중반부터 그는 〈실패자의 성명서〉를 쓰고 있다. 볼펜으로 글을 쓴 노란색 줄 있는 종이가 탁자와 벽이 만나는 곳까지 쌓였다. 거기에는 그가 어떻게 그의 종의 배반자가 되었는지에 관한 이야기가 담겨 있다. 그는 숲에서의 이름을 제외하면 아무 이름도 쓰지 않는다. 하지만 전부 다 거기에 있다. 어떻게 그의 눈에서 비늘이 벗겨졌는지. 어떻게 인식이 분노가 되었는지. 어떻게 그가 비슷한 생각을 하는 사람들과 만나서 나무들이 말하는 걸 듣게 되었는지. 그는 그들이 뭘 하고 싶어 했고 어떤 식으로 하려고 했는지에 대해서 쓴다. 그들이 어디서 잘못되었고 왜 그렇게 되었는지도 이야기한다. 사방에 열정이 가득하고 자세한 설명으로 빼곡하지만, 명확한 구조는 없다. 그의 말은 그저 가지와 싹, 그리고 다시 가지일 뿐이다. 그게 그를 바쁘게 만든다. 그게 밀실공포증을 없애준다. 가끔은 잘 안 되는 날도 있지만.

오늘 그는 어제 쓴 것을 다시 읽어본다. 그의 미미의 눈에 불길을 문지르는 것을 보는 게 어떤 의미였는지에 관한 두 페이지의 글이다. 그다음에 그는 볼펜을 들고 페이지 위의 고랑을 누른다. 그것은 언덕 비탈을 따라 위아래로 다시 나무들을 심는 것과 비슷하다. 문제는 그가 실패라는 일반적인 주제에 관해서 쓰고 있지만, 관련된 주제인 '인류는 도대체 뭐가 잘못되었는가'를 찔러보지 않을 수 없다는 것이다.

펜이 움직인다. 영적인 손길에 이끌리는 것처럼 아이디어가 생긴다. 무언가가, 너무도 자명해서 단어가 저절로 흘러나오는 진실이 빛난다. 우리는 십억 년 동안 지구가 모은 유대를 현금화하고 그것을 각종 사치품에 날리고 있다. 그리고 더글러스 파블리첵이 알고 싶은 것은 언덕 비탈의 오두막에 혼자 있을 때에는 이렇게 쉽게 볼 수 있는 게 왜 집 밖으로 나가서 현 상황을 유지하려고 애를 쓰는 수십 억의 사람들 사이에 끼면 믿기 어려운가 하는 것이다.

그는 잠깐 멈추고 다시 불을 피운다. 그는 더 많은 음식을 찾는다. 피넛버터를 바른 크래커, 소나무 모닥불로 구운 감자. 그러고 나면 마을을 돌아다니며 유령들이 얌전히 잘 있는지 확인할 시간이다. 그는 옷을 껴입고 중고 눈신을 착용한다. 그가 겨울에 적응할 수 있도록 도와주는 커다랗고 물갈퀴처럼 생긴 눈신은 그를 두 발로 일어선 거인 토끼와 인간의 혼성체로 변신시킨다. 눈 속으로 나와 마을 껍데기를 향해 내려가면서 그는 중간중간 십여 번 이상 쉰다.

중심가에는 별다른 움직임이 없다. 그는 기울어진 건물들, 진열창과 전시품들을 확인하며 반갑지 않은 둥지나 갉아 먹은 자국, 또는 굴을 판 흔적이 없는지 살핀다. 전부 다 쓸데없는 일이다. 사실 그의 까마귀 부족(Crow Nation, 몬태나주의 원주민) 출신 고용주는 토지관리국에는 아무 돈도 들지 않기 때문에 그에게 겨울 동안 오두막을 사용해도 된다고 허가해주었고, 더기는 공짜의 대가를 치르기 위해서 이 확인 일정을 만들어냈다. 호텔의 위층 발코니에서 그가 외친다.

"이곳은 죽었어."

어 소리가 가넷 산줄기를 두세 배쯤 길게 메아리치다가 사라진다. 그는 산등성이를 따라 긴 길로 다시 올라온다. 800미터 정도 더 운동을 할 겸, 협곡을 내려다볼 겸해서다. 오늘처럼 날씨가 맑은 날에는 수 킬로미터 떨어진 낙엽송들까지 보인다. 겨울에 잎을 떨구는 침엽수들도.

그는 터벅터벅 걸으며 길이 있어야 하는 자리를 눈신으로 잘 더듬는다. 첫 번째 S자 길을 지나는 게 좀 힘들고, 그 아래로 골짜기가 펼쳐진다. 날카로운 급경사 아래로는 세상이 실제로는 뚝 부러질 정도로 닳았다는 사실을 믿기 힘들 만큼 빼곡하게 나무들이 자라고 있다. 눈 더미가 무거운 가지를 바닥에 닿을 정도로 짓누른다. 전나무의 꼿꼿한 보라색 솔방울들은 씨앗이 되어 흩어졌다. 하지만 떨어지는 것을 깜박 잊은 하얀 모자를 쓴 계란 같은 솔방울 무리가 가문비나무 꼭대기에 매달려 있다. 노간주나무는 부서지지 않은 바위에서 자라고 있다. 늙은 가문비나무들은 그를 심판하려는 것처럼 서 있다.

그가 좀 더 잘 보기 위해서 급경사 쪽으로 다가가는데, 단단한 땅인 줄 알았던 부분이 발 아래서 무너진다. 세로로 서 있던 눈 덮인 첫 번째 바위에 몸을 부딪치며 그는 300미터 아래로 굴러 떨어지기 시작한다. 그가 눈 덮인 사면에 닿기 전에 한쪽 발을 내밀어 가문비나무의 몸통을 감는다. 그의 앞에서 60미터의 자갈 비탈이 펼쳐진다. 그는 비명을 지르며 구세주인 나무를 꽉 붙잡으려고 한다. 두 번째로 나무가 그의 목숨을 구한다.

긁힌 얼굴에서 피가 얼어붙는다. 공기가 너무 차서 그의 코가 마비된다. 그의 팔은 어깨에서 바깥쪽으로, 잘못된 방향으로 비틀려 있다. 눈이 그를 덮는다. 그는 눈 쌓인 가문비나무 말고는 아무것도 모른 채 꼼짝 않고 누워 있다. 하늘이 어두워진다. 추위로 여겨졌던 날씨가 완벽한 영하로 바뀐다. 그의 뇌가 깜박거리고 그는 그를 죽이고 싶어 하는 새하얀 풍경을 향해 눈을 뜬다. 그는 산등성이를 다시 올려다보고, 그 바위 언덕에 완전히 기가 질려서 생각한다. 조금만 더 여기서 쉬게 해줘. 결국에 그를 일어나게 만든 것은 그의 옆에 무릎을 꿇고 앉아 그의 얼굴을 쓰다듬는 죽은 여자다. 당신은 그저 당신만이 아니에요.

"내가 아니라고?"

그 자신의 목소리가 그를 일어나게 만든다. 죽은 여자의 쓰다듬는 손가락은 그를 떨어지지 않게 붙잡아준 가문비나무의 가지였다. 그의 코는 부러졌고 어깨는 어긋났다. 오래전에 부상당한 다리는 쓸모가 없다. 밤과 추위는 빠르게 다가온다. 절벽은 그의 위로 가파르게 25미터쯤 솟아 있다. 하지만 사실은 아무 의미도 없다. 그녀는 단 한마디로 그에게 그것을 알려준다. *당신은 아직 끝나지 않았어요.*

*

은퇴할 나이를 넘어서도 패트리샤는 내일이 없는 것처럼 일한다. 혹은 수많은 사람들이 들이파고 작업했다면 내일이 이미 왔을 것처럼. 그녀에게는 각각 정반대인 두 가지 직업이 있다. 그중 싫어하는 일이지만, 그녀는 강단 뒤에 서서 소나무에 구멍을 파는 까막딱따구리처럼 말을 더듬으며 돈을 달라고 애걸한다. 그녀는 별것 아닌 촌스러운 인용구들을 늘어놓는다. 블레이크의 '바보는 현자가 보는 것과 같은 나무를 보지 못한다'. 오든의 '문화는 숲보다 나을 게 없다'. 그러면 청중의 10퍼센트가 그녀의 종자 은행에 20달러를 낸다.

그녀의 직원들은 그녀에게 하지 말라고 하지만, 그녀는 숫자들을 언급한다. 진정한 지성이 통계에 의해 어떻게 움직이는지에 대한 쇼의 말이 옳지 않나? 17종의 잎마름병이 지구온난화로 더욱 악화되고 있다. 연간 수천 제곱킬로미터가 개발지로 전환되었다. 연간 천억 그루의 나무가 손실된다. 이 신세기 말에는 지구상의 나무종 절반이 사라질 것이다. 그녀의 청중 10퍼센트가 그녀에게 20달러를 낸다.

그녀는 경제, 훌륭한 사업, 미학, 도덕성, 영혼을 들어 논쟁한다. 그들에게 드라마, 희망, 분노, 악, 사랑할 수 있는 캐릭터들이 있는 *이야기*를 해준다. 그들에게 치코 멘데스 이야기를 한다. 그들에게 왕가리 마타이 이야기를 한다. 열 명 중 한 명이 그녀에게 20달러를 내고, 어느 천사가 백만 달러를 기부한다. 그거면 그녀가 사랑하는 일을 계속하기에 충분하다. 전 세계를 날아다니며 부도덕한 온실가스를 허공에 왕창 쏟아내며 지구의 종말을 가속화하고, 금방이라도 사라질 나무에서 종자와 기반을 모은다.

온두라스 자단나무. 멕시코의 힌튼참나무. 세인트헬레나 고무나무. 희망봉의 측백나무. 지름 3미터에 높이 30미터 정도까지 가지가 하나도 없는 20종의 거대한 카우리소나무. 성경보다 오래됐지만 여전히 종자를 퍼뜨리는 칠레 남부의 알러스나무. 호주, 중국 남부, 아프리카를 가로지르는 지대의 생물종의 절반. 지구상 다른 어느 곳에서도 볼 수 없는 마다가스카르의 생소한 생물체들. 백여 개 나라에서 사라져가고 있는 해양생물의 탁아소이자 해안의 보호자인 염수 맹그로브. 보르네오, 파푸아뉴기니, 몰루카 제도, 수마트라, 지구상에서 가장 생산적인 생태계가 기름야자나무 플랜테이션에 밀려나고 있다.

그녀는 과도한 벌목을 하고 있는 황량하고 말끔한 일본의 남은 숲을 가로질러 걷는다. 그녀는 인도 북동부 깊은 곳의 살아 있는 나무뿌리 다리, 카시 구릉 사람들이 수 세대에 거쳐 강 위로 뿌리를 뻗도록 만든 *피쿠스엘라스티카*(Ficus elastica)를 지나 빨리 자라는 소나무로 대체되어버린 숲으로 들어간다. 그녀는 이전에 거대한 타이 티크나무 숲이었지만 3년마다 수확 가능한 뾰족한 유칼립투스 숲으로 바뀐 곳을 걸어간다. 그녀는 밀을 심기 위해서 갈아버린 끝없는 남서부 피논잣나무 부지의 남은 모습을 관찰한다. 야생이고 다양하고 목록화되지 않은 숲들이 사라지고 있다. 언제나 지역주민들이 그녀에게 하는 말은 똑같다. 우리도 황금 알을 낳는 거위를 죽이고 싶지는 않지만, 여기서는 알을 얻으려면 그게 유일한 방법이에요.

언론은 절망적이고 파멸할 운명인 그녀의 회사를 사랑한다. "종자를 구하는 여자." "노아의 아내." "더 나은 때를 위해 나무를 보존하기." 그녀는 15분 동안 전 세계의 관심을 얻는다. 그녀가 북극 지하 깊은 곳의 성채 중 한 곳에 그녀의 은행을 집어넣었다면 30분 정도는 더 관심을 끌었을 것이다. 하지만 프런트산맥의 언덕 위쪽에 위치한 네모난 벙커는 촬영할 만한 가치가 별로 없다.

그 안에 놓인 금고는 최신식 도서관과 예배당을 합쳐놓은 것 같은 모습이다. 날짜, 종, 위치가 적힌 표가 붙은 통 수천 개가 진짜 은행의 안전금고처럼 밀폐된 유리와 매끄러운 강철로 된, 색인이 붙은 서랍 안에 들어 있다. 다만 여기가 영하 20도라는 것만이 다르다. 금고 안에 서서 패트리샤는 기묘한 기분을 느낀다. 그녀는 지구상에서 가장 생물다양성이 높은 지역 중 한곳에 서 있다. 세척하고, 건조하고, 걸러내고, 엑스레이를 찍은 후 잠이 들어 있는 종자들, DNA를 깨워 약간 녹이고 물만 좀 주면 나무가 되어 공기를 다시 만들어낼 때를 기다리고 있는 수천 개의 종자들에 둘러싸여 있다. 종자들은 콧노래를 부른다. 그들에게는 들리지 않을 정도의 높이로 무언가를 노래하고 있다고 그녀는 맹세할 수 있다.

기자들은 지구상의 다른 NGO의 종자 은행과는 다르게 그녀의 회사는 재앙이 닥쳤을 때 사람들에게 유용할 만한 식물에 집중하지 않는 이유가 뭐냐고 묻는다. 그녀는 이렇게 말하고 싶다. *유용하다는 게 바로 재앙이에요.* 대신에 이렇게 대답한다.

"우리는 아직 유용성을 발견하지 못한 나무들을 보존합니다."

기자들은 그녀가 숲이 사라져가는 주된 지역과 각각의 가장 중요한 원인을 언급하자 반색한다. 산성비, 곰팡이병, 동고병, 뿌리썩음병, 가뭄, 침습성 병, 실패한 농경, 구멍을 뚫는 곤충들, 변이 균류, 사막화······. 하지만 그녀가 그들에게 이 모든 위협들이 딱 한 가지, 사람들이 한때 초록이었던 것들을 태워서 계속 대기를 망가뜨리기 때문에 더 치명적으로 바뀐 거라고 말하자 그들의 눈이 게슴츠레해진다. 매달, 매주, 매일, 매시간, 그리고 매분 그녀는 각각에 대해서 쓰고 새로운 다음 일을 진행한다. 소수의 사람들이 그것을 읽고 그녀에게 20달러를 보낸다. 그리고 그녀는 또 다시 죽어가는 나무를 찾아 또 다시 사라지는 숲을 자유롭게 찾아볼 수 있다.

브라질 서부의 마샤지뉴 도에스테에서 패트리샤는 숲이 무엇을 할 수 있는지를 배운다. 빛줄기가 덩굴로 뒤덮인 지구에서 가장 야성적인 생명의 엔진인 나무들을 비춘다. 사방에 생물종들이 가득하고, 어리둥절하다(bewilderment)는 단어의 핵심에 있는 죽은 은유(wild)가 되살아난다. 모든 것들이 늘어지고 꼬이고 엉키고 비늘과 척추가 있다. 그녀는 만경목 가닥들, 난초, 넓게 깔린 이끼, 브로멜리아드(파인애플과), 잎을 넓게 편 커다란 양치식물, 조류 뭉치들과 나무들을 구분해보려고 애를 쓴다.

몸통에서 바로 꽃과 열매를 맺는 나무들도 있다. 12미터 정도 되는 기괴한 케이폭나무는 한 몸통에 뾰족한 가지부터 반짝이는 가지, 매끄러운 가지까지 전부 갖고 있다. 숲에 퍼져 있는 도금양은 같은 날에 모두 다 꽃을 피운다. 베르톨레티아(Bertholletia)에는 견과류가 가득한 피냐타 주머니(축제 때 어린이들이 막대기로 쳐서 깨트리는 장난감이나 과자가 든 주머니) 같은 것이 열린다. 나무는 비를 만들고, 시간을 알려주고, 날씨를 예측한다. 외설적인 모양과 색깔의 종자들도 있다. 단검과 언월도 같은 모양의 꼬투리들도 있다. 기둥 같은 뿌리와 구불구불한 뿌리와 조각상 같은 판근들과 공기를 내뿜는 뿌리도 있다. 해결책들이 날뛴다. 생물량은 계산도 안 된다. 잠자리채를 한 번 휘두르면 스무 종이 넘는 딱정벌레들이 잡힌다. 두껍게 쌓인 개미 떼가 그들에게 먹이를 주고 보호해주는 나무를 건드렸다고 그녀를 공격한다.

여기서의 일주일은 생물종을 조사하는 기나긴 7일이다. 웨스터퍼드 박사의 팀은 새벽부터 저녁때까지 숫자를 센다. 70대의 어떤 여자라도 진이 빠질 것이다. 하지만 그녀는 이것을 위해서 산다. 어제 그들은 4만 제곱미터가 조금 넘는 지역에서 213가지 별개의 나무종을 셌다. 모두 지구가 독백으로 빚어낸 산물이다. 생물량의 밀도가 너무 높아서 바람처럼 변덕스러운 것에 의존하는 것은 위험하다. 나무의 풍미를 즐기는 나름의 꽃가루 매개자가 있다. 이 미친 듯한 다양성의 문제점은 분산이다. 꽃가루를 받아야 하는 생물이 가깝게는 2킬로미터나 그 이상 떨어져 있을 수도 있다. 이틀에 한 번씩 그들은 팀원 중 누구도 알지 못하는 종을 마주친다. 새롭고 알지 못하는 생명의 형태. *여기 또 다른 하늘만 아는 생물이 있어.* 수천 가지 독창적인 나무종들이 갈라진 강 유역으로 퍼져 있다. 아직까지 알려지지 않았지만 사라져가는 화학공장들 중 어느 하나라도 또 다른 HIV 차단제, 또 다른 슈퍼 항생제, 새로운 암세포 킬러를 만들어낼 수 있다.

공기가 너무 축축해서 패트리샤의 몸속까지 젖는다. 덩굴로 뒤덮인 덤불에서 걷기는 굉장히 힘들다. 모든 세제곱센티미터 내의 물질들이 흙과 햇빛을 수천 가지 휘발성 물질로 전환시키고, 화학자들조차 그 정체를 다 파악할 수 없을 정도다. 그녀의 고무 채취 부대는 경찰 수사망처럼 그녀의 주위로 넓게 퍼져서 콜로라도에 있는 기온이 통제되는 금고로 다 가져가기도 전에 사라질지 모르는 8000종의 아마존 생물들을 찾고 있다.

한 세기도 더 전에 어떤 영국인이 브라질 입장에서는 곤란하게도 고무나무 씨를 나라 밖으로 몰래 빼냈다. 이제 전 세계의 거의 대부분의 자연고무는 아무도 제대로 목록화한 적 없는 다른 나무들을 몰아낸 남아시아에서 자란다. 그 덕택에 브라질인들은 자신들의 종자를 훔치러 여기 온 또 다른 앵글로계 수집가인 그녀를 경계하게 되었다. 하지만 그녀의 팀이 조각난 마호가니와 이페나무를 발견한 오후에 그들은 마음을 푼다. 그들은 자신들

외에 나무 때문에 우는 사람들을 본 적이 없었기 때문이다.

그녀의 사람들은 그들의 증조할아버지나 쓰던 19세기 라이플총으로 겨우 무장을 하고 있다. 총잡이(Pistoleiro)들은 밤에 개울과 노반을 돌아다닌다. 나무 밀렵꾼들은 그들의 수확물을 가로막는 사람은 누구든 죽인다. 멘데스처럼 나무를 위해 죽어서 백 번째 영웅이 될 필요는 없다. 그녀의 최고의 가이드 중 한 명인 엘리제우는 모닥불 앞에 앉아서 통역가인 로제리오를 통해서 그녀에게 이야기를 해준다.

"어린 시절부터 친했던 제 친구가요. 픽! 철사 덫에 걸려 머리가 완전히 잘렸어요. 자기의 작은 숲을 지키려다가요."

엘비스 안토니오가 불을 쳐다보며 고개를 끄덕인다.

"석 달 전에 또 한 구를 찾았어요. 그 시체는 커다란 나무 아래 짐승 굴에 처박혀 있었죠."

"미국인들이에요."

엘리제우가 그녀에게 말한다.

"미국인요? 여기에요?"

멍청해, 멍청해. 그 말이 입 밖으로 나가자마자 그녀는 깨닫는다.

"미국인들이 시장을 만들어요. 밀수품을 사죠. 뭐든 돈을 주고 살 수 있어요! 그리고 우리 경찰은 농담거리도 안 돼요. 그들은 자기네 몫을 받죠. 그들은 나무가 죽기를 바라요. 우리가 전부 다 밀수범이 아닌 게 놀라운 일이에요. 고무를 채취하는 거랑 비교한다고요? 웃기지도 않죠."

"그럼 왜 당신도 그만두고 밀렵을 하지 않죠?"

엘리제우는 그 질문을 웃음으로 관대하게 넘긴다.

"고무나무에서는 수 세대 동안 고무를 채취할 수 있어요. 하지만 나무를 자를 수 있는 건 한 번뿐이에요."

그녀는 모기장 아래서 잠을 자며 데니스를 생각한다. 잃어버린 세계에 대한 소년 소설과 아주 비슷한 이곳을 그가 볼 수 있었으면 싶다. 그는 콜로라도의 종자 은행에서 기다리고 있다. 그는 그 주에 절대로 익숙해지지 못할 것이다. 지나치게 쾌활하고, 춥고, 건조하다. 가장 가혹한 타입의 오즈다. 그는 그 모든 사시나무들과 태양이 부자연스럽다고 여긴다. *여기 있는 나무들은 단 한 그루도 고향의 어린 솔송나무보다 큰 게 없어.*

그는 금고의 온도나 습도가 절대로 달라지지 않도록 점검하는 시설 유지 임무에 만족한다. 하지만 1년에 몇 달씩을 대체로는 종자 사냥꾼이 조만간 기후가 통제되는 무덤 안에서만 존재하게 될 종들이 가득한 병을 갖고 돌아오기만 기다린다. 그는 절대로 반대하지는 않지만, 이 프로젝트에 완전히 납득한 것은 아니다. *그게 그 안에 얼마 동안 있을 수 있을 거라고 생각해, 베이비?*

그녀는 그에게 마사다의 헤롯왕 궁전에서 발견한 2000년 된 유대의 대추야자 씨앗에 대해서 이야기해주었다. 예수가 맛을 보았을 수도 있는 나무에서 나온 대추야자 씨앗, 무함마드가 아담과 같은 물질로 만들어졌다고 말한 나무. 그것은 몇 년 전에 싹이 텄다. 그녀는 그에게 시베리아의 영구동토 수 미터 아래 묻혀 있었던 석죽 씨앗에 대해서 말한다. 3만 년이 지나서도 자라난 씨앗. 그는 그저 휘파람을 불고 고개를 흔든다. 하지만 그가 묻고 싶은 것, 그녀도 그가 묻고 싶어 하는 걸 알고 있는 질문은 절대로 하지 않는다. *누가 그걸 다시 심을 건데?*

그녀는 뚫고 들어갈 수 없는 초록빛 속에서 새벽에 잠을 깬다. 빛이 덩굴로 칭칭 감긴 썩어가는 나무들의 틈새로 들어온다. 이교도적으로 바뀐 교회 게시판의 그림 같다. 데니스가 묻지 않은 질문이 그녀의 머릿속을 맴돈다. 천막 바깥의 넘쳐나는 생명들이 그녀를 고민하게 만든다. 시간의 참호 속에서 이 종들에게 진정한 집을 선사하는 모든 기생식물, 균류, 꽃가루 매개자, 다른 공생체들이 없다면 이 종들을 구해봐야 무슨 의미가 있을까. 하지만 대안이 뭔데? 그녀는 잠깐 슬리핑백 안에 누워서 야영지를 초원이라고 상상해본다. 하루에 300제곱킬로미터씩 새로 늘어나는 농경지. 그리고 줄어드는 숲은 지구 온난화의 속도를 더욱 높여서 먹고사는 것을 더 어렵게 만들 것이다.

아침을 먹고 다시 산길로 돌아갔다가 그들은 갓 자른 통나무 더미를 발견한다. 정찰병들이 흩어진다. 몇 분 안에 라이플 소리가 울리고 뒤이어 덤불을 가로지르는 오토바이 소리가 난다. 엘비스 안토니오가 다 괜찮다는 의미로 팔을 흔들며 관목을 가르고 돌아온다. 패트리샤는 그를 따라 조잡한 길 비슷한 것을 걷다가 다급하게 도망친 총잡이들의 초라한 야영지를 발견한다. 더러운 옷가지, 곰팡이 핀 카사바 가루가 든 자루, 비누 조각, 지나치게 많이 돌려본 포르투갈 여자 누드 잡지 한 권 말고는 별로 남은 게 없다. 그들은 야영지에 불을 지른다. 불길은 근사하게 느껴진다. 진보를 뒤집는 조그만 오렌지.

그들은 개울 바닥을 따라서 평원까지 걸어간다. 가이드들은 희귀한 종자들로 패트리샤의 모든 욕망을 채워줄 수 있을 거라고 맹세한다. 그녀는 길에서 종종 멈춰서 기묘한 열매를 조사한다. 안노나(Annona)—가시여지, 번여지, 커스터드애플이라고 하는 열매들의 야생종과 잡종들—하나하나가 뭔가를 꾸미고 있다. 엄청난 악취를 풍기는 굉장한 *레키티스*(Lecythis)에 그녀는 압도된다. 가시로 온통 무장한 명주솜나무도 있다. 수집용 병이 나온다. 그들은 기록된 어떤 것과도 다른 화려한 봄박스(Bombax) 꽃을 찾는다.

엘비스 안토니오가 그녀의 옆으로 와서 웃으며 소매를 당긴다.

"와서 좀 보세요!"

"그럼요. 잠깐만 기다릴래요?"

"지금이 좋아요!"

그녀는 한숨을 쉬고 나뭇가지 그늘과 마구 자란 만경목 속으로 따라간다. 네 사람이 흘러내린 천 자락 같은 판근들이 있는 커다란 나무를 보고 감탄하고 있다. 그녀는 속이나 종은 고사하고 그 과조차 짐작할 수가 없다. 하지만 그들의 관심을 끈 것은 종이 아니다. 그녀는 흥분한 남자들의 뒤로 다가갔다가 숨을 들이켠다. 아무도 그녀에게 뭘 보라고 말하지 않는다. 어린아이라도 알 수 있을 것이다. 눈이 근시에 한쪽뿐이라 해도. 옹이와 소용돌이무늬 속 매끄러운 줄기에서 근육이 솟아나 있다. 그것은 사람, 여자다. 상체를 비틀고 팔은 옆구리에서 들어 올리고 손가락은 가지가 되었다. 불안한 표정의 둥근 얼굴이 너무나 다급하게 쳐다보고 있어서 패트리샤는 시선을 돌린다.

그녀는 좀 더 다가가서 조각한 흔적을 찾는다. 어떤 조각가가 이렇게 발견될 가능성이 거의 없는 외딴 곳의 나무에 솜씨와 노력을 쏟은 걸까? 하지만 이것은 조각이 아니다. 사포질을 하거나 나무를 조각한 흔적이 전혀 없다. 그냥 나무의 형태다. 남자들은 3개국 말로 빠르고 열렬하게 소리친다. 수목학자 한 명이 지나치게 많은 손짓을 하면서 어쩌다가 나무가 여자처럼 보이도록 가지치기가 된 거라고 주장한다. 고무 채취자들은 야유한다. 이것은 죽어가는 세상을 공포 속에 바라보는 성모다.

"변상증(pareidolia)."

패트리샤가 말한다. 통역가는 그 단어를 모른다. 패트리샤가 설명한다. 사람들이 모든 곳에서 인간의 형태를 보도록 만드는 적응 현상이라고. 두 개의 옹이와 긴 상처가 있으면 얼굴이라고 생각하는 경향. 통역가는 포르투갈어에는 그런 말이 없다고 말한다.

패트리샤는 더 자세히 본다. 형체는 *분명히* 있다. 두려움이 지식으로 변하기 직전의 순간에 시선을 들고 손을 위로 올린 인생의 종결부에 있는 여자. 얼굴은 동고병으로 인한 백화로 우연히 생기고 딱정벌레들이 성형외과

의사 노릇을 한 덕택일 수도 있다. 하지만 팔과 손, 손가락, 그것은 가족 유사성을 갖고 있다. 그 주위를 돌아보면서 패트리샤에게 그 인상이 점점 더 강해진다. 비틀린 몸을 보고 개는 짖을지도 모르고 아기는 울 수도 있다.

이 열대의 고지대에서, 그녀의 어린 시절과 세상의 초창기에 나온 이야기가, 신화가 다시 떠오른다. 아버지가 주셨던 청소년용 오비디우스. *이제 내가 당신에게 노래하게 해주오. 사람들이 어떻게 다른 것으로 변신하는지에 관하여.* 그녀는 종자를 모으러 간 모든 곳에서 똑같은 이야기들을 들었다. 필리핀, 신장, 뉴질랜드, 동아프리카, 스리랑카 등에서. 순식간에 갑자기 뿌리를 박고 나무껍질이 생긴 사람들에 대해서. 잠깐 동안은 계속 말을 할 수 있고 뿌리를 들어 올려 움직일 수 있는 나무에 대해서.

단어가 그녀의 머릿속에서 기묘하고 낯설어진다. *신화. 신화.* 발음이 잘못됐다. 발음이 비슷한 다른 단어. 살아 있는 다른 모든 것들로부터 떠나는 위대한 인간의 여정이 시작되는 해안가에 서 있는 사람들이 보낸 기억. 계획된 탈출에 회의적인 사람들이 만든 배웅 전보에는 이렇게 쓰여 있다. *이걸 기억해, 지금부터 수천 년 후에, 네가 어디를 봐도 너 자신밖에는 볼 수 없게 될 때 말이야.*

강 상류에서 야자나무의 부족인 아추아르족이 그들의 정원과 숲을 향해 노래를 한다. 은밀하게, 그들의 머릿속으로, 식물의 영혼들만이 들을 수 있게. 나무들은 그들의 친족이 되었다. 희망과 두려움, 사회적 규율, 그리고 항상 초록의 생물들을 유혹하고 구슬려서 상징적 결혼 관계를 맺고자 했던 그들의 목표를 통해서. 이것은 패트리샤의 종자 은행에 필요한 결혼 노래다. 이런 문화가 지구를 구할 수 있을지도 모른다. 그녀는 달리 지구를 구할 방법을 떠올릴 수가 없다.

배낭에서 카메라가 나온다. 식물학자들과 가이드들이 함께 사진을 찍는다. 그들은 얼굴이 어떤 의미를 갖고 있는지 논쟁을 한다. 그들은 의식이 없는 나무에서 우연히 이런 게, 우리 같은 게 생길 놀라운 가능성을 놓고 웃는다. 패트리샤도 머릿속으로 계산을 한다. 우주를 만들기 위해 주사위를 처음 두 번 굴린 것에 비하면 아무것도 아닌 확률이다. 비활성 물질이 생명의 정점 자리를 차지할 확률과 단순한 박테리아가 백 배는 크고 훨씬 더 복잡한 복합세포가 될 확률에 비하면 말이다. 처음 두 간극에 비하면 나무와 사람 사이의 틈새는 별것도 아니다. 그리고 나무를 만들어낸다는 기묘한 복권 추첨을 생각하면, 나무가 성모의 모습을 하는 게 뭐 그렇게 엄청난 기적일까?

패트리샤 역시 줄기에 나타난 형체의 사진을 찍는다. 그녀와 수집가들은 ID를 파악하기 위해서 샘플을 채취한다. 종자는 없다. 그들은 계속해서 좀 더 채집을 한다. 이제 모든 나무들이 생명을 제외한 어떤 조각가도 만들 수 없을 정도로 복잡한, 대단히 실물 같은 조각으로 보인다.

그녀는 탐험을 마치고 불더 외곽의 반짝이는 시설로 돌아간 후 전묘금의 누구에게도 사진을 보여주지 않는다. 그녀의 직원들, 과학자들, 이사회 임원들, 누구에게도 신화는 필요하지 않다. 신화는 오래된 계산 착오이고, 오래전에 잠자리에 든 아이들의 추측이다. 신화는 재단의 헌장 내용 중 일부가 아니다.

하지만 데니스에게는 보여준다. 그녀는 데니스에게 모든 것을 보여준다. 그는 씩 웃으며 고개를 젖힌다. 믿음직스러운 데니스. 일흔두 살에, 어린애처럼 감탄할 수 있는 사람.

"이것 좀 보라고! 이런 *세상에!*"

"직접 보면 더 오싹해."

"*직접*이라. 그렇겠지."

그는 눈을 떼지 못한다. 그가 웃는다.

"그거 알아, 자기? 자긴 이걸 쓸 수 있어."

"무슨 말이야?"

"이 사진으로 포스터를 만들어. 그 아래 커다랗게 설명을 다는 거야. 그들은 우리의 주의를 끌려고 한다."

그녀는 그날 밤 어둠 속에서, 그의 커다랗고 상냥한 손이 허리에 늘어진 채 잠을 깬다.

"데니스?"

그녀가 그의 팔목을 당긴다.

"덴?"

순식간에 그녀는 늘어진 팔 아래에서 빠져나와 벌떡 일어선다. 방 안이 빛으로 가득 찬다. 팔을 내밀고, 손가락을 벌리고, 시체조차도 시선을 피할 정도로 공포로 얼어붙은 얼굴을 한 여자.

머리에 대팻밥이 붙은 바이올린 제작자, 도러시를 진정시키고 그녀가 라이플총을 사러 가고 싶을 때마다 그녀를 웃게 만드는 남자, 그녀가 그를 잃어버리면 어디서 찾아야 할지 시로 써주었던 남자가 그녀에게 결혼하자고 애걸한다. 하지만 법률상 한 번에 한 명의 남편밖에 가질 수가 없다.

"도리. 난 더 이상 이럴 수가 없어. 내 후광은 사라지고 있어. 성자 노릇은 과대평가된 거야."

"그래. 죄인 노릇도 그래."

"당신은 나랑 휴가도 갈 수 없잖아. 심지어 함께 밤을 보낼 수도 없고. 당신이 들르는 때가 내 하루 중 최고의 45분이야. 하지만 미안해. 더 이상은 두 번째로 지낼 수가 없어."

"당신은 두 번째가 아니야, 앨런. 그저 중음(현악기의 두 현이 동시에 연주되면서 나는 소리) 악절이지. 기억해?"

"더 이상 중음으로는 안 되겠어. 난 곡이 끝나기 전에 길고 근사한 독주

파트가 필요해."

"알았어."

"알았어, 그래서?"

"알았어. 결국에는 그렇게 될 거야."

"도리. 맙소사. 왜 순교자 노릇을 하는 거야? 아무도 당신이 그럴 거라고 기대하지 않아. 그 사람도 안 해."

아무도 그 사람이 뭘 기대하는지 말할 수 없다.

"난 서류에 서명했어. 약속을 했다고."

"무슨 약속? 당신은 2년 전에 이혼 직전이었잖아. 두 사람은 사실상 재산도 이미 다 나눴고."

"맞아. 그건 그 사람이 걸을 수 있던 때 얘기지. 그리고 말할 수 있고. 합의서에 서명할 수 있고."

"그 사람한테는 보험이 있잖아. 장애자 보험. 도우미도 둘이나 있고. 전업으로 누굴 쓸 수도 있어. 당신이 계속 도와줘도 돼. 난 그저 당신이 여기 살길 바라는 것뿐이야. 매일 밤 나한테로 돌아와주길 바라. 내 아내로."

모든 좋은 소설이 알고 있듯이 사랑은 호칭, 권리, 소유의 문제다. 그녀와 그녀의 애인은 전에도 여러 번 이 벽에 부딪쳤다. 이제 새로운 밀레니엄을 맞이해서 그녀를 제정신으로 유지해줬던 남자, 그녀의 영혼이 조금만 다른 모양이었어도 영혼의 짝이었을 수도 있는 남자가 마지막으로 벽에 부딪쳐서 벽 아래쪽에 쓰러진다.

"도리? 때가 됐어. 난 공유하는 데 지쳤어."

"앨런, 공유하는 거 아니면 선택의 여지가 없어."

그는 선택의 여지가 없는 쪽을 택한다. 그리고 오랫동안, 그녀는 그와 같은 것을 선택하는 꿈을 꾼다.

어느 새파란 가을날 아침에, 옆방에서 고함 소리가 들린다. 마지막 자음이 없이 기나긴 정적 속에서 늘어지는 그녀의 별명. 다아아아……. 그녀의 피부에 소름이 돋는다. 그가 침대에 변을 봐서 치워달라고 부르는 때의 고함 소리보다 더 끔찍하다. 다시금 그녀는 허위경보 같은 건 절대로 없었다는 듯이 달려간다. 방에서 누군가가 그녀의 남편에게 이야기를 하고 있고, 그가 신음한다. 그녀는 문을 홱 연다.

"나 왔어, 레이."

흘깃 보니 그녀가 마침내 익숙해진 사람, 얼어붙은 공포로 굳은 얼굴을 한 남자밖에는 없다. 그러다가 그녀는 몸을 돌리고 본다. 그녀가 침대에, 그의 옆에 앉는다. 텔레비전에서 목소리가 나온다.

"이런 세상에. 이런 세상에."

그리고 이어진다.

"저건 두 번째 타워예요. 방금 일어난 일입니다. 실황입니다. 지금 화면으로 보고 계십니다."

단단하고 잘 놀라는 침대의 짐승이 그녀의 팔목을 할퀸다. 그녀는 깜짝 놀라 소리를 지른다. 남편의 움직이는 손이 그녀에게 부딪친다.

"이건 고의입니다. 고의인 게 분명해요."

화면에서 말한다.

그녀는 그의 뻣뻣하고 굽은 손가락을 꽉 쥔다. 그들은 아무것도 이해하지 못한 채 함께 바라본다. 구름 한 점 없는 파란 하늘을 배경으로 솟아오르는 오렌지색, 하얀색, 회색, 검은색 연기. 타워는 지각 위에 생긴 금처럼 갈라진다. 흔들린다. 그러다가 쓰러진다. 화면이 흔들린다. 길거리의 사람들이 흩어지고 비명을 지른다. 타워 하나가 접이식 걸이선반처럼 그 자리에서 접히듯 무너진다. 이 동물의 비명은 멈추지 않을 것이다. 레이의 입에서 거부의 말이 새어 나온다.

"아, 아, 안……."

그녀는 이걸 전에도 봤다. 무너지기에는 너무 큰 거대한 기둥이 쓰러지는 것. 그녀는 생각한다. *마침내, 안전이라는, 분리라는 그 모든 기묘한 꿈이 사라질 거야.* 하지만 예측 면에서 그녀는 항상 틀리는 것 이상이었다.

노브힐의 하이드가. 위장한 캘리포니아 플라타너스들이 줄지어 있고 매년 봄에 3주 동안 크림색으로 흐드러지게 꽃을 피우는 삐딱한 아시아산 자두나무 한 그루가 서 있는 블록. 미미 마는 그림자 진 1층 사무실에 앉아서 그날의 두 번째이자 마지막 고객을 맞을 준비를 한다. 첫 번째는 세 시간이 걸렸다. 필요한 만큼 오래 머무는 것은 그의 계약상의 권리지만, 상담은 그녀를 뭉툭하게 닳도록 만드는 것 같았다. 두 번째 고객은 그녀의 그날 치 남은 에너지를 전부 다 빨아먹을 것이다. 그녀는 오늘 밤 카스트로에 있는 아파트로 돌아가서 자연 다큐멘터리를 보며 트랜스 음악을 들을 것이다. 그런 다음 자고 일어나서 내일 두 명의 고객을 더 만나야겠지.

이 도시에는 독특한 치료사들이 넘쳐난다. 상담사, 분석가, 영적 가이드, 자아실현 도우미, 개인 컨설턴트, 사기꾼이나 다름없는 작자들. 많은 사람들이 미미처럼 자신이 이 업계에 들어와 있다는 사실에 놀란다. 하지만 그녀의 명성은 입소문으로 훌륭하게 퍼져서 그녀는 하루에 겨우 두 명의 고객만을 보면서 말도 안 되는 사무실 월세를 감당할 수 있을 정도로 번다. 진짜 문제는, 상담을 한 번씩 할 때마다 고객이 그녀의 영혼을 먹어치우니 그녀 자신이 계속 제정신으로 머무를 수 있느냐 하는 것이다.

그녀의 예비 후원자들 다수가 그야말로 돈이 너무 많다는 것에 고통을 받는다. 그녀는 격주 금요일마다 선별 인터뷰에서 그들에게 말한다. 아프지 않은 사람은 볼 마음이 없고, 고객이 텅 빈 상담실 안락의자에 앉아 그녀와 마주 보면 그녀는 그 고객이 얼마나 고통을 느끼는지 20초 안에 말할 수 있다고. 그녀는 지원자들과 몇 분 동안 이야기를 한다. 그들의 정신 상태에 관해서가 아니라 날씨, 스포츠, 또는 어린 시절의 애완동물에 관해서다. 그러고 나서 상담 일정을 잡거나 "환자분에게는 제가 필요하지 않아요. 이미 행복하다는 걸 아실 필요가 있어요"라고 말하고 상대를 집으로 돌려보낸다. 이런 상담에 관해서 그녀는 돈을 받지 않는다. 하지만 진짜 상담에서는 희생이 좀 필요하다. 하루에 이런 희생 두 번이면 먹고살기에 충분하다.

그녀는 벽돌로 만든 벽난로 오른편에 앉아서 회복한다. 쉰 살을 앞두고도 그녀는 장거리 달리기를 계속하는 덕택에 여전히 날씬하다. 새카맣던 머리는 이제 밤색으로 밝아졌지만 말이다. 한쪽 뺨에는 영원히 없어지지 않는 흉터가 여전히 남아 있다. 그녀의 손이 푸르스름한 회색 청바지를 쓰다듬고 음유시인 같은 기분이 들게 만드는 청록색 블라우스의 주름으로 올라온다. 그녀의 사무비서가 다음 고객에게 연락해서 와도 좋다고 한 상태다. 아침에 네 시간 동안 낯선 사람과 공유한 두려움과 슬픔, 희망, 변신의 도가니 속에서 나와서 또 다른 도가니 속으로 들어갈 준비를 할 정도의 여유가 있다.

그녀는 무념무상의 명상으로 정신을 씻는다. 벽난로 장식대 위에서 사진 하나를 집어 든다. 어린 소녀 세 명의 사진을 든 나이 많은 중국인 부부의 사진이다. 이것은 스튜디오의 배경막 앞에서 찍은 사진이다. 남자는 값비싼 리넨 정장을 입었고 여자는 전쟁 전 상하이에서 제작된 실크 드레스를 입고 있다. 부부는 이해하기 힘든 이름을 가진 미국인 손녀들의 사진을 슬픈 눈으로 바라본다. 그들은 이 외국인 소녀들이나 그들의 어머니, 그 추락한 버지니아의 자손, 자신이 어떤 종인지 잊어버리고서 시설에서 죽게 될 여자를 결코 만나지 못할 것이다. 그리고 그들의 방황하는 아들도. 부부는 렌즈가 열렸을 때 이 사실을 이미 알고 있는 것만 같다. 강력범죄가 일어나기 수년 전, 이 한순간에. 이 삶에서 사람이 어찌 부상하거나 몰락하는가? 어부의 노래가 강 깊은 곳에서 흐른다.

예전에 한 어린 소녀가 있었다. 성격이 까칠하고, 독불장군이고, 공정하고, 거대한 분열 속에서 자신을 지키려고 한 소녀. 황인도 아니고 백인도 아니고 휘턴이 한 번도 본 적 없는 존재. 미개척 지역에서 길고 나른한 날에 그녀의 옆에서 미동도 없이 앉아서 함께 흐르는 개울을 바라보며 낚싯줄을 던지던 어부만이 그녀를 알았다. 그녀는 그것을 다시 느낀다. 그가 떠난 것에 대한 분노를, 상상할 수 없는 시간과 거리로 인해 더욱 나빠진 채로. 그러다가 그의 유령이 종종 산책하곤 했고 그녀가 앉아서 그에게 *왜냐*고 묻곤 하던, 그녀가 한때 답을 거의 얻을 뻔했던 그 무해한 숲을 잘라내는 세상에 대한 분노로 바뀐다.

벨 소리에 미미는 몽상에서 깨어난다. 오후 고객인 스테파니 N.이 앞쪽 사무실에 도착한다. 미미는 사진을 돌려놓고 벽난로 장식 아래쪽의 버튼을 눌러 캐서린에게 준비됐다고 알린다. 부드럽게 문 두드리는 소리가 나고, 미미는 일어나서 풍만하고 억센 빨간 머리에 거북이 등껍질 안경을 쓴 여자를 맞이한다. 황록색 튜닉과 짧은 케이프는 그녀의 살찐 배를 감춰주지 못한다. 이 방문객의 망가진 내면을 느끼는 데에는 엄청난 감정이입도 필요치 않다.

미미는 미소를 지으며 스테파니의 어깨를 건드린다.

"긴장 푸세요. 걱정할 건 아무것도 없어요."

스테파니의 눈이 커진다. *그런가요?*

"가만히 서 있으세요. 서 있는 동안에 좀 살펴보죠. 화장실은 다녀왔나요? 식사는 했고요? 휴대전화와 시계, 다른 모든 전자기기는 캐서린에게 주고 왔나요? 아무것도 안 들고 있어요? 화장이나 장신구도 안 했고요?"

스테파니는 모든 면에서 말끔하다.

"좋아요. 그럼 앉으세요."

방문객은 권해준 의자에 앉으며, 형부가 어른이 된 이래로 평생 가장 격렬하고 심오한 경험이었다고 부르는 이 마법이 어떤 식으로 진행될지 불안감을 느낀다.

"저에 대해서 좀 아시는 게 도움이 되지 않을까요?"

미미는 고개를 갸울이고 미소를 짓는다. 모든 사람들이 죽도록 두려워하는 것, 모든 사람들이 *자기 것*이라고 말하고 싶어 하는 것에는 아주 많은 이름이 있다.

"스테파니? 다 끝날 때쯤 되면 우린 말로 다할 수 없을 만큼 서로에 대해서 많은 걸 알게 될 거예요."

스테파니는 눈가를 두드리고 고개를 끄덕이고 두 음절로 웃고서 손가락을 살짝 움직인다. 준비가 됐다.

4분 만에 미미는 상담을 중단한다. 그녀가 몸을 기울이고 스테파니의 무릎을 건드린다.

"잘 들으세요. 그냥 저를 보세요. 그것만 하시면 돼요."

스테파니는 사과의 말을 손에 쥐고 입가로 들어 올려서 풀어놓는다.

"알아요. 죄송해요."

"자의식이 든다면…… 겁이 난다면, 걱정하지 마세요. 상관없으니까요. 그저 제 눈을 계속 보세요."

스테파니는 고개를 숙인다. 그녀가 몸을 세워 앉고, 그들은 다시 해본다. 이런 잘못된 시작은 종종 일어나는 일이다. 3초 이상 다른 사람의 눈을 마주 보는 게 얼마나 어려운지 아무도 생각하지 못한다. 15초 정도면 그들은 극도로 괴로워한다. 내향적인 사람이든 외향적인 사람이든, 지배적인 사람이든 순종적인 사람이든 다 똑같다. 보는 것과 보이는 것 모두에 대한 공포인 시선공포증이 그들 모두를 덮친다. 개는 너무 빤히 쳐다보면 물 것이다. 사람들은 상대를 쏠 것이다. 그녀는 수백 명의 사람들의 눈을 몇 시간씩 쳐다보았지만, 오랫동안 쳐다보는 기술을 완벽하게 익혔지만, 지금도 얼굴을 조금 붉히고 수치심에도 불구하고 진정하고 있는 스테파니의 움찔거리는 눈을 바라보는 것이 그녀조차 약간 두렵다.

두 여자가 어색하게, 솔직하게 눈길을 마주 본다. 스테파니의 입술 가장 자리가 움찔하는 것이 미미를 다시 웃게 만든다.

이런. 고객의 눈이 말한다.

네, 창피하죠. 치료사가 말한다.

어색함이 적당히 기분 좋게 변한다. 호감 가는 스테파니, 성격 좋은 스테파니, 대체로 자신감 있는 스테파니. *난 품위 있는 사람이에요. 보이죠?*

그건 중요하지 않아요.

스테파니의 아래쪽 눈꺼풀이 긴장하고 그녀의 눈둘레근이 씰룩거린다. *내가 이해가 되나요? 나도 다른 사람들과 비슷한가요? 왜 내가 사회적 호의의 틈새로 떨어지고 있는 것 같은 기분이 들까요?*

미미는 속눈썹 두 가닥 정도도 안 되는 너비로 눈을 가늘게 뜬다. 미세한 질책. *그냥 봐요. 그냥. 봐요.*

5분이 지나고, 스테파니의 호흡이 바뀌고 가빠진다. *좋아요. 알겠어요. 이걸 알 것 같아요.*

아직 시작도 하지 않았어요.

미미는 여자가 집중하기 시작하는 것을 본다. 아이 엄마, 아이는 하나 이상. 치료사의 행동에 신경을 끊을 수가 없다. 십여 년을 함께 산 끝에 예의 바르고 거리감 있고, 자기 소굴에서는 곰 같은 남자의 아내. 섹스는 기껏해야 의무적인 유지 행위일 뿐이다. *하지만 넌 착각하고 있어,* 추측 중인 치료사가 스스로에게 말한다. *넌 아무것도 몰라.* 그 생각이 얼굴의 아주 작은 근육들에 나타난다. *그냥 봐.* 보는 것은 모든 생각을 수정하고 치유한다.

10분 후, 스테파니가 꼼지락거린다. *마법은 언제부터 시작되는 거죠?* 미미의 눈이 상대를 압도한다. 이 지루함 속에서도 스테파니의 맥박이 빨라진다. 스테파니가 몸을 앞으로 기울인다. 콧구멍이 커진다. 그러다가 두피부터 발목까지 전부 다 긴장이 풀린다. 아, 이제 오는군요. 당신이 보는 게 당신이 얻게 되는 거예요.

내가 얻는 건 당신의 통제력을 넘어서는 거예요.

이 방에서 일어나는 기묘한 일들은 이 방 밖으로 나가지 않는 게 좋겠네요.

여긴 베가스보다 안전해요.

내가 여기서 뭘 하고 있는지 잘 모르겠어요.

나도 그래요.

파티에서 당신을 만났다면 당신을 좋아했을지 모르겠어요.

나도 나 자신을 항상 좋아하는 건 아니에요. 더구나 파티에서는 절대로 아니고요.

이게 내가 낸 돈만큼의 가치가 있을 것 같지는 않아요. 오후 내내 앉아 있는다고 해도요.

아무 비판도 하지 않는다면, 당신이 원하는 한 오래오래 볼 만한 가치가 있는 건 뭐죠?

솔직히 말해서요? 내 남편의 돈요.

난 아버지의 유산으로 먹고살죠. 훔쳤을지도 모르는 건데도요.

난 남자들이 나를 규정하게 놔둬요.

난 사실은 엔지니어예요. 치료사인 척하고 있는 거죠.

날 도와줘요. 난 가슴속에서 시키면 게 할퀴어대는 상태로 새벽 3시에 깨요.

내 이름은 사실 주디스 핸슨이 아니에요. 미미 마에서 바꾼 거죠.

일요일에 해가 질 때면 난 살고 싶지 않아요.

일요일 저녁이 나를 구하죠. 몇 시간 후면 다시 일하러 간다는 걸 아니까요.

타워 때문일까요? 타워 때문일 수도 있다고 생각해요. 난 얼어붙은 유리처럼 아주 불안정했어요—

타워는 항상 무너져요.

15분이 지난다. 인간에 대한 가차 없는 정밀 조사. 스테파니가 해본 중에서 가장 이상한 여행이다. 끝이 없는 것 같은 15분 동안 전혀 모르는 여자를 쳐다보고 있는 건 그녀가 수십 년 동안 생각해본 적이 없는 것들을 떠올리게 만든다. 그녀는 미미를 보며, 눈가에 주름과 얼굴 흉터를 보며, 아시아 버전의 고등학교 친구를 본다. 가상의 모욕 때문에 열아홉 살 때 의절한 친구. 이제 그녀를 계속해서 쳐다보는 이 낯선 사람 말고는 사과할 상대가 없다.

시간이 흐른다. 영원이, 몇 초가, 낯선 사람의 상처 난 얼굴 말고는 쳐다볼 게 아무것도 없는 방에서. 스테파니의 주위로 덫이 닫힌다. 그녀의 눈이 증오에 아주 가까운 분노로 흐려진다. 미미의 떨리는 입술이 스테파니를 3년 전, 마침내 그녀의 어머니와 마주하고 망할 년이라고 불렀던 날로 되돌려 보낸다. 그리고 그 순간에 어머니의 입은……. 스테파니는 눈을 질끈 감는다. 이 게임의 규칙 따위 알 게 뭐람. 다시 눈을 떴을 때 그녀는 공포로 점철된 8개월이 지나서, 병원에서 호흡기에 의지한 채 COPD(만성 폐색성 폐 질환)로 죽어가는 어머니를 본다. 딸이 몸을 기울여 돌처럼 차가운 이마에 키스하는 동안 그날의 비난에 관한 모든 생각을 얼굴에서 지우기 위해서 애를 쓰는 어머니를.

스테파니가 접견실에 남겨두고 온 시계가 보이지 않고 들리지 않는 채 째깍거린다. 시계로부터 멀리 떨어져서, 자신에 대한 모든 권리들로부터 떨어져서, 방문객은 상냥하고, 슬프고, 별안간 나이 여섯 살에, 간호사가 되기를 바라던 자기 자신을 기억한다. 장난감 주사기, 혈압계, 하얀 모자. 그림책과 인형들. 3년 동안의 집착은 그 뒤 35년 동안 망각했다가 다른 여자의 눈이라는 토끼굴로 떨어지면서 되찾는다. 이 협정 바깥에는 아무것도 존재하지 않는다. 눈동자가 마주치고 시선을 돌릴 수가 없다. 스테파니의 머릿속에서 세월이 행진한다. 어린 시절, 유년 시절, 사춘기, 성인 초년기의 면책과 그 후 끝없이 두려운 성인기. 그녀는 이제 오늘 이후로는 다시는 보려 하지 않겠다는 데에 동의한 사람 앞에서 벌거벗고 있다.

한쪽에서만 보이는 창을 통해서 미미는 본다. *당신은 엄청난 고통 속에 있군요.* 여기서도. 어떻게 이럴 수가 있지? 그들 사이로 햇살이 떨어지는 부분에서, 빛을 향해 초록의 감정이 열린다. 미미는 그것이 그녀의 얼굴에 드러나도록, 볼 수 있도록 그냥 둔다. 치료. *당신은 내 동생들을 연상시켜요.* 그녀는 이 여자를 받아들이고 아침 식사 나무에 올라가게 한다. 일리노이주, 휘턴, 뒤뜰, 그녀와 카먼, 어밀리아가 이미 시리얼 그릇을 들고 여름철 나뭇가지 위에 올라앉아, 귀리 링을 보며 서로의 미래를 읽어주기 바쁜 그곳으로. 딸들의 눈을 0.5초 이상 바라보지 못한 채 요양원에서 치매로 죽게 될 버지니아 선교사의 딸이 부엌 창문에 서 있는 곳으로. 집에서 나와서 딸들에게 *내 실크 농장! 너희들 뭐니?* 하고 외치는 후이족 남자가 있는 곳으로. 달콤하고, 비뚜름하고, 열려 있고, 그림자로 둥글고, 평화를 떨구고, 미래가 쥐고 있는 모든 것을 알고 있는 뽕나무에게로.

엄청난 자매애적 충동이 스테파니에게서 솟구친다. 그녀는 1.5미터 떨어져 있는 이 작은 아시아 혼혈 주술사에게 손을 뻗는다. 미미의 추미근이 재빨리 조여들며 그녀에게 경고를 보낸다. 더 있다. 훨씬 더 많이 있다.

30분 후, 스테파니는 누그러진다. 그녀는 배가 고프고, 뻐근하고, 간지럽고, 자신에게 하도 질려서 영원히 잠을 자고 싶다. 몸에서 진실이 스며 나온다. *당신은 날 믿지 말아야 해요. 난 이럴 자격이 없어요. 알겠어요? 난 내 아이들조차 의심하지 못하는 방식으로 개판이에요. 난 오빠한테서 물건을*

훔쳤어요. 사고 현장에서 도망쳤고요. 이름도 모르는 남자들하고 섹스를 했어요. 여러 번요. 최근에.

네. 조용히 해요. 난 세 개 주에서 수배 중이에요.

그들의 얼굴이 서로에게 무자비하게 주입된다. 근육이 움직인다. 세상에서 가장 느린 플립북. 공포, 수치, 절망, 희망. 각각 3초 동안의 수명을 지속한다. 한 시간 후, 감정의 섬들은 넓은 바다로 씻겨 내려간다. 두 개의 얼굴이 부풀어 오른다. 그들의 입과 코와 눈썹이 커져서 러시모어를 채운다. 진실이 거대하고 흐릿하게 그들 사이에서 맴돈다. 그들의 몸이 손에 쥐지 못하게 막고 있는 것이.

또 한 시간. 기묘한 강렬함의 봉우리가 간간이 솟아 있는 끝없는 지루함의 사막. 없애버린 더 많은 기억들이 아래쪽에서 스며 올라온다. 수많은 순간들이 되살아났다가 다시 사라지는 바라보기의 순환 고리. 히드라처럼, 그들을 만들어낸 삶보다 더 길게 증가한 기억들. 스테파니는 본다. 이제 아주 명확하다. 그녀는 동물이고, 그저 아바타일 뿐이다. 다른 여자도 마찬가지다. 자주적이라는 망상에 빠져 있는 물질에 갇힌 영혼. 서로에게 결합되고 연결되고, 오랫동안 살며 모든 것을 느껴본 한 쌍의 지방신들. 그들 중한 명이 생각을 하면, 즉시 다른 사람의 생각이 된다. 깨달음은 공통의 사업이다. 거기에는 다른 목소리가 말해주는 게 필요하다. 당신은 틀리지 않았어요…….

내가 이걸 실시간으로 맹공을 받을 때 기억할 수만 있다면! 그러면 치유가 될 텐데요.

치료 약은 없어요.

이게 끝이에요? 더 있나요? 난 가야 할지도 모르겠군요.

아니에요.

세 시간째에, 진실은 자유롭고 끔찍하게 흘러나온다. 그들이 그만둘 수 없는 이 클럽 말고 다른 곳에서는 회원권을 잃었을 만한 것들이 숨어 있던 곳에서 나온다.

난 내 가장 친한 친구들에게 거짓말을 했어요.

네. 난 엄마가 혼자 돌아가시게 놔뒀죠.

난 내 남편을 감시하고 그의 개인 편지들을 읽어봐요.

네. 난 뒤뜰 판석에서 우리 아빠의 뇌 조각들을 닦아냈죠.

내 아들은 나한테 이야기를 하려고 하지 않아요. 내가 자기 인생을 망쳤 대요.

네. 난 친구가 죽는 걸 도왔어요.

어떻게 나를 참고 쳐다볼 수가 있어요?

세상에는 그보다 참기 어려운 일이 많아요.

햇살이 바뀐다. 기울어진 빛이 벽 위로 차츰차츰 올라간다. 아직 오늘인 지, 아니면 그게 한참 전인지 문득 스테파니는 궁금하다. 그녀의 눈동자는 이쪽저쪽으로 움직이고, 감겼다가 확대되고, 흐려졌다가 방을 노려본 지가 한참 됐다. 그녀는 일어나서 떠날 의지조차 끌어모을 수가 없다. 계속할 수 없을 때, 그때가 끝나는 때다. 그러면 그들은 서로를 다시는 보지 못할 것이다. 항상 보이겠지만.

그녀의 눈이 따끔거린다. 그녀는 눈을 깜박인다. 멍하고, 멍청하고, 배가 미친 듯이 고프고, 망가지고, 다급하게 소변을 보러 가고 싶다. 무언가가 그녀가 숨 쉬는 것을 막는다. 시선을 돌리려 하지 않는 이 연약하고 흉터가 있는 여자가 막는다. 그 시선에 붙잡혀서 그녀는 다른 것이, 커다랗고 고정되고 바람에 흔들리고 비를 맞는 그런 것이 된다. 욕구의 다급한 미적분적 전체, 그녀가 인생이라고 부르는 것이 이파리 아래의 기공으로 축소된다. 바람에 사로잡힌 가지 끝에서 나갈 길이자, 위쪽 높은 곳에, 어떤 시선으로도 다 담을 수 없을 만큼 거대한 사회의 수관에 있는 것. 그리고 한참 아래쪽에, 지하에, 부엽토 속에, 겸손의 뿌리를 타고서 선물이 흐른다.

그녀의 뺨이 긴장한다. 비명을 지르고 싶다. *당신 누구야? 왜 멈추지 않는 거야? 아무도 나를 이런 식으로 쳐다본 적이 없어. 비판하거나, 강도질을 하거나, 강간하려는 게 아니라면. 내 평생 동안, 내 평생 동안, 한 번도…….* 그녀의 얼굴이 붉어진다. 천천히, 무겁게, 믿을 수 없다는 의미로 고개를 흔들면서 그녀가 울기 시작한다. 눈물은 그것들이 원하는 대로 한다. 흐느낌이라고 불러라. 치료사 역시 울고 있다.

왜? 왜 내가 아픈 거죠? 나의 무엇이 잘못된 거죠?

외로움요. 하지만 사람에 대한 건 아니에요. 당신은 당신이 안 적도 없는 걸 애도하고 있는 거예요.

어떤 거요?

거대하고, 야생이고, 함께 얽혀 있고 대체할 수 없는 장소요. 그게 잃어버릴 수 있는 당신 것이라는 사실조차 몰랐던 것.

그게 어디로 갔는데요?

우리를 만드는 데 사용됐죠. 하지만 그건 여전히 무언가를 원해요.

스테파니는 의자에서 일어나서 낯선 사람에게 달라붙는다. 그녀의 어깨를 잡는다. 고개를 끄덕이고, 울고, 끄덕인다. 그리고 낯선 사람은 그러도록 놔둔다. 물론, 슬픔 때문이다. 보이지 않을 만큼 거대한 것에 대한 슬픔. 미미는 몸을 뒤로 빼고 스테파니에게 괜찮으냐고 물으려 한다. 떠날 수 있겠냐고. 운전할 수 있겠냐고. 하지만 스테파니는 그녀의 입술에 손가락을 올리고 치료사를 영원히 침묵시킨다.

달라진 여자는 하이드가까지 간다. 비계 위의 건물 외관 도장공 두 명이 요란한 라디오 소리 속에서 서로에게 소리를 지른다. 길을 따라 여섯 집 위에서 짐수레를 끄는 남자들이 배달 트럭에서 상자 더미를 내린다. 더러운 정장 재킷에 반바지를 입은 남자가 고무줄로 묶은 머리를 위아래로 흔들며 큰 소리로 말을 하면서 그녀의 뒤로 보도에 끼어든다. 환청이 들리는 정신병이거나 핸드폰이리라. 스테파니는 길로 내려서고, 차가 요란하게 지나친다. 성난 경적 소리가 한 블록을 따라 도플러 효과를 일으킨다. 그녀는 방금 엿보았던 것을 놓치지 않으려고 애를 쓴다. 하지만 차들, 말다툼, 사무. 길의 잔인성이 다가오기 시작한다. 그녀는 오래된 공포의 가장자리에서 더 빨리 걷는다. 그녀가 방금 얻은 모든 것들이 다른 사람들이라는 거부할 수 없는 힘 속으로 다시 사라지기 시작한다.

뭔가 날카로운 것이 그녀의 얼굴을 할퀸다. 그녀는 멈춰서 긁힌 뺨을 매만진다. 범인이 그녀의 앞에 떠 있다. 진분홍색, 다섯 살배기가 그린 알 수 없는 그림의 색깔. 그녀의 발치 근처 보도의 금속 우리에서 빠져나온 그것은 그녀 키보다 두 배 크고 그녀의 양팔을 벌린 너비의 1.5배다. 하나의 튼튼한 몸통이 위로 솟아서 좀 더 가는 여러 개로 나뉘고, 그것들이 수천 개의 더 가는 것들로 갈라지고, 각각이 머뭇거리며 나뉘어서 상처로 가득한 채 역사로 인해 구부러지고, 제정신이 아닌 꽃들을 매달고 있다. 그 광경이 그녀의 안에 뿌리를 내리고, 가지를 치고, 잠깐 동안 그녀는 기억한다. 그녀의 삶은 봄철 자두만큼 야생적이었다.

길을 따라 3000킬로미터 동쪽에서, 니컬러스 호엘은 아이오와의 6월을 향해 차를 몰고 들어선다. 땅의 모든 움푹한 곳, 기억 속에 있는 주간 고속도로 바로 옆의 모든 사일로(탑 모양의 곡식 저장고)들이 그가 죽기 전에 볼 마지막 것들인 양 그의 뱃속을 비튼다. 집으로 돌아오는 것처럼.

숫자가 그를 멍하게 만든다. 그가 몇 년이나 떠나 있었는지. 수많은 것들이 전혀 달라지지 않았다. 농장, 길가의 창고들, 다급한 공익사업 게시판. **신께서 세상을 너무도 사랑하시어……**: 어린 시절 깊숙한 곳에 각인된 수많은 것들, 대초원과 그의 내면에 깃든 영원한 상처들. 하지만 모든 랜드마크

들이 길모퉁이 싸구려 잡화점의 쌍안경으로 보는 것처럼 뒤틀리고 동떨어
져 보인다. 이곳의 어떤 것도 그가 있었던 곳에서 살아남아서는 안 되는 거
였다.

출구로 나가기 전 서쪽으로 마지막 등성이를 넘으며 그의 맥박이 치솟는
다. 그는 지평선의 유일한 돛대를 찾는다. 하지만 호엘 밤나무의 기둥이 있
어야 하는 곳에는 6월의 모든 걸 말살하는 새파란 하늘뿐이다. 그는 출구로
차를 몰고서 농장 주위의 정사각형 모양 긴 길을 한 바퀴 돈다. 거기는 더
이상 농장이 아니다. 공장이다. 소유주가 나무를 없앴다. 그는 자갈 출입로
중간쯤에 차를 세우고 그 땅이 더 이상 그가 지나가도 되는 자신의 것이 아
니라는 것을 잊은 채 그루터기 쪽으로 들판을 가로질러 간다.

150걸음쯤 가서, 그는 녹색을 발견한다. 죽은 그루터기에서 수십 개의
새로운 밤나무 싹이 돋아나고 있다. 그는 이파리를, 쭉 뻗은 잎맥과 그에게
언제나 잎을 의미했던 어린 시절의 깔쭉깔쭉한 창을 본다. 심장이 몇 번 뛰
는 동안, 부활이다. 그러다가 그는 기억한다. 이 새로운 시작 역시 곧 병충
해에 걸릴 것이다. 그들은 죽고 되살아나기를 계속해서 반복할 것이다. 치
명적인 병충해에 버티고 강인해질 만큼 자주.

그는 조상의 집 쪽으로 돌아선다. 응접실에서 혹시 보는 사람이 있다면
안심시키기 위해서 그는 손을 든다. 하지만 삶을 멈춘 것은 사실 나무가 아
니라 집이다. 벽널이 벽에서 떨어져 나갔다. 북쪽 면에서는 홈통의 절반이
늘어져 있다. 그는 시계를 본다. 6시 5분, 중서부 전역의 의무적인 저녁 식
사 시간이다. 그는 잡초가 난 잔디밭을 가로질러 동쪽 창문으로 다가간다.
창문은 부옇고, 먼지가 쌓였고, 광택이 없고, 뒤쪽으로는 오로지 어둠만 보
일 뿐이다. 층계형 입구, 난간, 상인방, 내리닫이 창 주변의 모든 목재들이
페인트가 벗겨지고 썩어가고 있다. 눈가를 손으로 감싸고서 니컬러스는 들
여다본다. 할아버지 할머니의 거실에는 금속 대야와 통들이 가득하다. 집의

모든 출입구를 둘러싸고 있던 참나무 테두리는 전부 뜯겨 나갔다.

그는 앞쪽 현관으로 빙 돌아온다. 판자가 발 아래에서 흔들린다. 청동 문고리를 다섯 번 두드리지만 아무 답도 없다. 그는 집 뒤쪽의 언덕을 올라가서 오래된 별채 건물들로 향한다. 하나는 다 부쉈다. 하나는 내부를 뜯어냈다. 세 번째는 잠겨 있다. 그의 오래된 트롱프뢰유 벽화, 숨겨진 활엽수림을 드러내는 옥수수밭 벽의 틈새는 암회색이다.

다시 앞쪽 현관으로 나와서 그는 흔들의자가 있던 자리에 앉아 앞쪽 창문에 등을 기댄다. 어떻게 진행해야 할지 잘 모르겠다. 무단침입을 할까 하는 생각이 떠오른다. 그는 지난 사흘 밤을 야외에서 잤다. 와이오밍주 빅혼 산맥 근처에서는 새벽 직전에 슬리핑백에 있는 그에게 얼굴을 비비는 젖소 때문에 기겁을 하도록 놀랐다. 네브래스카주의 국유림에서는 근처 천막에서 지구력 기록을 세우려고 하는 두 명의 야영객 때문에 뜬눈으로 지샜고. 침대는 근사할 것이다. 샤워도. 하지만 집에는 그런 게 더 이상 없어 보인다.

그는 중서부의 어스름이 부드럽게 번질 때까지 기다린다. 사실 어둠을 틈타야 할 필요는 없지만 말이다. 멀리서 위성으로 조종되는 기업식 영농의 괴물, 사실상 로봇이 구불구불한 밭을 간다. 아무도 여기를 지나가거나 그가 임무를 수행하는 걸 보지 못할 것이다. 필요한 일을 하고 떠날 수 있을 것이다.

하지만 그는 기다린다. 기다리는 것은 그의 종교가 되었다. 귀를 기울일 만한 옥수수가 수 킬로미터나 자라고 있다. 자라는 걸 볼 만한 콩들, 지평선의 창고와 사일로, 주간 고속도로, 마그리트 그림처럼 여백의 공간에서 하늘을 가르는 커다란 나무. 그는 등을 집에 기대고 앉아서 등산객이 오랫동안 가만히 있으면 등산로 가장자리에서 나타나는 야생동물처럼 농장이 다시 솟아오르는 것을 느낀다. 구름이 붉어지자 그는 차로 가서 모닥불용 접이식 삽을 가져온다. 잘못된 임무를 위한 잘못된 도구이지만, 그가 가진 최선의 것이다. 금세 그는 기계 창고 뒤쪽의 언덕을 올라가서 헐거운 흙을 찾는다. 바닥은 다르게 느껴진다. 거리도 잘못되었다. 심지어 기계 창고도 옮겨졌다.

짙은 녹색 풀 아래로 숨겨져 있던 자갈 비탈이 나타난다. 그는 모닥불용 삽을 잡초 속으로 밀어 넣고 과거와 마주칠 때까지 판다. 억압의 귀환. 그는 상자를 끄집어내고 연다. 패널과 종이에 작업한 작품 몇 개. 그는 제일 위의 그림을 그날의 마지막 빛 속으로 들어 올린다. 한 남자가 침대에 누워서 창문을 뚫고 자라난 커다란 가지 끝을 바라보고 있다.

이런 식으로 시작되었다. 그는 자고 있었고, 그녀가 불쑥 들어왔다. 그들 각각이 예언의 절반을 갖고 있었다. 그들은 그 예언을 합치고 메시지를 읽었다. 그들의 연합적 소명을, 공통의 천직을 찾았다. 영혼들은 모든 게 잘될 거라고 보장했다. 이제 그녀는 죽었고, 그는 다시 몽유병 증세를 보이고, 그들이 구하려고 했던 것들은 전부 다 무너지고 있다.

그는 상자를 구멍 옆에 내려놓고 다시 판다. 두 번째 상자가 나타난다. 그가 그렸다는 것도 잊은 그림들이 가득하다. *가족 나무, 신발 나무, 돈 나무, 엉뚱한 나무 보고 짖기.* 전부 다 그녀가 부활과 빛의 목소리에 관한 이야기를 갖고서 집 앞으로 찾아오기 전 몇 년 동안 그린 것들이다. 그림들은 그들이 함께 떠날 운명임을 입증했다. 그리고 그림들이 틀렸다.

그는 두 번째 상자를 첫 번째 상자 위에 놓고 계속 판다. 삽이 뭔가 들쭉날쭉한 것에 부딪치고, 그는 광물 조각을 찾아낸다. 그와 올리비아는 세라믹 표면에 살아 있는 토양이 무엇을 할 수 있을지 보려고 네 개를 드문드문 묻었다. 흙, 그녀가 그에게 보는 법을 가르쳐준 또 다른 물질이다. 수 세기마다 2.5센티미터에서 5센티미터 정도 새 흙이 쌓인다. 아이오와의 흙 몇 그램은 수십만 생물종이 사는 초소형 숲이다. 그는 무릎을 꿇고 손으로 파헤쳐서 조각들을 꺼내고 침을 적신 손수건으로 닦는다. 단색의 표면은 이제 브뢰겔 그림 같은 풍부한 빛깔로 반짝인다. 박테리아, 균류, 무척추동물, 지하 세상의 생물 작업장에서 조각 위에 녹청을 흩뿌려 걸작을 만들어 냈다.

그는 변화한 조각상들을 끄집어낸 상자들 위에 놓고 진짜 상을 찾아 되돌아간다. 그는 다시금 자신이 무슨 생각으로 그걸 여기다 놔두고 갔을 싶다. 가볍게 여행하자, 그들은 그렇게 생각했다. 예술품은 묻어버리고, 나중에 파내는 것도 나름의 공연이 될 거라고. 하지만 아직까지 땅속에 있는 물건은 그 자신의 목숨보다 가치가 있고, 애초에 그걸 안 보이는 곳에 내놓지 말았어야 했다. 여섯 번의 삽질 후에 그것은 다시 그의 것이 된다. 그는 상자를 열고, 봉투 지퍼를 열고, 100년짜리 사진 더미를 손에 쥔다. 지금은 넘겨서 살펴보기에는 너무 어둡다. 하지만 그럴 필요도 없다. 사진 뭉치를 들고서 그는 수 세대의 호엘가 사람들이 보았듯이 나무가 허공으로 코르크 따개 모양 분수처럼 솟구치는 것을 느낀다.

그는 발굴한 것의 절반을 들고서 언덕을 내려가 차로 돌아간다. 트렁크에 짐을 싣고 나머지를 가지러 돌아간다. 묻어둔 곳으로 반쯤 갔을 때 두 개의 하얀 빛이 어두운 도로에서 자갈 깔린 출입로를 비춘다. 경찰이다.

그가 할 일은 순찰차 쪽으로 손을 들어 올리고 걸어가는 것이다. 모든 해명은 입증할 수 있다. 증거가 그의 이야기를 뒷받침해줄 것이다. 무단침입이긴 하지만, 그의 것을 되찾기 위해서일 뿐이다. 그는 집 뒤에서 나오고, 전조등이 그를 비춘다. 문제의 땅에 묻어둔 보물들이 사실은 더 이상 그의 것이 아닐 수도 있다는 생각이 문득 든다. 그는 땅과 거기에 딸린 모든 것을 팔았다. 땅을 사고파는 것. 자신의 작품을 되찾다가 체포되는 것만큼이나 터무니없는 일이다.

순찰차가 입구로 들어오고 바퀴에서 자갈이 튄다. 빙빙 도는 번뜩이는 붉은 조명이 니컬러스를 그 자리에 멈추게 만든다. 차가 빙 돌아 멈추며 앞을 가로막는다. 사이렌 소리가 멈추고 스피커로 목소리가 들린다.

"멈춰! 바닥에 엎드려!"

두 개를 한꺼번에 할 수는 없다. 그는 손을 들어 올리고 무릎을 꿇는다. 40년 전 초등학교 시절로 되돌아간다. *거미가 줄을 타고 올라갑니다. 비가 오면 부서집니다.* 경찰 두 명이 순식간에 그를 덮친다. 그제야 니컬러스는 자신이 진짜 곤란해졌다는 걸 깨닫는다. 그들이 그의 지문을 검색하면, 그의 기록을 찾아보면…….

"손 내밀어."

경찰 한 명이 닉의 등을 누르고 그의 팔목을 당긴다. 수갑을 채운 다음 그들은 그를 바닥에 앉히고 손전등으로 그의 얼굴을 비추며 그의 정보를 듣는다.

"그냥 싸구려 장식이에요. 아무 가치도 없어요."

그가 그들에게 말한다.

그의 작품을 보여주자 그들의 얼굴이 일그러진다. 이런 걸 도로 훔치는 건 고사하고 애초에 왜 이런 걸 만들고 싶어 하는 거지? 그의 이야기에서 그들이 이해할 수 있는 유일한 부분은 땅에 묻은 것뿐이다. 하지만 나이 많은 경찰이 닉의 운전면허증에 있는 이름을 알아본다. 지역 역사의 일부다. 전 지역의 랜드마크. *계속 가. 호엘 나무 지나서 1킬로미터나 2킬로미터 정도.*

그들은 이곳 부동산 담당인 비즈니스 매니저에게 연락한다. 그 남자는 땅에서 파낸 쓰레기에는 아무 관심도 없다. 아이오와 시골 지역. 경찰은 전국 데이터베이스에서 그의 체포에 관해 찾아보지 않는다. 그는 망한 농장 가족 출신에 반쯤 망상에 빠지고 반쯤 부랑자인 데다 과거를 붙잡고 싶어 하며 낡은 차를 몰고 사라진 흔한 인물일 뿐이다.

"가도 돼요. 더 이상 사유지에서 땅을 파지 말아요."

경찰이 그에게 말한다.

"이것들은 좀⋯⋯?"

닉이 파낸 보물들 쪽으로 손을 흔든다. 경찰들은 어깨를 으쓱인다. 마음대로 하시지. 그들은 닉이 마지막 상자를 차에 싣는 것을 본다. 그가 그들을 돌아본다.

"80년 동안 나무가 자라는 모습을 10초 안에 본 적 있나요?"

"자, 조심해서 가요."

그를 바닥으로 찍어 눌렀던 경찰이 말한다. 그리고 그들은 세 번 불을 지른 방화범을 놓아준다.

닐리는 타원형 탁자 상석에 앉아서 다섯 명의 최상 레벨 프로젝트 매니저들을 마주본다. 그는 마른 손가락을 앞쪽 탁자 위에 펼친다. 어디서부터 시작해야 할지 알 수가 없다. 게임을 어떻게 지칭해야 할지는 더더욱 모르겠다. 더 이상 버전 번호가 없다. 그들은 연속적인 업그레이드 방식으로 대체되었다. 〈지배 온라인〉은 이제 거대하고, 계속 커지고, 끊임없이 진화하는 상품이다. 하지만 핵심이 썩었다.

"우리한테는 미다스 문제가 있어요. 최종 단계가 없고 그저 침체된 다단계 방식일 뿐이에요. 끝도 없고, 의미도 없는 번영이죠."

팀은 인상을 찌푸리고 듣는다. 그들은 모두 여섯 자리 연봉을 받는다. 대부분이 백만장자다. 가장 젊은 사람은 스물여덟 살이고, 가장 나이 많은 사람은 마흔두 살이다. 하지만 청바지에 스케이트보드 티셔츠, 덥수룩한 머리에 삐딱한 야구 모자를 쓴 그들은 시뮬레이션 된 10대 같다. 보엠과 로빈슨은 긴장을 풀고 에너지 음료를 마시며 견과류 바를 우적우적 먹고 있다. 느구옌은 발을 탁자 위에 올리고 가상현실 헤드셋이라도 되는 것처럼 창밖을 쳐다본다. 다섯 명 모두 어떤 SF에서 꿈꾸었던 것보다도 더 많은 인공 부품들을 갖고 뻑뻑 땡땡거리고 소리 내고 진동한다.

"어떻게 이기죠? 내 말은, 심지어는 어떻게 질까요? 유일하게 정말로 중요한 건 뭔가를 좀 더 모으는 것뿐이에요. 게임에서 특정 레벨이 되면, 계속하는 게 그냥 공허해져요. 지저분해지고. 다 거기서 거기죠."

탁자 상석에서 휠체어에 앉아 있는 남자는 고개를 숙이고 자신의 무덤을 쳐다본다. 긴 시크교도 스타일의 머리카락은 여전히 그의 등까지 내려오지만, 이제는 드문드문 하얀 줄기가 섞여 있다. 턱에는 수염이 자라 그의 슈퍼맨 운동복 위로 턱받이처럼 내려온다. 그의 팔은 수십 년 동안 침대 안팎으로 그의 몸을 움직이느라 여전히 근육이 좀 있다. 하지만 카고 바지 안의 다리는 존재한다는 암시 정도밖에는 되지 않는다.

그의 앞에, 탁자 위에는 책이 한 권 있다. 일꾼 요정들은 그게 무슨 뜻인지 안다. 사장이 다시 책을 읽고 있다. 또 다른 선견지명 있는 아이디어가 그의 안에 자리를 잡고 있다. 곧 그는 그 자신에게만 문제가 되는 것의 해결책을 찾아서 모두에게 그걸 읽으라고 종용할 것이다.

칼토프, 라샤, 로빈슨, 느구옌, 보엠. 다섯 명의 패기만만한 우등생들은 수많은 스크린들과 내일 필요할 수도 있는 온갖 전자 회의 기기들이 가득한 최신식 작전실에 모여 있다. 하지만 오늘 그들은 그저 입을 반쯤 벌리고 사장을 쳐다보기만 할 뿐이다. 그는 〈지배〉가 망가졌다고 말하고 있다. 마법, 돈을 찍어내는 프랜차이즈를 다시 생각해봐야 한다고.

좌절감에 휩싸인 칼토프의 콧수염에 불이 붙을 것 같다.

"이건 신이 되는 게임이에요, 맙소사. 그들은 신의 문제를 즐기기 위해서 우리한테 돈을 내는 겁니다."

"우리한테는 700만 명에 달하는 이용자들이 있어요. 그들 중 4분의 1은 10년 동안 이 게임을 했어요. 플레이어들은 자는 동안 캐릭터의 레벨을 올리기 위해서 웹을 사용할 수 있는 중국인 죄수들을 고용하고 있다고요."

사장은 눈썹으로 특유의 행동을 취한다.

"레벨 올리는 게 여전히 재미있다면 그런 일을 하지 않겠죠."

"문제가 있을 수도 있지요. 하지만 그건 〈지배〉가 나온 이래로 계속해서 상대하고 있었던 같은 문제입니다."

로빈슨이 인정한다. 닐리의 머리가 위아래로 움직이지만, 동의한다는 뜻은 아니다.

"난 그걸 '상대한다'고 하지 않겠어요. '미뤘다'라면 몰라도요."

그는 굉장히 말라서 성자가 될 것처럼 보인다. 늘어진 슈퍼맨 운동복의 목 가장자리로 그의 튀어나온 쇄골이 보인다. 그는 성스러운 무화과나무나 멀구슬나무 아래 앉아 있는 가죽만 남은 해골 같은 금욕적인 인도 석상 중 하나 같다.

보엠이 영상을 몇 개 띄운다.

"저희는 이렇게 생각합니다. 경험치 레벨 한도를 다시 올리는 겁니다. 여러 가지 기술을 더 도입하고요. 저희는 이걸 *미래 기술 1호, 미래 기술 2호,* 이런 식으로 부르고 있죠……. 전부 다 각기 다른 종류의 프레스티지 포인트를 만듭니다. 그다음에 북대서양 한가운데에서 또 다시 화산 폭발을 일으켜서 새로운 대륙을 형성하고요."

"그건 내 귀에는 또 다시 미루는 걸로 들리는군요."

칼토프가 허공에 손을 휘두른다.

"사람들은 성장을 원합니다. 제국을 확장하길 원하죠. 그래서 매달 우리한테 돈을 내는 겁니다. 장소가 꽉 차면 우리는 거길 좀 더 크게 만들죠. 다른 방식으로 세계를 굴리는 방법은 없어요."

"그렇군요. 씻고, 헹구고, 반복한단 말이죠. 완료되어서 죽을 때까지."

칼토프가 탁자를 내리친다. 로빈슨이 유쾌하게 웃는다. 라샤는 생각한다.

그냥 사장이, 일주일에 백만 개의 메모를 쓰고, 무(無)에서 회사를 만들어낸 사람이 자신의 천재성을 틀린 방향으로 옳게 사용하는 거야.

"어느 쪽이 더 흥미진진할까요? 백만 종의 생물군계와 900만 종의 생물체들이 가득한 5억 제곱킬로미터의 땅? 아니면 2D 화면에 몇 가지 색깔의 픽셀만 반짝이는 거?"

탁자 주위로 긴장된 웃음이 터진다. 그들은 어느 쪽이 좋은 집을 만들지 안다. 하지만 그들 각각은 그의 기쁨의 현주소를 안다.

"생물종들이 어디로 이주하는지는 거의 명백하죠, 사장님."

"왜요? 왜 끝없이 풍요로운 장소를 포기하고 만화 같은 지도에서 살려고 할까요?"

소년 백만장자들에게는 지나치게 많이 철학적이다. 하지만 그들은 그들 모두를 고용한 남자의 비위를 맞추기로 한다. 그들은 그 질문을 분석하고, 상징적 공간의 장점을 나열한다. 깨끗함, 속도, 즉각적인 피드백, 힘과 통제, 연결, 모을 수 있는 엄청난 양의 물건들, 버프와 배지들. 피질 전체에 불이 들어오게 만드는 온갖 즐거움들. 그들은 게임의 순수성, 분명하게 눈에 보이는 빠른 속도로 그것이 항상 어디론가 향하는 것에 관해서 이야기한다. 진보가 펼쳐지는 것을 볼 수 있다. 노력이 중요한 의미를 갖는다.

닐리는 다시 반대의 의미로 고개를 끄덕거린다.

"그러지 않게 될 때까지는 그렇겠죠. 그게 지루해질 때까지는요."

팀은 침묵에 잠긴다. 모두가 갑자기 진지해진다. 느구엔이 탁자에서 발을 내리고 말한다.

"사람들은 자신이 가진 것보다 더 나은 이야기를 원합니다."

덥수룩한 머리의 성자는 너무 빠르게 몸을 앞으로 기울여서 휠체어에서 떨어질 뻔한다.

"그래요! 그리고 모든 훌륭한 이야기들은 뭘 하죠?"

선뜻 대답하는 사람이 없다. 닐리는 팔을 들어 올리고 손바닥을 기묘한 형태로 뻗는다. 잠시 후 그의 손가락에서 이파리가 자라날 것이다. 새들이 날아와 거기에 둥지를 지을 것이다.

"그것들은 당신을 조금씩 죽이죠. 당신을 당신이 아닌 다른 무언가로 바꿔요."

그들 사이에 죽음처럼 천천히, 확실하게 인식이 퍼진다. 사장은 지금 또 다른 게임을 하고 있다. 그들의 게임을 연료로 기꺼이 태울 만한 것을. 보엠이 묻는다.

"우리가 뭘 해야 한다고 말씀하시는 건가요?"

닐리는 신의 말씀인 것처럼 책을 들어 올린다. 그들은 거미줄 같은 이파리들 아래로 표지의 제목을 읽는다. 《비밀의 숲》. 로빈슨이 신음한다.

"식물은 그만하죠, 사장님. 식물을 갖고서 게임을 만들 수는 없어요. 녀석들에게 바주카라도 쥐여주지 않는 한은요."

"모델에 새 환경을 넣어보죠. 물의 특성을 첨부해요. 영양소 순환을 넣고, 물질 자원을 유한하게 만들고요. 진짜처럼 풍요롭고 복잡한 면을 가진 대초원과 습지와 숲을 넣어요."

"그런 다음에는요? 산호초를 백화시키고 해수면을 상승시키고 가뭄으로 산불을 내게요?"

"그게 사람들이 플레이하는 방식이라면요."

"왜 지구죠? 우리 플레이어들은 그런 온갖 일들로부터 벗어나고 싶어 해요."

"그 게임이 플레이어를 원해요. 그게 가장 큰 미스터리죠."

"거기서는 어떻게 이기죠?"

칼토프가 조롱한다.

"무엇이 효과가 있는지를 알아내서요. 진실이 몰고 가는 방향으로 몰아서요."

"새 대륙은 안 만들겠다는 말씀이시군요."

"새 대륙은 없을 거예요. 새로운 광물 매장층이 갑자기 나타나는 일도 없을 거고요. 실제 속도로만 회생시켜요. 무덤에서 부활하는 건 없어요. 게임에서 잘못된 선택을 하면 영구적 죽음을 맞아야 돼요."

일꾼 요정들이 서로의 눈을 쳐다본다. 사장은 통제 불가능이다. 그는 지나친 만족이라는 문제를 해결하겠다면서 그들 모두를 영원히 놀고먹게 만들어줄 끝없는 수익상품을 망가뜨리고 프랜차이즈를 무너뜨릴 생각이다.

"어떻게…… 어떻게 유한하고 부족하고 영구적 죽음을 맞는 게 재미있을 수가 있죠?"

느구옌이 묻는다.

잠깐 동안 움푹한 얼굴이 고무처럼 변하고, 사장은 다시 프로그램을 짜는 법, 사방으로 코드의 가지를 뻗는 법을 배우는 어린아이가 된다.

"700만 명의 유저들은 위험한 새로운 장소의 규칙을 알아낼 필요가 있어요. 세상이 뭘 참아내는지, 삶이 실제로 어떻게 작동하는지, 계속 게임을 하는 대가로 플레이어들에게 뭘 원하는지를 배워야 해요. 자, 이게 게임이에요. 완전히 새로운 탐험의 시대죠. 이 이상 무슨 모험을 바라겠어요?"

칼토프가 말한다.

"그러면 셈페르비렌스 주식을 파는 게 좋을걸요. 우리의 모든 플레이어들이 그만둘 테니까요. 다들 떠날 거예요!"

"어디로 떠나요? 너무 많은 것들이 걸려 있어요. 우리 플레이어들 대부분이 수년을 투자했죠. 게임 내에서 엄청난 재산을 벌었고요. 그들은 그곳을 회복시키는 방법을 찾아낼 거예요. 그들은 언제나 그랬던 것처럼 우리를 놀라게 만들 거예요."

일꾼 요정들은 멍하니 앉아서 눈앞에서 사라지는 재산을 계산한다. 하지만 사장은 어린 시절 나무에서 떨어진 이후 처음으로 환하게 빛이 난다. 그가 책을 들어 올리고, 펼치고, 읽는다.

"지하에서 뭔가 굉장한 일이, 우리가 이제 막 보는 법을 배우기 시작한 일이 일어나고 있다."

그는 드라마틱한 효과를 위해서 책을 탁 덮는다.

"저 바깥세상에는 이와 약간이나마 닮은 것도 없어요. 우리가 처음이 될 거예요. 상상해봐요. 자신이 아니라 세상을 키우는 게 목표인 게임을."

광기 어린 제안에 침묵이 더 무거워진다. 칼토프가 말한다.

"부서진 건 없어요, 사장님. 고치지 말죠. 전 반대입니다."

비쩍 마른 성자는 탁자를 빙 둘러 한 명씩 쳐다본다. 라샤? 느구엔? 로빈슨? 보엠? 반대, 반대, 반대, 반대. 만장일치의 쿠데타. 닐리는 아무것도, 심지어 놀라움조차 느끼지 않는다. 셈페르비렌스, 다섯 개의 부서와 수많은 직원들, 사용료 및 미디어에서 연간 엄청난 수익을 벌어들이는 회사는 한동안 누구의 통제도 받지 않았다. 온라인 포럼에 글을 올리는 수만 명의 팬들이 고급 간부들보다 앞으로 무슨 일이 벌어질지에 더욱 큰 통제권을 가졌다. 복합 적응 시스템. 신의 손을 탈출한 신의 게임.

이제 그에게도 분명해진다. 온라인 게임의 강력한 평행 세계는 그것이 탈출한 척했던 장소의 폭압에 충실한 방식으로 계속될 것이다. 그리고 산타클라라 카운티에서 63번째로 부유한 남자, 셈페르비렌스 주식회사의 창업자이자 〈숲의 예언〉의 제작자, 외아들, 머나먼 세계의 추종자, 힌디 코믹스 애호가, 모든 규칙을 깨는 이야기들의 열렬한 팬, 디지털 연을 날리는 소년, 선생을 소심하게 욕하던 학생, 해안 자생 참나무에서 떨어진 아이는 만족할 줄 모르는 자신의 자손에게 산 채로 먹힌다는 게 어떤 뜻인지 알게 된다.

유령마을의 방문자 센터 역할을 하는 옛날 매춘굴로 들어오는 순진한 여름 방문객들에게 더글러스 파블리첵이 자신의 무기고에서 꺼내서 던지는 것은 10년 묵은 이야기, 이제는 오래된 역사다. 그는 이야기를 들을 만큼 오래 남아 있는 사람 아무한테나 얘기를 풀어놓는다.

"그러고 나서 난 게걸음질을 쳐서 뒤로, 언덕 위로 돌아가야 했죠. 엉덩이를 대고서, 나무 몸통을 내 성한 다리로 걷어차서요. 어깨는 탈구되어서 성령이 달군 부지깽이로 날 콱콱 찔러대는 것 같은 상태로 눈 속에서 25미터의 절벽을 도로 올라가야 했어요. 정신이 깜박깜박 하는 와중에 기어서 여기서 100미터도 떨어지지 않은 저 오래된 은광산 권양탑까지요. 거기서 난 얼마나 오래인지 모르게 거의 죽은 거나 다름없이 누워 있었어요. 그리고 숲이 말을 하는 소리를 듣고 환영을 봤죠. 울버린 같은 놈들이 와서 내 얼굴에서 소금기를 핥아 먹는 동안에요. 기적적으로 난 사무실까지 와서 의료 헬리콥터에 전화를 했고, 헬리콥터로 미줄라까지 실려 갔어요. 마치 베트남으로 돌아가서 내 오래된 허키버드에서 뛰어내려 영겁회귀의 바퀴를 다시 시작하는 것 같은 기분이었죠."

그는 이 이야기를 대단히 많이 했고, 관광객들은 대체로 참고 들어준다. 그러다가 어느 날 저녁, 끝날 시간이 10분 남았을 때, 그는 진열장을 뒤지고 있는 여자에게 이 이야기를 한다. 밴대너를 두르고 배낭을 멘 젊은 축에 속하는 여자로 대단히 귀여운 동유럽 억양에 약간 성숙한 분위기를 풍기지만, 진드기로 뒤덮인 리트리버처럼 틱틱거린다. 그녀는 그가 살아남았는지 아닌지를 들으려고 발에 힘을 주고 기다린다. 이야기의 위기 부분에서 그는 약간 즉흥적인 내용을 끼워 넣는다. 솔직히 말하자. 그의 이야기에서 절정 부분은 뻔하다. 하지만 그녀는 그가 간질병에 걸린 러시아 소설가 중 한 명인 것처럼 이야기에 푹 빠져서 다음에 일어난 일, 그다음에 일어난 일을 듣고 싶어 한다.

이야기가 끝나자 그녀는 그가 사무실 문을 잠그는 것을 본다. 밖에, 주차장에는 그의 토지관리국 하얀색 포드 말고는 아무 차도 보이지 않는다. 하루치 방문객들은 전부 그들의 엑스페디션이나 패스파인더를 타고 빨래판 같은 길을 따라 돌아가버렸다. 여자, 앨레나가 묻는다.

"근처에 내가 야영을 할 만한 곳이 혹시 있나요?"

그는 여기에 혼자 있고, 앞쪽으로는 한참이나 야영지는 없다. 그가 손바닥을 펼친다. 그가 매일 밤 확인하고 청소해야 하는 모든 버려진 건물들. 야영은 허가되지 않지만, 누가 알겠는가?

"아무거나 골라요."

그녀가 고개를 숙인다.

"혹시 크래커나 뭐 그런 건 없어요?"

그녀의 눈을 휘둥그렇게 만든 건 그의 이야기 능력이 아닐지도 모른다는 생각이 든다. 하지만 그는 그녀를 오두막으로 데려가서 음식을 먹인다. 갖고 있는 것들을 전부 끄집어낸다. 별 이유 없이 아껴두었던 토끼 고기, 튀긴 버섯과 양파, 그레이프너츠 시리얼로 만든 괜찮은 커피 케이크, 그리고 발효시킨 심블베리 술 두어 잔.

그녀는 가넷 산줄기를 가로질러 온 자신의 모험담을 이야기한다.

"우린 네 명으로 시작했어요. 셋은 어디로 갔는지 모르겠지만요."

"이쪽 길은 꽤 위험한데. 그런 모습을 하고서 여기서 혼자 돌아다니면 안 돼요."

"내가 어떤 모습인데요?"

그녀는 푸 소리를 내고 손바닥을 휘젓는다.

"씻을 필요가 있는 어디 아픈 원숭이 같겠죠."

더글러스가 보기에 그녀는 우편 주문 신부 사기에 적당할 정도로 근사해 보인다.

"정말이에요. 젊은 여자 혼자라니. 절대로 훌륭한 생각이 아니죠."

"젊어요? 누가요? 말도 안 돼. 여긴 가장 위대한 나라예요. 미국인들은 세계에서 가장 친절한 사람들이고요. 언제나 돕고 싶어 하죠. 당신처럼요. 봐요! 당신은 이렇게 근사한 식사도 만들어줬잖아요. 그럴 필요가 없는데."

"마음에 들어요? 정말로?"

그녀가 심블베리 술을 더 달라고 잔을 내민다.

"음."

침묵이 그의 기준에서도 기묘하게 느껴지자 그가 말한다.

"펌프에서 물을 길어서 써도 돼요. 저쪽에 있는 건물 중 아무거나 골라요. 하지만 나라면 이발소는 제외할 거예요. 최근에 거기서 뭔가 죽은 게 분명하거든요."

"이 집 근사한데요."

"아. 음. 저기 말이죠, 아가씬 나한테 빚진 게 아무것도 없어요. 그냥 음식일 뿐인걸요."

"누가 이걸 심각하게 만드는 건데요?"

그러고서 그녀는 그의 의자에 올라타고 그의 얼굴을 가만히 살피다가 잠망경 같은 입술로 입을 맞춘다. 그녀가 떨어진다.

"이봐요! 당신 웃잖아요. 이상한 사람이야!"

왜 생물종이 이렇게 쓸모없는 행태를 지니도록 진화한 건지 그럴 듯한 이유가 전혀 없다.

"늙어서 그래요."

"정말로요? 어디 한번 봐요!"

그녀가 다시 시도한다. 몇 년 만에 처음 그의 피부를 따뜻하게 데워주는 여자의 살갗이다. 마치 그의 가슴에 있는 막힌 열쇠 구멍 주위를 긁는 자물쇠 따는 도구 같다. 그가 그녀의 손목을 잡는다.

"난 당신을 사랑하지 않아요."

"좋아요, 아저씨. 괜찮아요. 나도 당신을 사랑하지 않는걸요. 즐기기 위해서 사람들이 꼭 사랑해야 할 필요는 없어요!"

그녀가 그의 턱을 당긴다. 그는 그녀의 손을 놓아준다.

"내 말 믿어요. 그래야 해요."

그의 팔이 땅속에 묻어놓은 콘크리트 판에 박은 파이프 안에 고정해놓은 것처럼 늘어진다.

"좋아요."

그녀는 부루퉁하게 다시 말한다. 그리고 그의 가슴을 밀고 일어선다.

"당신은 작고 불쌍한 포유류네요."

"맞아요."

그는 일어나서 남은 음식들을 개수대로 가져간다.

"아가씨가 침대를 써요. 난 여기서 슬리핑백에 잘 테니까. 화장실은 마당에 있어요. 쐐기풀 조심하고요."

침대를 보자 그녀는 짜릿해한다. 미국의 크리스마스.

"당신은 늙고 좋은 사람이군요."

"딱히 좋은 사람은 아니에요."

그는 그녀에게 랜턴 작동하는 법을 알려준다. 방 앞쪽 바닥에 누워서 그는 문 아래로 빛을 본다. 누군가가 늦게까지 책을 읽는다. 그는 나중에야 그녀가 뭘 읽었는지 알게 된다.

아침에, 그레이프너츠 커피 케이크를 더 먹고, 진짜 커피도 마신다. 더 이상의 뒤섞인 문화적 오해로 인한 모험은 없다. 그녀는 첫 번째 관광객들이 산에 나타나기 전에 떠난다. 이내 그녀는 그가 한밤에 스스로에게 이야기하며 후회를 키우고 향수를 느낀다는 이유로 스스로를 구박할 만한 이야기조차 되지 못한다.

하지만 미국은, 알고 보면 정말로 가장 위대한 나라다. 사람들은 굉장히 상냥하고, 땅은 상상할 수 없을 만큼 풍요롭고, 정부는 당신을 다양한 범죄로 기록해둔 뒤에도 유용한 정보만 있으면 얼마든지 합의할 것이다. 두 달이 더 지나고, 재킷에 이니셜이 적힌 남자들이 산으로 올라올 때까지 더글러스는 하룻밤 손님에 관해서는 완전히 잊고 있다. 프레디들이 그를 출입로에서 잡아 누르고, 오두막을 샅샅이 뒤지고, 그가 직접 쓰고 밀봉해서 플라스틱 상자 안에 넣어둔 기록을 꺼낼 때에야 그는 그녀를 기억한다. 그는 그들이 그의 팔다리를 묶고 정부 소유의 랜드 크루저에 집어넣을 동안 웃지 않으려고 애를 쓴다.

이게 재미있다고 생각해?

아뇨. 물론 절대로 아니죠. 음, 조금은 재미있을지도. 전에도 전부 다 일어났던 일이고, 더글러스 파블리첵이 이해하는 한 영원히 계속 일어날 일이다. 571번 죄수, 40년째 출근 보고합니다.

그들은 그에게 별로 많은 걸 묻지 않는다. 그럴 필요가 없다. 그는 매일밤 기억과 설명의 의식으로 공들여 자세하게 다 적어뒀으니까. 서명하고, 봉인하고, 배달되었다. 메이든헤어, 파수꾼, 뽕나무, 더그전나무, 단풍나무. 다섯 명이 저지른 모든 범죄. 하지만 재미있는 것이 있다. 그를 잡은 사람들은 숲에서의 이름에 별로 관심이 없다.

도러시가 영원히 반복되는 아침 식사 쟁반을 들고서 문가에 나타난다.

"좋은 아침, 레이레이. 배고파?"

그는 깨어 있고, 평온하고, 창밖으로 6000제곱미터의 브링크먼 부지를 바라보고 있다. 그는 최근에 굉장히 차분해졌다. 그를 꼭 죽어버릴 것만 같았던 나날들, 끔찍한 날들도 있었다. 지난 겨울은 최악이었다. 어느 2월의 오후에 그녀는 그가 뭐라고 울부짖는지 들으려고 몇 분이나 애를 썼다. 마침내 그의 말을 알아들었을 때, 그건 꼭 그가 그녀의 마음을 읽은 것 같았다. 난 끝이야. 독미나리를 먹을 때야.

하지만 봄이 되자 그는 다시 그 자신으로 돌아오고, 하지가 가까워지는 최근에는 그가 이렇게 행복한 걸 본 적이 없다고 그녀는 맹세할 수 있다. 그녀는 침대 옆 탁자에 쟁반을 내려놓는다.

"복숭아-바나나 코블러 좀 먹을래?"

그는 손을 들어 올리려고, 어쩌면 무언가를 가리키려고 하는 것 같지만, 손은 다른 생각을 갖고 있다. 그가 마침내 입을 움직이며 갑작스럽게 그녀에게 말한다.

"저기. 저거."

그녀가 아침 식사로 만든 뜨거운 과일 곤죽처럼 걸쭉하고 흐릿한 단어가 입에서 나온다. 그가 눈으로 인도한다.

"저거. 나무."

그녀는 그의 요청을 완벽하게 이해한다는 듯한 태도로 열렬한 표정을 지으며 그쪽을 내다본다. 여전히 완벽한 아마추어 배우다.

"으—응?"

그의 입이 벌어지고 그가 뭐와 무슨의 사이쯤 되는 발음을 내뱉는다.

그녀의 목소리는 여전히 밝다.

"무슨 종류냐고? 레이, 내가 그런 거에 가망이 없다는 거 알잖아. 상록수 같은 거겠지?"

"언제……부터?"

진흙투성이 산길을 자전거로 올라가듯 내뱉은 말.

그녀는 한 번도 본 적이 없다는 듯한 눈으로 나무를 쳐다본다.

"좋은 질문이야."

잠깐 동안 그녀는 그들이 이 집에 얼마나 오래 살았는지, 그들이 뭘 심었는지 기억할 수가 없다. 그가 약간 퍼덕거리지만, 괴로워서는 아니다.

"그럼, 알아보자!"

곧 그녀는 벽 가득한 책들 앞에 서 있다. 천장부터 바닥까지. 그들이 평생을 모은 종이들. 그녀는 어깨 높이의 선반에, 그녀가 이름을 모르는 나무에 한 손을 얹는다. 그녀의 손가락이 먼지 쌓인 책등을 쓰다듬으며 거기 있는지 알 수 없는 것을 찾는다. 과거, 그들의 과거 모습, 혹은 그들이 되고 싶어 했던 모든 모습들이 그녀를 죽이려 한다. 그녀는《옐로스톤에서의 백 번의 하이킹》을 지나친다.《동부의 명금들에 관한 휴대용 도감》 앞에서 뭔가 밝고 빨간 게 그녀의 머릿속에서 정체 모르게 훌쩍 날아가는 바람에 잠깐 머뭇거린다. 선반 끝 쪽 근처에 납작한 게, 거의 소책자 같은 게 숨겨져 있다.《손쉬운 나무 구분법》. 그녀는 그 책을 꺼낸다. 속표지에 적힌 글이 그녀에게 달려든다.

> 나의 소중한 첫 번째 차원,
> 내 하나뿐이고 유일한 도트를 위하여.
> 어느 나무가 알아보기 쉽고
> 어느 것에 분명하게 옹이가 있는지 알고 싶지 않아?

그녀는 그 글을 전에 본 적이 없다. 함께 나무 이름을 배워보려고 했던 희미한 기억조차 없다. 하지만 시는 시인을 확실하게 기억나게 만든다. 세계 최고로 최악인 시인.

그녀는 페이지를 넘긴다. 좋은 취향이라고 하기 힘들 만큼 많은 참나무들이 추천된다. 빨간색, 노란색, 하얀색, 검은색, 회색, 자주색 참나무. 아이언참나무, 버지니아참나무, 가시참나무, 밸리참나무, 흑참나무. 서로와의 관련성을 완전히 부정하는 이파리를 가진 것들. 그녀는 이제야 왜 자신이 자연에 관해 조금도 인내심이 없었는지를 기억해낸다. 어떤 드라마도, 발전도, 상충되는 희망과 두려움도 없기 때문이다. 가지를 치고, 엉키고, 뒤죽박죽되는 줄거리. 그리고 그녀는 캐릭터들을 절대로 똑바로 유지하지 못했다.

그녀는 그 글을 다시 읽는다. 시인은 몇 살이었을까? 최고로 최악인 시인. 최고로 최악인 배우. 사기꾼들을 파산하게 만들고 매년 10분의 1의 기간에는 무료봉사를 했던 특허와 저작권 변호사. 그는 크레이지에이트 카드 게임을 밤새 하고 기나긴 자동차 여행에서 우스꽝스러운 사중창 노래들을 부를 수 있을 만큼 대가족을 원했다. 하지만 그 대신 그와 그의 소중한 첫 번째 차원뿐이었다.

그녀는 책을 들고 그의 방으로 돌아간다.

"레이! 내가 뭘 찾았는지 봐!"

그의 울부짖는 얼굴 가면은 거의 기쁜 것처럼 보인다.

"나한테 이걸 언제 준 거야? 이걸 갖고 있어서 정말 다행이지 않아? 딱 지금 우리한테 필요한 거야. 준비됐어?"

그는 준비된 것보다 더 심하다. 캠프에 가는 어린애 같다.

"여기서부터 시작이야. 록키산맥 동쪽에 살고 있으면 1번으로 가시오. 록키산맥 서쪽에 살고 있으면 116번으로 가시오."

그녀가 그를 본다. 그의 눈은 축축하지만 움직인다.

"나무가 솔방울을 만들고 바늘 같은 잎을 갖고 있으면 11.c로 가시오."

그들은 둘 다 지난 4분의 1세기 동안 답이 그들을 계속 바라보고 있지 않았다는 듯이 창밖을 본다. 정오의 빛 속에서 튼튼하고 넓은 간격으로 서로 떨어져 빙빙 돌아 나 있는 굵은 가지들이 그녀가 전에는 알아채지 못했던 묘하게 파르스름한 은빛으로 빛난다. 머리 위의 태양 아래서 끝이 점점 가늘어지는 첨탑이 반짝거린다.

"바늘 부분은 확실히 맞아. 꼭대기에 솔방울도 있어. 레이먼드? 우리가 뭔가 찾을 수 있을 거 같아."

그녀가 보물찾기에서 다음 중간 지점으로 가듯이 책장을 넘긴다.

"바늘 같은 잎이 늘 푸르고 한 묶음에 각각 두 개에서 다섯 개의 잎이 뭉쳐 있는가? 그렇다면……."

그녀는 고개를 든다. 그의 가면은 원래 가능한 것 이상으로 히죽이 웃고 있다. 눈이 빛난다. 모험. 흥분. 잘 가, 즐거운 여행이 되길!

"금방 올게."

그녀의 가슴 위쪽에 아주 작은 놀라움 덩어리가 자리한다. 바로 그렇게 그녀는 나간다. 그녀는 부엌을 지나 뒤쪽의 식료품 저장실로 달려간다. 수십 년 전에 '거기 두고 잊어버린 것들'로 가득한 좁고 아늑한 방이다. 언젠가 주말에 오래된 쓰레기들을 분류해서 전부 버리고 마지막 몇 해리를 위해서 구명정을 가볍게 만들 것이다. 뒷문을 열고 그녀는 자신을 둘러싸는 푸른 여름의 파도 냄새를 맡는다. 그녀에게는 신발이 없다. 이웃 사람들은 그녀가 뇌 손상을 입은 남편을 돌보다가 정신이 나갔다고 생각할 것이다. 만약 정말 그렇다면, 뭐, 그렇게 되라지.

그녀는 잔디밭을 가로질러 가장 낮은 가지를 잡고 자신의 쪽으로 구부리고 숫자를 센다. 여기에 관한 노래가 있는데, 그녀는 생각한다. 노래인지 기도인지 이야기인지 아니면 영화인지. 가지가 그녀의 손에서 빠져나가 위로 돌아간다. 그녀는 해가 은은하게 비치는 잔디밭을 지나 집으로 돌아가며 정확히 이 순간에 관한 선율을 콧노래로 부른다.

그는 대단원의 직전에서 그녀를 기다리고 있다.

"한 묶음에 잎이 다섯 개야. 순조롭게 가고 있어."

그녀는 다음번 가지에 관한 내용으로 책을 넘긴다.

"솔방울이 길고 얇은 비늘을 갖고 있는가?"

이런 분리와 선택. 그녀는 이것을 알아본다. 이것은 오래전 그녀가 법원

속기사로 일하던 시절에 기록하던 사건들, 법과 비슷하다. 증거, 반대심문, 너절한 협상과 만들어낸 사실, 유일하게 허용되는 평결을 향해 좁아지는 길. 그것은 진화의 의사결정나무와 비슷하다. *겨울이 혹독하고 물이 부족하면, 비늘이나 침엽을 만들어보라.* 이것은 기묘하게도 연기와도 비슷하다. *두려움으로 반응해야 한다면 행동 21c로 가라. 경이를 표현한다면 17a로 가라. 아니면…….* 이것은 지구에 살기 위해 프로그램된 전화 지원 시스템이다. 이것은 미스터리를 따라가는 정신이다. 그 해답은 영원히 한 번의 선택만큼 떨어져 있다. 무엇보다도 이것은 나무 그 자체와 비슷하다. 하나의 중심된 의문의 가지가 수십 개의 찔러보는 가지들로 나뉘고, 그 각각이 다시 수백 개로 나뉘고, 수천 개의 초록과 독자적인 해답으로 다시 나뉜다.

"그대로 기다려."

도러시가 그렇게 말하고 다시 사라진다.

다시 한 번, 뒷문의 검은색 에나멜 손잡이가 그녀의 손 안에서 삐걱거리고 저항한다. 그녀는 뜰을 가로질러 나무로 간다. 지겹도록 반복되고, 계약한 것보다 훨씬 더 그 횟수가 많고 낯익은 땅의 똑같은 자리를 가로지르는 짧은 여행. 사랑의 길. *계속 싸우고 싶다면 1001번으로 넘어가시오. 도망쳐서 스스로를 구하고 싶다면…….*

그녀는 나무 아래에 서서 솔방울을 살핀다. 솔방울은 바닥을 뒤덮고 홀씨들은 머나먼 소행성에서 지구로 떨어진 것들 같다. 그녀는 답을 갖고 다시 집으로 돌아온다. 스타킹만 신은 발로 축축한 풀밭을 가로질러 돌아오는 길은 길어서, 그녀가 이 인생에서 원했던 건 오로지 자유를 찾는 것뿐이었는데 어쩌다가 한 해 한 해 계속해서 이 얼어붙은 남자에게 묶인 채 여전히 여기서 산 채로 파묻혀 있는 걸까 하는 생각이 든다. 하지만 감옥 문가에서 승리감으로 책을 흔들며 그녀는 깨닫는다. 이게 그녀의 자유다. 바로 이게. 하루의 공포를 감당해낼 자유.

"이겼어. 스트로브잣나무야."

그녀는 굳은 얼굴에 엄청난 만족감의 파도가 지나갔다고 맹세할 수 있다. 수년 동안 그의 뭉친 음절을 추측하며 다져진 텔레파시로 그녀는 이제 그를 읽을 수 있다. 그는 생각하고 있다. *오늘 하루치 업적이야. 아주 멋진 하루야.*

그날 밤 그는 그녀에게 한때 조지아부터 뉴펀들랜드까지, 캐나다를 거쳐 5대호를 지나 그들이 가로등 아래서 함께 야영을 했던 곳까지 뻗은 살아 있는 광석의 거대한 수직 혈관을 이루었던 나무에 대해 읽어달라고 한다. 그녀는 그에게 첫 번째 가지를 만들기까지 몸통이 똑바로 24미터를 자라나는 지름 1미터가 넘는 거인들에 대해서 이야기한다. 매년 봄에 꽃가루로 공기를 어둡게 만들고, 멀리 바다의 배 갑판 위에까지 금빛 가루를 뿌리며 끝없이 서 있는 나무들.

그녀는 하룻밤 사이에 바다에서 솟아난 대륙에 어떻게 영국인들이 득시글하게 되었는지를 읽어준다. 그들은 커다란 군함과 전함의 돛대가 되어줄 무언가를 찾아서 여기로 왔다. 유럽에서는 나무들이 전부 다 잘려 나가서 멀리 북쪽 수림조차도 더 이상 돛대를 공급해주지 못했다. 그녀는 그에게 교회 첨탑만큼 크고 거대한 수직 기둥처럼 생기고 너무 귀해서 왕실이 사유지에 있는 것들까지 왕실 소유의 것이라며 도장을 찍을 정도였던 피누스 스트로부스(Pinus strobus, 스트로브잣나무의 학명)의 그림을 보여준다. 그리고 사유재산을 보호하는 데 평생을 바친 그녀의 남편은 미래로부터 그 일이 일어날 것을 본 게 분명하다. 소나무 반란(Pine Tree Riot). 혁명. 인간이 나무에서 내려오기 한참 전부터 이쪽 해안에 자라고 있던 생물을 놓고 싸우는 전쟁.

이것은 어떤 소설에든 어울릴 이야기다. 번영 앞에 쓰러진 숲이 우거진 땅. 바다를 건너 멀리 아프리카까지 팔리는 가볍고, 부드럽고, 강하고, 정확한 크기의 판자들. 신생 국가의 재산을 늘리는 삼각무역. 기니 해안으로 수출하는 목재, 인도로 수출하는 흑인들, 전부 다 스트로브잣나무로 지은 거대한 저택들이 있는 뉴잉글랜드로 보내는 설탕과 럼. 스트로브잣나무는 도시의 기틀을 잡고, 제재소에 수백만 달러를 벌어주고, 대륙을 가로질러 철로 바닥을 깔고, 브루클린과 뉴베드퍼드에서 지도에 없는 남태평양으로 나아가는 포경선단과 전함들, 천여 그루의 나무들로 만들어지는 배들을 만든다. 미시간, 위스콘신, 미네소타의 스트로브잣나무는 천억 개의 지붕널로 갈라진다. 1년에 수억 보드피트의 나무들이 성냥으로 쪼개진다. 스칸디나비아의 벌목꾼들은 세 개 주 크기의 소나무 숲을 벌채하고, 어마어마한 나무 더미를 질질 끌고 강으로 가서 하류의 시장으로 수 킬로미터 정도 뗏목을 타고 간다. 브링크먼 내외의 동네를 깨끗하게 만들기 위해 나무를 잘라내는 거대한 영웅과 그의 커다란 파란색 황소.

도러시가 책을 읽는 동안 바람이 강해진다. 뜰 전체가 투덜거리며 구부러진다. 비가 내린다. 작은 방은 더 작고 고요해진다. 밤, 낯선 나라로 남아 있는 매일의 세 번째 부분. 옆집이 사라지고 그 바로 북쪽에 있는 집들도 사라져서 결국에 브링크먼 집은 흉포한 야생의 가장자리에 혼자 웅크린다. 레이의 움직이는 다리가 그를 감싼 이불 아래서 들썩거린다. 그가 평생 원한 건 오로지 정직하게 돈을 벌고, 공공복지를 촉진하고, 사회의 존경을 받고, 좋은 가정을 꾸리는 것뿐이었다. *부에는 울타리가 필요해.* 하지만 울타리는 나무로 만들어진다. 대륙에는 무엇이 사라졌는지 암시해주는 것조차 남지 않았다. 이미 가느다란 2차림이 가로지르는 수천 킬로미터의 연속된 뒤뜰과 농장들로 대체되었다. 그래도 토양은 조금 더 오래 기억한다. 사라진 숲과 그것들을 없앤 진보를. 그리고 토양의 기억이 뒤뜰의 잣나무에 양분을 공급한다.

레이의 떨리는 입술에 침이 고인다. 도러시가 자정이 되기 좀 전에 그것을 닦아준다. 그녀가 닦아줄 때 입술이 움직인다. 그녀는 몸을 기울이고, 그가 속삭이는 소리를 들은 것 같다.

"하나 더. 내일."

밤은 따뜻하고, 패트리샤의 오두막 창문에 산들바람이 부딪친다. 오렌지색 만월이 창백한 붉은색 동전처럼 호수 위로 떠오른다. 그녀는 신중한 손길로 내용을 가득 채운 공책 더미 위에 손바닥을 올린다.

"자, 덴. 우리가 마침내 끝을 낸 것 같아."

오늘 밤에는 대답이 없다. 앞으로도 영원히 없을 것이다. 단어는 공중에 오래 떠 있지 않다. 수많은 생물들이 오두막 안팎에서 듣는다. 그녀의 음절들이 이 밤을 간간이 장식하는 수많은 지저귐, 신음, 한숨, 계획, 추정으로 응답을 받는다. 대화는 어떤 참여자조차 따라올 수 없을 정도로 길고, 진득하고, 그녀와 같은 종이 덧붙이는 특정 양식의 소음은 여전히 신참이다.

그녀는 잠깐 동안 시간의 알람에 귀를 기울인다. 그러다가 호두나무 탁자를 누른다. 다리가 펴지고, 그녀가 일어선다. 그녀는 제일 위에 놓인 공책을 펼쳐서 그녀가 방금 쓴 페이지로 넘긴다. *완벽한 유용성으로 이루어진 세상에서는 우리들 역시 사라져야만 할 것이다.*

"이게 좋은 아이디어라고 정말 확신해?"

그녀가 스스로에게 묻는다. 그녀가 죽은 남자에게 묻는다. 둘 사이의 막은 아주 얇다. 이 삶이나 앞으로의 어떤 삶에서도 다시는 그를 볼 수 없을 거라는 걸 안다. 하지만 그녀는 어디를 봐도 그를 본다. 그게 삶이다. 죽은 자들이 산 자를 계속 살 수 있게 만든다. 이틀에 한 번씩 그녀는 사라진 친구에게 단어와 문장을 구한다. 용기를 구한다. 그녀의 메모들을 장작 난로에 집어넣지 않을 참을성을 구한다. 이제 구하는 것은 끝났다. 그녀는 페이지를 넘긴다.

아무도 나무를 보지 않는다. 우리는 열매를 보고, 견과를 보고, 목재를 보고, 그림자를 본다. 장식품이나 예쁜 가을의 나뭇잎을 본다. 길을 가로막거나 스키장을 훼손하는 장애물을 본다. 깨끗이 밀어야 할 어둡고 위험한 장소들을 본다. 우리 지붕을 무너뜨릴 수 있는 가지들을 본다. 환금성 작물을 본다. 하지만 나무는, 나무는 눈에 보이지 않는다.

"나쁘지 않아, 덴. 약간 암울할 수는 있어도."

그리고 짧기도 하다고 덧붙일 수도 있을 것이다. 첫 번째 작품보다 훨씬 작다. 이야기할 게 훨씬 많지만, 그녀는 이제 시간이 별로 없는 늙은 여자고 찾아서 방주에 태워야 하는 종들은 아직도 아주 많다. 책은 간단하고 적당한 이야기다. 한두 페이지 정도로 마칠 수도 있다. 그녀와 다른 많은 사람들이 수년 동안 남극을 제외한 모든 대륙들을 어떻게 돌아다녔는지에 대해서. 그들이 지구의 현재 관리자들의 보호하에 사라지게 될 생물종의 일부인 수천 그루의 나무에서 어느 정도의 종자를 어떻게 구했는지에 대해서. 그 나무들에 의존하는 수많은 생물들도 함께 절멸할 것이라는 사실에 대해서…….

그녀는 희망을 지속하려고, 진실을 조금 더 쉽게 만들 만한 모든 이야기를 하려고 노력했다. 그녀는 한 챕터 전부를 이주에 할당한다. 측정한 사람들을 깜짝 놀라게 만드는 속도로 이미 북쪽으로 이동하고 있는 나무들에 대해서 설명한다. 하지만 가장 취약한 나무들은 전소되지 않기 위해서 더 빨리 이동할 필요가 있다. 그들은 고속도로나 농장이나 주택 단지를 건너지 못한다. 어쩌면 우리가 그들을 도울 수도 있다.

그녀는 자신이 좋아하는 캐릭터들의 짧은 전기를 활용한다. 홀로 있는 나무들, 약삭빠른 나무들, 현명하고 견고한 구성원들, 충동적이거나 수줍음 많거나 관대해지는 나무들. 숲의 고도와 방향에 따라 특성은 수두룩하다.

우리가 그들이 누군지, 언제 그들이 최상의 상태인지 알 수 있다면 얼마나 근사할까. 그녀는 이야기의 핵심을 밝히려고 한다. 여기는 나무가 끼어 사는 우리 세계가 아니다. 나무의 세계에 인간이 막 도착한 것이다.

두려움이나 과학적 엄격함으로 글을 잘라낼 때마다 한 구절이 계속해서 눈에 띈다. 나무들은 우리가 가까이 있을 때면 안다. 그들의 뿌리의 화학물질과 그들의 잎에서 나오는 향내가 우리가 가까이 있을 때면 달라진다……. 숲을 산책하고 나서 기분이 좋아진다면, 그것은 특정 종이 당신을 매수하고 있는 것일 수 있다. 아주 많은 특효약들이 나무로부터 나왔고, 우리는 아직 그들이 제공하는 것의 겉조차 제대로 핥지 못했다. 나무들은 오랫동안 우리에게 닿으려고 했다. 하지만 그들은 사람들이 듣기에는 너무 낮은 주파수로 말을 한다.

그녀는 딱히 누가 들으랄 것 없이 신음하며 탁자에서 일어난다. 앞쪽 벽장에서 그녀는 자신과 데니스가 항상 버리지 못했던 마분지 상자 더미를 찾아낸다. 수십 년 동안 보관한 곰팡이 핀 상자들. 정확히 이 크기의 상자가 필요하게 될지 누가 알겠는가? 마치 크기를 재서 만든 것처럼 공책들이 딱 들어간다. 내일 이걸 조수에게 우편으로 보내서 타이핑을 시킬 것이다. 그런 다음 여전히 다음 쇄가 찍히고 여전히 팔리고 여전히 소나무를 희생시킨다는 사실로 패트리샤의 양심을 무겁게 만드는 책의 후속작을 몇 년째 기다리는 뉴욕의 편집자에게 보낼 것이다.

포장용 테이프로 상자를 봉하자마자 그녀는 도로 연다. 마지막 챕터의 마지막 줄이 여전히 잘못됐다. 문장은 오래전에 영구적 기억에 박혀버렸음에도 불구하고 그녀는 자신이 쓴 글을 본다. 운이 좋으면 이 종자들 중 일부는 주의 깊은 사람들이 그것을 다시 땅에 심는 날까지 콜로라도 산 측면의 통제된 금고 안에서 살아남을 것이다. 그녀는 입술을 오므리고, 문장을 덧붙인다. 그렇지 않으면, 사람들이 다 사라진 이후에 그들 스스로 다른 실험을 계속할 것이다.

"이게 아마 더 나을 거야. 그렇지?"

그녀가 큰 소리로 말한다. 하지만 유령은 오늘 밤에 지시하는 걸 끝낸 모양이다.

상자를 도로 싸놓고 그녀는 잠자리에 들 준비를 한다. 목욕은 금방이고, 몸단장은 더 금방이다. 그러고서 매일 밤 만을 향해 1600킬로미터를 걸어가는 산책 같은 독서 차례다. 눈을 더 이상 뜨고 있을 수 없어서 그녀는 시로 마무리를 한다. 오늘 밤의 시는 그녀가 좋아하는 하이킹 방식대로 시집에서 아무 데나 펼쳐서 나온 1200년 된 왕유의 시다.

나는 살아갈 좋은 방법을
알지 못하고 나의 생각 속에,
나의 오래된 숲속에서
계속해서 길을 잃네……

그대가 묻네: 이 삶에서 사람이 어찌 부상하거나 몰락하는가?
낚시꾼의 노래가 강 아래 깊이 흐르네.

곧 강물이 그녀의 위로 흐르고, 끝이 난다. 그녀는 침대 머리판에 고정해놓은 출력이 낮은 흐릿한 전구를 끈다. 그녀에게 남은 건 달뿐이다. 그녀는 옆으로 몸을 굴리고 웅크리고서 축축한 베개에 얼굴을 누른다. 잠시 후 그녀의 입가에 변함없는 미소가 떠오른다.

"잊어버릴 뻔하지 않았어. 잘 자."

잘 자.

　로어맨해튼 주코티 공원의 애덤. 이번에는 현장 연구가 그에게로 찾아왔다. 그의 직업 인생 내내 연구했던 힘이 다시금 밖으로 나와 그가 일하고 사는 지역으로부터 몇 블록 남쪽에 있는 파이낸셜 디스트릭트 심장부에서 파티를 벌이고 있다. 공원은 웅성거린다. 광장 둘레의 주엽나무들은 이미 노르스름해졌고 그 아래로는 슬리핑백과 천막들이 고층건물들 사이로 야영지를 만들고 있다. 며칠째 그랬듯이 어젯밤에도 수백 명이 여기서 잤다. 그들은 시위의 노래를 부르다가 잠이 들고 대의에 동참하는 5성급 요리사들이 제공하는 공짜 식사에 깨어난다. 다만 애덤은 대의가 뭔지 정확히 모른다. 대의는 진행 중이다. 99퍼센트를 위한 정의. 경제적 배신자들과 도둑들을 잡아넣는 것. 모든 대륙에서 공정함과 품위가 분화하는 것. 자본주의 전복. 능욕과 탐욕에서 탄생하지 않은 행복.

　도시는 증폭기를 사용하는 모든 소리를 금지하고 있지만, 인간 메가폰이 전력으로 활동 중이다. 한 여자가 구호를 외치면 주위 사람들이 그 말을 따라 한다.

　"은행들은 구제받았다."

　"은행들은 구제받았다!"

　"우리는 팔렸다."

　"우리는 팔렸다!"

　"점거하라."

　"점거하라!"

　"누구의 거리인가?"

　"누구의 거리인가?"

　"우리의 거리이다."

"우리의 거리이다!"

아직 꽤 젊고, 젊음이 가진 세상을 구원하는 꿈에 충실한 사람들. 하지만 이국적인 조끼와 배낭들 사이로 애덤보다 나이 많은 남자들도 있다. 광장 여기저기서 진행되는 강연 중에 60대 여자들이 폭동에 관한 집단 기억을 나누고 있다. 리어타드 차림의 사람들은 점유자들의 노트북에 전기를 공급하기 위해서 고정식 자전거를 돌리고 있다. 은행가들이 머리를 자르고 싶어 하지 않기 때문에 이발사들은 무료로 머리를 잘라주고 있다(가계부채 부담에 대한 반발의 뜻을 담고 있는 퍼포먼스로, 헤어컷(haircut)은 채무의 일정 부분을 삭감해주는 것을 말한다). 가이 포크스(영국 화약 음모 사건의 주모자) 가면을 쓴 사람들이 전단을 나눠준다. 대학생들은 원형으로 서서 북을 친다. 얇은 카드 탁자 뒤에 앉은 변호사들은 무료로 법률 조언을 해준다. 누군가가 안내 표지판을 훼손하기 위해서 꽤나 애를 썼다.

> 스케이트보드, 롤러블레이드,
> 자전거 타기는 공원에서 허용되지 않습니다
> 그 외에는 다 괜찮아 친구들

그리고 밴드가 없으면 서커스라고 할 수 없는 법이다. 기타 부대가 난리법석의 합창에 가담한다. 그중 하나에는 이 *기계가 단타매매자들을 죽인다*고 적혀 있다.

> 내가 어딜 가든 경-찰들이 힘들게 만들지
> 왜냐하면 난 이 세계에 더 이상 집이 없으니까

광장 맞은편 바로 너머에는 치유되지 않을 상처가 있다. 천공은 오래전에 채워졌지만, 여전히 피가 흘러나온다. 건물들이 무너진 지 10년이 지났다. 그 사실에 애덤은 깜짝 놀란다. 그 자신의 아들도 겨우 다섯 살이지만, 공격은 훨씬 더 최근에 벌어진 일 같다. 반쯤 불타고 뿌리가 끊겼음에도 불구하고 살아남은 콩배나무가 그라운드 제로에 건강하게 막 돌아왔다.

그는 밀려드는 군중을 헤치고 사람들의 도서관(the People's Library, 2011년 주코티 공원에 시위자들이 마련했던 도서관)을 따라 걸어간다. 그는 자신도 모르게 선반과 통들을 살핀다. 여백에 수백만 개의 단어가 적힌 밀그램의《권위에 대한 복종》이 있다. 타고르 전집도 있다. 소로도 여러 권 있고,《당신 대 월스트리트(You vs. Wall Street)》는 훨씬 더 많다. 자주관리제도에 따른 자유 유통. 그에게는 민주주의의 냄새로 느껴진다.

6000권의 책들, 그리고 그중에 토탄 늪이 뱉어낸 화석처럼 커다란 더미 표면에서 작은 책 한 권이 눈에 들어온다.《곤충에 대한 최고의 가이드》. 고전이 갖는 유일한 진짜 외형, 밝은 노란색이다. 애덤은 깜짝 놀라 그것을 집어든다. 번진 풍선 모양 속에 전부 대문자로 된 자신의 이름이 쓰여 있을 것을 예상하며 제목 페이지를 펼친다. 하지만 팔머 필기체로 쓰여 있는 이름은 다른 사람의 것이다. *레이먼드 B.*

책장에서는 흰곰팡이 냄새와 어린이 과학의 순수함이 풍긴다. 애덤은 책장을 쭉 넘기며 전부 다 떠올린다. 연구 공책과 가정 자연사 박물관. 어린이용 싸구려 현미경 아래의 연못 조류. 무엇보다도 개미 배에 매니큐어로 찍어놓은 점들. 놀랍게도 그는 평생 동안 그 실험을 반복하고 있었다. 그는 '바구미와 날도래' 페이지에서 시선을 들어 이 행복하고, 맹렬하고, 무질서한 무리들을 본다. 몇 초 동안 그는 계급과 의무 체계, 꿀벌의 춤, 벌집 안의—순수하게 물리적 힘처럼, 중력의 힘처럼 느껴지는—페로몬 자취를 본다. 그는 그들 모두에게 매니큐어로 점을 찍고 바로 옆 고층 건물 40층으로 올라가서 살펴보고 싶다. 진짜 현장 과학자의 시선으로. 열 살 어린애의 시선으로.

그는 바지 주머니에 최고의 가이드를 넣은 채 군중 속으로 다시 들어간다. 열 걸음을 더 걸어가서 화강암 판석 벤치 가장자리에 앉는데 유령이 그를 향해 고개를 돌리고서 깜짝 놀란다.

"점거하라."

누군가가 인간 메가폰에 대고 외친다. 단어는 반대편에서 백 배 큰 소리로 나온다.

"점거하라!"

유령의 놀란 표정이 웃음으로 바뀐다. 애덤은 죽었다 살아 돌아온 형제처럼 이 남자를 잘 안다. 그의 눈앞에 있는 남자는 기억 속에 있는 풍성한 포니테일 대신 야구 모자 아래에 벗겨지고 있는 머리를 가졌다. 그는 목숨이 달렸다고 해도 이 남자가 누군지 말할 수 없다. 하지만 곧 기억이 나고, 기억이 나지 않길 바란다. 이제는 너무 늦었다. 그냥 다가가서 불청객의 팔 윗부분을 잡고 마치 운이 그야말로 악동이고 기묘한 옛날 이야기가 영원히 요동치는 것 같은 증거를 보며 웃는 것밖에는 할 수 없다.

"더그전나무."

"단풍나무. 후아. 이게 *진짜인가?*"

그들은 이미 결승선에 도달한 두 늙은이처럼 껴안는다.

"맙소사. 이 친구! 인생 참 길죠, 흠?"

그 누구보다도 길다. 심리학자는 고개를 흔드는 걸 멈출 수가 없다. 그는 이것을 원하지 않는다. 잔인한 고고학자들에 의해 봉분에서 파헤쳐진 시체는 그가 아니다. 하지만 우연한 만남은 뭔가 기묘한 것이다. 운이란 완벽한 타이밍 감각을 가진 코미디언이다.

"이거 혹시……? 여기 온 게……?"

애덤이 인류를 그들 자신으로부터 구하려고 모여든 군중을 향해 손을 흔든다. 파블리첵. 그래, *파블리첵*이라는 이름이다. 파블리첵은 눈썹을 찡그리고 광장을 둘러본다. 지금 이 순간에야 처음 보는 것처럼.

"아, 아니, 친구. 난 아니에요. 난 요즘엔 그냥 구경꾼이에요. 별로 나가지 않는 편이죠. 슬쩍 발을 걸쳐본 적도 없어요. 그…… 그때 이래로."

애덤은 여전히 비쩍 마르고, 여전히 사춘기인 남자의 마른 팔꿈치를 잡는다.

"좀 걷지요."

그들은 브로드웨이를 따라 시티뱅크, 에머리트레이드, 피델리티를 지나 걸어간다. 그들이 서로 이야기해야 하는 지난 수년이 뉴욕의 시간으로 순식간에 흘러간다. NYU 심리학과 교수, 아내는 자기계발서를 내고 다섯 살배기 아들은 크면 은행원이 되고 싶어 한다. 일과 거주 사이에서 토지관리국의 장기 직원으로 있고, 친구를 만나러 이 도시에 왔다. 끝. 하지만 그들은 트리니티 교회 첨탑 아래로, 양버즘나무, 또는 플라타너스라고도 하는 유령 근처를 지나 계속 걷는다. 한때 비즈니스맨들이 주식매매를 위해서 만났던 그 자리가 지금은 자유기업들의 주된 기관실이 되었다. 그리고 그들은 애덤이 겨우 한 시간 후면 다시 떠올리지도 못할 만큼 빙빙 둘러서 과거에 관해 천천히 에둘러 계속 이야기를 한다. 더글러스는 지나가는 사람들에게 인사를 하는 것처럼 계속해서 야구 모자 챙을 건드린다.

애덤이 묻는다.

"혹시…… 누구랑 연락해요?"

"연락?"

"다른 사람들이랑요."

더글러스가 모자를 만지작거린다.

"아뇨. 그쪽은요?"

"난…… 아뇨. 뽕나무는, 전혀 몰라요. 하지만 파수꾼? 이거 좀 미친 소리

같겠지만, 그가 나를 따라다니는 것 같은 기분이에요."

더글러스는 회사원들로 가득한 보도에서 걸음을 멈춘다.

"그게 무슨 뜻이에요?"

"내가 아마 제정신이 아닌 거겠지만, 난 일 때문에 여행을 많이 다녀요. 강의랑 학회 때문에 전국을 다니죠. 그리고 최소한 세 개 도시에서 그가 전에 그리곤 했던 것 같은 그림이랑 굉장히 비슷한 거리 예술을 봤어요."

"나무 사람들?"

"네. 그게 얼마나 기묘했는지 기억해요……?"

더글러스는 고개를 끄덕이며 챙을 만지작거린다. 관광객 한 무리가 야생 동물을 빙 둘러서 보도에 원형으로 선다. 그것은 커다랗고 근육질에 달려드는 모습을 하고 코를 벌름거리고 길고 무시무시한 뿔이 달려서 자신을 둘러싸고 셀카를 찍는 군중을 갈가리 찢을 준비가 된 짐승이다. 제작자가 한밤중에 트럭으로 실어 와서 대중에 대한 선물로 증권거래소 입구에 남겨 두고 간 3200킬로그램의 청동 게릴라 아트. 도시가 이것을 치워버리려고 하자 사람들이 반발했다. 트로이의 황소.

겨우 몇 주 전에 짐승의 등에 타고 피루엣을 하고 있는 발레리나가 가장 최근의 '인간을 막아라' 운동의 아름다운 포스터 인물이 되었다.

우리의

유일한

요구가

무엇인가?

#월스트리트점거

천막 지참

사람들이 달려드는 동물과 함께 사진을 찍기 위해서 차례로 짝을 짓는다. 더글러스는 그 역설적인 면을 이해하지 못하는 것 같다. 그의 눈은 사람들이 보는 곳을 제외하고 사방으로 향한다. 무언가가 그의 기운을 다 빼앗았다.

　"그럼—"

　그가 목을 문지르면서 말한다.

　"지금은 꽤 좋은 인생을 살고 있어요?"

　"아주 운이 좋죠. 오랜 시간 일하긴 하지만요. 연구는…… 즐거워요."

　"정확히 뭘 연구해요?"

　애덤은 선집 편집자들부터 비행기의 낯선 사람에 이르기까지 모두에게 적당한 설명을 수천 번쯤 했다. 하지만 이 남자. 그는 이 남자에게 그 이상의 빚이 있다.

　"난 우리가 만났을 때 이미 이 주제에 대해 연구하고 있었어요. 우리 다섯 명이……. 수년 동안 초점이 좀 바뀌었죠. 하지만 기본적으로 똑같은 문제예요. 우리가 분명한 것을 보지 못하게 만드는 게 무엇인가?"

　더글러스는 청동 황소의 뿔에 한 손을 얹는다.

　"그래서요? 그게 뭐죠?"

　"대체로는 다른 사람들이에요."

　"저기……."

　더글러스는 뭐가 황소를 이렇게 성나게 만들었는지 확인하기 위해서 브로드웨이를 쳐다본다.

　"나도 나 혼자서 그런 아이디어를 생각해낸 것도 같아요."

　애덤이 너무 크게 웃어서 관광객들이 그를 돌아본다. 그는 왜 자신이 한때 이 남자를 사랑했는지를 떠올린다. 왜 목숨을 걸고 그를 믿었는지도.

　"그 질문에는 좀 더 흥미진진한 부분이 있어요."

"누군가는 어떻게 볼 수 있는가 하는 거요……?"

"바로 그거죠."

손짓으로 아시아 관광객 한 명이 두 남자에게 사진을 좀 찍게 잠깐 동상에서 비켜달라고 요청한다. 애덤은 더글러스를 쿡 찌르고 그들은 볼링그린 공원의 눈물 모양을 따라서 좀 더 걸어간다.

"난 생각을 많이 해봤어요. 그때 일어난 일에 대해서요."

더글러스가 말한다.

"나도요."

즉시 애덤은 그 거짓말을 물리고 싶다.

"우리가 뭘 이루길 바랐던 걸까요? 우리가 뭘 한다고 생각했던 걸까요?"

그들은 위장한 플라타너스의 원 아래 선다. 동부의 나무들 중 가장 체념한 나무 아래, 나무의 말을 듣는 사람들이 나무를 없애버린 사람들에게 섬을 팔았던 그 자리에서. 그들은 함께 솟구치는 분수를 바라본다. 애덤이 말한다.

"우린 건물들에 불을 질렀죠."

"그랬죠."

"우린 인간이 대량학살을 저지른다고 생각했어요."

"맞아요."

"다른 사람들은 무슨 일이 일어나는지 보지 못했어요. 우리 같은 사람들이 그 문제를 들이대지 않았다면 어떤 것도 멈추지 않았을 거예요."

더글러스의 야구 모자 챙이 앞뒤로 흔들린다.

"사실, 우리는 틀리지 않았어요. 주위를 둘러봐요! 주의를 기울이는 사람이라면 파티가 끝났다는 걸 알걸요. 가이아가 복수를 하고 있어요."

"가이아요?"

애덤은 미소를 짓지만 고통스럽다.

"생명요. 지구. 우린 이미 대가를 치르고 있어요. 하지만 *지금마저도* 너무 많은 말을 하는 사람은 여전히 미치광이 취급을 받죠."

애덤이 남자를 평가한다.

"그럼 그걸 전부 다 다시 할 건가요? 우리가 했던 걸?"

독자적 철학의 질문들이 애덤의 머릿속을 떠돈다. 금기시되는 것들. 얼마나 많은 나무들이 인간 한 명과 동일할까? 임박한 재앙이 작고 날카로운 폭력을 정당화할 수 있을까?

"다시 해요? 글쎄요. 그게 무슨 뜻인지 모르겠군요."

"건물을 태우는 거요."

"난 밤에 나 자신에게 우리가 했던 그 모든 일들이, 우리가 할 수 있었던 일들이 그 여자의 죽음을 벌충할 수 있을까 묻곤 해요."

그렇게 낮이 밤이 되고, 도시는 스프루스소나무가 가득한 숲이 되고, 그들 주위로 공원에서는 불길이 치솟고, 그 근사하고 기묘하고 창백한 여자가 바닥에 누워 물을 달라고 애원하고 있다.

"우린 아무것도 이루지 못했어요. *단 하나도요.*"

애덤이 말한다. 그들은 이런 대화를 하기에는 사람이 너무 많은 공원에서 빠져나온다. 낮은 철제 울타리가 있는 정문에 와서야 그들은 깨닫는다. 더 안전한 장소란 없다.

"그녀는 전부 다 다시 했을 거예요."

더글러스가 애덤의 가슴을 가리킨다.

"당신은 그녀를 사랑했죠."

"우리 모두 그녀를 사랑했어요. 그래요."

"당신은 그녀와 사랑에 빠져 있었어요. 파수꾼과 똑같이. 미미와 똑같이."

"그건 오래전 일이에요."

"그녀를 위해서라면 펜타곤에 폭탄도 던졌을걸요."

애덤은 부드럽고 창백하게 미소를 짓는다.

"그녀에게는 확실히 힘이 있었죠."

"그녀는 나무들이 자신에게 말한다고 했어요. 그들의 말을 들을 수 있다고요."

그는 어깨를 으쓱인다. 그리고 은밀하게 시계를 본다. 강의를 준비하러 시외로 돌아가야 한다. 너무 많은 과거사가 애덤을 메스껍게 만든다. 그는 한때 젊었고, 분노에 차 있었다. 다른 종이었다. 실패한 실험. 유일하게 협상이 필요한 것은 *지금*이다.

더글러스는 그를 놔두려 하지 않는다.

"뭔가가 정말로 그녀에게 말을 했을 거라고 생각해요? 아니면 그녀가 그저……?"

세상에 사람들이 처음 나타나기 시작했을 때에는 6조 그루의 나무가 있었다. 그 절반이 남았다. 100년 안에 절반이 더 없어질 것이다. 그리고 수많은 사람들이 사라지는 모든 나무들이 말하는 것은 사실 그들이 말하는 것이라고 이야기한다. 그 질문이 애덤의 흥미를 자극한다. 죽은 잔 다르크는 뭘 들었을까? 통찰력일까, 망상일까? 다음 주에 그는 학부생들에게 뒤르켐, 푸코, 암호-규범성에 관해 이야기할 것이다. 이성이 어떻게 그저 통제의 또 다른 무기가 되는지. 합리적인 *것*, 용인 가능한 *것*, 온전한 *것*, 심지어는 인간의 발명이 어떻게 인간이 의심하는 것보다 훨씬 더 초보적이고 더욱 최근의 일인지.

애덤은 그들 뒤로, 비버가의 콘크리트 협곡으로 시선을 던진다. 비버, 그 가죽으로 이 도시를 만든 생물. 최초의 맨해튼 물물교환. 그는 자신이 대답하는 소리를 듣는다.

"나무들은 사람들에게 항상 말을 하곤 했어요. 정신이 온전한 사람들이 그들의 말을 듣곤 했죠."

유일한 의문은 종말이 오기 전에 그들이 다시 말을 할 건가 하는 것이다.

"그날 밤에 말이죠."

더글러스가 마천루들의 벽을 향해 고개를 든다.

"우리가 당신에게 도와줄 사람을 불러오라고 보냈을 때요. 왜 돌아왔죠?"

두 사람이 다시 싸울 것처럼 애덤의 몸에서 분노가 솟구친다.

"너무 늦었었어요. 도울 사람을 찾는 데 몇 시간은 걸렸을 거예요. 그녀는 이미 죽었을 거고요. 내가 경찰에게 갔다면…… 그래도 그녀는 여전히 죽었겠죠. 그리고 우리 모두 감옥에 갇혔을 거고요."

"그건 모를 일이죠, 친구. 지금도 모르는 일이고요."

시간이 절대로 없애지 못할 분노, 슬픔의 과격한 끄트머리.

그들은 6미터 크기의 작은 유럽산 박태기나무를 지나친다. 몸통은 휘었고 가지는 황소를 탄 발레리나처럼 굽었다. 풍성한 보라-분홍색에 먹을 수 있는 싹이 몸통에서 바로 자라고 잔가지들은 여전히 겨울에 머무르고 있다. 수많은 사람들이 목을 맨 것처럼 지금 가지에는 꼬투리들이 매달려 있다. 유다가 이 박태기나무에 목을 맸다고들 한다. 그것은 나무에 관한 전설 중에는 꽤 최신의 전설이다. 박태기나무는 로어맨해튼 전역에서 감추어진 구석에서 자란다. 이 나무는 두 번 더 꽃을 피우기 전에 사라질 것이다.

남자들은 배터리플레이스에서 멈춰 각자의 길로 간다. 길을 따라가서 강을 건너면 리버티섬이다. 거기에는 특정 다람쥐, 유령 짐승, 끝없는 찬사의 대상, 여기서부터 미시시피까지 이르는 거대한 유령 숲의 나뭇잎 천장 사이를 영원히 돌아다니고 땅에 한 번도 발을 대지 않는 동물이 있다. 지금 그 동물은 차에 치여 죽은 동물들이 여기저기 있는 고속도로에 면한 2차림의 흩어진 조각들 사이를 넘어 다니고 있지만 말이다. 그러나 인간은 끝없는 숲이 여전히 거기, 그들 앞에서 시작하는 것처럼 보기를 그만두었다.

그들은 서로를 향해 돌아서서 곰이 서로의 힘을 시험하는 것처럼 껴안고 작별 인사를 한다. 이번 생에서 다시는 서로를 만나지 못할 것처럼. 설령 정말 그런다 해도 너무 이를 것처럼.

나무들은 아무 말도 하려 하지 않는다. 닐리는 스탠퍼드 안뜰, 은하간 식물원에 앉아서 해명을 기다린다. 평생의 소명이 잘못되어버렸다. 그는 나무들이 놓아준 길에서 벗어났다. 이제 어쩌지?

하지만 나무들은 그를 무시한다. 병나무의 불룩한 물주머니, 명주솜나무의 가시 달린 갑옷. 이파리 하나 흔들리지도 않는다. 마치 그에게 영혼의 짝을 내준 유일한 우주에서, 그 영혼의 짝이 첫 번째 파문에 행복에서 공포로 돌변해 그에게 등을 진 것만 같다. 그는 관광객들의 사진을 망쳐놓고 있다. 아무도 뜰에 절름발이 괴물이 있는 근사한 가짜 스페인식 로마네스크 회랑의 사진을 찍고 싶어 하지 않는다. 그는 애인에게 차인 여느 사람들처럼 격분해서 가려고 확 돈다. 하지만 어디로 가지? 셈페르비렌스 본사 위에 있는 아파트로 돌아가는 것조차 수치스럽다.

어머니에게 전화를 할 수도 있지만, 어머니가 이제 대부분의 시간을 보내며 죽을 준비를 하시는 반스와라는 한밤중이다. 어머니는 그에게 루팔은 절대로 없을 거라는 걸, 과학이 절대로 그의 다리를 다시 움직이게 만들지 못할 거라는 걸, 아들을 사랑하는 최고의 방법은 그를 외로움 속에 그냥 두는 것임을 10년이나 늦게 알았다. 어머니는 이제 그가 병원에 입원해서 의사들이 그의 어마어마한 욕창을 절제하거나 괴사한 발과 엉덩이의 일부를 잘라낼 때에만 돌아온다. 비행기를 타는 것은 고통스러운 일이 되었다. 그는 다음번에 병원에 갈 때는 어머니에게 얘기하지 않을 것이다.

그는 거창한 야자수들이 줄지어 있는 오벌 광장 쪽으로 내려온다. 하늘은 너무 맑고, 날씨는 너무 뜨겁고, 모든 나무들은 제각각 해시계로 변했다. 그는 그늘진 자리를 찾는다. 전 세계적으로 굉장히 인기 있는 스포츠다. 그런 다음 오로지 여기, 집에만 있으려고 노력하며 가만히 있는다. 소용이 없다. 1분 안에 그는 초조해져서 아직 오지도 않은 메시지를 확인하느라 전화기를 본다. 사람들이 어디에 살 수 있을까? 그의 일꾼 요정들이 옳은 것 같다. 오로지 상징 속에, 시뮬레이션 속에만 살 수 있다.

기계를 휠체어 주머니에 도로 넣는데 전화기가 매미 한 무리처럼 울린다. 그의 개인 AI가 보낸 메시지다. AI는 살아 있고, 면밀하고, 클릭을 유도하는 인간 게임으로 그를 자극한다. 어린 시절 이래로, 나무에서 떨어지기 이전부터도, 그는 이런 로봇 애완동물을 꿈꾸었다. 이것은 그의 어린 시절 SF가 예측한 어떤 예언보다도 더 훌륭하다. 더 빠르고, 더 세련되고, 더 유연하다. 이 AI는 24시간 활동하며 인류의 모든 활동을 뒤지고, 그에게 보고한다. 순종적이고 지치지 않으며 최근 그가 믿는 유일한 생물체들과 마찬가지로 다리가 없다. 다리란 진화가 광포화된 지점일지도 모른다고 닐리는 생각한다.

그와 그의 사람들은 애완동물을 만들었고, 이제 그것이 바삐 그를 만들고 있다. 그는 AI에게 자신의 새로운 집착에 관한 뉴스를 찾아보라고 시켰다. 나무의 의사소통, 숲의 지성, 균류의 네트워크, 패트리샤 웨스터퍼드, 《비밀의 숲》……. 책은 지금은 그에게 조금의 시간도 할애하려 하지 않는 외계 생명체들이 수십 년 전에 속삭이던 이야기의 묘한 울림으로 가득하다. 그것은 그의 회사의 창의적 우두머리로서 그의 역할을 잃게 만들었다. 그것은 그에게 더 많은 것을, 더 많은 보답을, 더 많은 구조를 원한다. 하지만 뭘?

그는 봇의 메시지를 연다. 거기에는 링크와 제목이 있다. '공기와 빛의 말'. 추천 정도는 그의 애완동물이 줄 수 있는 최상급이다. 그늘 자리에서도 닐리는 화면을 읽을 수가 없다. 그는 멀지 않은 곳에 세워둔 밴으로 향한다. 텅 빈 성간 우주선 안에 들어와서 그는 링크를 클릭하고 어리둥절해서 쳐다본다. 그림자와 빛이 살아난다. 손으로 돌리는 활동사진처럼 20초 만에 100년 동안의 밤나무가 자라난다. 그것은 닐리가 알아보기도 전에 끝난다. 그는 클럽을 다시 돌린다. 나무가 다시금 솟아올라 펼쳐진다. 위쪽으로 흔들리는 잔가지들이 빛을 향해, 눈에 빤히 보이는 곳에 숨겨진 것들을 찾아 팔을 뻗는다. 굵은 가지들은 허공에서 갈라지고 두꺼워진다. 이 속도에서 그는 나무의 주된 목표, 체관부와 물관부 뒤에 있는 수학, 딱 들어맞고 소용돌이치는 기하학적 구조, 그리고 바깥으로 부풀어 오르는 살아 있는 형성층의 얇은 막을 볼 수 있다.

코드, 실패로 다듬어진 미친 듯이 갈라진 코드는 비슈누가 소년의 손톱보다 작은 것에 쑤셔넣은 명령에 따라서 이 거대한 나선형 기둥을 만들었다. 나무가 한 세기 동안의 성장을 끝냈을 때, 사라진 초월주의가 담긴 오래된 밤나무의 말이 검은 바다에 한 줄씩 위로 올라간다.

정원사는 오로지
정원사의 정원만 본다.
눈은 지금처럼 비굴한 방식으로
눈을 힘들고 지치게 만든 그런 방식으로
사용하기 위해 만들어진 것이 아니라
지금은 보이지 않는 아름다움을 보기 위해 만들어졌다.

우리는

신을

볼 수가

없는가?

조그만 화면에서 고개를 들었을 때, 그게 바로 닐리가 본 것이다.

그의 밴에서 교정 건너편을 지나, 유칼립투스 숲 뒤쪽으로, 초청장들이 전송된다. 초청장들은 허공을 날아가는 꽃가루처럼 덩어리로 흩어진다. 하나가 그레이트스모키산맥의 연구시설 오두막에 있는 패트리샤 웨스터퍼드에게 떨어진다. 그녀는 호리비단벌레와 하늘소들에게 몇 년 안에 멸절할 수 있는 견목 수십 종의 핵심 균주를 찾는 중이다. 최근에 이런 초대장들은 그녀에게 수십 장씩 날아오고, 그녀는 대부분 무시한다. 하지만 이것, '우리 집 고치기: 온난화되는 세계에 맞서기'는 굉장히 고통스럽게 들려서 그녀는 편지를 두 번 읽는다. 누군가 그녀가 망가진 대기에 관한 학회에 참석하기 위해서 4177킬로미터를 날아갔다가 돌아오기를 바란다. 그녀는 우리 집 고치기라는 제목을 잘 이해할 수가 없다. 마치 홈통을 수리하고, 지붕 위에 냉각기를 설치하면 좋은 시절로 돌아갈 수 있을 것처럼 말이다.

그녀는 식탁 앞 딱딱한 의자에 앉아서 귀뚜라미 소리를 듣는다. 오래전에 그녀의 아버지가 그녀에게 분당 귀뚜라미 울음소리로 화씨 기온을 계산하는 오래된 공식을 알려주셨다. 60년 동안 그녀 주위의 야간 오케스트라는 포크댄스 음악 한 곡을 연주하며 모든 댄서들이 한 무더기로 쓰러질 때까지 계속해서 속도를 점점 높이고 있다. *지속 가능한 미래를 만드는 데 있어서 인류를 도와주는 나무의 역할에 관해서 이야기해주실 수 있다면 정말로 기쁘겠습니다.* 학회 조직 담당자들은 한때 무너져가는 행성을 되살리기 위한 나무들의 힘에 관해 책을 쓴 여자에게 기조연설을 부탁한다. 하지만 그녀는 수십 년 전에, 아직 젊어서 용감하고 지구가 아직 회복될 수 있을 정도로 멀쩡했을 때 그 책을 썼다.

이 사람들은 기술적 돌파구에 관한 꿈을 필요로 한다. 좀 더 적은 탄화수소를 태우면서 포플러나무를 종이로 만들 새로운 방법을 원한다. 더 좋은 집을 만들고 세계의 가난한 사람들을 빈곤함에서 구해줄 유전자 변형 환금작물을 원한다. 우리 집 고치기에서 그들이 바라는 건 그저 약간 덜 낭비되는 파괴다. 그녀는 그들에게 연료가 필요 없고 유지보수가 아주 조금 필요한 단순한 기계, 꾸준히 탄소를 격리하고 토양을 풍요롭게 만들고 땅을 식히고 공기를 씻어내고 어떤 크기에든 맞는 기계에 대해 이야기할 수도 있다. 스스로를 복제하고 심지어 공짜로 식량을 내놓는 기술에 대해서. 대단히 아름다워서 시의 소재인 장치에 대해서. 숲이 특허화될 수 있었다면 그녀는 박수갈채를 받았을 것이다.

캘리포니아에 간다는 건 사흘 동안 일을 못한다는 뜻이다. 예수는 그보다도 적은 시간 동안 지옥을 청소했다. 그녀의 광장공포증은 몇 년 사이에 더 심해졌고, 사람 많은 강당에서는 누구의 목소리도 들을 수 없을 것이다. 하지만 손님 목록이 굉장하다. 보조금이 조금만 더 있으면 미립자로 태양을 흐릿하게 만들고, 위기 생물종을 복제하거나 무제한의 싼 에너지를 만들어낼 수 있는 마법사와 엔지니어들. 인간의 영혼에 관한 너저분한 질문에 대해 연설할 예술가들과 작가들도 있을 것이다. 또 다른 초록의 노다지를 찾는 벤처 투자자들. 그녀는 다시는 그런 청중을 얻을 수 없을 것이다.

그녀는 요청을 다시 읽으며 '지속 가능한 미래'가 '마른 주정(dry drunk, 알코올 중독자가 금주할 때 술을 마시지 않았는데도 불구하고 술을 마신 것 같은 행동이나 심리 상태를 보이는 것)' 이상을 의미하는 곳을 그려본다. 그녀는 마음을 자극하는 편지의 마무리 문구를 본다. 토인비가 언젠가 쓴 것처럼, "특히 어려운 상황에서 지금까지 전례 없는 노력을 기울이도록 만드는 도전거리에 대한 반응으로…… 인간은 문명을 이루었다." 초대장은 그녀가 떠돌이 시절 이래로 키우려고 노력해온 정직함에 대한 테스트 같다. 누군가가 그녀에게 이 죽어가는 장소를 구하기 위해서 사람들이 뭘 해야 하느냐고 묻고 있다. 유명하고 권력을 가진 무리 앞에서 그녀가 사실이라고 생각하는 것에 대해 이야기할 수 있을까?

오늘 밤은 현명한 대답을 하기엔 너무 늦었다. 그래도 아직 미들프롱 산책로의 급류를 따라 거닐 정도의 시간은 있다. 오두막 문 밖으로 빼곡하고 천천히 자라는 산사나무들이 보름달 아래에서 으스스한 예언을 흔들어댄다. 그들의 자주색 과일이 잔가지에 매달려 있고 대부분이 겨울까지 남아 있을 것이다. *크라타에구스*(Crataegus, 산사나무속), 심장 치료사. 인간은 계속해서 보기만 하면 거기서 약을 찾을 수 있을 것이다.

공터를 가로지르는 그녀의 산책은 두 시간 전에 인류를 잊어버리고 개울을 뒹굴며 파헤치는 주머니쥐를 겁먹게 만든다. 그녀는 손전등을 흔든다. 숲 바닥에는 달콤하고 곰팡내 나는 케이크 반죽 같은 오렌지색과 황토색 썩은 낙엽이 가득 쌓여 있다. 침울하고 아름다운 줄무늬올빼미 두 마리가 멀리 떨어져서 운다. 산등성이 위로 도토리와 히코리 열매가 땅에 떨어진다. 사방 2.5제곱킬로미터당 곰들이 두 마리씩 잠을 자며 그날의 만찬을 소화시킨다.

그녀는 늘어진 진달래속 식물의 터널 사이를 몸을 구부리고 지나서 오래된 지름길을 기억하는 세로티나벚나무들을 따라 사워우드와 향기로운 사사프라스를 지나친다. 목련나무와 줄무늬단풍나무가 떼죽음 당한 밤나무들의 자리를 채웠다. 솔송나무는 솜벌레들에게 습격당하고 산성비까지 더해져서 죽어가고 있다. 위쪽, 애팔래치아산맥 등줄기로는 프레이저전나무가 모두 죽었다. 그녀의 주위 사방으로 숲은 기록이 시작된 이래로 가장 뜨겁고 건조한 해를 맞아 해를 입고 있다. 게다가 한 세기에 한 번쯤 일어나던 또 다른 괴상한 일이 요즘은 거의 해마다 일어난다. 공원 여기저기서 산불이 계속해서 난다. 사흘에 한 번씩 1급 경보가 뜬다.

하지만 사제 같은 튤립나무들은 여전히 그녀의 면역체계를 신장시키고, 너도밤나무들은 그녀의 기분을 띄워주고 생각에 집중하게 만들어준다. 이 거인들 아래서 그녀는 더 영리해지고 더 명료해진다. 그녀는 악어가죽 같은 나무껍질을 가진 감나무를 본다. 조그만 중세의 철퇴 같은 풍나무 열매가 그녀의 발 아래에서 부서진다. 그녀는 떨어진 풍나무 이파리 끝을 찢어서 냄새를 맡는다. 어린아이에게 천국의 향기처럼 느껴지는 냄새다. 길에서 그리 멀지 않은 곳에, 거리로 따지면 3.5미터쯤 떨어진 곳에 덕망 높은 적참나무가 있다. 그것은 초대장 때문에 그녀가 느끼는 끔찍한 초조함마저도 달래줄 것이다. 지속 가능한 미래. 그들은 나무 여자가 그들의 모임에서 기조연설을 하는 걸 원하지 않는다. 그들은 일급 마술사를 원한다. SF 소설가를. 로렉스(닥터 수스의 동화책에 나오는 나무를 변호하는 인물)를. 어쩌면 머리카락 대신 착생식물을 달고 있는 화려한 신앙요법사를 원하는 걸지도.

그녀가 좋아하는 산책로인 냇바닥으로 내려와서 신발을 벗는다. 하지만 그럴 필요도 없다. 콸콸 흘러야 할 개울은 바위 바닥을 드러내고 있을 뿐이다. 그녀는 도롱뇽을 찾아 돌을 몇 개 뒤집어본다. 30여 종이 있을 수 있고, 공원의 모든 축축한 곳에 수백만 종의 생물들이 있을 수 있지만 그녀는 하나도 찾지 못한다. 그녀는 상상 속의 급류에 맨발을 담그고 서 있다. *어떻게 생각해, 덴? '우리 집 고치기'에 가서 얘기할까?*

기억 속의 손이 그녀의 어깨를 잡는다. *나한테 물어봐야 한다면, 자기는 답을 들을 준비가 안 된 거야.*

테네시의 리틀리버 강가에서부터 뉴욕시티까지는 천 킬로미터 남짓밖에 안 된다. 스트로브잣나무의 꽃가루들은 강한 바람을 타면 거기까지 날아갈 수 있다. 그 여행길의 끝에서 애덤 어피치는 260명의 1학년 심리학과 학생들에게 부주의맹에 관해 강의를 하고 있다. 그는 학생들의 무리 너머로 수업이 끝나기만을 기다리는 무장한 세 명을 의아하다는 듯 웃으며 바라본다. 그 충격은 심장이 몇 번 뛰는 사이에 가라앉는다. 흘끗 보기만 해도 이 남자들이 뭘 원하고 왜 여기 왔는지 알 수 있다. 물론 글록23 권총과 노란색 FBI 글자가 수놓인 남색 레이드 재킷이 그들의 정체를 파악하는 데 도움이 된다. 벌써 수십 년 동안, 매 계절 뜬금없는 때에, 제정신인 정오부터 잠에 취한 한밤중까지 그는 이 남자들이 오는 것을 두려워했었다. 아주 오랫동안 그는 그들을 기다려서 그들이 온다는 걸 잊어버렸을 정도였다. 이제, 이 아름다운 가을날에, 뒤늦게 그의 포획자들이 마침내 그가 항상 생각했던 것 같은 모습으로 여기 왔다. 단호하고, 음울하고, 실용적이고, 귀에는 통신기를 낀 채로. 웃으며 눈을 깜박이는 사이에 어피치의 두려움은 그 사이좋은 사촌, 이루어진 예측이라는 안도감에 밀려난다.

그는 생각한다. 그들이 통로를 내려와서 강단 앞에서 나를 잡아갈 거야. 하지만 다섯 명의 남자들은 제일 마지막 자리 뒤에 모여서 애덤이 강의를 끝내기를 기다리고 있다.

오늘의 주제는 간단한 거였다. 사람이 선택을 할 때, 선택한 사람이 가장 마지막에 알게 되는 수많은 일들이 밤에 혹은 지하에서나 눈에 보이지 않는 곳에서 일어난다. 강단 위에서 여러 장의 메모가 넘어가고 애덤의 손은 어떤 것도 스치지 않는다. 이 순간이 닥치기를 기다리며 20년 동안 움츠리고 살다가 기나긴 움찔거림이 드디어 끝났다. 그는 업적 속으로 사라지려고 열심히 살아왔다. 두 번이나 대학의 강의상을 받았고, 바로 지난달에 인간 정신을 물질주의적으로 이해하는 방법을 경험적으로 발전시킨 연구로 인해 APA의 뷰챔프상 후보에 올랐다. 너무 오랫동안 대중 앞에서 강연을 해서 자신의 이력에 스스로 속았다. 이제 그의 젊은 시절의 선택이 그 환상을 날려버리러 돌아왔다.

모든 것이 명확해진다. 오래된 공범과의 우연한 만남. 야구 모자의 챙을 당기던 모든 행동. 과장된 고백. 우린 건물들에 불을 질렀죠. 그랬죠. 그들은, 그들 다섯 명은 서로를 위해 목숨을 바치려고 했었다. 그중 한 명은 정말로 바쳤고.

손수 쓴 메모를 힐끗 본다. 그 즉시 빨간색 네모칸에 든 단어가 통찰력 있는 과거에서 다 잊어버린 미래로 둥둥 떠서 온다. 애덤은 이 개론 강좌를 몇 년 동안 진행하면서 같은 말을 전에도 해봤지만, 그 진정한 의미는 이제서야 알 것 같다. 그는 테 없는 안경을 땀이 나는 코의 경사 위로 밀어 올리고 사람이 가득한 강의실을 보며 고개를 흔든다. 이 학생들이 오늘 얼마나 굉장한 교훈을 얻고 갈지.

"여러분이 이해하지 못하는 건 볼 수가 없습니다. 하지만 이미 이해했다고 생각하는 것들도 눈치채지 못할 수가 있죠."

강의실의 몇 명이 낄낄 웃는다. 그들은 그들 뒤, 강의실 뒤쪽에 서 있는 남자들을 아직 보지 못한다. 학생들 몇 명은 이제 그들이 예상하는 것과는 완전히 다른 형태로 보게 될 시험에 대비해서 그 문장을 받아 적는다. 대부분은 꼼짝 않고 수업이 끝나기를 기다린다. 어피치는 마지막 슬라이드를 넘긴다. 5초 후 그는 주의력 연구에 대해 마무리하고 핵심을 전달한다. 그는 생각한다. *난 이 일에 그리 솜씨가 나쁘지 않았어.* 그리고 그는 학생들에게 가보라고 말하고 수많은 학생들을 헤치고 경사진 통로를 올라가서 그를 체포하러 온 남자들과 악수를 나눈다.

요원들이 교수에게 수갑을 채우고 데리고 나가는 모습에 학생들은 놀란 나머지 무력한 방관자가 되어 쳐다본다. 요원들은 어피치를 강의실 밖으로 데려간다. 날은 아름답고 하늘은 젊은 남자의 희망 같은 색깔이다. 사람들이 그들의 앞길을 가로질러 간다. 사람들 사이에 틈이 날 때까지 그들 일행은 잠시 기다려야 한다. 도시 전체가 가을 아침에 뭔가를 하기 위해서 밖으로 나와 있다.

가벼운 산들바람이 애덤의 코에 시큼한 악취를 실어온다. 전에 그 약초 같고 과일 향이 섞인 토사물 냄새를 여러 번 맡아본 적이 있지만, 지금은 그 출처를 알 수가 없다. 남색 현장 담당 재킷들이 그를 검은 서버번이 있는 곳까지 몇 미터를 데려간다. 남자들은 퉁명스럽지만 예의 바르고, 의도와 긴

장감, 집행 프로그램 특유의 지루함이 기묘하게 뒤섞여 있다. 그들은 서둘러 애덤을 열린 문으로 밀어 넣는다. 그를 뒷좌석으로 밀어 넣는 동안 요원한 명이 그의 머리를 감싼다.

애덤은 무릎 위로 손목이 묶인 채 사방이 막힌 자리에 앉는다. 앞자리에서는 요원 한 명이 검고 네모난 유리를 향해서 성공적인 체포에 대해서 보고한다. 단어는 새가 지저귀는 것과 비슷하게 들린다. 누군가가 길가 쪽의 어두운 색 창문으로 그에게 손을 흔든다. 그는 돌아본다. 멈춰 있는 차의 바로 옆에서, 콘크리트의 구멍에서 솟아난 나무 한 그루가 몸을 흔들고 그 이파리들은 어린아이의 8색 크레용의 노란색처럼 보인다. 나무들이 그의 삶을 망쳤다. 앞으로 얼마 남았는지 모를 그의 인생을 감옥에 가둬놓기 위해서 이 남자들이 찾아오게 만든 원인은 바로 나무들이다. 밴은 움직이지 않는다. 그의 포획자들은 출발하는 데 필요한 서류들을 살핀다. 노란 이파리가 말한다. *봐. 지금. 여기를. 넌 한동안 다시 바깥에 나오지 못할 거야.*

애덤은 바라보고 정확히 이것을 본다. 그가 7년 동안 일주일에 세 번씩 지나쳐간 나무. 그것은 한때 지구를 뒤덮었지만 지금은 버려진 분파에서 남아 있는 유일한 강의 하나뿐인 목의 혼자 남은 과에 속한 단 하나의 속의 고독한 종이다. 대륙에서 사라졌다가 신제3기에 다시 나타났고 로어맨해튼의 그림자와 소금기, 매연 속에서 간신히 살아가고 있는 3억 살 된 살아 있는 화석이다. 침엽수들보다 오래되고, 1년에 1조 개 이상의 꽃가루를 퍼뜨릴 수 있는 열매와 헤엄치는 정자들을 가졌다. 지구 반대편에 있는 고대의 섬 신전들에서는 천 살 먹고, 녹고, 망가지고, 깨달음에 가까이 있는 이 나무들이 어마어마한 둘레까지 부풀고 거대한 가지에서 팔꿈치가 다시 자라나서 뿌리를 내리고 나름의 새로운 나무를 만든다. 애덤은 창문이 닫혀 있지 않았다면 손을 뻗어 비쩍 마른 몸통을 만질 수 있었을 것이다. 그의 손이 수갑으로 묶여 있지 않았다면. 이런 나무는 히로시마 원폭 투하를 지시했던 남자의 집 바로 앞길에서도 자랐고, 몇 그루는 폭발에도 살아남았다. 열매 속살에서는 생각을 얼어붙게 만드는 냄새가 난다. 과육은 약제내성을 가진 박테리아까지 죽인다. 방사형 잎맥을 가진 부채 모양 잎은 건망증을 치료 해준다고 한다. 애덤에게는 치료제가 필요하지 않다. 그는 기억한다. 그는 기억한다. 은행나무. 메이든헤어.

바람에 잎이 옆으로 떨어진다. 서버번이 모퉁이에서 천천히 나와서 차들 속으로 끼어든다. 애덤은 몸을 돌려 뒷창문을 내다본다. 거기, 그가 보는 앞 에서 나무 전체가 헐벗는다. 한순간 사이에 잎이 전부 떨어진다. 자연이 조 작한 것 중에서 가장 동시적인 잎의 탈락이다. 바람 한 번에 마지막 남아 있 던 것들까지 떨어지고, 모든 부채들이 단번에 날려서 서쪽 4번가로 금빛 전 신을 우르르 보낸다.

잎이 얼마나 멀리까지 날아갈 수 있을까? 이스트강을 건너가는 건 확실 하다. 노르웨이 이민자가 군함 선체의 거대한 곡선형 참나무 기둥을 사포 질하던 조선소도 지나간다. 한때 언덕과 숲으로 이루어져 있고 밤나무가 가득했던 브루클린을 가로지른다. 강 상류, 물가를 따라 300미터마다, 손이 닿는 모든 최고 수위선마다 조선공의 후손이 스텐실을 해놓았다.

말하지 마라

다시은 예 보았다고

물에 잠긴 글자 위로 새로 세워진 건물들이 태양을 놓고 경쟁한다.

서쪽 멀리, 숲이 건너가려면 수만 년쯤 걸리는 거리에서, 나이 든 여자와 남자가 세상 속으로 여행을 하고 있다. 몇 주 동안 그들은 게임을 개발했다. 도러시가 밖으로 나가서 잔가지와 견과류, 떨어진 잎을 모은다. 그런 다음 증거를 레이에게 가져오면 둘이서 나무 책의 도움을 받아 또 다른 종의 이름을 추려서 정체를 알아낸다. 매번 그들은 목록에 낯선 이름을 추가하고, 그들이 알아낼 수 있는 모든 것을 배우기 위해서 며칠씩 투자한다. 뽕나무, 단풍나무, 더글러스전나무가 있고, 각각 독특한 역사, 생물학, 화학, 경제학, 행동심리학을 가졌다. 각각의 새 나무는 무엇이 가능한지에 관한 이야기를 바꾸는 나름의 독특한 서사를 갖고 있다.

하지만 오늘 그녀는 약간 당황한 채 집으로 돌아온다.

"뭔가 잘못됐어, 레이."

사후 인생에 깊이 들어와 있는 레이에게는 아무것도 다시는 잘못될 일이 없다. *뭔데?* 그는 아무 말도 하지 않고 그녀에게 묻는다.

그녀의 대답은 가라앉아 있고, 심지어는 좀 혼란스럽다.

"우리가 어디선가 실수를 한 것 같아."

그들은 결정의 분기도를 되짚어보지만 같은 자리에서 끝이 난다. 그녀는 증거를 거부하고 고개를 흔든다.

"난 이해가 안 돼."

이제 그가 거친 한 음절의 갈라지는 소리를 내뱉어야 한다. 대략, *왜?* 비슷한 소리다.

그녀가 대답하는 데에는 약간 시간이 걸린다. 두 사람에게 시간은 굉장히 다른 것이 되었다.

"음, 우선은, 우린 원래 서식지에서 수백 킬로미터 떨어져 있잖아."

그의 몸이 움찔하지만 그녀는 그 격한 경련이 그저 어깨를 으쓱이는 것임을 안다. 도시의 나무들은 그들이 고향이라고 부르는 곳에서 한참 떨어진 곳 어디서나 자랄 수 있다. 두 사람은 몇 주 동안 책을 읽으면서 그 정도는 알게 되었다.

"그보다 더 문제는 이거야. 근처에 나무가 남아 있지 않아. 전국에 성체인 미국밤나무는 한 줌 정도밖에는 남아 있지 않아야 한다고."

이 나무는 거의 집만큼이나 커다랗다.

그들은 지금은 사라진 완벽한 미국의 나무에 관해서 찾을 수 있는 모든 것을 읽는다. 그들은 그들이 태어나기 직전에 환경을 황폐화시킨 대참사에 관해서 알게 된다. 하지만 그들이 찾은 어떤 내용도 어떻게 그들의 뒤뜰에서 존재할 수 없는 나무가 거대한 그늘을 드리우게 되었는지 설명해주지 못한다.

"어쩌면 이 위쪽에 아무도 모르는 밤나무들이 좀 있는지도 몰라."

레이의 목에서 도러시가 웃음이라는 걸 아는 소리가 나온다.

"좋아, 그럼 우리가 정체를 잘못 파악한 거야."

하지만 그들의 커져가는 나무 시리즈에서 달리 후보가 될 만한 생물이 없다. 그들은 미스터리가 가슴 한 구석을 찌르게 놔두고 계속 읽는다.

그녀는 공립도서관에서 책 한 권을 찾는다. 《비밀의 숲》. 그녀는 그것을 집으로 가져와서 큰 소리로 읽는다. 첫 번째 문단을 다 읽기도 전에 그녀는 멈춰야 한다.

당신과 당신의 뒤뜰에 있는 나무는 공통조상에서 나왔다. 15억 년 전에 당신들 둘은 서로 나뉘었다. 하지만 지금도, 각기 다른 방향으로 엄청난 여행을 했지만, 나무와 당신은 여전히 유전자의 4분의 1을 공유하고 있다……

한두 페이지를 읽는 데 하루가 걸린다. 그들이 그들의 뒤뜰에 대해서 생각했던 모든 것이 틀렸고, 무너진 믿음을 대체하는 새 믿음을 키우는 데에는 꽤 시간이 걸린다. 그들은 침묵 속에 함께 앉아서 다른 행성을 여행하는 것처럼 그들의 정원을 조사한다. 거기 있는 모든 잎들이 지하에서 연결되어 있다. 도로시는 그 사실을 한 캐릭터의 끔찍한 비밀이 온 마을의 모든 사람들에게 영향을 미치는 19세기 소설의 충격적인 폭로 방식처럼 받아들인다.

그들은 저녁에 함께 앉아 책을 읽고 해가 그들의 밤나무의 가리비 모양 잎에서 연노란색으로 빛나는 모습을 바라본다. 벌거벗은 모든 잔가지들이 도로시에게는 다른 것들과 분리되어 있으면서도 다른 모든 것의 일부인 실험적 생물처럼 느껴진다. 그녀는 밤나무의 갈라진 가지들 속에서, 이 세계 바로 옆에 펼쳐져 있는 세계들 속에서, 지금껏 살아온 인생의 여러 가지 갈 수 있었던 길을, 그녀가 될 수 있었던 모든 사람들을, 그녀가 앞으로 될 수 있거나 될 사람을 본다. 그녀는 두꺼운 가지들을 한동안 보고, 책장을 다시 내려다보고 소리 내서 읽는다.

"나무가 하나의 존재인지 백만 개의 존재인지 말하는 것은 꽤 어렵다."

그녀가 놀라운 다음 문장을 읽으려 할 때 그녀의 남편이 낸 그르렁거리는 소리가 그녀를 막는다. 그녀는 그가 종이컵이라고 말했다고 생각한다.

"레이?"

그가 음절을 다시 말하고, 그것은 똑같이 들린다.

"미안해, 레이. 무슨 뜻인지 잘 모르겠어."

종이컵. 종자. 창턱에.

단어가 흥분해서 나오고, 그 말이 그녀의 피부에 소름이 돋게 만든다. 저무는 빛 속에서 그의 광기 어린 강렬함이 그가 또 다른 뇌졸중을 일으키는 거라고 생각하게 만든다. 맥박이 빨라지고 그녀는 다급하게 일어난다. 그러다가 이해한다. 그는 '지금 현재의 것들'을 더 나은 것으로 바꾸어 그녀를 즐겁게 만들어주고 있는 것이다. 그녀가 그에게 수년 동안 읽어준 이야기들에 대한 보상으로 그녀에게 이야기를 해주는 것이다.

그걸 심어. 밤나무. 우리 딸.

"당신 건가요?"

목소리가 묻는다. 패트리샤 웨스터퍼드는 긴장한다. 컨베이어 벨트 뒤에 있는 제복 입은 남자가 스캐너에서 나오는 그녀의 휴대용 가방을 가리킨다. 그녀는 거의 태연하게 고개를 끄덕인다.

"살펴봐도 되겠습니까?"

그것은 사실 질문이 아니고, 남자는 대답을 기다리지 않는다. 그가 가방을 연다. 손이 안쪽을 뒤진다. 그 손길은 스모키의 오두막에서 패트리샤의 블랙베리 관목을 뒤지는 곰의 앞발 같다.

"이게 뭐죠?"

그녀가 이마를 탁 친다. 노망이 났어.

"내 수집 키트요."

그는 2센티미터의 칼과 연필 너비만큼 벌어지는 가지치기 가위, 그녀의 새끼손가락 첫 마디보다 짧은 조그만 톱을 살핀다. 이 나라에서는 10년이 넘게 십억 개의 주머니칼, 치약, 샴푸 통 등으로 인해 심각한 비행기 사고가 일어난 적이 없다······.

"뭘 수집하시죠?"

백 가지 잘못된 대답만 떠오르고, 옳은 것은 하나도 떠오르지 않는다.

"식물요."

"정원사이신가요?"

"네."

위증을 할 때조차 적당한 시간과 공간이 있다.

"이건요?"

"그거요?"

그녀가 따라 묻는다. 멍청하지만, 그게 그녀에게 3초쯤 시간을 벌어준다.

"그건 야채 육수예요."

그녀의 심장이 너무 세게 뛰어서 병에 든 것만큼이나 확실하게 그녀를 죽일 것 같다. 남자는 그녀를 상대로 힘을, 불가능한 안전을 추구하는 겁에 질린 나라의 완전한 힘을 갖고 있다. 노골적으로 한번 잘못 노려보기만 해도 그녀는 비행기를 놓칠 것이다.

"이건 100밀리리터가 넘어가는데요."

그녀는 떨리는 손을 주머니에 넣고 턱에 힘을 준다. 그가 눈치챌 것이다. 그게 그의 임무니까. 그는 두 개의 물품을 한 손으로 그녀에게 도로 밀어주고 다른 손으로는 그녀의 헝클어진 가방을 민다.

"터미널로 돌아가서 이건 수하물로 부치세요."

"그럼 비행기를 놓치는데요."

"그러면 이건 압수해야 됩니다."

그가 플라스틱 병과 수집 키트를 이미 꽉 찬 석유통 안에 넣는다.

"안전한 여행 되십시오."

비행기에서 그녀는 마지막으로 연설 노트를 살핀다. "내일의 세계를 위해 인간이 할 수 있는 단 하나의 가장 훌륭한 일." 모든 것이 쓰여 있다. 그녀는 몇 년이나 연설문을 소리 내서 읽어보지 않았다. 하지만 이걸 즉흥적으로 할 만큼 스스로에게 자신이 생기지 않는다.

그녀는 샌프란시스코 도착 출구를 통해 나온다. 운전사들이 승객 출구 앞쪽에 원형으로 서서 이름이 쓰인 종이를 들고 있다. 그녀의 운전사는 보이지 않는다. 학회 조직위원회에서 그녀를 맞으러 나오기로 되어 있었다.

패트리샤가 몇 분간 기다리지만 아무도 오지 않는다. 그녀는 상관없다. 이 일을 하러 가지 않을 이유라면 뭐든 좋다. 그녀는 만남의 장소 구석 벽에 있는 의자에 앉는다. 중앙 홀 건너편에 반짝이는 글자가 나오는 게시판에 글자가 지나간다. *보스턴 보스턴 시카고 시카고 시카고 댈러스 댈러스······.* 인간이 간다. 인간이 일한다. 더 빠르게, 더 충만하게, 더더욱 자유롭게, 더더욱 권한을 갖고.

움직임이 그녀의 눈길을 끈다. 갓 태어난 아기도 더 느리고 가까이 있는 것보다 새를 보려고 할 것이다. 그녀의 눈이 불규칙적인 호를 따라간다. 참새 한 마리가 5미터 떨어진 간판 위쪽에서 종종거리고 있다. 새가 만남의 장소 주위를 단호하게 조금 날아간다. 군중들은 전혀 눈치채지 못한다. 새는 천장 근처의 숨겨진 구멍으로 들어갔다가 도로 나온다. 곧 두 마리, 그리고 세 마리가 쓰레기통을 뒤진다. 비행기를 탄 이래로 그녀를 기쁘게 만든 첫 번째 사건이다.

그들의 다리에는 추적용 태그 비슷하지만 좀 더 큰 게 달려 있다. 그녀는 저녁 식사용으로 가방에 넣어놨던 빵을 꺼내 부스러기를 그녀의 옆 의자에 떨어뜨린다. 그녀는 보안요원이 자신을 체포하러 올 거라고 반쯤 예상한다. 새들은 절실하게 상을 원한다. 이어지는 긴장된 돌진에 그들이 조금씩 가까워진다. 그러다 마침내 식탐이 신중함을 이기고, 참새 중 한 마리가 훔쳐 먹기 위해서 스쳐 난다. 패트리샤는 가만히 있는다. 참새는 좀 더 가까이 뛰어와서 빵을 먹는다. 각도가 적당하자 그녀는 발찌를 읽는다. *불법체류자.* 그녀는 웃음을 터뜨리고, 놀란 새가 날아간다.

고양잇과의 여자가 그녀에게 다가온다.

"웨스터퍼드 박사님?"

패트리샤는 미소를 지으며 일어선다.

"어디 *계셨던* 거예요? 왜 전화는 안 받으세요?"

패트리샤는 내 전화는 콜로라도주 불더에, 벽에 있는 충전장치 위에서 살아요라고 대답하고 싶다.

"도착 구역을 계속 빙빙 돌았어요. 짐은 어디 있나요?"

'우리 집 고치기' 프로젝트 전체가 불안정한 것 같은 느낌이다.

"이게 내 짐이에요."

여자는 깜짝 놀란 얼굴이다.

"하지만 여기 사흘 동안 계실 거잖아요!"

"이 새들……."

패트리샤가 입을 연다.

"네. 누군가의 농담이에요. 공항에선 저것들을 어떻게 없애야 하는지 전혀 모르고요."

"왜 없애고 싶어 하죠?"

운전사는 철학적인 것에 관심이 없다.

"이쪽으로 가시죠."

그들은 도시를 느릿느릿 지나서 캘리포니아반도 중앙으로 향한다. 운전사는 앞으로 며칠 동안 강연을 하게 될 전문가들의 이름을 들먹인다. 패트리샤는 풍경을 본다. 그들의 오른쪽으로 2차림 삼나무 언덕이 있다. 왼쪽은 미래의 공장 실리콘밸리다. 운전사는 웨스터퍼드 박사에게 플라스틱 서류철을 주고서 교수회관에 내려준다. 패트리샤는 오후 내내 미국에서 가장 놀라운 캠퍼스 나무 무리들 속을 돌아다닌다. 그녀는 근사한 코르크더글러스나무, 위엄 있는 캘리포니아버즘나무, 향삼나무, 옹이가 있고 무질서한 옻나무, 700종의 유칼리나무들 가운데 수십 종, 열매가 잘 익은 금귤나무를 발견한다. 모든 학생들이 알지 못한 채 공기에 취했을 것이다. 이것은 목질소의 크리스마스다. 오래되고 잃어버린 친구들. 그녀가 본 적 없는 나무들. 완벽한 피보나치 나선형으로 솔방울이 빙 둘러 나 있는 소나무들.

외딴 곳의 속(屬)들. *마이테누스(Maytenus), 시지지움(Syzygium), 지지푸스(Ziziphus)*. 그녀는 그것들과 그 아래 있는 화초들을 샅샅이 뒤져 교통안전국이 압수한 것들을 대체할 샘플을 채취한다.

걸어가다가 그녀는 가짜 로마네스크 교회 반원형 돌출부를 따라가게 된다. 그녀는 어마어마한 몸통 세 개짜리 아보카도나무를 지나친다. 벽에 지나치게 가까이 있고, 아마도 어느 비서의 책상 위에서 삶을 시작했을 것 같은 나무다. 문을 지나 안뜰로 들어갔다가 그녀는 멈춰서 손으로 입을 막는다. 나무들. 황금기 펄프 소설에서 금성의 산성 구름 아래 우거진 정글에서 산다고 나올 것 같은 강하고 있을 것 같지 않고 기이한 나무들이 서서 서로에게 속삭이고 있다.

요원들은 애덤 어피치를 그가 한때 60미터 공중에서 다른 사람 두 명과함께 썼던 플랫폼보다 약간 넓은 감옥에 가둔다. 주에서 그를 인계받는다. 그는 모든 것에 협조하고 겨우 30분 후에 거의 다 잊어버린다. 오늘 아침에 그는 위대한 시내 대학에서 심리학과 정교수였다. 지금 그는 수백만 달러의 재산 파괴 및 한 여자의 화형과 관련된 오래된 범죄 혐의를 받고 있다.

그의 부모님은 다행스럽게도 돌아가셨다. 그의 누나 진, 그의 평생의 친구이자 인간의 맹목에 눈뜨게 만들어주었던 스승인 동생 찰스도 죽었다. 그는 죽음이 새로운 보통의 일인 나이가 되었다. 에밋 형과는 형이 애덤에게서 유산을 빼앗은 이래로 이야기도 한 적 없다. 아내와 아들을 빼면 이야기할 사람이 아무도 없다.

로이스는 대낮에 그에게 연락을 받고 놀란 기색이다. 그가 어디 있는지 말하자 그녀는 웃는다. 그녀를 설득시키는 데에는 긴 침묵이 필요하다. 그녀는 다음 날 아침 방문 가능 시간에 사람 많은 구치소로 그를 보러 온다. 이제 그녀는 어리둥절하지 않고 행동을 취한다. 그녀의 얼굴은 몇 년 만의 진짜 목표 덕에 상기된다. 방탄유리를 통해서 그녀는 그에게 '애덤, 소송'이라고 깔끔하게 적혀 있는 10센티미터 새 공책의 내용을 읽어준다. 그녀가 시동을 건 모든 일들은 거의 예술에 가깝다.

그녀의 체크리스트는 상세하고 열렬하다. 그녀의 눈가 주름은 불공평한 행위에 맞서 싸울 태세다.

"변호사들이랑 얘기해서 진전이 좀 있었어. 우린 가택연금을 신청해야 돼. 돈은 들겠지만, 당신이 집에 있을 수 있으니까."

"로, 무슨 일이 있었는지 내가 이야기해줄게."

그가 세월로 인해 낮아진 목소리로 말한다.

그녀의 한 손이 방탄유리를 스치고 다른 손은 입술 위에 손가락 하나를 댄다.

"쉿. ACLU(미국 시민자유연맹) 사람이 당신이 나오기 전까진 얘기하지 말라고 했어."

그녀의 희망은 대단히 반항적이고 대단히 그녀답다. 그는 반항적인 희망을 연구하는 걸 업으로 삼았다. 반항적인 희망이 그를 여기 오게 만든 범인이다.

"당신이 이런 일 전혀 하지 않았다는 거 알아, 애덤. 당신은 그럴 사람이 아니야."

하지만 그녀는 눈을 피한다. 수천만 년 동안 만들어진 오래된 포유류의 암시다. 그녀는 아무것도 모른다. 특히 그녀가 몇 년 동안 함께 살아온 남자, 법적으로 결혼한 남편, 자기 아들의 아버지에 대해서는 더더욱 모른다. 적어도 사기꾼, 그리고 그녀가 아는 한 살인 종범일 수도 있는 남자.

도시 건너편, 또 다른 구치소에서는 오늘 밤 그의 배신자가 또 다시—고용자였다가 포획자가 된—정부로부터 빠져나와 자신을 급진주의자로 바꿔놓은 여자를 찾는 야간 수색을 시작한다. 그녀가 지금은 다른 이름을 갖고 있을 거라고 더글러스 파블리첵은 확신한다. 멀리 어디 다른 나라에서 그가 상상할 수 없는 후속 인생을 살고 있을지도 모른다. 용서는 그가 그녀에게 부탁할 수 없는 것, 그가 스스로에게조차 줄 수 없는 것이다. 그는 프레디들이 그에게 제시한 중간 보안 감옥에서 7년 형, 2년 후부터 가석방 가능이라는 조건보다 더 끔찍한 대우를 당해 마땅하다. 하지만 그녀에게 말해야 할 것이 있다. *그렇게 되었던 거예요. 그렇게 몰락했던 거예요.* 그녀는 그가 뭘 했는지 들어야 한다. 최악을 알게 될 거고, 그를 경멸하게 될 것이다. 그가 무슨 말을 하든 그 사실은 변하지 않을 것이다. 하지만 그녀는 이유를 궁금해할 거고, 궁금함은 그녀에게 고통을 야기할 것이다. 그가 더 나은 것으로 바꿔줄 수도 있는 고통을.

그의 감방은 고무 같은 녹색 페인트로 칠해놓은 콘크리트 블록 입방체로, 그가 열아홉 살 때 일주일 동안 살았던 가짜 감방과 아주 비슷하다. 좁은 감방은 그를 자유롭게 여행하게 만들어준다. 그는 눈을 감고 매일 밤 그러듯이 그녀를 찾으러 간다. 언제나 영상은 그저 흐릿하고 그녀의 모습은 불분명하다. 그는 숨을 들이켰다가 느릿한 한숨처럼 영원히 내뱉는 기분으로 만들어주던 그녀의 얼굴 특징들까지 전부 잊었다. 하지만 오늘 밤에는 그녀를 볼 수 있을 것만 같다. 지금 그녀의 모습이 아니라 예전 모습으로. *이렇게 되었던 거예요.* 그가 말한다. 그는 배신당했다. 누구에게인지는 중요치 않다. 기습당했다. 그리고 연방요원들이 들이닥쳐 그를 체포할 무렵에 그는 이미 갈피를 잃은 상태였다.

그의 심문관들은 친절했다. 더기의 할아버지처럼 보이는 나이 많은 남자 데이비드가 있었다. 그리고 회색 치마 정장을 입고 배려심 있게 이해하려는 듯 메모를 하던 앤이라는 여자도 있었고. 그들은 그에게 다 끝났다고, 그가 직접 쓴 비망록이 그와 그의 친구들을 영원히 가두는 데 필요한 모든 걸 제공해주었다고 말했다. 몇 가지 세부사항만 정리하면 될 뿐이라고.

당신들에겐 아무것도 없어요. 난 소설을 쓴 거예요. 전부 다 내 머릿속에서 나온 거라고요.

그들은 그의 소설에 전혀 공개되지 않은 범죄에 관한 정보가 담겨 있다고 말했다. 그리고 이미 그의 친구들에 대해서 안다고 말했다. 그들 모두에 대한 서류가 있다고. 그들은 그가 확인만 해주기를 바랄 뿐이었다. 도와주면 더글러스에게도 훨씬 상황이 수월해질 거라고 했다.

도와요? 그건 유다 같은 짓거리잖아요. 그 말이 저절로 튀어나왔다. 지나치게 많은 말이었다.

그는 미미에게 실수에 대해서 말한다. 그녀는 듣는 것 같고, 가끔 몸도 움찔하지만 찔린 상처가 있는 얼굴은 반대편으로 돌리고 있다. 그는 자신이 며칠이나 붙잡혀 있었고, 요원들에게 그를 영원히 가둬두라고, 그는 어떤 이름도 말하지 않을 거라고 했음을 설명한다. 그는 그녀에게 심문관들이 사진을 가져온 것에 대해 말한다. 기묘한 거였다. 아무도 카메라를 갖고 있지 않았던 곳에서 일어난 사건이 담긴 홈비디오 스틸 사진 같은 회색 사진. 사건 자체는 그도 잘 기억하고 있다. 특히 그가 구타당했던 장소들을. 그가 나오는 수많은 사진들. 그는 자신이 한때 얼마나 젊었는지 잊고 있었다. 얼마나 순진하고 변덕스러웠는지.

저기요, 난 보기보다 훨씬 더 귀여워요. 그는 심문관들에게 그렇게 말했다.

앤은 미소를 짓고 뭔가를 적었다. 알겠어요? 우린 모두에 관한 정보를 갖고 있어요. 당신에게서 뭔가를 얻을 필요가 없어요. 하지만 협조를 하면 당신에 대한 형량이 크게 줄어들 수 있어요. 데이비드는 그에게 그렇게 말했다. 그때 더글러스는 변호사를 고용하는 게 죄를 인정하는 것과는 다른 일일 수 있다는 걸 깨닫기 시작했다. 물론 누군가를 고용하려면 그의 수중에 있는 1230달러보다는 더 많이 있어야 하겠지만.

사진에는 문제가 있다. 그들은 그가 본 적 없는 사람들까지 포함시켜놓았다. 그들이 그에게 인정하기를 바라는 방화 목록에도 문제가 있다. 그는 그 절반은 들어본 적도 없다. 두 요원들은 누가 누구인지 묻기 시작한다. *누가 뽕나무죠? 누가 파수꾼이에요? 누가 단풍나무죠? 이 여자인가요?*

그들은 허풍을 치고 있었다. 그들 나름의 소설을 쓰고 있었다.

이틀 동안 그들은 그를 세르비아의 파산한 대학 기숙사 같은 장소에 붙잡아놓았다. 그는 침묵으로 일관했다. 그러자 그들은 그가 받게 될 혐의에 대해서 말했다. 폭력이나 강압을 통해 정부의 행위에 영향을 미치려는 시도, 즉 국내 테러리즘이라는 것이다. 이것은 새로운 보안 국가의 도구인 테러리스트 처벌 강화법에 따라 처벌을 받게 된다. 그는 다시는 바깥을 걸을 수 없을 것이다. 하지만 그가 이 얼굴 중 하나만, 그들이 이미 서류를 갖고 있는 사람 중 딱 한 명만 확인을 해주면 그는 7년 형 중에서 2년만 살고 자유의 몸이 될 수 있을 것이다. 그리고 그들은 그가 인정한 방화 사건들을 모두 종결시킬 것이다.

사건을 종결시켜요?

그들은 그 범죄에 대해서 다른 사람들을 추적하지 않을 것이다.

지금부터요? 내가 인정하거나 하지 않을 수도 있는 그 모든 범죄에 대해서요?

딱 한 명. 그리고 그는 연방 정부에 전적으로 신뢰를 가져야 할 것이다.

그는 자신이 감옥에 7년을 가든 700년을 가든 상관하지 않았다. 절대로 거기서 끝까지 버티지 못할 테니까. 그의 몸에는 그 정도의 주행거리가 남아 있지 않았다. 하지만 그를 받아주었던 여자와 여전히 바깥에서 인류의 죽고 싶은 마음과 맞서 싸우고 있을 거라고 예상되는 남자에게 확실하게 형을 유예시켜줄 수 있다면……. 그건 의미가 있는 것처럼 느껴졌다.

두 심문관이 그의 앞에 매달아놓은 수많은 사진들 속에 더기가 항상 스파이처럼 느꼈던 남자의 사진이 있다. 그들을 연구하러 왔던 남자. 그 끔찍한 밤에 그들이 올리비아를 도와줄 사람을 불러오라고, 어떤 도움이라도 좋으니 불러오라고 보냈지만 빈손으로 돌아왔던 남자.

"저기요."

더글러스가 산들바람 속의 잔가지처럼 손가락을 흔들며 말한다.

"저게 단풍나무예요. 애덤이라는 남자죠. 산타크루즈에서 심리학을 공부했어요."

그렇게 되었던 거예요. 그는 구원의 파트너에게 말한다. *그게 내가 한 일이에요. 그게 이유예요. 당신과 닉과 아마도 나무들을 위해서.*

하지만 그녀가 몸을 돌려 유령 같은 얼굴로 그를 쳐다보았을 때, 그녀는 어떤 신호도 보내지 않는다. 끝없이 쳐다보면 그녀가 알고 싶은 모든 것을 알 수 있는 것처럼, 그저 그의 눈을 똑바로 마주 보기만 할 뿐이다.

강연장은 어둡고 어디서 구한 건지 의심스러운 삼나무들로 꾸며져 있다. 패트리샤는 강단에서 수백 명의 전문가들을 본다. 그녀는 기대하는 얼굴들 위쪽으로 시선을 고정하고서 버튼을 누른다. 그녀의 뒤로 동물들이 줄지어 들어가고 있는 소박한 나무 방주 그림이 나타난다.

"세상이 처음 종말을 맞았을 때, 노아가 피난하기 위해서 자신의 구조선에 이 동물들을 둘씩 태웠죠. 하지만 재미있는 게 있어요. 그는 식물들은 죽도록 놔뒀습니다. 지상에서 생명체를 되살리는 데 필요한 유일한 것을 구하는 데에는 실패하고, 식객들만을 구하는 데 몰두했죠."

모두가 웃는다. 그들은 그녀를 응원하고 있지만, 그건 그녀가 무슨 말을 하려는 건지 알지 못하기 때문이다.

"문제는, 노아와 그의 동족들은 식물이 정말로 살아 있다고 믿지 않았다는 거예요. 의도도 없고, 생기도 없죠. 바위랑 똑같은데 그냥 좀 더 큰 거죠."

그녀는 다시 버튼을 눌러 여러 장의 이미지를 넘긴다. 먹이 주위로 닫히는 파리잡이 풀, 샐쭉한 미모사, 서로에게 닿기 직전에 멈춘 나뭇잎 천장을 가진 용뇌수의 수관들이 만든 모자이크.

"이제 우리는 식물이 소통하고 기억한다는 걸 압니다. 식물은 맛을 보고, 냄새를 맡고, 건드리고, 심지어 듣고 볼 수도 있죠. 우리들, 이걸 알아낸 우리 종은 우리가 세상을 공유하고 있는 상대에 관해서 많은 걸 알게 됐습니다. 우리는 나무와 사람 사이의 깊은 유대관계에 대해 이해하기 시작했습니다. 하지만 우리의 분리는 우리의 연결보다 더욱 빠르게 커지고 있지요."

그녀가 버튼을 누르고, 슬라이드가 바뀐다.

"이건 1970년 밤의 북아메리카 위성 영상입니다. 그리고 이건 10년 후의 영상이죠. 그리고 10년 후. 그리고 10년 후. 또 한 번의 10년이면 끝납니다."

네 번의 클릭, 그리고 바다부터 바다까지 대륙 전역에서 빛이 어둠을 채우고 고함을 질러댄다. 그녀가 클릭하자 높은 목깃에 덥수룩한 콧수염을 가진 대머리 노상강도 귀족이 나온다.

"어떤 기자가 록펠러에게 얼마나 많으면 충분하냐고 물은 적이 있지요. 그의 대답은 이랬어요. *아주 조금만 더.* 그게 우리가 원하는 겁니다. 먹고, 자고, 마른 옷을 걸치고, 사랑받고, 그리고 아주 조금만 더 가지고."

이번 웃음은 예의 바른 중얼거림 정도다. 힘든 청중이다. 그들은 이 폭발적인 빛의 쇼를 전에 너무 많이 보았다. 이 강연장의 모든 사람들이 오래전에 사실에 무뎌졌다. 뒤쪽의 두 명은 일어나서 나간다. *환경 학회.* 500명의 참석자들, 7개의 상충된 파벌, 지구를 구하는 모든 계획에 대한 수십 가지 거부. 쓰나미 한 번이면 다 끝장날 세상.

그다음에는 네 장의 짧은 항공 저속촬영 사진이 나온다. 브라질, 타이, 인도네시아, 태평양 연안 북서부의 숲들이 사라져가는 사진이다.

"목재 아주 조금만 더. 일자리 조금만 더. 사람들 몇 명을 더 먹여 살리기 위해서 옥수수밭 몇천 제곱미터만 더. 그런데 그거 아세요? 나무보다 더 유용한 물질은 없습니다."

푹신한 의자에서 사람들이 자세를 바꾸고, 기침하고 속삭이고, 모든 전도사들을 죽이는 침묵이 내린다.

"이 주에서만 숲 지역 3분의 1이 지난 6년 사이에 사라졌습니다. 숲은 여러 가지 이유로 사라집니다. 가뭄, 화재, 갑작스러운 참나무들의 죽음, 매미나방, 소나무좀과 나무껍질 딱정벌레, 농장과 구획 재설정으로 인한 일상적인 벌목. 하지만 언제나 똑같이 말초적인 이유가 있고, 여러분도 알고 저도 알고 주의를 기울이는 모든 사람들이 다 알죠. 연간 시계는 한두 달 정도 어긋나 있어요. 생태계 전체가 흐트러지고 있죠. 생물학자들은 미친 듯이 두려워하고요.

생명은 대단히 관대하고 우리는 굉장히…… 슬픔에 잠겨 있죠. 하지만 제가 말하는 어떤 내용도 몽유병에서 깨어나게 만들거나 이 자살행위를 진짜처럼 느끼게 만들지는 못할 겁니다. 이게 진짜일 리가 없으니까요, 안 그런가요? 제 말은, 우린 여기서 모두들 가만히……"

강연을 시작하고 12분 만에 그녀는 몸을 떤다. 그녀의 손바닥이 3초만 시간을 달라는 의미로 올라간다. 그녀는 강단 뒤로 물러나고 '우리 집 고치기' 학회의 선량한 조직자들이 그녀에게 줄 플라스틱 물병을 가져온다. 그녀는 뚜껑을 열고 병을 들어 올린다.

"합성 에스트로겐."

그녀가 바스락거리는 플라스틱을 꾹 누른다.

"미국인 100명 중 93명이 체내에 이 물질을 갖고 있어요."

그녀는 놓여 있는 잔에 물을 조금 따른다. 그리고 뒷주머니에서 대체물이 담긴 유리병을 꺼낸다.

"그리고 이건 어제 제가 이 캠퍼스를 돌아다니다가 발견한 식물 추출물입니다. 맙소사, 여기는 수목원이에요. 작은 천국이더군요!"

그녀의 손이 떨려서 액체가 사방으로 튄다. 그녀는 양손으로 병을 감싸고 강단 위에 놓는다.

"사실, 많은 사람들이 나무가 단순한 존재라고, 뭔가 흥미로운 일을 할 수 없다고 생각합니다. 하지만 나무는 하늘 아래 모든 목적을 수행해요. 그 화학적 성질은 아주 놀라워요. 목랍, 지방, 당분. 탄닌, 스테롤, 수지, 카로티노이드. 수지산, 플라보노이드, 테르펜. 알칼로이드, 페놀, 코르크질. 그들은 만들 수 있는 모든 걸 만드는 방법을 배우고 있어요. 그리고 그들이 만드는 대부분을 우리는 아직까지 파악하지 못하고 있고요."

그녀는 기묘하게 행동하는 다양한 나무껍질들을 보여준다. 피처럼 붉은 액체를 흘리는 용혈수. 당구공 크기의 과일이 몸통에서 바로 열리는 자보티카바, 11만 리터의 물을 채워 줄로 묶어둔 기상관측기구같이 생긴 천 년 된 바오밥나무. 무지개 색깔의 유칼리나무. 가지 끝이 무기인 기묘한 나무 알로에. 폭발하는 열매에서 씨앗을 시속 260킬로미터로 쏘아내는 모래상자나무, 후라 크레피탄스(Hura crepitans). 그녀의 청중들이 그림 같은 풍경으로 그녀가 되돌아가는 것을 보고 진정하고 긴장을 푼다. 그녀도 세상에서 가장 근사한 것들을 한 번 더 거쳐가는 데에 신경 쓰지 않는다.

"지난 4억 년 사이 어느 시점에 몇몇 식물들이 조금이라도 작동할 가능성이 있는 모든 전략을 시험해봤죠. 우리는 무언가가 얼마나 다양한 방식으로 작동할 수 있는지 이제 막 알기 시작했습니다. 생명은 미래를 향해 이야기할 방법을 갖고 있어요. 이걸 기억이라고 하죠. 유전자라고 하고요. 미래를 해결하기 위해서 우리는 과거를 구해야 합니다. 제 간단한 경험 법칙은 이겁니다. 나무 한 그루를 자를 때 그걸로 만드는 건 최소한 당신이 잘라낸 것만큼 기적적인 것이어야 합니다."

청중들이 웃는지 신음하는지 들을 수가 없다. 그녀는 강단 옆을 두드린다. 엄지손가락은 다른 손가락들 안으로 집어넣는다. 홀의 모든 것이 고요해진다.

"평생 동안 저는 외부인이었습니다. 하지만 다른 많은 사람들이 거기서 저와 함께 있었죠. 저희는 나무가 공기와 뿌리를 통해서 의사소통을 할 수 있다는 걸 알아냈습니다. 상식은 우리를 야유하고 밀어냈죠. 우리는 나무가 서로를 보살핀다는 걸 알아냈습니다. 집단과학은 그 생각을 일축했습니다. 씨앗이 그들의 어린 시절 계절을 기억하고 그에 따라 싹을 틔운다는 걸 외부인들이 발견했어요. 나무들이 근처에 있는 다른 생명체의 존재를 감지한다는 걸 알아냈고, 나무가 물을 아끼는 법을 배운다는 걸 알아냈고, 나무가 어린 나무들을 먹이고, 열매를 동시에 맺고, 자원을 저장하고, 동족에게 경고하고, 말벌에게 와서 공격으로부터 구해달라는 신호를 보낸다는 걸 알아냈죠.

이게 외부인의 사소한 정보들이고, 여러분은 이게 입증될 때까지 기다리셔야 할 겁니다. 숲은 알고 있어요. 그들은 지하로 서로 연결되어 있죠. 거기에 우리의 뇌로는 전혀 볼 능력이 안 되는 뇌가 자리하고 있어요. 문제를 해결하고 결정을 내리는 뿌리의 적응성. 균류의 시냅스. 달리 뭐라고 부르고 싶은가요? 적당한 숫자의 나무들을 연결하면 숲은 *의식*을 갖도록 자랍니다."

그녀의 말은 멀리서, 코르크 방음벽에 가로막히고 물속에서 들려오는 것 같다. 그녀의 보청기가 갑자기 고장 났거나 어린 시절의 난청이 이 순간에 되돌아오기로 한 게 분명하다.

"우리 과학자들은 다른 종에서 우리 자신을 찾으려 하지 말라고 배웁니다. 그러니까 우리는 어떤 것도 우리처럼 보이지 않도록 확실하게 해야 하

죠! 얼마 전까지만 해도 우리는 개나 돌고래는 고사하고 침팬지가 의식을
갖고 있다는 것도 인정하려 하지 않았어요. 오로지 인간뿐이었죠. 인간만
이 무언가를 원할 만큼 알 수 있다고요. 하지만 제 말 믿으세요. 우리가 언
제나 나무로부터 이것저것 원했던 것처럼, 나무도 우리에게서 뭔가를 원합
니다. 이건 신비주의적인 이야기가 아니에요. '환경'은 살아 있어요. 목적을
가진 서로에게 의존하는 생명들의 유연하고 끊임없이 변화하는 거미줄이
죠. 사랑과 전쟁은 서로 떼어놓을 수 없습니다. 벌이 꽃을 형성하는 것과 마
찬가지로 꽃이 벌을 형성해요. 동물이 딸기를 먹기 위해 경쟁하는 것 이상
으로 딸기도 먹히기 위해서 경쟁할 거예요. 가시아카시아나무가 만드는 달
콤한 단백질은 그걸 지키는 개미의 먹이이자 개미를 노예로 만드는 뇌물이
죠. 열매를 맺는 식물들은 우리에게 종자를 퍼뜨리도록 속임수를 쓰고, 잘
익은 과일은 색각을 갖게 만들었어요. 우리에게 미끼를 어떻게 찾는지를
가르치면서 나무들은 우리에게 하늘이 파란 걸 보게 가르쳤죠. 우리의 뇌
는 숲을 풀어나가도록 진화했어요. 우리는 우리가 호모사피엔스였던 기간
보다 더 오래 숲을 형성하고 숲에 의해 형성되었어요.

　인간과 나무는 여러분이 생각하는 것보다 더 가까운 사촌이에요. 우리
는 같은 씨앗에서 나와서 공유 장소에서 서로를 이용하며 반대 방향으로
자라난 두 개의 존재예요. 공유 장소는 모든 구성원을 필요로 합니다. 그
리고 우리는…… 우리는 지구의 유기체들 속에서 해야 하는 역할이 있고,
이게……."

　그녀는 뒤에 있는 이미지를 보기 위해 몸을 돌린다. 그것은 사방으로
400킬로미터 이내에 유일하게 솟아 있는 테네레의 나무(Arbre du Ténéré)
다. 술 취한 운전사가 나무를 들이받아 죽였다. 그녀는 기독교보다 1500년
더 오래되었고, 몇 달 전에 누군가의 담배로 인해 사라진 플로리다의 낙우
송으로 넘긴다.

"그 역할일 리가 없어요."

다시 한 번 클릭.

"나무들은 과학적인 일을 해요. 수억 가지 현장 테스트를 하죠. 추측을 하고, 생물들의 세계는 그들에게 뭐가 효과가 있는지 알려주죠. 생명은 추측(speculation)이고, 추측이 생명이에요. 참 근사한 단어죠! 이 말은 짐작한다는 뜻이에요. 그리고 또 투영한다는 뜻이고.

나무들은 생태학의 중심에 서 있고, 인간 정치학의 중심에 서게 될 거예요. 타고르가 말했죠. *나무들은 귀를 기울이고 있는 천국에 지구가 말을 하려고 하는 끊임없는 노력이다.* 하지만 사람들은— 아, 이런, 사람들은 말이죠! 사람들은 지구가 말을 걸려고 하는 천국이 될 수 있어요.

우리가 식물을 볼 수 있다면, 가까이 다가갈수록 더 흥미로워지는 것을 보는 거예요. 식물이 뭘 하는지를 볼 수 있다면, 우린 결코 외롭거나 지루하지 않을 거예요. 우리가 식물을 이해할 수 있다면, 세 배 깊은 곳에서, 우리가 지금 필요로 하는 3분의 1밖에 안 되는 땅에서, 전염병과 스트레스로부터 서로를 보호하는 식물들을 이용해서 우리에게 필요한 모든 음식을 키우는 방법을 배울 수 있을 거예요. 우리가 식물이 뭘 원하는지 안다면, 지구의 이득과 우리의 이득 사이에서 선택하지 않아도 될 거예요. 그게 똑같아질 테니까요!"

한 번 더 클릭하자 다음 슬라이드, 근육처럼 울퉁불퉁한 빨간색 나무껍질로 덮이고 세로로 홈이 있는 거대한 나무가 나타난다.

"식물을 보기 위해서는 지구의 의도를 이해해야 해요. 그러니까 이걸 생각해보세요. 이 나무는 콜롬비아부터 코스타리카까지 분포되어 자랍니다. 어릴 때 이 나무는 땋아놓은 대마처럼 보이죠. 하지만 나뭇잎 천장에서 구멍을 찾아내면, 어린 나무는 사방으로 퍼지는 판근을 가진 커다란 줄기로 자라나죠."

그녀는 몸을 돌리고 어깨 너머의 이미지를 본다. 이것은 땅속에 박힌 거대한 천사의 트럼펫 주둥이다. 수많은 기적들, 수많은 지독한 아름다움. 어떻게 그녀가 이렇게 완벽한 장소를 떠날 수 있을까?

"지구상의 모든 활엽수들이 꽃을 피운다는 걸 아세요? 많은 성숙한 종들이 1년에 최소한 한 번씩 꽃을 피우죠. 하지만 이 나무, 타치갈리 베르시콜로르(Tachigali versicolor)는 딱 한 번만 꽃을 피워요. 자, 여러분이 평생 딱 한 번만 섹스를 할 수 있다고 상상해보세요······."

강연장이 다시 웃음으로 가득 찬다. 그녀는 들을 수 없지만, 그들의 긴장감을 냄새로 맡을 수 있다. 그녀의 숲을 가로지르는 지그재그 길이 다시 방향을 튼다. 그들은 가이드가 어디로 가는 건지 알지 못한다.

"모든 걸 하룻밤 관계에 몰아넣으면 생물이 어떻게 살아남을 수 있을까요? 타치갈리 베르시콜로르의 행동은 아주 빠르고 단호해서 저를 놀라게 만들죠. 자, 유일하게 꽃을 피운 해에 이 나무는 죽어요."

그녀는 시선을 든다. 이것, 자연의 기묘함에 강연장 안은 조심스러운 미소로 가득 찬다. 하지만 그녀의 청중들은 아직 그녀의 오락가락하는 연설을 우리 집 고치기와 비슷한 것에 연결시킬 수가 없다.

"나무가 음식과 약 이상의 것들을 줄 수 있다는 사실이 밝혀졌죠. 우림의 나뭇잎 천장은 두껍고, 바람을 타고 날아가는 종자들이 절대로 부모에게서 아주 먼 곳에 떨어지지 않아요. 타치갈리의 평생에 단 한 번뿐인 자손은 햇살을 가로막는 거인의 그림자 속에서 곧장 싹이 트죠. 오래된 나무가 쓰러지지 않는다면 이들에게는 미래가 없어요. 죽어가는 어머니는 나뭇잎 천장에 구멍을 뚫어주고, 썩어가는 몸통은 새로운 나무를 위해 토양을 비옥하게 만들어주죠. 이걸 궁극적인 부모의 희생이라고 부르기로 해요. 타치갈리 베르시콜로르의 또 다른 이름은 자살나무예요."

그녀는 강단에 놔뒀던 나무 추출물이 든 유리병을 든다. 그녀의 귀는 쏠

모가 없지만, 최소한 그녀의 손은 다시 차분해졌다. 처음에는 모든 것이 있었다. 그리고 곧 아무것도 없게 될 것이다.

"저는 여러분이 저에게 여기 와서 대답해주길 바라는 질문을 스스로에게 해봤습니다. 존재하는 모든 증거들을 바탕으로 생각해봤죠. 감정이 사실로부터 저를 가로막지 않도록 노력했습니다. 희망과 허영으로 눈이 멀지 않도록 노력했고요. 이 문제를 나무의 관점에서 바라보려고 노력했습니다. *내일의 세계를 위해 인간이 할 수 있는 단 하나의 가장 훌륭한 일이 무엇일까요?*"

추출물 한 방울이 잔 속의 깨끗한 물에 떨어져서 덩굴 같은 녹색 연기로 변한다.

초록의 소용돌이가 애스터플레이스 거리 전체에 퍼진다. 처음에는 회색 보도에 라임색이 얼룩진다. 그다음에 흩뿌려지는 색깔은 아보카도다. 애덤은 창가에 서서 십여 층 아래를 내려다본다. 네 개의 비스듬한 길로 달리는 자동차들이 불규칙적인 교차로로 녹색을 끌고 간다. 다음 순간 세 번째 색깔의 웅덩이, 올리브색이 콘크리트 캔버스 위에 거대한 폴록의 붓질처럼 번진다. 누군가와 그 동료들이 페인트 폭탄을 던지고 있다.

그와 가족들이 4년째 살고 있는 시내 아파트에서 그의 가택연금 2일째다. 당국은 홈가드 시리즈의 최신형 추적용 발찌를 그에게 채우고 웨이벌리와 브로드웨이 위에 있는 그의 공중 연단에 그를 풀어주었다. 추적 장치. 멸종 위기종들과 인류의 배신자들이 공유하는 액세서리. 그와 로이스는 이 장치를 위해서 사설 계약회사에 엄청난 돈을 지불했고, 회사는 그 수익을 주와 나눈다. 모두가 승리자다.

어제, 기술 담당자가 어피치에게 그의 연금에 관한 규칙을 알려주었다.

"전화를 쓸 수 있고 라디오를 들어도 됩니다. 인터넷을 볼 수도 있고 신문도 읽을 수 있습니다. 방문객을 받을 수도 있습니다. 하지만 건물을 나가고 싶으면 왜 나가는지를 통제실에 확실히 밝혀야 합니다."

로이스는 어린 찰리를 코스콥에 있는 조부모님에게 데리고 갔다. 그들이 애덤을 지키는 데 집중하도록 하루이틀 시간을 갖기 위해서라고 그녀는 말한다. 사실 아버지의 발목에 검은 끈이 묶여 있는 것을 보는 건 아이에게 정신적 충격이 될 것이다. 다섯 살밖에 안 됐어도 아이는 안다.

"그거 빼요, 아빠."

애덤은 자신이 바라던 것보다 훨씬 일찍 아들에게 거짓말하지 않겠다는 맹세를 깬다.

"조만간, 친구. 걱정하지 마. 괜찮을 거야."

높은 곳에서 어피치는 커져가는 액션페인팅을 내려다본다. 또 다른 웅덩이, 옥색이 콘크리트에 퍼진다. 페인트에 맞은 차가 광장을 가로질러 쿠퍼 스퀘어로 달려간다. 이것은 게릴라 공연, 조직적인 공격이다. 새로운 차가 나타날 때마다 오거리에 녹색이 포물선을 그리며 커져가는 그림 위로 붓자국을 더한다. 또 다른 차가 8번가로 달려가고 세 개의 갈색 물감 통이 터진다. 녹색 줄무늬가 퍼지고 가지를 치던 곳에 고랑이 있는 기둥 모양으로 갈색 줄들이 생긴다. 12층 아래에서 뭐가 자라나고 있는지 보는 것은 쉽다.

빨간색과 노란색 얼룩이 지하철역 계단 위쪽 근처에 나타난다. 아무것도 모르는 보행자들이 지나가면서 신발로 그림을 그린다. 성난 회사원이 엉망인 지역을 돌아가려고 하지만 실패한다. 두 명의 연인이 팔짱을 끼고 춤을 춘다. 그들의 발이 퍼져가는 가지들 사이에 색색의 과일과 꽃들을 점점이 찍는다. 누군가가 세상에서 가장 큰 나무 그림을 만들기 위해서 굉장한 수고를 했다. 왜 여기, 비교적 외진 동네에서 한 걸까 어피치는 의아하다. 이 것은 미드타운, 예를 들자면 링컨센터 앞에서 할 만한 작업이다. 그러다가 그는 왜 여기서 한 건지 깨닫는다. 그 *자신* 때문이다.

그는 몸을 구부려 열쇠와 재킷을 집어 들고 자신을 드러내야 한다는 것 말고는 아무 생각도 하지 않은 채 아래층으로 내려간다. 로비를 가로질러 우편함을 지나 문밖으로 나와서 웨이벌리 동쪽으로, 커다란 나무를 향해서 걸어간다. 어피치의 헐렁한 카키 바짓단 아래로 미친 듯한 진동이 오다가 요란한 소리가 울리기 시작한다. 짐꾼 두 명이 고개를 돌려 쳐다보고, 연금 수급자 한 명이 보행기를 짚고 오다가 놀라서 멈춘다.

애덤은 건물 안으로 도로 들어가지만, 발찌는 멈추지 않는다. 엘리베이터를 타고 올라가는 내내 아방가르드 음악처럼 울려댄다. 그는 집이 있는 층에서 복도를 다급하게 걸어간다. 옆집에 사는 야간 담당 컴퓨터 작업자가 어디서 소동이 일어나는지 보려고 고개를 내민다. 애덤은 사과의 의미로 손을 흔들고 아파트 안에 틀어박힌다. 그리고 거기서 자신의 관리자들에게 실수에 관해 전화를 한다.

"지시를 들으셨을 텐데요. 경계를 넘어가려고 하지 마십시오."

추적 담당자가 그에게 말한다.

"압니다. 죄송합니다."

"다음번에는 행동을 취할 겁니다."

"사고였어요. 인간적 실수죠."

그의 전문 분야다.

"이유는 중요하지 않습니다. 다음번에는 병력을 보낼 겁니다."

애덤은 창가로 돌아가서 거대한 그림이 마르는 것을 본다. 아내가 코네티컷에서 돌아왔을 때에도 그는 여전히 거기 서 있다.

"그게 뭐야?"

로이스가 묻는다.

"메시지. 친구가 보낸 거야."

그리고 처음으로 신문 속 내용의 진실이 그녀를 후려친다. 불에 탄 산등성이 사진들. 죽은 여자. "급진적 환경 테러 그룹의 일원이 기소되다."

도러시는 어느 날 저녁 이른 시간에 남편을 확인하러 그의 방으로 들어 간다. 그는 몇 시간 동안 아무 소리도 내지 않았다. 그녀는 문가로 들어서고, 그가 소리를 듣고 그녀를 돌아보기 직전에 짧고 빠르게 흘러가는 여분의 나날들 속에서 종종 그랬던 것처럼 또 다시 그것을 본다. 창문 바로 밖에서 펼쳐지는 공연에 대한 순수하게 놀라움 어린 표정.

"뭐야, 레이?"

그녀는 침대 옆으로 돌아오지만, 언제나처럼 그녀에게는 겨울 정원 말고는 아무것도 보이지 않는다.

"뭔가 있어?"

비뚤어진 입이 그녀가 미소라는 것을 깨닫게 된 방식으로 움직인다.

"아, 응!"

그가 부럽다는 사실에 그녀는 깜짝 놀란다. 강제적 평온의 세월, 느려진 정신으로 인한 인내심, 좁아진 감각의 확장. 그는 뒤뜰에 있는 십여 그루의 벌거벗은 나무들을 몇 시간 동안 바라보며 복잡하고 놀라운 것, 그의 욕망을 채울 만한 것을 찾을 수 있는 반면에, 그녀는 여전히 모든 것들을 빠르게 지나치게 만드는 굶주림에 사로잡혀 있다.

그녀는 그의 쇠약한 몸 아래 양팔을 밀어 넣고 기계식 침대 한쪽 옆으로 당긴다. 그런 다음 반대편으로 돌아가서 그의 옆에 올라간다.

"말해줘."

하지만 물론 그는 말할 수 없다. 그는 목 안쪽에서 무슨 뜻인지 알 수 없는 킬킬거리는 소리를 낸다. 그녀는 그의 손을 잡고, 그들은 이미 그들의 무덤 위에 놓을 조각상이 된 것처럼 꼼짝도 하지 않는다.

그들은 한참 동안 그렇게 누워서 수렵-채집가들이 천 년 동안 가로질러 온 그들의 땅 건너편을 쳐다본다. 그녀는 많은 것들을 본다. 그들의 미래의 수목원이 될 다양한 나무들, 금방 피어날 그 싹들. 하지만 그녀는 그가 보는 것의 10분의 1도 보지 못한다는 것을 잘 안다.

"그녀에 대해서 더 말해줘."

금지된 질문을 하며 그녀의 심장이 더욱 세게 뛴다. 평생 동안 그녀는 미친 짓들을 건드려보았지만 여전히 그들의 이 새로운 겨울 게임은 무시무시하게 느껴진다. 오늘 밤에 낯선 이들이 바깥에서 돌아다니며 그들의 문을 두드린다. 그리고 그녀는 그들을 집 안에 들인다.

그의 팔에 힘이 들어가고 그의 얼굴이 바뀐다.

"빠르게 움직여. 의지가 강해."

그가 막 《잃어버린 시간을 찾아서》를 쓴 것만 같다.

"어떻게 생겼어?"

전에도 물어봤지만, 다시 답을 듣고 싶다.

"사나워. 근사해. 당신."

그걸로 그녀가 다시 책으로 돌아가기에 충분하고, 정원이 그녀의 앞에 펼쳐진 두 페이지처럼 열린다. 오늘 밤, 짙어가는 어둠 속에서 이야기는 역순으로 흘러간다. 잇따른 소녀들, 점점 더 어려지고, 뒷문으로 나가서 축소된 시뮬레이션 세계로 들어간다. 대학에서 봄방학을 맞아 왼쪽 어깨의 끔찍한 새 바로크 문신을 드러내는 소매 없는 탱크톱을 입고 부모님이 잠든 후에 대마초를 피우러 몰래 빠져나가는 스무 살의 딸. 집에서 가장 멀고 어두운 구석에서 두 명의 친구와 싸구려 식료품점 와인을 마시는 열여섯 살의 딸. 실의에 빠져 몇 시간씩 차고에 대고 축구공을 차는 열두 살의 딸. 잔디밭 위에서 달리며 병에 반딧불이를 잡는 열 살의 딸. 봄에 처음으로 20도가 넘는 날을 맞아 손에 씨앗을 들고 맨발로 나가는 여섯 살의 딸.

이미지가 그림자를 드리운 나무 위로 나타난다. 너무나 선명해서 도러시는 어디서 모델을 봤다고 확신한다. 이게 이제 낭독의 방식이다. 두 사람이 꼼짝 않고서 바라보는 것. 그녀의 집에 있는 평생을 함께한 낯선 사람이 무슨 생각을 하는지 누가 알까? 이제는 그녀가 안다. 이 비슷한 것. 정확하게 이 비슷한 것.

종이컵은 그녀의 상상 속의 부엌 창턱에 이제 아주 오랫동안 놓여 있다. 도러시는 종이컵에 증기를 표현한 갈색과 청록색 소용돌이 모양과 그 디자인 아래에 인쇄된 단어도 볼 수 있다. SOLO(미국의 일회용 컵 회사). 열렬한 뿌리 덩어리가 더 많은 세상을 원해서 매끈한 종이 아랫면을 뚫고 나왔다. 근사하고 기다란 톱니 모양 잎을 가진 미국밤나무는 최초의 바깥 나들이에 허공을 더듬는다. 도러시는 소녀와 아버지가 방금 판 구멍 가장자리에 무릎을 꿇고 앉는 것을 본다. 조바심치는 아이는 모종삽으로 흙을 으깬다. 첫 번째 물로 세례를 내린다. 그리고 씨앗을 심은 데서 물러나서 아버지의 팔 아래로 돌아간다. 실제로 일어난 삶 옆에서 보이지 않게 펼쳐지는 또 다른 삶에서 소녀가 다시 몸을 돌리고 고개를 들어 올리자, 도러시는 삶의 모든 것을 받아들일 준비가 되어 있는 딸의 얼굴을 본다.

그녀의 귓가에서 들리는 단어가 침묵을 터뜨린다.

"아무것도 하지 마."

단어는 확실하게 들을 수 있을 정도로 명료해서 도러시에게 남편이 그 다른 장소에, 또는 거기서 멀지 않은 곳에 그녀와 함께 있었다는 것을 알려준다. 그녀에게서도 거의 똑같은 생각이 방금 떠올랐다. 그들은 방금 함께 읽은 똑같은 놀라운 책의 똑같은 놀라운 문장으로부터 각자가 다음의 생각을 떠올렸다.

개간된 땅에 숲을 되돌아오게 만드는 가장 훌륭하고 쉬운 방법은 아무 것도 하지 않는 것이다. 전혀 아무것도 하지 않으면 당신이 생각하는 것 보다 더 적은 시간 안에 될 것이다.

"더 이상 잔디 깎지 마."

레이가 속삭이고 그녀는 왜냐고 물어볼 필요조차 없다. 그들이 이렇게 고집 세고, 맹렬하고, 근사한 딸에게 남겨줄 만한 걸로 6000제곱미터의 숲보다 더 나은 유산이 있을까?

나란히 그의 기계식 침대에 누워 그들은 창밖으로 많은 눈이 쌓였다 녹고, 비가 내리고, 잠깐 머무르는 새들이 돌아오고, 낮이 다시 길어지고, 모든 가지들에서 싹이 꽃으로 피어나고, 수백 개의 씨앗들이 잔디밭 전체에서 걷잡을 수 없이 싹을 틔우는 모습을 본다.

"이럴 순 없어. 당신한테는 애가 있어."

애덤은 2인용 소파에 기대앉아서 발목의 검은 상자를 만지작거린다. 로이스, 그의 *아내*는 맞은편에 앉아서 허벅지에 손바닥을 대고 전봇대처럼 등을 꼿꼿하게 세우고 있다. 그는 탁한 공기 속에서 늘어져서 흔들거린다. 더 이상 자신의 생각을 설명할 수가 없다. 그에게는 답이 없다. 이틀 동안 두 사람은 그 사실을 땅속까지 파고들었다.

그는 파이낸셜 디스트릭트의 가로등이 낮의 빛을 대체하는 것을 창문으로 바라본다. 수 세대 동안 만들어지고 있는 계산에 대한 답을 쏟아내는 회로의 논리 게이트처럼 어스름 속에서 천만 개의 불빛이 깜박거린다.

"다섯 살이야. 그 애한텐 아빠가 필요해."

아이는 겨우 하루 반을 코네티컷에 있었을 뿐이지만 애덤은 벌써 아이의 어느 쪽 귓불에 찍힌 상처가 있는지 기억할 수가 없다. 혹은 방금 태어난 것 같은데 어떻게 아이가 다섯 살이 되었는지. 혹은 그가, 애덤이 어떻게 누군가의 아버지가 될 수 있었는지.

"그 애는 당신을 미워하면서 자라게 될 거야. 당신은 내가 그만두게 할 때까지 그 애가 연방 감옥으로 면회를 가서 보게 되는 낯선 사람이 될 거라고."

그녀는 그 사실을 그의 얼굴에 내던지지 않는다. 그래야 마땅한데도. 사실 그는 이미 낯선 사람이다. 그녀가 절대로 몰랐을 뿐이다. 그리고 아이는 이미 애덤에게 외계인이다. 작년에 2주 동안 찰리는 소방관이 되고 싶어 했지만 곧 은행원이 측정할 수 있는 모든 면에서 더 낫다는 사실을 깨달았다. 그 애는 장난감을 줄을 세우고, 숫자를 세고, 자물쇠가 달린 상자에 집어넣는 것을 가장 좋아한다. 그 애가 매니큐어를 사용한 적이라고는 부모가 훔치지 못하게 자신의 조그만 자동차에 점을 찍을 때뿐이다.

애덤이 방 안을 둘러보며 맞은편 높은 의자에 앉아 있는 사람을 본다. 아내의 입술은 비틀려 있고 뺨은 숨이 막히는 것처럼 빨갛다. 그가 체포된 이래로 그녀는 그가 산타크루즈로 돌아가서 시뮬레이션하기 시작했던 그 자신의 삶처럼 모호하게 느껴지기 시작했다.

"당신은 내가 협상을 하길 바라는 거지."

"애덤, 당신 다시는 나오지 못할 거야."

그녀의 목소리는 매끄럽게 통제되어 있다.

"내가 다른 사람을 지목해야 한다고 생각하는 거지. 난 그냥 묻는 거야."

"그게 정의야. 그 사람들은 범죄자야. 그리고 그중 한 명이 당신을 지목했잖아."

그는 창문 쪽으로 돌아선다. 가택연금. 아래쪽으로 반짝이는 노호, 널따란 리틀 이태리, 그가 이제 나갈 수 없는 나라. 그리고 더 멀리, 모든 이웃들 너머로 대서양의 검은 절벽. 스카이라인은 그에게 거의 들릴 것 같은 행복한 음악을 위한 실험적 악보 같다. 오른쪽으로, 시야에 보이지 않는 곳에서 부서진 건물을 대체하는 비틀린 모양의 타워가 올라간다. *자유.*

"우리가 추구하는 게 정의라면……"

그에게 익숙해야만 하는 목소리가 말한다.

"당신 뭐가 문제야? 다른 사람의 편안함을 당신 아들보다 더 앞세우려는 거야?"

바로 이거다. 궁극적인 계명. 자기 자신을 돌봐라. 네 유전자를 보호해라. 하나의 자식, 두 명의 형제, 혹은 여덟 명의 사촌을 위해서 목숨을 내놔라. 그러면 친구의 경우에는 몇 명이어야 할까? 저 바깥에는 아직도 다른 종을 위해서 자신의 생명을 내놓는 낯선 사람들이 몇 명이나 있을까? 나무는 몇 그루나 될까? 그는 아내에게 최악에 관해 이야기조차 꺼낼 수가 없다. 체포된 이래로, 이렇게 오랫동안 질문을 추상적인 개념으로만 취급해오다가 다시 객관적으로 생각하기 시작한 이래로 그는 죽은 여자가 옳았다는 것을 깨닫기 시작했다. 세상은 자신의 종보다 더 앞세워야 하는 행복들로 가득하다.

"내가 협상을 하면 그럼 내 아들은…… 찰리는 내가 뭘 했는지 아는 상태로 자라게 될 거야."

"당신이 힘든 선택을 했다는 걸 알게 되겠지. 당신이 잘못된 일을 바로잡았다는 걸."

애덤은 웃음을 터뜨린다.

"잘못된 일을 바로잡았다라!"

로이스가 벌떡 일어선다. 분노로 그녀는 말을 내뱉지 못한다. 그녀의 뒤로 문이 쾅 닫히고 그는 아내를, 그녀가 무슨 일을 할 수 있는지를 기억해낸다.

그는 법이 그를 어떻게 할까 상상하며 반쯤 잠이 든다. 몸을 돌리자 그의 등 아래쪽에서 불길이 치솟는다. 고통이 그를 깨운다. 커다란 달이 허드슨강에 낮게 걸려 있다. 그 표면의 모든 회백색 움푹한 자국들이 망원경으로 보는 것처럼 분명하게 반짝인다. 감옥에서 살게 될 것을 예상하니 그의 시력에 놀라운 일이 벌어진다.

방광이 아프다. 그는 일어나서 아파트를 가로질러 화장실까지 반사적인 육로 원정을 떠나다가 잘못된 구름이 시야에 들어오는 것을 깨닫는다. 그는 창문으로 가서 손을 얹는다. 동굴벽화처럼 그의 손바닥 주위로 습기가 맺힌다. 아래쪽 협곡에서는 자동차 전조등의 불빛이 뭉쳤다가 흩어진다. 거기, 드문드문 지나가는 차들 사이로 회색 늑대 한 무리가 웨이벌리를 따라 워싱턴스퀘어로 흰꼬리사슴을 쫓아간다.

그는 앞으로 몸을 내밀었다가 통유리에 이마를 부딪친다. 수년 만에 처음으로 외설적인 충동이 그의 안에서 솟구친다. 그는 부엌을 가로질러 좁은 거실로 들어가다가 문틀에 어깨를 부딪친다. 부딪치는 바람에 몸이 핑 돌고, 넘어지지 않으려고 오른손을 내밀다가 그는 얼굴부터 창턱에 갖다 박는다. 그 충격에 아랫입술을 꽉 깨물고 그는 바닥으로 쓰러진다. 고통으로 멍한 상태로 그는 거기 누워 있다.

그의 손가락이 입을 건드리자 끈끈한 게 묻어난다. 오른쪽 송곳니가 안팎으로 아랫입술을 깨물었다. 그는 무릎을 대고 일어나서 창턱 위쪽을 본다. 달이 나무로 뒤덮인 섬 끄트머리 위로 빛난다. 벽돌, 강철, 수직이 달빛으로 환한 초록 언덕에 밀려난다. 개울이 웨스트허드슨으로 이어지는 협곡을 따라 흐른다. 파이낸셜 디스트릭트의 타워들은 사라지고 나무로 가득한 언덕으로 변한다. 위쪽으로는 별들의 급류인 은하수가 흐른다.

입술이 찢어져 정신이 나갈 만큼 아프다. 체포로 인한 스트레스. 그는 생각한다. *난 실제로 이걸 보고 있는 게 아니야. 부딪친 충격으로 거실 바닥에 정신을 잃고 누워 있지.* 하지만 그것은 그의 아래로, 사방으로 퍼져나간다. 엄청나게 빼곡하고, 무시무시하고, 어린 시절처럼 모면할 수 없는 숲. 미국이라는 수목원.

그의 시야가 커지며 모든 것들의 수많은 색깔과 습관들이 확대된다. 서어나무, 참나무, 벚나무, 대여섯 종의 단풍나무들. 멸종한 거대동물들을 상대로 가시로 무장했던 주엽나무. 움직이는 모든 것들을 위해서 음식을 떨어뜨리는 피그넛히코리. 보이지 않을 만큼 가느다란 가지에서 하층 식생 위로 둥둥 떠 꽃을 피우는 밀랍처럼 하얀 층층나무. 야생이 브로드웨이 아래쪽으로 밀려든다. 천 년 전 또는 천 년 후의 섬처럼.

번쩍거림이 그의 눈을 끈다. 참나무 가지를 향해서, 커다란 수리부엉이가 날개를 머리 위로 들어 올리고 아래쪽 나뭇잎 사이에서 움직이는 무언가를 향해서 총알처럼 떨어진다. 흑곰과 새끼 두 마리가 블리커가(街)가 있던 자리의 언덕을 가로질러 간다. 바다거북이 만월 아래서 이스트강의 모래사장에 알을 낳는다.

애덤의 호흡이 유리창에 서리고 전경이 흐릿해진다. 피가 그의 턱을 따라 흐른다. 입을 만져보니 손가락 사이에 모래 같고 단단한 것이 잡힌다. 그는 부서진 이를 내려다본다. 다시 시선을 들자 매나하타(맨해튼의 옛날 이름)는 사라지고 로어맨해튼의 불빛이 그 자리에 있다. 그는 손바닥으로 창문을 내리친다. 반대편의 메트로폴리스는 딸꾹질을 하지 못한다. 그의 맥박이 팔 위쪽에서 뛰고 그는 몸을 떨기 시작한다. 십자말 퍼즐 같은 건물들, 자동차의 빨갛고 하얀 혈구들. 방금 사라진 것보다 더 많은 환각.

그는 가구들과 흩어진 저널들의 지뢰밭을 가로질러 현관으로, 문밖으로 나간다. 복도를 따라 여섯 걸음 가다가 그는 발찌를 기억해낸다. 그는 한쪽 벽에 늘어져서 눈을 질끈 감는다. 마침내 환상이 끝나자 그는 아파트로 돌아와서 그에게 허용된 유일한 서식지에, 앞으로 오랫동안 지속될 그의 고독한 생물군계에 틀어박힌다.

미미 마는 강연장 두 번째 줄에 앉아서 나무 여자가 방금 한 말의 어느 부분에 얼어붙는다. *패트리샤 웨스터퍼드.* 그들 다섯 명은 캐스케디아 자유 생태 지역이 존재하던 시절에 모닥불 앞에서 그녀가 발견한 것들을 함께 읽었다. 그녀의 말은 그것들을, 인간의 편협한 의식 너머에서 뭔가를 하는 그 낯선 존재들을 진짜로 만들어주었다. 여자는 미미가 상상한 것보다 나이가 많다. 겁에 질리고 비틀거리고, 그녀의 연설은 어딘가가 이상하다. 하지만 그녀는 연설을 훌륭하게, 온전하게, 어딘가 금기를 범한 채로 이어간다. *나무 한 그루를 자를 때 그걸로 만드는 건 최소한 당신이 잘라낸 것만큼 기적적인 것이어야 합니다.*

숲이 산으로 만들어내는 건 산보다 더 훌륭하다. 사람들이 숲으로 만드는 것들은……. 그 생각이 제대로 싹을 틔우기도 전에 웨스터퍼드 박사의 말에 미미는 정신을 차린다.

"저는 여러분이 저에게 여기 와서 대답해주길 바라는 질문을 스스로에게 해봤습니다."

미미의 첫 번째 생각은 자신이 착각했다는 것이다. 저명한 학자이자 작가, 수십 년 동안 세계의 위기종 나무들의 종자를 구하러 다닌 사람……. 이런 일이 일어날 리 없다. 그녀가 틀렸을 것이다.

"존재하는 모든 증거들을 바탕으로 생각을 해봤죠. 감정이 사실로부터 저를 가로막지 않도록 노력했습니다."

독백 전체가 일종의 공연 같고, 마지막의 반전이나 폭로를 향해 가고 있는 것 같다.

"희망과 허영으로 눈이 멀지 않도록 노력했고요. 이 문제를 나무의 관점에서 바라보려고 노력했습니다."

미미는 통로를 내려다본다. 사람들이 무거운 수치심 속에 자리에서 꼼짝하지 못하고 믿을 수 없는 얼굴로 앉아 있다.

"*내일의 세계를 위해 인간이 할 수 있는 단 하나의 가장 훌륭한 일이 무엇일까요?*"

또 다른 여자가 한때 미미에게 똑같이 물었다. 그리고 그 답은 대단히 명백하고 논리로 가득하다. 사치스러운 스키장이 지어지기 전에 불태우는 것.

식물 추출물이 잔에 떨어진다. 녹색이 물속에 퍼지고 저속촬영한 싹이 트는 모습을 십만 배로 돌리는 것 같다. 강단에서 12미터 떨어진 곳에 있는 미미는 움직일 수가 없다. 웨스터퍼드 박사는 성체를 들어 올리는 사제처럼 잔을 들어 올린다. 그녀의 연설이 걸쭉할 정도로 짙어진다.

"많은 생명체들이 자신들의 계절을 고르죠. 거의 대부분이요."

지금 벌어지고 있다. 이건 진짜다. 하지만 세계에서 가장 영리한 사람들 수백 명은 꼼짝도 하지 않는다.

"여러분은 저에게 여기 와서 우리 집 고치기에 관해 이야기를 해달라고 했습니다. 고쳐야 하는 것은 바로 우리입니다. 나무들은 우리가 잊은 것을 기억합니다. 모든 추측은 다른 것을 위한 공간을 만들어야만 합니다. 죽음도 삶이에요."

웨스터퍼드 박사가 시선을 내리고, 미미는 그녀를 기다린다. 그녀는 나무 여자의 시선을 사로잡고 놓아주지 않는다. 오래전, 다른 삶에서 그녀는 엔지니어였고 물질이 굉장히 많은 일을 하도록 만들 수 있었다. 이제 그녀는 이 기술 딱 하나만 안다. 다른 존재가 마주 볼 때까지 쳐다보는 법.

미미는 눈이 따끔거리는 것을 느끼며 애원한다. 안 돼요. 그러지 마세요. 제발.

강연자가 인상을 찌푸린다. 다른 모든 건 위선이에요.

박사님은 필요한 분이에요.

이 일에 필요하죠. 우리는 너무 많아요.

그건 박사님이 결정할 일이 아니에요.

디모인 크기의 새로운 도시가 매일 생겨요.

박사님의 작업은 어쩌고요? 종자 금고는요?

그건 몇 년 동안 알아서 굴러갔어요.

그거 말고도 할 일이 아주 많아요.

난 늙은이예요. 더 나은 무슨 일이 남았다는 거죠?

사람들은 이해하지 못할 거예요. 박사님을 미워할 거예요. 이건 너무 연극적이에요.

온갖 비명 속에서 잠깐이나마 주의는 끌겠죠.

이건 치기 어린 행동이에요. 박사님 수준에 맞지 않아요.

우리는 어떻게 죽는지를 기억해야 해요.

박사님은 끔찍하게 돌아가실 거예요.

아뇨. 난 내 식물들을 알아요. 이건 대부분의 방법보다 더 쉬울 거예요.

난 이걸 또 다시 볼 수 없어요.

봐요. 한 번 더. 그게 전부니까.

두 사람의 눈길은 나뭇잎이 빛 한 덩어리를 먹는 만큼의 시간밖에는 마주 보지 않는다. 미미는 강연자의 눈길을 붙잡으려고 애를 쓰지만, 마지막 의지력으로 나무 여자는 눈길을 떼어낸다. 패트리샤 웨스터퍼드는 시선을 다시 거대한 강연장으로 돌린다. 그녀의 미소는 이게 패배가 아니라고 주장한다. 여기에는 다른 이름을 붙여야 한다. 작은 것, 시간을 조금 더, 자원을 조금 더 버는 방법. 그녀는 겁에 질린 미미를 다시 돌아본다. 우리가 볼 수도 있었던 것들, 우리가 여전히 줄 수 있었던 것들!

패트리샤가 다시 보고 싶은 너도밤나무가 오하이오에 있다. 수많은 나무들 중에서 그녀는 단순하고 매끄러운 줄기를 가진 그 너도밤나무를 숨 쉬는 것만큼 그리워할 것이다. 평범하기 짝이 없는 그 나무의 특별한 부분은 땅에서 1미터 높이에 몸통에 금이 새겨져 있다는 것이다. 나무는 아마도 잘 자랐을 것이다. 태양과 비와 공기가 좋은 역할을 했을 것이다. 그녀는 생각한다. 어쩌면 우리는 나무가 우리보다 훨씬 더 오래 살기 때문에 이렇게 나무에 상처를 주고 싶어 하는 걸지도 몰라.

식물녀 패티는 안경을 올린다. 그녀는 연설의 마지막 페이지 마지막 줄을 눈으로 본다. *타치갈리 베르시콜로르를 위하여.* 그녀는 시선을 든다. 300명의 뛰어난 사람들이 경외감 속에 그녀를 보고 있다. 무대 가장자리에 가로막혀 작아진 고함 소리를 빼면 배경음악은 고요하다. 그녀는 소동을 힐끗 본다. 휠체어를 탄 남자가 오른쪽 계단으로 내려온다. 머리와 수염이 어깨 너머로 날린다. 그는 아무도 이해하지 못하는 나무와 말하는 야키족처럼 비쩍 말랐다. 모두가 굳어버린 이 강연장 안에서 그는 혼자서 의자를 밀고 일어서려고 한다. 녹색 액체가 잔 가장자리 너머로, 그녀의 손 위로 튄다. 그녀는 다시 쳐다본다. 의자의 남자가 격렬하게 팔을 흔든다. 그의 나뭇가지 같은 팔이 바깥으로 튀어나온다. 이렇게 작은 일이 저 사람에게는 어째서 저렇게 큰일인 걸까?

세계를 위해서 할 수 있는 단 하나의 가장 훌륭한 일. 문득 생각이 떠오른다. 문제는 *세계*라는 단어에서 시작된다. 이것은 두 개의 정반대의 것을 의미한다. 우리가 볼 수 없는 진짜 세계. 우리가 빠져나갈 수 없는 만들어진 세계. 그녀는 잔을 들어 올리고 아버지가 커다랗게 말하는 소리를 듣는다. *이제 내가 당신에게 노래하게 해주오. 사람들이 어떻게 다른 것으로 변신하는지에 관하여.*

닐리의 고함 소리는 강연장의 마법을 너무 늦게 깨뜨린다. 연사는 잔을 들어 올리고, 세상이 갈라진다. 한쪽 가지로 가면, 그녀는 잔을 입술로 들어 올리고, 강연장에 *타치갈리 베르시콜로르를 위하여*라고 건배를 한 후 들이 켠다. 또 다른 가지, 이 가지에서는 그녀가 "비(非)자살을 위하여"라고 소리치고 소용돌이치는 녹색 컵을 놀란 청중에게로 던진다. 그녀는 강단에 부딪쳤다가 물러나서 무대 옆쪽으로 비틀비틀 사라지고, 사람들은 텅 빈 무대만 쳐다본다.

봄에, 잎이 무성하고 지나치게 따뜻한 봄에, 싹과 꽃이 도시의 모든 층층나무와 박태기나무와 배나무와 수양벚나무에서 흐드러질 때, 애덤의 사건이 마침내 연기 일자를 초과해 서해안의 연방 법원으로 넘어가게 된다. 기자들이 작약에 몰려드는 개미 떼처럼 법정을 채운다. 집행관이 애덤을 안으로 데려온다. 그는 이제 뚱뚱하고 수염이 나 있다. 얼굴에는 등고선 같은 고랑이 파였다. 그는 대학의 최고 강의상을 받던 시상식 연회 때 마지막으로 입었던 정장을 입는다. 그의 아내도 그의 뒷줄에 앉아 있다. 하지만 아들은 아니다. 그의 아들은 수년 후에, 동영상으로 아버지를 보게 될 것이다.

뭐라고 변호하겠습니까?

심리학 교수는 자신이 전혀 다른 생명체이고 인간의 말이 너무 빨라 이해하지 못한 것처럼 눈을 깜박인다.

텅 빈 창턱 너머, 부엌 창문 바깥으로 도러시 브링크먼은 정글을 내다본다. 주차료 징수기에 한 번도 돈을 안 낸 적이 없는 남자가 그녀에게 맞춤식 혁명, 브링크먼 삼림 복원 프로젝트를 시작하게 만들었다. 집의 사방에서 야생이 다가온다. 풀은 30센티미터 높이로 우거지고, 무성하고, 번식하고, 자생식물로 가득하다. 단풍나무는 한 쌍의 손처럼 사방에서 자라난다. 발목 높이의 서양팽나무는 페이즐리 무늬 같은 이파리를 과시한다. 교화의 속도는 그녀를 놀라게 만든다. 몇 년만 더 지나면 그들의 숲은 택지가 침범하기 전의 모습으로 반쯤 돌아갈 것이다.

그녀 자신의 2차림은 더욱 빠르게 자란다. 한때, 그녀는 비행기에서 뛰어내렸고, 사악한 살인마를 연기했고, 그녀를 가두려고 하는 모든 사람들에게 끔찍한 일을 했었다. 이제 그녀는 거의 일흔이 다 됐고, 도시 전체와 전쟁 중이다. 교외 상류층 지역의 정글. 이것은 아동 성추행과 같이 취급된다. 이웃 사람들이 세 번이나 따로따로 와서 무슨 문제가 있느냐고 물어봤다. 그들은 무료로 잔디를 깎아주겠다고 제의한다. 그녀는 상냥하고, 치매기가 있고, 그들을 막을 수 있을 만큼만 단호한 캐릭터를 연기한다. 최후의 아마추어 연극 복귀 투어다.

이제 거리 전체가 그녀에게 돌을 던지려 하고 있다. 시는 두 번이나 공문을 보냈고, 두 번째에는 정원을 정리하지 않으면 수백 달러의 벌금을 맞게 될 거라고 시한을 통지하는 등기우편을 보냈다. 시한은 지나갔고, 그와 함께 또 다른 시한과 또 다른 벌금을 통보하는 또 다른 위협적인 우편이 왔다. 약간 제멋대로 자라는 식물들로 인해서 사회의 기반이 이렇게까지 흔들릴 거라고 누가 생각이나 했을까?

새로운 기한은 오늘까지다. 그녀는 정원에 있을 수 없는 밤나무를 내다본다. 지난주에 그녀는 30년 동안의 이종교배로 마침내 병충해 저항성을 가진 미국밤나무가 탄생했고 야생에서 시험해보기 직전이라는 이야기를 라디오에서 들었다. 그녀에게는 여분의 기억으로 느껴졌던 나무가 이제는 예측처럼 보인다.

창문으로 스치는 오렌지색이 그녀의 눈길을 끈다. 미국딱새 수컷이 꼬리와 날개로 덤불을 뒤져 곤충을 찾고 있다. 지난 한 주 동안에만 새를 22종 보았다. 이틀 전 황혼 무렵에 그녀와 레이는 여우도 보았다. 시민 불복종으로 인해 복합적 벌금 수천 달러를 내야 한다 해도 집에서 보는 풍경은 점점 더 나아지고 있다.

그녀가 레이의 점심으로 과일 콤포트를 만들고 있는데 현관에서 성난 노크 소리가 들린다. 그녀는 흥분해 얼굴을 붉힌다. 흥분 이상이다. 목적의식. 약간 두려우면서도 가장 근사한 종류의 감정. 그녀는 손을 씻고 닦으면서 생각한다. 난 여기, 결승선 근처에서 다시 인생을 사랑하고 있어.

노크가 빠르고 더 요란해진다. 그녀는 거실을 가로질러 가면서 머릿속으로 레이가 준비하는 걸 도와주었던 그들의 재산 보호 방법을 점검한다. 그녀는 공립도서관과 지자체 건물에서 며칠을 보내며 지방 법령과 판례, 지자체 규칙을 읽는 법을 배웠다. 그녀는 남편이 설명해주기를 바라고 사본을 가져왔고, 그는 한 음절 한 음절 힘겹게 설명했다. 그녀는 여러 책을 읽고, 잔디를 깎고, 물을 주고, 비료를 뿌리는 게 얼마나 범죄이고, 6000제곱미터를 재조림하는 것이 얼마나 좋은 일이 될 수 있는지 자료를 모았다. 모든 분별력과 감각에 대한 논쟁은 그녀에게 유리하다. 그녀를 적대하는 것은 오로지 한 가지 비합리적이고 원시적인 욕망이다. 하지만 문을 열었을 때 거기 서 있는 건 청바지에 폴로 셔츠를 입고 '메이드 인 USA' 야구 모자 아래로 지저분한 금발이 삐져나온 비쩍 마른 젊은이다. 모든 방어 계획이 바뀐다.

"브링크먼 부인?"

아이 뒤로 연석 옆에 더 어린 소년 세 명이 서로를 향해 스페인어로 소리를 지르며 픽업트럭과 평상형 트레일러에서 잔디 깎는 기구를 내리고 있다.

"시에서 아주머니 댁을 정리하라고 해서 왔어요. 몇 시간이면 될 거고, 나중에 시에서 요금을 청구하지도 않을 거예요."

"안 된다."

그녀가 말한다. 그 풍부하고 따스하고 현명한 한마디 말이 소년을 어리둥절하게 만든다. 소년이 다시 입을 열지만 너무 당황해서 아무 말도 나오지 않는다. 그녀는 미소를 지으며 가슴을 들어 올린다.

"넌 이 일이 별로 하고 싶지 않을 거야. 이건 끔찍한 실수일 거라고 시에 말하렴."

그녀는 무대에 서던 시절의 비밀을 기억한다. 내적 의지력을 동원하라. 살아온 삶의 기억을 전부 불러내라. 옳은 것과 틀린 것, 자명한 진실을 머릿속에 간직하라. 단순한 확신보다 더 강력한 것은 없다.

소년이 약해진다. 시는 이런 권위에 어떻게 대항해야 하는지 소년에게 알려주지 않았다.

"음, 괜찮으시다면……."

그녀는 미소를 지으며 그를 안타깝게 여기며 고개를 흔든다.

"괜찮지 않아. 정말로 괜찮지 않아."

그보다는 생각이 있어야지. 내가 널 더 부끄럽게 만들도록 하지 말아주렴. 소년은 공황 상태가 된다. 그녀는 애정과 이해심, 무엇보다도 동정심 담긴 눈으로 그를 쳐다보고, 그는 몸을 돌려 인부들을 부르고 기계는 다시 트럭에 실린다. 도러시는 문을 닫고 그들이 떠나는 동안 키득키득 웃는다. 그녀는 항상 훌륭한 미친 여자 역할을 하는 걸 즐겼다.

이것은 아주 작은 승리이고 아주 약간의 지연일 뿐이다. 시는 다시 올 것이다. 잔디 깎는 사람들과 가지 치는 사람들이 다음번에는 묻지도 않고 몰려와서 작업을 하려고 할 것이다. 그들은 정원을 깨끗이 잘라낼 것이다. 연체료와 벌금은 점점 더 쌓일 것이다. 도러시는 맞고소를 해서 최종 항소까지 법원에서 싸울 것이다. 시가 집을 몰수하고 몸이 마비된 남자를 감옥에 던지게 하라지. 그녀는 그들보다 오래 버틸 것이다. 새로운 어린 나무들과 다음 봄의 난장판은 그녀의 편일 것이다.

그녀는 부엌으로 돌아가서 점심을 마저 만든다. 그녀는 레이에게 식사를 먹이며 자기가 무엇에 당한 건지 전혀 모르는 불쌍한 소년과 그의 외국인 인부들에 대해서 이야기한다. 그녀는 모든 역할을 연기한다. 가장 재미있는 것은 그녀 자신을 연기하는 것이다. 세상의 어느 누구도 확인하지 못하겠지만, 그녀는 그가 미소를 짓는 걸 볼 수 있다.

점심을 먹고 나서 그들은 십자말 퍼즐을 한다. 그런 다음 요즘 자주 그러듯이 레이가 말한다.

"더 말해줘."

도러시는 미소를 지으며 그의 옆자리로 올라간다. 그녀는 창문으로 새로 자라나는 광란의 식물들을 바라본다. 그 가운데에 거기 있을 수 없는 나무가 있다. 가지는 밖으로, 집을 향해 서서히, 확실하게, 하지만 그녀가 감탄할 정도로 빠르게 뻗어온다. 어떻게 생명이 화학물질 모음이 일으키는 온갖 다른 속임수들에 상상력을 가미할 수 있는 건지는 도러시가 도저히 이해할 수 없는 미스터리다. 하지만 지금 존재하는 모든 가지들에서, 그 수많은 가설들에서, 과거와 미래, 땅과 하늘의 다리가 되는 것을 볼 수 있는 능력은 실재한다.

"그 애는 착한 아이야, 알지?"

그녀가 남편의 뻣뻣하게 구부러진 손을 잡는다.

"그 애는 그냥 잠시 길을 잃은 거야. 그 애한테 필요한 건 스스로를 찾는 것뿐이야. 목적을 찾는 거. 자신보다 더 큰 걸로."

검찰 측은 피고의 범죄로 추정되는 현장 한 곳의 사진을 보여준다. 불탄 벽에 남은 낙서다. 각 줄의 첫 번째 글자들에서는 채색 원고의 대문자처럼 줄기와 덩굴이 돋아나 있다.

통제는 죽인다

연결은 치유한다

집으로 오지 않으면 죽음뿐

그것이 이 사건의 가장 중요한 증거이자 그들이 요구하는 엄청난 형량의 기반이다. 그들은 이것이 위협임을 입증하려고 한다. 정부의 결정에 힘으로 영향을 미치려는 행동이라고.

애덤의 변호사들은 자비를 요청한다. 그들은 모두를 상대로 하는 범죄를 통해서 대중의 관심을 끌려고 했던 젊은 이상주의자가 불을 질렀던 거라고 주장한다. 그들은 숲의 매매 자체가 불법이고 정부가 맡고 있던 땅을 보호하는 데 실패한 것이라고 말한다. 수많은 평화 시위는 아무 결과도 얻지 못했다고. 하지만 그들에게는 증거가 없다. 법은 모든 면에서 분명하다. 그는 방화에 유죄다. 개인 재산 파괴에 유죄다. 대중의 복지에 반한 폭력에 유죄다. 살인에 유죄. 애덤 어피치의 동년배들이 포함된 배심원들은 국내 테러리즘에 유죄를 선고한다.

법은 단순히 글자로 쓰인 인간의 의지다. 법은 살아 있는 지구의 구석구석을 아스팔트로 뒤덮는 게 인간의 의지라면 그렇게 할 것이다. 하지만 법은 모든 관련자들이 말을 할 수 있게 해준다. 판사가 묻는다.

"본 법정에서 마지막으로 하고 싶은 말이 있습니까?"

생각이 애덤의 머릿속을 울린다. 평결은 바람이나 불에 쓰러진 나무처럼 그를 풀어놓았다.

"우리가 옳았는지 틀렸는지는 곧 알게 되겠죠."

법정은 애덤 어피치에게 70년씩 연이은 징역형을 선고한다. 그 관대함에 그는 충격을 받는다. 그는 생각한다. *70 더하기 70은 아무것도 아니야. 검은버드나무와 양벚나무를 합한 거지.* 그는 참나무를 생각한다. 더글러스전나무나 주목나무를 생각한다. *70 더하기 70.* 모범적인 행동으로 감형이 되면 그는 첫 번째 절반의 형기를 딱 죽을 때에 맞춰서 끝낼 수도 있을 것이다.

종자

천국과 지상의 무엇을 갖고서 숲이, 나무가 만들어졌는가?

-《리그베다》, 10.31.7

그리고 여기서 그는 나에게 작은 것을, 내 손바닥 위에 놓인 헤이즐넛의 양을 보여주었던 것 같다. 그리고 그것은 여느 공만큼이나 둥글었다. 나는 이해의 눈으로 그것을 살펴보고서 생각했다. "이게 무엇일 수 있을까?" 그리고 그 답은 보편적인 것이었다. "그건 세상에 만들어진 모든 것이야."

- 노리치의 줄리언

이 행성이 자정에 태어나서 딱 하루 동안만 살아간다고 해봅시다.

처음에는 아무것도 없습니다. 용암과 유성으로 두 시간이 사라지죠. 생명은 새벽 서너 시쯤이 되어서야 나타납니다. 그때에도 그것은 간신히 자가 복제를 하는 조각들에 지나지 않아요. 새벽부터 아침 늦게까지, 가지를 치는 수억 년 동안, 가늘고 단순한 세포들 말고는 어떤 것도 존재하지 않습니다.

그러다가 모든 것이 있게 되죠. 정오를 갓 지났을 때 뭔가 터무니없는 일이 일어납니다. 단순세포 한 종류가 다른 것 두어 개를 노예로 만들어요. 핵이 세포막을 갖고 세포들이 세포소기관으로 진화합니다. 한때 1인 야영지였던 곳이 마을로 확장되지요.

동물과 식물이 나누어지는 것은 하루가 3분의 2쯤 흘렀을 때 입니다. 그리고 여전히 생명은 그저 단순세포지요. 어스름이 내린 다음에야 복합생명체가 장악합니다. 모든 커다란 생명체들은 어둠이 내린 후에 나타난 지각생들이에요. 저녁 9시에 해파리와 벌레들이 나타납니다. 9시가 거의 끝나갈 즈음 집단적 발생이 일어나요. 척추, 연골, 온갖 신체 형태들이 나타납니다. 순식간에 널따란 수관에서 셀 수 없이 많은 새로운 줄기와 잔가지들이 생기고 자라나고요.

식물들은 10시가 되기 직전에 육지로 올라옵니다. 그다음에 곤충들이 나타나 즉시 공중을 차지합니다. 잠시 후 사지동물들이 피부 주변과 배 속에 초기 생물체들 전부를 넣은 채로 갯벌에서 기어 나옵니다. 11시경 공룡들이 마지막 힘을 다하고 포유류와 조류에게 한 시간 동안 통제권을 넘깁니다.

그 마지막 60분 사이 어느 시점에, 계통발생도의 상단에서 생명체가 의식을 갖기 시작해요. 생물들이 추측하기 시작하지요. 동물들이 자식들에게 과거와 미래에 대해서 가르치기 시작합니다. 동물들이 의식을 치르는 법을 배워요.

해부학적으로 현대 인간은 자정이 되기 4초 전에 나타납니다. 최초의 동굴 벽화가 3초 후에 생기지요. 그리고 큰 바늘이 자정에 도착하기 천 분의 1초 전에 생명이 DNA의 미스터리를 풀고 스스로 생명의 나무 지도를 만들기 시작합니다.

자정에, 지구의 대부분의 지역이 한 생물종을 보살피고 먹이기 위한 줄뿌림 작물 천지로 변합니다. 그리고 바로 그때 생명의 나무가 다시 다른 것으로 변합니다. 바로 그때 그 거대한 나무가 불안정하게 흔들리기 시작하지요.

닉은 천막에서 머리를 땅에 댄 채로 깨어난다. 흙은 여느 베개만큼이나 아주 부드럽다. 아래의 토양은 그의 귀 아래로 나뭇잎과 수많은 분뇨, 다시 미생물들로 바뀔 죽어가는 이파리들로 두껍게 쌓여 있다.

새들이 그를 깨운다. 항상 그렇다. 망각과 기억의 매일의 예언자들은 빛이 밝아오기도 전부터 노래를 한다. 그는 그들이 고맙다. 그들은 그에게 매일매일을, 이른 시작을 선사한다. 그는 어둠 속에서 굶주린 채 누워서 새들이 천 가지 고대의 방언들로 삶을 의논하는 것을 듣는다. 다투고, 영토 싸움을 하고, 기억을 떠올리고, 칭송하고, 즐긴다. 오늘 아침은 춥고 어둠 속에 안개가 끼어 있어서 그는 슬리핑백 밖으로 나가고 싶지 않다. 아침은 변변찮을 것이다. 음식이 별로 남지 않았다. 그는 며칠째 북쪽으로 가고 있고, 조만간 마을을 찾아서 보급을 해야 할 것이다. 가까운 곳에 도로가 있어서 트럭이 덜커덩거리는 소리가 들리지만, 소리는 추상적이고 나지막하게, 멀게 들린다.

그는 계란 모양 나일론에서 기어 나와 바라본다. 새벽의 첫 희미한 빛이 나무들의 윤곽을 비춘다. 여기의 나무들은 더 작다. 외곽으로 갈수록 더 가늘어지고, 많은 눈에 적응된 형태를 갖고 있다. 하지만 이제 항상 그러는 것처럼 그에게 다시 그 일이 일어난다. 흔들리는 나무의 모습, 바스락거리는 솔방울들, 가지 끝이 서로를 건드리는 방식, 톡 쏘는 나뭇잎의 시트러스 향기, 이 모든 것들이 그가 영원히 계속해서 잊어버리는 명확한 이유를 되살려준다.

"아침에 일어나!"

그의 광기 어린 노래가 새벽의 합창에 가세한다.

"일을 하러 나가!"

제일 가까이 있는 새들이 입을 다물고 듣는다.

"봉급을 위해 악마처럼 일을 해!"

넘치는 개울에서 떠 온 물을 끓일 만한 작은 불을 피운다. 나무 컵에 커피 가루 한 자밤, 귀리 한 줌을 넣자 그의 준비는 끝난다.

수 킬로미터 남쪽, 샌프란시스코, 미션돌로레스 공원에 있는 미미. 그녀는 소풍 나온 사람들로 둘러싸여서 풀밭에, 노브콘소나무 아래 앉아서 휴대전화를 두드리고 있다. 뉴스는 그녀가 깨어날 수 없는 악몽이다. 아내와 어린 아들이 있는 성공한 사회과학자, 한때 그녀가 목숨을 걸고 믿었던 남자가 그녀가 함께 도운 일로 인해서 두 번의 종신형을 받게 되었다. 국내 테러리즘으로 유죄 판결을 받고서, 변호조차 거의 하지 않고 그가 저질렀다고 믿을 수 없는 방화들에 대해서도 유죄를 받았다. "환경-급진주의자가 140년 형을 받다." 그리고 또 다른 남자, 그 열렬한 만화 같은 순수성 때문에 그녀가 사랑했던 남자가 그를 팔아넘겼다.

바닥에 책상다리를 하고 나무껍질에 등을 기대고서 그녀는 휴대전화에 핵심 단어를 입력한다. 애덤 어피치. 테러리스트 처벌 강화법. 그녀는 더 이상 자신이 남기는 빵 부스러기 흔적에 신경 쓰지 않는다. 잡히는 건 많은 문제를 해결해줄 것이다. 페이지가 늘어나고 그녀가 훑어볼 수 있는 속도보다 더 빠르게 연결된다. 전문가 분석과 성난 아마추어들의 추측.

그녀가 감옥에 있어야 한다. 그녀가 기소되어 종신형을 받아야 한다. 두 번의 종신형. 죄책감이 목으로 올라오고, 그녀는 그것을 맛본다. 그녀의 저린 다리가 일어서서 그녀를 가까운 경찰서로 데려가고 싶어 한다. 하지만 그녀는 경찰서가 어디에 있는지조차 모른다. 20년 동안 그녀는 그 정도로 법을 잘 지키는 사람이었다. 근처에서 일광욕 하는 사람들이 그녀를 쳐다본다. 그녀는 큰 소리로 뭔가 말을 했다. 아마도 이 말이었던 것 같다. 날 도*와줘요.*

다른 눈들, 보이지 않는 눈이 그녀의 옆에서 읽는다. 미미가 열 개의 문단을 읽는 시간 동안 육체가 없는 눈은 천만 개의 문단을 읽는다. 그녀는 새로운 페이지로 넘기자마자 사라지는 대여섯 가지 세부 사항밖에는 기억하지 못하지만, 보이지 않는 학습자들은 모든 단어를 보존하고 하나하나 덧붙을 때마다 더 강하게 자라나는 감각의 분산 네트워크에 그것들을 끼워 넣는다. 그녀가 읽으면 읽을수록 사실은 그녀를 점점 더 피한다. 학습자가 읽으면 읽을수록 패턴이 더 많이 드러난다.

*

더글러스는 그의 포획자들이 감방이라고 부르는 곳에서 학생 책상 앞에 앉아 있다. 여기는 20년 동안 그가 지낸 곳 중에서 가장 근사한 시설이다. 그는 수목학 입문 오디오 강좌를 듣고 있다. 이걸 듣고 학점을 딸 수 있다. 어쩌면 학위도 딸 수 있을지 모른다. 그것은 그녀를, 다시는 볼 가능성이 전혀 없다는 걸 아는 여자를 자랑스럽게 만들 수도 있다.

테이프 속 교수는 근사하다. 그녀는 할머니 같고 어머니 같고 더글러스가 가져본 적 없는 영적 지도 상담사 같다. 그는 요즘에 언어 장애가 있는 사람들이 여기저기 많이 쓰이는 것이 굉장히 좋다. 오디오 강좌에도 쓰인다. 이 여자도 다른 목소리를 듣는다. 그는 잘 듣고 메모를 한다. 페이지 위쪽에 그는 이렇게 쓴다. *생명의 하루.* 테이프 속 여자가 말하는 내용은 말도 안 된다. 그는 전혀 몰랐다. 생명체—십억 년이 넘도록 나타나지 않았던 것. 믿을 수가 없다. 이 무모한 일은 전혀 일어나지 않았을 수도 있다. 생명의 나무는 영원히 관목으로 남을 수도 있었다. 그리고 생명의 하루는 굉장히 조용한 하루였을 수도 있다.

그는 그녀가 시간별로 설명하는 것을 듣는다. 그리고 마지막 몇 초 사이에 짐승들이 나타나서 지구 전체를 공장식 농장으로 바꾸어놓자 그는 이어폰을 빼고 일어나서 고함을 지른다. 어쩌면 너무 길게, 너무 크게 질렀나 보다. 담당 간수가 그를 쳐다본다.

"안에서 도대체 무슨 일이야?"

"아무것도 아닙니다. 다 괜찮아요. 그냥…… 비명을 지른 것뿐이에요."

최악인 부분은 사진이다. 미미는 길에서 스쳐갔다면 그를 알아보지 못했을 것이다. *단풍나무.* 어떻게 그들이 그를 그렇게 불렀던 걸까? 이제는 강털소나무다. 5000년 동안 죽어가고 있는 시든 유목에 살아 있는 나무껍질이 아주 좁게 붙어 있는 나무.

그녀는 고개를 든다. 사람들이 조그맣게 무리 지어 그녀의 근처에 대자로 누워 있다. 몇몇은 담요에 앉아 있고, 다른 사람들은 군데군데 난 잔디 위에 누워 있다. 신발, 셔츠, 가방, 자전거, 음식이 그들 주위에 널려 있다. 점심시간이다. 하늘이 협조한다. 어떤 심판도 그들을 건드릴 수 없고, 모든 미래는 손으로 잡을 수 있는 상태다.

그녀는 너무 오랫동안 주디스 핸슨 역할을 한 나머지 미미 마로서 저질렀던 범죄와 그 이름에 걸려 있는 처벌을 기억하자 충격을 받는다. 이 공원에 오기 위해서 그녀는 걷고, 버스를 타고, 열차로 갈아타고, 우스울 정도로 빙빙 돌아서 왔다. 하지만 그녀가 어디에 있든, 어떤 자취를 남기든, 그들은 그녀를 찾을 것이다. 그녀는 대량 범죄를 저지른 흉악범이다. 살인자. 국내 테러리스트. 70년 더하기 70년.

미미의 휴대전화로 신호가 몰려든다. 지연된 업데이트와 스마트 알람이 그녀를 향해 울린다. 지워버릴 알림들. 바이럴 밈과 클릭하면 보이는 댓글 전쟁, 순위를 매겨주길 바라는 수백만 개의 읽지 않은 포스트들. 공원에서 그녀 주위에 있는 모두가 비슷하게 제각기 손바닥에 우주를 놓고서 두드리고 미끄러뜨리느라 바쁘다. 크라우드소싱된 엄청난 긴급함이 '좋아요 세계'에 펼쳐지고, 이 인간들의 어깨 너머로 보는 학습자들은 어떤 사람이 클릭을 할 때마다 그게 무엇일 수 있는지를 깨닫기 시작한다. 복제된 천국으로 대량으로 사라지는 인간들.

미미의 근처 풀밭에서 키틴질(곤충류나 갑각류의 외골격을 형성하는 물질) 같은 옷을 입은 소년이 손에 대고 말한다.

"자외선 차단제를 살 수 있는 가장 가까운 곳이 어디야?"

상냥한 여자 목소리가 대답한다.

"이게 제가 찾은 결과입니다!"

미미는 자신의 전화기를 얼굴 가까이로 든다. 그녀는 뉴스에서 사진으로, 분석에서 동영상으로 넘어간다. 이 조그만 검은색 돌덩이 안 어딘가에 그녀의 아버지의 일부가 있다. 아버지의 뇌와 영혼의 일부가. 그녀는 자신의 전화기 마이크에 대고 속삭인다.

"가장 가까운 경찰서가 어디야?"

지도가 나타나고 가장 빠른 경로와 거기까지 걸어서 몇 분이 걸리는지를 알려준다. 5.3분. 벌레 골격 같은 옷을 입은 소년이 전화기에 대고 말한다.

"카우펑크(음악 장르) 좀 틀어줘."

그리고 무선 이어폰 속으로 사라진다.

애덤은 넘쳐나는 연방 시스템이 그를 넣어놓을 공간을 찾는 동안 이송 시설의 침대에 누워 있다. 항소는 하지 않을 것이다. 그는 감은 눈꺼풀 안쪽으로 법정에 섰던 수염 난 남자에 관한 섬광 같은 영상을 본다. 후회나 협상은 전혀 없던 남자. 그의 두 줄 뒤에 있던 아내는 산산이 무너진다. 우리가 옳았는지 틀렸는지는 곧 알게 되겠죠.

그는 우리라는 단어를 사용할 생각을 어떻게 해냈는지 신기하다. 하지만 그렇게 한 것이 기쁘다. 그 시절에는 모든 것이 우리였다. 협력적 존재에 내맡기기. 우리, 우리들 다섯 명. 숲에 분리된 나무는 없다. 그들은 뭘 이루기를 바랐을까? 야생은 사라졌다. 숲은 화학물질로 유지되는 식림법에 잡아먹혔다. 40억 년의 진화, 거기서 문제는 끝이 날 것이다. 정치적으로, 실제적으로, 감정적으로, 지성적으로. 인간은 중요한 모든 것이자 최종적 결정이다. 인간의 굶주림을 끊어버릴 수는 없다. 그걸 늦출 수조차 없다. 그저 경주가 감당할 수 있는 것 이상의 꾸준한 경비를 유지하는 것뿐이다.

다가오는 대학살은 그들의 근거였다. 그들 다섯 명이 일으킨 모든 방화를 변명해줄 수 있을 정도로 거대한 대재앙. 그 대재앙이 여전히 오고 있다고 그는 확신한다. 그의 70년 더하기 70년이 끝나기 한참 전에 올 것이다. 하지만 그의 무죄를 밝혀줄 만큼 빨리는 아니다.

더기의 감방 창문은 밖을 내다보기에는 너무 높이 있다. 그는 그 아래에 서서 보이는 척한다. 오디오 강의는 미친 듯이 나무를 보고 싶게 만들었다.

미미를 제외하고, 자유로운 생활을 하는 생명체 중에서 나무가, 빈혈기 있고 제대로 성장하지 못한 빈약한 것이라도 그가 가장 보고 싶은 것이다. 설령 나무들 때문에 이런 개떡 같은 상황에 처했다 해도. 그러나 기묘한 것은 나무들이 어땠는지 기억이 나지 않는다는 점이다. 전나무의 모습이 얼마나 우아한지. 아이언우드의 부분 부분이 어떻게 연결되어 있는지, 가지가 어떻게 뻗어나가는지. 심지어는 엥겔만과 솔송나무마저 헷갈리기 시작한다. 그가 빌어먹게 오랫동안, 빌어먹게 많이 본 나무들인데도. 느릅나무, 니사나무, 칠엽수나무. 다 잊었다. 지금 하나를 그린다면 아마 다섯 살배기의 조악한 크레용 그림 같을 것이다. 막대에 꽂혀 있는 솜사탕.

그는 열심히 살펴보지 않았다. 너무 조금 사랑했다. 감옥에 갇힐 만큼은 되지만, 오늘을 헤쳐나가기에는 너무 적다. 그러나 그에게는 딱히 대단한 의무가 없고 완전히 미쳐버리지 않도록 버텨야 하는 텅 빈 시간이 끝없이 많다. 그는 눈을 감고 차분해지기 위해서 몸부림친다. 오디오테이프에서 들은 세세한 내용을 떠올려보려고 한다. 너도밤나무 싹의 곧은 청동 창 같은 모양. 철퇴처럼 가지 끝에 몰려서 나는 적참나무의 싹. 다음 해의 시작을 감싼 플라타너스 잎줄기의 텅 빈 끝. 검은호두나무의 맛과 원숭이 얼굴처럼 생긴 잎이 탈락한 흔적.

잠시 후 그것들이 명확해지기 시작한다. 처음에는 단순하지만, 점점 자세해진다. 봄의 단풍나무가 꼭대기부터 붉게 변하는 모습. 사시나무의 정중한 박수. 부모가 아이의 손을 잡는 것처럼 가지를 뻗는 주목나무. 상처 난 히코리넛의 향기. 댐이 무너지고 마로니에나무 이파리 사이로 내려오는 수백만 개의 빛의 구멍처럼 기억이 물밀듯이 몰려든다. 주엽나무 가시 사이의 각도. 깎은 올리브나무 조각의 난류. 열대의 새 꼬리처럼 퍼진 미모사 잎. 흐려지고 암호처럼 보이는 너도밤나무 껍질 안쪽의 은밀한 글. 검은포플러 아래를 걸을 때 느껴지는, 들이켜는 것조차 범죄 같을 만큼 무거운 차분함.

사이프러스를 긁으면 드는 이게 바로 사후세계에서 나는 냄새일 거야라는 생각까지.

그는 세상에 살았던 모든 사람 중에서 가장 부자일지도 모른다. 너무나 부자라서 모든 걸 다 잃어도 여전히 이득을 낼 수 있다. 그는 반짝이고 단단한 살 같은 녹색 페인트로 칠해놓은 콘크리트 벽 옆에 선다. 빛이 떨어지는 모습을 올려다보며 기억을 되살리려고 노력한다. 그의 손이 언제나 그러듯이 벨트 바로 위, 그의 배 옆쪽의 호두를 누른다. 뭔가가 그 안에 있다. 꽤 큰 종자, 상상하기에 불가능하고, 협력자는 아니지만 어쨌든 간에 생명체인 것이.

또 다른 부유한 남자, 산타클라라 카운티에서 63번째로 부유한 남자가 자신의 감방 안에 앉아 화면에 타이핑을 하고 있다. 어디인지가 중요한가? 닐리가 쓰는 단어들은 이제 막 자기 혼자 덧붙이기 시작한 자라나는 유기체에 첨가된다. 다른 도시의 다른 화면에서는 수억 달러로 고용할 수 있는 최고의 코더들이 진행 중인 작업에 기여하고 있다. 그들의 새로운 모험적 협력 사업은 대단히 놀라운 시작을 보였다. 이미 그들의 창조물들이 데이터의 거대한 세계를 집어삼키고 그 안에서 대단히 놀라운 패턴을 찾아낸다. 어떤 것도 0에서 시작할 필요는 없다. 공공 도메인에 이미 대단히 많은 디지털 생식질이 존재한다.

코더들은 청취자들에게 오로지 어떻게 보는지만 말해준다. 그러면 새로운 창조물들이 전 세계를 정찰하고, 코드가 바깥으로 퍼진다. 새로운 가설, 새로운 후손, 더 진화한 종족, 모든 것들이 한 가지 목표를 공유한다. 생명이 얼마나 큰지, 어떻게 연결되어 있는지, 그리고 사람들이 비자살을 하게 만들기 위해서는 뭐가 필요한지를 알아내는 것이다. 지구는 다시금 가장 깊고 가장 근사한 게임이 되었고, 학습자들은 가장 최근의 플레이어들일 뿐이다. 엄청나게 다양한 그들은 날아올라서 종이접기 새처럼 데이터 공간으로 떼 지어 들어간다. 몇몇은 한동안 번성하다가 사라질 것이다. 무언가 핵심을 찌르는 몇몇은 늘어나고 증가할 것이다. 닐리가 엄청난 고통 속에 배운 것이 바로 그것이다. 생명은 미래에 말하는 방법을 갖고 있다는 것. 그것을 기억이라고 부른다.

*

어제 태어난 다른 학습자들은 주디스 핸슨이 누르는 모든 버튼을 연구한다. 그들은 그녀를 따라 오늘까지 13년 치 이상의 새로운 동영상들이 생겨난 어마어마하게 큰 필름 아카이브로 간다. 학습자들은 이미 이 클럽을 수억 번 보았고 추론을 하기 시작한다. 그들은 이제 얼굴과 랜드마크, 책, 그림, 건물, 판매상품들을 구분할 수 있다. 조만간 그들은 영상이 어떤 의미인지 추측하기 시작할 것이다. 생명은 추측이고 이 새로운 추측은 살아나기 위해서 애를 쓰고 있다.

미미는 클릭한다. 표제 클립 아래로 주디스 핸슨이 *저걸 보면 분명히 이것들도 보고 싶어 할 거라는 것*을 아는, 보이지 않는 영리한 요원들이 정리해놓은 동영상들이 줄을 선다. *생명 보호군. 숲 전쟁. 삼나무 여름.*

미미는 계속해서 본다. 6분짜리 클립 하나하나가 영원 같은 시간이 걸리고, 그녀는 대체로 몇십 초밖에는 보지 않는다. 그녀는 수-목이라는 클립을 클릭한다. 그것은 몇 달 전에 올라온 거고 이미 수천 개의 추천과 비추천을 받았다. 시작 장면은 새카만 화면에서 눈길이 닿는 가장 먼 곳까지 개별된 풍경으로 변화한다. 고대의 나무 악기가 내적 곡조의 복잡한 메커니즘이 거의 멈춘 거나 다름없이 느껴질 정도로 아주 천천히 체념 조의 코랄 전주곡을 연주한다. 그녀는 그 곡을 모른다. 학습자들은 그녀에게 그게 뭔지 말해줄 수 있다. 학습자들은 이미 몇 개의 곡조만 듣고도 수천만 개의 곡을 말할 수 있다.

카메라가 포켓 시어터를 꽉 채울 만큼 커다랗고 육중한 나무 그루터기를 클로즈업한다. 화면이 재빨리 넘어가서 이 외딴 언덕 위로 불길을 뿜어내는 세 개의 가스 버너가 나타난다. 다음 장면에서는 천막 같이 생긴 장식용 관(冠)이 버너 위에 늘어져 있다. 카메라가 회전한다. 렌즈가 다시 초점을 잡는다. 버너가 다시 불길을 뿜는다. 관이 부풀며 갈색과 녹색 튜브로 변한다. 천막이 저속으로 올라간다. 10초 만에 미미는 이 그루터기가 무엇인지 깨닫는다. 학습자들은 아직 모르지만, 오래 걸리지 않을 것이다. 그들은 조만간 그녀가 이해하는 모든 것을, 더 명확하게 이해할 것이다.

미미는 사람 많은 공원에서 휴대전화로 유령 나무가 나타나는 것을 본다. 나무가 쓰러진 숲 위로 솟아오른다. 산들바람 속에서 펄럭이며 거대 삼나무가 되살아난다. 몸통이 자라나며 카메라는 뒤로 물러나 기하학적 증명처럼 단조로운 나무 그루터기들의 배경 속에 서 있는 유일한 것이 이 나무임을 드러낸다. 근사하고, 비현실적이고, 뜨거운 열기를 채운 나무가 부풀어 올라 반투명한 절정으로 치솟는다. 어마어마하게 크고 꿰매어 만든 수십 개의 가지들이 허공의 메시지를 찾아서, 은밀한 구획을 찾아서 주위를 찌른다.

그녀는 누가 이 나무를 만들었는지 안다. 이제 완전히 부풀어서 시나몬 색깔의 나무껍질 판에 수 세기 전 불에 그을린 부분이 검은 줄무늬로 드러난다. 무언가가 기단의 커다란 줄기를 둘러싸고 있다. 그 광경에 그녀는 얼어붙는다. 그녀가 환각을 보고 있는 거라고 생각한다. 하지만 클로즈업 장면이 13센티미터 화면에서도 사실임을 입증한다. 어떤 형체들이 불가에 나란히 둘레를 따라서 바깥을 바라보며 깨달음의 가장자리에 앉아 있다. 그것은 두루마리에 있던 것과 똑같은 자세의 그녀의 아라한들이다. 예복, 웅크린 어깨, 튀어나온 갈비뼈, 냉소적인 얼굴에 떠오른 미소까지 똑같다. 그녀는 휴대전화를 풀밭 위에 내려놓는다. 이해할 수가 없다. 영상은 계속 돌아간다. 떠 있는 나무의 옆면으로 중국 글자가 흐른다. 중국어를 읽을 수 없어도 그녀는 수년 동안 그것을 바라봐서 잘 안다.

이 산에서, 이런 날씨에,
왜 여기에 더 이상 머무르는가?
세 그루의 나무가 다급한 팔을 나에게 흔드네.

곧 그녀는 니컬러스 호엘이 그녀의 집에서 보냈던 오랜 시간을 떠올린다. 다른 사람들이 지도를 연구하고 공격 계획을 세우는 동안 식탁 앞에 앉아서 스케치를 하던 그가 보이는 것 같다. 그가 미리 그들의 재판을 기록하고 있는 법정 화가가 된 것 같은 느낌이라서 그것은 늘 그녀의 신경을 건드렸다. 이제 그녀는 그가 뭘 스케치했던 건지 깨닫는다.

미미의 휴대전화 화면의 나무가 허공에서 앞뒤로 흔들린다. 가지들이 허우적거린다. 장면 아래쪽에서 연기가 솟아오른다. 버너 하나가 커다란 천으로 된 기둥 아래쪽에 불을 붙였다. 불길이 수 세기 전에 미마스를 휩감았던 것처럼 불이 몸통을 핥고 올라온다. 하지만 이 나무껍질은 내화성이 없다. 순식간에 뜨거워진 실크 기둥이 위쪽으로 증발하고 실패한 우주 비행선처럼 지구로 다시 추락한다. 불타는 가지들이 흔들리며 떨어진다. 아라한들의 원이 노란색으로, 그다음에는 밝은 오렌지색으로 빛나다가 새카만 재가된다.

몇 분 안에 꿰매어 만든 삼나무 전체가 불에 타서 재가 된다. 코랄 전주곡은 현혹적인 마지막 종지를 지나 으뜸음으로 끝난다. 그리고 장면은 그루터기로 가득한 언덕 비탈 위로 연기가 한 줄기 피어오르는 장면으로 끝난다. 예전에 했던 것처럼 절실하게 미미 마는 무언가를 폭파시키고 싶다.

어둠 속에서 단어들이 다시 떠오른다. 글자들은 가을 빛깔의 이파리로 만들어졌고 기다란 숲 바닥 위로 터무니없는 인내심을 갖고 한 획 한 획 그려진다.

> 나무는 소망이 있으니,
> 베어 쓰러져도 다시 움이 돋고
> 그 연약한 가지들이 끊이지 않을 것을.
> 뿌리가 땅속에서 늙어가고
> 줄기가 지상에서 죽을지라도
> 물 냄새에 다시 싹이 나고 가지가 돋으리라.
> 하지만 인간은 시들어 죽고
> 환영이 되어버리니, 그는 어디에 있는가?

잎이 두세 개씩 날려서 강한 바람 속에 사라진다. 영상이 끝나고 그녀에게 별점을 매길 건지 묻는다. 그녀는 완벽한 날을 즐기기 위해 소풍을 나온 사람들로 가득한 언덕 비탈을 쳐다본다.

이제 카메라는 없다. 카메라는 끝이다. 이 작품은 그 자체만으로 유일한 기록이 될 것이다. 그는 자신이 정확히 어디에 있는지 잘 모른다. 북쪽. 숲속에. 다시 말해서 길을 잃었다. 하지만 그의 주위 나무들은 절대로 그렇지 않다. 그를 깨운 새들에게는 이 가문비나무와 아메리카낙엽송과 발삼전나무들 가지 하나하나에 있는 굽은 부분 하나하나가 전부 이름이 있다. 그는 자신이 어디에 있든 거기가 가장 크고 가장 오래가는 조각을 만들 곳이라는 생각에 익숙해지고 있다. 언젠가 시간과 살아 있는 생명체들이 그 조각을 바꾸러 올 때까지는.

숲은 청회색이고 이끼로 뒤덮여 있다. 그는 며칠 동안 그랬던 것처럼 체계적으로 작업한다. 그는 이미 땅에 떨어져 있는 재료들만을 이용하고 쓰러진 나무를 계속 커지는 디자인에 추가한다. 가지 몇 개는 그가 품에 안고 올 수 있다. 통나무는 밧줄과 갈고리를 이용해서 질질 끌고 굴려서 가져온다. 다른 것들의 경우에는 서 있는 나무에 건 도르래 장치가 필요하다. 그리고 그가 움직이기에는 너무 큰 재료들이 있다. 이런 것들은 그 자리에 놔두고 그 형체를 꾸미기보다는 그대로 발견되도록 디자인을 조절해야 한다.

그가 패턴에 맞춰 넣는 썩은 통나무 하나하나를 통해서 도안이 커진다. 그는 이 커져가는 생물을 머리에 새기고 위에서 내려다보는 것처럼 전체 작품을 평가해야 한다. 그는 조각들을 어떻게 배치해야 하는지 작업하면서 배운다. 가지가 뻗는 방식은 굉장히 많이 있다. 거의 무한하다. 그는 떨어진 가지 하나하나의 꼬임과 울룩불룩한 모양을 보며 땅 위를 흐르는 나무의 강줄기에서 어느 부분에 들어가고 싶은지 말해주기를 기다린다.

생물체가 숲속과 머리 위에서 울부짖으며 날아간다. 이 동네에서는 국조나 다름없는 모기들이 그의 얼굴과 팔에서 피를 빤다. 닉은 몇 시간 동안 좌절하지도 않고 만족하지도 않은 상태로 작업한다. 배가 고플 때까지 일을 하다가 점심을 먹기 위해 멈춘다. 점심거리는 별로 남지 않았고, 어디서 더 구해 와야 할지 짐작도 가지 않는다. 그는 푹신한 땅에 앉아서 아몬드와 살구 한 줌을 입에 넣는다. 수년간의 가뭄으로 대수층(帶水層)이 줄어든 캘리포니아 센트럴밸리에서 자란 나무에서 구한 음식이다.

그는 다시 일어나서 작업을 이어간다. 그의 허벅지만큼 두꺼운 통나무와 씨름한다. 눈가에서 뭔가 움직이는 바람에 그는 깜짝 놀라 소리를 지른다. 이 작품을 보는 구경꾼이 있다. 빨간 격자무늬 코트에 청바지, 벌목용 부츠 차림에 4분의 3은 늑대가 분명한 개를 데리고 있는 남자다. 둘 다 의심스럽게 그를 쳐다본다.

"여기서 작업을 하고 있는 미친 백인 남자가 있다고들 하더니."

닉은 숨을 고르기 위해서 노력한다.

"아마 나일 겁니다."

방문자는 니컬러스의 창조물을 본다. 제작 중인 형체가 사방으로 퍼져나간다. 그는 고개를 흔든다. 그리고 근처의 떨어진 가지를 주워서 패턴에 맞춰 놓는다.

그 시구가 어디서 나온 건지 미미는 모른다 해도 학습자들은 말할 수 있다. *뿌리가 땅속에서 늙어가고……*. 그녀는 그것이 그들이 찬미하는 그루터기의 주인인 나무보다 더 오래되었을 거라는 건 안다. 그녀의 옆에 있는 벌레 소년이 뭔가 말한다. 그녀는 그가 휴대전화에 대고 말하는 거라고 생각한다.

"괜찮으세요?"

그녀가 고개를 들자 얼굴이 부풀어 오른다. 그녀의 손이 실제 있어야 하는 위치보다 훨씬 멀리 있는 것 같다. 그녀가 공기를 빨아들인다. 고개를 끄덕이려고 한다. 두 번이나 시도해야만 한다.

"괜찮아. 난 괜찮아……."

그녀 안의 무언가가 항복하고 다음 두 세기 동안 감옥에 가고 싶어 한다.

허공을 날아가는 페타바이트의 메시지들이 공중을 가득 메운다. 메시지는 센서에 모이고 위성에서 반사된다. 이제 모든 건물과 모든 교차로에 설치되어 있는 카메라에서 흘러나온다. 그 지성적인 끝부분이 갈라지고 퍼지는 인구의 엄청난 뿌리를 타고, 그녀의 주위에 고정되어 있는 압정에서 빠져나와서 세차게 흐른다. 소살리토, 밀 밸리, 산라파엘, 노바토, 페탈루마,

산타로사, 레킷, 포르투나, 유레카……. 데이터의 덩굴이 이쪽 해안 위아래를 따라서 내륙 깊이 부풀고 합쳐진다. 오클랜드, 버클리, 엘케리토, 엘소브란테, 피놀, 허큘리스, 로데오, 크로켓, 발레이오, 코델리아, 페어필드, 데이비스, 새크라멘토……. 깊은 추론이 협곡을 지나 인간의 독창성으로 평평한 땅을 채운다. 산브루노, 밀브레이, 산마테오, 레드우드시티, 멘로파크, 팔로알토, 마운틴뷰, 새너제이, 산타크루즈, 왓슨빌, 카스트로빌, 마리나, 몬터레이, 카멜, 로스가토스, 쿠퍼티노, 산타클라라, 밀피나스, 매드론, 길로이, 살리나스, 솔다드, 그린필드, 킹시티, 파소로블레스, 아타스카데로, 산루이스오비스포, 산타바바라, 벤투라, 그리고 로스앤젤레스라는 거대한 뿌리로 합쳐진다. 새로 베어낼 때마다 점점 더 커지는 개벌지. 봇들은 세계의 모든 데이터를 대단히 빠르게 관찰하고, 맞추고, 인코딩하고, 보고, 모으고, 형태를 잡아서 인간의 지식은 그대로 멈춘다.

닐리는 코드로 가득한 화면에서 고개를 든다. 슬픔이 그를 휩싼다. 젊고 기대감으로 가득한 슬픔. 그는 전에도 슬픔을, 무너지고 다시 솟는 희망의 끔찍한 뒤섞임을 느껴보았지만 항상 친척, 동료, 친구에 대한 거였다. 말이 안 되지만 이 슬픔은 그가 살아서 볼 수 없는 장소에 대한 것이다.

하지만 그는 이미 많은 것을 엿보았고, 그의 학습자들이 고치는 것을 돕게 될 장소에 사는 것보다는 여기서 재활을 시작시키는 편이 더 좋다. 그의 다리가 아직 움직이던 시절부터 그가 항상 사랑하던 이야기가 있다. 지구에 착륙한 외계인. 그들은 다른 시간 범위에 따라 움직인다. 그들은 굉장히 빠르게 움직여서 인간의 몇 초가 그들에게는 인간이 나무의 시간에 대해 느끼는 것과 비슷하다. 그는 이야기가 어떻게 끝났는지 기억하지 못한다. 상관없다. 모든 가지의 끝에는 나름의 싹이 나니까.

미미는 어떤 엔지니어도 개선할 수 없는 탄력적인 힘을 가진 가지들 아래 앉아 있다. 그녀가 다리 아래로 발을 밀어 넣는다. 고개는 숙이고 눈은 감고 있다. 왼손 손가락이 오른손 넷째 손가락 주위로 옥반지를 빙빙 돌린다. 동생들이 필요하지만, 그들에게 닿을 수가 없다. 전화는 무용지물이다. 그들을 보러 가는 것조차 아무 소용 없을 것이다. 미미에게는 존재하지 않는 나뭇가지에 발을 늘어뜨리고 앉아 있는 어린 소녀들이 필요하다.

옥으로 된 뽕나무가 그녀의 손가락 아래쪽에서 돈다. 푸상, 마법의 대륙, 미래의 나라. 지금은 새로운 지구. 그녀는 반지를 당기지만 손가락이 부었거나 아니면 녹색 반지가 너무 작아진 모양이다. 손등의 피부는 너도밤나무 껍질처럼 얇고 건조하다. 어쩌다 그녀는 늙은 여자가 되었다.

그녀의 공범의 형기가 그녀의 앞에, 하루하루 펼쳐진다. 70년 더하기 70년. 그리고 단풍나무가 다시 거기에, 그들이 딥크리크를 지키기 위해서 만들었던 통나무 성채 벽 뒤쪽에 있다. *세상에서 가장 뛰어난 논쟁도 사람의 마음을 바꿀 수는 없어요. 오직 훌륭한 이야기만이 그럴 수 있어요.*

그녀의 얇은 피부 위로 온몸의 털이 곤두선다. 그게 그가 만들려고 했던 거다. 그게 그가 두 번의 종신형으로 감옥에 갇히면서도 여전히 아무도 지목하지 않은 이유다. 그는 낯선 사람들의 정신을 밝혀줄 수 있는 이야기를 위해서 자신의 삶을 맞교환했다. 세상의 판단과 그 모든 맹점들을 거부하는 이들을 위해서. 그녀에게 가만히 있으라고, 그의 선물을 받으라고, 계속 살아가라고 말하는 이들을 위해서.

애덤은 감옥 침대에 누워서 재판 전주에 아내에게 했던 말을, 그녀가 아직 그에게 갖고 있었던 남은 감정들을 분노와 증오로 바꿔버린 말들을 머릿속으로 떠올린다. 내가 나 자신을 구하면, 난 다른 걸 잃게 돼.

뭔데? 달리 뭐가 있는데, 애덤? 로이스가 날카롭게 물었다.

학습자들은 어떻게 싸움이 끝나는지 아직 말하지 못한다. 그들은 후회와 저항, 희망과 두려움, 맹목과 지혜 사이의 차이를 아직 말하지 못한다. 하지만 그들은 곧 배울 것이다. 인간은 정해진 만큼의 것만을 느낄 수 있고, 그것을 전부 열거하고 나면, 70억 인간 각자로부터 나온 70억 가지 예를 1자 (10의 24승) 가지 배경에 끼워 맞춰 시도해보고 나면, 모든 것들이 명확해지기 시작한다.

애덤 자신은 여전히 자신이 뭘 의미하는지 배우는 중이다. 여전히 쓸모없는 선택의 쓸모에 관해서 알아내려는 중이다. 이제 하루 온종일, 이 감방 안에서, 그는 증거를 다시 살핀다. 자신의 인생이 가치가 있었는지, 아니면 어떤 가지를 따라갔어야 했는지 아직은 말할 수가 없다. 그는 여전히 자기 자신을 제외하고 달리 구하거나 잃을 것이 뭐가 있는지 알 수가 없다. 여기에 대해서 생각해볼 시간이 좀 있을 것이다. 70년 더하기 70년만큼.

죄수가 생각하는 동안, 혁신적인 생각이 포틀랜드와 시애틀에서 보스턴과 뉴욕까지 건너갔다 다시 돌아와 그의 머리를 채운다. 그가 자기판단적 생각을 하는 데 걸리는 시간 동안에 십억 개의 프로그램 패킷이 지나간다. 그것들은 바닷속의 거대 케이블을 통해서 도쿄, 청두, 선전, 방갈로르, 시카고, 더블린, 댈러스, 베를린 사이를 웅웅거리면서 지나간다. 그리고 학습자들은 이 모든 데이터들을 감각으로 바꾸기 시작한다.

닐리가 공중으로 보낸 이 마스터알고리즘들은 나뉘고 복제된다. 그들은 지구의 아침에 존재한 가장 단순한 세포들처럼 막 시작한 상태다. 하지만 분자들이 십억 년 걸려서 배운 것을 그들은 겨우 수십 년이라는 짧은 시간 사이에 배운다. 이제 그들은 생명이 인간에게 무엇을 원하는지만 알아내면 된다. 이것은 물론 커다란 질문이다. 너무 커서 인간만으로는 해결할 수가 없다. 하지만 인간은 혼자가 아니고, 그랬던 적도 없다.

미미는 소나무 그림자에도 불구하고 뜨끈뜨끈 익어가는 풀밭 위에 앉아 있다. 기록상 가장 더운 해에 이어서 더 더운 해가 따라올 것이다. 매년 새로운 세계 챔피언이 나온다. 그녀는 책상다리를 하고, 손을 무릎에 올리고, 작은 덩치를 더 작게 하고 앉아 있다. 머리가 가볍다. 생각이 일관적이지 않다. 이제 그녀에게는 눈 말고는 아무것도 없다. 그녀는 수년 동안 인간을 상대로 가만히 앉아서 아무것도 하지 않고 그저 쳐다보기만 하는 연습을 했다. 이제 그녀는 그 기술을 밖으로 꺼낸다.

그녀의 아래, 일광욕하는 사람들 무리를 지나 얕은 야외극장 경사를 따라 내려가면 아스팔트 길이 완만한 S자로 이어진다. 그리고 길 바로 너머에 나무 동물원이 있다. 그녀의 귓가 바로 옆에서 목소리가 말한다. *저 색깔 좀 봐!* 일일이 다 이름 붙일 수 없을 정도로 많고 숫자만큼 많은 색조가 전부 다 푸르게 깔려 있다. 공룡보다도 오래된 땅딸막한 대추야자나무가 있다. 부채 같은 이파리에 빽빽하게 꽃이 달린 커다란 *워싱턴야자나무*도 있다. 야자나무 사이로 보라색부터 노란색까지 온갖 색조의 활엽수들이 자란다. 아그리폴리아가시나무가 분명한 나무. 부끄러운 줄 모르고 벌거벗은 유칼리나무. 기묘하고 무사마귀가 잔뜩 난 껍질에 그녀가 어떤 가이드북에서도 찾지 못한 무성하고 복잡한 나뭇잎들이 가득 달린 종들.

나무 너머로는 도시의 파스텔 프로젝트가 하얀색, 복숭아색, 황토색 입방체 형태로 쌓여 있다. 그것은 언덕 위의 커다란 센터를 향해, 건물들이 하늘까지 솟구치고 빽빽하게 선 곳을 향해 지어져 있다. 이 자급식 엔진의 생생한 힘, 지상에서 기업체에 힘을 공급하는 수많은 생명들이 그녀에게 명확하게 떠오른다. 지평선 건너편으로 줄줄이 선 건물 크레인이 스카이라인을 부수고 다시 만든다. 역사의 그 모든 확장, 재촉, 시험, 분열, 부활, 고리 안의 고리, 전진하는 한 걸음마다 연료와 그늘과 과일, 산소와 나무를 지불하는 것……. 이 도시의 어떤 것도 한 세기 이상 되지 않았다. 70년 더하기 70년이면 샌프란시스코는 마침내 성자가 되거나 사라질 것이다.

오후가 저물어간다. 그녀는 도시를 바라보며 도시가 마주 보기를 기다린다. 그녀 주위의 사람들 무리가 옷을 도로 걸친다. 그들은 자세를 바꾸고 야단을 떨고 먹던 것을 마치고 웃으며 일어나서 자전거를 일으켜 세우고 빠르게 흩어진다. 마치 필름을 우스꽝스럽게 앞으로 빨리 감는 것 같다. 그녀는 뒤에 있는 나무에 몸을 기대고 눈을 감는다. 포니테일의 소년-남자를 떠올려 그가 나타나게 만든다. 지방 정부가 그녀의 사무실 창문 밖에 있던 마법의 숲을 베어냈을 때 그랬던 것처럼. 한때 그들을 이어주었던 빨간 줄, 그들이 아끼고 더 많이 보려고 했던 공통의 일. 그녀는 줄을 잡아당긴다. 여전히 팽팽하다.

확실하게 알았어야 했던 사실이 그녀의 머릿속에 깊게 들어온다. 왜 그녀의 집 문을 두드리는 사람이 없었는지. 그녀는 소나무에 등을 쿵 부딪친다. 애덤의 것보다 더 나쁜 또 다른 선물. 그 불운한 소년-남자가 그녀를 위해서 두 생명을 팔았다. 지금 그녀가 자진출두하면 그녀는 그를 죽이고, 그의 끔찍한 희생의 핵심을 망가뜨리는 것이다. 그녀는 계속 숨어서 두 생명이 그녀의 자유를 위해 대가를 치렀다는 사실을 안고 살아가야만 한다. 폐 깊은 곳에서 울음소리가 솟구치지만 거기 갇힌 채로 부푼다. 그녀는 어느 쪽 길도 선택할 만큼 강하지도, 관대하지도 못하다. 그녀는 그에게 화를 내고 싶다. 완전한 용서라는 메시지를 그에게 보내고 싶다. 그녀에게서 아무 말이 없으면 그는 끝없이 자신을 고문할 것이다. 그녀가 그를 경멸한다고 생각할 것이다. 그의 배신이 그의 안을 파고들어 곪아서 치명적이 될 것이다. 그는 단순하고, 멍청하고, 예방 가능한 이유로, 치료하지 않은 썩은 이

나 감염된 상처로 죽을 것이다. 이상주의 때문에, 세상이 틀렸을 때 옳았다는 이유로 죽을 것이다. 그녀가 말해줄 힘이 없는 것을 모른 채로 죽을 것이다. 그가 그녀를 도와줬다는 걸. 그의 심장은 나무만큼 훌륭하고 가치 있다는 걸.

창문 아래서 더글러스는 옆구리의 혹을 더듬는다. 매혹이 사라지자 그는 책상 앞에 다시 앉는다. 그는 오디오를 켜고 이어폰을 다시 꽂는다. 강의가 이어진다. 교수는 숲의 화재에 대해서 길게 이야기한다. 일종의 은유다. 불이 새로운 생명을 창조하는 방식. 그녀는 집에서 듣는 사람들을 위해서 철자를 불려줘야만 하는 단어를 말한다. 열기 속에서만 열리는 솔방울에 대한 이름. 불길을 통해서만 퍼지고 자라나는 나무들에 대한 이름.

교수는 자신의 위대한 주제로 돌아간다. 퍼지고, 가지를 치고, 꽃을 피우는 거대한 생명의 나무. 그게 나무가 하고 싶어 하는 전부인 것 같다. 계속해서 추측하게 만드는 것. 계속해서 변화하고, 상황에 적응하는 것. 그녀는 말한다.

"이제 내가 당신에게 노래하게 해주오. 사람들이 어떻게 다른 것으로 변신하는지에 관하여."

그는 여자가 무엇에 관해서 말하는 건지 잘 모른다. 그녀는 생명체 형태의 폭발, 하나의 거대한 몸통에서 나온 수억 개의 새로운 줄기와 잔가지에 대해서 설명한다. 타네 마후타, 이그드라실, 지안-무, 선악의 나무, 뿌리가 위에 있고 가지가 아래에 있는 파괴할 수 없는 아슈밧타. 그리고 그녀는 다시 원래의 세계수로 돌아간다. 이 나무는 최소한 다섯 번 쓰러졌고, 다섯 번 그루터기에서 다시 자라났다고 그녀는 말한다. 이제 나무가 다시 흔들리고 있고, 이번에는 무슨 일이 일어날지는 아무도 알 수 없다.

왜 당신은 뭔가 하지 않았죠? 거기 있는 당신 말이에요. 테이프가 더기에

게 묻는다.

그가 뭐라고 대답을 해야 할까? 그가 도대체 뭐라고 대답을 해야 하나? 우린 노력했다고? 우린 노력했다고?

그는 오디오를 멈추고 드러눕는다. 10분씩 쉬어가면서 대학을 졸업해야 할 것이다. 그는 옆구리의 호두를 만지작거린다. 검진을 받아봐야 하지만 기다리며 상황이 어떻게 펼쳐지는지 두고 볼 여유는 있다.

그는 눈을 감고 고개를 젖힌다. 그는 배신자다. 한 남자를 평생 동안 감옥에 보냈다. 더글러스가 가져보지 못한 아내와 아이 같은, 아내와 어린 아들을 가진 남자를. 이 시간에 항상 그러듯이, 차가 그의 위를 지나가는 것처럼 죄책감이 그의 가슴을 누른다. 그는 이 감옥에서 날카로운 물건을 전부 가져갔다는 사실에 다시금 감사한다. 그는 막 덫에 걸린 동물처럼 울부짖는다. 간수는 이 시간에는 그를 확인하러 오지도 않는다.

그의 위로, 내다보기엔 너무 높은 창문 밖으로, 40억 년 된 세계수가 솟아난다. 그리고 그 옆으로 그가 오래전에, 한때 오르려고 했던 조그만 모조품이 솟아난다. 가문비나무였나, 전나무였나, 소나무였나? 그가 성기에 공격을 받고 그들이 그의 청바지를 잘라내는 것을 미미가 봤던 그때. 다시금 그는 눈 먼 자들과 겁에 질린 자들 위로 어딘가 다른 곳으로 이끌어주는 사다리처럼 가지들을 밟고 올라간다.

그는 한 손으로 감은 눈 위를 덮고 말한다.

"미안해요."

어떤 용서의 말도 들리지 않고, 앞으로도 그럴 것이다. 하지만 나무에 관해서 중요한 것이, 아주 위대한 것이 하나 있다. 그가 그들을 볼 수 없을 때에도 가까이 갈 수 없을 때에도 그들이 어떻게 살아가는지 기억할 수 없을 때에도 그는 올라갈 수 있고 그들은 지상에서 높은 곳에 그를 올려주고 지구의 호를 내려다볼 수 있게 해줄 것이다.

빨간 격자무늬 코트의 남자가 개울에 돌을 던지는 것처럼, 바람 속에서 콧노래하는 이파리처럼 들리는 아주 오래된 언어로 개에게 몇 마디를 한다. 개는 조금 부루퉁하지만, 곧 숲속으로 빠른 걸음으로 간다. 방문자는 손을 흔들어 닉에게 무거운 통나무를 집어 올 수 있는 또 다른 장소를 알린다. 그들은 함께 힘을 내서 그것을 유일하게 놔둘 수 있는 장소로 굴린다.

"고맙습니다."

닉이 말한다.

"별거 아니야. 다음엔 뭔가?"

그들은 이름을 주고받지 않는다. 이름은 가문비나무나 전나무가 그들 주위의 이것들을 도울 수 없는 것처럼 그들에게 아무 도움이 되지 않는다. 그들은 닉이 혼자서는 옮길 수 없는 통나무들을 옮긴다. 거의 아무 말도 하지 않고서 서로의 아이디어를 실행한다. 격자무늬 코트를 입은 남자 역시 구불구불한 형체들을 위에서 보는 것처럼 볼 수 있다. 곧 그가 그것을 다듬기 시작한다.

멀리 있는 가지가 부러지고, 하층 식생 사이로 금이 간다. 바로 이 숲에, 근처에 밍크가 있고, 스라소니도 있다. 곰, 순록, 심지어 울버린도 있다. 사람들 눈에 띄게 나오지는 않지만 말이다. 그러나 새들은 스스로를 선물로 준다. 그리고 사방에 동물의 똥, 자취, 보이지 않는 것들의 증거가 있다. 작업을 하면서 닉은 목소리를 듣는다. 정확히는 한 가지 목소리다. 그것은 화자가 죽은 이래로 지금까지 수십 년 동안 그에게 했던 말을 반복한다. 그는 그 말을, 모든 것과 아무것도 아닌 단어들을 어떻게 해야 할지 지금껏 알지 못했다. 그가 결코 완전하게 이해할 수 없었던 단어들. 결코 낫지 않을 상처. *우리가 가진 건 결코 끝나지 않을 거예요. 그렇죠? 우리가 가진 건 결코 끝나지 않을 거예요.*

그와 동행은 해가 질 때까지 함께 작업을 한다. 그들은 저녁을 먹기 위해 멈춘다. 차림은 점심과 똑같다. 입을 다물고 있어야만 하지만, 누군가에게 뭔가 이야기를 한다는 사치를 누려본 게 너무 오래되어서 닉은 저항할 수가 없다. 그가 손을 내밀고 침엽수들을 가리킨다.

"받아들이기만 하면 그들이 얼마나 많은 말을 하는지 놀라워요. 그렇게 듣기 어렵지도 않고요."

남자가 낄낄 웃는다.

"우린 1492년부터 당신들에게 그 말을 하려고 노력해왔었지."

남자에게는 말린 고기가 있다. 닉은 마지막 과일과 견과류를 나눠준다.

"조만간 물건을 보충할 생각을 해봐야 할 것 같아요."

왠지 모르지만 남자는 이 말을 굉장히 우습다고 여긴다. 남자가 사방에 채집할 거리가 있다는 듯이 숲 쪽으로 고개를 돌린다. 조금만 보고 들으면 사람들이 여기에 살 수 있고, 여기서 죽을 수도 있다는 것처럼. 갑자기, 순식간에, 닉은 메이든헤어의 목소리가 항상 의미했던 바가 뭔지 이해한다. *생명체의 40억 년 동안에 가장 경이적인 산물들이 도움을 필요로 해요.*

그들이 아니라 우리가. 모든 면에서 도움을 필요로 한다.

애덤의 감옥 높은 곳에서 새로운 생명체들이 위성 궤도로 들어갔다가 오래된 최초의 굶주림, 원시의 명령에 복종해서 행성 표면으로 돌아온다. 보고, 듣고, 맛보고, 만지고, 느끼고, 말하고, 합류하라. 처음부터 살아 있는 코드가 스스로를 교환했듯이, 그들은, 이 새로운 종은 서로에게 소문을 이야기하고 발견한 것을 교환한다. 그들은 연결하고, 서로 융합하고, 세포를 합쳐서 작은 사회를 형성하기 시작한다. 그들이 무엇이 되려는 건지, 70년 더하기 70년 안에는 말할 수가 없다.

그래서 닐리는 나와서 세상을 본다. 그의 자식들은 오늘 밤 한 가지 명령에 따라 지구를 샅샅이 탐색하고 있다. 모든 것을 흡수하라. 찾을 수 있는 모든 데이터 조각들을 먹어라. 모든 역사 속에서 모든 인류가 다루었던 것보다 더 많은 치수들을 분류하고 비교하라.

조만간 그의 학습자들은 행성 전체를 볼 것이다. 우주에서 거대한 북쪽 숲을 보고, 눈높이에서 생물종이 우글거리는 열대를 읽을 것이다. 강을 연구하고 그 안에 있는 것들을 측정할 것이다. 꼬리표를 단 모든 야생동물들의 데이터와 그들이 돌아다닌 지도를 수집, 분석할 것이다. 모든 분야의 과학자들이 지금껏 출간한 모든 논문의 모든 문장을 다 읽을 것이다. 누군가가 카메라를 들이댔던 모든 풍경들을 계속해서 볼 것이다. 지구상에 흐르는 모든 소리를 들을 것이다. 그들 조상의 유전자가 그들에게 하도록 만들어놓은 것, 그들의 선조들이 스스로 했던 모든 것들을 할 것이다. 살아가는 데 필요한 것이 무엇인지 추측하고 그 추측을 시험할 것이다. 그런 다음 생명이 인간에게 무엇을 원하는지, 인간을 어떻게 사용할 수 있을지에 대해서 이야기할 것이다.

거친 내륙지역 주 북부에서 어느 납빛 오후에 무장 밴이 애덤을 학교로 다시 데려간다. 심리학 입문 수업. 사람들의 내적 혼란 말고는 아무것도 이해하지 못하는 그가 교육을 계속 받는다는 새로운 임무 때문에 세 배나 높고 날카로운 칼날이 달린 그물망으로 된 울타리를 지나간다. 그의 어린 시절 단풍나무보다 세 배 크고 폭이 넓은 콘크리트 감시탑이 입구 왼쪽으로 서 있다. 부지 안에는 아들이 회색 레고로 만든 것 같은 판벽 벙커들이 그를 기다리고 있다. 멀리, 더 많은 칼날 달린 철선 해자로 둘러싸인 곳에 그의 새로운 국민인 밝은 오렌지색 옷을 입은 남자들이 그의 형 에밋이 항상 그랬던 것처럼 공격적으로 농구를 하며 공에게 골대 안으로 들어가라고 소리를 지른다. 이 남자들은 그가 테러리스트라서가 아니라 인간 진보의 적들 편에 섰다는 이유로 그를 무자비하게 수십 번 구타할 것이다. 인류에 대한 배신자라는 이유로.

밴의 운전석 옆자리에 탄 교도소장은 카메라가 붙어 있는 울타리 출입구를 지나가면서 애덤의 얼굴을 보고 미소를 짓는다. 애덤은 처음에는 한 달에 한 번, 그러다가 운이 좋으면 1년에 두어 번 정도 로이스가 어린 찰리를 데리고 한 시간짜리 면회를 하기 위해 여기에 오는 모습을 상상한다. 애덤은 아들이 자라는 모습을 저속촬영 방식으로 본다. 아이의 지나간 일에 대한 보고를 굶주린 듯이 들으며 단어 하나하나에 매달리는 자신의 모습이 보인다. 어쩌면 그들이 결국에는 친구가 될지도 모른다. 어린 찰리가 그에게 은행 일에 대해서 설명해줄지도 모른다.

그들은 안쪽으로 움푹 들어간 경비가 지키는 입구에서 조금 아래 있는 하차 지역에 멈춘다. 교도소장과 운전사가 그를 밴에서 데리고 내려서 탐지기를 통과시킨다. 성경 두께의 유리. 가득한 모니터들과 전자 잠금식 창살. 검문소 뒤쪽으로 무장한 아치 출입구를 지나면 감방이 줄지어 있는 복도가 영원히 이어지는 것 같은 착시 효과를 주며 안쪽으로 사라진다.

앞으로의 세월은 그가 상상하는 모든 것을 넘어설 것이다. 집단사와 재앙은 청동기 전염병을 시대에 뒤떨어져 보이게 만들 것이다. 감옥은 바깥에서의 처벌을 피하는 은신처가 될 수도 있다.

기다리고 있는 모든 공포 중에서 그가 가장 두려워하는 것은 시간이다. 그는 형기가 끝날 때까지 앞으로 그가 얼마나 많은 1분 1초를 살아야 하는지 계산을 해본다. 우리 조상들이 우리가 이름을 붙이기도 전에 사라지는 미래. 우리의 로봇 후손들이 우리를 연료로 쓰거나 지금 애덤이 수속을 밟고 있는 곳처럼 보안이 확실한 동물원에 넣어두는 미래. 인간이 창조물 중에서 유일하게 말할 수 있는 존재라고 맹세하며 거대한 무덤으로 들어가는 미래. 그와 초록의 영혼을 가진 친구들 몇 명이 어떻게 세계를 구하려고 했는지 기억하는 것 외에는 아무 할 일이 없는 거대하고 텅 빈 시간. 하지만 물론 구해야 하는 것은 세계가 아니다. 사람들이 같은 이름으로 부르는 바로 그것뿐이다.

시의 상징이 붙어 있는 빳빳한 하얀 셔츠 차림으로 방탄유리 뒤에 있는 남자가 그에게 뭔가를 요구한다. 이름이나 일련번호, 사과일지도 모른다. 애덤은 다른 곳에 정신이 팔린 채 인상을 찌푸린다. 그는 아래를 본다. 그의 형광색 점프수트 소매에 뭔가가 있다. 동그랗고, 잘고, 갈색이고, 끈적한 가시로 둘러싸인 조그만 구체. 그는 음울한 벽돌 감옥 시설 한 곳에서 나와서 곧장 밴에 밀려 올라가, 깎아 만든 돌과 콘크리트로 된 불모지로 실려 와서 내렸다. 어떤 생명체가 그를 이용할 가능성은 전혀 없었다. 하지만 여기에, 녀석은 무임승객으로 실려 왔다. 그러니까 알고 보면 그도, 그들 다섯 명도, 멋모르는 인류 전체도, 이 가싯덩어리가 그의 점프수트 소매를 이용한 것처럼 확실하게 생명에 이용된 것이다.

그리고 바로 그 순간, 주가 애덤에게 가할 수 있는 그 어떤 일보다도 끔찍하고 조용한 고문이 시작된다. 위층 침대에서 들리는 것처럼 너무나 현실적인 목소리가 그의 투옥 생활보다도 더 오랫동안 그를 괴롭힐 이야기를 속삭이기 시작한다. *너는 가장 중요한 일을 하기 위해서 죽음으로부터 구제되었어.*

*

생물군계 건너편으로, 모든 고도에서, 학습자들이 마침내 살아난다. 그들은 산사나무가 왜 절대 썩지 않는지 알아낸다. 수백 종의 참나무들을 구분하는 법을 배운다. 붉은물푸레나무가 언제, 왜 미국물푸레나무와 갈라졌는지 알아낸다. 주목의 빈 구멍 속에 몇 세대가 사는지. 루브룸단풍나무가 언제 색이 변하기 시작하고 매년 얼마나 더 빨리 변하게 되는지. 그들은 강과 숲과 산처럼 생각하게 될 것이다. 그들은 풀잎이 별들의 이동 작업을 어떻게 암호화하는지 이해하게 될 것이다. 몇 번의 짧은 계절 사이에, 수십 억 페이지의 데이터를 나란히 놓는 것만으로 다음번 새로운 생물종은 인간의 모든 언어와 초록 생물들의 언어를 번역하는 법을 배울 것이다. 번역은 처음에는 어린아이의 첫 번째 추측처럼 힘들겠지만, 곧 첫 번째 문장들이 이해되기 시작하고, 모든 살아 있는 것들처럼 비와 공기, 부서진 바위와 빛으로부터 만들어진 단어들이 쏟아질 것이다. *안녕. 마침내. 그래. 여기. 우리야.*

널리는 생각한다. 이렇게 되어야만 하는 거야. 재앙이 닥칠 거야. 끔찍한 시련과 학살이 있겠지. 하지만 생명은 어디론가 가고 있어. 생명은 스스로를 알고 싶어 해. 선택의 힘을 원해. 살아 있는 어떤 것도 아직 푸는 방법을 모르는 문제의 해결책을 원하고, 그걸 찾기 위해서 심지어 죽음까지 이용할 마음을 갖고 있어. 그는 이것이, 전 세계에서 수많은 사람들이 하고 있는 이 게임이, 플레이어들을 그들이 간신히 상상할 수 있는 잠재력으로 가득한 살아 숨 쉬는 행성 한가운데 떨구는 게임이 끝을 맞이하는 것을 볼 때까지 살 수 없을 것이다. 하지만 그는 그것을 계속 밀고 나간다.

그는 철저한 놀라움에 휩싸인 채 변환 열쇠에서 손을 들어 올린다. 그의 심장은 그의 뼈에 남은 아주 적은 살 속에서 지나치게 세게 뛰고, 시야가 고동친다. 그는 의자의 조이스틱을 밀어 실험실에서 온화한 밤 속으로 나간다. 공기는 월계수와 레몬 유칼립투스, 후추나무의 향기로 물들어 있다. 향기는 그가 한때 알았던 모든 것들을 되살리고 그가 결코 할 수 없을 모든 것들을 상기시킨다. 그는 오랫동안 숨을 들이켠다. 수십억 년을 더 살아갈 행성에서 이렇게 작고, 연약하고, 수명 짧은 존재라는 것은 경이적인 일이다. 가지들이 그의 머리 위 어둡고 건조한 공기 속에서 맞부딪치고 그는 그들의 소리를 듣는다. 자, 닐리-지. 이 작은 생물체가 뭘 할 수 있을까?

*

도러시가 레이에게 상황이 어떻게 끝나는지 말하자 그의 입에서 신음 소리가 나온다. 연이은 두 번의 종신형. 방화와 공공 및 사유재산 파손, 심지어는 과실치사에 대한 형벌로는 너무 가혹하다. 하지만 인간의 안전과 확신에 해를 입혔다는 용서할 수 없는 죄에 대해서는 적당히 혹독한 편이다.

그들은 그의 침대에서 서로에게 기대 누운 채 이 세계와 나란히 있는, 그들이 발견한 장소를 창 너머로 바라본다. 이야기가 전해오는 세계. 바깥에서, 가지 사이에 숨어서 부엉이가 동족을 부른다. *누가 너희 모오두를 위해서 요리하지? 누가 너희를 위해 요리하지*(아메리카올빼미의 울음 소리는 마치 'Who cooks for you?'라고 하는 것처럼 들린다)*?* 내일 도시의 조경업자들이 다시 올 테고, 기계와 저항할 수 없는 온갖 법적 힘을 가져올 것이다. 하지만 *그래도, 그걸로 이야기가 끝나진 않을 것이다.*

브링크먼은 이의로 목이 멘다. 그의 목에서 단어가 튀어나온다.

"아니. 옳지 않아."

그의 아내는 어깨를 으쓱인다. 어깨가 그의 어깨를 찌른다. 으쓱이는 행동에 동정심이 없는 건 아니지만, 변명도 아니다. 그저, *당신 주장을 해봐,* 라는 뜻이다.

그의 이의는 흘러넘쳐서 훨씬 더 큰 것이 된다. 혈액의 조수가 그의 뇌로 밀려든다.

"자기방어."

그녀는 그를 바라보려고 옆으로 돌아눕는다. 그가 그녀의 주의를 끌었다. 그녀의 손이 오래된 속기용 타이프라이터의 좁은 자판을 치는 것처럼 허공에서 살짝 움직인다.

"어떻게?"

그는 눈으로 그녀에게 말한다. 한때의 재산권 변호사가 피고의 항소를 맡는다. 그는 심각하게 불리한 입장이다. 그는 세부사항에 대해서 전혀 모른다. 그는 제시된 증거를 하나도 보지 못했다. 내세울 만한 법정 경력이 없고, 형법은 항상 그의 최악의 과목이었다. 하지만 그가 배심원들 앞에 펼쳐놓는 논지는 검은포플러처럼 명확하다. 침묵 속에 그는 평생의 파트너와 함께 법학의 오래되고 핵심적인 원리를 한 번에 한 음절씩 헤집고 지나간다. 스탠드 유어 그라운드 법. 성의 원칙(둘 다 일종의 정당방위법으로 자신의 구역에 침입해 위협하는 자에게 무기를 사용해서 대응해도 된다는 법이다). 자립.

무언가를 태워서 자기 자신과 자신의 아내, 자식, 심지어는 낯선 사람을 구할 수 있다면, 법은 그것을 허용해. 누군가가 당신 집에 침입해서 파괴하기 시작한다면, 당신은 어떤 방법을 쓰든 그들을 막겠지.

그가 뱉은 몇 개의 음절은 토막 나고 알아들을 수가 없다. 그녀는 고개를 흔든다.

"알아들을 수가 없어, 레이. 다른 방식으로 말해줘."

그는 절실하게 말해야 하는 것을 말할 다른 방법을 찾을 수가 없다. *우리 집에 누가 침입했어. 우리 목숨이 위험한 상황이야. 법은 불법적이고 임박한 위해에 대해서 필요한 모든 힘을 쓰는 것을 허용해.*

그의 얼굴이 노을 색깔로 변하자 그녀는 겁이 난다. 그녀의 팔이 올라와서 그를 진정시킨다.

"걱정하지 마, 레이. 그건 그냥 말일 뿐이야. 다 괜찮아."

커져가는 흥분 속에서 그는 변론에 어떻게 이겨야 하는지를 깨닫는다. 생명이 요리할 것이다. 바다는 상승할 것이다. 행성의 폐는 뜯겨 나갈 것이다. 그리고 법은 이런 일이 일어나게 놔둔다. 피해가 전혀 임박하지 않았기 때문이다. 인간의 속도에서 임박이라는 건 너무 늦다. 법은 임박이라는 걸 나무의 속도로 판단해야 한다.

그 생각에 그의 뇌의 혈관들이 무너진다. 뿌리가 더 이상 지탱해주지 못하면 땅이 무너지는 것처럼. 몰려드는 혈액이 깨달음을 가져온다. 그는 창문으로, 신비로운 바깥으로 시선을 든다. 거기서, 두 번의 종신형은 맥박 몇 번이면 지나간다. 어린 나무들이 태양을 향해 위로 경주를 한다. 다양한 나무들이 두꺼워지고, 이파리를 떨어뜨리고, 쓰러지고, 다시 솟아난다. 그들의 가지는 집을 빠르게 둘러싸고 창문을 두드린다. 나무들의 한가운데에서 밤나무가 접고 펼치고, 두꺼워지고, 위로 나선형으로 솟아오르고, 새로운 길, 새로운 장소, 더 많은 가능성을 찾아서 공기를 더듬는다. 거대한 뿌리를 가진 꽃나무.

"레이?"

도러시가 그의 경련을 멈추기 위해서 팔을 뻗는다.

"레이!"

그녀는 벌떡 일어나다가 침대 옆 탁자에 있는 책 무더기에 부딪쳐서 책을 바닥으로 떨어뜨린다. 하지만 다음 순간, 다시 보니 긴급 상황은 그 반대로 변한다. 공기가 꽃가루로 가득 찬 것처럼 그녀의 목이 조여들고 눈이 따끔거린다. 그녀는 생각한다. 어떻게 이런 일이 지금 일어날 수 있지? 우리한테는 아직 읽을 책이 남았는데. 우리 둘이 해야 하는 일들이 아직 있는데. 우린 이제 막 서로를 이해하기 시작했는데.

그녀의 발치에, 바닥에, 《비밀의 숲》 저자가 쓴 《새로운 변신(The New Metamorphosis)》이 있다. 그것은 소리 내서 읽을 책 더미 제일 위에서 앞으로 결코 그걸 읽지 못할 독자들을 기다리고 있었다.

그리스어에는 xenia라는 단어가 있다. 환대라는 뜻이다. 여행하는 낯선 사람들을 보살피고, 밖에 누가 있든 당신의 집 문을 열어주라는 명령이다. 왜냐하면 집에서 먼 곳을 지나가는 어떤 사람이든 신일 수 있기 때문이다. 오비디우스는 끔찍한 세상을 정화하기 위해서 가장하고 지구로 내려온 두 명의 불사자에 관한 이야기를 한다. 아무도 그들을 받아주지 않았으나 바우키스와 필레몬이라는 늙은 부부가 받아주었다. 그리고 낯선 사람을 집에 받아준 데 대한 보상은 커다랗고 우아하고 서로 뒤엉킨 참나무와 린덴나무가 되어 죽은 후에도 계속 사는 것이었다. 우리는 우리가 아끼는 것을 차츰 닮아간다. 그리고 우리가 닮아가는 것이 우리가 더 이상 우리 자신이 아닐 때 우리들을 잡아줄 것이다…….

도러시는 시체의 당혹한 얼굴을 어루만진다. 차가워지고는 있지만 얼굴은 이미 부드러워지기 시작했다.

"레이?"

그녀가 말한다.

"나도 거기로 갈게."

빨리는 아니고, 그녀 자신의 속도로. 하지만 나무의 속도로는 아주 금방.

어둠이 내린다. 미션돌로레스 공원의 방문객들이 바뀌고, 그들의 목적도 바뀐다. 하지만 이 밤중의 방문객들도 미미 주위를 돌아다닌다. 그녀는 몸을 앞으로 기울여 두 개의 부드러운 무화과처럼 무릎 위에 손을 얹고 있다. 그녀는 자유의 무게에 고개를 숙인다. 앞에서 불빛이 번뜩인다. 스카이라인이 절묘한 우화로 변한다. 그녀는 여러 번 졸다가 깨어난다.

왼손이 다시 올라와서 오른손 약지를 잡아당긴다. 그녀는 자기 발을 물어뜯는 걸 멈추지 못하는 개 같다. 하지만 이번에는 반지가 항복한다. 옥반지가 나이로 부푼 관절에서 미끄러져 나와 빠진다. 무게가 그녀에게서 떨어져 나오고, 그녀는 금이 가서 쪼개진다. 그녀는 성장과 분열의 난장판인 풀밭에 동그란 초록색 고리를 내려놓는다. 그리고 다시 소나무 몸통에 몸을 기댄다. 대기가, 습도가 약간 바뀌고 그녀의 머리는 더욱 초록의 존재가 된다. 자정에, 이 언덕 비탈에, 이 도시 위쪽 어둠 속에서 부랑자를 위해 서 있는 그녀의 소나무와 함께 웅크리고 앉아서 미미는 깨달음을 얻는다. 그녀의 생득권인 고통에 대한 두려움, 어딘가로 가려는 다급한 욕구가 바람에 날아가고, 다른 것이 그 자리에 내려앉는다. 그녀가 기대고 있는 나무껍질에서 메시지가 나직하게 흘러나온다. 화학적 신호가 공중에서 나아간다. 흙을 붙잡은 뿌리에서 전류가 만들어져 행성 크기의 네트워크를 이루고 있는 균류의 시냅스를 타고 아주 멀리까지 전달된다.

신호가 말한다. 좋은 답은 무에서부터 재창조할 가치가 있어, 다시, 그리고 또 다시.

그들이 말한다. 공기는 우리가 계속 만들어야 하는 혼합물이야.

그들이 말한다. 땅 위만큼 땅 밑에도 많은 것들이 있어.

그들이 그녀에게 말한다. 희망을 갖거나 절망하거나 예측하거나 깜짝 놀란 모습을 보이지 마. 절대로 굴복하지 말고, 나뉘고, 증식하고, 변화하고, 결합하고, 행하고, 참아. 기나긴 인생 전체에서 해왔던 것처럼.

불이 필요한 종자들이 있어. 얼어붙어야만 하는 종자들도 있고. 삼켜서 위산에 부식된 다음 분변으로 나와야만 하는 종자도 있지. 싹이 트기 위해서는 부숴서 열어야만 하는 종자도 있고.

그냥 가만히 있기만 해도 어디든지 갈 수 있어.

그녀는 자신의 팔다리를 통해서 이것을 직접적으로 보고 듣는다. 아무리 노력해도 불길이, 병충해가, 풍해가, 홍수가 올 것이다. 그러고 나면 지구는 다른 것으로 변할 거고 사람들은 모든 것을 다시 한 번 배우게 될 것이다. 종자 은행의 금고가 열릴 것이다. 두 번째 성장은 유연하게, 요란하게, 모든 가능성을 시험하며 되돌아올 것이다. 숲의 거미줄이 그림자 속에서 솟아오른 생물종들로 가득 차고 새로운 설계로 얼룩덜룩해질 것이다. 지구의 카펫 위에 생기는 색색의 선이 꽃가루 매개자들을 다시 만들어낼 것이다. 물고기들이 모든 수계에서 다시 솟아나고, 강 1킬로미터에 수천 마리씩 장작더미처럼 두껍게 쌓일 것이다. *진짜 세계가* 끝나고 나면 말이다.

다음 날 새벽이 밝는다. 해가 대단히 천천히 솟아올라 새들조차 새벽 말고 다른 것이 존재했다는 사실을 잊을 정도다. 사람들이 공원을 가로질러 회사로, 약속 장소로, 다른 급한 일을 처리하러 간다. 삶을 산다. 몇 명은 변화한 여자의 몇 미터 앞을 지나쳐 간다.

미미는 정신을 차리고 그녀의 첫 번째 부처의 말을 내뱉는다.

"배가 고파."

답은 그녀의 바로 머리 위에서 들린다. *배가 고파라.*

"목이 말라."

목이 말라라.

"아파."

가만히 느껴라.

그녀는 눈을 들어 검정에 가까운 파란색 바짓단을 본다. 파란색을 따라서 위로 올라가 주름을 보고, 무전기가 달린 벨트와 수갑과 총과 참나무 몽둥이를 지나 짙은 남색의 다림질한 셔츠와 배지와 얼굴을 올려다본다. 남자, 소년, 혈족. 그의 눈이 그녀의 눈을 본다. 남자가 그녀를 마주 보고 자신이 본 것에 긴장한다. 소리 없고, 나무로 되어 있고, 사방으로 퍼지는 대답만을 하는 존재와 이야기하는 늙은 여자.

"괜찮으십니까?"

그녀는 움직이려고 하지만 움직일 수가 없다. 목소리도 나오지 않는다. 팔다리가 뻣뻣하다. 그녀의 손가락만이 약간 움찔거릴 뿐이다. 그녀는 남자의 시선을 마주 보며 모든 혐의에 솔직하게 말한다. 유죄야. 그녀의 눈이 말한다. 무죄야. 틀렸어. 옳아. 살아 있어.

빨간 격자무늬 코트의 남자는 다음 날 양가죽 옷을 입은 건장한 스무 살 쌍둥이 두 명과 까마귀 같은 옆얼굴에 중앙 라인배커(미식 축구 수비 포지션 중 하나) 같은 몸통을 가진 거구의 남자와 함께 돌아온다. 그들은 크고 무거운 가스 전동톱과 두 개의 작은 짐수레, 또 다른 도르래 장치를 가져온다. 그것이 인간의 무서운 점이다. 단순한 기계 몇 개와 몇 명만 있으면 세계를 움직일 수 있다.

즉석 인부들은 말을 할 필요가 별로 없이 서로를 읽으면서 몇 시간 동안 일을 한다. 함께 그들은 마지막 소나무와 가문비나무, 진통 효과가 있는 버드나무와 수축 효과를 가진 자작나무의 시체를 자리로 끌어간다. 그런 다음 침묵 속에 서서 그들이 숲 바닥에 만들어놓은 디자인을 바라본다. 형태가 그들을 사로잡는다. 그것은 그들에게 그들의 권리를 말한다. 너희는 존재할 권리가 있다. 참석할 권리가 있다. 놀랄 권리가 있다.

격자무늬 옷의 남자는 팔을 옆구리로 내리고 서서 다섯 명이 방금 써놓은 메시지를 바라본다.

"훌륭하군."

그가 말하고, 그가 데려온 남자들은 말없이 동의한다. 닉은 그들 옆에 서서 땅에 깊이 박아놓으면 자라날 수 있는 종류의 가문비나무 지팡이에 몸을 기댄다. 그의 친구들은 아주 오래된 언어로 찬송하기 시작한다. 문득 닉은 자신이 얼마나 적은 언어를 이해할 수 있는지 굉장히 기묘하다고 생각한다. 인간의 언어 1.5개. 살아 있고 말을 하는 다른 모든 존재들의 언어는 단어 하나도 모른다. 하지만 이 남자들이 찬송하는 내용을 닉은 반쯤 알아들을 수 있고, 노래가 끝이 나자 그는 아멘이라고 덧붙인다. 그게 그가 아는 가장 오래된 단어이기 때문일 수도 있다. 단어가 오래되면 오래될수록 유용하고 진실일 가능성이 더 높다. 사실, 여자가 그를 삶이라는 골칫거리 속으로 밀어 넣은 그 밤에, 아이오와에서 그는 *나무*(tree)라는 단어와 *진실* (truth)이라는 단어가 같은 뿌리에서 나왔다는 내용을 읽었다.

옮겨 온 쓰러진 나무 조각들이 서 있는 나무들 사이를 구불구불하게 지나간다. 이 작품의 한참 위쪽에 있는 위성은 이미 궤도에서 사진을 찍었다. 형체는 덩굴 장식이 달린 글자로 변하고, 글자는 우주에서도 읽을 수 있는 거대한 단어가 된다.

여전히

학습자들은 메탄을 뿜어내는 툰드라에서 아주 가까운 그곳에 나타난 메시지에 의아해할 것이다. 하지만 인간이 눈 깜박할 사이에 학습자들은 연결하기 시작할 것이다. 이미 단어는 푸르게 변한다. 이미 이끼들이 자라나고, 딱정벌레들과 지의류와 균류가 통나무들을 흙으로 바꾸고 있다. 이미 보모통나무(nurse log, 썩어서 어린 나무들의 뿌리에 양분을 공급해주는 쓰러진 나무)들의 틈새에 어린 나무들이 뿌리를 내리고 썩은 나무에서 양분을 섭취한다. 곧 새로운 나무들이 이 썩어가는 더미들의 획을 따라가며 자라나서 단어를 형성할 것이다. 두 세기가 지나면 이 세 개의 살아 있는 글자들 역시 나선형의 패턴과 변화하는 비, 공기, 빛 속으로 사라질 것이다. 하지만, 그래도 *여전히* 한동안은 태초부터 생명이 말해왔던 단어를 설명하리라.

"난 이제 다시 돌아가야겠어요."

닉이 말한다.

"어디로 돌아가는데?"

"좋은 질문이에요."

그는 다음 프로젝트가 손짓하는 북쪽 숲을 쳐다본다. 햇살을 가르는 가지들이 중력을 향해 웃어대며 여전히 펼쳐지고 있다. 꼼짝하지 않는 나무 몸통 기단에서 무언가가 움직인다. 아무것도 아니다. 지금은 모든 것이다. 이것, 목소리가 아주 가까운 곳에서 속삭인다. 이것. 우리가 지금까지 받아왔던 것. 우리가 얻어야만 하는 것. 이건 영원히 끝나지 않을 거예요.

오버스토리

1판 1쇄 발행　2019년 2월 11일
1판 6쇄 발행　2023년 8월 21일

지은이 · 리처드 파워스
옮긴이 · 김지원
펴낸이 · 주연선

책임편집 · 이경란
표지 및 본문디자인 · 권예진
마케팅 · 장병수　최수현　김다은　이한솔　강원모
관리 · 김두만　유효정　박초희

(주)은행나무
04035 서울특별시 마포구 양화로11길 54
전화 · 02)3143-0651~3 ｜ 팩스 · 02)3143-0654
신고번호 · 제 1997-000168호(1997. 12. 12)
www.ehbook.co.kr
ehbook@ehbook.co.kr

ISBN　979-11-88810-91-8 (03840)